DE DUIVELSDIEF

Lisa Maxwell bij Boekerij:
De laatste magiër
De duivelsdief

www.boekerij.nl

Lisa Maxwell

De duivelsdief

Vind de stenen. Houd de dief. Wreek het verleden

BOEKERIJ

Eerste druk augustus 2019
Tweede gewijzigde druk oktober 2020

ISBN 978-90-225-9192-5
ISBN 978-94-023-1192-1 (e-book)
NUR 285

Oorspronkelijke titel: *The Devil's Thief*
Vertaling: Maren Mostert
Omslagontwerp: DPS Design & Prepress Studio
Omslagbeeld: © DPS Design & Prepress Studio
Zetwerk: Text & Image, Assen

Voor Olivia en Danielle

Het gebeurt niet vaak dat je iemand tegenkomt
die een ware vriend is én een goede schrijver
-E.B. White

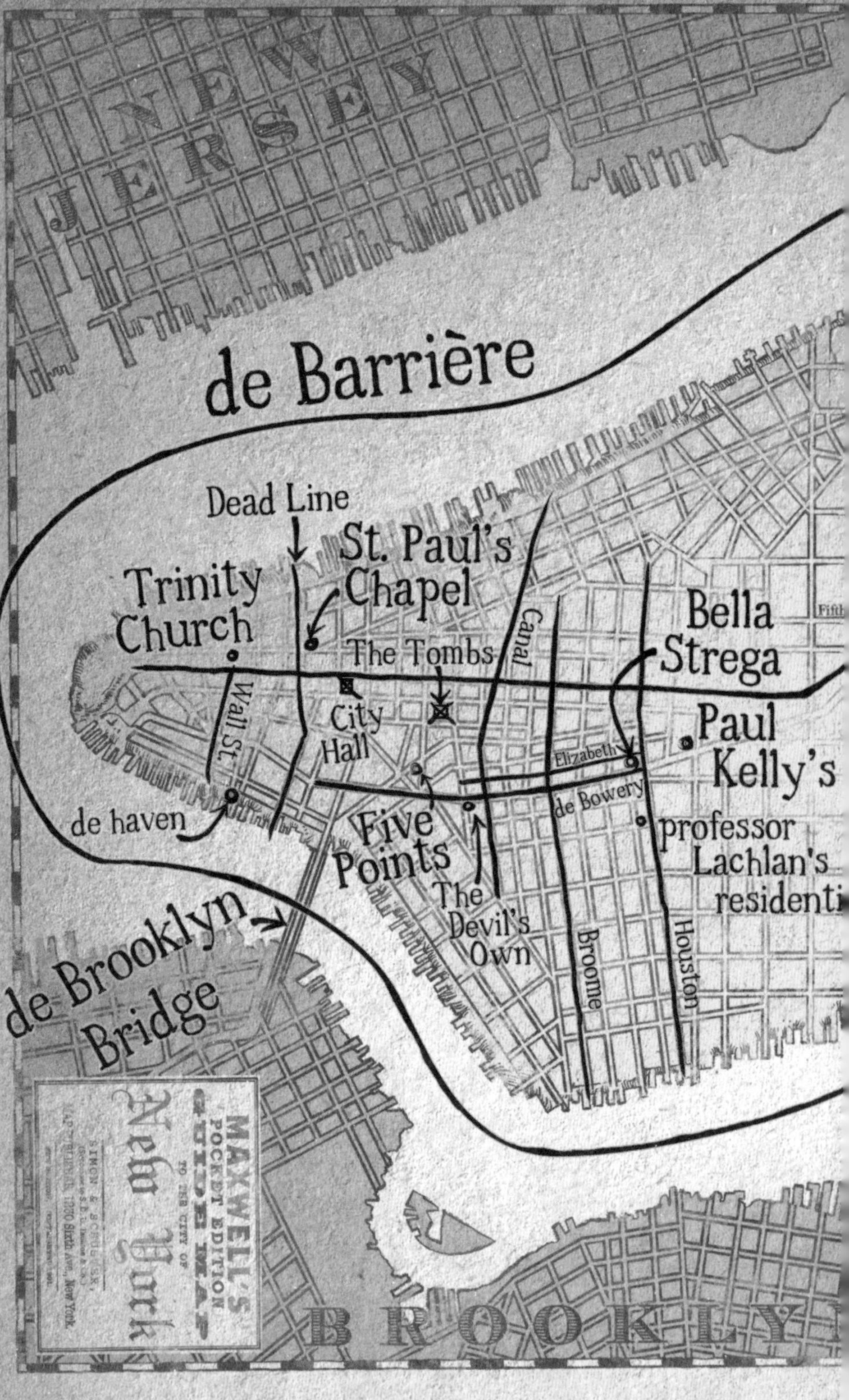

NEW JERSEY
de Barrière
Dead Line
St. Paul's Chapel
Trinity Church
The Tombs
Canal
Bella Strega
Fifth
City Hall
Wall St.
Paul Kelly's
Elizabeth
de Bowery
de haven
Five Points
professor Lachlan's residenti
The Devil's Own
de Brooklyn Bridge
Broome
Houston
MAXWELL'S
POCKET EDITION
GUIDE MAP
TO THE CITY OF
New York
BROOKLY

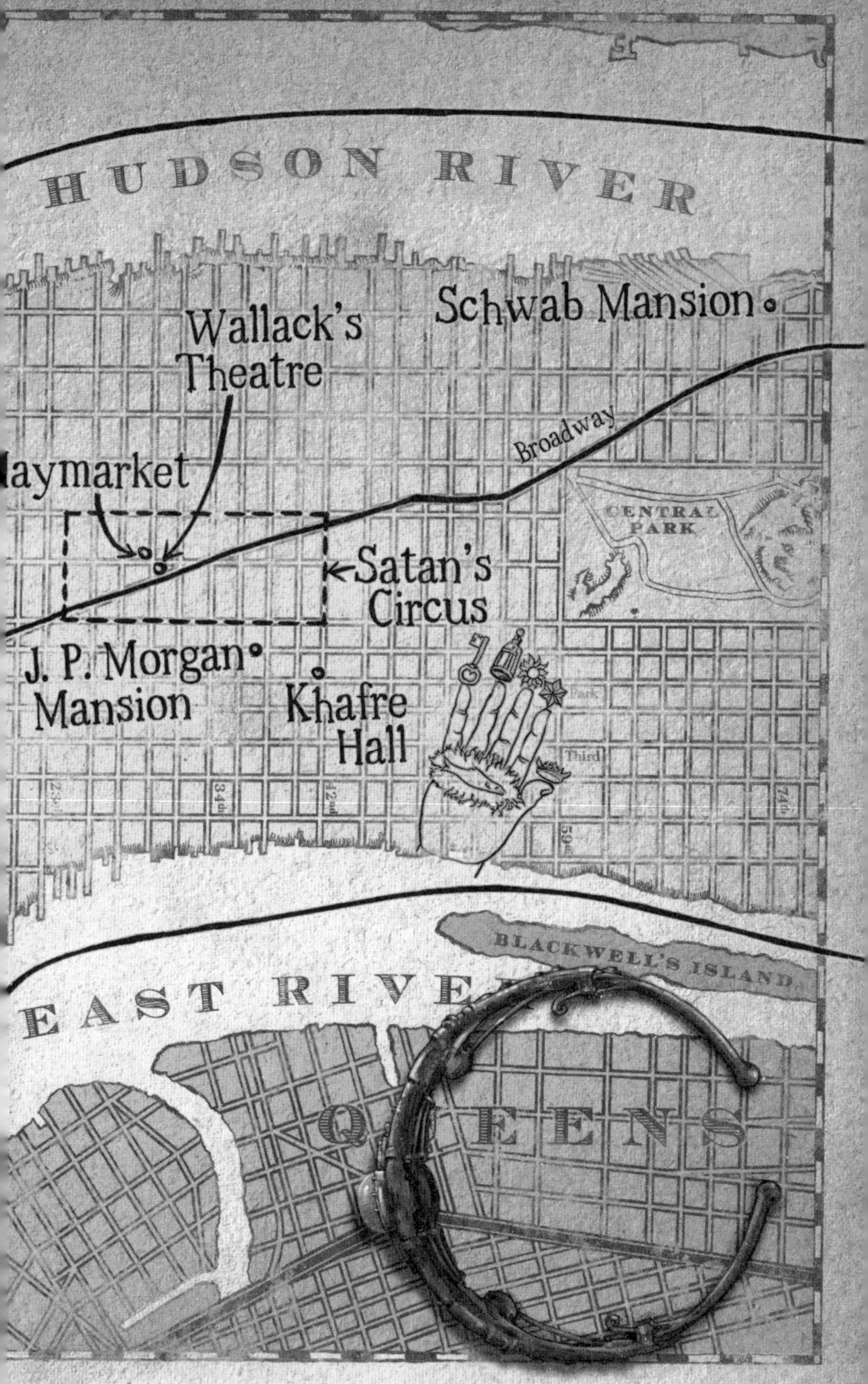
HUDSON RIVER
Schwab Mansion
Wallack's Theatre
Broadway
aymarket
CENTRAL PARK
Satan's Circus
J. P. Morgan Mansion
Khafre Hall
Third
BLACKWELL'S ISLAND
EAST RIVE
QUEENS

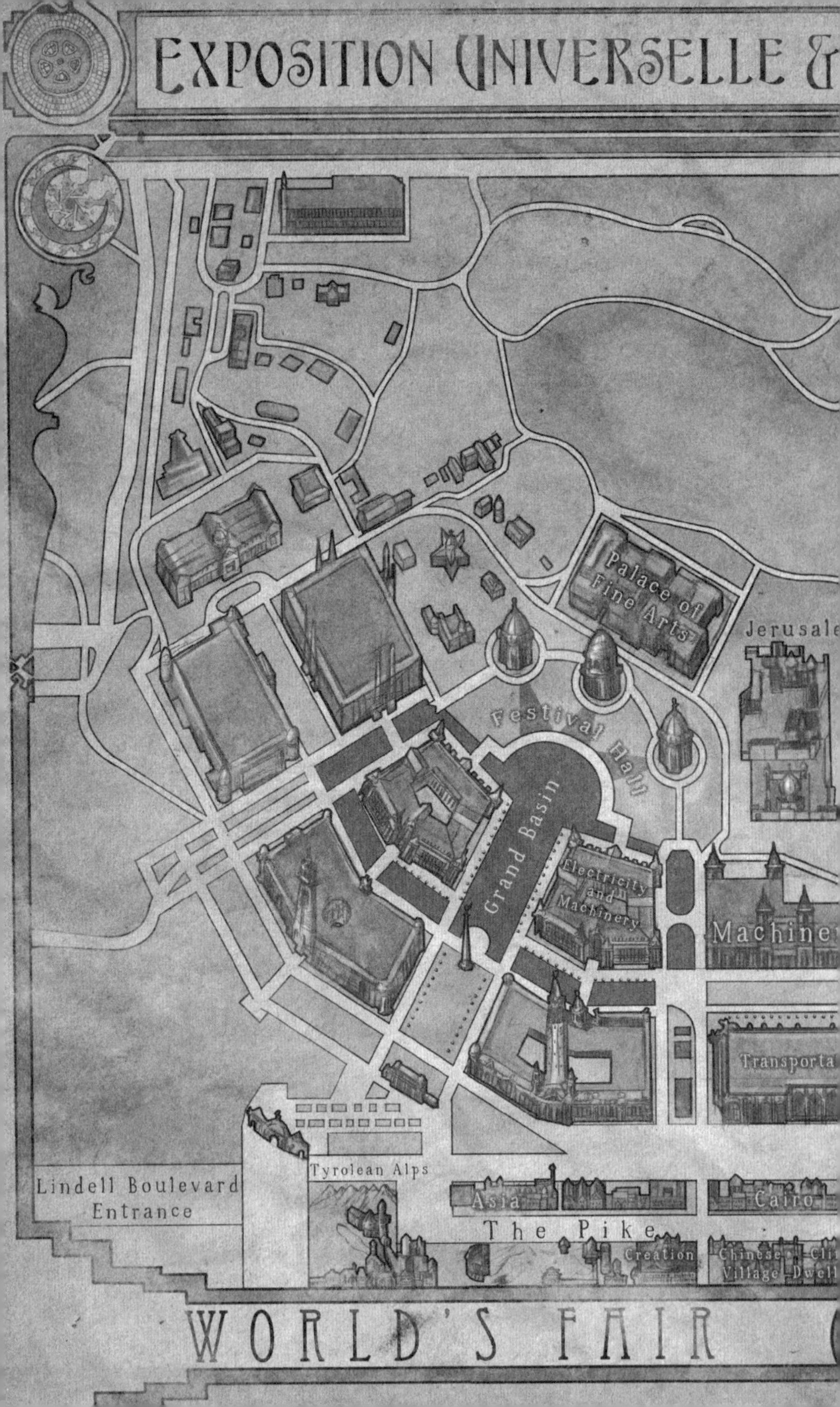

EXPOSITION UNIVERSELLE &
Palace of Fine Arts
Jerusale
Festival Hall
Grand Basin
Electricity and Machinery
Machine
Transporta
Tyrolean Alps
Lindell Boulevard Entrance
Asia
Cairo
The Pike
Creation
Chinese Village
Cli Dwell
WORLD'S FAIR

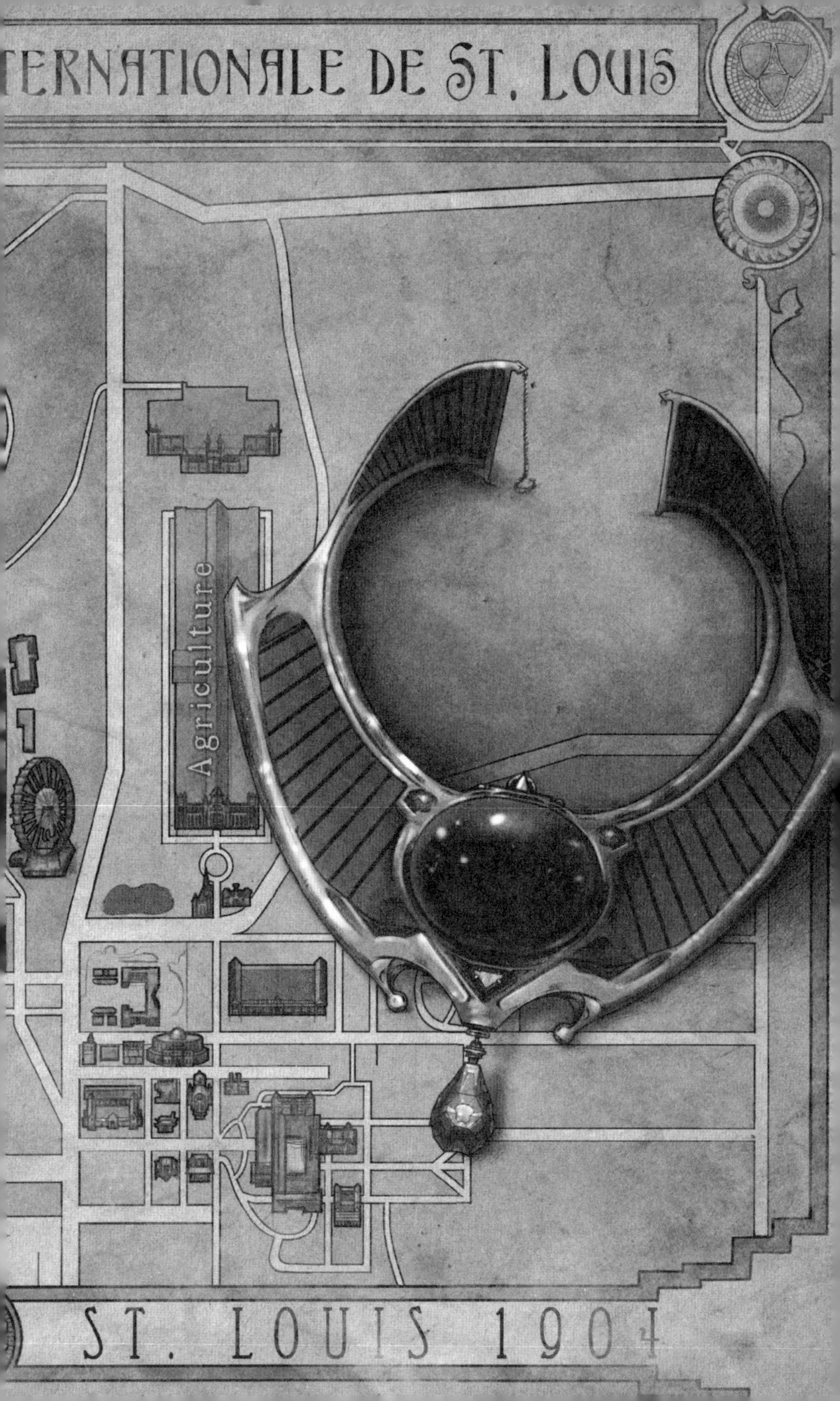
TERNATIONALE DE ST. LOUIS
Agriculture
ST. LOUIS 1904

DE DIEVEGGE

1902 – New York

De dievegge keerde de stad de rug toe en daarmee alles wat ze ooit was geweest en alle leugens waarin ze had geloofd. De pijn van verlies had haar verbitterd, de last van haar herinneringen had haar veranderd, ze was bikkelhard en kil geworden als een diamant. Maar de dievegge droeg de herinnering aan alles wat ze was kwijtgeraakt als een wapen met zich mee tegen wat haar te wachten stond nu ze de Brooklyn Bridge tegemoet ging.

De donkere weg strekte zich voor haar uit en leidde naar de horizon waar de lucht al donker kleurde en de lage gebouwen en kale boomtoppen in schaduw hulde, in een land waar ze nooit van verwacht er te zullen komen. In voetstappen uitgedrukt was de afstand niet eens zo groot, maar tussen haar en de overkant van de brug bevond zich de Barrière met zijn vernietigende kracht.

Naast haar stond de Magiër. Eens was hij haar aartsvijand geweest. Toch was hij altijd haar gelijke gebleven. Nu was hij haar bondgenoot, en ze had alles geriskeerd om voor hem terug te komen. Hij huiverde, maar ze wist niet of dit door de koude avondlucht op zijn blote armen kwam of doordat de werkelijkheid – of de onmógelijkheid – van wat ze moesten doen tot hem doordrong.

Zijn stem bereikte haar als een fluistering op de wind. 'Nog maar een dag geleden had ik mijn dood gepland. Ik dacht dat ik er klaar voor was, maar...' Hij keek haar aan en zijn grauwgrijze ogen verraadden alles wat hij niet had uitgesproken.

'Het gaat ons lukken,' verzekerde ze hem, niet omdat ze wist dat het waar was, maar omdat ze geen andere keus hadden. Ze was dan misschien niet in staat geweest het verleden te veranderen of onschuldige mensen te redden, en ze kon haar fouten ook niet rechtzetten, maar de toekomst zou ze wél veranderen.

Achter hen naderde een tram die de rails onder hun voeten liet vibreren.

Maar op de plek waar ze stonden kon niemand hen zien.

'Geef me je hand,' gebood de dievegge hem.

Met vragende ogen keek de Magiër haar aan, maar ze stak hem haar blote hand toe. Met een enkele aanraking kon hij haar gedachten lezen, haar hoop en haar angst, en kon hij haar buitenspel zetten. Het was beter dat ze wist hoe hij er nu over dacht.

Een tel later pakte hij haar hand stevig vast, de palmen tegen elkaar aangedrukt.

Ze merkte amper hoe koud zijn hand was, omdat zijn krachten haar huid deden tintelen toen ze hem aanraakte. Ze had de warmte van zijn magische gave al vaker gevoeld, maar nu bespeurde ze ook nog iets anders. Een golf onbekende energie kroop over haar huid en leek haar grenzen af te tasten, alsof die energie een manier zocht om bij haar binnen te dringen.

De macht van het Boek.

Hij had geprobeerd het haar uit te leggen en haar gewaarschuwd nadat ze vanuit de toekomst waar hij haar naartoe had gestuurd was teruggekeerd, een toekomst waarvan hij had gedacht dat die veilig was. *Al die macht zit in mij*, had hij haar verteld.

Maar ze had hem niet begrepen, tot dit moment.

Nu werd de vertrouwde warmte van zijn magische gave overvleugeld door een sterkere magie, een macht die eens in de bladzijden van de *Ars Arcana* was opgesloten, die de dievegge tussen haar rokken had verstopt; een boek waarvoor de mensen om wie ze gaf hadden gelogen, gevochten en waren gestorven. De energie begon omhoog te kruipen, hij omsloot haar pols, tastbaar en zwaar als de zilveren armband om haar arm.

Aan de rand van haar bewustzijn dacht ze stemmen te horen fluisteren.

'Hou ermee op,' siste ze de Magiër met opeengeklemde kaken toe.

Zijn reactie klonk kortaf en gespannen. 'Ik doe mijn best.'

Toen ze naar hem opkeek stond zijn gezicht gepijnigd, maar zijn ogen waren helder en in de irissen glinsterden kleuren waar ze geen naam voor had. Hij ademde diep in, waarbij zijn neusvleugels zich een beetje opensperden van de inspanning, en even later vervaagden de kleuren, tot zijn ogen weer hun gewone grauwgrijze kleur hadden. De warmte, die als ranken om haar arm kroop, nam af en daarmee verstomden ook de stemmen die ze aan de grenzen van haar geest had horen schrapen.

Ze begonnen te lopen. Weg van hun stad, hun enige thuis. Weg van haar berouw en haar fouten.

Terwijl ze de eerste kabels van de brug van baksteen en staal passeerden, was elke stap er één dichter bij de plek die mogelijk hun dood zou worden. Zo vlak bij de Barrière waarschuwde zijn koude energie iedereen met de oude magie om uit de buurt te blijven. De dievegge kon de ijskoude tentakels van deze verdorven macht voelen, ze klauwden naar haar, naar haar diepste wezen.

Maar deze waarschuwing hield haar niet tegen.

Er was te veel gebeurd. Er waren te veel mensen doodgegaan, en allemaal omdat zij voor het gemak bereid was geweest in leugens te geloven, en omdat ze zo beïnvloedbaar was geweest. Die fout zou ze niet nog een keer maken. De waarheid over wie en wat ze was had haar vanbinnen verteerd en alle leugens waar ze ooit in had geloofd weg geschroeid. Leugens over de wereld en over haarzelf.

Haar pijnlijke berouw was door vlammen verteerd en wat over was gebleven was een meisje van vuur en as. Met littekens. De smaak in haar mond riep de gedachte aan wraak op, wat haar besluit sterkte en haar voeten aanzette door te blijven lopen. Na alles wat er was gebeurd en alles wat ze had geleerd, had ze niets te verliezen.

Ze had álles te verliezen.

Vlug zette ze die sombere gedachte van zich af, en ze ademde diep in om rustig te worden, zodat ze de leegte tussen de seconden kon vinden die om haar heen zweefden. Vroeger had ze de tijd of haar gave om die te manipuleren niet als iets bijzonders beschouwd, maar nu wist ze beter. Tijd was de essentie van het bestaan – ether – de substantie die de wereld als geheel bijeenhield. Nu was ze blij dat ze álles kon waarnemen: lucht en licht, materie zelf; alles wat aan de grenzen van het tijdweb trok.

Hoe was het mogelijk dat ze dit niet eerder had gezien? Het was zo verbluffend duidelijk.

De rinkelende bel van een tram waarschuwde hen en nu aarzelde ze niet langer om de seconden te vertragen. Toen de wereld om haar heen stilviel verstomde het geratel van de tram. En haar adem stokte in haar keel.

'Esta?' vroeg de Magiër met bezorgde, schorre stem. 'Wat is er?'

'Zie je dat dan niet?' Ze deed geen moeite om haar verwondering te verbergen.

Voor haar glinsterde de Barrière in het licht van de ondergaande zon, zijn macht straalde er in warrig bewegende energiebanen vanaf. Zichtbaar en haast tastbaar. In alle kleuren die ze zich maar kon voorstellen, en sommige kende ze niet eens. Net als de kleuren die ze in de ogen van de Magiër had gezien, waren deze ook wonderschoon. *Angstaanjagend.*

'Vooruit, doorlopen,' spoorde ze de Magiër aan, hem naar de Barrière meevoerend. Ze kon het pad zien dat tussen de kronkelende tentakels van die macht door slingerde en hen ongedeerd door de Barrière heen zou leiden.

Ze bevonden zich te midden van de wervelende kleuren, de hand van de Magiër als een ijzeren greep om de hare, koud en klam van angst, toen ze ineens de duisternis opmerkte. Het begon aan de rand van haar blikveld, zoals de donkere vlekken die voor je ogen dansten nadat je in fel licht had gekeken. Eerst waren het nog stipjes, maar het donker vloeide geleidelijk haar hele blikveld binnen, als inkt die in water oplost.

Het was altijd een koud kunstje voor haar geweest om de leegte tussen de seconden te vinden en ze vast te houden, maar nu leek de tijd haar te ontglippen en het was of de vaste vorm van de seconden oploste, alsof ze werden opgeslokt door dezelfde diepe duisternis in haar gezichtsveld.

'Rennen!' riep ze hem toe terwijl ze haar grip op de tijd voelde verzwakken.

'Wát?' De Magiër keek haar aan en zijn ogen waren nu ook beschaduwd door de voortkruipende zwarte duisternis.

Plotseling werden haar benen slap en wiebelig, waardoor ze struikelde. De ijskoude energie van de Barrière streek langs haar huid als een vlijmscherp mes. Het werd zwart voor haar ogen en de wereld om haar heen loste langzaam op in het niets.

'Rennen!'

DEEL 1

DE BLANKE VROUW

1902 – New York

De blanke vrouw lag op sterven en Cela Johnson kon er helemaal niets aan doen. Toen ze naar het hoopje ellende in vodden en viezigheid in de hoek toe liep trok ze haar neus op. De stank van zweet en urine vermengd met iets wat op rotting leek, hing benauwend in de lucht. Het was de zware, zoete walm van dat laatste die Cela vertelde dat de vrouw het einde van de week niet zou halen. Misschien de nacht niet eens. Het voelde alsof de dood in eigen persoon de kelder al had betreden en alleen nog zijn moment afwachtte.

Cela wilde dat de dood zou opschieten. Haar broer Abel kwam morgenavond thuis en als hij de vrouw in het huis vond zou de hel losbarsten.

Het was verdomd naïef geweest van haar om het mens in huis te nemen. Ze begreep niet wat haar twee dagen geleden had bezield toen ze instemde met Harte Darrigans verzoek. Ze mocht de magiër graag, hij was een van de weinigen in het theater die de moeite nam haar in de ogen te kijken wanneer hij een praatje met haar maakte, en ze had het idee dat ze bij hem in het krijt stond, omdat ze zonder dat hij ervan afwist de jurk met sterren voor Esta had gemaakt. Maar zo veel was ze hem nou ook weer niet verschuldigd dat ze nu opgescheept moest zitten met zijn verslaafde moeder, dat onmens.

Harte was altijd al een gladjanus geweest, meer dan goed voor hem was. Hij was net als de kleefstenen die ze op de kostuums voor de artiesten plakte: voor het publiek leken haar creaties te glinsteren als echte edelstenen, maar dat was alleen te danken aan de licht- en rookeffecten op het podium. Haar kostuums waren van goede kwaliteit, met rechte naden en gelijkmatige steken, maar de glitter en glans was nep. Van dichtbij kon je zo zien dat de stenen van gepolijst glas waren.

Met Harte was het ook een beetje zo. Het probleem was alleen dat de meeste mensen niet door zijn glitter en glans heen prikten.

Ze moest echter niet zo harteloos over de doden denken. Ze had gehoord wat er eerder die dag op de Brooklyn Bridge was gebeurd. Harte had een of andere misleidende truc uitgeprobeerd en was uiteindelijk van de brug gesprongen, zijn dood tegemoet. Dat betekende dat hij niet terug zou komen om zijn moeder op te halen, zoals hij haar had beloofd.

Toch... Darrigan was op het eerste gezicht dan wel veel glitter en glans maar achter die façade was hij een ruwe diamant, oprecht en waarachtig. Dat vermoeden had Cela altijd al gehad, maar ze wist het echt zeker toen hij voor haar deur stond met een verloederde vrouw in zijn armen die hij vasthield alsof ze hem het dierbaarst was van alles. Ze vond dan ook dat ze niet kon weigeren zijn laatste wens in te willigen en zijn moeder bij te staan in haar naderende eind.

Twee dagen geleden was de vrouw zo diep in een opiumdroom verzonken dat niets haar wakker had kunnen maken. Maar de opium was al gauw uitgewerkt, en toen was het kreunen begonnen. De met laudanum vermengde wijn die Harte had achtergelaten was na een dag al op, de pijn van de vrouw had echter veel langer aangehouden. Gelukkig wekte ze nu een vredige indruk.

Met een diepe zucht knielde Cela bij haar neer, voorzichtig zodat haar rokken niet al te vies werden van de keldervloer. De oude vrouw lag niet te slapen, zoals ze had gedacht. Haar naar het plafond starende ogen stonden glazig en haar borst bewoog onregelmatig op en neer. Bij elke oppervlakkige ademhaling klonk een rochelend geluid dat Cela's vermoeden bevestigde: Hartes moeder zou het loodje leggen voor de volgende dag aanbrak.

Misschien moest ze zich daar rot over voelen, maar ze had Harte beloofd voor de oude vrouw te zorgen en het haar een beetje gemakkelijk te maken, niet om haar leven te redden. Cela was naaister van beroep, geen wonderdoener, en Hartes moeder, Molly O'Doherty had hij haar genoemd, was niet meer te redden. Dat kon iedereen zien.

Hoe dan ook, de vrouw verdiende een beetje steun in haar laatste uren, ongeacht hoe diep ze in haar leven gezonken was of hoe erg ze ook stonk. Cela pakte de kom met warm water die ze naar de kelder had meegenomen en begon het voorhoofd van de vrouw en het opgedroogde speeksel om haar mond te deppen, maar de vrouw verroerde zich niet.

Toen Cela haar zo goed als ze kon had gewassen zonder haar te veel te storen, hoorde ze voetstappen boven aan de houten trap.

'Cela?' Het was Abel, haar oudere broer, die eigenlijk nog niet thuis hoorde te zijn. Hij was nachtwaker op de slaapwagons op het traject van New York Central en hij zou vanuit Chicago onderweg naar huis moeten zijn, in plaats van hier boven aan de trap te staan.

'Ben jij het, Abe?' Ze krabbelde overeind van de vloer en streek het haar uit haar gezicht. De vochtige kelder zorgde ervoor dat het om haar slapen begon te krullen. 'Ik dacht dat je trein pas morgenochtend aan zou komen.'

'Ik heb mijn dienst geruild voor een slaapwagon eerder op de dag.' Ze hoorde hem een paar treden af lopen. 'Wat ben je beneden aan het doen?'

'Ik kom nu naar boven.' Ze pakte snel een pot perziken als smoes waarom ze in de kelder was en liep de trap op voordat hij naar beneden zou komen. 'Ik was net wat fruit gaan halen voor het avondeten.'

Abe torende in zijn uniform boven haar uit. Onder zijn ogen had hij kringen van vermoeidheid, waarschijnlijk omdat hij twee diensten achter elkaar had gedraaid om naar huis te kunnen. Hij glimlachte naar haar met dezelfde lach die hun vader ooit had.

Abel Johnson sr. was een grote tanige man geweest met de bouw van een handarbeider. Hij was in de zomer van 1900 om het leven gekomen, toen er rellen in de stad waren uitgebroken nadat Arthur Harris was gearresteerd, omdat hij een blanke man had neergestoken die een politieagent in burger bleek te zijn. En ook al had haar vader er niets mee te maken, toch was hij verzeild geraakt in de haat en razernij die in die verhitte maanden door de stad raasden.

Op sommige dagen dacht Cela dat ze zich haar vaders stem of de klank van zijn lach haast niet meer voor de geest kon halen, alsof hij langzaam uit haar geheugen begon weg te glippen. Maar het maakte een hoop goed dat Abe haar bijna dagelijks de lach schonk die hij van zijn vader had.

Op momenten als deze viel het haar op hoeveel haar broer op haar vader leek. Dezelfde tanige bouw, hetzelfde hoge voorhoofd en de hoekige kin. Dezelfde bezorgde trekken en groeven van vermoeidheid in zijn gezicht, dat daar eigenlijk nog te jong voor was, door de lange dagen die hij bij de spoorwegen maakte. Hij was het evenbeeld van zijn naamgenoot. De diepgelegen ogen waren kastanjebruin met gouden vlekjes, maar de roodbruine huidskleur had hij van hun moeder. Cela's eigen huid was veel donkerder en leek op het glanzende bruin van hun vader.

Abels gezicht klaarde helemaal op toen ze over het avondeten was begonnen. 'Ga je iets lekkers voor me maken?'

Ze fronste. Omdat ze zo in beslag was genomen door het verzorgen van de oude vrouw was ze niet naar de markt gegaan en had ze alleen de pot met perziken die ze in haar hand hield. 'Als je bedenkt dat ik je pas morgenavond thuis verwachtte, zul je genoegen moeten nemen met havermoutpap en perziken. Dat is wat ik voor mezelf wilde maken.' Zijn gezicht betrok en hij zag er zo teleurgesteld uit dat ze haar lach moest inhouden. Ze tilde haar rokken op en kwam een paar treden omhoog. 'O, kijk nou niet zo –'

Voordat ze kon uitpraten klonk een zachte kreun uit de donkere kelder.

Plotseling verstarde Abe. 'Hoorde je dat?'

'Wat?' vroeg ze, en ze vervloekte zichzelf in stilte, en de oude vrouw ook. 'Nee, ik hoorde niets.' Ze deed nog een stap in Abels richting, maar dat stomme oude wijf kreunde opnieuw en Abel fronste bedenkelijk. Cela deed alsof ze niets had gehoord. 'Je kent dit oude huis, waarschijnlijk een rat of zo.'

Haar broer deed een paar stappen naar beneden, de smalle trap af. 'Ratten maken niet zo'n geluid.'

'Abe,' riep ze, maar hij had de olielamp al uit haar hand gegrist en duwde haar opzij om naar beneden te gaan. Ze deed haar ogen dicht en wachtte de onvermijdelijke woede-uitbarsting af. Toen het zover was gaf ze zichzelf – en Abel – een moment de tijd voordat ze naar de kelder terugging.

'Verdomme, Cela, wat gebeurt hier?' vroeg hij, neerhurkend bij de vrouw. Zijn marineblauwe nachtwakersuniform stond strak om zijn schouders en hij had zijn neus in zijn overhemd weggestopt. Ze kon het hem niet kwalijk nemen, want de vrouw stonk behoorlijk. Daar was geen kruid tegen gewassen.

'Jij hoeft je er niet druk om te maken,' liet Cela hem weten, en ze sloeg haar armen over elkaar. Misschien was het een dom besluit geweest de Magiër te helpen, maar het was tenminste haar eigen besluit. Abe kon wel denken dat het zijn plicht was de vaderrol op zich te nemen nadat hun vader was overleden, maar Cela was geen klein kind meer. Ze had niet bij elke stap die ze zette de goedkeuring van haar oudere broer nodig, zeker niet wanneer hij vijf dagen in de week van huis weg was.

'Hoef ik me niet druk te maken?' vroeg Abe ontdaan. 'Er ligt een blanke vrouw halfdood in mijn kelder, en ík hoef me geen zorgen te maken? Wat heb je jezelf nu weer op de hals gehaald?'

'Het is ónze kelder,' zei ze, met nadruk op dat ene woord. De kelder van het huis dat hun ouders aan hen béíden hadden nagelaten. 'En ik heb me helemaal niks op de hals gehaald, ik help gewoon een goede kennis,' vertelde ze hem terwijl ze haar schouders rechtte.

'Is ze een kennis van je?' Er trok een schaduw van ongeloof over Abes gezicht.

'Nee. Ik heb een vriend beloofd voor haar te zorgen totdat ze...' Maar het voelde op de een of andere manier niet goed om de dood bij naam te noemen wanneer die al zo dichtbij was. 'Ze heeft niet lang meer.'

'Dat doet er niet toe, Cela. Weet je wel wat er met ons kan gebeuren als iemand erachter komt dat ze hier is?' vroeg Abel. 'Hoe moeten we uitleggen dat er een blanke vrouw in onze kelder ligt dood te gaan? We kunnen dit huis kwijtraken. Wat zeg ik, we kunnen álles kwijtraken.'

'Niemand weet dat ze hier is,' bracht Cela ertegen in, al kromp haar maag ineen. Waarom had ze hiermee ingestemd? Ze wilde dat ze het kon terugdraaien, ze kon zichzelf wel voor het hoofd slaan omdat ze alleen al had overwogen Harte te helpen. 'Jij en ik, wij zijn de enigen met een sleutel van de kelder. De huurders hierboven weten er niks van. Ze komen ook niets te weten. Ze legt vannacht nog het loodje, en dan hoef jij je nergens meer zorgen om te maken. Eigenlijk had je nog niet eens thuis moeten zijn,' voegde ze eraan toe, alsof dat iets uitmaakte.

'Dus je wilde het achter mijn rug om doen?'

'Het is net zo goed mijn huis,' beet ze hem toe. 'En ik ben niet helemaal achterlijk, want ik heb iets gekregen voor de moeite.'

'Je hebt er iets voor teruggekregen.' Abes stem klonk hol.

Ze vertelde hem over de ring die ze in haar rok had genaaid. Die was afgezet met een grote heldere edelsteen en was waarschijnlijk een fortuin waard.

Abel schudde zijn hoofd. 'Denk je soms dat je zomaar bij een of andere dure juwelier in East Side binnen kan lopen om hem te verkopen?'

Cela's maag keerde zich om. Hij had gelijk. Waarom had ze dat zelf niet bedacht? Ze kon de ring onmogelijk verkopen zonder argwaan te wekken. Niet dat ze dit aan hem wilde toegeven, niet nu. 'Het is gewoon een onderpand, meer niet.'

'Dit huis is ons onderpand,' grauwde Abel, en hij keek omhoog alsof hij door het plafond heen naar de begane grond kon kijken, waar zij woonden, en verder omhoog naar de eerste verdieping, die de familie Brown huurde, en naar de zolder, waar een rij houten bedden stond die ze in de winter aan berooide, noodlijdende mannen verhuurden. 'Onze ouders gaven ons financiële zekerheid toen ze ons dít nalieten.'

Hun huis was inderdaad gekocht en afbetaald met het geld dat hun vader met hard werken had verdiend. Dat hield in dat niemand ze kon wegsturen of de huur kon verhogen alleen vanwege hun huidskleur. Maar het was meer dan dat. Het was elke dag weer het bewijs dat hun moeder de juiste keus had gemaakt toen ze met hun vader trouwde, wat haar familie er ook van had gevonden.

De vrouw kreunde weer en ze haalde rochelend adem, alsof de dood zelf de lucht uit haar longen trok. Het klonk zo wanhopig en hulpeloos dat Cela tegen wil en dank bij haar neerhurkte.

'Luister je wel naar me, Cela?' vroeg Abel.

De blanke huid van de vrouw was nog bleker geworden en haar ogen stonden wezenloos, levenloos. Aarzelend reikte Cela naar haar koele hand en nam die in de hare. Onder de nagels waren de vingertoppen al blauwig. 'Ze gaat dood, Abe. Het is haar tijd, en hoe dom het misschien ook van me was om haar hier te laten brengen, een stervende vrouw laat ik niet alleen, wie of wat ze ook is.' Cela keek naar haar broer op. 'Jij wel?'

De frustratie was van zijn gezicht af te lezen, maar even later deed hij zijn ogen dicht en ontspande hij zijn schouders. 'Nee, Konijntje,' antwoordde hij zacht. Hij gebruikte de koosnaam uit haar jeugd. 'Ik denk het niet.' Hij opende zijn ogen weer. 'Hoe lang heeft ze nog, denk je?'

Fronsend staarde Cela naar de fragiele vrouw. Ze wist het niet precies. Toen hun moeder vijf jaar geleden aan tbc was overleden was Cela nog maar net twaalf. Haar vader had haar tot het laatste moment weggehouden uit de kamer met de zieke om haar te beschermen. Hij had altijd geprobeerd zijn gezin te beschermen.

'Hoor je het doodsgerochel niet? Ze heeft hooguit nog een paar uur... misschien zelfs maar minuten. Ik weet het niet. In ieder geval niet lang meer.' Het geluid dat de oude vrouw maakte was een van de dingen die ze zich herinnerde van toen ze erbij was op het moment dat haar moeder haar laatste adem uitblies. Het was dat ziekelijke, flinterdunne gereutel dat absoluut niet als haar altijd zo vrolijk lachende moeder had geklonken. 'Ze zal de nacht niet overleven.'

Samen wachtten ze in stilte af tot de borst van de vrouw ophield met bewegen.

'Wat moeten we doen als ze is overleden?' vroeg Abel nadat ze een tijd bij haar hadden gewaakt. 'We kunnen er niet zomaar iemand bij halen.'

'Als ze is overleden wachten we tot het nacht is en dan brengen we haar naar St.-John's in Christopher Street,' vertelde Cela hem, al begreep ze niet echt waar dit idee vandaan kwam. Ze had het er nog niet uit geflapt, of ze wist zeker dat het een goed plan was. 'Daar kunnen ze het verder afhandelen.'

Abel schudde zijn hoofd maar sprak haar niet tegen. Ze zag aan hem dat hij iets beters probeerde te bedenken, toen plotseling een harde bonk op de vloer van de bovenverdieping klonk.

De blik in Abels bruine ogen ontmoette de hare in het flakkerende licht van de olielamp. Het was al over tienen, te laat voor bezoek. 'Er is daar iemand,' merkte hij op alsof Cela dat niet zelf al had bedacht. Zijn stem klonk net zo bezorgd als zij was.

'Misschien gewoon een pensiongast die een slaapplaats voor de nacht nodig heeft,' zei ze.

'Daarvoor is het buiten niet koud genoeg,' mompelde hij meer tegen zichzelf dan tegen haar, terwijl hij naar het plafond staarde. Het gebonk klonk opnieuw, alleen nu harder en dringender.

'Laat nou maar,' suste ze. 'Ze gaan heus wel weer weg.'

Met een gespannen blik in zijn ogen schudde Abel opnieuw zijn hoofd. 'Wacht hier, ik ga kijken wat ze komen doen.'

'Abe...'

Hij luisterde nooit naar haar, bedacht ze toen hij in het donker van de trap verdween die naar het appartement erboven leidde. De olielamp had hij tenminste bij haar achtergelaten.

Cela wachtte af terwijl Abes voetstappen op de vloer boven haar klonken. Ineens hield het gebonk op en hoorde ze zware mannenstemmen.

Tot ze ineens begonnen te schreeuwen.

Bij het plotse geluid van een gevecht vloog Cela overeind, maar voordat ze ook maar één stap kon zetten doorkliefde een pistoolschot de stille avond, gevolgd door een doffe bonk van een lichaam dat op de vloer viel, en ze hapte naar lucht.

Nee!

Nu waren er nog meer voetstappen, van zware laarzen. Er waren mannen in hun huis. In háár huis.

Abel.

Ze wilde naar de trap lopen, gedreven door de sterke behoefte om naar haar broer toe te gaan, maar vanbinnen ging er een knop om, als een soort oerinstinct dat ze niet kon bevatten en waar ze niet tegen kon vechten. Het was of ze aan de grond genageld stond.

Ze moest bij haar broer zien te komen, maar ze kon zich niet bewegen.

De kranten stonden vol met nieuws over de patrouilles die de stad uitkamden en huizen doorzochten, die ze vervolgens platbrandden. In de immigrantenwijken, vlak bij de Bowery, waren de branden inmiddels bedwongen. De huizenblokken ten westen van Greenwich Village, waar haar vader tien jaar geleden het huis waar ze woonden had gebouwd, waren veilig gebleven. Cela wist maar al te goed hoe snel dingen konden veranderen en dat de veiligheid van vorige week niets betekende voor vandaag of morgen.

Er waren mannen in huis.

Ze kon hun stemmen horen, hun voetstappen in haar lijf voelen resoneren, terwijl ze zich door de vertrekken verspreidden alsof ze de kamers doorzochten. Waren het inbrekers? Zochten ze iets?

Het kon Cela niet echt schelen. Ze wilde alleen weten of Abel ongedeerd was. Ze moest naar boven, maar het leek alsof ze niets meer over haar eigen wil te zeggen had.

Zonder dat ze wist waarom of wat haar bezielde draaide ze zich om, weg van de trap die naar het huis leidde dat haar ouders tien jaar geleden met hun zuurverdiende geld hadden gekocht, en liep ze naar de blanke vrouw die inmiddels dood was gegaan. Met haar vingertoppen sloot Cela de ogen van de overledene. Ze sprak een kort gebed uit voor haar ziel – en die van haarzelf – en klom de korte loopplank op naar het kolenhok.

Ze duwde de deuren open en klom naar buiten, de frisse avond in. Haar voeten bewogen voordat ze zichzelf kon stoppen, voordat ze aan Abel kon denken, of aan alle andere dingen die ze aan haar hoofd had. Hoe ze het ook probeerde, ze kon niet stoppen met rennen, dus was ze de hoek al om en uit het zicht verdwenen toen de vlammen uit de ramen sloegen van het enige thuis dat ze ooit had gekend.

DE BOWERY IN LICHTERLAAIE

1902 – New York

Tegen de tijd dat Jianyu Lee van de Brooklyn Bridge naar de Bowery was gelopen was hij in staat een moord te plegen. Ironisch genoeg was zijn moordlust aangewakkerd om de man te wreken die hem lang geleden had gered van een leven vol geweld. Jianyu vermoedde dat Dolph Saunders in zijn vuistje zou hebben gelachen om de wending die de zaken hadden genomen. Maar Dolph was dood. De bendeleider van The Devil's Own en de enige *sāi yàn* die Jianyu nooit met een argwanende blik in zijn ogen had aangekeken, zoals de meesten deden, was in de rug geschoten door een van zijn eigen mensen, door iemand die hij vertrouwde en die ze allemaal hadden vertrouwd.

Nibsy Lorcan.

Het kon Jianyu niets schelen of Esta en Harte door de Barrière heen waren gekomen, zoals ze hadden gepland. Als hun onbezonnen plan door die vernietigende kracht heen te breken goed had uitgepakt, betwijfelde hij of ze ooit nog zouden terugkomen. Waarom zouden ze ook, als ze aan de overkant van de brug vrijheid vonden? Als hijzelf deze stad, die als een gevangenis was, kon ontvluchten, zou hij nooit meer achteromkijken, laat staan terugkeren. Hij zou de eerste de beste boot naar het oosten nemen, naar het huis dat hij nooit had moeten verlaten.

Dan zou hij zijn geboorteland weer zien.

Hij zou de schone buitenlucht in het dorp inademen in Sānnìng, waar zijn familie woonde, en zijn ambities vergeten. Eens was hij zo jong en onschuldig geweest in zijn eigenzinnige zelfvertrouwen. Na de dood van zijn ouders had zijn oudere broer Siu-Kao hem grootgebracht. Siu-Kao was bijna tien jaar ouder en getrouwd met een mooie vrouw, die zo sluw was als een vos. Ze had zijn broer getrouwd voor de magie die in de familie zat, en ook om de voordelen die de akkergronden van de familie boden. Toen hun eerste kindje geen magie bleek te hebben liet ze Jianyu duidelijk merken dat hij niet langer welkom was bij hen. Tegen de tijd dat zijn eerste okselhaar begon te groeien was hij zo kwaad op hoe ze hem in hun gezin behandelde, en hij verlangde er zo wanhopig naar zijn vleugels uit te slaan, dat hij had besloten weg te gaan.

Nu zag hij in dat zijn jeugd hem had verblind en zijn magie hem roekeloos had gemaakt. Aangetrokken door de bendes van rovende bandieten die overal in de verpauperde dorpen in Gwóng¯du¯ng opdoken had hij er een tijdlang op los geleefd zonder zijn oudere broer te gehoorzamen en was hij zijn eigen weg gegaan. Maar toen hij te lang in hetzelfde dorp was blijven rondhangen, een gehucht vlak bij de oevers van de Zyu¯Go¯ng, was hij vergeten dat magie geen wondermiddel tegen domheid was. Hij was nog geen dertien toen hij werd opgepakt bij een inbraak in het huis van een plaatselijke koopman.

Hij had niet met hangende pootjes naar zijn broer terug kunnen gaan. Dat zou een belediging zijn geweest. Dit was dan ook het moment waarop hij ervan overtuigd was dat zijn vaderland verlaten de enige optie was.

Hij had zich echter niet gerealiseerd dat er landen op de wereld waren waar mensen met oude magie in de val zaten. Nu wist hij dat maar al te goed. De veiligheid die een eed van trouw bood had hij als jongen niet begrepen, net zomin als de vrijheid binnen de beperkingen van de plicht jegens familie.

Ooit had hij gedacht dat hij, als hij de kans kreeg, spijt zou betuigen en alsnog zou kiezen voor het leven dat zijn familie van hem verwachtte, een leven waar hij ooit voor op de vlucht was geslagen. Hij zou niet nog eens dezelfde fouten maken.

Waarom had hij anders trouw aan Dolph Saunders gezworen, als Dolph hem niet had beloofd dat de Barrière op een dag vernietigd zou worden? Waarom was hij anders lang geleden in de rij voor de boot blijven staan terwijl zo veel anderen al weg waren gegaan, als hij niet had gehoopt dat hij op een goede dag een manier zou vinden om terug te keren naar zijn geboorteland? Natuurlijk, het was makkelijker geweest als hij zijn lange vlecht zou afknippen, die voor nieuwsgierige, maar ook argwanende blikken zorgde. Veel landgenoten hadden dat gedaan. Zijn vlecht afknippen zou echter betekenen dat hij definitief besloot nooit meer naar China terug te gaan.

Uit de dingen die hij van Esta had gehoord had hij opgemaakt dat het geen zin had om naar Sa¯nnìng terug te keren als het gevaar dat ze voorzag zou uitkomen. Als Nibsy Lorcan de *Ars Arcana* in handen wist te krijgen – het Boek dat de bron van magie bevatte – of als hij de vijf artefacten van de Orde terug zou vinden, de oeroude edelstenen die de Orde had gebruikt om de Barrière te creëren en haar macht te behouden, kon niemand Nibsy nog tegenhouden. Geen land, geen volk – Mageus of Sundren – was dan nog veilig voor de macht die de jongen zou uitoefenen. Hij zou de Sundren onderwerpen en zijn macht over de Mageus gebruiken om dit voor elkaar te krijgen.

Jianyu beschouwde het als zijn plicht om ervoor te zorgen dat die toekomst nooit werkelijkheid zou worden. Als hij niet naar zijn vaderland terug kon, zou hij het land tegen Nibsy Lorcan en zijn soort beschermen.

Darrigan had specifieke instructies voor hem achtergelaten: Jianyu moest het eerste artefact van de Orde beschermen, net als de jonge vrouw die deze steen droeg, maar de tijd begon te dringen. Binnenkort zou de jongen voor wie Esta hen had gewaarschuwd in de stad aankomen. Een jongen die de gave bezat om zoekgeraakte dingen op te sporen en die in de toekomst kon kijken. Een jongen die trouw was aan Nibsy. Deze knul mocht Nibsy niet ontmoeten, zeker niet zolang er ergens in de stad een van de edelstenen van de Orde voor het grijpen lag.

Jianyu riskeerde nog liever de dood in een vreemd land, zijn botten ver weg van zijn voorouders begraven, dan Nibsy Lorcan te zien winnen. Hij zou zelf het artefact vinden en die jongen, deze Logan, uitschakelen. Daarna zou hij Nibsy om zeep helpen en zo zijn vermoorde vriend Dolph wreken, zelfs als het zijn dood zou worden.

Terwijl Jianyu door de Bowery naar zijn bestemming in de Village liep, hing de geur van as en roet verstikkend in de lucht. Afgelopen week, sinds de bende van Dolph Saunders de Orde had beroofd van haar krachtigste artefacten en Khafre Hall tot de grond toe was afgebrand, was het grootse deel van Lower East Side in rook gehuld. Als vergelding voor de roof was de ene na de andere brand uitgebroken in de armoedigste buurten van de stad. De Orde moest tenslotte een statement maken.

Waar Hester Street op de brede boulevard van de Bowery uitkwam, passeerde Jianyu de uitgebrande ruïne van een appartementencomplex. Op het trottoir lagen bergen dode lichamen, de tastbare bewijzen van verwoeste levens. In het pand hadden Mageus gewoond, mensen die Dolphs bescherming hadden genoten. Jianyu vroeg zich af waar ze naartoe waren gegaan en op wiens steun ze konden rekenen nu Dolph niet meer leefde.

Tijdens zijn wandeling ontdekte Jianyu een groepje donkere schimmen die zich net buiten de lichtkring van een straatlantaarn ophielden, pal tegenover het afgebrande pand. *Paul Kelly's jongens.* Het waren Sundren, en daarom hadden de Five Pointers niets te vrezen van de Orde.

Er was een tijd dat de Five Pointers Elizabeth Street niet over durfden te steken of zich binnen een straal van vier huizenblokken rond de Bella Strega, Dolphs bar, durfden te wagen. Maar nu flaneerden ze door de straten die Dolph ooit beschermde alsof het niets was en maakte hun aanwezigheid duidelijk dat ze de bedoeling hadden deze buurt in bezit te nemen, te veroveren.

Het was te verwachten. Terwijl het nieuws van Dolphs dood zich als een lopend vuurtje verspreidde zouden de andere bendes het territorium van The Devil's Own maar al te gauw inpikken. Het was dan ook geen verrassing om de Five Pointers in de buurt te zien, of de bende van Eastman, of welke andere bende dan ook. Als Jianyu een gok moest wagen vermoedde hij dat zelfs Tom Lee, de leider van de machtigste bende in Chinatown, zou proberen zo veel mogelijk van het territorium te veroveren.

De Five Pointers waren echter van een ander kaliber, gevaarlijker en wreder. Ze waren een relatief nieuwe bende in de Bowery en daarom vochten ze alsof hun leven ervan afhing om zich te bewijzen. Maar in tegenstelling tot de andere bendes hadden de jongens van Kelly het voor elkaar gekregen dat Tammany Hall hen beschermde. Een jaar geleden hadden de Five Pointers mensen opgeroepen massaal naar de stemlokalen te gaan om op een kandidaat van Tammany te stemmen, voor een stroman in het stadsbestuur, en sindsdien zag de politie elke misdaad van de Five Pointers door de vingers.

Het was al erg genoeg dat Kelly een verbond had met de corrupte bazen van Tammany, maar de dagen voorafgaand aan Dolphs dood waren ze onbeschofter en brutaler geworden dan ooit. Dat was een onmiskenbaar teken aan de wand geweest van het feit dat er iets stond te gebeuren. Iedereen in de Strega wist dat er iets broeide in de Bowery, maar het voorteken was moeilijk te begrijpen en kwam te laat.

Omdat Jianyu nogal opviel riep hij zijn magische gave op en maakte een opening tussen de lichtstralen van de straatlantaarns. Hij omhulde zich met het licht alsof het een mantel was, zodat de Five Pointers hem niet konden zien wanneer hij langsliep. Onzichtbaar voor hun waakzame, speurende blik stond hij zichzelf toe te ontspannen in de vertrouwdheid van zijn magie, zijn enige zekerheid als al het andere onzeker was. Daarna versnelde hij zijn pas.

Enkele huizenblokken verder kwam de heks met de bekende goudkleurige ogen op het bord van de Bella Strega in zicht. Voor de doorsnee persoon die verlangde naar warmte in de koude avond of een borrel om de pijn te verdoven van een leven aan de zelfkant, verschilde het publiek in de Bella Strega waarschijnlijk niet veel van andere bars en bierlokalen in de stad. Legaal of illegaal, deze verduisterde vertrekken waren voor arme mensen een manier om te ontsnappen aan de teleurstelling en beproevingen van hun zware leven. Maar de Strega was anders.

Of dat was zo geweest.

Allerlei Mageus voelden zich er veilig genoeg om samen te komen binnen de muren van de bar zonder te hoeven verbergen wat ze waren, omdat Dolph Saunders had geweigerd toe te geven aan de kortzichtigheid, voortkomend uit angst en onwetendheid, of de gebruikelijke scheiding tussen de bewoners van de Bowery te handhaven. Een bezoek aan de Strega betekende een hartelijk welkom en de belofte van veiligheid in een gevaarlijke stad, zelfs voor iemand als Jianyu. Elke avond zat de bar vol met een bonte verzameling mensen en klonken er verschillende talen. Wat hen verbond was de oude magie die door hun aderen stroomde.

Dit was voordat één enkele kogel Dolph graf had ingejaagd, bracht Jianyu zichzelf in herinnering terwijl hij onder de waakzame blik van de heks doorliep. Nu Nibsy Lorcan de baas was in The Devil's Own bestond de garantie van een hartelijk welkom of van veiligheid binnen de muren niet meer. En zeker niet voor Jianyu.

Volgens Esta bezat Nibsy de bovennatuurlijke gave verbanden te zien tussen gebeurtenissen en kon hij voorspellen hoe dingen afliepen. Aangezien Jianyu vastbesloten was Nibsy van zijn troon te stoten en hem te doden, kon hij het risico niet nemen naar de Strega terug te gaan.

Toch had Nibsy niet kunnen voorspellen dat Dolph de plannen in Khafre Hall zou veranderen, en ook niet dat Jianyu van plan was geweest Harte Darrigan te helpen bij het in scène zetten van zijn eigen dood op de brug, nog maar enkele uren geleden. Misschien was de jongen niet zo machtig als Esta dacht, of was zijn magische gave gewoon beperkt, wat met elke gave zo was. Het was misschien lastig om Nibsy uit te schakelen, maar niet onmogelijk. Zeker niet met Viola's hulp, die iemand kon doden zonder hem aan te raken.

Maar dat moest wachten tot een andere dag. Eerst moest Jianyu Viola vinden om haar alles te vertellen. Vermoedelijk geloofde ze nog steeds dat hij helemaal niet op de brug was geweest en dat Harte Darrigan hen allemaal had verraden.

Jianyu had de Strega achter zich gelaten en liep stevig door. Hij had de tram kunnen nemen of een van de verhoogde treinen, maar hij liep liever zodat hij zijn gedachten op een rijtje kon zetten om een plan uit te denken. Om Cela's vertrouwen te winnen moest hij voorzichtig te werk gaan, want Cela Johnson verwachtte hem niet voor haar deur te zien en er waren maar weinig mensen in de stad die hem en zijn landgenoten vertrouwden. Het was misschien zelfs nog moeilijker om haar en de steen te beschermen, omdat ze een Sundren was en geen benul had van het gevaar dat de ring voor haar vormde. Maar hij had het Darrigan beloofd en hij begreep hoeveel er op het spel stond. Hij zou hem niet teleurstellen.

Toen hij South Village bereikte, bespeurde Jianyu rook in de lucht. En bij Minetta Lane, waar Miss Johnson woonde, werd de geur nog sterker, wat hem alarmeerde, en zijn maag kromp ineen van angst.

Voordat hij het pand kon zien wist Jianyu op de een of andere manier al dat het huis van Cela Johnson in brand stond. Vlammen laaiden op uit de ramen en het hele gebouw verspreidde een gloed van het vuur dat binnen raasde. Zelfs van waar hij stond, aan de overkant van de straat, voelde hij de hitte op zijn huid prikken, waardoor de wollen jas die hij aanhad veel te warm was voor een vroege lenteavond.

De huurders van het pand keken op straat toe terwijl hun woning door de vlammen werd verslonden. Bij elkaar gekropen probeerden ze het armoedige boeltje van de eigendommen die ze hadden kunnen redden te beschermen, terwijl er een brandweerwagen vlakbij stond. De paarden schraapten onrustig met hun hoeven over de straat vanwege het flakkerende licht van het vuur en de groeiende menigte.

Het verbaasde Jianyu niet dat de brandweermannen geen poot uitstaken. Hij wist dat ze opzettelijk niets deden. Ze waren voornamelijk van Ierse komaf, maar nu ze minstens één generatie verwijderd waren van de stoomboten en de hongersnood die hen naar dit land hadden gebracht, beschouwden ze zichzelf als autochtone Amerikanen. Ze keken vol afkeer neer op de stromen nieuwe immigranten uit het oosten en het zuiden, en op ieder ander met een huid die niet blank was, ongeacht hoe lang hun families hier al woonden. Wanneer de huizen van deze mensen in brand stonden, maakte de brandweer geen haast en werd er minder risico genomen. Soms, als het ze goed uitkwam, negeerden ze de branden zelfs helemaal.

Als ernaar werd gevraagd, beweerden ze dat het te laat was. Ze zouden de huilende en handenwringende mensen vertellen dat de brand al te veel had verwoest, dat het te gevaarlijk was om zelfs maar een poging te wagen het gebouw binnen te gaan. Ze konden hun leven niet op het spel zetten voor een hopeloze zaak, zeiden ze.

Het maakte niet uit of het waar was. Het kwam allemaal op hetzelfde neer. Ook nu leunden de mannen in hun zwarte uniformen met hun armen over elkaar geslagen gewoon tegen hun paardenwagen aan, net zo onbeweeglijk als de rijen koperen knopen over hun borst. Hun glanzende helmen weerkaatsten het licht van de vlammenzee terwijl de mannen met hun blanke gezichten en lange, smalle neuzen stonden toe te kijken hoe het huis in as veranderde. Het was al vaak zo gegaan en Jianyu wist dat het nog veel vaker ging gebeuren.

Onzichtbaar door zijn magie liep hij langzaam op de groep mensen af, met gespitste oren, om erachter te komen of Cela bij hen stond. Jianyu was jarenlang de ogen en oren van Dolph Saunders geweest in de Bowery. Dat had niet alleen te maken met het feit dat hij met zijn magische gave aan de aandacht van anderen kon ontsnappen. Nee, hij had ook het talent mensen te doorgronden en tussen de regels door te luisteren naar wat onuitgesproken bleef; een vaardigheid die hij had opgedaan toen hij door Gwóng-dūng had gereisd voordat hij werd opgepakt. Hij had een nieuwe start willen maken door dat leven achter zich te laten, en omdat hij vurig hoopte dat de Barrière op een dag werd neergehaald, had Jianyu zijn magische gave voor Dolph ingezet, om hem te waarschuwen als er gevaar dreigde, of om mensen die hulp nodig hadden maar niet wisten tot wie ze zich moesten wenden op te sporen.

Ook nu gebruikte hij dit talent, aandachtig naar de groep mensen luisterend die samen waren gekomen om hun familie te troosten.

'... zag haar ervandoor gaan alsof de duivel haar op de hielen zat.'

'Kleine Cela?'

'Hm-hm.'

'Néé...'

'Denk je niet dat zij het heeft aangestoken?'

'Ze is in ieder geval niet gebleven om te helpen, of wel? Ze liet de familie Brown boven zitten zonder ze te waarschuwen.'

'Ik heb die meid altijd al wat vreemd gevonden. Te verwaand voor iemand als zij, als je het mij vraagt.'

'Hou erover op. Je kunt niet zomaar zulke leugens over mensen vertellen. Dat meisje doet geen vlieg kwaad. Ze is een harde werker en ze zou heus haar eigen huis niet in de fik steken.'

'Abel was niet binnen, toch?'

'Geen idee...'

'Zoiets zou ze haar broer nooit aandoen. Je kunt over haar zeggen wat je wilt, maar Abe is gek op die meid.'

‘Het zou niet de eerste keer zijn dat een kreng van een meid in de hand bijt die haar voedt. Zo’n groot huis als dit? Ze had het kunnen verkopen en overal naartoe kunnen gaan waar ze maar wilde.’

‘Abel zou het nooit verkopen.’

‘Dat bedoel ik. Ze hebben de verzekeringsman betaald, dat doet iedereen.’

‘Carl Brown beweerde dat hij een pistoolschot hoorde...’

Jianyu liep weg van de verbitterdheid en jaloezie, het gif waar hun woorden van doordrenkt waren. Ze wisten niets, behalve dat Cela niet in het huis was.

Het pistoolschot, de brand. Cela had de aanstichter kunnen zijn, maar uit de manier waarop de brandweer erbij stond, passief en waakzaam in plaats van de brand te blussen, maakte Jianyu op dat zij dit niet had gedaan. Het leek te veel op wat er in andere delen van de stad gebeurde en het had er alles van weg dat de Orde erachter zat.

Dat betekende waarschijnlijk dat iemand op de een of andere manier vermoedde dat Cela het artefact van de Orde had. Zolang ze alleen en zonder bescherming in de stad was, liep ze gevaar.

Dan waren ze allemaal in gevaar.

DE WAARHEID OVER MACHT

1902 – New York

Aan de tafel achter in de Bella Strega balanceerde James Lorcan de stiletto op zijn punt terwijl hij de bar overzag. Het mes was van Viola geweest, maar aangezien het in zijn bovenbeen was gestoken, had hij besloten dat hij het zich mocht toe-eigenen. Hij keek naar het licht dat weerkaatste in het dodelijke lemmet dat door elk materiaal kon snijden, en overpeinsde alles wat er was voorgevallen.

Hij hoefde niet meer aan de zijkant te zitten, zoals hij deed toen Dolph Saunders nog leefde. Nu zat James aan de tafel in het midden, die voor de baas van The Devil's Own gereserveerd was, een plek waar hij altijd al had gehoord. Saunders had nu een stukje grond op een begraafplaats, waar híj hoorde. Maar dit was niet genoeg voor Nibsy. Het kwam niet eens in de buurt.

Aan de tafel naast hem zaten Mooch en Werner, ruige knullen uit de Bowery die lang geleden het merkteken van Dolph Saunders hadden ontvangen en trouw hadden gezworen aan The Devil's Own. Nu beschouwden ze James als hun leider, net als de rest van de bende. Ze zaten een potje te kaarten met een paar andere jongens. Hij kon aan de manier waarop de ether om hen heen golfde en trilde zien dat een van de jongens bluftte over zijn kaarten en aan het verliezen was – waarschijnlijk was het Mooch. En hij kon van de anderen aflezen dat ze het wisten en daarom de pot opzettelijk spekten.

Ze hadden hem niet uitgenodigd mee te doen, niet dat hij dat zou hebben gedaan. Hij gaf niets om spelletjes, althans, niet om dat soort. Neem nou schaken. Niet al te snuggere mensen vonden dat een moeilijk spel, maar in werkelijkheid was het veel te voorspelbaar. Elk stuk op het speelbord had bepaalde beperkingen en elke zet gaf de speler maar een aantal mogelijkheden. Iedereen met een beetje verstand tussen zijn oren kon de eenvoudige trucjes waarmee je zeker zou winnen leren. Dat was geen echte uitdaging.

Het leven zelf was een veel interessanter spel. De spelers waren gevarieerder en de regels veranderden steeds. De uitdagingen die deze variabelen met zich meebrachten maakten winnen des te leuker, omdat James Lorcan altijd won. Mensen waren niet in staat tot enige diepgang. Hij had zijn magische gave niet eens nodig om te weten dat ze in wezen niet verschilden van dieren, gedreven door hun driften en angsten.

Makkelijk te manipuleren.

Voorspelbaar.

Nee, James had zijn gave niet nodig om de menselijke aard te doorgronden, maar hij had er wel profijt van. Het scherpte en verdiepte zijn waarnemingen en dat gaf hem een voordeel boven elke andere speler op het speelbord.

Het was niet echt zo dat hij de toekomst kon voorspellen, hij was geen waarzegger. Zijn gave zorgde ervoor dat hij de mogelijkheden van het lot herkende op een manier die de meeste mensen niet konden bevatten. De wereld en alles erop en eraan stond tenslotte door ether met elkaar in verbinding, net als woorden met elkaar waren verbonden op de bladzijden van een boek. Alles had een patroon, zoals de grammatica van een zin of de structuur van een verhaal, en zijn magische gave gaf hem het vermogen dit te zien en te begrijpen. Maar het was aan zijn intelligentie te danken dat hij iets kon aanpassen wanneer hij dat wilde. Veranderde je één woord, dan werd de hele zin anders. Schrapte je een zin dan ontstond er een nieuwe betekenis. Zo kon je een andere afloop schrijven.

Gisteren was de toekomst die hij had voorzien en gepland nog binnen handbereik geweest. Met de macht van het Boek had hij magie kunnen herstellen en mensen zoals hij hun ware lotsbestemming kunnen tonen: in plaats van zich te verbergen voor de ordinaire Sundren zonder macht konden ze over hen heersen. Zij die hadden geprobeerd die macht te stelen om de wereld naar hun hand te zetten zouden ze ruïneren. En hij zou de Mageus een nieuw tijdperk hebben in geleid.

Maar het Boek was zoekgeraakt. Hij had verwacht dat Darrigan ervoor zou vechten, hij had zelfs voorzien dat de Magiër op de vlucht zou slaan, maar hij had niet voorspeld dat Darrigan bereid was geweest te sterven.

Esta's rol had hij ook niet voorspeld, al had dat misschien wel gemoeten. Ze was voor hem altijd wat schimmig gebleven, haar verbinding met de ether was instabiel en vanaf het begin onbestendig. Uiteindelijk had James haar verkeerd ingeschat en was ze net zo kwetsbaar en waardeloos gebleken als elk ander mak schaap dat Dolph Saunders had gevolgd.

Zonder het Boek zou die specifieke droom misschien nooit uitkomen, maar James Lorcan was nog niet uitgespeeld. Zolang de toekomst kansen bood aan iedereen die slim genoeg was ze met beide handen aan te grijpen, was zijn spel nog niet afgelopen. Hij kon dan misschien geen macht over de oude magie krijgen, waar hij ooit van had gedroomd, en wie weet zou magie wel langzaam uit de wereld verdwijnen, maar er waren nog zo veel andere manieren waarop hij kon winnen. Hij kon de mensen die hem zijn familie en zijn toekomst hadden ontnomen op zo veel verschillende manieren laten boeten en uiteindelijk iedereen de baas zijn.

Macht draaide immers niet altijd om waarneembare kracht. Je hoefde maar te kijken naar wat er met James' eigen vader was gebeurd, die niets anders had gewild dan rechtvaardigheid voor arbeiders zoals hijzelf: veilige werkomstandigheden, een goed loon. Hij had geprobeerd zich als hun leider op te werpen en ze hadden hem kapotgemaakt. Ze hadden James' huis in de as gelegd, zijn familie uitgemoord en hem alles afgenomen. James had te vaak gezien hoe het met je afliep wanneer je als leider je hoofd boven het maaiveld stak.

Je maakte jezelf tot een makkelijk mikpunt.

Hij voelde absoluut geen enkele behoefte om Dolphs lot achterna te gaan, dus deed hij wat hij altijd deed: hij wachtte het goede moment af. Hij zou het spel vanaf een afstand als geheel overzien, terwijl de minder slimme types van vakje naar vakje probeerden te springen, elkaar van het speelbord wegspelend. Er was niet zo veel voor nodig: een suggestie hier, een fluistering daar, en de leiders in de Bowery zouden het vervolgens zo druk hebben met elkaar bevechten om de restjes die de Orde voor hen overliet dat ze geen aandacht aan James zouden schenken. Dat gaf hem de vrijheid om zich op belangrijker zaken te richten.

Nee, hij was zeker geen waarzegger, maar hij kon de toekomst aan de horizon zien dagen. Zonder het Boek zou magie uiteindelijk uitsterven en de Barrière zou niets meer zijn dan een ouderwetse curiositeit. Welke macht had de Orde dan nog, en al helemaal als ze het zonder hun waardevolste schatten moesten stellen?

Terwijl hun macht geleidelijk afnam zou James zijn eigen spelstukken verplaatsen om met hen af te rekenen in de enige taal die ze begrepen – de taal van geld, de taal van politieke macht. Omdat hij wist dat mannen zoals Dolph Saunders – die probeerden een of ander verloren gegaan verleden op te eisen – zonder het Boek niet konden winnen, maar dat degenen die bereid waren een uitdagende en gevaarlijke nieuwe toekomst te omarmen dat wel zouden doen.

Mensen als Paul Kelly, die al snapte hoe hij de politici kon gebruiken. En mensen als James zelf, die wist dat ware macht niet bij de mensen lag die met geweld heersten, maar bij de mensen die de touwtjes daadwerkelijk in handen hadden. Ware macht bestond uit het vermogen anderen te laten doen wat jij wilde, en ze laten denken dat het hun eigen idee was.

Misschien kon James niet meer op het Boek bouwen en was er geen manier om magie veilig te stellen, maar hij zou doorgaan met zijn spel. Met een rukje hier en een duwtje daar zou hij de zittende macht, die zo gebeiteld zat dat ze zich nooit zouden realiseren waar het werkelijke gevaar vandaan kwam, aan banden leggen. Wanneer de tijd rijp was, had James Lorcan zijn eigen wapen, een geheim waar Dolph nooit van had geweten.

Een meisje dat de ondergang van de Orde zou worden en de sleutel tot James Lorcans laatste overwinning.

EEN VEILIGE PLEK

1902 – New York

Toen Cela de laatste tram van die avond in stapte trok ze haar sjaal ver over haar hoofd om haar gezicht te verbergen en ze verbeet een snik. De herinnering aan het pistoolschot, een geluid dat zo hard, definitief en onmiskenbaar in de stille avond had geklonken, galmde nog na in haar oren. Ze kon maar niet vergeten dat ze het letterlijk had gevoeld toen het lichaam met een smak op de grond was gevallen. Het had in haar borst geresoneerd en ze had het gevoel dat ze dat altijd zou blijven horen, net zoals de leegte die ermee gepaard ging voelbaar zou blijven.

Abe. Ze wist niet hoe ze een zitplaats had weten te bemachtigen terwijl ze amper kon ademhalen en toen de tram in het donker voort ratelde, leek het of haar lichaam in zichzelf afbrokkelde om het gapende gat dat in haar borst was achtergebleven op te vullen.

Ze moest terug. Ze kon Abe daar niet achterlaten, hij was haar broer en de enige naaste familie die ze had. Ze moest zijn lichaam bergen en het huis waarvoor haar vader zich uit de naad had gewerkt veiligstellen. Maar ze kon het niet. Elke keer dat ze zich wilde omdraaien welde er een golf van intense angst in haar op, waar ze misselijk van werd.

Tijdens de rit dacht ze erover om naar haar moeders familie te gaan. Die waren een paar jaar geleden naar West Fifty-Second Street verhuisd. Maar ze hadden Cela's vader nooit echt gemogen. Haar ooms hadden altijd op hem neergekeken, alsof hij te min was voor hun zus – alsof hij iets was wat de hond mee naar binnen had gesleept. Nu haar oma was overleden was Cela's bescherming tegen het harde oordeel van de familie min of meer ook verdwenen. Vroeg of laat zou ze toch naar ze toe gaan omdat ze het wel moest vertellen, maar ze vermoedde dat ze dat nu nog niet aankon. Niet nu alles zo vers was. Niet nu het nog te moeilijk was om alleen al aan de woorden te denken, laat staan ze hardop uit te spreken.

Zeker niet tegen de mensen die zouden denken dat Abes dood zijn eigen schuld was, zoals ze over haar vader hadden beweerd. Haar ooms wisten niet dat Cela had meegeluisterd toen ze na de begrafenis met elkaar fluisterden, dus hadden ze zichzelf niet ingehouden. Ze hadden zich beklaagd dat haar vader op de veranda op de uitkijk was gaan staan toen de woedende meute de straat op was gestormd. Ze vonden dat hij binnen had moeten blijven, in het huis waar hij hoorde, en dat hij beter had moeten weten dan zich tegen hen te keren.

Haar vader had zijn familie willen beschermen, net zoals Abe had geprobeerd haar te beschermen. Cela wist dat ze haar familie niet onder ogen kon komen zonder de echo's van deze beledigingen te horen. Niet nu haar schuldgevoel en verdriet zich als een stekelige doornenrank om haar hart slingerde, met elke seconde verder groeiend.

Maar ook al had haar familie haar in het verleden gekwetst, ze waren nog altijd haar bloedverwanten. Ze kon het niet riskeren ze in gevaar te brengen. Misschien waren de mannen die op die avond op hun deur hadden gebonkt alleen maar uit geweest op hun bezit. Het was niet de eerste keer dat iemand dacht aanspraak te kunnen maken op het huis, alleen maar omdat hij het wilde. Er waren maar al te vaak mensen aan de deur gekomen met mooie beloften en kant-en-klaar opgestelde contracten; eerst had haar vader ze weggestuurd, en na zijn dood had haar broer dat gedaan.

Ze waren alleen nog nooit met pistolen binnengekomen, en ze had ook nog nooit een stervende blanke vrouw in haar kelder gehad. Misschien bestond er geen enkel verband tussen die twee, maar ze had het gevoel dat het wel zo was.

Ze deed er beter aan naar haar familie te gaan, maar het was al laat en ze wilde geen mensen wakker maken.

Het was ondenkbaar dat haar oom zijn deur voor haar open zou doen zonder te vragen wat er aan de hand was. Cela zou de woorden nooit kunnen uitspreken, die wat er net was gebeurd werkelijkheid maakten. Nog niet. Ze was er nog niet aan toe en ze wist niet of dat ooit wel zo zou zijn, maar ze had het gevoel dat het in het daglicht wat makkelijker zou zijn. Hoewel ze zich daar waarschijnlijk ook in vergiste.

Bij haar vaste tramhalte stapte ze uit, en ze zette werktuiglijk de ene voet voor de andere. Zo liep ze uitgeput en met haar hoofd vol herinneringen door de straten. Het theater was tenminste een veilige plek, omdat de eigenaar een of andere rijke blanke man was. Niemand zou zijn pand in brand steken en ze kende de ruimte backstage op haar duimpje, zodat ze de weg naar buiten wist te vinden als ze in moeilijkheden zou komen.

Ze ging via een steegje door de achterdeur naar binnen, die niemand gebruikte, behalve de mensen die in het theater werkten. Binnen was het stil. Zelfs de portier met avonddienst was al naar huis, wat alleen maar fijn was. Ze kwam nu liever niemand tegen.

Haar naaiatelier was in de kelder en omdat dit haar domein was ging ze daarheen. Ze werkte regelmatig tot laat op de avond door om een kostuum af te maken, maar als ze haar nek niet wilde breken over de kabels of rekwisieten had ze licht nodig. Ze besloot een van de olielampen aan te steken die backstage stonden voor het geval de stroom uitviel, in plaats van de elektrische gloeilampen aan te doen. De olielamp verspreidde een kleine gouden gloed en verlichtte ongeveer twee passen op de vloer voor haar, niet meer dan dat. Maar het was precies genoeg.

Ze liep de trap af, waarbij ze zoals altijd de treden telde, zodat ze de dertiende kon overslaan. Het was een gewoonte geworden, maar dit keer voelde ze de doornenrank samentrekken om haar hart, omdat ze aan Abe moest denken, die haar erom had uitgelachen. Ze liep verder door het stille donker in de kelder terwijl ze de tranen van haar wangen veegde, voordat ze de kleine voorraadkamer van het slot draaide, die nu haar naaiatelier was.

Binnen zette Cela de olielamp op de naaitafel neer en ging ze in de werkstoel met een rechte rugleuning zitten, bij haar zware naaimachine, waar ze zo'n beetje alle dagen doorbracht met het naaien, knippen en stikken van haar meesterwerken die het podium tot leven brachten. Even voelde ze helemaal niets meer – geen angst of opluchting, zelfs geen leegte – en was ze niets meer dan een zuchtje adem in de nacht, omgeven door de warmte van haar lichaam. Tot ze plotseling weer overmand werd door het intense verdriet en er een luide snik aan haar keel ontsnapte.

Mijn broer is dood.

Ze stond de pijn toe en liet zich erdoor meevoeren naar een donkere plek, waar zelfs het licht van de olielamp niet kon komen. Het enige wat ze bezat, waren de kleren die ze aanhad en een ring die te opvallend was om te verkopen zonder de kans te lopen opgepakt te worden, of erger.

En ze had haar werk...

En zichzelf...

Het liefst bleef ze op die donkere plek, diep onder de golven verdriet, maar deze gedachten beurden haar een beetje op, tot ze de tranen op haar wangen weer voelde en het zachte licht in het kleine volgestouwde naaiatelier kon zien.

Abel zou het vreselijk hebben gevonden om haar zo te zien zwelgen in haar verdriet. Nadat hun vader in elkaar was geslagen en was doodgeschoten, omdat hij zijn eigen huis probeerde te beschermen, was Abe degene geweest die zijn arm om haar heen had geslagen en haar erdoorheen had gesleept zodat ze weer verder kon. Ze was helemaal verdoofd geraakt door het verlies. De vertrouwde stad was een onherkenbare, afschuwelijke plek geworden, en het leven waar ze ooit van had gedroomd was met het lichaam van haar vader begraven. Maar Abe had haar wakker geschud en haar verteld dat ze de keuzes van hun vader eer aan moesten doen door alles uit het leven te halen. Daarom was ze werk gaan zoeken als naaister en had ze aangedrongen op een aanstelling in een van de theaters voor blanken, waar ze beter betaald kreeg, al was het respect van de artiesten beduidend minder. Toch had ze hun respect verdiend – al was het niet van harte – vanwege haar talent met naald en draad. Abel had haar dromen uit hun graf getrokken, ze haar teruggegeven en haar aangemoedigd ze te verwezenlijken.

Ze had die baan nog, waar hij zo trots op was geweest toen ze hem had gekregen, en ze had zichzelf. Ze had familie in de stad, die haar in huis zou nemen als dat echt nodig was, wat ze ook van haar vonden. En ze had een ring, een prachtig gouden sieraad met een edelsteen zo groot als het ei van een roodborstje en zo helder als een traan. Die was niet van glas, wist Cela. Glas glansde niet zo en glinsterde ook niet als een ster wanneer het licht erop viel – en het was ook niet zo zwaar. Zelfs als ze zat kon ze het gewicht ervan voelen dat aan haar rokken trok, waarin ze een geheim zakje had genaaid om de ring in te verstoppen.

Maar haar broer...

De doornenrank klemde zich steviger vast en het voelde alsof die haar hart helemaal zou verstikken, tot er niets meer van over was. Maar voordat het verdriet haar opnieuw zou overmannen hoorde ze iets in het donker: voetstappen die de trap af kwamen. Het was al laat, er hoorde niemand meer te zijn.

Vlug pakte ze haar grote stofschaar. Die was natuurlijk niet als wapen bedoeld, maar hij was vlijmscherp als een mes en kon net zo diep snijden.

'Hallo?'

Het was een vrouwenstem en nu Cela goed luisterde realiseerde ze zich dat de voetstappen ook van een vrouw waren. Niet dat ze nu haar schaar weglegde.

Ze gaf geen antwoord en in stilte wenste ze dat de persoon zou weggaan.

'Hallooo?' klonk de stem zangerig. 'Is er iemand beneden?'

Cela herkende die stem en de moed zonk haar in de schoenen. Ze had hem vaak genoeg gehoord. Elke keer dat Evelyn DeMure weer een nieuwe manier had bedacht waarop haar taille slanker leek of haar boezem voller, was Cela degene die het moest aanhoren... en lieve hemel, wat had ze dát vaak gedaan. Evelyn was het soort artiest dat de mensen backstage het liefst probeerden te ontlopen. Hoewel haar talent onmiskenbaar was vond Evelyn zichzelf wel heel geweldig en ze gedroeg zich alsof de wereld daar iets voor terug moest doen.

Evelyn DeMure tuurde door de kier van de deur naar binnen en zag haar. 'Kijk aan, Cela Johnson...' Zonder haar gebruikelijke lippenstift en rouge zag Evelyn er in het schaarse licht uit als een levend lijk. 'Wat doe jíj hier zo laat nog?'

Cela hield de schaar in haar hand, maar griste een lap stof mee. 'Ik moest nog wat laatste dingen afmaken.'

'Op dít uur?' De vrouw keek haar aan. 'Ik zou denken dat je allang thuis was.'

Thuis. Cela deed haar best om voor een kalme gelaatsuitdrukking te zorgen en elk spoortje verdriet uit haar stem te houden toen ze antwoordde.

Eigenlijk wilde ze liegen om haar af te wimpelen, maar plotseling kon ze zich niet meer herinneren waarom ze Evelyn niet mocht. De zangeres had iets geruststellends over zich, alsof haar aanwezigheid alleen genoeg was om Cela's pijn en angst te verzachten. Ze had haar familie niet onder ogen willen komen na alles wat er was gebeurd, maar voor ze het wist vertelde ze Evelyn álles.

Ze vertelde haar over de blanke vrouw die haar laatste adem had uitgeblazen terwijl ze bij haar waakte en over haar broer die ze nooit meer zou zien, en over de ring met zijn volmaakte briljant. Ze was een spraakwaterval en tegen de tijd dat ze klaar was, voelde ze zich slaperig; zo moe en ontspannen dat ze alle tranen die ze nog overhad in haar lijf, had laten lopen.

'Nou, nou,' kirde Evelyn. 'Ga dan maar uitrusten. Alles komt goed. Het komt heus allemaal goed.'

Haar ogen begonnen zwaar aan te voelen... zo zwaar.

'Goed zo,' zei Evelyn met een zachte, vriendelijke stem. 'Laat je hoofd maar daarop rusten.'

Vaag merkte ze dat ze de schaar losliet. Haar lijf, net nog geradbraakt door verdriet, was nu ontspannen. En hoewel haar borst koud, leeg en uitgehold had gevoeld, was ze nu door en door warm. Veilig.

Haar ogen zakten dicht en toen ze die weer opendeed was Evelyn verdwenen.

De olielamp was allang uitgedoofd en in haar atelier was het doodstil als een graftombe.

Met een verdwaasde kreun trok Cela zichzelf overeind, wrijvend over haar hoofd, dat nog versuft en wazig voelde. Evelyns bezoekje en alles wat daaraan vooraf was gegaan leek een droom. Een nachtmerrie. Even stond ze zichzelf toe te geloven dat het zo was.

Cela had geen licht nodig om haar weg te vinden naar de deur. Ze kende haar atelier goed genoeg. Maar toen ze die opendeed bleek hij te klemmen. Nee, hij zat op slot.

Het was dus geen droom.

Dat betekende dat het echt was gebeurd – alles was echt gebeurd. Abe, haar huis, Evelyn.

Evelyn.

Cela zat opgesloten en ze hoefde haar rokken niet te controleren om te weten dat de ring die Harte Darrigan haar had gegeven was verdwenen.

GEPEUPEL

1902 – New York

Jack Grew stonk vreselijk. Hij had in een stinkende cel vastgezeten, tussen het smerigste uitschot van de stad voor Joost mocht weten hoe lang. Aangezien ze zijn horloge in beslag hadden genomen had hij echt geen idee. Er waren geen ramen, geen klok om te zien hoeveel tijd er voorbij was gegaan. Voor zover hij wist konden het uren of net zo goed dagen zijn geweest, en al die tijd was hij omringd door tuig met vlooien, kerels die het normaal vonden om in hun eigen uitwerpselen te zitten.

De meesten sliepen al, wat het iets minder erg maakte. Toen hij net in de cel was gegooid hadden de andere vijf mannen hem met een hebberige blik bekeken en de grootste – een vent met een lange baard die niet erg spraakzaam was, omdat hij waarschijnlijk geen Engels sprak – had hem in het nauw gedreven.

Jack bevoelde de plek waar een tand had gezeten met zijn tong en kromp ineen van de pijn in zijn kaak, maar hij maakte zichzelf wijs dat hij zijn mannetje had gestaan. Hij had zichzelf verdedigd. Misschien had hij de man niet kunnen tegenhouden toen hij zijn jacquet afpikte, maar hij had flink teruggevochten, waardoor die smerige rioolrat het had opgegeven en hem met rust had gelaten, net als de rest.

Hij tilde een hand op om op zijn hoofd te krabben. Waarschijnlijk krioelde zijn haar van de luizen sinds hij in de cel zat, maar de beweging veroorzaakte een scherpe pijn in zijn schouder. Die verrekte politieagent had zijn arm op de brug bijna uit de kom gedraaid.

Geen van die idioten had begrepen wat hij hun probeerde duidelijk te maken – dat ze Harte moesten arresteren. Die verdomde magiër had nota bene vlakbij gestaan en de politie had niets gedaan. In plaats daarvan hadden ze Jack in de kraag gevat. En het allerergste was dat hij voor poging tot moord was opgepakt. Harte was een makkelijk doelwit geweest en hij wist zeker dat de kogel hem had geraakt, maar daarna was er niets gebeurd. De kogel had hem niet eens geschampt. Darrigan had wel een geest geleken die niet gedood kon worden.

De smerige cel en de stank van de toiletemmer in de hoek zouden misschien draaglijker zijn geweest als Darrigan het loodje had gelegd. De uit zijn mond geslagen tand, zijn pijnlijke arm en zijn van luizen vergeven haar... het was het waard geweest als Jack de man was geweest die een eind aan het zinloze leven van de magiër had gemaakt.

Vanuit de donkere gang buiten de getraliede celdeur klonk de echo van voetstappen en de gevangenen om hem heen begonnen wakker te worden en onzeker te fluisteren. Toen de voetstappen dichterbij kwamen rammelden de mannen in andere cellen vloekend aan hun tralies. *Beesten, allemaal!* De bewaker bleef bij de cel staan waar Jack in zat. Even werd het kleine getraliede raam beschaduwd door het gezicht van de bewaker en toen hoorde Jack zijn naam roepen.

Eindelijk. Hij had er niet aan getwijfeld dat iemand hem vrij zou krijgen. Hij hoorde hier niet, tussen het gepeupel. Hij plaatste zijn handen in de opening in de deur, zoals het hoorde.

'Genoten van je verblijf?' vroeg de bewaker smalend terwijl hij Jack in de boeien sloeg door het raampje. ''k Denk dat 't hier niet zo chic is als wat je gewend bent.'

Jack negeerde hem. 'Waar breng je me naartoe?' vroeg hij toen de bewaker hem in de richting van de trap duwde, aan het einde van de gang.

'Je bent aangeklaagd,' antwoordde de man. 'Het is tijd om je voor de rechter te verantwoorden.'

Nadat ze de trap af waren gegaan werd Jack meegevoerd door een paar zware deuren tot hij in de rechtszaal kwam. Een streng ogende rechter zat op een hoge bank en luisterde naar wat de man voor hem te vertellen had. Bij het zien van zijn achterkant – het grijzende haar, het kale plekje op zijn kruin, zijn dure wollen overjas – keerde Jacks maag zich om. Daar stond niet zijn vader of zijn neef... Dit was veel erger.

De man voor de rechter draaide zich om en het was J.P. Morgan die Jack kwaad aan stond te kijken, terwijl hij naar de beklaagdenbank liep.

Toen die feeks van een vissersdochter Jack vorig jaar in Griekenland in haar netten van leugens had gevangen had ze hem helemaal ingepalmd, zodat hij zichzelf bijna was kwijtgeraakt. Hij herinnerde zich nog steeds bijna niets van de dagen en nachten die hij dronken had doorgebracht, in de ban van deze meid. Maar zelfs toen had zijn familie zijn neef gestuurd om hem daar weg te halen. En als hij tegen sluitingstijd van de bars niet genoeg geld meer had, dook een van zijn familieleden op om de rekening te betalen. Zijn oom hield zich normaal niet bezig met de kleinigheden die zich in de familie afspeelden, zeker niet wanneer het om de oudste zoon van de zus van zijn vrouw ging. Maar hier stond Morgan in eigen persoon: zijn stompe, gezwelachtige neus, zijn afhangende schouders en een fronsend gezicht waaruit sprak dat Jack in moeilijkheden zat.

Shit!

Jack stond voor de hoge bank en deed zijn best om te luisteren naar wat de rechter zei, maar hij kon zich niet concentreren. Niet met zijn oom, die hem aanstaarde alsof hij zo uit de goot kwam.

De rechter rondde zijn monoloog af. 'Is dat duidelijk?'

'Ja, *sir*,' antwoordde Jack, al kon het hem niet schelen waar het over ging. Hij was geen klein jochie dat zich in de hoek liet zetten. Zolang het betekende dat hij op vrije voeten kwam, zou hij met alles instemmen.

Even later deed een andere bewaker de zware handboeien af en Jack wreef over zijn polsen.

'Ik verwacht u hier niet nog eens te zien,' zei de rechter. Het was geen vriendelijke vraag.

'Nee, sir.' Jack vervloekte de rechter en zijn oom in stilte, en het hele zooitje bij elkaar.

Morgan zweeg totdat ze in de koets zaten, weg van de nieuwsgierige blikken in de stad. Buiten maakte het bleke ochtendlicht langzaamaan plaats voor het volle daglicht. Hij had kennelijk de hele nacht in die stinkende cel doorgebracht.

Nadat de koets in beweging was gekomen begon zijn oom eindelijk te praten. 'Je hebt geluk dat rechter Sinclair in de herfst meedoet aan de verkiezingen, anders was het niet zo makkelijk geweest om je vrij te krijgen, jongen. Wat bezielde je in godsnaam, om iemand op klaarlichte dag neer te willen schieten?'

'Ik probeerde –'

'Denk je nou echt dat het mij ene moer kan schelen?' beet Morgan hem toe, en zijn kille blik snoerde Jack net zo effectief de mond als zijn woorden. 'Je had één klus: naar Darrigan toe gaan en de artefacten die hij had gestolen meenemen. Jouw taak was de Orde niet voor de voeten te lopen zodat zij en niet jíj met hem kon afrekenen.'

'Darrigan zette me voor schut.' Jack kon zijn woede amper beheersen. 'Wat hij me flikte kon ik niet over mijn kant laten gaan.'

'Je hebt jezelf voor schut gezet,' bracht Morgan ertegen in. 'Het enige wat die verrekte magiër heeft gedaan is je een stuk touw geven om jezelf mee op te hangen. Niemand van de Kring van Vertrouwelingen wilde dat je je op de brug zou vertonen, maar ik haalde de Orde over je nog een kans te geven, en wat doe jij? Jij werkt jezelf zoals altijd weer in de nesten. Het is al erg genoeg dat je dat tuig ons hoofdkwartier binnenliet en dat Khafre Hall nu een afgebrande ruïne is, en erger nog: dat de belangrijkste artefacten van de Orde zijn verdwenen. Maar om nou naar de brug te gaan en nog meer aandacht op deze toestand te vestigen? Je hebt de hele familie te schande gemaakt. En vooral míj.'

Jij hebt jezelf voor schut gezet. Jack had tenminste geprobeerd in te grijpen. Als de Orde hem maanden geleden de toegang had verleend die hij wilde, zou Harte Darrigan geen probleem zijn geweest. 'Ik zal Darrigan opsporen,' beloofde hij Morgan. 'En ik zal met het Boek en de artefacten terugkomen.'

'Darrigan is dood,' merkte Morgan mat op.

'Dood?' *Nee. Dat kon niet waar zijn.* Niet nu Jack van plan was de magiër koud te maken.

'Hij sprong van de brug vlak nadat jij werd opgepakt. Als hij de schatten van de Orde had, heeft hij ze vast ergens verstopt of ze aan iemand anders hebben gegeven. Niet dat het uitmaakt. Vroeg of laat vinden we de artefacten toch wel.'

'Ik zal jullie helpen –'

'Nee,' onderbrak Morgan hem bot. 'Geen sprake van. Het is gedaan met jou. Je lidmaatschap van de Orde is ingetrokken.'

De resolute toon van zijn oom vertelde Jack dat het geen enkele zin had om het uit te leggen of om zijn excuses aan te bieden. Zeker niet met het gezicht dat zijn oom trok. Hij moest gewoon zijn tijd afwachten, zoals hij ook had gedaan na het debacle in Griekenland. Uiteindelijk zou zijn oom wel afkoelen, dan zou hij zorgen dat ze hem begrepen.

'Verder,' vervolgde Morgan, 'moet je de stad onmiddellijk verlaten. Je koffers zijn al ingepakt en staan klaar in het huis van je moeder. Als we daar zijn heb je precies een half uur om je op te frissen en afscheid te nemen. Als je toonbaar bent brengt iemand je naar het station.'

Jack snoof verontwaardigd. 'Je kunt me niet dwingen om te vertrekken.'

Morgan vernauwde zijn ogen tot spleetjes. 'Misschien niet. Maar vertel me, wat ga je met je leven doen? Je ouders hebben besloten je rekeningen niet meer te betalen totdat jij jezelf bewijst, dat is de voorwaarde. De huur van je huis moet worden betaald. Het losbandige leven dat je leidt – de drank en de hoeren – is nu jouw eigen verantwoordelijkheid. Wie wil jou hier in vredesnaam nog in dienst nemen nadat je jezelf gisteren te kijk hebt gezet?'

Jack werd overmand door totale verbijstering, waardoor het leek of er een mistwolk om zijn hoofd hing. Zijn oom had hem kapotgemaakt. Morgan had zijn ouders tegen hem opgezet en met een enkel woord zou hij zorgen dat Jack bij niemand in de stad nog welkom was. De waarheid over zijn eigen onvermogen knaagde aan hem. 'Waar word ik naartoe gestuurd?' Zijn stem leek vanuit de verte te komen.

'Waar je gisteren al heen had moeten gaan – in Cleveland wacht die baan nog op je, net als voor die blunder van je op de brug.'

'Hoe lang ga ik daar werken?' vroeg Jack toonloos.

'Voor onbepaalde tijd.' Morgan pakte een opgevouwen krant die naast hem op de bank van de koets lag en sloeg hem met een klap open. Vanaf de voorpagina leek de krantenkop Jack duister aan te kijken: 'De noodlottige val van de Magiër'. Onder de woorden stond een geëtste afbeelding van Darrigan, die Jack vanaf het krantenpapier met een halfhartig lachje leek te bespotten.

Voor onbepaalde tijd. 'Dus dat is het? Ik word verbannen?'

'Doe in godsnaam niet zo dramatisch,' grauwde Morgan vanachter de krant.

Eens had Morgans intimiderende gedrag hem rillingen bezorgd, maar nu zette Jack zijn stekels op om de neerbuigende toon die hij aansloeg. *Ze begrijpen het nog steeds niet.* De Kring van Vertrouwelingen met hun chique directiekamers en hun vorstelijke herenhuizen in Fifth Avenue beschouwden zichzelf als koningen, als onschendbaar. Ze realiseerden zich niet dat elke opstand door boeren werd ontketend, en wanneer de boeren een vuist maakten waren het de koppen van koningen die als eerste rolden.

Maar Jack wist dit wel. Hij begreep het.

'Je maakt een grote fout,' verklaarde hij kil. 'Je hebt geen benul waar dat tuig toe in staat is. Je hebt geen idee welke bedreiging dat gepeupel vormt.'

Met weer een harde klap bracht Morgan de krant omlaag en hij scheurde hem nog net niet toen hij hem op zijn schoot hield, met een boze blik naar Jack. 'Pas op je tellen, jongen.'

'Ik ben geen jongen meer,' siste Jack met opeengeklemde kaken. 'Ik heb de occulte kunsten bestudeerd en alles wat ik kon leren om de hermetische wetenschappen te doorgronden, net als het gevaar dat de oude magie vormt, en toch weiger je nog steeds in te zien hoeveel vooruitgang ik heb geboekt of mij als je gelijke te beschouwen.'

'Omdat je mijn gelijke niet bent,' grauwde Morgan, en zijn stem klonk ijzig toen hij het met die woorden afdeed. 'Jij vindt jezelf de held van een of ander groots drama, maar je bent nog niet eens de gek van het hele stel. Denk je nou echt dat de Orde zich niet bewust is van de toenemende dreiging? Jij bent niet de enige die heeft gezien dat Ellis Island een mislukking is gebleken en dat elke nieuwkomer een gevaar vormt voor de fundamenten van onze samenleving. Waarom denk je dat we de Conclave hebben georganiseerd?' Morgan schudde zijn hoofd vol afschuw. 'Jij bent niets meer dan een arrogante kwast, te ingenomen met jezelf om in te zien hoe weinig je eigenlijk weet. Jij hebt niks te maken met het werk van de Kring van Vertrouwelingen, en toch hebben je grootheidswaan en roekeloosheid meer schade aangericht dan jij je ook maar kunt voorstellen.'

'Maar de Mageus –'

'Die zijn onze zorg, niet de jouwe,' praatte hij door Jack heen. 'Denk je soms dat je meer weet en intelligenter bent dan mannen met vele jaren meer ervaring dan jij?'

'De Orde is te veel op Manhattan gericht. Ze realiseren zich niet –'

'Het werk van de Orde omvat veel meer dan een stel armoedige immigranten op hun plek in de Bowery zien te houden. Je vindt mij een oude man die niet in contact staat met de werkelijkheid en niet weet hoe het eraan toegaat in de wereld, maar jíj bent degene die er niets van snapt. Het land staat op een keerpunt. Niet alleen onze stad maar het héle land, en er spelen meer krachten een rol dan jij kunt bevatten, meer krachten dan waar jij je bewust van bent.' Hij boog zich een beetje naar voren, een beweging die eerder dreigend dan samenzweerderig was. 'De Orde heeft een plan beraamd, of beter gezegd: ze hadden een plan totdat Darrigan het verpestte. De Conclave aan het einde van het jaar had een bekroning op hun werk moeten zijn, een bijeenkomst voor iedereen van alle afdelingen van onze Broederschap. Het was de bedoeling dat de Orde ons overwicht zou aantonen – om te bewijzen dat we klaar waren voor het leiderschap, en om de gevaren van ongetemde magie voor eens en voor altijd van onze kusten te weren. Maar jij hebt verraders in ons midden toegestaan. En daarmee heb jij alles waar we zo hard voor hebben gewerkt op het spel gezet.'

'Laat me blijven,' eiste Jack. 'Ik beschik over kennis die van pas kan komen. Laat me jullie helpen. Mijn machine...'

'Genoeg!' Morgan trok zijn aardappelneus op alsof hij iets heel smerigs rook. 'Je hebt al te veel gedaan. Ga naar Cleveland en hou je gedeisd. Kijk goed om je heen en leer het een en ander over hoe de wereld echt in elkaar steekt. En misschien, als je het voor elkaar krijgt je niet als een nog grotere klootzak te gedragen, mag je ons met kerst komen bezoeken.’

VLEES EN BLOED

1902 – New York

Viola Vaccarelli deed alsof ze de verkoopwaar van een winkel in Mott Street aandachtig bekeek terwijl ze de kerkdeur aan de overkant van de straat in de gaten hield. De eigenaar van de winkel, een oudere man met lang, grijzend haar dat in een keurige vlecht op zijn rug hing, stond in de deuropening en nam haar bezorgd op. Ze vroeg zich af of Jianyu er na het verstrijken van de jaren ongeveer zo uit zou zien als deze man. Maar de gedachte aan Jianyu, die Dolph als zijn spion had vertrouwd en die hen op de brug allemaal in de steek had gelaten, maakte Viola somber.

Toen de winkeleigenaar een stap naar achteren deed realiseerde Viola zich dat ze boos naar hem had gekeken. Om het goed te maken vertrok ze haar mond in een zwakke poging om naar hem te glimlachen. De man knipperde en fronste zijn voorhoofd nog meer, alsof hij haar herkende als het moordzuchtige roofdier dat ze was.

Basta. Laat hem maar nerveus zijn. Een tijger verontschuldigde zich ook niet voor zijn scherpe tanden en Viola had geen tijd om aardig te doen tegen een onbekende. Ze gaf hem een paar munten voor de rijpe peer die ze had uitgekozen, en hij stak aarzelend zijn hand uit om het geld aan te nemen.

Aan de overkant van de straat ging de zijdeur van de kerk open en de eerste kerkgangers kwamen naar buiten. Viola liep bij de oudere man weg zonder op haar wisselgeld te wachten en keek naar de vrouwen die de kerk uit stroomden. Het waren voornamelijk wat oudere vrouwen, hoewel er ook enkele meisjes bij waren, al vertoonde hun gezicht al dezelfde rimpels als dat van hun moeders. Het waren de ongetrouwde dochters – meisjes die bij het zoeken naar een echtgenoot geen geluk hadden gehad en nog steeds in het ouderlijk huis woonden. Viola had voor die toekomst bedankt. Ze had haar familie en al hun verwachtingen de rug toegekeerd.

En nu moest ze daar voor boeten.

De oudere dames gingen in de dracht van hun generatie gekleed: dikke zwarte rokken, zware vormeloze mantels en een *fazzoletto copricapo*, een hoofddoek van kant of linnen om hun zedigheid en nederigheid aan de Heer te tonen, en aan iedereen in hun wijk. Vanochtend had Viola ook een sjaal om haar donkere haar geslagen, maar zedigheid kon haar niets schelen. Ze droeg de sjaal vooral om haar gezicht te verbergen.

Voor buitenstaanders waren de Italiaanse vrouwen niet van elkaar te onderscheiden, maar Viola zou haar moeder uit duizenden herkennen, zelfs in een menigte vrouwen die er allemaal zo uitzagen. De wat waggelende tred die het gezette lichaam van haar moeder een beetje liet schommelen toen ze linksaf de hoek omging, naar de huizenblokken van Mulberry Street, had het ritme van Viola's jeugd bepaald.

Het was drie jaar geleden dat ze haar moeder had gesproken of haar familieleden had gezien, hoewel ze maar enkele straten van de Bella Strega vandaan woonden. Maar in de straten van de Bowery kon een paar straten het verschil maken tussen huiselijke geborgenheid en het geweld wanneer je de verkeerde bende tegen het lijf liep. Niet dat Viola zich daar zo druk om maakte. Ze kon zichzelf redden en met iedereen die haar lastigviel afrekenen.

De stevige handen van haar moeder gebaarden als fladderende vogels terwijl ze tegen de vrouw naast haar praatte. Die handen konden een kip de nek omdraaien of de heerlijkste *casarecce* maken. Ze konden tranen wegvegen of dagenlang een gloeiende afdruk achterlaten.

Ik kan haar beter met rust laten. Ze vond vast wel een andere manier.

In een reflex reikte Viola naar het mes dat ze altijd bij zich had, de stiletto die ze Libitina had genoemd, naar de Romeinse godin van de begrafenissen. Maar het was verdwenen. Gisteren had ze het naar Nibsy Lorcan geworpen om Esta tegen hem te beschermen, het meisje dat ze tegen wil en dank aardig was gaan vinden. Maar in de chaos op de brug had ze het niet meer terug kunnen vinden. Nu was Esta vertrokken – het meisje was spoorloos verdwenen, alsof ze nooit had bestaan – en dat gold ook voor haar mes, dat Nibsy Lorcan nu had. Viola stond er zonder vrienden of bondgenoten alleen voor, maar het gemis van haar mes was het allerergst, alsof ze een deel van zichzelf was kwijtgeraakt.

Vroeg of laat zou ze haar mes terughalen. Voorlopig zat het vervangende mes veilig in de schede die om haar dijbeen vast was gegespt. Toch was dat niet hetzelfde. Het staal van dít mes sprak niet op dezelfde manier tot haar en het onbekende gewicht voelde niet goed, alsof een paar gram verschil haar al uit evenwicht bracht.

Maar Viola had íéts nodig om zichzelf te verdedigen. Het was een gekkenhuis in de Bowery. De toch al corrupte politiemacht was de afgelopen dagen nog brutaler geworden. Onder leiding van de Orde hadden ze het noordelijke deel van Manhattan uitgekamd om de Mageus op te sporen die de schatten van de Orde uit Khafre Hall hadden geroofd. Viola was lid van die bende geweest, geleid door Dolph Saunders. Ze hadden de missie om de *Ars Arcana*, een boek met ongekende macht, te stelen. Dolph had er heilig in geloofd dat het Boek de oude magie in ere zou herstellen en alle Mageus zou bevrijden van de onderwerping aan de Orde – en van de Barrière.

Maar Dolph leefde niet meer en de gedachte aan zijn bleke, levenloze lichaam dat op de bar in de Strega lag, benam haar nog steeds de adem. Hij was een goede vriend van haar geweest en ze was hem in de loop van de tijd gaan vertrouwen – ze bouwde op zijn evenwichtige aanwezigheid – zelfs nadat het leven haar had geleerd om dat bij niemand meer te doen. Nu was Dolph er niet meer, en met hem was ook het Boek verdwenen en elke droom, alle hoop op vrijheid of op een andere toekomst dan de alledaagse sleur van het heden.

De *cazzo*, de verrader – die klootzak van een magiër, Harte Darrigan, had alles verpest toen hij haar het Boek had afgepakt in de diepe krochten van Khafre Hall, en hij had Viola voor gek gezet. Door hem had iedereen in The Devil's Own haar met een argwanende glans in de ogen aangekeken toen ze hadden ontdekt dat de zak die ze bij zich had niets waardevols bevatte. Er was ook geen enkele manier waarop ze haar fouten kon goedmaken. Darrigan had haar alle hoop ontnomen om het Boek terug te krijgen toen hij van de brug in het water was gesprongen, zijn dood tegemoet.

Als dat nog niet erg genoeg was, had Viola alles alleen nog maar erger gemaakt op de brug. Ze had geweten dat Nibsy Esta ervan verdacht met Darrigan samen te werken. Ze had specifieke instructies gekregen om ervoor te zorgen dat geen van beiden zou ontsnappen, maar toen Nibsy een pistool op Esta's keel zette had Viola in een reflex gehandeld. Ze was de jongen aangevlogen om Esta te redden, omdat Tilly dit van haar zou hebben verwacht. En omdat haar eigen instinct erom schreeuwde. Maar dit alles betekende dat ze niet terug kon naar de Strega, niet zolang Dolphs bende loyaal was aan Nibsy Lorcan.

Zonder Dolph had Viola niemand die haar beschermde tegen de gevaren van de Bowery. Zonder het Boek had ze geen pressiemiddel voor The Devil's Own. En ze kon er al helemaal niet op vertrouwen dat Nibsy haar zou vergeven dat ze hem met haar mes had gestoken. Niet dat het haar iets kon schelen. Ze had die knul nooit gemogen.

Maar de Strega was als een thuis voor haar geweest en The Devil's Own was als familie die haar talent had gerespecteerd en haar had genomen zoals ze was. Het Boek was misschien wel zoekgeraakt, maar ze zou er alles aan doen om ze te bewijzen dat ze hun vertrouwen niet had beschaamd. Zelfs zonder het Boek zou ze het werk waar Dolph aan was begonnen kunnen afmaken. Ze was vastbesloten alles te doen wat in haar vermogen lag om de Orde te gronde te richten.

Om dat te doen had ze hulp nodig. Ze kon maar aan één persoon denken die haar kon beschermen tegen de patrouilles en dat was Paolo, haar oudere broer. Er was een bijkomend voordeel als ze op hem afstapte: er gingen geruchten dat de Five Pointers nu naar de pijpen dansten van de Orde én van Tammany's.

Waarschijnlijk zou Paolo haar niet vergeven dat ze haar familie had verlaten, zeker niet omdat ze aan zijn invloed was ontsnapt en voor Dolph was gaan werken, een man die Paolo als zijn vijand beschouwde. Toch, als haar broer haar zou kunnen helpen een voet tussen de deur te krijgen bij de Orde, had ze daar alles voor over. Daarom was ze naar de kerk gegaan, om haar moeder op te wachten, omdat zij de enige was die Viola misschien in bescherming kon nemen tegen Paolo's woede.

Viola gaf de peer die ze net had gekocht aan een smoezelig uitziend straatschoffie op de hoek en rende naar haar moeder toe. 'Mama!' Maar dat werd in de straten van de Bowery zo vaak geroepen dat haar moeder er niet van opkeek, totdat Viola haar voornaam riep: 'Pasqualina!'

Toen haar moeder haar naam boven de herrie in de straat uit hoorde draaide ze zich om. Het duurde even voordat haar bruine ogen blijk gaven van herkenning en Viola kon elke emotie die over haar gezicht ging duiden: de schok, hoop en vervolgens het besef... en toen terughoudendheid.

Nadat ze iets tegen de vrouw naast zich had gemompeld, die Viola een dreigende, argwanende blik toewierp en in haar eentje doorliep, keek haar moeder Viola fronsend aan. Maar ze bleef wel staan om op haar dochter te wachten.

Met een dichtgesnoerde keel van genegenheid, waarmee ze dacht al lang geleden te hebben afgerekend, net zo definitief als de levens die ze met haar mes had beëindigd, liep Viola de laatste passen langzaam op haar moeder af, tot ze op een armlengte van elkaar vandaan stonden.

'Viola?' Haar moeder bracht een hand omhoog alsof ze de wang van haar dochter even wilde aanraken, maar ze hield hem halverwege stil. Er ging een lang, afschuwelijk moment voorbij, en toen liet haar moeder haar hand weer langs haar lichaam zakken.

Niet in staat om iets te zeggen knikte Viola. Ondanks alles wat haar familie haar had aangedaan en de woede die Viola nog steeds met zich meedroeg, had ze haar moeder wel degelijk gemist. Ze had ze allemaal gemist, zelfs het meisje dat ze eens bij hen was geweest.

Haar moeder trok een weifelend gezicht. 'Wat wil je van me?' Ze sprak Siciliaans, de taal uit Viola's jeugd, en de woorden gaven Viola het gevoel thuis te komen. Maar haar toon was net als de blik in haar ogen mat en kil.

Dit had Viola wel verwacht. Ze had tenslotte een doodzonde begaan door haar familie in de steek te laten. Ze had haar broer verraden en zijn gezag niet geaccepteerd, bovendien had ze de moed gehad om een leven voor zichzelf op te eisen dat meer voorstelde dan een fatsóénlijk meisje zich mocht wensen, en dat was misschien nog wel het ergste.

Ook al was het lang geleden dat Viola zichzelf als een fatsoenlijk meisje had beschouwd, toch deed het oordeel van haar moeder haar nog steeds pijn. Toen ze als meisje nog bij de familie was had haar moeder maar al te vaak op diezelfde manier naar haar gekeken, en Viola, die had geleerd om gewetenloos te doden, was er altijd gevoelig voor gebleven.

Ze sloeg haar ogen neer en dwong zichzelf haar hoofd te buigen als blijk van de onderdanigheid die van haar werd verwacht. 'Ik wil weer thuis komen wonen, mama.'

'Thúís?'

Viola keek op en zag dat haar moeder haar zware wenkbrauwen had opgetrokken. 'Ik wil weer bij de familie horen.'

Haar moeder reageerde niet. In plaats daarvan nam ze Viola met een kritische blik op, zoals ze ook keek als ze op de markt een beschadigd stuk fruit teruglegde vlak voordat ze een lagere prijs bedong.

'Ik zag het verkeerd,' zei Viola zacht, met gebogen hoofd en afhangende schouders. 'Je had gelijk over mij. Ik was te koppig en te vol van mezelf. Ik heb ervaren wat het betekent om zonder familie te leven.' De woorden smaakten als as in haar mond, maar het was geen leugen. Onder Dolphs bescherming had ze ontdekt wat het betekende om zonder de verwachtingen, de eisen en beperkingen van haar familie te leven.

'Je hebt jezelf zeker in de nesten gewerkt,' zei haar moeder vlak, en ze liet haar blik op Viola's buik rusten. 'Van wie?'

Viola fronste. 'Er is geen man in mijn leven.'

'Dat geloof ik niet.'

'Je ziet toch wat er aan de hand is, *no*? De branden, de vechtpartijen in de straten? Ik zie nu in hoe dom ik was om te denken dat ik het zonder mijn familie afkon – *il sangue non é acqua*.'

Haar moeder drukte haar lippen stijf op elkaar en vernauwde haar ogen tot spleetjes. 'Dat vertel ik je al je hele leven, en nu luister je ineens? Nu het te laat is?'

'Ik ben nog steeds je eigen bloed,' zei Viola zacht, en ze liet haar stem opzettelijk gedwee klinken, hoewel het als verraad en zelfverloochening voelde van alles wie ze was.

Viola had de waarheid van dat spreekwoord pas begrepen toen ze had geprobeerd haar familie te verlaten. Hoe ze haar best ook had gedaan om haar eigen leven op te eisen, ze was de zus van Paul Kelly en dat zou altijd zo blijven.

Nee, bloed was geen water. Bloed liet vlekken achter.

'Waarom kom je eigenlijk naar *mij*? Waarom niet naar Paolo, zoals je hoort te doen nu hij het familiehoofd is?' zei haar moeder. Met haar ogen naar de hemel opgeslagen sloeg ze een kruis, alsof ze dacht dat Viola's vader als een heilige op een wolk zou verschijnen. 'Je hebt *zijn* zegen nodig, niet de mijne.'

'Ik ga ook naar hem toe,' verklaarde Viola, handenwringend bij haar rokken, alsof ze nerveus en zwak was, en ze verafschuwde zichzelf om dit toneelspel omdat ze zich had voorgenomen altijd sterk te zijn. 'Maar ik weet niet zeker of ik kan goedmaken wat ik heb gedaan. Paolo luistert naar jou, mama. Voor jou heeft hij respect. Als jij hem vraagt me te vergeven, dan doet hij dat.'

Haar moeder klemde haar kaken op elkaar en haar gezicht liep rood aan. 'Aha... Je komt bij mij terug omdat je mijn hulp nodig hebt? Na alles wat je ons – *mij* – hebt aangedaan.' Haar stem brak. 'Je maakt me te schande.' Hoofdschuddend draaide ze zich om om weg te lopen, maar toen ze van de stoep op de straat stapte, hapte ze ineens naar lucht en zakte ze bijna op haar knieën.

Vlug ving Viola haar moeder op en voordat de oudere vrouw op de straat zou vallen hielp ze haar overeind. Pasqualina Vaccarelli was een stevige, sterke vrouw, maar toch kon Viola voelen hoe kwetsbaar ze was geworden en hoe de ouderdom de afgelopen drie jaar zijn tol had geëist van haar gezondheid.

Ze nam een risico als ze haar magische gave hier buiten zou gebruiken, zeker nu het overal gevaarlijk was geworden, maar Viola liet haar kracht in haar moeder stromen om de oorzaak van haar pijn op te sporen, en ze vond hem onmiddellijk. De jicht in haar gewrichten was veel erger geworden en zonder aarzelen stuurde Viola haar magie ernaartoe om haar stijve botten te genezen.

Haar moeders adem stokte en de donkere ogen van de oude vrouw ontmoetten die van haar dochter terwijl Viola het afmaakte en haar handen terugtrok. Viola's bloed leek te gloeien, haar huid tintelde van de magie die ze had laten stromen. Dít was waarvoor ze was voorbestemd. Haar god had haar deze gave geschonken om het leven te helen, niet voor de dodelijke slachtoffers waar haar broer haar toe had gedwongen.

Met een verbaasde en tegelijk opgeluchte blik tilde haar moeder een van jarenlang werken eeltige hand op en legde die om Viola's wang. De vrouw hield haar mondhoeken nog steeds omlaag en haar ogen stonden nog even streng, maar nu zag ze ook dankbaarheid op het gezicht van haar moeder. 'Ik had je de afgelopen jaren goed kunnen gebruiken.'

'Dat weet ik, mama,' zei Viola zacht, en ze legde haar hand om die van haar moeder terwijl ze de brandende tranen weg knipperde. 'Ik heb jou ook gemist.'

Dit was tenminste geen leugen. Ze had de moeder gemist die ze eens had gekend, de vrouw die zingend de was ophing, die Viola had geleerd deeg te kneden, net zo lang tot het soepel was, en hoe ze het linnengoed met haar blote handen glad kon strijken. Maar deze lessen waren haar nooit bijgebleven. Hoe ze haar best ook had gedaan, Viola was niet in de wieg gelegd voor zo'n soort leven. Haar handen waren gemaakt om een mes te hanteren, om magie te gebruiken. Toch had haar familie geprobeerd om haar in de mal te wringen die zij geschikt vonden voor haar. Uiteindelijk hadden al die verwachtingen haar weggejaagd.

Maar nu was ze terug en zou ze zich schikken. Nu was ze ouder en sterker en zou ze zich niet weer kapot laten maken.

Haar moeder trok haar hand weg. 'Ik ga wel met je broer praten.'

'Dank je –'

De vrouw stak een hand op om Viola de mond te snoeren. 'Bedank me niet, ik kan niets garanderen. Je moet voorbereid zijn op de straf die Paolo je geeft, wat het ook mag zijn, wat hij ook van je eist.'

Viola boog haar hoofd om haar afschuw te verbergen. Haar moeder had geen idee waartoe haar allerliefste Paolino in staat was. Ze wist alleen dat hij een boksclub, het New Brighton, en een restaurant met de naam Little Naples Cafe runde. Ze wist dat hij de invloedrijke mannen van de stad kende, maar niet dat hij een van de machtigste en gevaarlijkste bendeleiders van Lower East Side was, en ze had ook geen idee van de moorden die hij Viola had laten uitvoeren, de zonden die ze in opdracht van hem had begaan.

Ze vroeg zich af of haar moeder zich zorgen zou hebben gemaakt als ze de gebarsten lip en het blauwe oog had gezien, waarmee Viola de eerste keer de veilige haven van de Bella Strega was binnengekomen.

'Kom.' Zonder verder iets te zeggen begon Viola's moeder te lopen.

'Waar gaan we heen?' vroeg Viola, met het beeld voor ogen van de benauwde kleine kamers waar ze was opgegroeid. Maar haar moeder liep niet in de richting van het appartement van haar kinderjaren.

De oudere vrouw draaide zich naar haar om. 'Ik dacht dat je met Paolo wilde praten?'

'Gaan we nu naar hem toe?'

Met een sombere, achterdochtige blik keek haar moeder haar aan. 'Wil je er dan mee wachten?'

Ja. Viola had wat tijd nodig, om zich mentaal voor te bereiden op wat haar sadistische broer voor haar in gedachten had. Het was haar echter duidelijk dat het aanbod van haar moeder eenmalig was. 'Nee. Natuurlijk niet, mama. Nu is prima.' Ze boog haar hoofd als bedankje. *Zo onderdanig*. 'Dank je wel, mama.'

'Bedank me nou maar niet te snel,' verzuchtte haar moeder fronsend. 'Je moet eerst met Paolo praten.'

MOEDER VAN BANNELINGEN

1902 – New York

De vroege ochtendhemel was zwaarbewolkt en er hing een dichte mist terwijl de veerboot langzaam door het water van de Upper Bay ploegde, die Brooklyn van New Jersey scheidde. Op de achtersteven van de boot stond Esta Filosik en ze zag eruit als elke andere passagier. Haar lange donkere haren had ze heel gewoontjes naar achteren opgestoken en de versleten rok en zware vale reismantel die ze droeg waren onopvallende kleren, waar de blikken langs gleden zonder de persoon die ze droeg te zien. Ze had de zoom van de rok uitgelegd om hem te verlengen, maar verder pasten de kleren haar best goed, als je bedacht dat ze die vanochtend stiekem van een waslijn had gehaald. Onder de ruwe stof en verkreukelde wol droeg Esta een edelsteen die de tijd kon veranderen en een Boek dat de wereld zou veranderen.

Waarschijnlijk kwam ze rustig over, niet echt geïnteresseerd in de skyline van de stad in de verte, nu niet meer dan een schaduw in de mistige afstand achter hen, maar Esta was alert en hield de weinige passagiers in de gaten. Ze was op een plek gaan staan waar ze elk teken van gevaar zou zien aankomen, en ook zo dat het niemand zou opvallen dat ze de reling achter zich nodig had als steun.

De boot ploeterde voort door het donkere water, passeerde Liberty Island – hoewel het pas over vijftig jaar zo zou heten – en het standbeeld van de vrouw torende hoog boven hen uit als een donkere schim van glanzend koper. Esta was nog nooit zo dicht bij het standbeeld geweest, maar zelfs op deze afstand was het kleiner dan ze had verwacht. Niet indrukwekkend, gezien de grootsheid van wat het symboliseerde. Maar Esta wist als geen ander dat waar het standbeeld voor stond net zo betekenisloos was als de holle ruimte vanbinnen. Voor mensen als zijzelf, behept met de oude magie, had de heldere fakkel eigenlijk als een waarschuwing moeten dienen tegen de narigheid die deze kusten hun zou brengen, en niet als baken.

Ze vroeg zich af of haar teleurstelling in het beeld een voorteken was voor wat haar te wachten stond. Misschien bleek de wereld buiten de stad, waar ze nooit van had kunnen denken dat ze er zou komen, net zo klein en niet indrukwekkend als ze er eenmaal was.

Op de een of andere manier had ze het gevoel dat het niet zo simpel was. De wereld was onmetelijk groot en onbekend voor Esta. Van de stad wist ze alles, maar daarbuiten? Ze zou op goed geluk te werk moeten gaan.

Ze was echter niet alleen.

Naast haar stond Harte Darrigan bij de reling, voormalig magiër en oplichter in hart en nieren. Zijn pet bedekte zijn opvallende grauwgrijze ogen en zorgde dat hij er heel gewoon en bescheiden uitzag tussen de andere passagiers. Hij hield de klep laag over zijn voorhoofd en stond met zijn rug naar de mensen toe zodat niemand hem zou herkennen.

Zonder dat Harte het doorhad, nam Esta hem van opzij op. Toen de grond onder haar voeten was weggeslagen had ze besloten terug in de tijd te gaan, omdat ze hem wilde redden. Natuurlijk, ze had een bondgenoot nodig, iemand die aan haar kant stond bij de strijd die ze in het vooruitzicht had. Maar ze was naar déze tijd en déze plaats teruggekeerd omdat ze Hartre als bondgenoot wilde, om wie hij was en wat hij voor haar had gedaan. En om wie zij was in zijn bijzijn.

Zijn stemming was nog net zo onpeilbaar als toen ze vanochtend vroeg wakker was geworden en had gezien dat hij naar haar zat te kijken. Waarschijnlijk was hij de hele nacht opgebleven, want toen ze eindelijk wakker werd in de pensionkamer in Brooklyn, zat hij op een gammele stoel aan het voeteneind van het smalle bed, met zijn ellebogen op zijn knieën gesteund en donkere kringen onder zijn bezorgde ogen. Hoe hij het had klaargespeeld hen door die laatste meters van de Barrière heen te trekken, was haar nog steeds een raadsel.

Ze had het hem willen vragen. Ze wilde hem zo veel vragen – over de duisternis die ze op de brug had gezien en hoe het inktachtige zwart zich overal had verspreid. Ze wilde weten of hij het ook had gezien. Maar het liefst kroop ze tegen hem aan voor het beetje steun en warmte dat ze van hem kon krijgen. De manier waarop hij echter naar haar had gekeken had haar weerhouden. Ze had bewondering en frustratie in zijn ogen gezien, wantrouwen en zelfs afkeer, maar hij had nog nooit naar haar gekeken alsof ze een fragiel vogeltje met gebroken vleugels was.

Nu keek hij niet naar haar. Terwijl de boot gestaag voortging waren Hartes ogen op de zich verwijderende horizon gericht en op de stad die zo lang een gevangenis voor hem was geweest. Elke leugen die hij had verteld, elke list en elk verraad was bedoeld geweest om Manhattan te ontvluchten. Toch bespeurde ze geen overwinning op zijn gezicht nu hij zijn vrijheid had. In plaats daarvan waren zijn kaken gespannen, zijn mond tot een dunne, grimmige lijn vertrokken en zijn houding star, alsof hij elk moment een aanval verwachtte.

Plotseling klonk het sombere geluid van de scheepshoorn door de rustige ochtend, die de herrie van de dreunende motoren en het zachte regelmatig klotsende water overstemde. Esta schrok op van het geluid en kon het niet helpen dat ze een beetje stond te bibberen van de frisse wind – of van de herinnering aan die diepe duisternis die de wereld binnen was gesijpeld en het licht had laten verdwijnen. Alles had laten verdwijnen.

'Gaat het wel?' vroeg Harte haar, en hij draaide zich naar haar om met een van zorgen vertrokken gezicht. Hij bekeek haar onderzoekend, alsof hij verwachtte dat hij haar elk moment weer moest opvangen als ze in elkaar zou zakken.

Maar dat zou niet gebeuren. Ze zou niet toegeven aan haar zwakte. Ze verfoeide zijn bezorgdheid. 'Ik ben gewoon wat gespannen.'

Even dacht ze dat Harte op het punt stond haar vast te pakken, maar voordat hij de kans kreeg rechtte ze haar rug en deed ze een stap bij hem vandaan. Als ze bondgenoten waren, zouden ze elkaars gelijken moeten zijn. Ze kon – en zou – niet toestaan dat haar door de Barrière verzwakte lijf een blok aan zijn been was.

Harte fronste en hield zijn handen langs zijn lichaam, maar het ontging Esta niet dat hij ze tot vuisten had gebald. Al was hij een bedreven leugenaar, toch kon hij de pijn op zijn gezicht net zomin verbergen als de bezorgdheid die in zijn gelaatstrekken gegrift leek elke keer dat hij naar haar keek.

Esta dwong zichzelf ook dat te negeren en deed haar best om overeind te blijven, om zich sterker voor te doen dan ze was. Zelfverzekerd.

Nadat Harte haar nog even had aangekeken draaide hij zich uiteindelijk om, om naar het land te kijken dat langzaam in de verte verdween. Zij deed hetzelfde, maar ze concentreerde zich op wat hen te wachten stond wanneer de boot eenmaal de haven binnenliep en aanmeerde.

Ze hadden een onmogelijke klus voor de boeg: de vier edelstenen vinden die nu dankzij Harte verspreid waren over het hele land. Net als de Sleutel van Ishtar – de steen die Esta in een armband om haar bovenarm droeg – waren de stenen ooit in het bezit van de Orde geweest: het Drakenoog, de Ster van de Djinn, Delphi's Traan en het Hart van de Farao. Ze waren gecreëerd toen Isaac Newton de vijf artefacten uit de oudheid met de krachten van de oude magie van de Mageus had bezield, wier gaven overeenstemden met de elementen. Hij had de macht van het Boek, dat nu in Esta's rokken weggestopt zat, geprobeerd te beheersen, maar het was hem niet gelukt. Na zijn zenuwinzinking had Newton de artefacten en het Boek aan de Orde toevertrouwd, die ze later had gebruikt om de Barrière op te werpen en hun macht in de stad te versterken – en om de Mageus op het eiland gevangen te houden en ze aan zich te onderwerpen. Maar Dolph Saunders en zijn bende hadden daar verandering in gebracht.

Toch, zelfs nu zij en Harte het voor elkaar hadden gekregen naar de wijde wereld te reizen om de stenen terug te halen, moesten ze nog steeds uitvinden hoe ze te gebruiken, om Harte van de macht van het Boek te bevrijden en om de Mageus in de stad te bevrijden, zonder de Barrière daarbij te vernietigen. Want ironisch genoeg sloeg de Barrière de magie die het de Mageus afnam zelf op. Als ze die grens zouden verwoesten, liepen ze het risico magie zelf te vernietigen – en daarmee alle Mageus.

Esta schrok op uit haar gedachten toen de boot een draai maakte en langs de kade kwam te liggen. Opnieuw klonk de scheepshoorn en vervolgens verstomden de motoren. Een handvol passagiers begaf zich alvast naar de trap.

'Klaar?' vroeg Harte met zachte stem en een ongeruste blik in zijn ogen.

Die bezorgdheid was de druppel. Ze nam nog even de tijd om naar de skyline in de verte te kijken voordat ze zich tot hem richtte. 'Ik zat te denken...'

'Dat is een gevaarlijke uitspraak,' zei hij langzaam, maar er twinkelde geen lach in zijn ogen, wat anders wel zo was geweest. Hij maakte zich nog steeds te veel zorgen om haar en ze had genoeg meegemaakt om te weten dat angst een luxe was die ze zich niet konden veroorloven, zeker niet met alles wat er op het spel stond.

'Ik denk dat we ons moeten opsplitsen,' verklaarde Esta.

'Opsplitsen?' vroeg hij verbaasd.

'Als ik met jou ben kan ik echt geen kaartjes naar Chicago voor ons jatten. Je kijkt steeds naar me alsof ik zo dood kan neervallen. Dat valt te veel op.'

'Misschien kijk ik zo naar je omdat het lijkt alsof je moeite hebt om op de been te blijven.'

'Ik voel me prima,' verzekerde ze hem, maar ze keek hem niet in zijn ogen.

'Denk je nou echt dat het me niet is opgevallen dat je de hele tijd op de reling leunde alsof het een soort wandelstok was?'

Ze negeerde de waarheid – en de ergernis – van zijn bewering. 'Ik kan geen kaartjes stelen als jij steeds achter me aanloopt.'

Harte deed zijn mond open om tegen te sputteren, maar ze was hem voor.

'Bovendien denkt iedereen dat je dood bent,' hielp ze hem fijntjes herinneren. 'Het enige voordeel daarvan is dat de Orde niet naar jou op zoek is. We kunnen niet het risico nemen dat iemand een van ons herkent en dat zal eerder gebeuren als we samen zijn.'

Nu nam hij haar keurend op. 'Daar heb je vermoedelijk gelijk in...'

'Ik heb meestal gelijk.'

'... maar op één voorwaarde.'

'Welke?' vroeg ze. De sluwe blik in zijn ogen beviel haar helemaal niet.

Hij hield zijn hand op. 'Geef me het Boek.'

'Wát?' Ze deed een stap naar achteren. Het Boek was de reden waarom hij Dolph en zijn bende had verraden, en even vroeg ze zich af of ze te naïef was geweest om te denken dat er meer was tussen hen.

'Als je wilt opsplitsen, prima. Doen we. Maar ik neem het Boek mee.'

'Dus je vertrouwt me niet,' constateerde ze. Het kwetste haar, maar ze verdrong het. Na alles wat ze voor hem had geriskeerd... Toch, wat had ze dan verwacht? Hij was een bedrieger, een leugenaar. Dat was toch juist wat ze zo aan hem bewonderde? Ze zou niet willen dat hij anders was.

'Ik heb net zo veel vertrouwen in jou als jij in mij,' vertelde hij haar, maar het was een nietszeggend antwoord.

'Na alles wat ik voor je heb gedaan...' Ze deed alsof ze geïrriteerder was dan ze zich voelde, maar de waarheid was dat ze het hem niet kwalijk kon nemen. Ze zou precies hetzelfde hebben gedaan. Ergens was het geruststellend om terug te vallen in het oude patroon van wederzijds wantrouwen dat hen ervan had weerhouden als een blok voor elkaar te vallen.

'Jij hebt de armband met de eerste steen,' zei hij. 'Als ik het Boek heb, staan we quitte. Bovendien, als een van ons in de problemen komt, brengen we in ieder geval niet beide schatten in gevaar.'

Ze kon met hem in discussie gaan. En dat had ze waarschijnlijk ook moeten doen. Maar zonder dat het was uitgesproken begreep Esta dat als ze instemde met zijn voorwaarde, dit hun samenwerking goed zou doen. Wat ze ook voor Harte mocht voelen, het verbleekte bij alles wat hun te doen stond. Althans, dat maakte ze zichzelf wijs. En daar kwam bij dat als de macht van het Boek zich meester had gemaakt van hem, hij het Boek zelf niet echt nodig had, toch?

Wat hij wel nodig had was de steen in de armband onder haar mouw, maar daar vroeg hij niet om.

'Oké.' Ze schudde haar teleurstelling af terwijl ze het Boek uit zijn verstopplek in haar rokken tevoorschijn haalde en hield het voor hem op.

De kleine bundel, de *Ars Arcana*, had een omslag van gebarsten donker leer en zag er niet indrukwekkend uit. Zelfs met de vreemde geometrische patronen op de kaft was er niets opvallends aan. Misschien kwam dat doordat de macht niet meer in de bladzijden school, of wellicht uitte macht zich op een andere manier dan je zou verwachten.

Harte nam het van haar aan en op het moment dat hij zijn hand om de leren kaft klemde, dacht ze de vreemde kleuren weer in zijn ogen te zien glinsteren. Maar als dat al zo was geweest, waren ze voor ze het wist weer verdwenen.

Hij stopte het Boek in zijn jas en schoof de rand van zijn pet omlaag. 'Na jou. Ik kom zo achter je aan.'

'We moeten een plek afspreken waar we elkaar treffen.'

'Ik vind je wel.' Zijn kalme blik ontmoette de hare. 'Regel twee kaartjes en wacht op het perron van de eerste trein naar Chicago.'

Om te zorgen dat de artefacten niet in handen van Nibsy Lorcan zouden vallen, had Harte de meeste stenen de stad uit laten smokkelen. Hij had elke steen naar een andere plek gestuurd zodat de Orde ze niet kon vinden. De eerste steen bevond zich in Chicago, waar een van Hartes oude variété-theatervrienden, Julien Eltinge, in de theaters optrad. Ze zouden een dag later aankomen en de kans was klein dat ze de steen konden bemachtigen voordat Julien hem had ontvangen.

Dus Chicago was hun eerste stop. Daarna zouden ze naar Bill Picket gaan, een rondtrekkende cowboy met een rodeoshow, die de dolk had. De diadeem had hij naar een of ander ver familielid in San Francisco opgestuurd, helemaal aan de andere kant van het continent. Wat nog erger was: zij en Harte waren niet de enigen die het op de artefacten van de Orde hadden voorzien, of de enigen die de geheimen van het Boek nodig hadden. Het zou ze nooit lukken om ze allemaal te vinden voordat Logan over een week in New York zou verschijnen, op de plek waar Esta hem had achtergelaten. Logan zou Nibsy alles vertellen – over de toekomst, over wie Esta in werkelijkheid was, en al haar zwakheden.

Maar ze zouden zo snel te werk gaan als ze maar konden. Wanneer ze de vier stenen te pakken hadden gekregen zouden ze naar New York terugkeren, waar de laatste steen was verstopt, beschermd door Jianyu. Daarna zouden ze zij aan zij strijden met de mensen die ze hadden achtergelaten.

Als er nog iemand in leven is.

'Dus dan zie ik je zo meteen?' *Verdorie.* Ze baalde ervan dat haar schorre stem de zorgen die door haar hoofd spookten verraadde, net als alles waar ze op hoopte, maar wat ze niet wilde toegeven.

Zich ongerust maken was echter niets voor Esta. Ze deed niet aan bezorgdheid, spijt of berouw. En ze was niet van plan daar nu mee te beginnen, hoe mooi Harte Darrigans grijze ogen ook waren of hoe zwak ze zich ook nog voelde door wat er was gebeurd toen ze door de Barrière heen waren gegaan. De enige weg was vooruit en ze had echt niemand nodig om haar te dragen.

Nadat ze zichzelf en ook hem hiervan had overtuigd begon ze te lopen, maar hij pakte haar pols voorzichtig vast. Ze had hem terug kunnen trekken als ze had gewild, maar zijn stevige greep was bemoedigend, dus gunde ze zichzelf even die geruststelling.

'Ik laat je niet alleen, Esta,' liet hij haar met een ernstige blik weten. 'Niet eerder dan dat we de klus hebben geklaard.'

En daarna zou hij weggaan.

De onverwachte emoties die deze gedachte opriep verbaasden haar. Ze kon het zich niet permitteren om zo overgevoelig te worden. Had Harte haar dat niet net nog duidelijk gemaakt? Het enige wat er nu toe deed, was haar fouten rechtzetten – in ieder geval de fouten die ze recht kón zetten. Met de andere fouten – en dat waren er zo veel – moest ze leren leven. Ze zou het Boek bevrijden voordat die macht Harte zou verscheuren, en daarna zou ze het gebruiken om de Orde ten val te brengen, en alle rijkelui die jacht maakten op de zwakkeren van de samenleving. Esta zou de klus waar Dolph Saunders aan was begonnen koste wat kost afmaken, zelfs als ze zichzelf ervoor moest opofferen.

En voordat het allemaal voorbij was, zou ze Nibsy Lorcan laten boeten – voor Dakari, de enige persoon die altijd een vriend voor haar was geweest. Voor Dolph, de vader die ze niet had mogen kennen, en voor Leena, de moeder die ze nooit zou kennen.

De eerste stap was de stenen terughalen, en ze begonnen in Chicago. *Stap voor stap. Niets is belangrijker dan de klus.*

Esta kromp ineen omdat professor Lachlans woorden zo snel in haar opkwamen. Nee, verbeterde ze zichzelf, het waren Nibsy's woorden. Het waren de woorden van een verrader, niet van een leermeester en zeker niet van een vaderfiguur. Maar ze hoefde er niet langer gehoor aan te geven en ze wilde al helemaal niet dat ze in haar hoofd bleven rondspoken.

Zonder iets te zeggen trok ze haar hand uit Hartes hand weg, en ze liep naar de andere kant van het bovendek. Ze hield haar hoofd gebogen terwijl ze haar pas versnelde om zich bij de kleine stroom vroege passagiers te voegen, die vanuit de haven hun weg zochten naar het drukkere treinstation. Voordat ze door de brede deuren ging keek ze even achterom, maar Harte was nergens meer te bekennen.

DE ARS ARCANA

1902 – New York

In de loop van zijn korte leven had Harte Darrigan veel mensen van zich weggejaagd. Hij had meegemaakt dat theaterbazen de deur in zijn gezicht dichtsloegen en publiek zien opstaan en weglopen wanneer zijn act geen indruk op hen maakte. Hij had ervaren dat de jongens met wie hij als jochie op straat rondzwierf deden alsof ze hem niet kenden toen hij werd gedwongen het merkteken van de Five Pointers te ontvangen. Zelfs zijn eigen moeder had hem de rug had toegekeerd toen hij pas twaalf was... hoewel hij niet kon ontkennen dat hij het er zelf naar had gemaakt. Maar nu hij Esta zag weglopen gaf hem dat op de een of andere manier het gevoel dat hij het uit wilde schreeuwen, en het liefst was hij achter haar aangerend om haar te vertellen dat hij van gedachten was veranderd.

Het was een impulsieve ingeving die hij niet helemaal vertrouwde.

Zeker, hij bewonderde Esta om haar talent en doorzettingsvermogen. Om de manier waarop ze hem altijd recht in de ogen keek, met haar schouders naar achteren, en nooit bang voor wat er zou komen. Ze was op elk gebied zijn gelijke – en misschien zelfs zijn meerdere.

Natuurlijk, hij mocht haar ook graag, om haar scherpe gevoel voor humor en de vervaarlijke glinstering in haar ogen als ze boos was. Hij vond haar aardig om haar standvastigheid en loyaliteit aan de mensen om wie ze gaf. En hij genoot er zelfs van als ze recht in zijn gezicht loog – ze deed zich nooit anders voor dan ze was.

Hij zou niet zeggen dat hij van haar hield. Nee... Hij had gezien wat de liefde met zijn moeder en met Dolph had gedaan. Voor Harte was alleen het woord al een valstrik – een leugen die mensen zichzelf en anderen op de mouw spelden om de waarheid te verbergen. Wanneer mensen het over liefde hadden, bedoelden ze eigenlijk afhankelijkheid. Obsessie. Zwakte. Dus nee, hij zou niet beweren dat hij van Esta hield, maar hij kon wel toegeven dat hij naar haar verlangde. En misschien, heel misschien kon hij toegeven dat hij haar nodig had, al zou hij dit wijselijk voor zich houden.

Maar nu was het verlangen naar haar – hij wílde haar en had haar nodig – een hunkering die sterker en duisterder was dan ooit. Harte vertrouwde het nog minder, omdat het niet alleen zijn eigen gevoel was. In de uithoeken van zijn geest voelde hij de macht die het Boek ooit had gehad, sterker worden; ze knaagde aan zijn ziel als een levend wezen met scherpe tanden en klauwen, die elk moment uit konden halen. Het was een kracht die hij niet helemaal begreep, maar die hem elke dag vertrouwder werd.

Terwijl Esta wegliep greep Harte de reling van de boot vast. Hij moest zich schrap zetten nu hij voelde dat de macht wilde losbreken, omdat die de waarheid al had ontdekt – ze was te weten gekomen dat Esta Hartes zwakke plek was.

Als hij de reling losliet, zou hij achter haar aanrennen, en dat was precies wat de macht die in hem opgesloten zat wilde. Als hij achter haar aan ging en haar in zijn armen zou nemen, wat hij zó graag wilde, zou het nog veel moeilijker worden om hem terug te dringen, om er zelf ongedeerd vanaf te komen… en om Esta ertegen te beschermen. Als de macht hem in zijn ban hield en haar te pakken kreeg – haar diepste wezen en wat ze in zich had – zouden de messcherpe klauwen haar opeisen. En dat zou haar kapotmaken.

Had Harte van tevoren geweten wat het Boek bevatte, dan was hij er nooit zo happig op geweest om het te bemachtigen. Toen Dolph Saunders hem had verleid met de mogelijkheid om de stad uit te komen, had hij nooit verwacht dat zijn eigen lichaam en geest een gevangenis zouden worden, die hem nog veel meer beperkte dan Manhattan had gedaan, het eiland waar hij was geboren. Hij had niet verwacht dat het Boek dat ze van de Orde hadden gestolen een soort levend wezen was – dat had niemand verwacht. Als een van de anderen, Dolph of Nibsy of de rest, enig idee had gehad van wat het Boek werkelijk was, zouden ze hem ervan hebben weerhouden het buit te maken.

Dagen geleden leek alles duidelijker, eenvoudig zelfs. In de diepe krochten van Khafre Hall was zijn plan vrij simpel geweest: als hij Dolphs bende het Boek afhandig maakte, zou hij eindelijk de vrijheid tegemoet gaan waar hij al zo lang naar verlangde. Dan zou Nibsy Lorcan, die smerige rioolrat van een verrader, het niet voor zijn eigen doeleinden kunnen gebruiken. Hij had Nibsy's plan doorzien, dat hij de macht van het Boek wilde hebben om de Mageus te onderwerpen, en daarna wilde hij de Mageus inzetten om de Sundren uit te roeien. Dan zou de wereld eindelijk veilig zijn voor de oude magie, maar de enige die er vrijheid zou hebben was Nibsy zelf.

Harte had zich niet alleen zorgen gemaakt om Nibsy. Het Boek van de Orde stelen betekende namelijk ook dat Jack Grew de monsterlijke machine die hij bouwde en waarmee hij alle magie van de aardbodem zou wegvagen niet kon afmaken. Het was dus maar goed dat al deze plannen waren veranderd op het moment dat Hartes handen over de versleten leren kaft van het Boek hadden gestreken.

Hij was eraan gewend om bij anderen uit de buurt te blijven. De meeste mensen realiseerden zich niet hoeveel ze op anderen projecteerden, dus had Harte zich lang geleden aangepast door zijn magische gave voor zichzelf te houden en zich af te zonderen. Hij vond het verschrikkelijk om onverwacht overvallen te worden door verwarrende beelden en gevoelens die veel mensen ongelimiteerd de wereld in stuurden. Maar hij had nooit verwacht dat hij zich mentaal had moeten wapenen tegen het Boek.

Toen zijn huid de oude gebarsten kaft had aangeraakt, had hij beseft dat het een fout was. Een hete, verzengende energie was zijn lijf in gestroomd; een sterkere magie had hij nog nooit ervaren.

En toen was het geschreeuw begonnen.

Het had maar een paar seconden geduurd, maar het spervuur van lawaai en indrukken had een eeuwigheid geleken, net als de onsamenhangende chaos van talen die hij niet had kunnen begrijpen. Maar Harte had geen woorden nodig om de gevoelens en gedachten van mensen te doorgronden, en toen hij het Boek aanraakte was het of hij een mens had doorgrond.

Het was zelfs heel wat makkelijker geweest, alsof de macht van het Boek dat moment had afgewacht, of op hém had gewacht om zijn lichaam als levend werktuig te gebruiken. Bijna onmiddellijk had hij begrepen dat het Boek veel meer was dan ze hadden kunnen voorspellen. Het was machtig en het was woedend. Het was het kloppende hart van alle magie in de wereld en hunkerde naar bevrijding, om tot leven te komen en op zijn energie te teren.

Maar het verlangde nog het allermeest naar Esta, om zich meester te maken van háár.

Gelukkig was de macht die hij zo onwetend had bevrijd door eeuwen van gevangenschap verzwakt. Harte kon haar nog steeds terugdringen en opsluiten wanneer hij zich goed concentreerde. Maar haar greep werd elke dag sterker en hij wist dat hij haar niet voor altijd kon onderdrukken. Dát had hij niet gepland.

Harte had wel zijn dood gepland. Hij was er niet zeker van geweest of zijn sprong van de brug de razende stemmen in zijn hoofd tot zwijgen zou brengen, maar hij had bedacht dat het in ieder geval zou betekenen dat ze hem niet als een pion konden gebruiken. Maar toen was Jianyu de avond voor zijn sprong in de haven opgedoken en had hij hem een andere uitweg geboden.

Tegen die tijd had Harte de artefacten al uit de stad laten wegsmokkelen en naar verschillende plaatsen laten brengen, om te zorgen dat Nibsy ze niet te pakken zou krijgen. Hij had zich te laat gerealiseerd dat hij ze zelf goed kon gebruiken, om de macht van het Boek te beteugelen. Het laatste wat hij had verwacht, was dat Esta uit haar eigen tijd naar hem zou terugkeren.

Nu hij het tegen Nibsy en de Orde moest opnemen om ze te stoppen en hij voor Esta's veiligheid moest zorgen, was het belangrijk dat hij de macht onder controle had. Om dat voor elkaar te krijgen hadden ze de artefacten nodig. Maar als ze weggingen om die te halen moesten ze mensen achterlaten – zijn moeder bijvoorbeeld. En Jianyu, onder anderen. Maar wat hem het meest zorgen baarde, was dat hij een van de stenen in de stad achter moest laten.

Hij had die ene steen aan Cela gegeven, omdat hij haar met zijn gave had opgedragen voor zijn stervende moeder te zorgen en hij niet wist hoe hij haar anders moest belonen. De ring was het minst opvallend van de schatten van de Orde, anders dan de armband van Esta. Hij wist dat het geen slimme ruil was geweest, maar nu Esta was teruggekomen begreep hij pas echt in welk gevaar hij Cela had gebracht, en zeker als de jongen die Esta had meegenomen, die Logan, alles kon opsporen. Harte hoopte maar dat het bevel dat hij met zijn magische gave in Cela's brein had geplant volstond om het gevaar te ontlopen, tot Jianyu haar en de steen zou beschermen.

Harte wachtte nog even en liet de reling pas los op het moment dat Esta uit het zicht was verdwenen en het bemanningslid op de boot hem net iets scherper in de gaten begon te houden dan veilig was.

Toen hij van de boot stapte en voet aan wal zette op de bodem van New Jersey checkte hij zichzelf om zeker te weten dat de macht, die zich rustig hield, diep weggestopt zat. Hij was nu in een andere staat, maar voor iemand die zijn hele leven in Manhattan in de val had gezeten, had het net zo goed een ander land kunnen zijn.

De mensen om hem heen zochten hun bagage en hun kinderen, waarna ze naar de uitgang van de terminal liepen. Hij voegde zich bij hen en hield zijn pet omlaag en zijn blik neergeslagen, om onopvallend in de stroom mensen op te gaan. Hij voelde de opwinding om zich heen van passagiers die naar onbekende oorden op reis waren en de vermoeidheid van anderen die dezelfde reis al ontelbare keren hadden gemaakt. Maar niemand stond erbij stil hoe bijzonder het was om überhaupt de mogelijkheid te hebben een kaartje te kopen, in de trein te stappen en ergens anders aan te komen. Voor Harte was dit zo bijzonder dat hij het nooit voor lief zou nemen.

Terwijl hij werd meegevoerd door de menigte had hij bijna het gevoel dat de wereld misschien toch voor hem openlag, dat hun missie kans van slagen had en er wellicht zelfs een andere toekomst mogelijk was. Maar toen hoorde hij een fluistering aan de rand van zijn bewustzijn die steeds harder klonk. Het koor van duistere stemmen smolt samen tot één stem die een hem onbekende taal sprak, maar die hij toch begreep. Het was maar één woord, met een onuitgesproken lading.

Spoedig.

DE SIRENE

1902 – New York

De zon kwam al op terwijl de tram door de stad naar het noorden reed. Jianyu stond in een hoek weggedoken en keek goed uit dat hij niemand aanraakte om zijn aanwezigheid niet te verraden, tot hij de halte op Broadway bereikte, vlak bij het Wallack's Theatre waar Harte Darrigan had opgetreden, waar hij uitstapte. Cela's buren dachten dat ze het huis was ontvlucht omdat ze de brand zou hebben aangestoken, maar Jianyu vermoedde dat het anders lag. Hij wist niet precies waar ze heen zou gaan, maar hij hoopte dat ze uiteindelijk terug zou keren naar het theater waar ze werkte.

Het was makkelijker om zich met licht te omhullen nu de ochtendzon hem genoeg lichtstralen bood die hij kon pakken en om zich heen kon wikkelen. Toen hij bij het Wallack's aankwam keek hij op in een paar bekende ogen die van boven op hem neerkeken.

Het was een groot geschilderd reclamebord met de verschillende shows in het theater dat enkele verdiepingen hoog was, en Harte Darrigans blik leek op Jianyu te rusten, maar hij wist niet of hij hem waarschuwde of juist aanmoedigde.

Nog steeds in licht gehuld hield Jianyu het theater vanaf de overkant van de straat in de gaten. Hij kon hier op Cela wachten, maar hij zou binnen misschien een aanwijzing vinden voor waar ze was. Terwijl hij het licht om zich heen hield stak hij de straat over, kraakte het slot van de podiumdeur en glipte het donkere theater in, om backstage naar een teken van Cela op zoek te gaan.

Het theater was donker en verlaten. Jianyu had nog nooit een voet in het Wallack's gezet, en ook niet in een van de Broadwayzalen die met felle elektrisch verlichte borden reclame maakten voor hun shows. Hij was wel eens naar een show in het Bowery Theatre gegaan toen hij nog maar net in de stad was aangekomen, maar het was een lawaaiige, ruige bende geweest in een zaal die door het publiek was vernield. Het Wallack's was anders. Het zag eruit als een paleis en Jianyu vermoedde dat het ook als de zaal vol mensen zat zo zou zijn.

Hij liep door de smalle gangen verder het theater in, langs de ene na de andere kleedkamer. Maar Cela was geen artiest, dus had ze geen naambordje op haar deur. Nee... ze was vermoedelijk ergens anders, waar het rustiger was. Hij liep door in het donker tot hij bij een trap kwam die naar beneden leidde, naar de kelder van het gebouw.

Het rook er stoffig en muf, maar ook naar pas gezaagd hout en er hing een penetrante verflucht. In de kelder was het donkerder, maar zelfs hier waren nog wat lichtstralen te vinden. Hij haalde de bronzen spiegelschijfjes tevoorschijn, waarmee hij zijn magie kon bundelen, en gebruikte ze om de weinige lichtstralen op te vangen en om zich heen te trekken, zodat hij onzichtbaar door het vertrek kon sluipen.

Plotseling zag hij licht achter zich, nog voordat hij de stem hoorde. 'Kan ik iets voor je doen?'

Hij draaide zich om en zag een vrouw met haar zo fel als het geluk zelf. Ze tuurde in zijn richting.

Ze kan me niet zien...

'Ik weet dat je er bent,' zei ze, met een kalme blik in haar ogen. Haar gezicht was spookachtig wit, als een geest in het donker. 'Ik kan je voelen. Je kunt jezelf net zo goed laten zien voordat ik iemand roep.'

Jianyu bleef stilstaan en durfde amper adem te halen terwijl hij zijn opties overwoog.

'Deze trap is de enige weg naar buiten. Het is maar dat je het weet.' Ze hield haar gezicht in de plooi. 'Ik weet wat je bent,' vertelde ze hem, maar ze kon nog steeds niet zien waar hij precies was. 'Ik kan je vóélen.'

Opeens streken er een soort tentakels langs zijn lijf, warm en zinderend van magie. Ze was blijkbaar een Mageus, net als hij. Hij kon proberen te ontsnappen, maar als ze een magische gave had, wie weet waar ze dan toe in staat was? Het was beter om de confrontatie nu aan te gaan dan straks in de val te zitten. Misschien waren ze wel bondgenoten.

Hij liet zijn grip op het licht los en zag dat haar ogen hem in het donker bespeurden.

'Goed zo. Dat viel toch wel mee?' Ze glimlachte.

'Ik heb geen kwaad in de zin.' Hij hield zijn kin omlaag zodat de rand van zijn hoed zijn gezicht beschaduwde.

'Je bent hier anders nogal vroeg,' zei ze. Haar magie streek nog langs zijn lijf, als warme vingers die langs zijn hals omlaaggingen, zijn wang teder aanraakten en zijn bloed verwarmden met iets wat verdacht veel op lust leek.

'Ik zoek iemand.' Hij deed zijn best om de verleiding van die warme tentakels te negeren.

'Nou, het lijkt erop dat je iemand hebt gevonden,' zei ze met een net iets te verleidelijke glimlach, waarmee ze hem iets te hartelijk verwelkomde, terwijl ze de trap verder af kwam.

Hij slikte moeizaam. 'Ik ben op zoek naar een meisje, Johnson... Cela Johnson,' vertelde hij haar, vechtend tegen de drang om naar de vrouw toe te lopen. Het zag ernaar uit dat ze alleen een zijden kamerjas aanhad die bij elke beweging meer roomblanke huid dreigde te ontbloten.

'En wie zoekt haar?' vroeg ze terwijl ze nog een stap in zijn richting deed.

Nu werden de warme, magische tentakels sterker en aan de rand van zijn bewustzijn registreerde Jianyu hun gevaar. 'Ze kent mij niet,' antwoordde hij, vechtend tegen de verleidende lokroep van de vrouw. 'Maar we hebben een gemeenschappelijke vriend.'

Met glinsterende ogen en haar lippen geamuseerd tuitend deed ze nog een stap de trap af. Hij stelde zich voor dat een muis ongeveer dezelfde uitdrukking bij een kat zag vlak voordat die hem te grazen nam. 'Heeft die gemeenschappelijke vriend ook een naam?' Ze deed nog een stap naar beneden. Nu was ze in de kelder.

'Dat hou ik liever tussen Miss Johnson en mij,' zei hij terwijl ze op hem afliep.

'Is dat zo?' De vrouw maakte een tsk-geluid. 'Nou, dat is dan verdomd vervelend, want Cela Johnson is hier niet.'

'Oké dan...' Het was een leugen, dat was duidelijk van haar bleke gezicht af te lezen. Nog twee stappen en ze was zo dichtbij dat ze hem kon aanraken, en op de een of andere manier wist hij dat hij dat moest voorkomen. 'Dan ga ik er maar weer vandoor.'

Ineens wierp ze zich op hem, maar hij trok de spiegelschijfjes snel uit zijn zak en bracht ze in een vloeiende beweging omhoog terwijl hij zich van de vrouw wegdraaide. Gehuld in het zwakke licht maakte hij zich uit de voeten, weg van die roodharige sirene, die worstelde om overeind te blijven.

Als Cela Johnson hier niet was, wist de roodharige dame vast waar ze heen was gegaan, dacht hij terwijl hij de trap met twee treden tegelijk op rende en zich naar de uitgang van het theater haastte. Hij zou zich even terugtrekken, maar hij ging niet weg voordat hij het hele theater had doorzocht. En hij zou niet opgeven tot hij Cela had gevonden.

EEN VLEUGJE MAGIE

1902 – New Jersey

In het station leek het geluid van veel kwebbelende mensen bij elkaar haast oorverdovend onder het dak van glas en staal, maar Esta merkte de herrie amper. Ze bereidde zich voor op wat haar te doen stond.

Hoewel ze New York nog nooit had verlaten kwam het treinstation van New Jersey haar vaag bekend voor. In haar eigen tijd had professor Lachlan haar vaak meegenomen naar Grand Central als onderdeel van haar training. Samen hadden ze de passagiers geobserveerd terwijl hij Esta over de menselijke natuur vertelde. De toeristen, overweldigd door de hectiek en omvang van de stad, hielden hun reistassen meestal dicht tegen zich aan, alsof de duivel zelf zou proberen hun haveloze plunje te jatten, maar de New Yorkers waren gewend aan de hectiek en het rumoer, en waren zich niet meer zo bewust van de gevaren. De professor had haar geleerd de forensen te observeren, die te veel in beslag werden genomen door hun mobiel om op te merken dat een dief ze in de gaten hield.

De treintijden waren op een groot krijtbord geschreven, dat aan de muur achter in de centrale hal hing. Elk uur vertrok vanaf perron zeven een trein naar Chicago, maar ze moest nog wel twee treinkaartjes fiksen. Ze had besloten dat het te riskant was om die zo dicht bij de stad, waar ze misschien herkend werden, te kopen. De Orde was zeer waarschijnlijk naar hen op zoek – zeker naar haar – en ze twijfelde er niet aan dat ze elk station in de omgeving hadden gealarmeerd. In plaats van twee kaartjes te kopen, zou ze die moeten stelen.

Voor de gebeurtenis op de Brooklyn Brigde zou ze nooit hebben geaarzeld om de tijd te vertragen en ongezien door de leegte tussen de seconden te glippen terwijl ze een slachtoffer uitzocht. Maar nadat ze de Barrière had gepasseerd en de zwarte duisternis zich in haar blikveld had verspreid, waardoor de tijd om haar heen leek te verdwijnen, was ze onzeker geworden over zichzelf en haar magische gave.

Het was absoluut geen fijn gevoel.

Maar die zwarte duisternis... Zelfs de herinnering eraan joeg haar de stuipen op het lijf. Ze wilde niet toegeven dat ze bang was, bang voor wat die duisternis was en bang dat als ze haar magische gave nu zou gebruiken, ze zou ontdekken dat die was verdwenen of op een andere manier was aangetast door de macht van de Barrière.

Dus deed ze wat ieder ander in dezelfde situatie zou doen – ze gaf niet toe, niet aan zichzelf en ook niet aan iemand anders. In plaats daarvan vertrouwde ze op het diepgewortelde besef dat ze als dievegge goed genoeg was om een paar treinkaartjes van nietsvermoedende slachtoffers te stelen zonder haar magie te gebruiken, ook al stond ze nog steeds wat wiebelig op haar benen.

Ze dacht nog na over de beste plek om een slachtoffer uit te zoeken toen ze een energievlaag langs zich voelde strijken, warm en aangenaam – een teken van oude magie. Fronsend speurde ze de menigte af op zoek naar Harte. Ze hadden afgesproken elkaar op het perron te ontmoeten, maar het zou echt iets voor hem zijn om zich niet aan de afspraak te houden. Ze kon het zich niet veroorloven dat hij zou opduiken zodra zij werd betrapt, maar waar ze ook zocht, hij was nergens te bekennen. Terwijl ze op hem stond te wachten voelde ze de warme vleug magie niet meer.

Misschien had ze zich vergist...

'Er is geen tijd voor ontbijt. De trein vertrekt over ongeveer tien minuten en we moeten perron zeven nog vinden...' De zware mannenstem bracht Esta's aandacht terug naar het hier en nu. *Perron zeven... de trein naar Chicago.*

Ze liet haar vragen voor wat ze waren en zocht naar de persoon die bij de stem hoorde. Vlak bij haar stonden drie jongemannen in perfect gesneden pakken hun treinkaartjes te bekijken. Een van hen tuurde wat scheel naar het bord om er zeker van te zijn dat ze naar het juiste perron gingen, terwijl een ander zijn kaartje in de buitenzak van zijn glanzend leren tas stopte. Ze luisterde nog wat langer en toen ze een van hen het nummer van hun perron weer hoorde zeggen begon ze te lopen.

Ze kon hen niet zomaar volgen, dat zou te veel opvallen. Maar er leek maar één ingang van de centrale hal naar de perrons te zijn. Daar kon ze hun de pas afsnijden. Ze zou makkelijk één kaartje kunnen jatten. Een tweede zou niet zo veel moeilijker zijn.

Met elke stap kwam Esta meer tot zichzelf en ze trok een mantel van zelfvertrouwen om zich heen die bijna net zo effectief was als Jianyu's onzichtbaarheid. Ze bekeek de drie mannen terwijl ze naar de ingang van de perrons liep. Toen ze ongeveer drie meter voor hen uit liep bleef ze staan en deed ze alsof ze een reclameposter bekeek van een variétéshow die net in de stad was gearriveerd. Ze hield haar gezicht kalm en keek geïnteresseerd naar de poster, en ondertussen hield ze de mannen goed in de gaten. Nadat ze haar voorbij waren gelopen wachtte ze nog even voor ze zich omdraaide om ze te volgen. Het zou makkelijker zijn om de kaartjes in de tunnel naar de treinen te stelen, waar de stroom mensen vanzelf slonk en waar ze het niet zouden merken of het niet verdacht zouden vinden dat Esta wel erg dicht bij hen liep. Of ze dachten misschien dat ze opzij werden geduwd door een medepassagier.

Ze waren vlak voor haar en ze kon het treinkaartje uit de leren tas zien steken. *Een makkie.*

Toen ze de ingang naar de perrons naderden versnelde ze haar pas. Een paar stappen verder en ze zou het drietal passeren. Misschien kon ze doen alsof ze struikelde en op de grond viel. Een van hen zou waarschijnlijk galant genoeg zijn om haar te hulp te schieten, zodat ze de gelegenheid kreeg ook het tweede kaartje te jatten. Daarna zou ze doorlopen naar het perron, en nog voordat de mannen ontdekten dat hun plaatsbewijzen waren verdwenen, zou ze al met Harte in de trein zitten.

Esta had ze nu bijna ingehaald, maar plotseling voelde ze weer een vlaag warme energie, waardoor ze struikelde. Ze ving zichzelf net op tijd op en ze versnelde haar pas om de drie in te halen. Terwijl ze door de smalle tunnel liep keek ze om zich heen op zoek naar Harte, maar ze zag hem nergens. Het drietal had het perron bijna bereikt. Ze naderde hen tot op een kleine armlengte afstand. Nog iets dichterbij... Toen ze de mannen eindelijk had ingehaald, liep ze bijna naast hen en kon ze het eerste kaartje uit de tas vissen, tot iemand ineens haar naam riep.

'Esta?'

Dat ze bleef stilstaan had niets te maken met het feit dat ze zo onverwacht haar naam hoorde, maar met de stem die haar bekend voorkwam. In eerste instantie dacht ze dat het Harte was, maar toen ze zich omdraaide, zag ze dat ze zich had vergist. Het was een stommiteit, een beginnersfout die ze nooit had gemaakt als ze zich die ochtend niet zo beroerd had gevoeld.

Voordat het helemaal tot haar door was gedrongen wie haar had geroepen, had Jack Grew haar al bij de arm vastgepakt.

HET NEW BRIGHTON

1902 – New York

Viola liep zwijgend met haar moeder langs de zeven huizenblokken naar het New Brighton, de boksclub waar haar broer bijna dagelijks was te vinden. Het was midden op de ochtend en er hing regen in de lucht, net als de geur van as en roet vermengd met de gebruikelijke geuren van deze buurt – rot fruit en afval in de goot, vers brood en de sterke lucht van knoflook en specerijen die uit de open deuren naar buiten walmde. Toen ze een nasmeulend gebouw passeerden, wist Viola wie deze ramp op zijn geweten had.

Ze was het zélf.

Omdat de magiër haar in Khafre Hall te slim af was geweest had ze Dolph teleurgesteld. En ook haar soort, en zichzelf. De Orde had inmiddels uitgeschakeld moeten zijn, maar die was alleen maar grimmiger geworden, genadelozer dan ooit, en ze namen wraak op de hele stad voor de daden van maar een paar mensen.

Viola zou ze het liefst allemaal om zeep helpen als ze kon. Maar ze moest lang genoeg blijven leven om dat voor elkaar te krijgen, en ze had Paolo daarbij nodig. Om te beginnen moest ze zijn straf overleven, wat haar broer ook van plan was. Dat was al een beproeving op zich, zeker als je bedacht dat ze haar familie had verraden door zich bij The Devil's Own aan te sluiten. En Paolo vertegenwoordigde nog altijd de familie, ze kon niet om hem heen.

Na de dood van hun vader was de verantwoordelijkheid voor de familie op zijn schouders terechtgekomen en had hij hen met het geld dat hij als bokser verdiende onderhouden. Hij had zijn naam veranderd in de Engelse variant Paul Kelly, omdat hij meende daardoor beter betaald te krijgen, wat inderdaad zo bleek te zijn. Maar haar broer was geen bokser gebleven. Als leider van de Five Pointers hadden zijn louche zaakjes heel wat lucratiever uitgepakt dan wanneer hij elke avond zijn tanden uit zijn mond liet slaan. Omdat hij slim genoeg was om aan te pappen met de mensen van Tammany Hall, zag de politie alles door de vingers.

De deal met Tammany garandeerde Paul het succes van zijn boksclub, die enkel als dekmantel diende voor minder legale praktijken. Elke avond organiseerde de club bokswedstrijden, waarbij het bier rijkelijk vloeide en weddenschappen aan de orde van de dag waren – en Paul inde uiteraard een aanzienlijk deel van al dat geld. Zijn zaken liepen goed maar hij verzweeg zijn illegale handeltje voor zijn moeder, die niet wist waar het brood op de plank werkelijk vandaan kwam.

In tegenstelling tot de boksclub die Dolph had gerund zinderde Pauls club niet van warme magie. Paul was net als hun moeder een Sundren zonder magische gave, en zijn bende bestond grotendeels uit jongens uit de buurt, die door hun moeilijke jeugd waren opgegroeid tot ruige, geweldadige knullen. Viola was het zwarte schaap van de familie, het buitenbeentje vanaf het moment dat haar magische gave zich geheel onverwacht manifesteerde, nadat er generaties lang geen sprake was geweest van magie in de familie. Haar ouders hadden het als verspilling beschouwd, omdat de magie aan een meisje was gegeven, maar haar broer had Viola's macht als een kans gezien, en hij vond dat hij die met alle recht van de wereld mocht uitbuiten.

Viola had hier natuurlijk een heel andere kijk op gehad, niet dat dit Paul of haar moeder in die tijd ook maar iets kon schelen.

Het was nog te vroeg op de dag voor Pauls gebruikelijke publiek, dus toen haar moeder op de onopvallende houten deur van de club aanklopte deed een jongen van ongeveer Viola's leeftijd open en liet hen zonder iets te zeggen binnen. Het hoofdvertrek van de club was praktisch leeg, op een enkeling na, zoals een enorm gespierde vent in een hoek, die tegen een zware, aan het plafond bevestigde bokszak ramde. Omdat zijn bovenlijf bloot was kon je op zijn linkerschouderblad de akelige rode tatoeage van de Five Pointers zien, een hoekig merkteken dat de plattegrond van het kruispunt voorstelde waarnaar de bende van haar broer vernoemd was. Verder waren in het midden van de mat twee mannen aan het sparren; de hitte van hun zwetende lijven straalde van hen af en leek de zaal broeierig benauwd te maken. Een oudere man zat trekkend aan een dun sigaartje naar hen te kijken.

Toen Viola en haar moeder binnenkwamen keek de man met de sigaar op. Bij het zien van Viola's moeder trok hij even een verbaasd gezicht, maar zodra hij Viola naast haar opmerkte werd zijn gelaatsuitdrukking hard als steen. Zijn hand reikte naar het pistool, waarvan Viola wist dat hij het onder zijn vest had verstopt. De twee sparrende mannen en de andere forsere vent achter in de zaal staakten hun training om te zien wie hen kwam storen.

'Haal mijn zoon,' gebood haar moeder, zonder aandacht te schenken aan de ongemakkelijke situatie in de zaal.

In eerste instantie maakte de oudere man geen aanstalten om te doen wat Viola's moeder hem had opgedragen. 'Wat heeft zij hier te zoeken?' vroeg hij met een knikje naar Viola.

Net als Viola zelf was Pasqualina Vaccarelli nog geen een meter vijftig lang. Ook al zag ze er misschien wel fors en sterk uit, haar lengte zou zonder meer in haar nadeel werken. Toch verblikte of verbloosde de vrouw niet. Ze keek hem met dezelfde blik aan die ze Viola en haar andere kinderen, inclusief Paolo, altijd toewierp wanneer ze écht in de nesten zaten; de blik die meestal gepaard ging met een harde klap van haar houten pollepel. 'Waarom zou ik jou dat vertellen?'

De man snoof verontwaardigd, maar hij stuurde de twee boksers weg, waarna hij naar de achterkamer liep om Paul te halen. Viola's moeder ging in de stoel van de man zitten, maar Viola bleef staan omdat ze Paul liever met opgeheven hoofd onder ogen wilde komen.

Ze wachtten vijf minuten, tien minuten... De tijd werd alleen gemarkeerd door de bonkende vuist van de man tegen de canvas zak achter in de zaal. Eindelijk verscheen Paul, zoals altijd in een duur pak van goede snit en met zijn zwarte haar glad in model, waardoor hij er meer uitzag als een bankier dan als de schurk die hij werkelijk was. Hij omhelsde hun moeder en slijmde langer tegen haar dan anders, terwijl hij Viola totaal negeerde. Maar ze liet zich niet voor de gek houden door te denken dat hij haar niet had gezien, dus verbaasde het haar niet toen hij zich uiteindelijk tot haar richtte.

Viola zag de klap aankomen, sterker nog: ze had niets anders verwacht. Ze had Paul zelf als eerste kunnen aanvallen om het te voorkomen, maar in plaats daarvan incasseerde ze de mep toen de bovenkant van zijn hand haar linkerwang hard raakte. Ze wankelde en zag sterretjes terwijl het zwart werd voor haar ogen en ze met moeite overeind bleef. Gelukkig had ze niet gegild van pijn. Dat plezier gunde ze hem niet.

De volgende klap raakte haar toen ze nog niet helemaal rechtop stond, en daarna nog een, tot ze een warm stroompje bloed uit haar neus voelde lopen en de koperachtige smaak ervan in haar mond proefde. Haar hoofd tolde zo hevig dat ze niet meer overeind kon blijven en ze zakte op haar knieën op de grond. Het voelde alsof de wereld alleen nog bestond uit de pijn die de vuisten van haar broer in haar lijf hadden veroorzaakt.

Voorzichtig betastte ze haar mond op de plek waar haar lip was gescheurd, maar ze keek niet naar Paolo op en zei ook niets. Ze richtte haar aandacht op het doffe geluid – *bam*... *bam*... *bam* – van de vuisten op het canvas, in hetzelfde ritme als haar eigen vermoeide en gekrenkte hart.

Toen Paul haar overeind trok begon het haar te duizelen. Ze deed haar best om haar blik op haar broer te focussen, die zijn gezicht pal voor het hare hield, totdat ze haar moeder 'basta' hoorde zeggen.

'Ik besluit wanneer het genoeg is, mama,' snauwde Paul, en hij verstevigde zijn greep om Viola's arm op een plek waar hun moeder het niet kon zien.

Viola rook zijn dure reukwater en voelde zijn lichaamswarmte terwijl hij zich met zijn volle lengte over haar heen boog. Zo probeerde hij haar te intimideren, zoals hij vroeger al deed toen ze klein waren. Maar ze was geen klein meisje, al heel lang niet meer.

'Ze moet haar plaats kennen,' zei Paul.

'Die heb je haar nu gewezen,' beet hun moeder hem toe, en haar toon maakte duidelijk dat de kous daarmee af was. 'Wat ze ook heeft gedaan, ze is nog steeds familie.'

Paul keek Viola boos aan, maar ze deinsde niet voor zijn blik terug. Hij hield haar pijnlijke arm nog wat langer in een ijzeren greep voordat hij haar eindelijk losliet. Daarna liep hij naar zijn moeder, liet zijn handen liefdevol op haar schouders rusten en boog zich voorover om haar een kus op de wang te geven. 'Maak je niet druk, mama. Ik weet hoe ik voor mijn familie moet zorgen. Ik zorg toch ook voor jou?'

Viola hoefde niet te kijken om te weten dat de ogen van haar moeder nu milder stonden en dat ze een hoek van haar strenge mond optrok. Ze kon de genegenheid in haar stem horen toen ze zei: 'Je bent een goeie jongen, Paolo.'

Viola moest zich enorm beheersen om niet spottend te snuiven.

Paul riep een van zijn jongens bij zich en vervolgens schoten twee knullen als ratten de achterkamer uit, die hij opdroeg zijn moeder naar huis te brengen.

Voordat ze wegging liep de vrouw naar Viola en pakte ze haar kin resoluut vast. Met een haast vriendelijke uitdrukking bekeek ze Viola's bebloede gezicht. 'Gehoorzaam je broer, *mia figghia*. We brengen broeder Lorenzo straks een bezoek, dan kun je biechten.'

'Goed, mama,' mompelde Viola, haar blik neergeslagen terwijl de verbitterdheid van de woorden zich mengde met het bloed in haar mond. Ze negeerde de uitputting die haar parten speelde, net als de pijn, die net zomin weggeveegd kon worden als de tatoeage tussen haar schouderbladen.

Toen hun moeder weg was liep Paul naar haar toe om haar gezicht te bekijken en in zijn ogen glansde walging, maar ook jaloezie. 'Ik weet waarom je terug bent gekomen.' Om zijn brede mond verscheen een spotgrijns. 'Mama denkt dat je eindelijk verstandig bent geworden, maar dat is het niet, hè?' Hij gaf haar pijnlijke wang een niet al te zachte klap. 'Nee... het heeft met die verrekte kreupele vent te maken die er niet meer is om jou te beschermen, of niet soms?'

Ze had hem het liefst in zijn gezicht gespuugd of hem voor rotte vis uitgemaakt en hem verteld dat Dolph Saunders meer mans was geweest dan Paul ooit zou zijn. Maar ze hield haar mond en probeerde de haat uit haar ogen weg te houden.

'Wat krijgen we nou? Heb je niks te zeggen?'

'Wat maakt het uit waarom ik hier ben?' Haar woorden waren moeilijk verstaanbaar door haar opgezette lippen. 'Ik ben teruggekomen. Je kunt me weer gebruiken, zo is het toch?'

Hij vertrok zijn mond. 'Ik heb niks aan je als ik je niet kan vertrouwen.'

'Wie anders zou ik trouw moeten zijn?' vroeg Viola. 'Je hebt gelijk. Dolph Saunders is dood en ik zit er zelf niet op te wachten om ook de pijp uit te gaan of opgepakt te worden door een patrouille van de Orde. Denk je soms dat ik jouw jongens niet heb zien samenwerken met die lui? Denk je echt dat ik niet weet dat je hooggeplaatste vrienden hebt?' Ze schudde haar hoofd. 'Ik ben geen *idiota*, Paolo. Ik kan nergens anders heen. Ik doe wat je van me vraagt, zolang jij de Orde bij mij weghoudt.'

Paul reageerde niet.

'Ik weet wat jij wilt... Jij wilt de baas zijn in de Bowery,' ging ze verder. 'Iedereen weet waartoe ik in staat ben. Iédereen. Vind je het geen voorrecht als ze weten dat ik nu voor jou werk?'

Hij nam haar aandachtig op en het viel haar op dat zijn gezicht veel op dat van hun vader leek, en toch ook zo anders was. Het was harder, minder vergevingsgezind en zo veel vastberadener dan haar vader ooit was geweest.

Paul ging voor haar staan en voor ze het wist greep hij haar bij de keel. Hij kneep met zijn vlezige handen zo hard dat ze geen lucht meer kreeg, hard genoeg zodat zijn handen een afdruk zouden achterlaten. 'Het was slim van je om naar mama te gaan, zusje. Ik neem je terug, alleen voor haar. Maar als je je weer tegen mij keert, is dat meteen de laatste keer.'

Met het beetje kracht dat ze overhad riep Viola haar magische gave op en gebruikte die net zo lang bij haar broer tot zijn ogen uitpuilden en hij naar lucht hapte. Hij liet haar hals los en bracht zijn handen naar zijn eigen keel. De man die tegen de zak had staan stoten hield op en liep naar hen toe.

'Stuur hem weg,' eiste Viola van haar broer.

Pauls ogen schoten vuur van razernij, maar zijn gezicht liep al paars aan omdat hij geen lucht meer kreeg. Uiteindelijk stak hij zijn hand op en de man bleef staan.

'Ik ben niet teruggekomen om wraak te nemen, al weet God dat ik er alle reden toe heb na wat jij mij hebt aangedaan. Maar als je me nog één keer met een vinger aanraakt of een van je jongens zijn poten niet kan thuishouden, maak ik jóú af.'

Ze liet haar magische greep los, waarna hij naar adem snakkend voorover klapte. 'Ik help je eigenhandig om zeep,' grauwde hij met schorre stem.

Totaal niet onder de indruk staarde ze hem aan. 'Dan hoop ik dat het een snelle kogel is, Paolo.'

Hij keek haar kwaad aan. 'Die kun je van me krijgen.'

'En hoe wil je dat aan mama uitleggen?' Haar lippen werden strakgetrokken toen ze zichzelf dwong kil naar hem te glimlachen, of iets wat ervoor door moest gaan. 'Denk maar niet dat ik geen maatregelen heb getroffen om je te verraden als mij iets overkomt. Ik zal mama over al je andere praktijken vertellen, over de hoeren en de misdadigers van wie je financieel afhankelijk bent, álles.' Het was natuurlijk een leugen. Als ze iemand anders had gehad bij wie ze terechtkon, zou ze hier niet staan en zich laten vernederen. 'Ik heb je bescherming nodig en in ruil daarvoor zal ik als je dodelijke mes dienen, maar jij en die verrekte *scagnozzi*, die hielenlikkers van je, moeten hun poten thuishouden.'

Broer en zus keken elkaar in gespannen stilte recht in de ogen, totdat Paul uiteindelijk zuchtte, wat klonk alsof hij een binnenpretje had.

Va bene – goed dan. Ze eiste van hem dat hij haar magische gave zou respecteren, ook al respecteerde hij haar als persoon niet.

'Ga je fatsoeneren.' Hij gebaarde naar het bloed op haar blouse. 'We willen niet dat mijn mes besmeurd is, of wel? Als je mijn bescherming wilt, zul je ervoor moeten werken.'

'Ik had niet anders verwacht.' Viola was te moe, te afgemat door het geweld in haar leven om nog iets van opluchting te voelen. Maar ze voelde wel een zekere voldoening. Paul zou haar al om hebben gebracht als hij haar niet wilde houden. Ze zou in ieder geval veilig zijn, totdat ze had bedacht wat haar volgende stap zou zijn; of zo veilig als ze als Mageus in de stad kon zijn.

Voordat ze weg wilde gaan klonk de bel bij de voordeur, die aangaf dat iemand de club binnen was gekomen.

'James,' zei Paul, langs Viola heen lopend om de nieuwkomer te begroeten.

Ze draaide zich om. Het silhouet van een bekend gezicht in het late ochtendlicht was van een jongen niet ouder dan zestien, met smoezelig blond haar en een goudkleurige bril. Wat had híj hier als leider van The Devil's Own in vredesnaam te zoeken? Hij steunde op een haar welbekende wandelstok met een zilveren Medusahoofd als handvat, met het gezicht van Viola's vriendin Leena. Het was de wandelstok die van Dolph Saunders was geweest.

Viola deed een stap naar voren om hem uit Nibsy's hand te rukken. Hij had het recht niet! Maar Paul floot haar met een scherpe blik terug. Het was te vroeg om hem nu al tegen de haren in te strijken. En te vroeg voor Paul om er nu al achter te komen aan wie ze eigenlijk echt loyaal was.

'Fijn dat je me wilde ontvangen, Paul.'

'Ik heb altijd tijd voor een oude vriend. Je kent mijn zus...' zei Paul, achteloos naar Viola wuivend. 'Ze is net weer terug bij de familie.'

'Is dat zo?' zei Nibsy terwijl hij trekkend met een been de zaal binnenliep.

Ze kon de vragen in Nibsy's ogen zien maar zei niets om ze te beantwoorden.

'Hallo, Viola. Ik kan niet echt zeggen dat het leuk is je weer te zien,' verzuchtte Nibsy, gebarend naar zijn gewonde been. Zijn ogen glinsterden vervaarlijk vanachter zijn bril. 'Maar het is wel een verrassing.'

'Ik zal je laten zien wat een verrassing is,' grauwde ze, en ze deed dreigend een stap in zijn richting.

'Dat heb je al gedaan.' Nibsy's stem klonk lager en onheilspellender dan ze ooit had gehoord en dat was voldoende reden voor Viola om in te binden. Vervolgens keek de jongen naar Paul. 'Als je je zus niet onder de duim houdt, weet ik niet of onze deal wel werkt, wat zonde zou zijn omdat ik de informatie heb die jij zo graag wilde.' Hij haalde een stapeltje papieren uit een jaszak en hield het op, waardoor hij de aandacht had van iedereen in de zaal.

'Genoeg,' siste Paul, al keek hij niet naar Viola. 'Ga je fatsoeneren, zoals ik zei.'

'Ik ga niet eerder weg dan dat hij mijn mes teruggeeft.' Ze ontmoette de ogen van haar broer met een vastberaden blik. 'Als je wilt dat ik je dodelijke mes ben is het handig dat ik een goed exemplaar heb.'

Paul hield zijn gezicht in de plooi, maar Viola kende haar broer lang genoeg om de kille, berekenende glans in zijn ogen te herkennen. 'Je bent zeker vergeten, zusje van me, dat ik weet dat je geen mes nodig hebt om iemand van kant te maken. Als Mr. Lorcan iets van jou heeft, mag hij het wat mij betreft houden... als een cadeautje van mij.'

'Je kunt niet –'

'Zeker wel,' zei Paul zacht. 'Je bent terug bij de familie óf je ligt eruit. Je dient mij trouw en gehoorzaam, anders houdt het op.'

Viola keek hem boos aan. Even kwam het in haar op een eind te maken aan de hele schijnvertoning, én aan Paolo. Maar als ze dat deed, wat zou er dan met haar gebeuren? Ze zou haar moeder nooit meer onder ogen kunnen komen en dan stond ze er weer alleen voor. De afranseling van daarnet zou voor niets zijn geweest. Bovendien kon ze er dan nooit achter komen wat er in het pakje zat dat Nibsy aan Paul wilde geven.

Ze bleef haar broer nog iets langer aankijken om hem duidelijk te maken dat ze niet bang was. Dit was haar eigen keus. Ze zou haar tijd afwachten en doen alsof ze gehoorzaam meewerkte. Maar zodra het goede moment daar was, zou ze zorgen dat ze spijt hadden van wat ze hadden gedaan. De dood was een te makkelijke oplossing voor haar broer. Familie of niet, eerst zou hij door het stof kruipen voor haar.

EEN VALSE GLIMLACH

1902 – New Jersey

'Ik wíst dat jij het was,' zei Jack, en hij hield Esta's arm stevig vast.

Het kan niet waar zijn dat hij híér is.

Esta verstarde door de schok, maar het duurde niet lang want algauw volgde de ijzingwekkende zekerheid van een emotie die veel duisterder was dan angst. Natúúrlijk kon Jack Grew wel hier zijn. Als de neef van J.P. Morgan had hij praktisch een koninklijke status in New York. Zijn familie hoefde alleen de juiste mensen maar te betalen en in het goede oor te fluisteren en Jacks 'kleine misstap' op de brug zou worden weggepoetst. Wat maakte het uit dat deze misstap een poging tot moord was?

Als Esta de situatie op de brug toen niet meteen had doorzien – en haar magische gave niet had gebruikt om de tijd te vertragen om Harte uit de baan van de kogel te duwen – zou Jack hem hebben vermoord. Met die verschrikkelijke machine die hij had geprobeerd te bouwen zou hij elke Mageus in de stad hebben gedood. Omdat hij nu dezelfde verwilderde blik had als gisteren wist Esta dat hij gevaarlijk was, en ze was niet van plan hem de kans te geven haar ook om zeep te helpen.

Terwijl ze rustig probeerde na te denken en de scherpe smaak van haat wegslikte, glimlachte ze als een vals serpent, en ze gebruikte het accent dat ze bij Jack al eerder had gebruikt. 'Jack, lieverd,' kirde ze, en ze testte hoe stevig zijn greep om haar arm was. 'Ben je het eckt?'

'Een aangename verrassing?' vroeg hij, en hij reageerde met een grijns waarbij hij zijn tanden vol verwachting bloot lachte. Hij drukte zijn vingers pijnlijk diep in haar arm, maar ontdekte de armband die ze onder haar mouw droeg gelukkig niet.

Esta negeerde de nauwelijks beheerste woede in zijn blik en deed een stap naar hem toe. 'Ik was zó bezorgd toen de politie je oppakte.'

Jack knipperde, afgeleid door haar woorden, zoals ze had gehoopt. Hij zag er bijna onzeker uit, alsof hij niet wist wat hij moest doen, maar hij liet haar niet los. Vervolgens verscheen er een afstandelijke, kille uitdrukking op zijn gezicht. 'Daar heb ik zo mijn twijfels over,' zei hij, met tot spleetjes samengeknepen ogen. 'Jij spande samen met Darrigan om mij voor schut te zetten. Je hebt me geruïneerd.'

'Dat is niet zo, Jack.' Ze zette grote ogen op van gespeelde verbazing. 'Zulke dingen moet je niet zeggen.'

'Denk je soms dat ik niet wist dat Darrigan en jij vanaf het begin al samenwerkten?' Nu drukte Jack zijn vingers zo hard in haar arm dat ze zeker een afdruk zouden achterlaten. 'Denk je echt dat ik niet wist dat alles wat je me hebt verteld een grote leugen was?'

Esta schudde haar hoofd. 'Nee... Darrigan heeft mij gebrúíkt,' zei ze zacht, en ze zorgde dat haar stem licht beefde. Ze had maar één kans om dit toneelstukje goed op te voeren. 'Ik wist niet wat hij die avond van plan was. Weet je dat dan niet meer? Hij liet me alleen op het podium achter zodat ik de schuld zou krijgen. Je moet me geloven...'

'Nee. Ik geloof je niet.' Jack wierp haar een boze blik toe. 'Als wat je net zei waar is, zou de Orde je allang hebben gepakt. Maar het lukte je op wonderbaarlijke manier om te ontsnappen, tot twee keer toe zelfs.'

'Ik was bang dat niemand me zou geloven.'

'Omdat je het niet verdient,' snauwde hij. 'Nee. Darrigan wist je veilig uit Khafre Hall weg te smokkelen en daarna wist je zelf bij de brug weg te komen, wat betekent dat je meer weet dan je mij vertelt.'

'Eckt niet, Jack. Ik...'

Hij begon te lopen en trok haar hardhandig met zich mee, weg van perron zeven.

Néé. Ze zou zich niet mee laten sleuren door Jack. Haar hart begon wild te bonzen van pure paniek, maar Esta zette zich schrap en bleef staan, en hoewel de angst in haar stem doorklonk viel ze terug in de rol die ze voor Jack had geperfectioneerd om hem te strikken. 'Laat me los,' gebood ze hem zo dwingend als ze kon, terwijl ze probeerde bij hem weg te lopen.

Als het niet zo druk was geweest zou ze hem in een seconde tegen de grond hebben gewerkt. Zelfs in deze drukte was een onverwachte draai met haar arm en het verplaatsen van haar gewicht genoeg om Jack op zijn rug te dwingen. Het probleem was alleen dat alle ogen in het station dan op haar gericht zouden zijn.

Op elk ander moment had ze het wel geriskeerd, omdat ze de seconden had kunnen vertragen en ervandoor had kunnen gaan zodra ze zich los had gemaakt. Maar op die manier in het niets verdwijnen hield in dat ze aan Jack zou verraden dat ze een Mageus was, en als haar magische gave zo zwak was als nu, of ze haar grip op de tijd zou verliezen zoals op de brug was gebeurd, zat ze in de val en waren er meer getuigen dan haar lief was. Dan zou ze overgeleverd zijn aan de willekeur van de omstanders op het perron... en aan Jacks grillen.

Esta's gedachten raasden toen ze voortstrompelde en Jack uit alle macht probeerde tegen te werken terwijl hij doorliep. De dichtstbijzijnde trein blies sissend een stoomwolk uit, een teken dat de stoomketels in de motoren bijna gereed waren, wat haar eraan deed denken dat de trein naar Chicago ook bijna zou vertrekken. Op de vreemde fluistering van energie na eerder die ochtend had ze geen spoor meer van Harte gezien. Ze moest er maar op hopen dat hij op de afgesproken plek op haar zou wachten, maar Jack sleepte haar de verkeerde kant op.

Als ze niet kwam opdagen zou Harte dan van het ergste uitgaan en denken dat ze hem had verraden? Het zou niet zo vreemd zijn, gezien hun geschiedenis. Zou hij haar gaan zoeken of zonder haar vertrekken?

Ze werd overvallen door een gedachte waar ze het koud van kreeg. *Hij kon zonder haar weggaan.* Ze had hem tenslotte het Boek gegeven. Goed, zij had de steen, maar ze had Harte het Boek gegeven als garantie dat zíj niet zou vluchten. Waarom was het niet in haar opgekomen dat híj misschien degene was die dat zou doen? Hij was nu buiten de stad. Hij was vrij om te gaan waar hij maar wilde.

En zij zat in de val met Jack.

Het maakte niet uit. Of Harte nou op haar wachtte zoals hij had beloofd, of dat hij haar al in de steek had gelaten, ze moest zich nu concentreren. Als ze aan Jack wist te ontsnappen zou ze waarschijnlijk de stad nog wel uit komen. Ze wist waar de eerste steen zich bevond. Die kon ze wel vinden, en omdat ze wist dat Harte daar naartoe zou gaan, vond ze hem vast ook.

De mensen om op het perron begonnen naar hen te staren, dus besloot ze dit in haar voordeel te gebruiken, en ze viel uit om nog meer aandacht te trekken.

'Alstublieft, sir,' smeekte ze een man in een te strak vest en met een versleten bolhoed op, die zijn pas vertraagde om naar het tweetal te kijken. 'Ik ken deze man niet,' jammerde ze.

Jack rukte haar naar zich toe en ging tussen haar en de man die ze had aangeklampt in staan. 'Ze weet heel goed wie ik ben,' zei Jack tegen de verwarde onbekende. 'Ze is onze dienstmeid. Ze probeerde de stad uit te komen met het collier van mijn moeder.'

De man nam hen nog wat langer op en Esta realiseerde zich maar al te goed wat hij zag: Jacks dure maatpak in scherp contrast met haar gekreukelde, te wijde rokken die ze die ochtend van een waslijn had gejat, en daar kwam haar valse accent nog bij. De man in het vest bleef nog even staan tot hij besloot door te lopen. Hij knikte naar Jack en beende over het perron weg, en daarmee was alle hoop op haar redding vervlogen.

'Dacht je echt dat het zou werken?' Jack lachte.

Esta wierp hem een verwijtende blik toe. 'En dacht jij echt dat ik het niet zou proberen?'

'Wat zou er dan gebeuren volgens jou? Dat de politie zou komen om míj op te pakken?' Jack schoot weer in de lach. 'Dat lijkt me niet logisch. Maar als de politie jóú in een cel zou gooien, kun je erop rekenen dat de Orde je daarna zo gek maakt dat je het liefst je leven op de brug had beëindigd samen met Darrigan.'

'Alsof jij me zelf niet aan die lui zou overdragen.'

Het twinkelende plezier in Jacks ogen bezorgde Esta een koude rilling. 'Misschien draag ik je uiteindelijk wel over aan mijn oom en zijn vrienden... als ík klaar ben met je.'

Er kroop een huivering over haar huid. 'Ik laat me niet betasten!'

'Je hebt geen keus. Als je denkt dat je die wel hebt, ben je niet zo slim als je je voordoet,' liet Jack haar weten. 'Maar ik heb geen belangstelling voor jou. Van een meid als jij gaan er dertien in een dozijn. Ik wil de buit die Darrigan van de Orde heeft gestolen.'

'Ik weet niet wat hij heeft gejat,' jammerde ze, zich van den domme houdend.

Jack keek haar met een spottende blik aan. 'Daar geloof ik helemaal niks van. We weten allebei dat Darrigan een paar heel belangrijke schatten van de Orde heeft gestolen: een boek met de titel *Ars Arcana* en de vijf artefacten die uit de oudheid stammen. Die wil ik terug.'

'Dat snap ik, maar wat ik niet heb, kan ik je niet geven,' verklaarde ze, hem recht aankijkend. 'Het enige wat ik weet is dat de dingen die jij zoekt op de bodem van de rivier liggen – net als Darrigan.'

'Hij ligt misschien wel op de bodem van de rivier, maar ik geloof echt niet dat de dingen die hij heeft gejat daar ook zijn.' Jack boog zich naar voren zodat zijn gezicht pal voor haar was. Hij had best knap kunnen zijn, met zijn aristocratische trekken en zijn dikke blonde haar. Maar in zijn ijzig blauwe ogen glinsterde een afstandelijke arrogantie die haar rillingen bezorgde, en zijn bleke huid was pafferig van de drank, waar zijn adem op de vroege ochtend al naar walmde. 'Nee, ik denk dat je een goede reden had waarom je gisteren op de brug was. Waarschijnlijk heeft Darrigan je verteld waar de schatten van de Orde zijn. Misschien heeft hij ze zelfs wel aan jou gegeven.'

Ze schudde haar hoofd. 'Dat is niet zo...'

Om haar de mond te snoeren gaf hij haar een harde duw. 'Hij heeft je in ieder geval íéts verteld. Hij zou zich alle gedoe om de schatten te stelen niet op de hals halen om vervolgens van de brug te springen. Jij weet meer dan je toe wilt geven. Maar maak je geen zorgen... ik heb zo mijn methoden om je aan het praten te krijgen.'

'Ga je gang, probeer het maar.' Ze rechtte haar rug in reactie op zijn dreigement. Wat ze wél had zou ze hem ook niet geven. Zodra ze alleen waren, zou ze het hem betaald zetten. Dan kon hij zich de haren uit het hoofd trekken omdat hij haar zo hardhandig had behandeld.

Hij hield zijn hoofd wat schuin om haar onverschrokkenheid. 'Heb je enig idee wat er aan de hand is terwijl jij hier de onschuld zelf speelt? De Orde keert de hele stad binnenstebuiten op zoek naar haar zoekgeraakte schatten. Ze zullen iedereen die ze maar een strobreed in de weg legt om het leven brengen. Hoe langer je het onvermijdelijke uitstelt, hoe meer mensen eronder zullen lijden.'

Hij had gelijk. Er gingen mensen dood en dat was haar schuld, omdat zij had gefaald. Maar ze was niet van plan hem zijn gang te laten gaan en dit tegen haar te gebruiken. 'Als de Orde er zo veel moeite voor wil doen, zijn ze vast ontzettend bang. Ze weten dat ze zonder hun miezerige prullen niets voorstellen.'

Nu bekeek hij haar net iets te oplettend. 'Het zijn de machtigste mannen van het land.'

'Het zijn lafaards, om jacht te maken op de armen en zwakkeren. Ik ben blij dat Darrigan hun dierbare prullen heeft gejat. Net goed dat de Orde het nu in haar broek doet van angst.'

Toen deed hij iets wat ze niet had verwacht – hij schoot in de lach. 'Zelfs zonder hun "prullen" kunnen ze korte metten met je maken.' Daarna verdween de geamuseerde lach van zijn gezicht en trok hij haar ruw naar zich toe, zijn blik niet helemaal scherp. Hij liet een vinger langs de zijkant van haar gezicht gaan. 'Maar ik kan je beschermen. Als ik de dingen die Darrigan heeft gestolen eenmaal in handen heb, hoef je niet meer bang te zijn voor de Orde.'

In eerste instantie snapte ze niet wat hij bedoelde, maar toen drong het tot haar door. 'Je gaat ze toch niet teruggeven aan de Orde, hè?'

'Waarom zou ik?' Jacks stem klonk nu verbitterd. 'Je hebt gelijk. De Orde bestaat uit een stelletje seniele mannen. Moet je kijken hoe makkelijk dat tuig langs hun beveiliging kwam. Als ze me nou hadden toegestaan de *Ars Arcana* te raadplegen had ik de hele stad van dat gevaar kunnen zuiveren. En dan stond hun dierbare Khafre Hall nog overeind. Ik had ze kunnen beschermen.'

Met de machine. Harte had haar alles verteld over de gevaarlijke uitvinding waar Jack aan had gewerkt. Het was een moderne oplossing om de macht van de Barrière uit te breiden en magie weg te vagen, net als de mensen met een magische gave. 'Je zou onschuldige mensen de dood in hebben gejaagd.'

'Er bestaat geen onschuldig tuig,' sneerde Jack. 'De oude magie corrumpeert iedereen op dezelfde manier.' Hij hield zijn mond even en keek alsof hij aan iets grappigs dacht. 'Ik vermoed dat ik bij Darrigan in het krijt sta en hem dankbaar moet zijn omdat hij de *Ars Arcana* voor me heeft bevrijd. Met het Boek zal ik de wereld bewijzen wie ik werkelijk ben en waar ik toe in staat ben, en de Orde zal smekend op haar knieën naar me toe komen.'

De trein vlakbij liet sissend een stoomwolk ontsnappen. Het herinnerde haar eraan dat de tijd begon te dringen.

'Omdat je slimmer bent dan zij,' zei Esta zacht, en ze liet haar stem een beetje hees klinken, om een andere aanpak te proberen. 'Dat was je altijd al.'

Jacks ogen werden iets groter en de adem stokte in zijn keel. Hij zweeg een ogenblik en Esta vermoedde dat hij in haar list was getrapt. Maar toen verstevigde hij zijn greep om haar arm. 'Wat dacht je nou? Dat ik weer in je leugens trap?'

Ze schudde haar hoofd, al had ze gehoopt van wel. 'Het zijn geen leugens, Jack.'

Heel even was er twijfel op zijn gezicht te zien.

Ze boog zich naar voren, zijn naar whisky walmende adem negerend. 'Ik heb nooit over mijn gevoelens voor jou gelogen, schat.' En snel, voordat ze zich kon bedenken, bracht ze haar hoofd omhoog om een kus op zijn mond te drukken.

Het overviel hem en eerst verstijfden zijn lippen, maar daarna beantwoordde hij haar kus. Of liever gezegd: hij greep haar hardhandig vast en zijn lippen bewogen al te gulzig en onbehouwen over haar mond, alsof hij haar opeiste door haar opzettelijk te bezeren. Ze moest zich enorm inhouden om niet bij hem weg te lopen of te kokhalzen.

Na wat een eeuwigheid leek hield Jack ermee op en hapte hij naar lucht, zijn blauwe ogen glazig en voldaan, en even dacht ze dat hij haar zou loslaten, zoals ze had gehoopt. 'Als je me weer voor de gek houdt...'

'Nee, Jack.' Ze deed haar best om rustig te blijven, maar vanbinnen schreeuwde ze het uit. Haar plannetje had niet gewerkt, en nu had ze ook nog zijn vieze smaak in haar mond.

Ze had al haar kracht nodig om zich los te worstelen – om alles op alles te zetten om naar perron zeven te komen voordat de trein vertrok.

'Als je me verraadt zal ik je eigenhandig de nek omdraaien. En niemand zal je missen. Het tuig in de Bowery niet en die oplichter van een magiër al helemaal niet.' Er glinsterde een duister genoegen in Jacks kille ogen. 'Die heeft het veel te druk met het voeren van de vissen in de Hudson.'

'Weet je dat zeker, Jack?' klonk opeens een andere stem. Esta hoefde niet achterom te kijken om te weten dat Harte haar eindelijk had gevonden.

EEN VISIOEN VAN LICHT EN MACHT

1902 – New Jersey

Harte Darrigan wist dat hij in elk opzicht een hufter was, maar hij kon niets doen tegen de jaloezie die hem overmande toen hij zag dat Esta haar kin omhoogstak en haar lippen op Jack Grews mond drukte.

De trein naar Chicago kon elk moment vertrekken, maar Esta zag hij nergens op het perron waar ze hadden afgesproken, dus was Harte haar gaan zoeken. Toen hij de hoek om was zag hij haar met Jack, en zijn ogen bedrogen hem niet: zij had hém gekust. Opzettelijk. Zelfs nu ze tegen Jack aan gedrukt stond deed ze geen moeite om bij hem weg te komen. En als er iemand was die uit allerlei situaties kon wegkomen was zij het wel.

Het enige wat Harte zag, was de manier waarop ze haar handen om de revers van Jacks jas klemde. De stem in hem was bulderend uitgevallen en schreeuwde oorverdovend, terwijl hij als een dier in de val om zich heen klauwde, en tegen de tijd dat Harte hem tot bedaren had gebracht en weer onder controle had, hoorde hij Jack praten.

'... die oplichter van een magiër... heeft het te druk met het voeren van de vissen in de Hudson...'

Harte werd overvallen door razernij en de stem in hem echode instemmend. 'Weet je dat zeker, Jack?' vroeg hij, blij te zien dat de kleur uit Jacks gezicht wegtrok van verbazing. Maar in nog geen tel veranderde dit – zijn verbazing maakte plaats voor verwarring, gevolgd door herkenning. Jack trok Esta naar zich toe, en hij hield haar tegen zich aan.

Harte deed een stap naar voren, maar Esta schudde haar hoofd.

Even laaide zijn woede weer op, en toen zag hij dat haar ogen opengesperd waren omdat ze doodsbang was, wat niets voor haar was; hij herkende haar haast niet. Plotseling leek de wereld alleen nog maar uit haar whiskykleurige ogen te bestaan.

Hij zag Esta's paniekogen. De stenen om haar heen verspreidden een gloed, een felle kring van licht en macht. Een voor een werden de stenen donker en het zwart van haar pupillen sijpelde door in de goudkleurige irissen, die er helemaal in verdwenen, totdat het enige wat naar hem terugkeek de zwarte duisternis was. Leeg en wezenloos. En toen begon de duisternis in haar ogen naar buiten te stromen...

In een reflex stapte Harte naar haar toe, zonder te weten wat hij moest doen. En zonder te weten wat hij net in een visioen had gezien.

'Nee!' De angst in haar stem deed hem als aan de grond genageld stilstaan. 'Blijf daar.'

Ineens loste het visioen in het niets op. Ze waren weer op het station en Esta's ogen glansden goudkleurig als altijd. Ze stonden nog wel angstig, maar de eindeloze zwarte gaten die hij net had gezien waren verdwenen.

Jack lachte, hij dacht zeker dat hij al had gewonnen. 'Ik zou maar naar haar luisteren, als ik jou was,' zei hij, met een kalme, vlakke stem, alsof ze iets onbeduidends als het weer of de prijs van een brood bespraken. 'Of niet. Het kan me niet schelen. Als we eerlijk zijn tegen elkaar, zeg ik je dat ik haar waarschijnlijk toch zal neerschieten.' Jack kneep zijn ogen halfdicht. 'Maar eerlijkheid komt in jouw woordenboek niet voor, hè Darrigan?'

Eerlijkheid? Plotseling bulderde de stem in hem weer. *Wat weet híj daarvan?*

Gedesoriënteerd als Harte was en overweldigd door een mengeling van schuldgevoel en woede die hij niet helemaal begreep, probeerde hij zijn hoofd erbij te houden. 'Speel je weer met pistooltjes, Jack?' vroeg hij smalend, verbaasd dat zijn stem niet beefde en ook zijn angst niet had verraden. 'Ik weet zeker dat die politieagent daar dat graag wil weten.'

'Ik jaag een kogel door haar rug voordat jij die agent hebt kunnen roepen,' zei Jack hooghartig.

De andere reizigers liepen in een stroom aan weerskanten om hen heen, als een rivier die om een steen heen stroomt. Ze schonken geen aandacht aan het tafereel van het drietal, gespannen ruziënd. Maar zo vreemd was dat niet, bedacht Harte, aangezien rijkelui zoals Jack niet echt opvielen. Wanneer je uitstraalde dat de wereld van jou was, vond niemand je verdacht.

Hij bleef naar Jack kijken zodat hij de angst in Esta's ogen niet hoefde te zien. 'Je wilt haar echt niet doodschieten, Jack. Je familie bezit dan wel de halve stad, maar moord is en blijft moord. Het zal heus niet ongestraft blijven als je een meisje op een treinstation doodschiet.'

'Nou, dat kun je wel eens mis hebben,' zei Jack, en de glans in zijn ogen stond

Harte helemaal niet aan. 'Zelfs als het bepaalde ongemakken met zich meebrengt, zul je merken dat ik tot het uiterste ga om te krijgen wat ik wil. Ik ben tot alles in staat.'

De vastberadenheid waarmee Jack dit zei lag Harte als een steen op de maag. 'Dat weet ik, Jack. Maar het is niet nodig – dat probeer ik je duidelijk te maken. We kunnen het heel makkelijk oplossen. Je hoeft haar geen pijn te doen, want zij heeft niet wat jij zoekt.'

Jack vernauwde zijn ogen tot spleetjes, maar Harte kon de verwachtingsvolle gretigheid van zijn gezicht aflezen. *Zorg dat hij blijft luisteren.* Want zonder Esta...

Daar moest hij niet aan denken.

'Heb jij het?' vroeg Jack.

'Nee –' begon Esta, maar ze maakte haar zin niet af, omdat Jack haar een harde ruk gaf waardoor ze naar lucht hapte.

Harte probeerde haar zonder woorden maar met een bemoedigende blik te laten weten dat alles goed zou komen. Ze zouden zich uit deze ellende redden. Dit keer zou hij daarvoor zorgen.

'Natuurlijk heb ik het,' antwoordde Harte treiterend langzaam. Hij wist wat Jack wilde. Hij had het meteen al willen hebben, net als iedereen: het Boek. En alle kennis en macht die het bevatte. Nou... misschien mocht Jack een van deze dingen hebben.

'Waar is het?' eiste Jack.

Ineens vroeg Harte zich af of zijn besluit juist was of dat hij zijn grootste vergissing ooit maakte. Aan de woeste blik in Jacks ogen te zien wist Harte zeker dat Jack al zijn dreigementen waar zou maken. Voor hem betekende Esta helemaal niets. Hij wist niet wat ze was en kon zich op geen enkele manier voorstellen hoe goed ze hem van pas kon komen, dus hij zou geen seconde twijfelen om haar neer te schieten. En als dat gebeurde – als Esta hier nu de dood vond – zou Harte verloren zijn.

Hij huiverde toen de stem zich naar de oppervlakte van zijn geest probeerde te klauwen, hem naar voren dwong en verleidde.

Harte haalde het Boek uit zijn jas.

'Nee. Niet –' zei Esta toen ze het zag, maar ze hield haar mond toen Jack het pistool harder in haar rug drukte.

Jacks ogen werden even iets groter en ze glansden hebberig. 'Geef hier,' snauwde hij.

'Ik weet dat je dit dolgraag wilt hebben, Jack,' zei Harte, en hij nam de vertrouwde rol aan die hij de afgelopen jaren voor het podium had geperfectioneerd – die van de evenwichtige, altijd zelfverzekerde magiër. 'Hoe vaak heb je me niet verteld dat je oom en zijn zogenaamde vriendjes je tegenwerkten in alles wat je kon bereiken door je de toegang tot dit Boek te weigeren? Hier, dit is het. Je kunt het van me krijgen, met de macht en alle kennis die de *Ars Arcana* bevat. Je hoeft alleen Esta maar los te laten en het Boek is van jou, met alles erop en eraan.'

Jacks ijzige ogen stonden vastberaden, en Harte voelde aan dat zijn hunkering naar het Boek zinderend fel oplaaide. Hij wilde akkoord gaan...

Tot zijn gezichtsuitdrukking veranderde en hij zijn mondhoek miniem optrok. 'Nu weet ik dat je liegt. Verwacht je nou echt dat ik geloof dat je alles voor háár zou opofferen? Na alles wat je hebt gedaan om het Boek te verkrijgen?' Jack schudde zijn hoofd. 'Geen enkele meid is dat waard.'

Harte grinnikte spottend, ook al keerde zijn maag zich om. 'Nou ja, in dat geval... mag je haar houden – ik hou het Boek toch liever zelf,' loog hij, en hij maakte er een show van om het weer in zijn jas te stoppen, waarna hij zich omdraaide om weg te lopen.

Hij negeerde hoe gespannen Esta raakte en onderdrukte de stem die boos bulderde omdat hij haar achterliet. Om hem heen leek het station te vervagen. De geur van kolendamp in de lucht en het geroezemoes van de vroege reizigers... Het sissende geluid van stoom uit een locomotief en de laatste waarschuwing van de conducteur... Al deze geluiden en beelden deden hem niets, omdat het hem veel moeite kostte om zichzelf te dwingen bij Esta weg te lopen.

Na drie stappen deed Jack precies waar Harte op had gehoopt.

'Wacht!' riep hij.

Harte draaide zich langzaam om en deed alsof hij zich ergerde omdat Jack van gedachten was veranderd. 'Ja?'

Met een scherp rukje hief Jack zijn kin om zijn woorden kracht bij te zetten. 'Als het echt de *Ars Arcana* is, bewijs me dat dan maar. Een kleine demonstratie van de macht van het Boek is genoeg.'

Harte hield zijn opluchting goed voor Jack verborgen. 'Uiteraard...' Hij haalde het Boek weer uit zijn jas. Zijn hart bonkte zo hard in zijn oren als een trein die over de rails denderde.

Esta probeerde hem met een volhardende blik verwoed één ding duidelijk te maken: *niet doen!* Maar hij was net zo vastbesloten het te negeren.

Vertrouw me, smeekte hij in stilte, maar hij wist niet of ze het begreep.

Met veel bluf bekeek hij het Boek onderzoekend, hij bladerde door de losgeraakte pagina's en bewonderde het. 'Ondanks het bescheiden uiterlijk is dit Boek heel bijzonder. Ik heb er al zo veel van geleerd,' vertelde Harte aan Jack. Hij zat nu goed in zijn rol en dat vertrouwde deel van zichzelf bood hem een zekere geruststelling. 'Ik denk dat je zeer onder de indruk zult zijn als je ziet wat ik ermee kan.'

Jack keek hem boos aan. 'Dat betwijfel ik. Als dat boekje échte macht bezat zou je hier niet nog steeds staan bluffen.'

Nu haalde Harte toegeeflijk zijn schouders op. 'Je hebt gelijk, Jack. Dus laten we niet nog langer kletsen.' Hij stak zijn hand met het Boek voor zich uit.

Esta's gezicht was van pijn vertrokken en de paniek straalde ervan af. 'Nee, Harte. Niet doen –'

Maar voordat ze was uitgesproken gooide Harte het Boek in de lucht, hoog boven hun hoofden.

DE KEUZE

1902 – New Jersey

Zodra Esta zag dat Harte het Boek uit zijn jas haalde en het aan Jack aanbood maakte ze zich acuut geen zorgen meer over de pijn van het pistool dat in haar onderrug drukte.

'Nee!' schreeuwde ze toen Harte het Boek in de lucht gooide.

Alles leek tegelijkertijd te gebeuren: toen het Boek door de lucht vloog, liet Jack haar los en sprong hij op om het te vangen. Bijna op hetzelfde moment stoof Harte naar haar toe en pakte haar pols vast terwijl hij tegen haar riep: 'Nu!'

Plotseling drong tot haar door wat Harte al die tijd van plan was geweest en met een snelheid en zekerheid die voortkwamen uit instinct en jarenlange training riep ze haar magische gave op en vertraagde ze de tijd net toen het Boek in Jacks uitgestrekte hand viel.

Ze haalde opgelucht adem toen het station vreemd stil werd – de stoom van een locomotief zweefde in de lucht en een onbeweeglijke wolk van mist en stof hing om de mensen op het perron, die erin gevangenzaten. De reizigers waren bevroren in een tijdframe. Ook Jack was midden in zijn sprong verstard, op zijn gezicht een uitzinnige, woeste uitdrukking en een verwilderde blik in zijn ogen, terwijl zijn vingers de kleine leren bundel, de oorzaak van al hun problemen, nog maar net aanraakten.

Haar magische gave voelde instabiel en onzeker, maar was gelukkig niet verdwenen.

Bijna meteen trok Harte haar tegen zich aan, en ze ademde zijn vertrouwde geur in terwijl hij zijn armen om haar heen sloeg. 'Godzijdank begreep je het.' Zijn warme adem streek langs haar toen hij zijn gezicht tegen haar hals aan drukte, ze voelde dat hij stond te trillen.

Zijn woorden drongen amper tot haar door. Ze merkte zijn lichaamswarmte nauwelijks, omdat ze al haar concentratie nodig had om haar toch al zwakke grip op de seconden te behouden.

Zonder haar los te laten bewoog Harte zich wat naar achteren om haar gezicht onderzoekend te bekijken. In zijn grijze ogen schemerde een vraag door die ze niet kon verklaren en even dacht ze de vreemde kleuren weer in zijn irissen te zien.

'Alles goed?' vroeg hij na een poosje.

'Kan beter.' Ze schudde zijn bezorgdheid af in een automatisme dat ze zich in jaren van training onder de strenge leiding van professor Lachlan had aangeleerd.

In werkelijkheid voelden haar benen wiebelig en de plek waar het pistool hard in haar rug had gedrukt – vlak boven haar rechternier – deed pijn. Ze zou er een blauwe plek aan overhouden, maar dat had ze honderd keer liever dan een kogel die haar zeker had gedood.

Om haar heen leek het stoffelijke tijdweb te golven en te sidderen... of misschien was het haar eigen magie. Ze had de tijd wel in haar macht, maar het leek haar toch te ontglippen, het was te vluchtig, en ze moest zich veel beter concentreren dan anders. Hoe meer ze zich concentreerde om haar grip op de tijd niet te verliezen, hoe meer het pijn begon te doen achter haar slapen.

Ze wilde het liefst bij Harte wegkruipen. Hij had haar niet verraden of achtergelaten en met haar pijnlijke hoofd en verzwakte magie had ze alle troost, kracht en zekerheid nodig die zijn lichaam haar bood.

Maar ze had het nog niet gedacht of ze zette het gevoel van zich af. Dit soort verlangens waren een teken van zwakte. In plaats daarvan sprak ze haar eigen kracht aan en deed ze een stap naar achteren, tot ze alleen nog verbonden waren door zijn zachte greep, waardoor hij niet in het tijdframe was bevroren, zoals de rest van het station, en die net genoeg was om hem mee te nemen door de tijd. Er was voldoende afstand om haar verwarrende verlangens van daarnet van zich af te zetten. Maar met elke seconde die voorbijging moest ze steeds meer moeite doen om haar magie vol te houden.

'We moeten gaan,' zei ze.

Harte nam haar nog een ogenblik op, om zijn mond een peinzende trek, waardoor ze de gekke neiging voelde hem te kussen, al was het alleen maar om zijn ernstige uitdrukking te laten verdwijnen. En om de herinnering aan Jack uit te wissen. Maar ze gaf er niet aan toe, niet nu ze nog zo van Jacks hardvochtige, naar whisky smakende kus walgde.

Samen liepen ze naar Jack toe. Harte stak zijn hand naar het Boek uit en griste het moeiteloos tussen Jacks vingers weg, om het vervolgens weer in zijn jas te stoppen. 'Klaar?'

Jack was midden in zijn sprong verstard, zijn uitgestrekte hand reikte naar iets wat er niet meer was. In zijn ogen glinsterde een verterende haat die Esta aan het twijfelen bracht, zeker omdat de tijd haar bijna ontglipte.

'We kunnen hem hier niet achterlaten,' vertelde ze Harte, en ze deed haar uiterste best om de seconden vast te houden. 'Hij weet nu dat je nog leeft en dat je het Boek hebt. Als we in het niets verdwijnen, zal hij vermoeden dat we Mageus zijn.'

Harte keek haar met een plotseling bezorgde blik aan.

'Hij zal de Orde vertellen dat je nog leeft of zelf achter ons aan gaan.' De bonkende pijn achter haar slapen werd erger, de rand van haar blikveld begon te vervagen en een zwarte duisternis kroop haar zicht binnen, die haar sombere gedachten weerspiegelde, en ze strekte haar hand uit om Jacks pistool af te pakken. 'Zolang hij leeft, blijft hij een gevaar voor ons.'

'We kunnen hem niet om zeep helpen,' verklaarde Harte, en zijn toon maakte haar nerveus.

'Hij zou mij hebben gedood!' Ze keek naar het pistool in haar hand. Met haar aandacht daarop gericht kon ze de zwarte duisternis enigszins negeren, die toenam met de in haar opvlammende haat nu ze met het gewicht van het zware wapen geconfronteerd werd.

Ze was niet alleen getraind in het gevecht met de blote vuist of met messen. Een pistool was weliswaar niet haar eerste keus, maar ze wist wel hoe ze het moest hanteren. Ook wist ze wat het betekende als de haan gespannen was, klaar om een schot te lossen, dus begreep ze dondersgoed dat het maar een haar had gescheeld of ze had een kogel door haar nieren en ingewanden gekregen – een onherstelbare schotwond die een pijnlijke dood tot gevolg had, zeker in deze tijd.

'Hij was echt niet van plan ons te laten gaan,' verzekerde ze Harte.

Harte pakte haar pols zachtjes vast alsof hij haar op andere gedachten wilde brengen, maar iets hield hem tegen. In zijn ogen kolkten die vreemde kleuren weer, zoals ze al eerder had gezien, en ze voelde dezelfde energie die langs haar arm omhoog was gekropen toen ze de brug waren overgestoken. Ze dacht dat hij op het punt stond in te stemmen, maar hij knipperde en zijn ogen waren weer normaal, waarna hij het pistool van haar afpakte en de haan ontspande.

Toen hij uiteindelijk begon te praten klonk zijn stem gespannen: 'Wij verlagen ons niet tot zijn niveau, Esta.'

'O nee?' Ze dacht aan al die mensen die ze de afgelopen weken allebei hadden verraden alleen om het Boek te bemachtigen – om hun zin te krijgen. Ook stond ze stil bij al die onschuldige mensen die zouden lijden onder wat zij had gedaan, onder de gevolgen van de keuzes die ze had gemaakt. Ze kon dit stoppen, ze kon op zijn minst Jacks leven beëindigen.

Aan de rand van haar blikveld kroop het zwart verder, tot het de stille, roerloze wereld in vloeide. Ze zou haar grip op de tijd niet zo lang meer volhouden. 'Als we hem hier achterlaten, hoeveel doden zullen er dan nog vallen?'

'Maar als je hem in koelen bloede vermoordt, zal dat je voor altijd veranderen,' zei Harte resoluut. 'De prijs die je daarvoor moet betalen is hij niet waard.'

'Weet je het zeker?' vroeg ze terwijl de zwarte duisternis zich bleef verspreiden. Ook al joeg het haar de stuipen op het lijf, toch was het op een vreemde manier ook onweerstaanbaar. 'Want ik weet het zo net nog niet.'

Opnieuw keek ze naar Jack op. Het was waar dat deze onnozele vent niet de oorzaak van haar lijden was. Hij was niet degene die haar had gemanipuleerd en haar familie had vermoord, om haar alles te ontnemen wat haar maakte tot wie ze was, tot ze niets meer was dan een meisje met een rauwe, open wond. Maar Jack was zeker niet onschuldig.

Er was zo veel kwaad in de wereld en dat zou in de toekomst alleen nog maar meer worden. Als ze het kon bestrijden, al was het maar een beetje, was Jacks dood het misschien wel waard om haar ziel aan de duivel te verkopen. Natuurlijk kon ze weglopen en Jack hier levend en wel achterlaten, maar dan bleef hij altijd een gevaar voor anderen. Of ze kon nu een begin maken, ze kon de wraak die haar vanbinnen met een verzengende hitte verteerde toestaan en ernaar handelen.

Ze reikte naar het pistool, maar Harte hield het bij haar weg.

'Honderd procent,' verzekerde hij haar terwijl hij de cilinder van het pistool los klikte en de kogels op de grond liet vallen, waarna hij het wapen in Jacks jaszak stopte.

'Harte...' begon ze haar protest.

'Maar mijn ziel is toch al verdoemd,' praatte hij door haar heen, en hij balde zijn hand tot een vuist.

Op het moment dat zijn knokkels Jacks gezicht raakten klonk het misselijkmakende geluid van krakend bot over het stille perron. Esta's magische gave stond al onder druk en voelde instabiel met de zwarte duisternis die bleef voortkruipen, en toen Hartes vuist Jack raakte werd haar toch al haperende magie verbroken. Verstoord door een ander lichaam binnen het magische energieveld tussen Esta en Harte kon ze zich niet meer concentreren en verloor ze haar grip op de tijd.

Plotseling kwam de wereld weer in beweging en het rumoer op het perron was terug. Harte draaide zich om en keek haar aan, van slag omdat haar magie het liet afweten. Maar ze kon de woorden niet vinden om hem uit te leggen wat er was gebeurd, en ze had er ook geen tijd voor.

Achter Harte smakte Jacks hoofd naar achteren door de ruk waarmee de wereld weer in beweging was gekomen, maar hij was niet buiten westen.

'Vooruit, lopen!' siste Esta dringend, en ze trok Harte mee. Ze keek nog één keer achterom naar Jack, die stond te tollen op zijn benen terwijl hij zijn bebloede neus depte en verward met zijn ogen knipperde. Hij was totaal overdonderd, maar dat zou niet lang duren. 'We moeten de trein halen.'

'Wat gebeurde er?' vroeg Harte. 'Waarom liet je de tijd los?'

'Dat deed ik niet...' Ze maakte haar zin niet af omdat ze niet wist hoe ze de zwarte duisternis of de leemte die ze vanbinnen voelde kon beschrijven. 'Niet nu.' Ze trok hem mee, terwijl ze naarstig naar de draden van het tijdweb zocht en zich probeerde te concentreren om de seconden weer te vertragen.

Hand in hand renden ze tussen de verontruste mensen door – af en toe duwden ze iemand opzij of ontweken ze onwetende reizigers met bagagekarren – en zo snelden ze hun kans op ontsnapping tegemoet.

'Ik heb geen kaartjes,' zei ze buiten adem, haar rokken ophoudend om zijn lange passen bij te houden.

'Dat geeft niet.' Hij klemde zijn hand steviger om de hare terwijl ze doorrenden. 'Daar vinden we wel wat op. We moeten eerst aan boord van een trein zien te komen, de eerste de beste die vertrekt.'

'Perron zeven,' zei ze, denkend aan de steen die zich in Chicago bevond. 'We moeten naar perron zeven.'

Toen ze dat bereikten klonk een schel fluitje boven het tumult uit. Esta keek over haar schouder en zag Jack niet ver achter hen, op de voet gevolgd door iemand van de spoorwegpolitie. De trein kwam langzaam in beweging over de rails en liet een zware rookwolk van kolendamp en zwavel achter op het perron. De stoom sloeg van de motoren af terwijl de trein vaart maakte.

'Rennen!' riep Harte toen ze haar pas even vertraagde. Er kwamen nog twee agenten toesnellen, hun wapenstokken al in de aanslag, terwijl ze naar de mensen riepen dat ze opzij moesten gaan. Vlug kieperde Harte een berg bagage omver om hun achtervolgers de weg te versperren, maar het zou ze niet lang tegenhouden. 'We hebben meer tijd nodig.' Hij trok haar om een oude man heen.

Haar magische gave was instabieler dan ooit, het was of die niet bij haar hoorde en onbereikbaar was. Haar hart bonsde als een razende, haar hoofd bonkte en de tijd leek haar te ontglippen, als de rafelige eindjes van een sjaal die elke keer dat ze ernaar griste wegwaaiden in de wind.

'Het lukt me niet,' verzuchtte ze.

De verwarring in zijn ogen ontging haar niet, maar hij aarzelde geen seconde. Hij rende met haar achter zich aan naar de rijdende trein, tot hij de achterkant van de laatste wagon bereikte, en hij duwde Esta naar voren. Hij tilde haar op het balkon, waarna hij de handgreep vastpakte en op het punt stond naast haar op het plateau te stappen, toen Esta Jack weer zag.

'Pas op!' riep ze, maar de waarschuwing kwam te laat.

Nog voordat Harte op de trein kon springen had Jack zijn pols beetgegrepen en trok hij hem terug.

'Harte!' Esta wilde van de trein op het perron springen, maar hij riep dat ze dat niet moest doen.

Om hen heen bleven mensen staan kijken. Ineens heerste er een vreemde verstomde sfeer op het perron, die niets te maken had met haar magische gave maar met de nieuwsgierige passagiers.

Harte draaide zich met een ruk weg van Jack en trok zijn arm uit de mouw van zijn jas om zich te bevrijden. Jack verloor zijn evenwicht omdat hij geen grip meer had op Harte. Hij viel met jas en al naar achteren. Een tel later had Harte zich op de trein gehesen.

'Schiet op,' siste hij, en hij voerde Esta mee naar de voorkant van de praktisch lege coupé. 'We kunnen hier niet blijven.' Voor ze het midden van de coupé bereikten, kwam een politieagent door de deur naar binnen. Toen hij Harte en Esta zag trok hij zijn knuppel uit zijn riem en blokkeerde de ingang. De paar passagiers in de coupé keken nieuwsgierig op om te zien wat er aan de hand was.

Snel ging Harte voor Esta staan, en hij duwde haar naar de achteruitgang. Ze hadden nauwelijks tijd om op adem te komen toen de deur achter hen opening. Esta draaide zich om en zag Jack, die hun andere mogelijkheid om te ontsnappen blokkeerde.

'Zorg dat we hier wegkomen, Esta,' mompelde Harte terwijl hij beide uiteinden van de coupé en hun belagers nauwlettend in de gaten hield.

'Nu kun je nergens meer naartoe, Darrigan,' zei Jack smalend, en er gleed een zelfvoldane glimlach over zijn gezicht.

'Hij heeft gelijk, knul. Handen omhoog en op je knieën, dan kunnen we het rustig afhandelen,' zei de agent in de voorkant van de wagon.

Ze zaten in de val. Zelfs als ze het voor elkaar zou krijgen om de tijd te vertragen, konden ze nergens heen, er was geen uitweg.

Behalve die ene.

Esta had nog nooit geprobeerd om op deze manier door de tijd te glippen – niet in een rijdend voertuig. Tijd was aan plaats gebonden, wat inhield dat ze alleen door de tijd kon reizen als de plek waar ze naartoe wilde in die tijd bestond. Maar ze hoefden niet zo ver terug te gaan – een dag of twee, hooguit een week – lang genoeg om te zorgen dat ze in een andere versie van deze trein konden stappen, weg van het huidige gevaar.

Ze spande zich tot het uiterste in en wendde al haar energie aan om zich te concentreren op de seconden. Ze negeerde de bonkende pijn bij haar slapen en vroeg meer van haar magische gave dan ze ooit had gedaan. De steen op haar arm, de Sleutel van Ishtar, werd pijnlijk warm terwijl ze zich focuste op de leegte tussen de seconden, en ze reikte door de tijdlagen heen van de momenten die de werkelijkheid van deze plek vormden. Ze bladerde erdoorheen, wanhopig op zoek naar het juiste tijdstip.

De trein begon ineens harder te ratelen en reed over de vibrerende rails met een plotse snelheid die de agent naar de rugleuning van een bank deed grijpen om niet te vallen.

'Wat gebeurt er?' vroeg Harte.

Esta hoorde niets, behalve het geraas in haar oren. Ze werd totaal in beslag genomen door het speuren, net zo lang tot ze niets anders meer kon zien dan de veelheid van momenten, op elkaar gestapeld en even tastbaar en echt als het heden.

Normaal gesproken was het bladeren door de tijd hetzelfde als bij van de pagina's in een boek, zoekend naar een woord, een glimp van het verleden die als sleutel diende tot de juiste datum en tijd. Meestal had ze tijd genoeg om zich te concentreren en de lagen af te speuren naar het precieze tijdstip dat ze zocht, naar een veilig moment. Maar nu de trein vaart maakte en de warmte van hun magie, die ontstond doordat zij en Harte elkaar vasthielden – wat veel van haar concentratie vergde – voelde de tijd zelf aan alsof die los was geraakt en niet meer verankerd was in welke plek dan ook. In plaats van een veilige plek te vinden, trof ze gigantische gaten in de tijd aan, waarin de trein die ze hadden genomen helemaal niet bestond.

Om dezelfde trein op dezelfde plek in een andere tijd te vinden, moest ze alles op alles zetten, alles wat ze in zich had en alles wat ze was, om het onmogelijke mogelijk te maken. De Sleutel van Ishtar werd warmer en warmer totdat hij bijna heet begon te gloeien op haar huid. En toen bespeurde ze in een flits een mogelijkheid.

Hoewel het leek of de wereld instortte en de grond onder hun voeten verdween, twijfelde ze niet. Ze pakte Hartes hand vast en trok hen beiden door de tijdlagen vooruit in de tijd.

WALLACK'S THEATRE

1902 – New York

Jianyu Lee kende de zware last van falen als geen ander. Het had hem uit zijn broers huis verjaagd en later, in zijn wanhoop om zich te bewijzen, ook naar een ander land. Net als in het verhaal van Kua Fu, die de zon had nagejaagd, had Jianyu geprobeerd de teleurstellingen uit zijn jeugd achter zich te laten. Maar in plaats daarvan had hij ze met zich meegedragen tijdens zijn eindeloze reis over land en zee, om erachter te komen dat hem alleen nog maar meer ellende stond te wachten toen hij in deze stad aan was gekomen en ontdekte dat de beloften van de recuiter van de Six Companies leugens waren geweest.

Hij had zijn best gedaan om hard voor Wung Ah Ling te werken, de man die zichzelf Tom Lee noemde. Met zijn diamanten dasspeld en modieuze bolhoed was de zogenoemde 'burgemeester' in de hele stad welbekend. Hij was erg blij een Mageus in dienst te hebben en hij had Jianyu in de leer genomen. Lee had hem geholpen het Engels dat hij tijdens zijn lange reis had opgedaan te perfectioneren en Lee had hem ook uitgelegd dat het werk van de tong inhield dat ze hun brethren, hun landgenoten, hielpen een bestaan op te bouwen in dit vreemde land, met zijn vreemde gewoonten. Lee bood hun bescherming. Maar hoe langer Jianyu smeergeld inde van arme winkelhouders, die in dezelfde vertrekken moesten leven en werken, terwijl Tom Lee zelf in een vorstelijk appartement in Mott Street woonde, met maar liefst drie verdiepingen, hoe meer hij zich realiseerde dat Lee niet beter was dan de rijke kooplui in Gwóng-du¯ng, die goed te eten hadden terwijl de arme boeren omkwamen van honger.

De dag waarop Lee Jianyu erop uit had gestuurd om geld te innen van een wasman wiens schorre stem en gerimpelde huid hem aan zijn lang geleden overleden grootvader deden denken, was de dag dat hij besefte dat hij nog steeds niets meer was dan een ordinaire bandiet. De nieuwe start waar hij op had gehoopt was meer van hetzelfde gebleken. Daarna had elke dag die hij als Tom Lee's loopjongen werkte en zijn magische gave gebruikte ten koste van anderen die het in hun eentje niet rooiden, weer een steen aan die zware last toegevoegd. Maar Dolph Saunders had iets van die last verlicht met zijn aanbod Jianyu een plek in The Devil's Own te geven. De droom om de Barrière te verwoesten had Jianyu hoop gegeven op een betere toekomst – voor zichzelf en alle landgenoten thuis met een magische gave, die gevaar liepen als de wrede macht van de Orde zich nog meer zou uitbreiden.

Jianyu was zo in beslag genomen door het gevecht tegen het gevaar van de Orde dat hij het gevaar in hun midden over het hoofd had gezien. Dat gold voor hen allemaal, en het had Dolph zijn leven gekost. In de dagen na Dolphs dood had Jianyu zijn oude, vertrouwde schaamte terug voelen komen, het kroop in de schaduwen van angstaanjagend stille kamers, afwachtend tot hij de last van zijn fouten weer op zich zou nemen. Misschien had hij dat moeten doen. Wie weet kwam er een dag dat hij dat weer zou doen, maar nu had hij een klus te klaren. Nibsy Lorcan was misschien zelfs wel een groter gevaar dan de Orde, wier macht zich leek te beperken tot New York. Als Harte hem de waarheid had verteld, ambieerde Nibsy veel meer dan dat. Als Nibsy de stenen te pakken kreeg, zou zijn macht veel verder reiken, zelfs overzee. Wat er ook zou gebeuren, Nibsy Lorcan mocht in geen geval winnen.

Jianyu had Darrigan beloofd Cela Johnson en de steen in de ring die ze droeg te beschermen. Het was de eerste stap van zijn plan om Nibsy uit te schakelen, en dit keer zou hij niet falen.

Eerst moest hij haar zien te vinden voordat iemand anders haar vond.

Na de confrontatie met de vrouw in de theaterkelder zou hij niet weggaan voordat hij zeker wist of Cela binnen was. Daarom had hij de hele dag in een steegje aan de overkant van de straat gestaan om de hoofdingang en de podiumdeur te bespieden. Omhuld met licht merkte niemand hem op terwijl hij daar stond te wachten. De hele ochtend had hij naar het komen en gaan van mensen gekeken, die zich geen zorgen hoefden te maken over wie en wat ze waren, van mensen die wisten waar ze thuishoorden – of deden alsof. Hoeveel van hen waren Mageus die onopvallend opgingen in de menigte zonder hun magie te gebruiken? Het was een troost voor hem die hij niet meer had gehad sinds de dag dat hij zijn vaderland had verlaten.

Maar daar was magie iets anders geweest. Er was geen Orde, geen Barrière. En zijn magie was daar nooit een last geweest, zoals hier.

Na bijna twee dagen wist hij niet meer wanneer de uitputting had toegeslagen. Het begon al te schemeren tegen de tijd dat hij wakker schrok van een politieagent die hem een por gaf met de neus van zijn laars. Toen hij de vereiste identiteitspapieren had laten zien – vervalste documenten die als bescherming dienden wanneer hij zijn magie niet kon gebruiken – deed Jianyu alsof hij doorliep, zoals de agent hem had opgedragen. Maar zodra de man uit het zicht was gebruikte hij zijn magische gave en ging weer terug om te wachten tot het publiek van de avondvoorstelling door de hoofdingang naar buiten stroomde en de laatste artiesten via de podiumdeur het theater verlieten.

Jianyu wachtte nog wat langer totdat hij de vrouw die hij eerder had gezien, met het knalrode haar – als een vlam in de gloed van de verlichte luifel – ook weg zag gaan. Toen ze de hoek omging en uit het zicht was verdwenen hulde Jianyu zich in licht en glipte hij het theater binnen. Daar verborg hij zijn magische gave, mocht er nog iemand binnen zijn die magie kon voelen, en hij liet zijn ogen even aan het donker wennen. Opnieuw ging hij op zoek naar Cela, in de hoop dat hij haar niet was misgelopen toen hij in slaap was gevallen.

Backstage had hij geen naaiatelier gevonden, dus ging hij terug naar de kelder, waar de vrouw zijn eerdere zoektocht had verhinderd. Zelfs als Cela hier niet was, zou haar atelier hem misschien een aanwijzing geven waar ze naartoe was gegaan.

Het was te donker om zonder licht goed te kunnen zoeken, dus waagde Jianyu de gok om de bronzen spiegeltjes in de zak van zijn tuniek te gebruiken. Hij richtte zijn magische gave op de dunne lichtstralen die hem omgaven en versterkte die totdat de schijfjes begonnen te stralen. De zwakke lichtkring leidde hem door de stoffige ruimte die hij doorzocht, op zoek naar een spoor dat zijn vermoeden bevestigde – dat Cela Johnson hier was.

Uiteindelijk bereikte hij een vertrek achter in de kelder. De deur ervan zat op slot, maar hij kraakte het slot met gemak, deed de deur open en kreeg toegang tot een werkruimte. In de gloed van zijn spiegelschijfjes ontwaarde hij een kleine ruimte die netjes aan kant was en vol lag met opgestapelde rollen zijde en andere stoffen. Hij liet een vinger langs het koude metaal van de zware naaimachine in een hoek gaan, en er was geen stofje op achtergebleven. Nergens lag stof. Hij had het gevoel dat het atelier niet lang geleden nog was gebruikt.

'Cela?' riep hij zacht in het niets. 'Cela Johnson? Ben je hier?' Hij luisterde aandachtig, in de wetenschap dat stilte het enige antwoord zou zijn, voordat hij het nog een keer probeerde. 'Ik ben Jianyu Lee en ik ben gekomen om je te helpen.' Hij zweeg opnieuw, overwoog het risico als hij te veel zou zeggen en er misschien iemand stond te luisteren, en toen waagde hij het nogmaals. 'Harte Darrigan heeft me gestuurd om je te beschermen.'

Hij stond een tijdje met gespitste oren te luisteren, alert op elk teken van leven, elke aanwijzing dat Cela hier nog was. In een hoek hoorde hij een ritselend geluid...

Maar toen hij zijn spiegelschijfje omhooghield, zag hij nog net de staart van een muis in het zwakke licht voordat het beestje wegschoot.

Cela Johnson was hier net nog geweest, dat wist Jianyu zeker. Maar nu was ze er niet meer. Er bleef één vraag over, belangrijker dan alle andere: was ze hier uit vrije wil weggegaan of had iemand haar meegenomen?

EEN HART VOL ZORGEN

1902 – New York

Cela had een bloedhekel aan het donker. Ze haatte het sinds haar broer Abel haar als klein meisje in de kolenkelder van de bejaarde Mr. Robertson had opgesloten om haar te straffen voor het opeten van zijn laatste pepermuntje. Tegen de tijd dat hij haar er weer uit had gelaten had ze een snotneus, een vlekkerig gezicht en een schorre stem. Hij had haar wat stuntelig omhelsd – de enige manier die puberjongens kenden – om haar te troosten en haar beloofd dat hij het nooit meer zou doen.

Hij had zijn belofte gehouden. Maar Abel leefde niet meer.

Opnieuw leek haar hart zo door intens verdriet omkneld dat ze dacht dat het zou stoppen met kloppen. Ze moest even rust nemen om zichzelf te dwingen door te ademen. Maar ze kon hier niet blijven. Het was aan Cela zelf om door te zetten en er het beste van te maken, ondanks het donker.

Ze hoorde de mannenstem haar naam weer roepen en daarna hoorde ze hem zeggen dat Harte Darrigan hem had gestuurd, nota bene om haar te beschermen. Nou, als je bedacht dat hij haar met een hoop zorgen had opgezadeld, zat ze niet te wachten op hulp van de persoon die hij had gestuurd, wie dat ook was. Sterker nog: ze zat helemaal niet te wachten op bescherming. Ze had al twee dierbaren verloren die haar hadden proberen te beschermen, en dat knaagde aan haar schuldgevoel, twee arme zielen die ze de rest van haar leven in haar hart meedroeg.

Toen ze dacht dat hij weg was wachtte ze voor de zekerheid nog even voordat ze het paneel in de muur ontgrendelde waarachter ze zich had verstopt, en ze naar buiten klom. Ze had deze kleine verstopplek zelf gemaakt om haar naaiwerk veilig te stellen als dat nodig was. Ook al kreeg iedereen in het Wallack's het kostuum dat hij nodig had, toch was er altijd wel iemand met grijpgrage handen die de beste kledingstukken voor zichzelf wilde.

Het was nooit haar bedoeling geweest zich daar te verstoppen, maar het kwam haar nu goed uit.

Haar ogen waren al aan het donker gewend, dus kostte het haar niet veel moeite om zich door het kleine atelier te bewegen. Ze was blij toen ze ontdekte dat haar bezoek de deur voor haar had opengelaten.

Cela nam niets mee behalve een lap stof die ze als omslagdoek gebruikte. Ze deed de deur van haar atelier dicht en sloot dat deel van haar leven af. Ze zou hier niet meer terugkomen. Nooit meer. Toen liep ze met snelle, kordate stappen achter de zachte voetstappen van de man aan, de trap op en de podiumdeur door, de nacht in.

LEGE STRATEN

1902 – New York

Na zijn mislukte poging om Cela in het theater te vinden wist Jianyu niet zo goed wat hij moest doen. Hij had geen idee waar hij haar verder nog kon zoeken, maar als de vrouw met het rode haar haar in het theater had gevonden, of iemand anders, had hij dringend hulp nodig. Hij moest Viola zien te vinden, dus hij moest terug naar de Bowery.

In de Bowery heerste chaos, wist hij. En met Nibsy Lorcan, de huidige leider van The Devil's Own, waren de straten rondom de Strega niet langer veilig voor hem, wat ooit wel zo was geweest.

Er was één buurt in de stad waar Jianyu en zijn landgenoten zonder meer welkom waren, en dat was in de omgeving van Mott Street, bekend als Chinatown. Jianyu zou erheen zijn gegaan, maar hij was er niet meer welkom omdat hij ruim twee jaar geleden zijn eed van trouw aan Tom Lee en de On Leong Tong had gebroken en was overgelopen naar The Devil's Own.

Als Jianyu nu door de On Leongs in de kraag werd gevat zou hij voor zijn overtredingen moeten boeten. De vraag was welke prijs hij ervoor moest betalen. Tom Lee zou vermoedelijk geweld gebruiken, of misschien erger dan dat. Jianyu was alleen op papier Lee's neef. Toen Dolph nog leefde had hij geheimen bij elkaar gesprokkeld die Jianyu's veiligheid hadden gegarandeerd als het om Tom Lee ging. Maar die geheimen waren niets meer waard sinds Dolph was overleden. Als Lee wilde kon hij zo de autoriteiten inlichten over Jianyu's precaire positie in de stad – en over zijn vervalste identiteitspapieren. Als Jianyu werd uitgezet betekende dat zo veel als de doodstraf, omdat de stad verlaten inhield dat hij door de Barrière heen moest.

Het leek hem het risico niet waard om zich midden in de nacht deze gevaren op de hals te halen, omdat het in het donker moeilijker was om zijn magie te gebruiken en zich onzichtbaar te maken. In plaats daarvan liep hij oostwaarts naar Twenty-Fourth Street, een paar huizenblokken verderop, waar de bouw van de nieuwste wolkenkrabber bijna klaar was. Daar had hij een vriend, al vanaf zijn eerste dagen in de stad, die samen met zijn vrouw – een stevige Ierse meid met vriendelijke ogen en rode wangen – een kleine handwasserij runde. Omdat het jaren geleden was, was Ho Lai Ying aangenaam verrast hem te zien, maar hij kende de verregaande invloed van de tongs. Lai Ying wilde zijn vrouw liever niet wakker maken en gaf Jianyu zelf een kom met de restjes van het avondeten en een warme slaapplaats voor de nacht. Maar Jianyu deed nauwelijks een oog dicht en was voor het aanbreken van de dag vertrokken om zijn oude vriend niet in moeilijkheden te brengen.

Toen de ochtend wat warmer begon te worden kwam Jianyu eindelijk bij de Bowery. Hij moest met Viola praten, maar hij moest Cela ook nog vinden, zonder de aandacht te trekken van iemand anders die het misschien op haar of de steen had voorzien. Hij was diep in gedachten en had niet in de gaten dat hij door twee mannen werd gevolgd nadat hij Houston was overgestoken. Op het moment dat hij hun aanwezigheid voelde was het al te laat om zich in licht te hullen zonder te verraden wat hij was.

Jianyu versnelde zijn pas in de richting van een van de drukkere hoofdstraten. Misschien zou zijn oom hem minder snel iets flikken als er genoeg getuigen waren. Maar het was ijdele hoop. Op dit vroege uur waren de straten praktisch verlaten, en zelfs als het wel druk was geweest zouden getuigen eerder geneigd zijn om zelf een potje mee te vechten dan iemand te helpen.

Ineens liepen de jongens aan weerskanten naast hem en Jianyu besefte dat hij weinig keus had. Hij draaide zich met opgeheven vuisten om, klaar voor de aanval, maar de twee keken elkaar alleen aan en schoten in de lach. Ze droegen het bekende tenue van de ruige jongens van de Bowery: een felgekleurd overhemd, een gestreept of geruit vest, een lange broek met smalle pijpen en de bekende bolhoed die ze schuin over één oog hadden getrokken. Hun bleke, pafferige huid zag er vermoeid en ongezond uit en stak af tegen hun potsierlijke kleding.

'Wat had je nou, hè?' zei een van hen, lachend naar de ander. 'Ik heb ze zien vechten, als kippen, fladderend met hun vleugels nadat hun kop is afgehakt,' zei hij tegen zijn vriend en hij liep op Jianyu af, zijn oogleden zo ver over zijn ogen gezakt dat hij eruitzag alsof hij sliep. 'Kom op, laat zien wat je kunt. Toe maar. Je eerste mep is gratis.'

Jianyu verdeelde zijn aandacht over beide knullen terwijl ze om hem heen cirkelden.

'Kom op, smerige hufter die je bent,' daagde de ander hem uit terwijl hij de hele tijd kwaadaardig grijnsde.

Misschien verwachtten ze iets anders van hem. Of ze hadden misschien een te grote mond om hun praatjes waar te maken. Maar Jianyu accepteerde hun aanbod en vloog ze aan. De grotere van het stel was te langzaam om Jianyu's eerste klap op te vangen. Hij ging met gemak tegen de grond, languit in de viezigheid op straat, kreunend om de puinhoop die Jianyu's vuist van zijn gezicht had gemaakt.

De ander zette grote ogen op en keek vol afschuw en geschokt naar zijn vriend, wat Jianyu een enorme voldoening gaf die hij in elke vezel van zijn lijf voelde. Maar hij had bij The Devil's Own vaak genoeg met Dolphs bendeleden getraind om het voordeel van de schok van het tweetal te benutten. Hij draaide zich vliegensvlug om, ramde zijn vuist in de buik van de andere jongen en sloeg de lucht uit zijn longen voordat hij zich realiseerde wat er gebeurde.

De eerste knul krabbelde overeind, het bloed droop uit zijn neus en in zijn ogen glinsterde razernij, maar Jianyu had een vreemde rust over zich. Met een lome spotgrijns wenkte hij de jongen dichterbij. Ze liepen om elkaar heen terwijl ze elkaars vuisten ontweken of wegdoken en ondertussen kwam de andere knul overeind. Geheel onverwacht vloog hij op Jianyu af, haalde hem neer en hield hem tegen de grond gedrukt.

Jianyu's hoofd smakte tegen de stoeprand en even werd het zwart voor zijn ogen. Het tweetal maakte slim gebruik van dit moment. De een dook meteen boven op hem en voordat Jianyu zichzelf kon verdedigen incasseerde hij een vuiststoot in zijn zij. Hij haalde uit met een paar snelle stoten, maar de ander stond inmiddels op zijn benen en deed weer mee.

Ineens kreeg Jianyu een gemene trap tegen zijn rug en de pijn die door zijn lijf schoot verblindde hem bijna.

'Dat zal je leren!' grauwde een van hen terwijl hij zijn vuist nog een keer in Jianyu's buik ramde. 'Verrekte smerige...'

Jianyu hoefde niet te horen wat de jongen verder nog zei. Hij had dit soort beledigingen al moeten aanhoren sinds hij in Mexico van de boot was gekomen, en ze achtervolgden hem waar hij ook ging. Hij had de beledigingen in de trein gehoord toen hij dagenlang in stilte had gereisd en de grens was overgestoken naar een land waarvan hij wist dat hij zich er nooit thuis zou voelen. Die beledigingen had hij in het midden van de nacht moeten aanhoren toen hun veerman ze Manhattan binnensmokkelde. Eenmaal in de stad had hij ze elke dag in allerlei bewoordingen op straat naar zijn hoofd gekregen, uit de mond van miezerige bedelaars die te laf waren om hem in de ogen te kijken.

Met moeite krabbelde hij op zijn knieën, maar hij werd opnieuw wreed in zijn buik getrapt, waardoor hij voorover klapte en de koperachtige smaak van bloed in zijn mond proefde. Zijn oren tuitten. Hij moest opstaan, hij moest op de een of andere manier overeind zien te komen als hij dit wilde overleven.

'... verrekte smerige...'

Ze hadden zijn haren vastgegrepen. Een van hen trok aan de lange vlecht op zijn rug. Er klonk geraas in zijn oren, maar hij wist niet of dit kwam doordat hij in elkaar was geslagen of doordat hij wist wat ze van plan waren, nog voordat hij de klik van de stiletto hoorde. Zijn hoofd bonkte, het leek of er een harde storm in zijn oren raasde en hij wilde naar de jongens schreeuwen maar zijn mond zat vol met zijn eigen bloed.

Toen plotseling een pistool afging voelde Jianyu het schot net zo hard als de knal in zijn oren klonk. Het kwam van zo dichtbij dat het lawaai in zijn hoofd echode en zijn botten rammelden, ook al had de kogel hem niet geraakt.

Het duurde even voordat hij zich realiseerde dat hij nog leefde en dat hij niet was geraakt. Daar lag hij, languit voorover met zijn gezicht op de vieze straat, de zure smaak van bloed in zijn mond, maar hij ademde nog. Goed, hij had pijn in zijn hoofd, maar hij ademde nog.

Hij hoorde voetstappen naderen, totdat hij een paar versleten neuzen van twee bruine laarzen zag.

'Je mag van geluk spreken dat ik hier langsloop,' zei de stem in de vertrouwde klanken van zijn moedertaal. 'Ze hadden je nadat ze je hadden gescalpeerd zeker vermoord.'

Gescalpeerd... Zonder naar zijn vlecht te grijpen wist hij dat die was verdwenen, en zonder vlecht was terugkeren naar zijn geboorteland onmogelijk. Zonder vlecht viel die ene broze droom die hij al zo lang heimelijk met zich meedroeg in duigen.

'Had ze hun gang maar laten gaan,' zei Jianyu in zijn eigen taal, wat hem een beetje troost gaf, al waren zijn lippen zo bebloed en opgezet dat zijn woorden vervormd klonken, zelfs in zijn eigen oren.

'En waarom zou ik zoiets doen?' vroeg de stem. 'Ik wacht al zo lang om je te spreken.'

HET HAD ERGER GEKUND

New Jersey

Harte lag languit op de vloer van de rijdende trein, maar de politieagenten waren verdwenen, net als Jack.

Toen hij overeind krabbelde begon zijn hoofd zo hevig te tollen dat hij zich amper bewust was van de zachte berg stof waar hij op zat of van de trappelende benen eronder, maar zodra hij rechtop stond begon zijn maag te protesteren. Hij haastte zich naar de deur achter in de wagon en had het balkon nog niet bereikt of hij boog zich over de reling en ging over zijn nek.

Daar bleef hij met een zure smaak in zijn mond staan, en hij liet de warme wind langs zijn klamme huid strijken terwijl de grond onder hem voorbijsnelde. Even later schoof de wagondeur achter hem open en zonder op te kijken wist hij dat het Esta was. Op de een of andere manier veranderde er iets in de lucht wanneer zij vlak bij hem was. Dat was altijd al zo geweest, maar nu fluisterde de stem in hem 'ja!' elke keer dat ze bij hem in de buurt was.

Harte negeerde de stem en met het beetje wilskracht dat hij overhad stopte hij hem diep weg. De inspanning die hem dat kostte maakte hem weer duizelig.

'Gaat het een beetje?' Esta kwam naast hem bij de reling staan.

Hij knikte, hoewel hij misselijk was en het te warm had.

Het ligt vast aan het weer.

De grijze bewolking van de vroege ochtend en de frisse lentelucht hadden plaatsgemaakt voor de geurende hitte van een zomerdag. 'Wat is er gebeurd?' vroeg hij, en hij deed zijn ogen dicht tegen de schuddende beweging van de trein.

'Jij zei dat ik ons weg moest halen...'

Het begon Harte te dagen en hij draaide zich naar haar om, maar voordat ze iets kon zeggen schoof de deur achter hen weer open en kwam een conducteur in uniform naar buiten.

De man bekeek Harte, die zich aan de reling vastklampte, en wekte niet de indruk dat er verder iets niet klopte. 'Kaartjes, alstublieft.'

Die hadden ze niet, maar als hij zijn hoofd erbij kon houden en lang genoeg kon blijven staan zonder de reling vast te houden, zou hij dit probleem oplossen. Er was maar een enkele aanraking voor nodig.

Esta was hem echter voor en begon te praten. 'Het spijt me,' zei ze terwijl ze een zwarte portemonnee uit haar reismantel haalde. 'We hadden haast en geen tijd om kaartjes te kopen voordat we in de trein stapten. Kunnen we ze nu kopen?'

'Jazeker,' antwoordde de man, en hij pakte een klein boekje, waarna hij met een zilveren tang twee kaartjes knipte. 'Eindhalte... Dat is dan drie vijftig per stuk.'

Harte zou eigenlijk nieuwsgierig moeten zijn waar ze het geld vandaan had gehaald. En hij zou ook met belangstelling toegekeken hebben bij dit nieuwe ritueel, het kopen van een treinkaartje dat zijn vrijheid betekende. Maar het enige wat hij kon doen was voorkomen dat zijn maag opnieuw zou opspelen en hij kon ook beter niet te veel stilstaan bij wat Esta had gedaan.

'Is er een slaapcoupé beschikbaar?' vroeg Esta aan de conducteur terwijl ze een paar dollarbiljetten uit de portemonnee trok en hem die toestak. Haar stem klonk luchtig en terloops maar Harte kon horen dat ze gespannen was. 'Mijn man voelt zich niet zo lekker. Het lijkt me beter dat hij even gaat rusten.'

'Nee, geen slaapcoupé,' antwoordde de man, en hij trok een wenkbrauw naar hen op. 'Deze trein gaat maar tot Baltimore. Maar als u verder reist, kunt u bij de volgende halte een slaapcoupé nemen.'

'Natuurlijk, wat dom van mij.' Ze glimlachte zenuwachtig. 'Dank u wel.' Ze liet haar stem wat hees en luchtig klinken, toch kon ze niet voorkomen dat die nerveus beefde.

Harte wachtte totdat de conducteur naar de volgende wagon doorliep, waarna hij zich op de grond liet zakken. Alles draaide voor zijn ogen toen hij tegen de reling leunde, en het schudden van de trein bracht zijn toch al gevoelige maag alweer van streek. Maar hij negeerde dit alles en richtte zich op Esta. 'De trein van perron zeven ging niet naar Baltimore.'

Ze schonk hem echter geen aandacht. In plaats daarvan probeerde ze onder haar mouw iets te pakken te krijgen. Haar mond was tot een dunne lijn vertrokken – was het concentratie of had ze pijn?

'Esta...'

'Wacht even,' zei ze met op elkaar geklemde kaken en ze trok de armband van haar arm terwijl ze sissend inademde. 'Ik heb 'm.' Ze hield het sieraad voorzichtig tussen haar vingers en bestudeerde het fronsend.

De armband was een verfijnde ring van glanzend zilver, maar het ging vooral om de steen in de zetting – de Sleutel van Isthar. Het was een van de artefacten waaraan de Orde haar macht ontleende, maar deze steen was bijzonder omdat hij het Esta mogelijk maakte om door de tijd te reizen.

Door de tijd...

Harte kreeg het gevoel dat er een hete steen op zijn lege maag lag. 'Wat heb je gedaan, Esta? Deze trein had naar Chicago moeten gaan.'

'Jij zei dat ik ons weg moest halen, dat heb ik gedaan,' vertelde ze hem, maar ze had alleen aandacht voor de steen in haar hand, niet voor Harte.

'Maar dit is niet de trein waar we eerst in zaten, of wel?' vroeg hij.

'Natuurlijk wel.' Nadat ze de armband had bestudeerd keek ze eindelijk naar hem op. 'Dit is dezelfde trein en precies dezelfde wagon...' Ze aarzelde even en fronste licht. 'Alleen dan nét iets later dan waar we net waren.'

'Hoeveel later?' vroeg hij, en zijn maag speelde weer op door het heen en weer schommelen van de trein en van wat Esta had gedaan.

'Dat weet ik niet. Een dag of twee, zeker niet meer...' Maar haar woorden stierven weg toen ze naar de kaartjes keek die de conducteur haar had gegeven.

'Wat is er?' Hij onderdrukte een nieuwe vlaag misselijkheid, die dit keer maar bar weinig te maken had met het schudden van de trein.

Ze vloekte en alle kleur verdween van haar gezicht.

Ineens had hij een heel slecht voorgevoel bij de vraag die hij haar wel moest stellen, maar waarvan hij wist dat het antwoord hem absoluut niet zou bevallen. 'Hoe ver vooruit in de tijd?'

'Ik probeerde ons alleen maar weg te krijgen bij Jack en die politieagent,' legde ze uit, zonder van de kaartjes op te kijken.

'Hoe vér, Esta?'

Nu beet ze zo nerveus op haar onderlip dat die er bijna kapot van ging. 'Ik zocht naar ongeveer twee dagen vooruit. Het was niet mijn bedoeling... Ik wilde niet –'

'Esta!' Hij onderbrak haar wat bot en ademde diep in, zowel om zichzelf te kalmeren als tegen de misselijkheid. Maar het had erger gekund. Ze hadden voor hetzelfde geld nu in een politiecel gezeten, of ze zouden aan de grillen van Jack en de Orde overgeleverd zijn. 'Hoe erg is het?'

Zonder iets te zeggen gaf ze hem de kaartjes.

Zijn ogen hadden nog moeite met scherpstellen door de hevige, vreemde trek- en duwsensatie die hij net had meegemaakt. Hij had het gevoel gekregen dat de wereld in elkaar was gestort en hem alle kanten op had geslingerd. Het was een vreselijk naar gevoel – absoluut niet oké. Toen hij naar de kaartjes staarde werd het nog erger, omdat er geen vergissing bestond over de datum die erop stond.

'Twee jáár?'

Twee jaar geleden probeerde hij zich aan het tuig in de Bowery te ontworstelen en deed hij zijn stinkende best om te overleven. Twee jaar geleden had hij geen cent te makken en had hij ook nog geen reputatie als artiest. Hij had nog niet eens zijn huidige naam aangenomen. In een wereld zo grillig en gevaarlijk als de zijne betekende twee jaar een eeuwigheid, en ze had hem die tijd zonder erbij stil te staan zomaar afgenomen.

'Ik deed het niet met opzet,' fluisterde ze met een gepijnigd gezicht.

'Hoe kán dat in godsnaam?' snauwde hij haar toe, en meteen daarna kromp hij ineen van zijn scherpe toon.

Maar zijn toon was als een vuursteen die vonken gaf en haar boosheid aanwakkerde. 'Door de tijd glippen is niet zo makkelijk, weet je.' Ze trok de kaartjes uit zijn hand. 'Op goede dagen vergt het al mijn concentratie om het juiste tijdstip te vinden om naar terug te gaan, en dan zit ik niet in een rijdende trein, in de hoek gedreven door de politie. Maar geen dank hoor, nu we niet in de gevangenis zijn beland of zo.'

'Twéé jaar, Esta.' Toen hij zag dat haar hand beefde, zakte zijn boosheid een beetje. 'Ik bedoelde dat je' – hij gebaarde vaag – 'alles zou vertragen, zodat we uit de trein konden springen en ervandoor konden gaan.'

'We zijn toch weggekomen, of niet dan?' Ze wees naar de lege plek waar Jack had gestaan.

Hij ademde diep in om de gal in zijn maag binnen te houden en zijn boosheid te temperen. 'Je hebt gelijk. We zaten in een nogal lastige situatie en jij hebt ons eruit gered,' gaf hij toe, en hij wilde dat hij het oprecht meende. 'Het komt goed, jij kunt dit fiksen. Je brengt ons weer terug in de tijd.'

'Harte...' Haar aarzeling zorgde ervoor dat zijn maag zich omkeerde.

'Jij kunt ons weer terugbrengen,' herhaalde hij.

Op Esta's gezicht lag een gekwelde uitdrukking. 'Ik weet echt niet wat er net is gebeurd. Ik wilde ons twee dagen vooruit in de tijd sturen en in plaats daarvan werd het twee jaar.'

'Dat komt doordat we in een trein zaten – dat zei je zelf,' zei hij langzaam, en hij probeerde rustig te blijven. 'Bij het volgende station stappen we uit en dan kun jij –'

'Het lag niet alleen aan de trein,' onderbrak ze hem zonder hem aan te kijken.

Plotseling leek zijn misselijkheid er niet meer toe te doen. 'Hoe bedoel je?'

'Mijn magische gave is niet in orde. Sinds de Barrière voelt het vreemd, instabiel.'

Hij fronste naar haar. Hij wist dat de Barrière haar had geschaad, maar hij had zich niet gerealiseerd dat die haar magie ook had aangetast. 'Waarom heb je me dat niet verteld? We hadden best nog een dag kunnen wachten.'

'We moesten wel, we moeten de stenen toch ophalen,' beet ze hem toe. 'We hebben niet veel tijd meer. Binnenkort zal Logan in de stad aankomen en...' Ze liet haar woorden wegsterven toen ze besefte wat ze zei. Het was al te laat. Door wat ze met de tijd had gedaan was Logan inmiddels al twee jaar in New York.

'Niets "en". Je had het me moeten vertellen,' volhardde hij, misschien dwingender dan zijn bedoeling was. Maar zijn zenuwen speelden hem parten en zijn boosheid was het enige wat hem ervan weerhield opnieuw over zijn nek te gaan over de reling van de trein.

'Dat weet ik ook wel,' beet ze hem toe, en toen deed ze haar ogen dicht om diep in te ademen. 'Dat weet ik,' verzuchtte ze, nu met zachte stem. 'Maar alles ging zo snel. We moesten kleren zien te vinden en uit Brooklyn weg zien te komen, en ik dacht dat als ik gewoon door de tijd kon glippen, het wel goed zou komen. Dat het wel goed zou komen met míj.'

'Maar dat is niet zo, hè?' vroeg hij, en hij zag verschillende emoties over haar gezicht trekken; ontkenning, frustratie en bezorgdheid vermengden zich.

'Je hebt zelf gezien wat er op het station gebeurde. Ik kon de tijd nauwelijks lang genoeg vertragen om ons bij Jack weg te halen,' zei ze, nog steeds naar het voorbijglijdende landschap starend, alsof ze hem niet aan kon kijken. 'Je hebt gelijk. Ik had het nooit moeten proberen, maar we werden klemgezet in een rijdende trein en ik dacht dat als ik ons naar de volgende trein kon brengen, als ik ons naar de volgende dag kon laten glippen, we dan veilig zouden zijn. Maar toen ik de seconden vertraagde had ik geen controle over de tijd. En met jou erbij –'

'Met míj?' viel hij uit. 'Wil je beweren dat het míjn schuld is?'

'Nee.' Esta schudde haar hoofd. 'Maar wel van wat in je leeft. Ik kan het voelen als je me aanraakt en als ik mijn magische gave oproep lijkt het wel alsof ik een hoogspanningskabel probeer vast te houden.'

Harte zuchtte. 'Denk je dat dit door het Boek komt?' Hij had het nog niet genoemd of diep vanbinnen roerde de stem zich. Op de brug had hij haar verteld dat de macht van het Boek zich meester had gemaakt van hem en in hem was gevaren. Maar hij had haar niet alles verteld. Hij was nog niet in staat de juiste woorden te vinden om uit te leggen wat het Boek wilde, vooral wat het van Esta wilde. Nu hij de vragen en angst in haar glanzende ogen zag kon hij zich er echter niet toe zetten het haar uit te leggen.

Haar opgestoken haar was deels losgeraakt en de donkere lokken zwiepten in haar gezicht, maar ze leek nu rustiger. 'Ik weet het niet zeker. Misschien lag het niet aan jou. Er kan net zo goed iets met mij zijn gebeurd toen ik door de Barrière heen ging.'

Misschien had hij haar moeten troosten en het haar moeten vergeven. Maar hij was nog te veel van slag over de twee jaar van zijn leven die ze zomaar had weggevaagd om haar een beetje gerust te stellen.

Esta ging naast hem zitten, haar rokken vielen over zijn benen. Zachtjes raakte haar hand zijn wang even aan en ze draaide zijn hoofd, zodat hij haar wel moest aankijken. 'We fiksen het,' zei ze, en haar ogen glinsterden helder en vastberaden. 'Ik zet het wel recht. Maar ik ben bang dat we niet moeten proberen terug te keren, nog niet in ieder geval,' liet ze hem weten voordat hij tegen haar in zou gaan. 'Ik snap niet waarom we zo ver door de tijd zijn geglipt. Ik weet ook niet waarom ik geen controle had over het moment waarnaar we terug moesten gaan. Dat heb ik anders wel. Maar als ik ons nu probeer terug te brengen en het me weer niet lukt, kan het zijn dat we voor altijd vastzitten in een andere tijd. Je hebt op de brug zelf gezien wat er met de zak met stenen was gebeurd die ik probeerde terug te halen.'

'Die waren verdwenen,' herinnerde hij zich. Het enige wat ervan over was, waren de verkoolde houders. De stenen zelf waren tot een hoopje as verbrand.

'Volgens mij kunnen de stenen niet in dezelfde tijd bestaan waar hun andere versies al zijn. Als ik mijn magische gave niet onder controle heb en we te ver teruggaan, zal de Sleutel van Ishtar zichzelf tegenkomen in een andere tijd en dat betekent dat hij verdwijnt. We zullen gevangenzitten in welke tijd dan ook zonder een uitweg uit de stad en zonder dat we Nibsy of de Orde kunnen uitschakelen.' Ze likte langs haar lippen. 'En ik zou echt niet weten wat er met mij gebeurt als de steen verdwijnt.'

'Met jou?' Niet-begrijpend schudde hij zijn hoofd.

'Of met jou. Ik heb je toch verteld wat Nibsy heeft gedaan voordat we dingen veranderden?' vroeg ze. 'Dat hij mij vooruit in de tijd heeft gestuurd?'

'Toen je nog een baby was...'

Ze knikte. 'Ik vrees dat het weer moet gebeuren. Als ik nooit vooruit in de tijd ga, kan ik ook niet terugkomen. Als dat zo is, houdt dat in dat ik niet met de roof in Khafre Hall had kunnen helpen of jou had kunnen redden, of de rest. Dan zul jij sterven. Wie weet wat dat dan voor de Orde of Nibsy betekent, of voor magie.' Er trok een schaduw over haar gezicht. 'Als ik als baby'tje niet vooruit in de tijd was gestuurd, was ik opgegroeid zoals het had gemoeten: in het verleden. Ik weet niet eens zeker of deze versie van mezelf dan had bestaan.'

De paniek vloog hem naar de keel. 'Je kunt echt niet zomaar verdwijnen.'

'Waarom niet? Dat is toch ook met de stenen gebeurd?' vroeg ze, met een kalme blik.

Dit overpeinsde hij even: een wereld zonder Esta. Alles wat hij had gedaan om haar veilig terug te sturen naar haar eigen tijd – veilig voor het verleden en voor de macht die in hem tekeerging. Maar ze was voor hem teruggekomen en had hem nog een kans gegeven... die hij niet verdiende. 'Dan heb je gelijk. We moeten het er niet op wagen. We wachten nog wel even.'

'Als jij dat goed vindt.'

'De stenen die wij zoeken bestaan toch nog?' vroeg hij. 'Het is maar twee jaar. Ze kunnen niet ver weg zijn. We vinden ze vast in deze tijd.'

Ze keek hem aan, nog steeds met een frons. 'Maar wat doen we dan? We kunnen ze niet mee terug nemen.'

'Omdat ze ook in 1902 bestaan,' realiseerde hij zich.

Zo zaten ze een tijdje zonder iets te zeggen naast elkaar naar het *klik-klak*-geluid van de trein over het spoor te luisteren. De tijd leek even stil te staan.

'Het maakt niet uit,' zei Esta na een poosje. 'We moeten ons pas zorgen maken over hoe we de stenen naar 1902 terugbrengen als we zeker weten dat we zelf naar 1902 terug kunnen. Eerst moeten we de macht van het Boek onder controle krijgen. Daarvoor hebben we de stenen nodig. En als we die eenmaal hebben is er misschien iets in het Boek zelf wat dit probleem kan oplossen. Het heeft ons ook door de Barrière geholpen, ja toch? Als dat niet zo is, wat stelt twee jaar nou voor? Zo lang is het ook weer niet.'

Twee jaar is een eeuwigheid. 'Het is niet het beste plan.' Maar toen realiseerde hij zich plotseling iets... *Het Boek zit in...*

Harte keek Esta een moment sprakeloos aan, tot hij zei: 'Mijn jas.' Meer kon hij niet uitbrengen.

'Wat is daarmee?'

Toen zag hij dat het haar begon te dagen, maar hij vertelde het haar toch, omdat hij de waarheid onder ogen moest zien, en omdat hij wist dat zwijgen het niet minder waar of minder erg zou maken. 'Het Boek zat in mijn jas. Die heb ik achtergelaten om aan Jack te ontsnappen.'

EEN VER STATION

1904 – New Jersey

'Je had me mijn gang moeten laten gaan, dan had ik hem van kant gemaakt,' zei Esta, en toen ze bij Harte wegstapte kreeg ze het ineens koud. Eén ding was haar duidelijk: dit alles was nooit gebeurd als hij haar niet had tegengehouden op het moment dat ze Jack wilde vermoorden. Dan zouden ze het Boek nog hebben. En ze zouden nog in 1902 zijn, omdat Jack ze niet op de hielen zou hebben gezeten.

Ze had het gekund.

Ze had het er graag voor overgehad die last de rest van haar leven met zich mee te dragen. Maar ze had het niet gedaan en ze had geen idee welke gevolgen dat zou hebben. Ze wist alleen dat er niets goeds van zou komen nu Jack het Boek had.

Harte zat nog op de grond van het balkon aan de achterkant van de trein toen ze overeind krabbelde. Hij zag er bleek en ziekjes uit, maar Esta kon het moeilijk opbrengen hem nog meer medeleven te tonen.

'Je had me niet moeten tegenhouden,' ging ze verder.

'En dan?' vroeg Harte scherp. 'Zou je gewoon zijn weggelopen met zijn bloed aan je handen?'

'Beter zijn bloed dan dat van ons.'

Met een haperende zucht deed Harte zijn ogen dicht, en hij wreef met een hand over zijn gezicht. Hij zag eruit alsof hij weer moest braken. 'Ik heb veel verkeerd gedaan in mijn leven, maar ik weiger het soort man te zijn die een ander in koelen bloede vermoordt.' Hij opende zijn ogen weer om haar aan te kijken. 'Zelfs als het om iemand gaat die het verdient, zoals Jack.'

Er was iets aan de manier waarop zijn stem veranderde en helder op de wind werd meegevoerd – Esta kon hem zelfs boven de herrie van de trein en het spoor uit horen – waardoor ze aarzelde.

Maar niet lang.

Met aarzelen en twijfelen kwam je in deze wereld niet ver, ze kon zich niet veroorloven om zo gevoelig te zijn, al was Harte het daar blijkbaar niet mee eens.

Plotseling borrelde de herinnering aan professor Lachlans bibliotheek op de bovenste verdieping van het pand in Orchard Street bij haar op. Het gedempte licht, de geur van oude boeken, die haar ooit een geborgen gevoel had gegeven. Maar Esta had nog steeds blauwe plekken op haar polsen van de touwen waarmee hij haar in de stoel vast had laten binden. En ze kon de hitte van de stenen haast weer voelen, waarmee de professor haar had versierd om haar te offeren. De man die haar had opgevoed zou haar magische gave hebben gebruikt – en háár – om de stenen samen te brengen en de macht van het Boek te verkrijgen. *Jij bent slechts het werktuig*, was dat niet wat hij had gezegd? Hij zou haar hebben gedood.

Ze bracht haar hand omhoog om de wond net onder haar sleutelbeen, die nog moest helen, zachtjes aan te raken en ze deed haar ogen dicht, gepijnigd door de herinnering aan wat er was gebeurd. *Dit soort dingen werkt beter met een beetje bloed.*

Die bewuste avond was nog geen vierentwintig uur geleden, maar tegelijkertijd ook honderd jaar verder in de toekomst. In het donker achter haar oogleden werd ze door een andere herinnering gekweld: Dakari die de bibliotheek binnenkwam, niet wetend wat professor Lachlan in zijn schild voerde, waardoor hij de kogel niet had zien aankomen.

De echoënde knal van het pistoolschot.

De doffe bonk waarmee Dakari's dode lichaam op de vloer viel.

De zware last van haar schuldgevoel over zijn dood.

Misschien was ze wel nooit zachtaardig geweest, of misschien was het laatste beetje verdwenen met Dakari's dood. Hoe dan ook, Esta was ervan doordrongen dat ze als ze kon leven met de herinnering aan die avond, álles aankon. Dan was ze tot álles in staat. Harte kon dan wel denken dat ze niet sterk genoeg was om te doden, maar Esta had het zinloze verlies van haar vrienden, van haar familie – of van haar vader – al overleefd. Een beetje bloed aan haar handen ter nagedachtenis aan haar dierbaren en hun levens stelde niet zo veel voor.

Bovendien wist ze dat ze deze last niet zo lang hoefde te dragen. Ongeacht wat er tussen nu en het einde zou gebeuren, had professor Lachlan haar al uitgelegd hoe de stenen gebruikt konden worden om controle over de macht van het Boek te krijgen. Ze had het Harte nog niet verteld, omdat ze niet wist hoe hij zou reageren als hij hoorde dat er een offer – haar magische gave en hoogstwaarschijnlijk haar leven – voor nodig was, en ze hadden geen tijd voor zijn nobele buien of voor zijn twijfels. Maar goed, ze was een meisje zonder verleden en zonder toekomst. Ze had zich er al bij neergelegd dat de kans klein was dat ze het er levend van af zou brengen.

Nu moesten ze dealen met de gevolgen van het feit dat ze Jack niet had vermoord toen ze de kans hadden. Ze waren twee jaar later in de tijd, het leven was doorgegaan en de geschiedenis had haar loop genomen. Wie weet wat er allemaal was veranderd in de dagen en weken sinds Jack Grew het Boek in handen kreeg met alle kennis die de pagina's bevatten? Wie weet wat hun stond te wachten op het eindstation van dit traject?

Harte zag er nog steeds beroerd uit. Ze kon het zich wel voorstellen. Wanneer zij aan Jack en het Boek dacht, moest ze ook bijna kokhalzen.

'Ik red me wel,' liet ze hem na een paar minuten van gespannen stilte weten, terwijl de wind hen geselde en de trein voortdenderde. Ze betwijfelde of het waar was wat ze zei, maar ze wist niets anders te zeggen, terwijl ze een verafgelegen station tegemoet ging, waarvan ze niet had gedacht er ooit te komen. En naar een toekomst waar ze onverschrokken recht op afging – zoals ze dat met alles deed.

'Je weet wat Jack met het Boek kan doen.' Harte wendde zich van haar af en keek met een wazige blik naar het voorbijglijdende landschap. 'De Orde stond hem niet toe het in te zien, omdat ze wisten hoe gevaarlijk het was, en nu heb ik het hem praktisch in zijn schoot geworpen. Nu beschikt hij over geheimen die zelfs de Orde hem niet toevertrouwde, zo slim waren ze wel.'

Wat hij zei was waar, maar toch... 'Als Jack je had tegengehouden om op de trein te springen, was het sowieso allemaal voorbij geweest.'

'Ik had terug kunnen vechten,' zei Harte met gespannen kaken. 'Ik had hem kunnen verslaan.'

'Túúrlijk. Met de spoorwegpolitie op je hielen en al die mensen om je heen én de trein die al vertrok. Een potje vechten zou écht de oplossing zijn geweest.' Toen Harte haar over zijn schouder een blik toewierp en ze zag hoe geïrriteerd hij was, ging ze verder: 'Je moest met de trein mee – díé trein. Je hebt een besluit genomen, net als ik. Je deed wat je moest doen om weg te komen. Bovendien heeft Jack maar een schamele buit,' hielp ze hem herinneren. 'De macht van het Boek heb jíj in je, toch?'

Harte snoof. 'Maar hij beschikt wel over alle informatie die erin staat. Dat is al meer dan genoeg om een gevaar te vormen.'

'Dus we moeten het hem gewoon afpakken. Ik ben een dievegge, weet je nog? Ik zal het terug jatten.'

Hij keek naar haar op. 'Daar is het waarschijnlijk al te laat voor.'

'Als we mijn magische gave onder controle kunnen krijgen bestaat "te laat" niet.' Maar ergens was ze bang dat Harte gelijk had.

Ze stak hem haar hand toe om hem overeind te helpen. 'We kunnen op het volgende station uitstappen en bedenken wat we het beste kunnen doen.'

Maar hij negeerde haar hulp. 'We kunnen net zo goed wachten tot we in Baltimore zijn. We hebben de kaartjes toch al betaald,' verklaarde hij. 'Het heeft geen zin om uit te stappen voordat we in een stad komen die groot genoeg is om een sluiproute te kiezen. Er zit twee jaar tussen,' zei hij in antwoord op haar onuitgesproken vraag. 'Ik weet niet waar de mensen die we moeten vinden nu zijn. Ik zal een paar telegrammen versturen en wat rondvragen. Als Julien nog steeds optreedt, is het niet zo moeilijk om hem op te sporen.'

Inmiddels hadden de dicht op elkaar staande, industrieel uitziende gebouwen in de buurt van het station plaatsgemaakt voor een weidser landschap. De damp van gloeiende kolen in de motoren van de trein was nu nog maar vaag aanwezig en er hing een geur in de lucht die ze niet herkende – iets van natuurgroen, fris en aardachtig, wat je in de stad nooit zou ruiken.

'Dan kunnen we beter zitplaatsen gaan zoeken,' liet ze hem weten. 'Het duurt nog een tijd voordat we in Baltimore aankomen.'

Harte kwam zonder haar hulp overeind, maar moest de reling vastgrijpen om zijn evenwicht te bewaren. 'Hoe ben je eigenlijk aan het geld voor de kaartjes gekomen?' vroeg hij terwijl hij naar het handvat van de wagondeur reikte en die voor haar openhield.

'Dankzij Jack,' antwoordde ze toen ze de coupé binnenging, die bijna leeg was.

Voorin zat een oude man met zijn kin op de borst te knikkebollen. Hij verroerde zich niet toen de deur openschoof en het lawaai van de rails stoorde hem ook niet. Toch dempte Harte zijn stem. 'Heb je Jacks portemonnee gejat?'

Ze haalde haar schouders op. 'Net goed voor hem. Hij was op dat moment een beetje... afgeleid.' Ze schoof op een lege bank maar toen Harte niet meteen naast haar kwam zitten, keek ze naar hem op en zag ze dat hij haar met een onpeilbare uitdrukking op zijn gezicht aanstaarde. 'Wat is er?'

'Dáárom kuste je hem.'

Eerst begreep ze hem niet. 'Kussen?' Maar daarna realiseerde ze zich wat er in zijn hoofd omging. 'Jij bent echt gek. Dat weet je zelf ook, of niet soms?'

Harte had het fatsoen om er wat beschaamd uit te zien toen hij naast haar ging zitten. 'Hm-hm,' mompelde hij. 'Dat weet ik.'

Esta wilde nog iets zeggen maar Harte werd afgeleid door het voorbijsnellende landschap. Het was alsof hij er niets van had gezien toen hij op het balkon van de trein zat, maar nu was het of ze niet bestond en in het niets kon verdwijnen zonder dat hij het merkte. Harte had alleen oog voor wat hij door het treinraampje buiten zag – een wereld waarvoor hij had gelogen, gestolen en verraad had gepleegd.

Ze besloot hem met rust te laten. Voorlopig, tenminste.

Door de houten latten van de bank heen voelde ze de rails vibreren die het landschap waar ze doorheen reden in stukken sneden. Ze had nooit gedacht dat ze de stad zou verlaten – ze had het niet eens gewild – maar nu moest ze toegeven dat de wereld groter, mooier en zo veel verleidelijker was dan ze had verwacht. Ondertussen maakten de dorpen plaats voor een lappendeken van velden met weelderig groene zomergroenten, hun stengels heen en weer wuivend in de wind. Op de een of andere manier waren de kleuren hier feller, natuurlijk echt en levendig.

Ze hoorde hier niet te zijn, buiten de grenzen van de stad die ze zo lang als haar thuis had beschouwd.

Sterker nog: ze had inmiddels dood moeten zijn, maar ze had professor Lachlans poging om haar al haar macht te ontnemen – en haar leven – overleefd, net als Jack, die haar onder schot had gehouden.

Even stond ze zichzelf toe haar hoofd tegen Hartes schouder te laten rusten en te genieten van het besef dat ze voorlopig veilig waren, tot de trein het volgende station zou binnenrijden. Vooralsnog waren zij de enige passagiers in de coupé, met alleen het groene landschap en de regelmatige cadans van de trein over het spoor.

Ook al gunde ze zich een moment rust, toch besefte Esta maar al te goed dat haar toekomst op haar wachtte. De wereld buiten de wagon was misschien wel gevaarlijker geworden in die twee jaar die ze hadden overgeslagen. Toen de trein eindelijk Baltimore binnenreed was er maar één ding waar ze zeker van kon zijn: wat er ook mocht gebeuren, ze zou het overleven. Stap voor stap, van het ene naar het volgende moment in de tijd, net zo lang tot ze alles wat fout was gegaan had hersteld... en ze de mensen die dit op hun geweten hadden ervoor had laten boeten.

Deel 2

AAN DE OPPERVLAKTE KOMEN

1902 – New York

Toen Jack zijn ogen opendeed was het licht in de kamer lila-achtig. Het was alsof hij midden in een verrekte bloem zat. Zijn lijf voelde onvoorstelbaar zwaar aan, vooral zijn linkerarm die met een soort verband over zijn buik was gefixeerd. Hij kon zijn vingers niet bewegen, maar met het lavendelkleurige licht kon het hem niet zo veel schelen, al had hij het gevoel dat zijn hoofd in tweeën zou barsten.

Ze hadden hem vast iets toegediend – een middel om de pijn te verzachten – omdat de kamer en alles om hem heen heel ver weg leek, alsof hij in een tunnel keek. Maar hoe was hij hier gekomen?

De ambulance kon hij zich vaag herinneren. En ook het pijnlijke hobbelen van de koets die hem naar het ziekenhuis had gebracht. Maar hij was nu niet in het ziekenhuis. Langzaam maar zeker kwam de kamer scherper in beeld. De muren waren behangen met gebloemd brokaat en het bed had een kanten baldakijn.

Het begon tot hem door te dringen waar hij was – dit was een van de logeerkamers in het huis van zijn moeder. Dat was niet echt de ideale plek, maar ook weer niet zo verschrikkelijk. Als je bedacht hoe kwaad zijn oom was geweest – hoe lang was dat geleden? – had zijn familie hem net zo goed in een armzalig openbaar ziekenhuis aan zijn lot over kunnen laten. Of erger: ze hadden bij hun besluit kunnen blijven en hem op een boot naar het Westen kunnen zetten, gewond of niet. Het leek erop dat ze met de hand over het hart hadden gestreken. Een soort van tweede kans. Die zou hij met beide handen grijpen.

Zo gauw hij zich weer kon bewegen...

Jack lag daar een hele poos en volgde met zijn blik de golvende patronen van het kant boven zijn hoofd, dat zwaar aanvoelde. Geleidelijk aan kwamen de gebeurtenissen terug die ertoe hadden geleid dat hij in de logeerkamer van zijn moeder lag.

De trein... Darrigan en het meisje...

Plotseling herinnerde hij zich het moment dat de dokter hem de jas had gegeven die niet van hem was en dat hij zich realiseerde wat er in de jaszak zat. Het Boek.

Met een ruk probeerde hij rechtop te gaan zitten, maar de kleinste beweging deed al ontzettend pijn in zijn hoofd en zijn arm. Kreunend liet hij zich weer op het zachte bed zakken. Omdat Jack zich niets herinnerde van het ziekenhuis en wat ze daar met hem hadden gedaan, wist hij ook niet wat er met het Boek was gebeurd. Hadden ze het in de jaszak gevonden? Hadden ze het gehouden? Hij moest weten hoe het zat.

De deur ging open en een jong dienstmeisje stak haar hoofd naar binnen. Ze was tengerder dan waar hij normaal gesproken voor zou vallen, maar haar huid was gaaf en haar bruine haar zou waarschijnlijk over haar schouders golven als hij de haarspeld uit haar strenge knot trok.

Maar gezien de pijn in zijn hoofd en zijn arm zou dat moeten wachten, veronderstelde hij.

'Mr. Grew?' Ze aarzelde even voordat ze de kamer in liep. Toen hij niet reageerde kwam ze dichterbij en nadat ze zijn naam nog een keer had genoemd gingen zijn ogen knipperend open, en deed hij alsof hij net wakker was. 'Bent u wakker? U hebt bezoek, als u daar vandaag aan toe bent?'

'Water?' Het verbaasde hem hoe schor zijn stem was.

'Natuurlijk,' zei ze, waarna ze wegsnelde om een glas water te halen. Toen ze terugkwam hield ze het glas voor hem op, maar hij nam niet de moeite om het aan te pakken.

'Mijn arm,' zei hij. 'Kun je misschien...'

Met een bezorgde blik in haar ogen kwam ze dichterbij en ging ze naast het bed staan om hem te helpen drinken. Hij merkte dat ze nerveus was, en het deed hem goed te weten dat ze hem zelfs nu hij in bed lag intimiderend vond.

Jack nipte rustig van het water en genoot van de aanwezigheid van het meisje. Ze rook naar de zeep waar het bedlinnen mee werd gewassen en de zoete geur van angst. Terwijl hij dronk hield ze haar blik op het glas gericht dat ze in haar tengere hand hield, ze weigerde hem aan te kijken. Toen hij het laatste beetje opdronk, pakte hij haar pols vast, vlak voordat ze het glas kon wegzetten, en het deed hem genoegen haar scherp te horen inademen.

Haar pols was net zo fragiel als de rest van haar lichaam. Die voelde verleidelijk broos onder zijn vingers, en er schoot een absurde gedachte door hem heen dat hij haar pols net zo makkelijk kon breken als de botjes van een vogel. Maar hij verstevigde zijn greep niet en ze probeerde haar hand niet weg te trekken. Integendeel: haar wangen kleurden verleidelijk roze en ze ontmoette zijn blik met grote ogen.

'Je voelt je vast al wat beter als je zo met de dienstmeid flirt,' klonk een stem vanuit de deuropening van de kamer.

Nu Jack werd afgeleid maakte het dienstmeisje daar gebruik van; ze trok haar hand los en liep weg. Toen pas zag hij wie er net tegen hem had gepraat – het was een van de Barclay-jongens, de jongste, met wie hij op school had gezeten. Thaddeus of Timothy of Theodore. 'Theo...'

Aan Theo's vluchtige glimlach te zien had hij goed gegokt. Het was inderdaad Theo Barclay die de kamer was binnengekomen, alsof ze al die tijd goede vrienden waren gebleven in plaats van vage kennissen. En de jongen had zo'n knap meisje bij zich dat hij het dienstmeisje op slag vergat.

'Blij te zien dat het niet half zo slecht met je gaat als iedereen beweert,' zei Theo, en hij stapte opzij zodat de dienstmeid erlangs kon. 'Herinner je je mijn verloofde?'

Natuurlijk niet, maar zelfs onder invloed van de zware pijnstillers die zijn geest traag en suf maakten, was Jack beleefd genoeg om te liegen. 'Jazeker,' mompelde hij, zich afvragend waarom een man zijn verloofde in vredesnaam meenam op ziekenbezoek.

'Theo hoorde dat je gewond was en hij wilde graag even bij je langskomen,' verklaarde het meisje. Haar stem klonk zacht en beefde een beetje, en was net zo vrouwelijk als zijzelf. 'Ik hoop dat je het niet erg vindt dat ik ben meegekomen?' vroeg ze, en ze likte nerveus langs haar roze lippen. 'Ik weet dat we formeel nog niet aan elkaar zijn voorgesteld.'

Jack besloot dat het hem geen moer kon schelen waarom Theo zijn verloofde had meegenomen, want ze was heel aantrekkelijk. Het paarsige licht in de kamer liet haar roomblanke huid en blonde haar goed uitkomen, en het was alsof het speciaal voor haar scheen. Ze droeg een jurk die bij ieder ander heel gewoontjes zou staan, maar niet bij haar. Het hoge halsboord was van verfijnd wit kant dat haast doorschijnend was.

'Formaliteiten kunnen me gestolen worden,' zei Jack, terwijl hij zich afvroeg wat hij onder de lakens aanhad. 'Ik kan jullie niets te drinken aanbieden, want de dienstmeid heeft het glas meegenomen. Maar voel je vrij om te gaan zitten waar je wilt.'

'We blijven niet lang,' zei Theo met een vrolijke glimlach. 'We wilden alleen even langskomen om te zien hoe het met je gaat. Je hebt verdomd veel geluk gehad, hè?'

'Is dat zo?' vroeg Jack zich hardop af. Aangezien hij niet uit bed kon en zijn arm en zijn hoofd veel pijn deden, vond hij niet echt dat hij geluk had.

'Dat lijkt me wel,' antwoordde Theo met een zelfverzekerd knikje. 'Ik heb de foto's in de krant gezien, de ravage was verschrikkelijk. Na de verhalen die in de stad rondgingen had ik min of meer verwacht dat je op sterven lag.'

'Verhalen?' vroeg Jack terwijl hij de puzzelstukjes van de ontbrekende informatie in zijn geheugen en Theo's woorden in elkaar probeerde te passen. *Er was inderdaad sprake van een trein.*

'Geruchten,' verbeterde Theo. 'Je weet hoe onze moeders roddelen tijdens hun theekransjes.'

Jack kon zich amper voorstellen wat zijn moeder en de andere dames tijdens hun gekakel over het nieuws van de dag over hem gezegd zouden hebben. 'Ik voel me prima,' mompelde hij, en hij probeerde weer rechtop te gaan zitten. Maar er ging opnieuw een scherpe pijnscheut door zijn arm en met een sisgeluid liet hij zich weer in de kussens zakken. Als een zieke oude man. *Zo verzwakt.*

Het meisje deed een stap naar voren. 'Kunnen we iets voor je doen?'

'Nee,' grauwde hij, maar toen hij zag dat ze grote ogen opzette besefte hij wat een botte toon hij had aangeslagen, en hij ging zachter praten, ondanks de bonkende pijn in zijn hoofd. 'Nee, dank je. Is de trein ontspoord?' vroeg hij terwijl hij zijn best deed om zich iets te herinneren.

'De autoriteiten weten niet precies wat er is gebeurd,' vertelde Theo hem. 'Maar op de foto's ziet het eruit alsof de aarde zich opende en de trein verslond. Je had mazzel – jouw wagon is alleen omgekanteld, maar verder wel heel gebleven. De wagon daarna? Het leek alsof de explosie de boel uit elkaar heeft gerukt. De rails en alles... totaal verdwenen. Sommige kranten roepen je uit tot held omdat je het hebt overleefd.'

'En de andere?' vroeg Jack, omdat er altijd meer kranten waren.

'Een van de verslaggevers heeft de dokter gesproken die je ter plaatse eerste hulp heeft gegeven,' vertelde het meisje. 'Hij zei dat je bewusteloos was toen ze je uit het wrak haalden en dat je ze verteld hebt dat jij wist wie de ontsporing op zijn geweten heeft.'

'Heb ik dat gezegd?' Jack probeerde de momenten na de crash terug te halen. Het was één groot waas van pijn en verwarring, maar één ding stond hem nu helderder voor de geest. *Darrigan en het meisje.* Ineens wist hij het weer.

'Ze verdwenen spoorloos,' zei Jack, meer tot zichzelf dan tegen Theo en zijn verloofde. Dat was onmogelijk, mensen verdwenen niet ineens in het niets, tenzij...

Nee! Hoe had hij dat over het hoofd kunnen zien? Maar nu snapte hij het, en hij werd misselijk van het idee. Hoe had Darrigan hem anders zo makkelijk kunnen bedriegen? Hoe had het meisje hem anders om de tuin weten te leiden met haar leugens? En hoe hadden ze uit Khafre Hall kunnen ontsnappen zonder ongetemde magie? *Ze zijn Mageus!*

'Verdwenen?' vroeg het meisje. 'Wie zijn verdwenen?'

'Harte Darrigan en die meid,' antwoordde Jack met een schorre stem van de intense haat die hij voor die twee voelde. Ze hadden hem zijn vrije wil afgenomen en hem gebruikt, net als die heks in Griekenland.

'Harte Darrigan... de magiër?' vroeg ze terwijl ze naar hem toe liep.

'Hij zat in die trein,' vertelde Jack. 'Hij zat bij mij in de coupé voordat alles fout ging. Ik zag hem zelf. En die meid ook.'

Het ontging Jack niet dat Theo en zijn verloofde een vragende blik wisselden. Ze deden niet eens moeite om hun twijfel te verbergen. Het was dezelfde soort blik die mensen elkaar hadden toegeworpen toen hij uit Griekenland naar huis was gehaald. Maar toen hadden ze hem een verliefde idioot gevonden. Hij had geprobeerd uit te leggen dat hij niet tot over zijn oren verliefd was, maar dat hij was behekst. Het was gebeurd tijdens een avond waarop hij het flink op een zuipen had gezet – hij kon het zich niet meer precies herinneren – en daarna... had hij niet meer zonder haar gekund, totdat zijn neef was gekomen om hem daar weg te halen.

Jacks schaamte had de dankbaarheid die hij eventueel had gevoeld omdat ze hem hadden gered totaal tenietgedaan. En nu was zijn boosheid omdat hij opnieuw was misleid het laatste beetje wat hem overeind hield.

'Het zijn oplichters, nepartiesten en dieven, allebei,' vertelde Jack aan Theo terwijl hij zich meer en meer opwond. 'Toen ze Khafre Hall verwoestten hebben ze me geruïneerd en namen ze de waardevolste schatten van de Orde mee, en nu proberen ze me weer kapot te maken.'

'Je weet toch wel dat Darrigan dood is?' informeerde Theo voorzichtig. 'Het heeft in alle kranten gestaan. Op de dag voor de treincrash sprong hij van de Brooklyn Bridge.'

'Is zijn lichaam gevonden?' vroeg Jack.

'Dat weet ik niet...' antwoordde Theo onzeker.

'Hoe weet je dan dat hij dood is?'

'Ze hebben zijn lichaam ook niet in het treinwrak gevonden,' bracht Theo in. 'Als hij bij jou in de coupé zat hadden ze hem wel gevonden.' Maar zijn toon was overdreven geduldig en te neerbuigend, waardoor Jack zijn stekels opzette.

'Ik zei het toch,' beet Jack hem toe, zijn geduld begon op te raken. 'Hij verdwéén spoorloos. Samen met die meid. Dus dan er is ook geen lichaam te vinden.'

Theo en zijn verloofde wisselden weer een veelbetekenende blik, en Jack vrat zich steeds meer op van boosheid.

'Ik weet wat ik heb gezien – Darrigan en het meisje waren met mij in de trein. Ik had ze net klemgezet en wilde ze laten oppakken. Vraag het maar aan de spoorwegpolitie. Er was ook een agent in die coupé.'

Theo fronste. 'Er was inderdaad een politieagent in dezelfde coupé, maar die heeft het niet overleefd.'

'Denk je echt dat Darrigan en zijn meid een totale ontsporing konden veroorzaken?' vroeg Theo's verloofde. In haar stem klonk nu minder twijfel door en meer belangstelling. 'En denk je dat hij daarna spoorloos is verdwenen? Dit kan alleen waar zijn als hij –'

'Een Mageus is,' vulde Jack aan.

'Maar de Barrière,' drong ze aan terwijl ze nog een stap naar Jacks bed toe deed. 'Er is al jaren geen melding gedaan van ongetemde magie buiten de grenzen van de stad. Als Darrigan een Mageus is, zou hij niet levend door de Barrière zijn gekomen.'

'Ik heb je toch verteld dat hij de artefacten van de Orde heeft gestolen...' Jack dacht er even over na, al had hij barstende hoofdpijn, en toen hij het probleem van alle kanten had bekeken, zei hij: 'Dat wil zeggen, dat heeft zij gedaan.'

'Wie is ze eigenlijk?' vroeg Theo's verloofde.

'Een nepartiest genaamd Esta Filosik.' Even aarzelde hij. 'Althans, ze zei dat ze zo heette. Ze was in Khafre Hall toen de boel in de hens werd gestoken. Ze werkte daar samen met Darrigan, net als op de brug.'

'Gaf de Orde die twee toegang tot Khafre Hall?' ging Theo's meisje verder. 'Wisten ze niet dat Darrigan en die meid –'

'Nee,' snauwde hij voordat ze haar vraag had gesteld. Hij keek haar boos aan, haar uit de tent lokkend om hem meer vragen te stellen of hem voor gek te verklaren.

'We moeten gaan, schat.' Theo trok zijn verloofde wat naar achteren.

'Maar ik heb nog meer...'

'Nú,' zei Theo wat onbehouwen. 'Heb je nog iets nodig voordat we gaan, Jack? Wat je maar wilt?'

Hij had inderdaad iets nodig. 'Een boek,' mompelde hij.

'Pardon?' zei Theo. 'Welk boek vind je leuk?'

Het was niet zijn bedoeling geweest om dit te zeggen en zijn stem brak terwijl hij zijn verspreking probeerde te verdoezelen. 'Mijn jas,' verbeterde hij. 'Ik bedoelde dat ik mijn jas nodig heb.'

'Heb je het koud?' vroeg het meisje, en de uitdrukking op haar gezicht veranderde nu van belangstellend naar bezorgd. 'Ik kan het vuur wat opstoken of je een extra deken geven.'

'Néé,' siste hij geïrriteerd, maar het kon hem niets schelen dat ze ineenkromp van zijn toon. Haar medelijden kon hij missen als kiespijn. 'Ik wil helemaal geen verrekte dekens, ik heb het niet koud. Ik wil mijn jás.'

'Een momentje, Jack,' liet Theo hem weten. 'Bij die kast daar liggen je spullen. Ik ga wel even kijken.'

Jack deed zijn ogen dicht tegen het lavendelkleurige licht en de bezorgde blik van het meisje, en tegen de bonkende pijn. Maar in het donker achter zijn oogleden was zijn eigen misser, zijn eigen onvermogen het enige wat hij zag. Hoe had hij zo stom kunnen zijn!

'Bedoel je dit?' vroeg Theo en Jack deed zijn ogen weer open. Hij zag dat Theo de wollen overjas in zijn hand hield die Darrigan droeg toen hij ontsnapte.

Godzijdank...

'Geef hier,' eiste Jack, en het kon hem niet schelen hoe bot hij klonk. Hij had geen idee waar die plotse onbehouwenheid vandaan kwam of waarom hij zo'n overweldigend verlangen voelde om de beschadigde leren kaft weer in zijn handen te houden.

Jack moest weten of ze het hadden gevonden. Hij logeerde in het huis van zijn moeder en de kans bestond dat iemand van de Orde zijn spullen had doorzocht. Dan zouden ze het Boek misschien hebben gepikt voordat hij alle geheimen ervan had ontdekt.

'Wil je dat we iemand roepen?' bood Theo aan terwijl hij de jas om Jacks bovenlijf drapeerde. 'Of misschien kan ik je iets tegen de pijn geven? Er staan een paar flesjes op het nachtkastje...'

'Nee. Ik wil rust.' Jack deed zijn ogen weer dicht, in de hoop dat het tweetal weg zou gaan.

Toen hij het gewicht van de jas voelde leek het alsof hij uit zijn lichaam was getreden. Hij was zo slaperig en moe, en tegelijkertijd hyperalert, wat waarschijnlijk aan de morfine lag die de artsen hem hadden toegediend om zijn gebroken arm te zetten.

'Ik ben blij dat het redelijk goed met je gaat, Jack,' zei Theo. 'Beterschap.'

'Fijn je te hebben ontmoet,' klonk de meisjesstem.

Jack hield zijn ogen dicht en deed alsof hij sliep totdat hij de deur achter hen dicht hoorde gaan. Toen hij zeker wist dat ze weg waren gebruikte hij zijn vrije hand om die stomme jas te doorzoeken. De pijn verbijtend zocht hij naar de opening van de jaszak en toen... *hebbes!*

Triomfantelijk hield hij de *Ars Arcana* omhoog, en hij bekeek het Boek onderzoekend bij het zachte licht. Het was lastig om het liggend door te bladeren maar als hij rechtop ging zitten had hij te veel pijn. Grimassend van de inspanning die het hem kostte om te kijken wat er op het nachtkastje stond, zag hij het medicijnpotje waar Theo het over had gehad. Hij reikte ernaar, en de pijnscheut die door zijn arm trok was haast verblindend. Even overwoog hij het dienstmeisje te roepen, maar hij kon het niet riskeren dat ze het Boek zou zien.

Hij vermande zich en probeerde het opnieuw, en toen kon hij het glazen potje net met zijn vingers pakken. Nadat hij de dop eraf had gedraaid schudde hij er twee pillen uit en nam ze in zonder de bijsluiter te lezen. Ze losten op en lieten een bittere smaak achter op zijn tong, maar de pijn zakte niet meteen. Hij voelde zijn hart nog steeds in zijn hele lijf bonken. Dus gooide hij nog twee pillen in zijn mond en kauwde er ditmaal op.

Geleidelijk zakte de pijn en zodra hij weer normaal kon doorademen sloeg hij het Boek open. De bladzijden waren vergeeld en niet allemaal hetzelfde. Het zag eruit of ze uit verschillende bronnen afkomstig waren en op de een of andere manier in de kleine bundel waren ingebonden. Er stonden vervaagde aantekeningen en geschreven teksten in, soms in het Latijn, maar af en toe ook in iets wat op Grieks leek. En andere teksten waren in talen die Jack nog nooit had gezien.

Met zijn duim streek hij langs de randen van de bladzijden en hij wist niet of de warmte die hij ineens voelde van het Boek kwam of door de morfine die begon te werken. Maar na een poosje maakte hem dat niet meer uit en begon hij te lezen.

EEN NIEUWE STAD

1904 – St. Louis

Vergeleken met de frisse lente waarin ze New York hadden verlaten, was de avondlucht in St. Louis zwoel en drukkend op Esta's huid terwijl ze naast Harte liep. Maar niemand op de volle trottoirs om hen heen leek er last van te hebben.

Esta en Harte waren de Mississippi overgestoken en eerder die dag in de stad gearriveerd. Nadat ze Julien vanuit Baltimore een paar telegrammen hadden gestuurd waren ze erachter gekomen dat hij niet meer in Chicago was. Het variétégezelschap waar hij mee optrad was naar St. Louis vertrokken en Harte en Esta waren hem achterna gereisd met de eerste nachttrein die ze konden vinden.

Het was nogal een schok geweest om op het gigantische station vol toeristen aan te komen die voor de wereldtentoonstelling kwamen, maar ze hadden ergens een hotel gevonden en avondkleding aangeschaft. Esta maakte zichzelf wijs dat Harte en zij niet meer dan collega's waren, maar een nacht samen in het smalle bed van een kleine slaapcoupé had haar van slag gebracht, en ze was rusteloos. Het was dan ook een opluchting geweest toen ze een paar uur voor zichzelf had. Nu stonden ze buiten bij het theater waar Julien Eltinge optrad, om kaartjes te kopen voor de voorstelling. Het opgewonden gemompel van de mensen in de rij die een avondje uitgingen zorgde voor een zinderende spanning.

St. Louis leek absoluut niet op New York. De straten waren breder dan in Lower Manhattan en de meeste waren alleen met aangestampt grind bedekt in plaats van met keien. Er hing een steenkooldamp in de lucht van de binnenschepen en rivierboten op de Mississippi. Hoewel er veel restaurants waren, leken de vergulde letters van de namen op de ramen en de verlichting minder uitbundig dan op Broadway of zelfs in de Bowery.

Esta vroeg zich af wat Harte van dit alles vond. Sinds hij wist dat ze hen vooruit in de tijd had gestuurd, hield hij zijn gedachten voor zich. Nu was de blik in zijn grauwgrijze ogen kalm terwijl de rij voor de kassa langzaam naar voren schoof. Maar hij fronste lichtjes alsof hij de wereld waar hij nu was kritisch in zich opnam en afzette tegen verwachtingen waar die wereld nooit aan kon voldoen. Toch oogde hij rustig en leek hij zin te hebben in wat de avond ook mocht brengen.

Eigenlijk, als je bedacht dat hij het grootste deel van de treinreis misselijk was geweest door de reisziekte die hem parten had gespeeld, zag hij er verdomd goed uit in zijn glanzend zwarte avondkostuum en met zijn donkere haar naar achteren gekamd, weg van zijn scherpe gelaatstrekken. Esta snapte niet hoe het kon dat hij er zo fris uitzag met al die lagen linnen en wol die hij aanhad. Hij leek nauwelijks last te hebben van de warmte, terwijl zij het gevoel had dat ze een dikke deken over haar korset en rokken had omgeslagen. En toen de zweetdruppels langs haar rug omlaag liepen bedacht ze dat de ruwzijden jurk die ze voor deze avond had aangetrokken misschien niet zo'n goede keus was geweest.

Nu was het echter te laat om zich om te kleden. Binnen de muren van het theater, voorbij de mensen die al wat champagne ophadden en uitgelaten stonden te kletsen, bevond zich de eerste steen – de Ster van de Djinn.

'Hoe laat moet Julien op?' vroeg ze, vooruit schuifelend in de rij.

'Pas wat later in de show.' Harte keek op naar het reclamebord waar de naam Julien Eltinge in de gloed van elektrisch verlichte letters stond. 'Rond negenen misschien?'

'Ik denk nog steeds dat het makkelijker is om zijn appartement binnen te glippen en het collier te jatten,' liet ze hem weten. In de trein hadden ze hierover gekibbeld, maar Harte had voet bij stuk gehouden.

'Misschien wel, als we zeker zouden weten dat de steen daar ligt. Maar het is het niet waard om in te breken en het risico te lopen betrapt te worden, terwijl we het hem gewoon kunnen vragen.'

'Ik word nooit betrapt,' zei Esta pinnig, en ze wierp hem een scherpe blik toe. 'En hoezo zou het beter zijn om je magische gave bij hem te gebruiken?'

'Het is de eenvoudigste manier.'

Daar was Esta niet zo zeker van. Als háár magie al was aangetast – instabiel en onbetrouwbaar – hoe was het dan met zíjn magische gave nu de macht van het Boek in hem school?

Er stak een bries op, wat een verademing was in de warme avondlucht. De wind waaide tussen de gebouwen door en liet Esta's zijden rokken en omslagdoek ruisen. Er kwam een koele metaalachtige geur mee op de bries die regen voorspelde, en de zware, loodgrijze bewolking in de schemering leek dat te bevestigen. Maar er kwam nog iets anders mee: een warme energie die het onmiskenbare teken van magie was.

'Merkte je dat?' vroeg ze, maar Harte leek niet te weten wat ze bedoelde. Hij stapte naar de kassa en Esta keek naar de mensen om hen heen. Op het eerste gezicht leek er niets aan de hand, maar plotseling zag ze een meisje in een blauwe jurk.

Als Esta zelf geen dief was geweest, zou ze er niets achter hebben gezocht toen het meisje struikelde en een jongen, die nonchalant tegen een lantaarnpaal leunde, haar opving. Maar Esta wás een dief, dus ontging het haar niet dat het meisje een rukje met haar pols gaf en de knul het kleine pakje dat ze hem had gegeven in zijn hand verstopte, om vervolgens het gestuntel van het meisje als afleidingsmanoeuvre te gebruiken zodat hij het pakje onder zijn vest kon wegmoffelen.

Het duurde maar even. Het meisje in de blauwe jurk bedankte de jongen en liep door. De knul ging weer tegen de lantaarnpaal aan staan, met zijn breedgerande cowboyhoed over zijn ogen en deels over zijn gezicht getrokken, zodat alleen zijn grimmige mond te zien was. Zijn schouders hingen af en Esta vermoedde dat hij dit van nature had.

Ze probeerde te achterhalen wat het meisje aan de jongen had gegeven toen ineens een schel fluitje door de lucht klonk. Een tel later draaide Esta zich om en zag ze een drietal mannen naar het theater rennen. Ze droegen knielange zwarte jassen en hadden een witte band met een of ander embleem om hun bovenarm. Op hun revers glansde een gouden penning in het lamplicht. Ze waren wat kleiner dan een gewone politiepenning, maar ze zagen er net zo officieel uit.

De jongen met de cowboyhoed keek op naar de plotselinge opschudding, maar zijn grimmige lippen gaven geen blijk van verbazing of angst. In plaats daarvan trok hij een mondhoek op, alsof hij de mannen al verwachtte. Hij haalde een zakhorloge uit zijn zak dat in het licht van de lantaarnpaal opflitste toen hij het openmaakte. Op zijn dooie gemak draaide hij de wijzerplaat rond alsof hij alle tijd van de wereld had.

Daarna duwde hij de brede rand van zijn hoed naar achteren en keek hij recht in Esta's ogen. Hij knipperde en even werden zijn ogen iets groter. Door de beweging van zijn arm schoof de mouw van zijn overhemd wat omhoog en ze zag een zwarte tatoeage om zijn pols. Als het hem had verbaasd dat ze naar hem stond te staren, was dat snel voorbij. Hij knipoogde naar haar terwijl hij het horloge dichtklapte en op dat moment ontlaadde zich een voelbare ijzighete energie in de lucht en was hij verdwenen.

Ze staarde naar de plek waar hij net nog had gestaan toen Harte haar meetrok en ze uit balans raakte, terwijl de drie mannen tussen de mensen in de rij door stoven. Het viel haar op dat ze een vlaag magie achterlieten. In een reflex trok ze haar eigen magie terug, en ze leunde tegen Harte aan om haar evenwicht te bewaren.

Ze voelde zijn armen om zich heen en haar huid begon te gloeien van zijn intieme nabijheid.

Maar als Harte al dezelfde zinderende aantrekkingskracht voor haar voelde, liet hij dat niet merken. 'Dát merkte ik wel,' fluisterde hij, waarna hij fronsend om zich heen keek op zoek naar een teken van onraad. 'Kom mee!' Hij leidde haar naar de entree van het theater terwijl de drie mannen de lantaarnpaal bereikten en een onschuldige man bij de lurven grepen, die op een bankje zat vlak bij de plek waar de cowboy had gestaan.

'Wacht...' Ze strekte haar hals om te zien wat er aan de hand was en of ze de jongen met het zakhorloge nog ergens zag.

'We moeten hier niet bij betrokken raken, wat het ook is.' Harte hield zijn arm nog om haar heen en leidde haar de foyer van het theater binnen.

'Dát was magie,' zei ze stellig. 'Hoe kan hier nou magie zijn?'

'Geen idee.' Harte wierp een blik achterom naar de ingang van het theater. 'Maar het voelde niet echt natuurlijk aan.'

'Het voelde... niet oké, vond je ook niet?' Nu ze binnen waren had ze zich eigenlijk los moeten maken uit zijn armen, maar ze deed het niet. Zelfs door de lagen van hun kleren heen voelde ze zijn lichaamswarmte, een welkome remedie tegen de onnatuurlijk koude energie die nog in de lucht hing. Instinctief kroop ze dichter tegen hem aan om het rotgevoel dat ze had gekregen te verjagen. Toen ze zijn geur inademde, schoon en fris en zo vertrouwd, drukte ze zich nog dichter tegen hem aan.

Maar dat was een grote vergissing. Hartes lichaam verstarde, hij trok zijn gezicht in de plooi, haalde zijn armen om haar middel weg en stapte naar achteren. 'Het deed me een beetje aan de Barrière denken,' zei hij. Zijn stem klonk neutraal en zakelijk, alsof hij haar niet net nog vrij intiem had vastgehouden – of alsof hij er in ieder geval niets mee had bedoeld. 'Maar waar kwam het vandaan?'

Zijn onverschilligheid raakte haar, maar ze negeerde het. *Als het zo gaat...*

'Wat ik heb gezien is dat die kerels achter een zogenaamde cowboy met een magisch zakhorloge aan zaten.' Ze vertelde hem over het meisje dat de jongen heimelijk een pakketje had gegeven en dat hij Esta recht aan had gekeken voordat hij verdween. 'Het was of hij van tevoren wist dat ze hem niet zouden oppakken.'

'Maar hij heeft jou gezien?' Hij fronste alsof dat een probleem was.

'Ja. Hij keek me recht aan,' beaamde ze, en ze dacht aan het gezicht van de jongen, hoe het even subtiel was veranderd toen hij naar haar had gekeken. 'Maar eigenlijk keek ik eerst naar hem. Misschien merkte hij dat.'

'En die drie mannen, waren die van de Orde, denk je?' vroeg Harte.

'Zag je hun kleding?' De Orde liet alleen de rijkste en hooggeplaatste mannen van de stad toe in hun genootschap – oud geld, adel. 'Ze zagen er niet rijk genoeg uit.'

'Wie waren ze dan wel?' Harte fronste. 'En wie waren die mensen die ze achternazaten?'

'Al sla je me dood. Ik vind het maar niks,' liet ze hem weten. Toen ze de vorige dag in Baltimore aan waren gekomen was het er niet opvallend anders en ze had opgelucht ademgehaald, omdat dit vermoedelijk betekende dat de dingen niet al te drastisch waren veranderd nu Jack het Boek had. Maar door de cowboy met het zakhorloge en de mannen in uniform was er een alarmbelletje gaan rinkelen. Ze had nog nooit over zoiets gehoord, niet buiten de Barrière. 'We kunnen beter gaan. Dan doorzoeken we vanavond Juliens huis en komen we hier morgen terug, als het nodig is.'

Harte keek achterom naar de foyer en de straat daarachter, alsof hij hun opties overwoog. 'We zijn nu al hier,' zei hij na een poosje. Wat er ook aan de hand was, het lijkt weer rustig en niemand was erdoor gealarmeerd. We moeten alert blijven, maar nu kunnen we het best doen wat we moeten doen en deze stad zo snel mogelijk verlaten voordat we ergens in verstrikt raken.'

Esta vond het niet leuk, maar Harte had gelijk. Ze waren al zo ver gekomen en als ze nu zou opgeven gaf ze toe aan haar angst. En dát zou ze nooit doen, zeker niet omdat Harte helemaal niet bang leek te zijn.

De marmeren vloer in de foyer van het theater maakte plaats voor rood tapijt en de muren waren versierd met kristal en verguldsel. Vergeleken met de sobere bakstenen buitenkant was de weelde binnen een aangename verrassing. Ze liepen door naar de grote zaal met een hoog gewelfd plafond, beschilderd met taferelen van engelen en goden, waar kristallen kroonluchters de hele ruimte met een zacht sprankelend schijnsel verlichtten. Hoewel ze naar een variétéshow gingen zag het publiek op de rijen fluwelen stoelen eruit alsof ze een bezoek aan de opera brachten, in hun weelderige zijden jurken, bonten omslagen en met hun dure juwelen. Ze leken in hun chique kleren geen last te hebben van de benauwde warmte in de zaal. De dames waaierden zichzelf loom toe en de heren veegden de zweetdruppels gelaten en zonder morren van hun voorhoofd.

Esta's vingers begonnen te jeuken. In het donker zou ze makkelijk een paar van die sieraden kunnen jatten, wat goed van pas zou komen, vooral omdat ze niet wist hoe de toekomst er voor hen uit zou zien. De zekerheid die één smaragden broche haar zou bieden was heel verleidelijk. Maar ze moesten eerst Julien vinden en het collier van hem krijgen. Te lang blijven rondhangen en betrapt worden was een beginnersfout en Esta was allesbehalve een beginneling.

Ze hadden hun zitplaatsen net gevonden toen het licht uitging en het donker werd in de zaal, op het grote fluwelen gordijn bij het podium na. Ze konden niet meer verder praten over wat er was gebeurd. Naast haar boog Harte zich een beetje voorover in afwachting van het moment dat het doek omhooggiing. Esta maakte handig gebruik van het donker om hem onderzoekend te bekijken: zijn scherpe gelaatstrekken waren een en al schaduw en licht van de podiumlampen. Toen de artiesten voor de eerste act opkwamen en de stilte in de zaal met een lied verbraken, bekeek hij ze met een kritische blik.

Voor Esta leek het uur dat volgde eindeloos te duren. Ze kon geen interesse opbrengen voor de optredens omdat ze ingesloten zat tussen Harte, die zo ver mogelijk van haar af zat alsof hij wilde voorkomen dat hij haar per ongeluk met zijn elleboog zou aanstoten, en aan haar andere kant een oudere dame met een bonten stola die zo sterk naar mottenballen rook dat Esta's ogen ervan gingen tranen. De revuedanseressen die hun blote benen omhoog zwaaiden boeiden haar niet, en de man met het sikje die een monoloog hield waar Esta zich op een ander moment om had bescheurd deed haar nu helemaal niks. Dat gold ook voor de slanke, in het zwart geklede vrouw, die een zwaard in haar keel liet verdwijnen terwijl ze tussendoor schuine moppen uitkraamde. De show was al anderhalf uur bezig toen Esta eindelijk werd gegrepen door een act – een vrouw die met een zwoele altstem een lied ten gehore bracht.

Ook al was de dame niet echt een klassieke schoonheid, toch had ze iets heel verleidelijks. Ze had een markant gezicht, met een melkblanke huid en een lichte blos op haar wangen. Om haar brede mond was een glimlach te zien en ze droeg een glinsterende zeegroene jurk, afgezet met parels. Ze domineerde het hele podium, al liep ze telkens maar twee stappen naar links of naar rechts. En haar stem... Die klonk zo helder en diep, en alle pijn, hoop en verwondering uit de tekst van het lied klonk erin door.

'Het is tijd,' fluisterde Harte, zich vooroverbuigend terwijl hij Esta gebaarde weg te gaan.

'Wát?' Ze draaide zich verward naar hem om. Volgens hun plan zouden ze tijdens Juliens act weggaan, om hem in zijn kleedkamer op te wachten.

'Het is tijd,' herhaalde Harte met een knikje naar de vrouw op het podium.

'Ik dacht dat we op Juliens optreden zouden wachten,' fluisterde ze.

'Klopt.' Nu fonkelden zijn ogen vrolijk. 'Dát is Julien.'

BERUCHT

1904 – St. Louis

Harte had Esta op Juliens optreden voor moeten bereiden, maar de verwondering op haar gezicht was het meer dan waard dat hij haar van tevoren niets had verteld. De verrukte blik in haar ogen was een enorme opluchting. De waarheid was dat hij niet had geweten hoe ze zou reageren wanneer ze hoorde dat Julien Eltinge naam had gemaakt door als vrouw op de planken te staan – niet iedereen kon Juliens bijzondere talent waarderen. Esta keek weer naar het podium, haar volle lippen iets van elkaar af uit bewondering voor de hartverscheurende en onmogelijk hoge noot die Julien zuiver raakte. Ze glimlachte en knikte kordaat naar Harte terwijl ze haar wijde rokken bijeenpakte om op te staan.

Ze droeg een wolkengrijze jurk die ze had gekozen omdat ze er niet in zou opvallen. Maar hij had niet de moed om haar te vertellen dat het tegenovergestelde het geval was. De zijde leek haast vloeibaar zoals het over de grond golfde als ze liep, en ze zag eruit als een feeërieke verschijning. Onderweg van het hotel naar het theater hadden mannen – en vrouwen – haar nagekeken. Hij had zich enorm moeten inhouden om niet bezitterig een arm om haar schouders te leggen zodat al die mensen – en Esta zelf – zouden zien dat ze bij hem hoorde.

Maar hij deed het niet, omdat van het beetje zelfbeheersing dat hij nog had nadat hij de afgelopen vierentwintig uur in haar nabijheid was geweest – eerst in de trein en daarna toen ze in de onbekende stad een hotel hadden gezocht en avondkleding hadden gekocht – inmiddels niet zo veel meer over was.

Het was een grote vergissing geweest om haar eerder die avond intiem aan te raken. Hij had in een reflex gehandeld om haar weg te trekken voordat die mannen in de zwarte jassen haar omver zouden lopen. Maar op het moment dat hij zijn armen om haar middel had gelegd, had hij haar diepste wezen gevoeld – de energie van haar magische gave, haar levensbron – ondanks de dunne leren handschoenen en de lagen kleding die ze droeg. Toen was ze in zijn armen weggekropen alsof ze er hoorde. Hij had haar zo kunnen kussen, midden in de drukke foyer, zonder zich iets aan te trekken van de gevolgen.

De macht in hem had niets liever gewild, maar de manier waarop die in alle hevigheid was opgelaaid in Esta's nabijheid was genoeg geweest om hem bij zinnen te brengen, en hij had zich weten te beheersen. Hij had de macht met zijn verlangens onderdrukt en Esta losgelaten. Sindsdien had hij zijn handen thuisgehouden, ook al was het met pijn en moeite. En dat moest hij vol zien te houden.

'Harte?' vroeg Esta.

'Wat?' Hij knipperde en realiseerde zich dat ze naar hem staarde. Hij had niet gehoord wat ze had gezegd.

'Ik vroeg: welke kant op?' zei ze, niet wetend waar hij net aan had zitten denken.

Eenmaal terug in de foyer hoorde Harte het applaus losbarsten nadat Julien zijn eerste lied ten gehore had gebracht. Ze hadden een kwartier, misschien twintig minuten voordat zijn optreden was afgelopen, wat niet veel tijd was als je bedacht dat Harte niet de kans had gekregen het gebouw te verkennen.

De theaters waren echter overal ongeveer hetzelfde, en Harte kende het ritme van het leven op het podium, net als de manier waarop de wereld achter de schermen door tikte als de wijzers van een klok, verborgen maar niet minder wezenlijk. Dus volgde hij zijn intuïtie en leidde hij haar de weg naar een onopvallende deur achter in de foyer die toegang gaf tot de ruimte backstage, met het schaarse licht en de hem welbekende energie. Terwijl hij zijn handschoenen uittrok, voor het geval hij zijn magische gave moest gebruiken, liet hij zijn ogen aan het schemerlicht wennen. Hij bereidde zich mentaal voor door de macht die bezit van hem had genomen diep weg te stoppen en op te sluiten, waarna hij Esta's hand vastpakte. De warmte en het in hem opwellende verlangen negeerde hij, en hij leidde haar door de doolhof backstage naar het gedeelte waar de kleedkamers waren.

Toen ze de hoek omgingen, liepen ze een vrouw met donkerblond haar tegen het lijf met haar armen vol lappen stof. Het leek erop dat ze de costumière was, een van de backstagemedewerkers die tussen de acts door de artiesten verzorgden, en even moest Harte aan Cela denken, en aan zijn moeder. Zodra de vrouw hen zag zette ze grote ogen op, en Harte wist dat dit niet veel goeds betekende.

'Jullie mogen hier niet komen,' zei ze, het tweetal – en met name hun avondkleding – met gefronste wenkbrauwen van top tot teen opnemend.

Esta hield zijn hand steviger vast, maar Harte toverde zijn allercharmantste glimlach op zijn gezicht, waarmee hij meestal alles voor elkaar kreeg. 'We zijn echt niet verkeerd gelopen,' zei hij tegen de vrouw terwijl hij Esta's hand losliet en die naar de vrouw uitstak. 'Charlie Walbridge.'

Ze keek aarzelend naar zijn uitgestrekte blote hand en trok haar neus op alsof hij haar een stuk bedorven vlees aanbood.

'Walbridge, de zoon van Cyprus P. Walbridge, de eigenaar van dit theater,' voegde hij eraan toe, en hij liet zijn hand zakken. Daarna zorgde hij dat zijn stem wat ongeduldig klonk toen hij verderging: 'Dit is mijn verloofde, Miss Ernestine Francis.' Het had hem niet veel moeite gekost om erachter te komen wie de eigenaar van het theater was, net zomin als de namen van een aantal andere vooraanstaande mannen van de stad. Hij had geen idee of raadslid Francis een dochter had, maar hij wist dat bepaalde namen voor macht stonden en indruk maakten.

Zijn tactiek werkte goed. De ogen van de vrouw werden iets groter en ze mompelde snel een verontschuldiging.

Harte schonk haar een bewonderende blik. 'Nou ja, iedereen vergist zich wel eens, toch? Ik zal mijn vader vertellen hoe toegewijd zijn werknemers aan hun werk in het theater zijn, en u in het bijzonder, Miss...' Hij wachtte tot ze haar naam zou noemen.

'Het is Mrs., al is mijn man drie jaar geleden overleden. Mrs. Joy Konarske.'

'Aangenaam, Mrs. Konarske.' Opnieuw stak hij haar zijn hand toe. 'Ik zal mijn vader zeker vertellen hoe plichtsgetrouw u bent. Het zal hem genoegen doen te weten dat er goed op zijn theater wordt gepast.'

Op haar wangen verscheen een lichte blos en ze verschoof het gewicht van de lappen stof zodat ze Harte de hand kon schudden. De hare voelde ruw en eeltig aan van het wassen en strijken van de kostuums en van elke avond weer de artiestengarderobes verzorgen, en Harte voelde zich een tikkeltje schuldig omdat hij zijn magische gave bij haar gebruikte. Hij liet zijn magie voorzichtig in haar arm vloeien – een beetje maar – door de dunne grens die haar huid vormde heen naar haar diepste wezen.

Ze sperde haar ogen open maar trok haar hand niet weg. Dat deden ze nooit, bedacht hij.

Toen Harte haar na een poosje losliet had ze een lichtelijk verdwaasde blik in haar ogen. Met een beverige glimlach liep ze door en Harte wist dat ze hen verder met rust zou laten. Ze zou vergeten dat ze hen had gezien, omdat hij haar dit had bevolen. En mocht ze een beschrijving van Esta of Harte horen of zien, dan voelde Mrs. Joy Konarske zo'n walging dat ze er alles aan zou doen om de persoon die haar ernaar vroeg te ontvluchten.

'Heb je...?' vroeg Esta zacht.

Hij ontmoette haar blik en in plaats van de afkeuring die hij verwachtte, zag hij alleen bezorgdheid. Of was het misschien verdriet? 'Had je liever dat ze iemand zou vertellen dat ze ons hier heeft gezien?'

'Natuurlijk niet,' mompelde ze. 'Het is gewoon... Denk je dat het veilig is? Met de macht van het Boek?'

Daar had hij nog niet bij stilgestaan. Waaróm eigenlijk niet?

'Ik zou het niet weten.' Veel keus had hij niet gehad, daarom deed hij het enige wat hij kon, tenzij ze ontdekt wilden worden voordat ze überhaupt waren begonnen.

Gelukkig vonden ze Juliens kleedkamer zonder nog iemand anders tegen te komen en ze gingen naar binnen. Ondanks de vele damespruiken en jurken die een deel van de ruimte in beslag namen, was het een typisch mannelijk vertrek, wat gezien Juliens aard niet vreemd was. Op de make-uptafel stond een volle asbak en de stank van sigarenrook hing nog vaag in de lucht.

'Hoe lang hebben we?' vroeg Esta.

'Ongeveer tien minuten of zo.'

'Ik zoek hier, als jij de make-uptafel controleert,' zei ze, en ze draaide zich om naar een grote rechtopstaande hutkoffer in een hoek.

Harte dacht dat het geen kwaad kon het vertrek te doorzoeken. Als ze het collier vonden, konden ze Julien verder met rust laten. Maar hij verwachtte niet dat het collier ergens in de kleedkamer was – Julien was niet achterlijk. Zelfs als hij niet wist welke macht de steen bezat, zou hij niet zo onvoorzichtig zijn om het in een kleedkamer achter te laten die niet op slot zat. Het collier was van zwaar platina en afgezet met een turkoois, dooraderd met glinsterend zilverachtige nerven, waardoor hij eruitzag als een met sterren bezaaide hemel. Het was een uniek stuk en overduidelijk waardevol. Julien zou zoiets op een veilige plek bewaren, zeker met het briefje dat Harte hem met het sieraad had meegestuurd.

Maar Esta had gelijk. Het kon geen kwaad om ernaar te zoeken nu ze er toch waren.

Nog voor hij bij de make-uptafel kon gaan zitten, trok Esta een haarspeld uit haar haren en liet ze het slot van de hutkoffer openschieten. Harte keek naar haar terwijl ze de laden erin doorzocht, waarna hij zich weer naar de tafel omdraaide.

Even ging er een schok van herkenning door hem heen. Hoe vaak had hij zelf niet aan eenzelfde soort tafel gezeten, met de elektrische lampjes boven de spiegel die zijn vertrouwde hoekige gelaatstrekken beschenen? Op de tafel stonden potjes met schmink en kohl en ondanks de stank van de volle asbak kwamen de bekende geuren hem tegemoet. Het maakte herinneringen bij hem los, die verlangen en de pijn van verlies opwekten, zo hevig dat het hem overviel.

Hij zou nooit meer aan een make-uptafel zitten. Dat leven had hij achter zich gelaten.

Zelfs als hij deze ellende levend zou doorstaan – als ze de macht die zich onder zijn huid schuilhield konden uitbannen en als ze de Orde en Nibsy zouden uitschakelen – was het nog altijd zo dat hij dood werd gewaand. Het was onmogelijk dat hij herrezen was. Er zou geen applaus meer voor hem zijn, geen schijnwerpers. En de rust en eenzaamheid van een kleedkamer – zijn éígen kleedkamer – zou hij nooit meer ervaren.

Misschien moest hij een nieuwe naam aannemen, een nieuw leven, waar hij tevreden mee kon zijn, maar dat was niet meer op het podium. Hij ging het missen – de zenuwen voordat hij op moest en de opwinding van het applaus na afloop. Dat realiseerde hij zich nu pas.

'Heb je iets gevonden?' vroeg Esta, rommelend in een lade met papierwerk. Ze deed hem uit zijn sentimentele mijmeringen en zelfmedelijden opschrikken en hij ging weer verder met zoeken.

'Nog niet.' Hij trok de bovenste lade open, die vol zat met kleine potjes rouge en naar talkpoeder rook. Hij hoefde niet verder te kijken, want hij zag meteen dat het collier hier niet lag, en ook niet in een van de andere laden.

'Wat moet dit voorstellen?' mompelde Esta, en Harte draaide zich om om te zien wat ze had gevonden.

Ze had een leren kistje in haar handen, ingelegd met goud en een embleem van verguld filigraanwerk, waar de gestileerde initialen GP waren ingegraveerd. Harte liep naar Esta toe, die er een kleine gouden medaille aan een groen satijnen lint uit haalde. Het was het soort medaille dat belangrijke hoogwaardigheidsbekleders of generaals droegen wanneer ze gekleed waren voor een parade. *Vreemd...*

Hij nam hem van haar aan en bekeek het ding aandachtig. Net als het kistje was het ingegraveerd met de sierlijke initialen, en er stond een portret op afgebeeld van een man met een lang gezicht en een volle baard. Waarschijnlijk was het een kruisvaarder of heilige, met zijn uitgesproken jukbeenderen en ernstige gelaatsuitdrukking. Zijn gezicht werd deels bedekt door een soort doek. Om de rand van de medaille waren symbolen te zien die gewoon voor de sier bedoeld waren of uit een onbekende taal kwamen – het was onmogelijk er iets zinnigs over te zeggen.

'Al sla je me dood,' zei Harte, met een frons naar het ding turend. De Julien die hij kende had altijd bij het theater gewerkt en de medaille zag er niet echt uit als een rekwisiet.

'Er is nog meer.' Voorzichtig tilde Esta een doek van rode zijde op die keurig in een vierkant was opgevouwen. Het was een soort sjerp die was vastgespeld met weer een andere medaille. Op de bodem van het kistje lag een klein zilveren schaaltje waar meer van die vreemde symbolen rondom waren gegraveerd, met in het midden een nog sierlijker weergave van dezelfde twee letters – GP.

Even werd het licht boven de make-uptafel iets zwakker, waarna het weer op normale sterkte oplichtte. 'Berg het op,' gebood hij Esta, en hij gaf haar de medaille terug. 'Dat was het sein voor de volgende act. Julien kan elk moment komen.'

Esta stopte alles snel weer in de hutkoffer en deed hem op slot. Net toen ze de haarspeld in haar haren wilde schuiven ging de deur open en de geschminkte zangeres kwam de kleine kleedkamer binnen.

Het was altijd even schrikken om Julien van dichtbij te zien wanneer hij de dameskleding voor zijn optreden aanhad. Ook zonder de afstand tot het publiek en de felle schijnwerpers beheerste hij zijn kunst tot in de puntjes. Zijn imitatie was niet verwijfd, zoals veel andere mannen in vrouwenrollen waren. Het was geen karikatuur en ook niet clownesk of overdreven, om het publiek te laten lachen. Nee, Juliens kunst – zijn ware talent – was zijn vermogen om één te worden met zijn rol. Als Harte hem op straat zou zien lopen in de kleding die hij nu droeg, had hij de vrouw gezien die hier voor hem stond.

Zich niet bewust van het feit dat hij niet alleen was trok Julien zijn perfect in model gekapte blonde pruik van zijn hoofd en schoof hem over het hoofd van de houten paspop. Daarna liep hij naar de make-uptafel en ging voor de spiegel zitten. Voordat hij zich ging afschminken of omkleden pakte hij een dikke sigaar uit een kleine houten doos en stak hem op. Hij nam een lange hijs en liet de rook om zijn hoofd kringelen terwijl hij de wijnkaraf naast de asbak pakte en een glas inschonk. Vervolgens nam hij een grote slok, waarna hij de sigaar weer tussen zijn tanden klemde, en stroopte hij zijn ellebooglange handschoenen van zijn armen af.

'Weet je, Darrigan...' Julien keek op en ving Hartes blik in de spiegel. Zijn zware, hese stem strookte absoluut niet met de rode lippenstift op zijn lippen. 'Je ziet er verdomd goed uit voor een lijk.'

Harte haalde zijn schouders onverschillig op. 'Ik kan niet zeggen dat ik me echt een lijk voel.'

Hoofdschuddend draaide Julien zich naar Harte om, en er speelde een scheef lachje om zijn mond met de sigaar. 'Ik kan niet geloven dat je in levenden lijve voor mijn neus staat, in mijn kleedkamer.'

'Goed je te zien, Jules.' Harte stapte met uitgestoken hand naar voren om hem te begroeten.

Julien stond op en schudde Harte de hand. 'Verdomd goed, Darrigan.'

'Blij dat te horen,' liet Harte hem weten terwijl hij een beetje magie naar Julien liet vloeien.

Harte kon dan wel gedachten lezen, maar ze waren nooit heel duidelijk, meer vage indrukken en gevoelens. Hij zag Juliens laatste herinneringen als eerste – de felle schijnwerpers, het daverende applaus dat hij net had ontvangen en de hevige, opwindende voldoening die daarop volgde. Hij negeerde zijn eigen verlangen naar de schijnwerpers en de adrenalineroes die het applaus hem altijd had bezorgd. In plaats daarvan concentreerde hij zich op de reden waarom hij hier was – de locatie van de steen. Plotseling verscheen een duidelijk beeld van het collier met de prachtige edelsteen en hij hield zich daaraan vast. Hij concentreerde zich weer op zijn magische gave en stuurde nog een vleug magie door Julien heen, waarbij hij de dunne grens tussen hem en zijn vriend overschreed om hem een boodschap over te brengen, een enkel bevel.

Even was er een aarzeling op Juliens gezicht te zien, hij keek verdwaasd uit zijn ogen en zijn wenkbrauwen trokken zich samen. Maar toen Harte zijn magie terugtrok, ontspande zijn gezicht weer.

Zich niet bewust van wat er net was gebeurd draaide Julien zich naar de spiegel om en pakte een grote pot crème. Hij negeerde Harte en Esta terwijl hij de zachte crème over de helft van zijn gezicht uitsmeerde, waarna hij de lichte foundation en felrode rouge weg begon te vegen.

Esta had alles zwijgend bekeken, en Harte gebaarde haar naar voren te komen. 'Jules, ik wil je graag aan iemand voorstellen,' zei hij.

Julien sloeg zijn blik in de spiegel op naar Esta en Harte wist precies wat zijn oude vriend zag: de manier waarop haar zijden jurk strak om haar rondingen aansloot, haar subtiel roze gestifte lippen en haar opgestoken haren, even stijlvol als nonchalant. Ze zag eruit als iemand van rijke komaf, fatsoenlijk en elegant. Maar door haar lengte en zelfvertrouwen leek ze toch ook een tikkeltje gevaarlijk; een debutante die iets opwindends in het vooruitzicht heeft.

Terwijl Julien haar van top tot teen in de spiegel opnam verscheen er een bewonderende uitdrukking op zijn gezicht.

Ze is van mij, fluisterde een stem in Hartes hoofd in reactie op Juliens blik, maar hij wist niet of de stem zijn eigen gedachten uitsprak of dat hij bij die andere macht in hem hoorde. Dat maakte hem nu niet zo veel uit en hij pakte Esta's hand zodat het duidelijk was dat ze hier met hem was.

'Dit is –'

'O, ik weet heel goed wie dit is,' onderbrak Julien hem, en met een leugenachtig gezicht keek hij weer naar Esta en Harte.

'Is dat zo?' vroeg Esta met een bezorgde blik naar Harte.

'Natuurlijk, Miss Filosik.' Julien pakte het sigarenstompje weer en wees ermee naar de twee, waarna hij een wenkbrauw optrok. 'Toen ik hier binnenkwam wist ik meteen wie je was. Je bent tenslotte... berucht.'

DE REMEDIE TEGEN RODDELS

1902 – New York

Jack kon de commotie in de salon van zijn moeder al horen nog voordat hij onder aan de trap was. Toen hij de laatste treden af liep brak het zweet hem op zijn voorhoofd uit en hij wilde niets liever dan even gaan zitten, maar de bulderende stem van zijn oom vertelde hem dat hij beter door kon lopen.

Gelukkig had het verlegen dienstmeisje zich over haar eerste angst voor hem heen gezet. Als ze hem niet had verteld over het onverwachte bezoek van zijn oom, was hij er waarschijnlijk doorheen geslapen, totaal onwetend van de toekomst die zijn familie voor hem bepaalde. Het kon hem niet schelen dat zijn hoofd tolde, verdoofd door de morfine die hij net had ingenomen, of dat zijn lijf aanvoelde als... Tja, alsof hij door een trein was geraakt, natuurlijk. Hij zou op eigen kracht de salon binnenlopen en zijn lot in eigen handen nemen.

'... er is iemand bij hem geweest,' bulderde zijn oom, met een verkreukelde krant naar zijn moeder zwaaiend.

'Er is hier niemand geweest,' bracht zijn moeder er met bevende stem tegen in, zoals altijd wanneer ze van streek was. 'Ik zou het echt wel weten als een verslaggever mijn huis binnen kwam wandelen.'

Morgan zwaaide opnieuw met de krant. 'Hoe zijn ze dit anders te weten gekomen?'

'Pierpont, lieverd...' Zijn tante Fanny zat naast Jacks moeder en ze klonk waarschuwend. Niet dat zijn oom zich daar iets van aantrok.

Ook Jacks neef was er, hij stond met zijn armen over elkaar geslagen op een afstandje toe te kijken, met hetzelfde boze gezicht als hij vorig jaar had tijdens de hele terugreis vanuit Griekenland. Het ging kennelijk om een familiekwestie en dat betekende nooit veel goeds voor Jack.

Het duurde even voordat iedereen hem opmerkte. Zijn moeder zag hem als eerste en ze schoot overeind. 'Schat, wat doe je uit bed?' Ze had nog geen drie stappen in zijn richting gezet of zijn oom sneed haar de pas af, dreigend met de krant wapperend die hij pal voor Jacks gezicht hield.

'Wat heeft dit te betekenen, knul?'

De kamer draaide voor zijn ogen maar Jack dwong zichzelf overeind te blijven. 'Wat bedoel je? Ik heb bedrust gehouden, al sinds...' Hij keek naar zijn moeder. De dagen hadden zich aaneengeregen. 'Hoe lang ben ik nu hier?'

'Drie dagen, schat.' Er verscheen een meewarig lachje op haar gezicht toen ze hem aankeek. 'Ga maar gauw zitten. Je bent ziek.' Ze liep naar de fauteuil die het dichtst bij hem stond en schikte de kussens voor hem.

Ze betuttelde hem aan de lopende band, alsof hij een klein kind was, en hij kon er niet meer tegen. Zo zagen ze hem allemaal, wist hij. En ze hadden het allemaal mis. 'Ik voel me prima,' zei hij, haar wegwuivend.

Dat was niet waar, maar dat zou hij niet toegeven in het bijzijn van zijn oom en neef. Het laatste wat hij wilde, was zwak overkomen. 'Ik heb geen idee waar je op doelt,' zei hij tegen Morgan, en hij ontmoette de blik van de oude man. 'Als je nou eens ophoudt met schreeuwen en het me uitlegt, kan ik antwoord geven.'

Morgan keek hem boos aan. 'Wíé heb jij gesproken?'

'Onlangs?' vroeg Jack. 'Alleen mijn moeder en de constante stroom dokters en dienstmeiden die telkens mijn rust en herstel kwamen verstoren.'

De meeste dienstmeisjes waren best knap, maar aan de dokters had hij zich behoorlijk geërgerd, omdat ze hem steeds onderzochten en hem vertelden dat hij bedrust moest houden, terwijl hij het Boek wilde bestuderen dat hij onder de berg kussens en dekens had verstopt, waar de dienstmeisjes zijn bed mee hadden bedolven. Hij wilde er dag en nacht in lezen en de geheimen van het Boek ontdekken.

'Hoe kan het dan in godsnaam dat *The Herald* dit verhaal publiceert?' Morgan drukte hem de krant in zijn handen.

Jack stond een beetje op zijn benen te tollen maar sloeg de verkreukelde krant open, en zijn oog viel op een kop die over hem ging. Hij las het artikel vluchtig door. 'Wat is er mis mee?' Er leek niets mee aan de hand. 'Het is allemaal waar. Darrigan en die meid waren in de trein voordat hij ontspoorde. De autoriteiten beweerden dat er geen sprake van een bomexplosie was, dus vermoedelijk heeft magie het ongeluk veroorzaakt.'

'Dat doet er allemaal niet toe,' snauwde Morgan. 'Wat kan mij een ontspoorde trein schelen! Waar ík me zorgen om maak is dat deze verslaggever weet wat er met Khafre Hall is gebeurd – dat de brand geen ongeluk was door kortsluiting. Besef je wel hoe lang de Kring van Vertrouwelingen bezig is geweest om te zorgen dat de waarheid over de Khafre Hall-ramp niet openbaar werd? Het was knap lastig om de pers om de tuin te leiden over de ware toedracht van de brand. En moet je nu eens kijken, een paginagroot artikel waarin onthuld wordt dat niet alleen onze waardevolle artefacten weg zijn, maar dat we zijn beroofd door je reinste tuig van de richel. Het staat allemaal zwart-op-wit in dit artikel. Met wíé heb jij gepraat?'

De laatste paar dagen waren in een waas voorbijgegaan, versuft door de morfine en opgewonden over het Boek. Jack kon Roosevelt zelf wel hebben gesproken zonder zich daar iets van te herinneren. Niet dat hij dit nu zou toegeven. 'Met niemand,' antwoordde hij in plaats daarvan. 'Ik heb werkelijk geen idee hoe die... Reynolds, wie hij ook is, dit te weten is gekomen.'

'Nou, hij weet álles, en nu zitten we gigantisch in de nesten,' zei Morgan pislink en hij rukte de krant uit Jacks handen. 'Weet je wel hoe erg de reputatie van de Orde hierdoor wordt geschaad, hoe zwak we hierdoor lijken? We hebben al van de andere Broederschappen gehoord dat ze zich zorgen maken over de Conclave, ze vragen zich af of de Orde wel in staat is als gastheer op te treden. Want als ik niet eens in staat ben mijn eigen familie onder controle te houden, hoe kunnen we dan in vredesnaam een belangrijk evenement als de Conclave organiseren?' Hij smeet de krant weg.

'Ik weet niet waarom je denkt dat het mijn schuld is,' zei Jack, verontwaardigd over de toon die zijn oom aansloeg.

'Omdat het meestal zo is,' mengde zijn neef zich in het gesprek. 'Het is het een na het ander met jou, Jack, je bent nooit verstandig. Je denkt nergens over na. Weet je zeker dat je dit interview niet hebt gegeven?'

Jack klemde zijn kaken op elkaar om te voorkomen dat hij tegen zijn neef zou uitvallen vanwege zijn hatelijke opmerking. Aan de andere kant van het vertrek keek zijn moeder nog steeds met een meewarige blik naar hem, waardoor hij de neiging had om haar dierbare verzameling porseleinen beeldjes kapot te smijten. Toen hij iets wilde zeggen kostte het hem dan ook veel moeite om weloverwogen en rustig te praten. 'Dit is voor het eerst in dagen dat ik mijn bed uit kom.'

Maar zijn neef luisterde niet naar hem. 'Misschien moeten we Jack een soort van vakantie geven om er weer bovenop te komen,' opperde hij. 'Totdat dit is overgewaaid.'

'Het waait niet over,' beet Morgan hem toe. 'Dit is geen familiekwestie in de privésfeer, zoals die ellende in Griekenland afgelopen jaar. Dat verrekte krantenartikel is overal verschenen en de andere kranten nemen het over. Als we hem nu wegsturen lijkt het of we iets te verbergen hebben. Dat kunnen we al helemaal niet gebruiken – het zou het artikel alleen maar bevestigen.'

'Wat moeten we dan met hem?' vroeg zijn neef.

'Ik sta hier,' zei Jack verongelijkt. Hij kreeg haast geen lucht nu hij er voor spek en bonen bij stond, maar gelukkig had de morfine die hij had ingenomen voordat hij naar beneden ging de pijn in zijn arm verzacht.

'Alsof dat er ook maar iets toe doet,' sneerde zijn oom. Daarna wendde hij zich weer tot zijn zoon, Jacks neef. 'We eisen dat het artikel wordt ingetrokken.'

'*The Herald*?' Zijn neef schudde zijn hoofd. 'Ze schrijven de laatste tijd niet veel anders dan roddels en leugens. Het kan ze niet schelen of het verhaal klopt, als het maar goed verkoopt. Het is beter om ze op hun eigen manier terug te pakken en voor een ander artikel te zorgen dat dit verhaal ontkracht. Ik kan Sam Watson benaderen. Je weet wel, de verslaggever aan wie ik je in het Metropolitan heb voorgesteld. Hij sympathiseert met de Orde, eerst met de roof in het Met en daarna met zijn hoofdartikelen over de gevaren van een bepaald crimineel element in de samenleving. Ik weet zeker dat hij een interview met Jack wil doen dat een andere draai aan dit verhaal geeft.'

'Ik ga echt geen interview geven,' zei Jack stellig, maar niemand luisterde naar hem.

'Ja, doe dat.' Zijn oom ijsbeerde door de salon. 'Het is een begin, maar het is niet genoeg. Het artikel intrekken verandert er niks aan dat die Reynolds de Orde voor schut heeft gezet, alsof we een stel ouwe gekken zijn.'

Dat zijn jullie ook, dacht Jack. Maar hoewel de morfine hem wat losser maakte, wist hij zich te beheersen en zijn mond stijf dicht te houden. Nu hij het Boek had hoefde hij zich geen zorgen meer te maken over zijn oom of de Orde.

'Ik denk dat hij een vrouw nodig heeft, een verloving,' waagde zijn tante Fanny.

Morgan wendde zich ongeduldig tot haar. 'Dank je, schat, maar bemoei je er niet mee.'

Zijn tante liet zich echter niet zomaar de mond snoeren. 'Als je ongewenste kletspraatjes de kop in wilt drukken, moet je de pers iets spannenders geven dan een interview, Pierpont. Geloof me. Ik ken de wereld van roddel en achterklap van dichtbij, en ik weet veel beter dan jij hoe je zorgt dat het niet de spuigaten uitloopt. Als de reputatie van een meisje wordt geschaad is het beste wat haar familie kan doen zo snel mogelijk een verloving regelen. Een grote bruiloft in onze kringen leidt de aandacht af van alle roddels. Heb ik gelijk of niet, Mary?' vroeg ze aan Jacks moeder.

Zijn moeder, een kleine, ziekelijke vrouw die met de jaren nog meer verzwakt was geraakt, zag er bezorgd uit. 'Ik denk niet dat Jack met zijn slechte gezondheid iemand het hof kan maken,' antwoordde ze aarzelend, 'al heeft het meisje van de Stewarts misschien wel belangstelling, want ze heeft zo'n belabberd seizoen achter de rug.'

'Ik laat me echt niet aan een of andere mislukte debutante koppelen,' zei Jack. Hij zou zijn moeder en tante zeker niet toestaan een huwelijk te regelen om zijn reputatie te redden, zoals ze voor een of andere meid zouden doen.

'Nee, lieverd,' verzuchtte zijn tante tot zijn moeder. 'Dat zou ik zo'n arm meidje niet aan willen doen.'

Jack deed zijn mond open om ertegenin te gaan, maar hij wist niet wat hij moest zeggen. Hij zag het niet zitten om uitgehuwelijkt te worden, maar de respectloze opmerking van zijn tante was ronduit beledigend.

'We hoeven geen échte bruiloft te organiseren. Als je een eind wilt maken aan de roddels, moet je ze wat anders geven om over te kletsen. Als het maar een spectaculair feest is.' Zijn tante richtte zich tot Morgan. 'Een groot feest of een gala of zo. De Orde zou het kunnen organiseren, dan dient het ook meteen als vertoon van jullie aanhoudende macht.'

'Het is niet het geschikte moment voor een feest, Fanny.'

Zijn tante maakte een tsk-geluid. 'Het is niet goed om je voor de buitenwereld te verstoppen als er zo wordt geroddeld, Pierpont. Integendeel, dan moet je in je mooiste galajurk naar de opera gaan.'

'Het is ook niet het goede moment om aan winkelen te denken,' grauwde Morgan.

'Moeder heeft gelijk,' verklaarde Jacks neef, terwijl hij nadenkend over zijn kin wreef. 'De Orde kan een gala organiseren – iets groots, met veel gasten. Maar het zou nog beter zijn als het een exclusieve aangelegenheid is. Iets waar de kranten graag over willen schrijven.'

'En waar moeten we dat feest dan houden?' vroeg Morgan wat sceptisch. 'Khafre Hall is een grote puinhoop en licht in de as, zoals je weet.'

'Gebruik onze balzaal,' bood zijn tante aan. 'Maar een bal is te gewoontjes. Het moet origineler zijn.' Even dacht ze na. 'Wat denken jullie van tableaux vivants?'

‘Is dat niet te vulgair?’ vroeg zijn moeder.

‘Als ze bekende kunstwerken uitbeelden is het heel geschikt,’ zei zijn tante stijfjes. ‘Maar inderdaad, men vindt ze meestal schunnig, en dat is juist ook de bedoeling. Als bekend wordt dat het om tableaux vivants gaat zorgt dat voor sensatie. Er zou wekenlang gespeculeerd worden over de keuze van de kunstwerken en wie eraan meedoen.’

‘Alleen kunst volstaat niet,’ merkte zijn neef hoofdschuddend op. ‘Scènes van kitscherige rococoschilderijen zullen niemand aanspreken. Als we de reputatie van de Orde willen herstellen hebben we bekende werken nodig die de macht en het belang van de Orde aantonen. Scènes van de gevaren die ongetemde magie met zich meebrengt en het nut van de wetenschap en de Verlichting die het volk beschermen. Alleen dan kan het slagen.’

‘Misschien,’ zei Morgan duister, het voorstel overpeinzend. ‘Maar we moeten ons ervan verzekeren dat het niet weer een grote puinhoop wordt,’ verklaarde hij met een knikje naar Jack. ‘We moeten er zeker van zijn dat hij zich erbuiten houdt.’

‘“Hij” staat voor je neus,’ mompelde Jack opnieuw. Ook dit keer negeerden ze hem. Hij was er helemaal klaar mee en stond op om zich terug te trekken in de rust van zijn kamer. Wat hem betrof konden ze bedenken wat ze wilden, zolang ze hem maar niet lieten paraderen als bruidegom. Hij had belangrijker zaken aan zijn hoofd.

‘O nee,’ verzuchtte zijn tante. ‘Je kunt hem er niet buiten houden.’

‘En waarom niet, godgloeiende?’ viel Morgan uit.

‘Elke high society-bruiloft heeft een bruid nodig, Pierpont. Daar draait het juist om,’ zei zijn tante.

Plotseling bleef Jack staan, en hij draaide zich weer om naar de salon.

‘Iedereen zal naar de kerk komen om te zien of het meisje in het wit trouwt en vrij is van zonden,’ ging zijn tante verder. ‘Iedereen wil weten of ze uit liefde trouwen of dat de bruidegom zodra hij kans ziet de benen neemt. Als je het artikel onderuit wilt halen moet je laten zien dat je niets hebt te verbergen.’

‘Ik ga echt niet met de eerste de beste meid trouwen,’ zei Jack nogmaals kortaf, en hij kon zijn frustratie bijna niet beheersen.

‘Ik bedoel niet dat jij een bruid moet nemen, schat. Ik bedoel dat jij zélf de bruid bent,’ vertelde zijn tante hem met een dromerige glimlach.

‘Over mijn lijk...’ begon Jack, maar zijn tante praatte onverstoorbaar door.

‘Je moet zorgen dat Jack in het middelpunt van de belangstelling staat,’ zei ze tegen zijn oom.

'Geen denken aan!' grauwde Morgan, en hij trok zijn neus vol afschuw op bij het idee.

'Het is de enige manier,' beweerde zijn tante terwijl ze met een vervaarlijk bedenkelijke uitdrukking naar Jack keek. Het leverde nooit iets goeds op als je je met de ideeën van een vrouw bemoeide. 'Ja, nu weet ik het,' zei zijn tante tegen Morgan. 'Je maakt Jack dé man van de avond om wie het hele feest draait. Het evenement zal laten zien dat de Orde niet bang of op haar retour is, en zich zelfs niet op de achtergrond houdt, en jíj kunt dit verhaal in je voordeel gebruiken. Je kunt het artikel net zomin terugnemen als een meisje haar maagdelijkheid, maar je kunt het feest gebruiken voor je eigen doeleinden. Maak van Jack een held, die het gevaar in de trein ontdekte, een gevaar dat duidelijk maakt hoe noodzakelijk het voortbestaan van de Orde is.'

'Ik vind het niks,' zei Morgan.

'Dat doet er niet toe, schat,' kirde zijn tante. 'Welke arme meid wil nou tot een huwelijk gedwongen worden alleen omdat ze oneerbaar is geweest, terwijl mannen er zo veel vrouwen op na kunnen houden als ze willen? Nee, het zit hem in de noodzaak, je moet het verhaal naar je hand zetten. Dat is de beste oplossing én het zal de macht van de Orde benadrukken.'

'Ik ben niet een of andere marionet,' foeterde Jack. Zijn hoofd voelde zwaar door de morfine in zijn bloed, maar zijn kwaadheid was intens. Hoe durfden ze zijn leven voor hem te bepalen? Hoe haalden ze het in hun hoofd hem als een of andere meid te behandelen die onder mannen verruild werd? 'Ik heb hier ook wat over te zeggen.'

Morgan draaide zich naar hem om. 'Uit dit artikel blijkt dat jij je zegje al hebt gedaan. Dus je kunt kiezen: of je luistert naar ons of je gaat weg. Duidelijk?'

Hij klemde zijn kiezen zo hard op elkaar dat hij bang was dat ze zouden breken. Maar hij knikte gespannen naar zijn oom. 'Duidelijk.'

Ze gingen weer verder met het bespreken van hun plannen, alsof hij een klein kind was dat zich had misdragen en na een uitbrander werd weggestuurd. *Prima*, dat vonden ze dan maar. Laat ze maar denken dat hij voor hen zou buigen en door het stof ging om weer bij ze in de gunst te komen. Ze realiseerden zich niet eens dat ze zelf ouderwets waren en praktisch hadden afgedaan. De wereld draaide zonder hen gewoon door, en Jack zou ook doorgaan. Terwijl ze zich als ouwe wijven druk maakten om linnengoed en de patronen van Chinees porselein, zou hij zich verder ontwikkelen en zijn eigen plan trekken. En als de tijd rijp was, zou hij hun plaats innemen en de verstokte oude mannen die dachten de leiders van de stad te zijn zou hij wegwerken.

Maar tot die tijd was Morgan niet de enige met connecties die hem van pas konden komen. Jack zou een van zijn eigen contacten gebruiken om die R.A. Reynolds te vinden. Een paar weken geleden had hij een afspraak met Paul Kelly en na alles wat hij van hem had gehoord, wist hij dat Kelly er niet moeilijk over zou doen om een boodschap voor hem over te brengen. Hij zou ervoor zorgen dat die verrekte verslaggever van de krant spijt zou krijgen dat hij Jack Grew had dwarsgezeten.

GEVOLGEN

1904 – St. Louis

Als Esta niet sinds haar jeugd was getraind om elke emotie te onderdrukken wanneer ze plotseling met een of ander gevaar werd geconfronteerd, was haar mond waarschijnlijk opengevallen van verbijstering over Juliens woorden. In plaats daarvan hield ze haar gezicht in de plooi; de combinatie van verveeldheid en onderkoelde kalmte zorgde er steevast voor dat ze niet opviel. Ook al verachtte ze de man die haar had opgevoed, op dit moment was ze hem dankbaar omdat ze haar reactie wist te verbergen. In werkelijkheid stond elke vezel in haar lijf op scherp en leek het of ze uit het niets een stomp in haar buik had geïncasseerd.

'Berucht?' vroeg ze. 'Ik weet niet wat je over mij hebt gehoord, maar ik kan je wel zeggen dat berucht overdreven is, Mr. Eltinge.'

Julien trok opnieuw een mondhoek op om zijn sigaar. 'O nee, ik overdrijf helemaal niet.' Zijn donkere ogen glinsterden vervaarlijk. Ze stonden te scherp, te oplettend en ze vermoedde dat hij op zijn hoede was. Nadat hij de sigaar in de asbak had weggelegd, draaide hij zich weer om naar de spiegel en ging hij verder met het verwijderen van zijn make-up. 'Je kunt niet zomaar een trein verwoesten zonder er een slechte naam aan over te houden, weet je,' zei hij, zo kalm en terloops alsof hij het over het weer had.

Een trein verwoesten?

Ineens leek de kleedkamer te verdwijnen en Esta had het gevoel weer in de trein uit New Jersey te zitten. De steen op haar arm begon haast te gloeien bij de gedachte aan de moeite die het haar had gekost om de seconden te vertragen en het goede tijdstip te vinden om naartoe te gaan en bij Jack weg te komen. Hoewel ze op vaste grond stond, werden haar benen plotseling wiebelig, net als toen de bodem van de trein leek te schudden alsof de trein ontspoorde. Zelfs hier in het warme licht van de kleedkamer had ze last van de diepe duisternis die haar blikveld en haar bewustzijn in was gekropen en haar achtervolgde.

Nee... onmogelijk.

'Maar laten we alsjeblieft niet zo formeel doen. Noem me Julien.' Hij keek met een miniem lachje om zijn mond in de spiegel naar Esta op. 'Een vriendin van Darrigan is ook mijn vriendin.'

'Waar heb je het over, Julien?' vroeg Harte. 'Ze heeft niks verwoest en zeker geen trein.'

'Zoiets zou je je wel herinneren, lijkt me...' Julien wierp haar een van zijn al te oplettende blikken toe. 'Toch beweren alle kranten het.'

'En jij gelooft de pers?' vroeg Harte smalend. 'Jij zou als geen ander moeten weten dat je die op sensatie beluste verslaggevers niet kunt vertrouwen.'

Juliens innemende gezichtsuitdrukking haperde even maar hij reageerde niet meteen. Esta merkte dat hij nog naar haar keek, en haar onderzoekend opnam, waarna hij zich weer naar de spiegel omdraaide. Hij nam alle tijd om de make-up van zijn gezicht te verwijderen, waardoor de vrouw die het podium had gedomineerd stukje bij beetje plaatsmaakte voor de man die hij was, al net zo onweerstaanbaar als zijn vrouwelijke alter ego.

Nu Julien geen lichte foundation of felrode rouge op zijn gezicht had en ook geen roodgeverfde lippen, was er geen spoortje vrouwelijkheid meer op te zien. Integendeel, hij had iets ruigs, haast mediterraans met zijn olijfkleurige huid, het licht krullende zwarte haar dat klam was van het zweet en de diepbruine kijkers die zo alert stonden als de ogen van een raaf. Hij pakte de sigaar weer – een gekunsteld gebaar, realiseerde Esta zich – en zwaaide met het stompje heen en weer alsof het een zwaard was.

Daarna draaide Julien zich om om hen aan te kijken en toen hij begon te praten klonk zijn stem ernstig. 'Eerlijk gezegd, Darrigan, schonk ik geen aandacht aan het verhaal toen het net in de krant stond. Er zijn altijd wel ergens ongelukken waar de kranten over schrijven. Maar toen vertelde die ene vent dat dit geen ongeluk was. En de enige reden waarom het me uiteindelijk aan het denken zette, was omdat die kerel beweerde dat jullie erbij betrokken waren.'

'Wie was die vent?' vroeg Harte.

'Hoe heette hij ook alweer – die man die de laatste tijd vaak in gezelschap van Roosevelt is,' antwoordde Julien, over de naam nadenkend terwijl hij nog steeds met zijn sigaar zwaaide. 'Ik geloof dat hij Grew heet. Gerald of James...'

Esta's maag kromp ineen. 'Jack.'

'Dát is het.' Julien wees met de sigaar naar Esta. 'Jack Grew – een van de Morgans, als ik me niet vergis.'

'J.P. Morgans neef,' vertelde Harte hem, maar zijn stem klonk net zo hol als Esta zich ineens voelde.

Julien knikte, zich kennelijk niet bewust van hun reactie. 'Ja, die. Hij kwam in de ravage terecht. Een paar dagen na de ramp publiceerde een van de kranten het hele verhaal over de ontsporing, en dat het geen ongeluk was. Jack Grew beweerde dat jullie de brand in het bolwerk van de Ortus Aurea in New York hebben aangestoken om een roof te maskeren, en dat hij jullie tot in de trein is gevolgd. Hij zei dat hij jullie bijna had laten oppakken toen jij hem aanviel...'

'Viel ik hém aan?' Esta probeerde haar afschuw niet eens te verbergen.

'... en de halve trein opblies om te kunnen ontsnappen,' ging Julien onverstoorbaar verder. 'Er kwamen veel mensen om bij de crash, weet je. Nadat Grew had beweerd dat het geen ongeluk was, kreeg het gebeuren aandacht van de autoriteiten – ach, Darrigan, kijk niet zo beledigd. Ik vertel je gewoon wat er in de kranten stond.'

'Je beschuldigt ons van de verwoesting van een trein, Jules,' zei Harte, met een lage, dreigende stem. 'En dat we onschuldige mensen de dood in hebben gejaagd.'

'Ik beschuldig je nergens van. Je had sowieso dood moeten zijn. Een noodlottige val van een brug, als ik het goed heb gehoord.'

'Dus je beschuldigt mij?' vroeg Esta terwijl ze de vreemde persoon die Julien Eltinge was nog steeds probeerde te doorgronden.

Ze kende zijn type man wel, die hun knappe gezicht en hun zelfvertrouwen gebruikten om hun zin te krijgen. Mannen als Logan, die ze altijd als vriend en collega had beschouwd, totdat hij zich tegen haar had gekeerd. En ook als Harte, als ze eerlijk was tegenover zichzelf. Juliens charmes waarschuwden haar op de een of andere manier, ze vertelden haar dat ze alert moest blijven. Maar achter die charmante façade bleef een deel van de beste man een raadsel voor haar.

'Ik beschuldig niemand,' zei Julien.

Harte zuchtte ongeduldig. 'Je stelt mijn geduld behoorlijk op de proef, Jules.'

Vanuit zijn ooghoek wierp Julien Esta een wrange blik toe. 'Hij kan soms zo'n hufter zijn.' Hij hield zijn mond even en dacht na over wat hij had gezegd. 'Eigenlijk is hij bijna altijd een hufter, vind je ook niet? Maar ik denk niet dat hij een moordenaar is. Maar jíj...' Hij bekeek haar van top tot teen, met een vraag in zijn oplettende bruine ogen. 'Jou ken ik niet.'

‘Ze hoort bij mij.’ Harte deed een stap naar voren om voor haar te gaan staan en om zichzelf te kunnen verdedigen als dat nodig was. ‘Dat is het enige wat je hoeft te weten.’

Esta kon er niets aan doen en rolde geërgerd met haar ogen. Sinds ze uit New York waren vertrokken had Harte haar min of meer genegeerd en nu deed hij plotseling alsof ze bij elkaar hoorden, alsof hij iets voor haar voelde. Heel vreemd. Maar in het bijzijn van Julien gunde ze hem dat plezier.

Jules keek Harte vragend aan. ‘Aha, ik snap het.’ Hij straalde geamuseerd toen hij weer naar Esta keek. Daarna grinnikte hij zacht. ‘Harte Darrigan... ik dacht dat het nooit ging gebeuren...’ Hij lachte opnieuw.

Esta stak haar kin wat omhoog en deed alsof ze volkomen ongeïnteresseerd was – althans, ze hoopte dat ze zo overkwam – terwijl ze probeerde te bevatten wat Julien net had verteld. Blijkbaar was er iets met de trein gebeurd nadat ze door de tijd waren geglipt – iets wat nog nooit was voorgekomen.

‘Vertel me wat meer over de trein,’ gebood Esta.

Julien hield haar blik nog een een ogenblik vast. ‘Een paar jaar geleden was er een grote ontsporing. Door het ongeluk werd er een gapend gat in een groot deel van de spoorrails net buiten New Jersey geslagen. Volgens de berichten in de kranten waren de rails verdwenen, totaal vernield, net als de halve trein. De inspecteurs beweerden dat een dergelijke schade alleen door een bomexplosie veroorzaakt kon worden. Eerst werd gedacht dat een van de anarchistische groeperingen erachter zat, die altijd bommen laten ontploffen als ze ergens tegen zijn, maar een paar dagen later kwam *The Herald* met het verhaal van die Jack Grew. Hij had blijkbaar verteld dat jullie de daders waren. Uiteraard dachten de meesten dat hij niet goed bij zijn hoofd was, omdat ze wisten dat Darrigan al dood was – sorry, geen belediging.’

‘Zo vatte ik het niet op,’ zei Harte, maar zijn kaken waren gespannen, en Esta had het gevoel dat hij er liever niet aan herinnerd wilde worden.

‘En toen beweerde hij dat het geen bom was. Hij zei dat jullie magie gebruikten.’

‘Magíé?’ vroeg Esta, en ze deed alsof ze stomverbaasd was.

‘Hij zei dat jullie Mageus zijn.’ Julien liet een onuitgesproken vraag doorklinken.

‘We kennen elkaar al zo lang, Jules. Als ik een Mageus was, zou je het toch al weten?’ vroeg Harte om Juliens aandacht van Esta af te leiden. ‘Als een van ons een Mageus is, hoe hadden we de stad dan kunnen verlaten?’

Esta probeerde rustig door te ademen terwijl ze Juliens antwoord afwachtte.

'Dat vroeg iedereen zich af,' zei hij uiteindelijk. 'Gevaarlijke magie buiten de bescherming van de Barrière? Dat zou onmogelijk moeten zijn. Maar ze hebben jullie lichamen nooit in het treinwrak gevonden en toch bleef Grew volhouden dat jullie daar allebei waren geweest.

Natuurlijk grepen zijn mensen het hele gebeuren aan om te bewijzen dat het werk van de Orde nog steeds van groot belang is. De Orde ontkende bij hoog en bij laag dat magie de Barrière kon passeren, net zoals ze bleven volhouden dat de brand in hun hoofdkwartier een ongeluk was – kortsluiting of zo. Het was feitelijk onmogelijk dat er iets was gestolen, want alleen de Duivelsdief zelf had kunnen inbreken in de zalen van de Ortus Aurea. Zoals je je kunt voorstellen smulde het publiek van dit verhaal. De Duivelsdief!'

'De Duivelsdief?' vroeg Esta.

'Zo noemden ze jou,' antwoordde Julien terwijl hij zijn sigaar uitdrukte. 'Je stond een tijdje in alle kranten. Iedereen probeerde erachter te komen wie je was en waar je naartoe was gegaan. Elke verslaggever was erop uit de Duivelsdief te ontmaskeren.'

'Wat een belachelijke naam,' foeterde Harte.

Julien schoot in de lach. 'Misschien wel, maar het was een verdraaid aansprekende krantenkop, als je het mij vraagt.'

'Ik vroeg jou niks,' zei Harte vlak.

Dit keer negeerde Julien hem. 'Het heeft precies de goede... *je ne sais pas...* Het trok de aandacht.' Hij keek naar Esta. 'Het zou geweldig zijn voor op het podium, als je tenminste geïnteresseerd bent in het theater.'

Voordat ze kon antwoorden zei Harte: 'Dat is ze niet.'

Esta wierp hem een boze blik toe maar hij zag het niet. Hij had alleen aandacht voor Julien en zijn ongeduld was als een monster dat hem langzaam besloop.

Julien leek het niet te merken. Of misschien kon het hem niets schelen. Hij haalde zijn schouders op en ging verder: 'Verdomd zonde. Een grote meid als jij? Ik wed dat je een goed stel benen hebt onder die rokken van je.'

'Julien,' siste Harte met op elkaar geklemde kaken.

'Ik kan niet geloven dat je hier niks van weet,' verzuchtte Julien en het plezier op zijn gezicht maakte plaats voor verwarring. 'Ik vermoedde dat je dood was of je ergens schuilhield. Maar het laatste wat ik verwachtte was je hier terug te zien.'

'We waren...' Harte hield zijn mond alsof hij niet wist hoe hij het uit moest leggen.

'... het land uit,' vulde Esta hem snel aan.

Hij nam de twee fronsend op. 'Toch zou je verwachten dat dit nieuws je wel had moeten bereiken –'

Er werd op de deur geklopt, waardoor Julien midden in zijn zin stokte.

Hartes alerte houding weerspiegelde haar eigen ongerustheid. Er was maar één ingang – en dus ook maar één uitgang – in de kleedkamer. Als Julien gelijk had en ze inderdaad werden gezocht, en als hij haar zo makkelijk had herkend, was dat voor een ander waarschijnlijk net zo makkelijk. Ze mochten hier echt niet opgepakt worden, niet nu ze al zo ver waren gekomen en ook niet met alles wat ze nog te doen hadden.

'Je hebt niets –' begon Harte zijn protest, maar Julien stak een hand op om hem het zwijgen op te leggen.

'Wie is daar?' riep Julien zonder de moeite te nemen om naar de deur te lopen en open te doen. Ook hij leek ineens op zijn hoede.

'Ik ben het, Sal.'

'De toneelmeester,' fluisterde hij tegen Harte.

'Wat wil je?' bulderde hij. 'Ik heb het momenteel nogal druk.'

'Er zijn bewakers van de Jefferson Garde binnen. Ze doorzoeken het hele theater,' riep de toneelmeester door de dichte deur. 'Ik kwam je even waarschuwen voor het geval je... eh... niet toonbaar bent.'

'Dat is het geval.' Hij keek van Harte naar Esta. 'Kun je ze een paar minuten ophouden?'

'Vijf minuten moet lukken,' riep de stem aan de andere kant van de deur.

'Als je dat wilt doen krijg je een goede fles whisky van me, beter dan het bocht dat je anders altijd drinkt.'

In stilte wachtten het drietal totdat Sals voetstappen wegstierven, en toen de man buiten gehoorsafstand was stond Julien op. 'Kom mee. Jullie moeten maken dat je wegkomt.' Hij schoof een rek met avondjurken met glinsterende lovertjes en kraaltjes opzij.

'Wat is er aan de hand?' vroeg Esta aan Julien. 'Wat bedoelde hij met die bewakers?'

'De Jefferson Garde. Dat is een privéleger hier in St. Louis.' Hij liep naar een paneel in de muur achter in het vertrek en maakte het open. 'Hun belangrijkste taak is het opsporen van illegale magie, maar ze zijn waakzamer dan anders, vanwege de wereldtentoonstelling dit jaar – en zeker na de aanslagen van de Antistasi in oktober.'

'Antistasi?' vroeg Harte op hetzelfde moment als Esta. 'Welke aanslagen?'

'De Antistasi is een groep anarchisten, maar in plaats van het gebruikelijke dynamiet en kogels, gebruikt de Antistasi magie als ze toeslaan om onrust te stoken. Ze lieten voor het eerst van zich horen na de invoering van de wet tegen magie afgelopen jaar, maar jullie weten waarschijnlijk ook niet wat dat is.' Toen ze allebei hun hoofd ontkennend schudden vervolgde Julien: 'Samengevat houdt die wet in dat alle vormen van ongetemde, natuurlijke magie officieel verboden zijn,' legde hij uit terwijl hij het paneel stukje bij beetje openschoof.

'Die Antistasi... zijn dat Mageus?' vroeg Esta.

'Dat beweren ze, ja,' antwoordde Julien. 'Toen de wet eenmaal van kracht was, doken ze ineens op en begonnen ze overal herrie te schoppen. Eerlijk gezegd werden jullie en de ontspoorde trein een soort inspiratiebron voor die lui.'

Hartes blik ontmoette de hare en ze wist dat hij hetzelfde dacht als zij.

Mageus buiten de stad? Buiten de Barrière? De oude magie hoorde nergens anders in het land te bestaan dan in Manhattan. Dat had ze geleerd. Ze was met het idee opgegroeid om daar heilig in te geloven. Maar ze had de magie zelf gevoeld, buiten bij het theater. Die hing in de straten van St. Louis. Onbekende magie, maar niet minder krachtig. Was er iets veranderd door wat ze in New York hadden gedaan toen ze de Orde hadden beroofd en Jack lieten wegkomen met het Boek? Of berustte alles wat ze wist op leugens?

Eens was Esta dankbaar geweest voor de leerschool die ze had gehad. Haar grondige kennis van New York had ervoor gezorgd dat ze alle straten van de stad op haar duimpje kende en overal de weg wist, in welke tijd ze ook was. Maar nu was ze zich bewust van de leemten in haar kennis. Had professor Lachlan opzettelijk informatie achtergehouden over het bestaan van Mageus buiten de stad? Of was ze nu in een of andere nieuwe toekomst terechtgekomen, waar ze zich niet op had kunnen voorbereiden?

Eén ding wist ze zeker: in haar eigen tijd bestond de wet tegen magie niet.

'Geen zorgen, schat,' zei Julien zacht, haar bezorgdheid verkeerd opvattend. 'We krijgen je hier wel weg.' Hij schoof het paneel nog verder open zodat er een gat in de wand tevoorschijn kwam. 'De Jefferson Garde zal het niet alleen op jullie hebben gemunt, maar ik wed dat de premie op je mooie hoofdje heel wat hoger is dan hun gebruikelijke geldsom.'

'Staat er een premie op ons hoofd?' vroeg Esta.

'Godverju,' verzuchtte Julien verafschuwd en verbijsterd. 'Zijn jullie echt zo lang weggeweest? Natúúrlijk is er een premie. J.P. Morgan heeft hem persoonlijk beschikbaar gesteld. Je kunt niet zomaar treinen opblazen zonder dat dit gevolgen heeft, hè?'

'Ik zei net al dat zij niets met die trein heeft gedaan,' grauwde Harte.

'En ik heb daarop gezegd dat ik je graag wil geloven, maar het is heel wat lastiger om de Jefferson Garde te overtuigen. Ze staan er niet om bekend een eerlijke strijd te voeren, dus ze zullen het jullie absoluut niet makkelijk maken bij je poging om het theater uit te komen.'

'Maar –' protesteerde Harte.

'Hij heeft gelijk,' onderbrak Esta hem voordat hij de boel nog meer zou vertragen. 'Laten we gaan nu het nog kan.' Ze wierp hem een blik toe, in de hoop dat hij haar begreep.

'Heel verstandig,' zei Julien.

Haar hoofd stond er niet naar hem voor het compliment te bedanken. Haar gedachten raasden van alles wat ze net hadden gehoord: ze was een gezochte misdadiger en er bestond magie – en misschien bestonden er zelfs Mageus – buiten het gebied dat door de Barrière werd begrensd.

Ondertussen had Julien het paneel weggehaald en er was een doorgang zichtbaar. 'Ik gebruikte deze vluchtweg in het verleden als ik naar buiten wilde glippen om het publiek bij de podiumdeur te ontlopen.' Hij trok een aarzelend gezicht en Esta vroeg zich af wat het had te betekenen. 'Volg de doorgang en hou links aan,' instrueerde Julien hen. 'Zo kom je in de ketelruimte. Daarvandaan vind je de weg naar buiten snel genoeg.'

'Over die premie, Jules...' Hartes gezichtsuitdrukking was zo scherp als de scheiding in zijn haar. 'Weet je zeker dat je die niet zelf wilt opstrijken?'

Julien leek oprecht geschokt. Toen hij eindelijk iets kon uitbrengen klonk er een waarschuwing in zijn stem door. 'Ik dacht dat je me beter kende, Darrigan.'

'Zoals je al zei: het is lang geleden,' verklaarde Harte en er bleef een onuitgesproken beschuldiging in de lucht hangen. 'Er is in mijn afwezigheid veel gebeurd. Ik wil gewoon weten of jij ook bent veranderd.'

'Ik wil hun bloedgeld niet,' zei Julien toonloos, en hij knikte naar de opening in de muur. Aan de blik in zijn ogen zag Esta dat hij het meende. 'Vooruit, ga nu snel. Als de bewakers binnenkomen, zal ik ze een tijdje afleiden zodat jullie een eind bij het theater vandaan kunnen komen.'

'We moeten nog wel verder praten, Julien,' drong Harte aan.

'Zeker. Natuurlijk.' Julien gebaarde ze naar voren. 'Ik zie jullie over een paar uur in King's.'

'Waar is dat?' vroeg Harte.

'In Del Mar – een sjofele bar waar niemand je zal herkennen, en als het wel zo is, kan het ze geen moer schelen.' Julien stapte naar achteren zodat ze de tunnel achter de muur in konden kruipen. 'En nu wegwezen, voordat ze hier zijn.'

EEN DONKERE STERRELOZE HEMEL

1904 – St. Louis

Harte aarzelde even om te zien of hij een teken op Juliens gezicht bespeurde waaruit hij kon opmaken dat de opening in de muur een of ander bedrog of een valstrik was, maar hij kon niets ontdekken. Juliens ogen stonden kalm, zijn uitdrukking was ogenschijnlijk oprecht. Ze konden echter geen onnodige risico's nemen.

Harte stak zijn hand uit. 'Bedankt, Jules.'

Zonder aarzelen pakte Julien zijn hand en gaf hem een vluchtig kneepje, waarna hij hem weer wegtrok. Maar deze aanraking op de blote huid was genoeg voor Harte. Een vleugje magie en ze zouden veilig zijn – in ieder geval voor Julien. Maar met alles wat ze zojuist hadden vernomen wist Harte niet zeker hoever die veiligheid reikte.

Zonder nog iets te zeggen kroop Harte achter Esta aan de donkere tunnel in, die nog donkerder werd toen Julien het paneel achter hen terugzette. Ze bleven even in het donker wachten en luisterden naar het schrapende geluid van het rek met jurken, dat Julien voor het paneel terugschoof om het te verbergen. Intussen waren hun ogen aan het donker gewend geraakt. Al kon Harte Esta niet zien, toch voelde hij haar aanwezigheid. Haar lichaamswarmte – en de warmte van haar magie – sprak tot hem en tot de macht in hem. Nu hield die zich rustig, maar Harte wist dat hij het moment afwachtte waarop hijzelf even niet oplette.

'Schiet op,' fluisterde Harte Esta toe toen hij het eind van de tunnel kon zien. 'We moeten gaan, nu het nog kan.'

Uiteindelijk bereikten ze de ketelruimte, een groot vertrek dat vaag naar kolen en stof rook. Omdat het zomer was, waren de vuren allang gedoofd en het was er stil en verlaten. De grote stalen tanks waarin het water werd verwarmd voordat het naar de radiatoren in het theater boven hen werd gepompt torenden boven hen uit als donkere vormen, waardoor het onmogelijk was om te zien of er iemand aan de andere kant van het vertrek was. Ze slopen op hun tenen behoedzaam verder en vonden de personeelsuitgang algauw.

'Weet je zeker dat het geen valstrik is?' vroeg ze terwijl ze naar de raamloze deur van de uitgang keek.

'Niet van Julien in ieder geval,' verzekerde hij haar. 'Dat heb ik gecheckt.'

'Toch moeten we voorzichtig zijn. Ik heb nooit eerder iets over die patrouilles gehoord. Misschien is het iets nieuws of...' Ze leek de juiste woorden niet te kunnen vinden. 'Ik kan me niet herinneren dat ik iets heb gehoord of gelezen over die lui. En ook niet over die wet tegen magie, waar hij het over had. Al deze dingen bestonden niet in de toekomst die ik ken.'

Harte begreep de emotie die in haar stem doorklonk. In Manhattan waren Mageus geweest die bereid waren hun eigen soort te verlinken voor een handvol muntgeld, maar de Jefferson Garde en de wet die magie verbood waren gevaren waar ze van tevoren niet op hadden gerekend.

'Zelfs als die patrouilles uit Mageus bestaan zouden ze ons toch niet kunnen vinden, tenzij we onze magische gave gebruiken. Gelukkig hebben we die niet nodig om naar het hotel terug te gaan,' zei hij, om haar onuitgesproken zorgen weg te nemen over de kans dat ze ontdekt zouden worden. 'Dit verschilt niet zo veel van Coreys jongens in de Haymarket. Als we met gebogen hoofd blijven lopen en onze magie verbergen, komt het wel goed.' Hij hoopte het met heel zijn hart.

Esta leek zijn bluf te geloven – of ze deed alsof. Ze knikte kordaat naar hem en ze liepen zonder problemen stilletjes het steegje achter het theater in. Harte bleef echter op zijn hoede voor het geval er iemand stond te wachten. Toen de kust veilig leek liepen ze door naar het eind van de steeg en ineens hoorden ze het in de verte donderen.

'Niet zo snel,' siste Esta. Hij deed zijn mond al open om ertegenin te gaan en haar te vertellen dat ze zo snel mogelijk bij de bewakers weg moesten komen, hoe eerder, hoe beter – maar voordat hij iets kon zeggen, legde ze het hem uit. 'Als je gaat rennen valt dat juist op. Dan wek je de indruk dat je iets op je geweten hebt.'

Het was waar. Hoewel hij het liefst weg wilde rennen, dwong hij zichzelf zijn pas te vertragen toen ze dichter bij de uitgang van het steegje kwamen.

Rechts stond een Black Maria-politiewagen voor het theater te wachten. Naast de geblindeerde koetsen stonden meer mannen in zwarte jassen. Ze waren waarschijnlijk van de Jefferson Garde, over wie Julien had verteld, wat verklaarde dat ze eerder die avond achter de cowboy die Esta had gezien aan waren gegaan. Bij de theaterdeuren stonden nog vier mannen in hetzelfde tenue op hun post; alle vier met hun gezicht naar de entree, wachtend tot het publiek naar buiten zou komen. Hun houding was alert en waakzaam.

'We kunnen achter het huizenblok langslopen,' opperde Harte. 'Het is een stukje om, maar dan hoeven we in ieder geval niet langs die kerels.'

'Ik dacht dat ze ons niet konden zien, dat zei je toch?'

Fronsend herinnerde hij zich de vlaag koude energie die hij om hen heen had gevoeld toen de drie bewakers het theater voorbij waren gesneld. Het was geen zuiver natuurlijke magie geweest, want die was warm. 'Ik denk inderdaad dat ze ons niet kunnen zien, maar met de macht van het Boek in mij en met alles wat er eerder is gebeurd...'

Ze knikte en haar goudkleurige ogen stonden ernstig. 'Inderdaad. We kunnen beter het zekere voor het onzekere nemen.'

Het theater was maar een paar huizenblokken van het Jefferson Hotel vandaan, de plek waar ze verbleven, vlak bij de Mississippi en het centrum. Het gebouw was twaalf verdiepingen hoog, met een sierrand die als een kroon langs het dak liep. Het was duidelijk een nieuw pand, gebouwd voor de massa's toeristen die naar de wereldtentoonstelling zouden gaan. Zelfs in de drukke stad hadden het vuil, de paardenstront en het roet uit de schoorstenen van de rivierboten het gebouw nog niet aangetast.

Misschien hadden ze beter een minder opvallend hotel kunnen nemen, maar het was twee jaar geleden sinds ze New York hadden verlaten. Ze hadden aangenomen dat die twee jaar lang genoeg zouden zijn, en dat St. Louis ver genoeg van New York vandaan was, zodat niemand hier naar hen op zoek zou gaan. Bovendien hadden de kamers in het hotel een eigen bad, en het aanlokkelijke vooruitzicht van een warm bad, om alle viezigheid van de voorgaande dagen en de lange treinreis af te spoelen in zijn eigen badkamer – even weg van Esta en hoe ze zonder het te weten de macht in hem uitlokte – was een verleiding die Harte niet had kunnen weerstaan.

Met de zware bewolking en de bliksem als waarschuwing voor de naderende storm was het hotel als een veilig toevluchtsoord. In hun kamer zouden ze zeker geen gevaar lopen. Ze hadden een paar uur voor zichzelf voordat ze Julien zouden ontmoeten, die hun de steen zou geven, zoals Harte hem met zijn magie had bevolen voordat hij met Esta was weggegaan. Hij had die tijd nodig om zichzelf op te peppen. Het kostte hem zo veel energie om de stem in hem te beheersen en stil te houden en de macht die steeds in hem op dreigde te laaien de baas te blijven – zeker met Esta in zijn buurt.

Toen ze de rustige foyer binnenkwamen was het verschil met de hectiek in de benauwde stad buiten de hoteldeuren enorm. Harte voelde wat spanning wegebben vanaf het moment dat de stilte in het hotel hem omringde. Op de tussenverdieping hadden alle vier de muren van de gigantische foyer een balkon en marmeren zuilen langs de muren van het vertrek ondersteunden een gewelfd plafond dat groen was geschilderd, met kristallen kroonluchters die hun zachte licht tussen de bladeren van palmbomen in grote potten verspreidden. Ergens ver weg – misschien boven in de balzaal – klonk muziek, maar ondanks de groepjes mensen die er nog rondliepen, had hij het gevoel van geborgenheid in de grote, twee verdiepingen hoge foyer.

Ze waren nog maar net halverwege op weg naar de sierlijke bronzen kooiliften toen Harte vanuit zijn ooghoek iets zag bewegen. Hij draaide zich om en het leek of de palmbomen, die door de hele foyer heen in groepjes bij elkaar stonden, in de wind bewogen. Terwijl hij er verbaasd naar bleef kijken verstomde de muziek en het enige wat hij nog hoorde was de wind. De foyer leek om hem heen te veranderen, te verglijden naar een andere plaats... een andere tijd...

Het was nacht, het plafond was veranderd in een donkere sterreloze hemel, en de wind die de palmbomen deed ruisen droeg de geur van verraad mee, stroperig en metaalachtig als half gestold bloed... Een vriend die vijand werd, een vijand die het hart van magie zou verwoesten zodra hij de kans kreeg. Hij was onderweg...

Harte knipperde met zijn ogen en het visioen verdween.

Wíé was onderweg?

Toen hij weer naar de palmbomen keek bewogen ze niet meer en hij was weer in de grote foyer. Het enige wat hij hoorde was de tinkelende muziek ergens in de verte en het zachte geroezemoes van mensen die een praatje maakten. Maar de macht in hem was opstandig.

Esta klemde haar arm steviger om de zijne.

'Wat is het?' vroeg hij, in de veronderstelling dat zij misschien dezelfde donkere nacht had gezien en hetzelfde verontrustende voorgevoel had dat er iets verschrikkelijks stond te gebeuren.

'Rechts van je, bij die grote palmboom. Grijze broek, licht jasje,' fluisterde ze, en hij wist meteen dat ze niet doelde op wat hij net had gezien.

'En tegen de balie staat er ook een aan geleund – Néé! Niet kijken,' siste ze.

'Wie?' vroeg hij, vechtend tegen de neiging om zich heen te kijken, terwijl hij zijn best deed om de grommende stem in hem te negeren, wier macht steeds sterker werd.

'Dat weet ik niet. Maar het zijn zeker geen hotelgasten. Ik weet al sinds mijn achtste hoe ik mijn omgeving moet verkennen. Ik herken een smeris meteen, zelfs als hij geen uniform draagt,' vertelde ze hem. 'Ze staan allemaal op een bepaalde manier en ze kijken waakzaam en nors uit hun ogen, ongeacht hoe goed ze zijn als undercoveragent.' Uiteindelijk keek ze hem aan. 'Weet je zeker dat Julien niet voor de premie gaat?'

'Daar heb ik voor gezorgd,' antwoordde hij, geërgerd over haar twijfel. Het visioen had hem gespannen gemaakt en Esta's vragen maakten het nog erger.

'Nou, misschien werkte het niet...'

Voordat ze was uitgepraat trok hij haar naar de kant, duwde hij haar tegen een van de grote marmeren zuilen en verschool hij zich met haar achter een palmboom, zodat zij het deel van de foyer achter hem kon zien. Hij legde zijn armen om haar middel en drukte zich tegen haar aan met zijn gezicht vlak bij haar hals. Het deed hem goed te merken dat haar adem even stokte.

Maar de stem ging opgewonden tekeer.

Die van Esta klonk hees en ze sprak zacht. 'Wat doe je?'

'Ik kijk met hoeveel ze zijn,' fluisterde hij bij haar oor. Hij stelde zijn zelfbeheersing enorm op de proef terwijl de macht in hem aanzwol door Esta's intieme nabijheid.

Hij voelde het aan haar lichaam toen ze zich realiseerde wat hij deed: ze ontspande zich, vlijde zich tegen hem aan en sloeg haar armen om zijn hals, om zijn listige toneelstukje mee te spelen. *Het is een act, meer niet*, maakte hij zichzelf wijs, en hij negeerde het feit dat hij ervan genoot, ook al was hun omhelzing gespeeld.

Ze moest de Franse zeep hebben gebruikt die ze vanmiddag in een winkel had gevonden toen ze hun avondkleding gingen kopen, want ze rook anders dan hij van haar gewend was. De geur was zwaar bloemig, maar boven het bedwelmende aroma rook hij Esta zelf; fris, puur en hem zo vertrouwd dat hij zich amper kon inhouden.

De stem in hem kirde nu poeslief en moedigde hem aan, en hij voelde de onnatuurlijke hitte ervan toenemen en veranderen, klaar om toe te slaan op het moment dat hij op zijn zwakst was. Op het moment dat hij vergat de macht te bedwingen.

Dat zou hij niet laten gebeuren.

Hij dacht aan het visioen dat op het station aan hem was verschenen – Esta met een eindeloos diepe duisternis in haar ogen – en hij beloofde plechtig dat hij nooit meer zou toestaan zich zo te laten overvallen door zwakte. Als de macht die in hem zat te sterk werd zou hij bij haar weggaan. Hij zou haar beschermen, zelfs als dit betekende dat alle hoop om zijn eigen ik terug te winnen in rook opging. Hij was al eens bereid geweest om te sterven om het Boek het zwijgen op te leggen en hij zou het weer doen als het moest.

Maar met Esta in zijn armen, haar geur om zich heen en de zachte muziek ergens anders in het hotel, verdwenen zijn gedachten aan de dood. Hij kon zich niet meer inhouden en streek vluchtig met zijn lippen langs haar hals.

Opnieuw stokte haar adem, en de stem spoorde hem vurig aan. Dus hield hij ermee op, hij weigerde zichzelf en de macht in hem ook maar een beetje voldoening te gunnen.

'Het zijn er zes, misschien zeven in de foyer,' liet ze hem kalm weten. Maar zo intiem tegen haar aan gedrukt voelde hij haar borst op en neer bewegen, en hij besefte dat hij haar niet koud liet, al deed ze alsof het wel zo was – hij was kennelijk niet de enige met deze gevoelens.

'Weet je zeker dat ze niet van de politie zijn?' vroeg hij.

'Negenennegentig procent,' antwoordde ze met hese stem. 'De bewakers van de Jefferson Garde in het theater droegen allemaal een witte band om hun arm.'

'Misschien hebben ze het niet op ons gemunt,' fluisterde Harte hoopvol, en hij stelde zijn geluk en zelfbeheersing op de proef terwijl hij zijn neus zachtjes in haar haren stopte. Haar lokken voelden koel als zijde tegen zijn huid en de stem gonsde vol verwachting. Maar hij trok zich weer terug om de macht en zichzelf te bewijzen dat hij zich kon beheersen, dat hij de situatie meester was, en niet zijn verlangen, en de stem al helemaal niet, die nu de hele tijd in de uithoeken van zijn geest aanwezig was.

'Ze zijn hier echt wel voor ons,' verzekerde Esta hem. 'Of misschien alleen voor mij... Die ene bij de varenplant werpt telkens blikken in onze richting.' Ze zuchtte en haar warme adem streek langs zijn hals. 'Ik kan niet geloven dat ik zo stom ben geweest me over te laten halen om dit hotel te nemen. Zelfs met valse namen is het risico te groot. Het is te bekend en ligt te centraal.'

'Ik weet het,' gaf hij toe, en hij voelde het schuldgevoel knagen. Ze had een hotel voorgesteld buiten het centrum, maar na de kamer in Brooklyn, waar het krioelde van de vlooien, had hij naar stromend warm water en een goed bed verlangd dat niet wemelde van de beestjes. 'Maar nu is het te laat. We moeten hier weg zien te komen.'

'Nou, dat zal dan niet op de manier zijn waarop we binnenkwamen,' zei ze zacht, nog dichter tegen hem aan leunend.

Hij kon er niet achter komen of ze dit onbewust deed of dat het gespeeld was en bij hun list hoorde, maar dat deed er niet toe, want hij hield zich hoe dan ook in.

'Het zijn er te veel,' fluisterde ze.

Realiseerde ze zich wel hoe goed ze bij elkaar pasten, vroeg hij zich af, met haar zachte lichaam dicht tegen zijn slanke gespierde lijf. Wist ze wel wat het met hem deed dat ze zo dichtbij stond terwijl hij zich niet kon laten gaan? Zijn hart bonsde in zijn oren maar hij hield zich uiterlijk rustig. 'Misschien is er een personeelsuitgang?'

'Waarschijnlijk wel,' mompelde ze, wat naar achteren buigend. 'Maar die bewaken ze denk ik ook.'

Hij voelde dat ze naar achteren schuifelde. 'Wat is er?'

'We moeten gaan,' fluisterde ze. 'Ze beginnen te lopen. Gedraag je gewoon... normaal. Wij zijn in ieder geval in het voordeel, als ze niet weten dat wij ze al hebben gezien.'

Ineens schoot Esta in de lach en het klonk hoog en vrolijk, wat hij niet van haar kende omdat het niet bij haar paste. Toen boog ze haar hoofd verlegen, bedoeld voor de mannen die hen in de gaten hielden. Ze gaf hem een arm en voerde hem mee, weg van hun plek tussen de palmbomen.

Harte had meteen door dat het een hopeloze zaak was. Hoewel de mannen er niet als politieagenten uitzagen, was dat wel duidelijk aan de manier waarop ze zich in het vertrek hadden opgesteld. Hij wist wat ze deden: de uitgang bewaken zodat Esta en hij nergens heen konden. 'Wat nu?'

'Ik heb een idee,' zei ze. 'Wat dacht je van de lift?'

Ze begonnen weer te lopen, dit keer in de richting van de bronzen kooiliften, maar nu was Harte zich nog meer bewust van het feit dat de mannen in de foyer ze met hun blik volgden zonder de minste beweging van hun hoofd. 'Ben je gek geworden?' siste hij, zijn pas vertragend terwijl hij haar naar achteren trok. 'Als we de lift nemen zitten we in de val.'

'Maar dan kunnen ze ons tenminste niet meer zien,' verklaarde Esta. 'Dat geeft ons wat tijd. Tenzij jij een beter plan hebt?'

De liften waren maar een paar meter verderop. 'We kunnen een sprintje trekken. Als je je magische gave kunt oproepen om de tijd te vertragen hebben we een kans om naar buiten te komen.'

'Zou kunnen.' Ze bleef naar de liften kijken. 'Maar als het me niet lukt zijn we straks misschien nog verder van huis.'

Voor Harte het wist waren ze bij de liften en had Esta op de knop gedrukt.

Erboven draaide de wijzer die de verdiepingen aangaf geleidelijk omlaag, als een klok die hun tijd wegtikte terwijl de bewakers ondertussen dichterbij kwamen.

HET ZAKHORLOGE

1904 – St. Louis

Jericho Northwood – North voor de meeste mensen die hem kenden – liet een paar duiven opschrikken toen hij enkele uren nadat de bewakers van de Jefferson Garde op hem af waren gestormd weer bij de lantaarnpaal opdook. Het was inmiddels zo laat dat er niet veel mensen meer op straat waren die hem zouden zien. Hij keek naar de plek waar het meisje had gestaan, maar ze was allang weg.

Hij kon haast niet geloven dat ze daar was geweest, omdat ze vlak daarvoor nog in de rij had gestaan om kaartjes te kopen voor het theater, net als de andere snobs in de stad, alsof ze niet een van de meest gezochte Antistasi in het land was.

Op de tekeningen die de kranten na de treincrash hadden gepubliceerd had ze er als een dolle feeks uitgezien, een wraakzuchtige demon die erop uit was alle Sundren die haar kwaad hadden gedaan te verwoesten. Het meisje dat hij hier had gezien was net zo groot als de verslaggevers hadden beweerd, maar ze zag er jonger uit dan ze op de afbeeldingen had geleken en ook veel vriendelijker. Toch had North haar herkend. Het kon niet missen. Esta Filosik – de Duivelsdief – was in St. Louis.

North keek weer op zijn horloge, dat hij van zijn vader had gekregen voor zijn elfde verjaardag. Hij had geen idee hoe zijn vader eraan was gekomen – hij had op de een of andere manier altijd geweten dat hij daar beter niet naar kon vragen. Het was al gevaarlijk genoeg om met een geheim als magie te leven, zelfs voordat de wet tegen magie van kracht werd na de grote Conclave. Maar de handel in voorwerpen die een zwakke magische gave konden versterken? Daarnaar vragen kon wel eens je dood worden als de verkeerde persoon er lucht van kreeg. Dat wist hij als kleine jongen al.

Het horloge was van beschadigd brons dat ooit op goud had geleken, maar het jarenlange gebruik had die leugen weggesleten. In het glas dat de eenvoudige wijzerplaat bedekte zaten al barstjes toen hij het horloge kreeg, maar dat kon hem niet schelen, omdat hij het niet gebruikte om de tijd af te lezen. Hij had het nu zeven jaar en had nooit de moeite genomen om het te repareren. Waarom zou hij dat doen als het goed werkte? Alleen als hij het gebruikte dacht hij aan zijn vader, de rest van de tijd hield hij de gedachten aan hem en alles wat er was gebeurd weggestopt in de uithoeken van zijn geest, waar ze hoorden.

North stopte het horloge weer in zijn vestzak – en daarmee ook de herinneringen – naast het pakketje dat Maggie hem vijf minuten geleden had gegeven. Hij had het niet hoeven bekijken om te weten wat het was: een sleutel van de apotheek aan het einde van het huizenblok. Hij had moeder Ruth wel drie keer vervloekt omdat ze Maggie op pad had gestuurd voor zo'n gevaarlijke klus. Het meisje moest niet worden belast met het stelen van sleutels terwijl Ruth genoeg anderen had die het net zo makkelijk konden doen, met minder risico. Maar North had altijd het idee dat Ruth haar kleine zusje op de proef wilde stellen om zeker te weten aan wie Maggie loyaal was en om haar scherp te houden.

North vond zelf dat Maggie heel scherp was. Het meisje was verbazingwekkend slim als het ging om het vervaardigen van serums en bommen, en hij had verwacht dat Ruth haar tegen elk gevaar wilde beschermen, zeker als je bedacht hoe belangrijk ze voor hun volgende actie was.

Ze hadden het motto 'propaganda van de daad' van de anarchisten overgenomen, wat inhield dat acties anderen inspireerden, maar de Antistasi was niet zo slordig om echte bommen te gebruiken. In plaats daarvan gebruikten ze magie. In het jaar dat North nu in de stad was en zich bij Ruth had aangesloten, had hij aan veel acties van de Antistasi meegedaan, inclusief die in oktober. Maar de aanslag die ze nu aan het voorbereiden waren, was anders. Die ging verder dan een roep om aandacht, ze zouden erkenning opeisen. Hiermee stelden ze zo'n belangrijke daad, zo ingrijpend dat het hele land erdoor zou veranderen.

Maar het kwam te snel. Volgens North waren er nog te veel dingen die onverwacht roet in het eten konden gooien en te veel vragen zonder antwoord. Er waren nog maar een paar weken om dingen duidelijk te krijgen, omdat ze maar één kans hadden om het belangrijkste doelwit aan te vallen.

North was echter voetvolk en geen generaal. Dat hoefde ook niet zo nodig van hem.

Hij haalde het pakje uit zijn zak en wikkelde het pakpapier van de sleutel die erin zat af. Er stond een lijst van benodigdheden op het papier geschreven, in Maggies krabbelige handschrift. Hij wist dat ze de ingrediënten nodig had voor haar proeven, maar North wist ook dat hij Ruth moest vertellen wat hij had gezien. Hij wist niet zeker of de komst van Esta Filosik een goed voorteken was of juist niet. Misschien kon ze hen helpen. Aan de andere kant: als iedereen wist dat ze in de stad was, zou dat voor problemen kunnen zorgen. De Jefferson Garde zou nog oplettender te werk gaan en er zou spanning in de stad heersen.

Ach, er was nog geen reden om daar iets aan te doen. Maggie had hem een lijst gegeven met dingen die hij voor haar moest halen en hij zou haar niet teleurstellen.

North trok zijn cowboyhoed ver over zijn ogen terwijl hij het steegje naast de apotheek in liep en hij zorgde ervoor dat niemand hem zag toen hij de sleutel gebruikte om naar binnen te glippen. Wanneer hij klaar was had hij nog genoeg tijd om alles aan Ruth te vertellen. Hij had tenslotte zijn horloge.

STOF EN METAAL

1904 – St. Louis

Terwijl Harte de wijzer van de lift langzaam omlaag zag kruipen had hij het sterke gevoel dat de tijd begon te dringen. Elke seconde die voorbijging bracht hen dichter bij het moment dat de politieagenten in de foyer achter ze aan zouden gaan. Maar na een poosje was dat nog steeds niet gebeurd.

'Ze komen niet,' zei hij toen hij zich realiseerde dat de agenten in burger bleven staan.

'Als ze weten dat we hier zijn, hebben ze waarschijnlijk mensen op wacht gezet in onze kamers,' vertelde ze hem veel rustiger dan ze zich voelde. 'Waarom zouden ze de openbare orde verstoren als ze ons daar kunnen oppakken?'

Het gaf hem absoluut geen beter gevoel. 'Als we niet naar onze kamers kunnen, waar moeten we dan heen?'

Ze keek naar hem op. 'We zitten in een hotel, Harte. Het heeft heel veel kamers. We hoeven niet naar die van ons te gaan.'

In hem was de macht van het Boek onrustig, als een gekooid wild beest dat ongedurig heen en weer loopt. 'Maar dan zullen ze hoe dan ook zien naar welke verdieping we gaan,' bracht hij ertegen in, en hij kreeg het er benauwd van toen de wijzer onderaan was aangeland en de lift ratelend tot stilstand kwam.

'Dat is ook de bedoeling,' zei ze, en ze boog zich naar voren om een zachte kus op zijn mond te drukken.

Voordat hij het wist was het moment voorbij. Hij had de verrassende warmte en haar zachte lippen op de zijne amper gemerkt. Als de stem in hem zich niet getergd realiseerde dat hij zijn kans met haar alweer had laten lopen, zou hij hebben gedacht dat hij het zich had verbeeld.

De liftdeuren schoven open en op de liftboy na was de lift leeg. 'Wat doen we?' mompelde Harte toen ze de kleine ruimte binnengingen.

Eerder die dag had hij bij het inchecken het glanzende hout en de spiegels bewonderd en min of meer verwacht dat de liften gestroomlijnd en modern waren, een wonder van deze tijd. Maar nu benauwde de kleine kooi met spiegels hem, omdat het was alsof hij in een gevangeniscel zat. Zodra de deuren dicht waren en de lift in beweging kwam zou de kans op ontsnappen nog kleiner zijn.

'De zevende verdieping, alstublieft,' liet Esta de liftboy weten, een man op leeftijd met een donkere huid, gekleed in het onberispelijke uniform van de portiers.

Het ontging Harte niet dat ze dit zo hard had gezegd dat de mannen in de foyer het konden horen.

'In orde, *ma'am*,' zei hij terwijl hij de deuren dicht liet gaan.

Toen ze waren gesloten en de bediende de hendel naar voren duwde waardoor de lift weer in beweging kwam, boog Esta zich naar Harte en fluisterde in zijn oor: 'Het is beter dat hij zich hier straks niets van kan herinneren, maar de lift moet wel blijven bewegen. Misschien iets langzamer.' Ze knikte naar de bediende. 'Zorg dat hij bij zeven stopt... keurig netjes.'

Harte knikte kort als blijk dat hij het had begrepen, ook al wist hij werkelijk niet hoe ze hen uit de problemen wilde houden zodra ze eenmaal op de zevende verdieping kwamen.

De liftboy zat zwijgend op een krukje en keek stoïcijns voor zich uit, met een blik op de schakelaar gericht terwijl hij de stijgende lift in de gaten hield zonder de inzittenden aandacht te schenken, iets waar hij waarschijnlijk in was getraind. Als hij iets van hun gesprek had opgevangen deed hij alsof hij niets had gehoord. En als hij merkte dat ze in een gevaarlijke situatie zaten, liet hij dat ook niet blijken. Maar zijn tenue vormde een probleem: zijn jas was tot aan zijn kin dichtgeknoopt en hij droeg witte handschoenen die zijn polsen bedekten. Omdat Hartes magie een aanraking op de blote huid vereiste, bleef de huid tussen het hoge boord van de jas en de rechte onderrand van zijn haar als enige over, een plek die werd veroorzaakt door de manier waarop de liftboy zijn schouders liet hangen, waarschijnlijk door de lange uren die hij maakte wanneer hij dienst had. Harte voelde zich schuldig om de man zo te gebruiken, maar hij zag geen andere uitweg uit de ellende waar ze zich in bevonden. Hij ademde diep in en bereidde zich mentaal voor door zich op zijn magie te concentreren – hij had maar één kans om dit netjes af te handelen zonder te moeten terugvallen op hardhandiger methoden. Toen de lift de tweede verdieping voorbij was klonk de liftbel en de lift zelf begon licht te schudden. Harte raakte de blote nek van de man met twee vingers aan en liet zijn magie door de grens tussen lichaam en ziel stromen.

Even verstijfde de bediende, maar hij hield zijn hand om de hendel terwijl hij de druk wat minderde zodat de lift een beetje vertraagde. Een tel later trok Harte zijn vingers terug en de liftboy gaf geen krimp. De lift ging verder omhoog, nu alleen wat langzamer, en de oudere man bleef stoïcijns naar de wijzer staren. Esta en hij hadden net zo goed twee geesten kunnen zijn, het kon de arme man niets schelen.

'Geef me een opstapje,' gebood Esta, met een blik op het houten paneel in het plafond.

Toen begreep Harte pas wat ze van plan was – in het zwakke licht van een glazen lamp was een luik zichtbaar. 'Dat meen je niet,' mompelde hij, maar hij sputterde niet tegen. Hij had zelf geen beter plan.

Zich afsluitend voor de gebruikelijke opwinding van de stem strengelde hij zijn vingers in elkaar zodat ze op zijn handen kon gaan staan, en vervolgens duwde hij haar omhoog naar het lage plafond. Ze had het luik algauw open en trok zichzelf op in de opening.

'Kom, snel,' siste ze terwijl ze Harte haar hand toestak.

De lift kroop nog steeds langzaam omhoog, en de bel klonk opnieuw toen ze de vierde verdieping passeerden.

'Ik kan het zelf wel,' liet hij haar weten, en met een sprongetje kon hij de rand van de opening net met zijn handen vastpakken. Hij hees zichzelf op in de donkere schacht, waar het naar stof en metaal rook. Zodra Esta het luik met de grendel dicht had geschoven, waren de smalle lichtbundels die door de koperen roosters bij elke verdieping vielen het enige licht. Het hotel had drie liften en het geluid van het mechaniek en alle metalen kabels echode om hen heen terwijl de kooien elk op een andere verdieping stopten.

'En nu?' vroeg hij, naar de kabel van de lift grijpend om zijn evenwicht niet te verliezen. De beweging van de lift deed hem verdacht veel aan de schommelende trein denken. Hij ademde diep in en omklemde de kabel steviger.

Esta leek geen last te hebben van de heen en weer bewegende lift, want ze hield geen kabel vast. 'Met een beetje geluk gaan de mannen uit de foyer nu naar de zevende verdieping. Maar als de lift daar stopt, zitten wij er niet meer in.'

'We kunnen hier ook niet blijven,' zei hij. 'Ook al kan de liftboy ze niet vertellen waar wij zijn, ze zullen er vroeg of laat toch achter komen.'

'Uiteindelijk wel, ja' beaamde Esta met harde stem om zich boven het ratelen en kraken van het mechaniek verstaanbaar te maken. 'Daar reken ik op. Ze zullen mankracht en tijd verspillen als ze de liften stopzetten om ons te zoeken. Tegen die tijd zijn wij hier al weg.' Ze tuurde zo ver over de rand van de lift dat hij haar het liefst terug wilde trekken. 'Geef me je hand.' Ze reikte naar achteren zonder te kijken of hij deed wat ze zei.

'Wát?' vroeg hij aarzelend.

'Je hand! Nu!' Toen ze dit keer wel naar hem keek glinsterden haar ogen vastberaden. 'Vertrouw me, Harte.'

Voordat hij alle redenen kon bedenken waarom hij dat niet moest doen, pakte hij haar hand vast, en ze draaide zich tevreden weer naar de rand toe.

'Klaar?' Nu keek ze niet achterom. 'Eén...'

'Nee, Esta –'

'Twee...' Ze luisterde niet naar hem.

De inhoud van zijn maag kwam omhoog tot in zijn keel. 'Niet doen!'

'Drie!'

HET TIJ KEERT

1902 – New York

James Lorcan voelde dat zijn kijk op de toekomst veranderde en hij legde de krant op het oude bureau voor zich neer. Eens was het bureau van Dolph geweest, net als het appartement waar hij nu woonde.

De woonruimte was van meer gemakken voorzien dan de twee kleine kamers erboven, waar James eerst had gewoond. Maar het comfort van deze vertrekken was onbelangrijk vergeleken met wat James nu binnen handbereik had – al Dolphs aantekeningen, zijn boeken en zijn kennis.

En mijn god, wat had Dolph veel achtergehouden... James had enkele geheimen van Dolph al gebruikt om zich te verzekeren van een bondgenoot als Paul Kelly. En de komende tijd zou hij er nog meer benutten om de bazen in de Bowery naar zijn pijpen te laten dansen.

Aan de muur hing een schilderij van Newton onder een boom, een kunstwerk dat Dolphs bende uit het Metropolitan had geroofd. Voor de gemiddelde kijker stelde het werk niets anders voor dan de meest wereldschokkende onthulling van de moderne tijd: Newtons ontdekking van de zwaartekracht. Bij de voeten van de man lag een appel, rond en rood, en boven hem schenen de zon én de maan als twee wachters aan de hemel.

Maar voor iemand die met een scherpzinniger blik keek liet het schilderij nog iets meer zien. Over het exemplaar dat Newton in zijn hand hield ging het gerucht dat dit het Boek der Mysteriën was. Het doek verbeeldde het moment in de geschiedenis waarop de twee levens van Newton samenkwamen – Newton de magiër die bijna krankzinnig was geworden door zijn alchemistische experimenten en Newton de wetenschapper. Beiden waren op zoek naar eeuwige waarheid en niet-geopenbaarde kennis, en in het schilderij vond hij dit op de pagina's van de *Ars Arcana*.

Door de eeuwen heen waren er verhalen en mythen over het legendarische boek ontstaan. Sommigen beweerden dat het vermoedelijk de bron van magie bevatte. Anderen dachten dat dit het Boek van Thoth was, een manuscript uit de oudheid dat in de bodem van de Nijl was begraven en de kennis van de goden behelsde; kennis die de zwakke geest van stervelingen ver te boven ging. Weer anderen dachten dat het een bijzonder handboek voor zwarte magie was, een boek met de machtigste rituele magie die zich ooit had voorgedaan. Veel mensen hadden het willen bemachtigen – James zelf was een van hen. Twee dagen geleden dacht hij dat het Boek spoorloos was verdwenen, voor altijd buiten zijn bereik, maar nu...

James keek nogmaals naar het krantenartikel terwijl hij zijn magische gave opriep om nieuwe verbanden in de ether te zoeken en intussen dacht hij na over deze ontwikkeling.

Bijna had hij eroverheen gelezen. De kranten stonden altijd vol triviale verhalen, bedoeld om aandacht te trekken met lugubere details over dood en rampspoed. James had de moeite niet eens genomen het verhaal over de trein en het bloedbad dat de ontsporing had veroorzaakt te lezen. Sterker nog: hij had de krant al opzijgelegd toen Kelly hem vertelde dat hij Viola op de verslaggever af wilde sturen om hem uit de weg te ruimen.

Nu viel zijn oog op de naam van een dode.

Harte Darrigan.

Als hij de kranten moest geloven – wat hij meestal niet deed – was Harte Darrigan nog in leven, net als Esta. Als die twee de Barrière hadden overleefd, was niet alleen het Boek onbereikbaar voor hem, maar gebruikten *zíj* het nu.

James pakte Viola's mes en liet de punt op het bureau balanceren terwijl hij zijn mogelijkheden overwoog. Twee dagen geleden was hij er nog heilig van overtuigd geweest dat het lot van de wereld was bepaald: magie zou uitsterven. Het zou langzaamaan verdwijnen, totdat alleen de herinnering eraan nog bestond, het zou als bijgeloof worden afgedaan. De toekomst zou niet aan de Mageus met hun aangeboren verbinding met de wereld behoren, maar aan de Sundren. De dagen na de toestand op de brug had James dit lot aanvaard. Hij had zijn opties overdacht en wat zaken aangepast om zijn macht te versterken. Maar deze nieuwe informatie veranderde alles.

De bladzijden van een boek kon je er immers uitscheuren en een verhaal kon je herschrijven. Zijn magische gave was natuurlijk niet perfect – nog niet. Maar als deze nieuwe informatie iets te betekenen had, was de kans groot dat alles uiteindelijk zou gaan zoals hij wilde.

James stak de punt van het mes in de bladzijde en sneed er de namen uit alsof hij het hart uit het boek wegsneed. Hij stopte de stukjes papier met de namen in zijn vestzak als een talisman voor de toekomst, waarna hij naar beneden ging om audiëntie te houden in de Strega, zijn nieuwe koninkrijk. Hij had het voorgevoel dat er iets stond te gebeuren, een verandering in de ether die het tij voor hem zou keren. Er was veel om over na te denken, maar Harte Darrigan en Esta Filosik zouden niet nog eens aan hem ontsnappen. Ze zouden boeten voor hun verraad. Daar zou James voor zorgen.

MOCK DUCK

1902 – New York

Jianyu lag in de paardenstront op straat – zijn hoofd bonkte en zijn zicht was troebel – en hij keek op naar het gezicht van Sai Wing Mock, de bendeleider van de Hip Sings en Tom Lee's rivaal in Chinatown, die zich over hem heen boog. De On Leongs waren meedogenloos, maar de Hip Sings waren nog veel erger, en niemand was wreder dan de vent die ze Mock Duck noemden.

Mock kleedde zich als een dandy, zijn cowboypak zat strak en hij had zijn vlecht onder een plat grijs hoedje weggestopt. Er werd beweerd dat hij een maliënkolder onder zijn kleren droeg als bescherming tegen de vijanden die hij had gemaakt in de jaren nadat hij de oorlog tussen de On Leongs en de Hip Sings had ontketend. Hij had nog steeds hetzelfde pistool in de hand waarmee hij Jianyu's belagers had weggejaagd, en zijn vingernagels waren in scherpe punten gevijld – een uiterlijk vertoon van zijn rijkdom en hoge positie. Geen arbeider had zulke dodelijke nagels.

In eerste instantie staarde de leider van de Hip Sings alleen met een peinzende blik in zijn donkere ogen naar Jianyu op de straat. 'Ik heb verhalen over je gehoord, Mr. Lee,' zei hij uiteindelijk in het Kantonees, hun moedertaal.

'Ik heet geen Lee,' snauwde Jianyu, hij had het er zonder nadenken uit geflapt. Het was nogal dom om Mock te provoceren, zeker nu Jianyu alleen en ongewapend was, en overgeleverd aan de grillen van een man van wie men beweerde dat hij ontzettend veel moorden op zijn geweten had. Nu hij hier met Tom Lee's rivaal was, leek het hem goed om meteen duidelijk te maken dat hij geen partij had gekozen in hun bloedige oorlog.

Mock Duck vertrok zijn brede mond. 'Dat heb ik inderdaad gehoord.'

Eigenlijk wilde Jianyu weten waarom Mock Duck naar hem op zoek was en wat de bendeleider van hem wilde, maar hij voelde wel aan dat het veiliger was om zijn mond te houden. Wanneer je het opnam tegen een slang overleefde je het meestal door het beest met rust te laten en hem geen reden te geven om aan te vallen. In plaats daarvan concentreerde Jianyu zich op zijn magische gave om de lichtstralen te vinden. Maar zijn hoofd tolde van de smak op de straat. Het kostte hem veel moeite om niet flauw te vallen en zich te focussen op de lichtstralen zonder die door zijn vingers te laten glippen.

'Til hem op,' gebood Mock, 'en neem hem mee.'

Blijkbaar was hij niet alleen. *Natuurlijk niet!* De jongens die hem overmeesterd hadden lieten zich niet echt afschrikken door een man alleen, met of zonder pistool.

Jianyu werd hardhandig opgetild en zijn hoofd begon weer te tollen van de beweging. Daardoor speelde ook zijn lege maag op en hij ging bijna over zijn nek, wat als een zoveelste bewijs van zijn zwakte opgevat zou worden. Hij rukte zich los uit de handen van de jongens en dwong zichzelf om op de been te blijven. Als dit het enige was wat hij kon doen, zou hij op eigen kracht meelopen.

Mock liep voorop en leidde de groep door een van de tunnels die de huizenblokken van Chinatown met elkaar verbonden. De lucht in de ondergrondse tunnel was muf en er hing een penetrante geur. De echo's van hun voetstappen waren het enige geluid. Toen ze weer buiten kwamen bevonden ze zich vlak bij de Bowery, ver weg van het territorium van de Hip Sings.

Jianyu wist al waar ze heen gingen voordat hij de feeks met de goudkleurige ogen op het uithangbord bij de Strega zag, dus verbaasde het hem niet echt toen Mock Duck de bar door de voordeur binnenging alsof hij er de baas was, op de voet gevolgd door zijn beide bendeleden die Jianyu tussen hen in vasthielden.

Er waren niet veel mensen in de bar, omdat het nog vroeg op de dag was, maar Jianyu herkende een stel jongens van Dolph – Mooch en Werner zaten achterin en Sylvan veegde de bar schoon onder het waakzame oog van iemand die onmiskenbaar bij de Five Pointers hoorde. Toen ze Mock Duck zagen binnenkomen, keken ze alleen even nieuwsgierig op.

Viola zag hij nergens.

Eens was de Strega Jianyu's thuis geweest, een veilige haven voor de gevaren in de straten van de stad. Dat hij de vertrouwde bar nu als gevangene binnenliep was pijnlijker dan al zijn verwondingen bij elkaar. Zijn hoofd voelde aan alsof het zou breken op de plek waar het op de straat was gesmakt en zijn hele buikstreek leek beurs van de trap met een laars, maar uitgerekend hier als een vreemde behandeld te worden gaf hem een verloren gevoel dat hij nooit eerder zo sterk had ervaren. Alles bij elkaar werd het hem bijna te veel en het enige wat hem op de been hield, was de haat die oplaaide bij de aanblik van de verrader die Dolph had vermoord.

Achter in de bar zat Nibsy Lorcan op de stoel die van Dolph was en hij sloeg zijn blik op om te zien wat er aan de hand was. Zijn bril weerkaatste het licht en met de dikke jampotglazen had hij iets weg van de levende robot met knoopogen die Jianyu eens in een van de freakshows had gezien. Onbezield en aangedreven door een mechaniek dat voor Jianyu ondoorgrondelijk was.

De twee bendeleden die hem vasthielden duwden hem naar voren toen Mock Duck hem aankondigde.

'Je hebt hem gevonden,' merkte Nibsy op, en Jianyu wist niet of hij naast de vlakke klank van zijn stem ook lichte voldoening hoorde, of dat hij dat alleen maar hoorde omdat hij het verwachtte.

'Hij is van jou zodra ik mijn geld heb gekregen,' zei Mock.

Nibsy riep iets naar de jongen achter de bar en hij kwam een stapeltje in papier gewikkelde biljetten en een kasboek brengen. Mock Duck telde het geld nauwkeurig na, bladerde daarna door het kasboek en mompelde goedkeurend. 'Is dit allemaal voor Tom Lee?'

'En voor een paar anderen die het je misschien moeilijk gaan maken,' antwoordde Nibsy.

Mock Duck gaf Nibsy een tevreden knikje en klapte het boek dicht. 'Ik vertrouw erop dat we in de toekomst meer goede zaken zullen doen, Mr. Lorcan.' Hij stak zijn hand uit en Nibsy schudde die.

'Insgelijks.' Nibsy wees twee jongens aan – Five Pointers, als Jianyu zich niet vergiste – om hem vast te houden. Daarna wachtte hij tot Mock Duck en zijn mannen waren vertrokken en keek toen naar Jianyu. 'Dus...' zei hij treiterend langzaam terwijl hij opstond en met de wandelstok die van Dolph was geweest naar Jianyu toe liep. 'De verrader is terug.'

De bar begon voor zijn ogen te draaien, waardoor hij Nibsy twee keer zag, maar hij keek met een spotgrijns naar Nibsy's dubbele beeld. 'Hoe durf je míj een verrader te noemen?'

'We waren allemaal op de brug, of niet?' vroeg Nibsy, en Jianyu realiseerde zich dat de woorden bedoeld waren voor de mensen die bezorgd de Strega rondkeken. 'Wíj waren er... voor Dolph... voor The Devil's Own... maar jíj was er niet bij. Jouw lafheid heeft ons allemaal naar de verdoemenis geholpen.'

Zijn hoofd tolde en aan de randen van zijn blikveld werd zijn zicht steeds waziger. Hij ging bijna van zijn stokje, maar hij dwong zichzelf er met zijn hoofd bij te blijven en trok een mondhoek op. 'Weet je wel zeker dat ik er niet was?'

Achter de glazen van Nibsy's bril zag hij dat het hem begon te dagen, toch hield hij zijn gezicht in de plooi. 'Als je er wel was, heb je ons niet geholpen. Je liet de Magiër ontsnappen, en met hem verdween onze kans om de Orde te gronde te richten. Jij hebt iedereen hier verraden.'

De mensen in de bar mompelden, een verontrust gegons als van een bijenkorf waar de bijen elk moment uit konden zwermen. Jianyu wist maar al te goed dat de hel dan zou losbarsten. Nibsy zou The Devil's Own tegen hem opzetten door ze te overtuigen van zijn verraad en zij zouden op hun beurt het vuile werk voor Nibsy opknappen. Er was niet zo heel veel voor nodig... Dolph was tenslotte de enige geweest die hem tegen hen had beschermd toen Tilly ernstig ziek was.

'Ik ben niet de verrader in dit vertrek,' zei Jianyu met een schorre stem van pijn en woede. 'Mijn pistool heeft Dolph niet van het leven beroofd. Het was jouw pistool.'

Ineens werd het doodstil in de bar.

'Ha! De leugens van een verrader.' Nibsy schoot in de lach, maar Jianyu voelde de onuitgesproken vragen in de lucht hangen. 'Een zwakke poging om de schuld van je af te schuiven,' ging hij verder terwijl hij dichterbij kwam. Uit zijn jas haalde hij een bekend mes tevoorschijn – van Viola – en hij hield het vlak bij Jianyu's gezicht.

Hoe kwam hij aan Viola's mes? Van al haar messen was dit haar favoriet, dat zou ze nooit uit vrije wil aan iemand afstaan – zelfs niet aan een vriend. Ze was toch niet dood? Dat kon niet, hij had haar nodig.

'Weet je wat we met verraders doen, Jianyu?'

Het mes weerkaatste het licht in de bar, maar Jianyu gaf geen krimp. 'Verraders verdienen de dood.' Ondanks de pijn die ademhalen alleen al veroorzaakte zorgde hij ervoor dat zijn stem rustig klonk. Waarschijnlijk had hij één of misschien wel twee ribben gebroken. 'Ben je klaar om te sterven, Nibsy?'

'Ik heet James,' verklaarde Nibsy terwijl hij het mes nog dichterbij bracht, tot hij de punt in de huid onder Jianyu's kin drukte. 'En ik ben niet de man die vanavond het loodje legt.'

Er heerste een geladen spanning. Iedereen keek naar Jianyu, Nibsy en de punt van het lemmet tussen hen in, van een mes dat niet in Nibsy's hand hoorde. Maar Jianyu staarde Nibsy stoïcijns aan. Hij weigerde naar achteren te stappen en zijn beschuldigingen terug te nemen.

Na een lang, beladen moment haalde Nibsy het mes lachend weg. 'Ik denk dat een snelle dood te goed is voor deze knul, vinden jullie ook niet?' vroeg hij aan de aanwezige klanten, maar die reageerden met een ongemakkelijk stilzwijgen. 'Hij moet ons eerst maar eens alles vertellen – waar Darrigan is en wat de magiër met de schatten van de Orde heeft gedaan. Maar niet hier. Nee... we willen er liever geen bende van maken voordat het vanavond druk wordt. Breng hem naar mijn vertrekken, wil je, Mooch? Daar kunnen we verder praten.'

Misschien had Jianyu moeten vechten voor zijn leven toen ze eenmaal uit de bar weggingen en de vertrouwde trap op liepen. Hij verwachtte niet dat er veel voor nodig was. Hoewel Mooch onder de strenge leiding van Dolph in de ring van de boksclub had getraind, gold hetzelfde voor Jianyu, alleen had hijzelf veel langer getraind. Maar Jianyu stond nog niet stevig op zijn benen doordat ze hem in elkaar hadden geslagen en hij durfde het risico niet te nemen. Nog één klap tegen zijn hoofd en hij zou waarschijnlijk buiten westen raken.

Belangrijker was dat hij vreesde dat je Mooch met een knokpartij nergens van kon overtuigen. Nibsy speelde een gemeen spelletje dat lang zou duren, en hij moest hetzelfde doen.

MOEDER RUTH

1904 – St. Louis

Ze noemden haar moeder Ruth, maar ze was geen moeder; ze had geen eigen kinderen. Ze had nooit een eigen baby in haar armen gehouden, ze had er ook nooit naar verlangd, omdat ze één ding zeker wist: als je jezelf op die manier opofferde was dat een teken van zwakte. Nooit zou ze een man toestaan haar vrijheid af te nemen, want ze had al meer dan genoeg ingeleverd. Had ze niet zelf meegemaakt dat haar ouders de eindjes aan elkaar moesten knopen en dat dit nauwelijks voldoende was om hun gezin van te voeden? Had ze niet met eigen ogen gezien hoe haar moeder na elke geboorte van weer een kind nog verder wegkwijnde, totdat haar veertiende kind haar uiteindelijk het laatste beetje levenskracht had gekost?

Misschien was haar moeder wel vanwege iets anders weggeteerd. Ruth vroeg zich vaak af of het echt aan de vele kinderen had gelegen. Of had haar moeder het deel van zichzelf opgegeven dat haar diepste wezen vervolmaakte? Ruth kon zich namelijk voorstellen dat dit hetzelfde was wat Ruth een gevoel van heelheid gaf: haar magie.

Haar vader was een kleingeestige man geweest. God mocht weten waarom haar moeder zichzelf zo had weggecijferd voor een ring om haar vinger. Toen haar vader erachter was gekomen dat zijn vrouw de oude magie bezat, had hij er alles aan gedaan om het uit haar te rammen, tot ze een manier had gevonden om het voor hem te verbergen. Magie liet zich echter niet voor altijd onderdrukken.

Haar moeder had alleen keukenmagie, een soort kracht die ze aan het eten of het bier dat ze brouwde toevoegde, maar Ruth wist wat een schijnbaar bescheiden kracht als dit teweeg kon brengen, omdat ze dezelfde kracht had. Daarom kon ze niet begrijpen wat een vrouw als haar moeder had bezield om zichzelf zo klein te maken uit angst voor een man als haar vader. Maar als klein meisje was Ruth al oud en wijs genoeg geweest om te weten dat sommige dingen niet bedoeld waren om begrepen te worden. Haar moeder hield haar magie verborgen en toen ze overleed na de geboorte van het veertiende kind had ze haar kinderen – inclusief Ruth – die met een magische gave geboren waren, geleerd hoe ze die geheim konden houden.

Op de dag dat ze haar moeder hadden begraven vertelde haar vader haar dat zij nu als oudste verantwoordelijk was de kinderen. Ruth had dan misschien geen keus in wat haar te doen stond, maar ze besloot op die bewuste dag dat ze wel zelf zou bepalen hoe ze het ging doen. Ze leerde haar broers en zussen voor zichzelf op te komen en bracht ze bij hoe ze hun magie konden perfectioneren, zodat ze zich nooit meer door iemand zouden laten onderdrukken.

Ze had weg kunnen gaan. Misschien had ze dat moeten doen...

Toen haar moeder overleed was zij twintig en nog jong en knap, ze werd regelmatig nagekeken door de jongens wanneer ze langsliep. Ze had zo een van die sukkels met hun vlotte babbel kunnen strikken, maar waarom zou ze de ene verplichting voor de andere verruilen? Ze kon beter voor de hel kiezen die ze al kende dan voor nieuwe problemen.

Ze had al haar broers en zussen opgevoed tot verstandige volwassen mensen. Moeder Ruth noemden ze haar, ook al had ze hun verteld dat ze niet hun moeder was. De meesten ontstegen hun armoedige jeugd, waar Ruth blij om was omdat ze zich minder zorgen hoefde te maken. Ze konden met hun leven doen wat ze wilden en zij zou dat ook doen.

Haar hele leven had Ruth elke week precies één uur voor zichzelf, wanneer ze naar de mis ging. Maar op een zekere zondag kwam ze niet in de kerk aan. Die zondag schuilde ze in een stal tegen de regen terwijl ze op weg was naar St. Alban's. Naast het zachte geluid vanschuifelende paardenhoeven hoorde ze stemmen. Ze verstoorde een of andere bijeenkomst en ze verbaasde zich dat ze bleef luisteren naar wat er werd gezegd in plaats van ervandoor te gaan. Er was magie voelbaar als de warmte die ze in haar moeders armen had gemist – warmte die haar aansprak op een manier die ze nog nooit had gevoeld. En er was nog iets anders: in reactie op de magie laaide een gerechtvaardigde boosheid in haar op die ze tot in elke vezel van haar lijf voelde.

In plaats van bidden leerde ze schreeuwen. In plaats van nederig knielen leerde ze met rechte rug en opgeheven hoofd in het leven te staan. En dat was ze blijven doen.

De Antistasi was een nieuwe start voor haar geweest. Toen ze de groep die dag ontdekte, was het niet meer dan een zooitje ongeregeld; mensen die op kameraadschap en een uitweg uit hun zware, armoedige bestaan hoopten. Ze waren ongeorganiseerd en ongedisciplineerd, en ontleenden hun naam aan de verhaaltjes voor het slapengaan over andere tijden, toen de Mageus tijdens de Onttovering van de wereld een hevige strijd hadden gevoerd tegen hun uitroeiing.

Maar twee jaar geleden, na de grote Conclave en de invoering van de wet tegen magie, werd alles waarvoor ze stond verboden en veranderde er iets binnen de organisatie. En Ruth veranderde mee.

Ze had de beweging het beste van zichzelf gegeven. Ze had er geld van de Feltz-brouwerij in gestopt, die ze had opgezet voor haar en haar broers en zussen, en ook het pand beschikbaar gesteld aan de Antistasi. Nu ze langs de rijen vrouwen en meisjes liep die de flessen spoelden en vulden was ze ervan doordrongen dat ze met een bepaald doel op deze wereld was. Niet alleen om de meisjes die voor haar werkten en een kleine misstap hadden begaan van levenslange dwangarbeid te redden, maar ook voor een groter doel: ze liet de wereld zien wat mensen die gedoemd waren om in de schaduwen te leven konden bereiken. Hiermee liet ze ook zien dat alles kon veranderen voor mensen die nog een band hadden met de oude magie.

Terwijl ze naar de kinderkamer liep, achter in de brouwerij, hield ze haar scherpe blik op de werkende vrouwen gericht. Maggie had de leiding bij de kleintjes. Ruths jongste zus – degene na wie hun moeder bij de geboorte was overleden – was zeventien en het laatste kind dat Ruth nog onder haar hoede had. Ze hadden geen foto's van hun moeder, dus wist Maggie niet dat ze haar evenbeeld was, met het bruine haar dat licht krulde en de kleine bril met zilveren montuur op de wat omhoogstaande punt van haar neus. En haar ogen... Als Ruth naar Maggie keek was het of ze haar moeder zag, die over de rand van haar bril naar haar tuurde. Het enige verschil was dat Maggies ogen een wilskracht toonden die Ruth zich niet van haar moeder kon herinneren.

Toen Ruth de kinderkamer binnenkwam was Maggie bezig met een nieuwkomer, een energieke dreumes die door zijn ouders in de steek was gelaten omdat ze niet voor hem konden of wilden zorgen. Het gebeurde te vaak dat ouders van wie de magische gave al generaties lang was uitgedoofd een Mageuskind op de wereld zetten. De meeste kinderen met magie werden als abnormaal beschouwd, die werden gezien als freaks en werden verafschuwd.

Sommige ouders accepteerden hun kinderen zoals ze waren, maar dat gebeurde zelden. Wanneer hun pogingen om de magie van hun kinderen in bedwang te houden niet werkten werden de arme drommels meestal afgedankt. Op het platteland zaten gestichten en weeshuizen dan ook vol met deze in de steek gelaten, vreemde kinderen, die niet begrepen wie of wat ze waren. Zij die naar de gestichten werden gestuurd, verlieten die vreselijke plek meestal niet ongedeerd, als ze er al wegkwamen. En in de weeshuizen werd de stok maar al te vaak gebruikt. De kinderen die konden ontsnappen waren gemeen als straathonden, gevaarlijk, vals en een makkelijke prooi voor de politie of de Jefferson Garde.

De andere kinderen in de kinderkamer waren slachtoffer van de wet tegen magie. Hun ouders waren opgepakt en in de cel gegooid of verbannen. Vaak werden deze in de steek gelaten kinderen door vrienden of buren in huis genomen en verstopt zodat de Jefferson Garde hen niet zou vinden, maar niet iedereen kon ergens terecht. Die kinderen werden meestal naar de brouwerij gebracht, totdat er een plek op een veilig adres vrijkwam.

Het was Maggies idee geweest om deze schooiers als het nodig was uit weeshuizen en gestichten te bevrijden, ze onderdak te bieden en op te voeden met begrip van wat ze waren, zodat ze in gezinnen geplaatst zouden worden die deze arme drommels wel waardeerden. Dan kon hun magie opbloeien, zoals Ruth haar dit als kind ook had toegestaan, volgens Maggie.

Maar ze was naïever dan goed voor haar was. Ze zou het nog zwaar krijgen als ze de roze bril waarmee ze de wereld inkeek niet zou afzetten. Ruth had alleen ingestemd met de kinderopvang omdat ze dacht er goede zaken mee te doen. Meer kinderen met een magische gave betekende dat de Antistasi kon doorgroeien in plaats van uitsterven. Het Genootschap en andere organisaties zouden er alles aan doen om de oude magie uit te roeien, maar er stond een nieuwe generatie Mageus op.

Maggie keek op van de dreumes, die het net voor elkaar had gekregen de deken in zijn hand met zijn magie in brand te steken, en ze wierp Ruth een geërgerde blik toe.

'Zo te zien heb je nog steeds problemen met dat joch.'

'Hij bedoelde het niet zo,' legde Maggie uit terwijl ze de laatste vlammen uit trapte.

'Als hij mijn brouwerij in de fik steekt kan het me niet schelen of hij het niet zo bedoelde,' snauwde Ruth.

'We werken eraan.' Maggies wangen kleurden rood van schaamte en haar emoties waren duidelijk van haar verder zo bleke gezicht af te lezen.

'Gebruik de Nitewein als het nodig is.'

'Hij is nog maar een dreumes,' protesteerde Maggie.

'Het is een lastpost als hij zijn magie niet kan beheersen. Zorg dat je hem wegdoet, anders doe ik het wel. We lopen al te ver achter op ons schema, er mag nu niks verkeerd gaan.'

'Ja, moeder Ruth,' mompelde Maggie, haar ogen neergeslagen.

Ruth zuchtte diep. Hiervoor was ze niet gekomen. 'North is net terug.'

'Is Jericho er al?' vroeg Maggie, en Ruth bespeurde enthousiasme op het gezicht van haar zusje.

Hoe verhard ze zelf ook was geworden, Ruth kende de betovering van kwajongensogen in een knap gezicht maar al te goed. North had dezelfde aantrekkingskracht als een haveloze zwerfkat – je geloofde er heilig in dat hij, als je hem kon temmen, voor altijd van je zou houden. Maar Ruth twijfelde er niet aan dat Jericho Northwood scherpe klauwen had, net als elke zwerfkat.

Door de manier waarop Maggies gezicht begon te stralen begreep Ruth dat haar zusje nog steeds een oogje op de jongen had. Ze zou later korte metten maken met deze bevlieging, nu was er iets belangrijkers... 'Hij heeft de ingrediënten gehaald die je wilde hebben.'

Maggie had echter geen aandacht voor haar zus. Ze was nog met het jochie in de weer. 'Die haal ik zo meteen wel.' In haar toon was geen spoortje van een verontschuldiging te bekennen.

De ruggengraat en ijzeren wil die haar zusje verborgen hield achter haar zachtaardige façade verraste Ruth elke keer weer. 'Je weet hoe belangrijk het serum is,' hield ze vol.

Maggie knikte. 'Maar het kan wachten tot de kleintjes naar bed zijn.'

'Dat kan wel zijn, maar het nieuws dat North voor ons heeft kan niet wachten. Kom mee.'

Het jochie over wie Maggie zich ontfermde pakte een houten speelgoedpaardje en liet een fel oranje gloed oplaaien van zijn vingertoppen, waardoor het stuk speelgoed begon te smeulen.

Voordat Ruth wegliep wierp ze Maggie een waarschuwende blik toe. Er was een onverwachte bezoeker in haar stad gearriveerd. Vanavond had de Antistasi belangrijker zaken aan het hoofd dan voor andermans kinderen zorgen.

HET RISICO VAN MAGIE

1904 – St. Louis

In het zwakke licht van de liftschacht voelde Esta Hartes angst net zo duidelijk als de trillingen van de lift onder hun voeten, maar ze had geen tijd om het hem uit te leggen.

De lift naast hen ging omlaag en veroorzaakte een warme luchtvlaag die naar stof en smeerolie rook en haar zijden rokken deed ruisen, terwijl de losgeraakte haarlokken in haar gezicht zwiepten. Harte hield haar hand stevig vast en ze voelde de chemie tussen hen op haar huid tintelen.

Het was niet voor het eerst dat ze eraan twijfelde of het Hartes magie was die ze voelde. Deze energie was anders dan de warmte die haar liet gloeien toen hij haar twee weken geleden in het theater had gemanipuleerd of haar gedachten probeerde te lezen in de koets onderweg naar Khafre Hall. Dit gevoel was sterker en verleidelijker, wat groot gevaar betekende.

Ze had nu echter geen tijd om zich daar zorgen om te maken. Ze had maar één kans om ze uit het hotel weg te halen. En het zou wel eens heel verkeerd kunnen aflopen.

Op het moment dat de twee liften op dezelfde hoogte waren concentreerde Esta zich op haar magische gave en vertraagde ze de tijd. De lift onder haar voeten stopte onmiddellijk met bewegen en het lawaai in de schacht verstomde. Daarna trok ze Harte mee naar het dak van de andere lift en en ging de tijd weer verder.

Met een ruk kwamen beide liften in beweging, en ze liet Hartes hand los.

Het was gelukt! Ze was enorm opgelucht toen ze Harte zag, die de kabel pakte om zijn evenwicht niet te verliezen. Het was een gok geweest om haar magie te gebruiken. Ze had niet eens geweten of ze er wel toe in staat was. Ze had zelfs overwogen om van de ene naar de andere lift te springen zonder de tijd te vertragen. Maar het risico als ze haar magie gebruikte, al was het maar heel even, leek haar altijd nog minder erg dan de kans op een doodsmak als ze van de lift zouden vallen.

Gelukkig was het goed gegaan. Samen keken ze hoe de lift waar ze net op hadden gestaan verder omhoogkroop, terwijl de andere ze naar beneden bracht. Ze had haar magie gebruikt en er was niets raars gebeurd. Het was net als altijd een koud kunstje geweest. *Toch?* Maar het was niet genoeg, ze konden hier niet blijven staan, want elke seconde bracht ze dichter bij de begane grond, waar de politie stond te wachten.

Tegen de tijd dat de lift op de vierde verdieping stilhield was Harte van de schrik bekomen. 'We kunnen hier niet blijven,' zei hij. Zijn woorden waren een echo van haar eigen gedachten.

Ze luisterde naar het geluid van de openschuivende deuren en toen er mensen de lift binnengingen deinde hij licht op en neer. 'Nee, dat kan niet,' beaamde ze. 'We moeten ervanaf zien te komen.'

'Er zijn daar te veel mensen, Esta.' Hij gebaarde naar de lift onder hun voeten.

Nu hoorde ze de liftdeuren weer dichtschuiven, wat haar vertelde dat hij op het punt stond verder naar beneden te gaan. 'Langs die kant komen we niet weg... Hou je vast,' gebood ze hem, vlak voordat de kabels met een ruk in beweging kwamen.

Fronsend keek Harte haar aan, en ze zag de schaduwen die het zwakke licht in de liftschacht wierpen over zijn gezicht dansen. 'Wat ben je van plan?'

'De deuren naar de schacht.' Ze wees naar de opening op de vierde verdieping, die ze nu net verlieten. 'Zodra we op de tweede verdieping komen, vertraag ik de tijd lang genoeg om ze open te doen. Mocht iemand in de gang het zien, dan lijkt het of de lift niet is gestopt.'

'Denk je echt dat het je lukt?' vroeg hij.

'Ik kon het net ook. We moeten maar hopen dat het ons nog even meezit.' De tweede verdieping kwam snel dichterbij en de politie die waarschijnlijk op de zevende verdieping op hen stond te wachten, zou elk moment ontdekken dat de lift leeg was. 'Geef me je hand,' zei ze, en dit keer sputterde hij niet tegen.

Toen de lift halverwege voorbij het sierlijke bronzen traliewerk van het rooster van de tweede verdieping was gekomen concentreerde ze zich opnieuw op de seconden. Ze kon de macht, die zich rustig had gehouden, in Harte voelen oplaaien nu ze zijn hand weer vasthield, maar ze negeerde het en richtte al haar aandacht op de tijd en de leegte tussen de seconden, zo echt en tastbaar als de liftkabels en het stof dat in haar neus kriebelde. Het zou wel wat langer duren dan een paar seconden om van de lift te klimmen, en ze wist niet wat er zou gebeuren, omdat Harte en de macht van het Boek haar magische gave weer instabiel maakten. Maar ze kon niets anders bedenken.

Ze vond de leegte tussen de seconden, die momenten waarop de werkelijkheid samenviel met het tegenovergestelde ervan, en haalde beide uit elkaar tot de lift vertraagde en de wereld om haar heen stilviel. Maar met de verzengende hitte van de in Harte schuilende macht die haar opjutte, was het lastig om de tijd vast te houden.

'Help me,' zei ze terwijl ze met haar vrije hand het bronzen traliewerk vastpakte.

Harte snapte haar meteen en pakte de tralies aan de andere kant. Samen schoven ze de deuren open. Toen de opening groot genoeg was keek Esta of de kust veilig was. Bij de trap stond een man die haast wel een van de agenten in burger moest zijn, met nietsziende ogen in hun richting te staren.

'Kun je het nog wat langer volhouden?' vroeg Harte.

De tentakels van warmte en macht die haar huid deden tintelen toen ze Hartes hand had vastgepakt slingerden zich om haar arm omhoog. Hoe meer ze om haar heen kronkelden, hoe sneller de leegte tussen de seconden haar ontglipte. Net hadden die nog tastbaar en heel echt aangevoeld, maar met elke hartslag werd haar grip op de tijd – en op haar magie – vager en vluchtiger. Alsof de seconden niet echt bestonden, en haar magie evenmin.

'Niet veel langer,' antwoordde ze met opeengeklemde kaken terwijl ze haar magie uit alle macht probeerde vol te houden.

'Dan moeten we opschieten.' Harte klom van de lift en sprong op de grond in de gang, waarna hij zich omdraaide om Esta te helpen.

Ze stond nog niet op de grond of ze realiseerde zich dat het donker van de liftschacht in de goed verlichte gang bij haar was gebleven. Het lag aan de randen van haar blikveld dreigend op de loer.

Plotseling hoorde ze het ratelen van kabels in de schacht en het geluid viel totaal uit de toon in de stilte van het tijdloze moment. 'Hoorde je dat?'

Harte fronste. 'Wat?'

Het geluid klonk weer, nu wat harder. 'Dit,' antwoordde ze. Nu ze de seconden had vertraagd en de rest van de wereld in een tijdframe was verstard, bewegingloos en stil, hoorde er helemaal geen geluid te zijn. Het maakte haar bang en Esta probeerde haar hand weg te trekken van Harte, maar hij hield haar stevig vast. 'Ik kan niet meer...'

‘Esta?’ Zijn grauwgrijze ogen stonden bezorgd en verward.

Er waren mensen in de liften, die niets te maken hadden met de politieagenten die hun op de hielen zaten. Onschuldige mensen die waarschijnlijk de dood vonden als de kabels zouden breken en alle drie de liften zouden neerstorten, net als de slachtoffers die waren omgekomen bij de treincrash. Ze begreep niet precies wat er gebeurde, maar ze wist wel dat ze het snel moest stoppen.

Esta liet Hartes hand los, weg van de ontregelende energie die bezit van haar probeerde te nemen en ervoor zorgde dat de tijd weer in volle vaart verderging. Het aandrijfmechanisme van de lift begon te slingeren en ze hoorde muziek ergens vlakbij.

‘Wat...’ Maar voordat Harte zijn vraag kon afmaken begon de man bij de trap te roepen.

‘Hé!’ Hij wees naar hen, met grote ogen vol ongeloof omdat hij ze niet eerder had zien staan. Terwijl hij het fluitje naar zijn mond bracht reikte hij naar de gouden penning op zijn revers, maar voordat hij die kon pakken viel Harte hem aan. Hij werkte de man tegen de grond en sloeg hem buiten westen voor hij hen iets zou aandoen.

‘Kom! Snel,’ zei hij, over de knokkels van zijn rechterhand wrijvend. ‘Voordat er iemand aankomt.’

Esta had zich al gerealiseerd dat ze een verstopplek moesten vinden. Tegen de tijd dat Harte overeind was gekomen had ze het slot van de dichtstbijzijnde kamer gekraakt. ‘Breng hem naar binnen,’ zei ze terwijl ze opzijstapte. ‘Als we hem in de gang achterlaten, verraden we onszelf.’

De kamer zag er precies hetzelfde uit als die waar ze eerder die dag had ingecheckt. De muren waren behangen met dezelfde elegante glanzende stof, het bed was opgemaakt met hetzelfde fijne linnengoed en de meubels waren van exact hetzelfde geboende hout en ook met koper aan de vloer bevestigd. Maar in deze kamer logeerde een man, dat was duidelijk. Er lagen sokken en een broek op de vloer en zelfs met het raam open stonk het er naar sigarettenrook en oud zweet.

‘Wat moeten we met hem doen?’ vroeg Harte toen hij de deur achter zich had dichtgetrokken.

‘Breng hem naar de badkamer,’ antwoordde Esta terwijl ze haar rokken optrok, waarna ze één been op de rand van het bed liet steunen.

In plaats van aan de slag te gaan keek Harte naar haar been en gaf hij zijn ogen de kost.

Ze negeerde zijn zinderende blik en de warme gloed die ze vanbinnen voelde terwijl ze de zijden kous losmaakte en langs haar been omlaag schoof. 'Sta niet zo te staren, wil je? Hier.' Ze gooide de kous naar Harte, die er verbluft uitzag toen hij het kledingstuk opving. 'Bind hem daarmee vast.' Nadat ze haar andere kous had afgestroopt gooide ze die ook naar hem toe.

Als ze niet in tijdnood zaten, zou het haast vertederend zijn geweest dat zijn oren rood kleurden toen hij het zijden hoopje opving, maar ze moesten zo snel mogelijk uit de kamer en het hotel weg zien te komen. Hoe langer het duurde, hoe groter de kans dat ze werden gepakt. Nog even en de politie zou erachter komen wat ze hadden uitgespookt, en dan zouden ze alle kamers doorzoeken.

Terwijl Harte de bewaker vastbond trok Esta haar jurk uit. Op het moment dat ze die in het warenhuis had gepast had ze geweten dat hij perfect zat. Niet dat ze nou zo veel om kleren gaf, maar deze jurk vond ze prachtig, ook al wist ze dat ze niet in de positie was om zich met sullige dingen bezig te houden als het bewonderen van een jurk. Toen die in een hoop van kwikzilverkleurige zijde – *de kleur van Hartes ogen* – om haar voeten op de vloer viel zuchtte ze zacht.

Snel zette Esta deze ongewenste gedachte van zich af. Ze stapte uit de hoop zijde en maakte een bundel van de jurk, wat duidelijk maakte dat ze geen enkele waarde aan het kledingstuk hechtte, en ze schopte hem onder het bed.

'Wat bezielt jou?'

Esta draaide zich naar Harte om, die haar met grote ogen en rode wangen aankeek.

'Ik doe mijn jurk weg,' antwoordde ze.

'Dat zie ik ook wel,' verzuchtte hij, en het ontging haar niet dat hij zijn hand tot een vuist balde en zijn stem gespannen klonk. 'Maar waarom?'

'Hij is te opvallend.' Ze fronste. 'En als ik hem draag, val ik ook op.'

'Denk je niet dat dit nog veel opvallender is?' vroeg hij, stijfjes naar haar gebarend terwijl ze in haar korset en ondergoed voor hem stond.

In haar eigen tijd gingen mensen nog veel schaarser gekleed over straat, maar dat zou Harte nooit begrijpen. Ze vergat vaak hoe verschillend ze eigenlijk waren en dat Harte een product van zijn tijd was. Op dit soort momenten besefte ze dat. Toch moest hij zich er maar overheen zetten.

'Ik ga echt niet zo naar buiten.' Ze liep naar de kledingkast. 'Hier kan ik vast wel iets vinden.'

Ze haalde een stel schone, gestreken mannenkleren uit de kast en negeerde de vertwijfeling op Hartes gezicht.

'Dit wordt niks,' mompelde hij meer tot zichzelf dan tegen haar.

'Moet je kijken hoe makkelijk Julien me herkende, en hij was niet eens naar me op zoek. Ik ben te groot, daardoor val ik op,' liet ze hem weten. 'Als vrouw, dan.'

Maar ze had hem niet overtuigd. 'Denk je dat jij eruit kunt zien als een man? Geloof je het zelf?'

'Ik geloof dat mensen meestal zien wat ze verwachten te zien,' antwoordde ze, en ze trok het gestreken overhemd aan. Het rook naar pas gewassen linnen en stijfsel; geuren die haar aan professor Lachlan deden denken, aan haar jeugd, waarin ze haar best had gedaan om aan zijn verwachtingen te voldoen, en aan de dagen die ze samen met hem studerend in de bibliotheek had doorgebracht, die de hele bovenverdieping van het pand bestreek.

Met de herinnering aan de bibliotheek kwam ook een ander beeld terug. *Dakari.* En de geur van linnen en stijfsel vertelde haar eveneens dat mensen die je vertrouwde maar al te vaak in je gezicht logen.

Ze zette de gedachten aan het verleden van zich af terwijl ze de veters van haar korset wat losser trok, zodat ze niet meer zo'n zandloperfiguur had en eindelijk normaal kon ademhalen, waarna ze het overhemd dichtknoopte.

'Laten we dan maar hopen dat ze stekeblind zijn,' mompelde Harte. 'Allemaal, welteverstaan.' Hij liep weg zodat ze zich verder kon aankleden en ging nog een laatste keer bij de man in de badkamer kijken.

Ze probeerde niet al te blij te zijn met Hartes reactie. Op de kledingkast vond ze een hoed en nadat ze de losse lokken om haar gezicht zo goed als ze kon naar achteren had gestreken zette ze die op en stopte ze haar haar eronder weg. Fronsend bekeek ze zichzelf in de sierlijke afgekante spiegel, zich afvragend of Harte misschien toch gelijk had. Haar gezicht zag er te zacht uit en ze kon op dit moment niet meer doen dan de poeder die ze er eerder die avond op had gedaan wegvegen.

Het werkt vast wel. Ze had zich al eerder als man verkleed, toen ze Dolph Saunders een paar weken geleden had geholpen met de roof van Morgans kunstwerken in het Metropolitan Art Museum. Ze was in mannenkleren een zaal vol leden van de Orde binnengegaan, inclusief J.P. Morgan zelf, en niemand had gemerkt dat ze een vrouw was. Toen had het waarschijnlijk goed uitgepakt, omdat ze als bediende verkleed was en mensen nooit aandacht aan de bediening schonken.

'Klaar?' vroeg ze met een laatste rukje aan de revers om de vorm van haar korset onder het pak te camoufleren.

Harte draaide zich om en bekeek haar kritisch. 'We moeten je magische gave gebruiken en wegglippen zonder,' hij gebaarde naar haar nieuwe outfit, 'dit.'

‘Heb je niet gezien wat er in de gang gebeurde?’ vroeg ze, wat huiverend bij de herinnering aan het donker. Het voelde als een alles opslokkende leegte, waarin ze zichzelf zou verliezen als ze er recht in staarde. En dan was er ook nog het geratel van de kabels terwijl het stil had moeten zijn. Ze vertrouwde momenteel niet op haar gave; althans, niet wanneer ze Harte moest vasthouden.

‘Als je je nog niet goed voelt, kunnen we het in kleine etappes doen. Dan hoef je de tijd niet zo lang te vertragen.’ Het verlangen van daarnet was uit zijn ogen verdwenen en nu keek hij naar haar alsof hij haar zielig vond, wat haar een rilling bezorgde.

‘Ik voel me prima.’ Ze loog, want ze was bang en voelde zich onzeker over haar magie, maar de zwarte duisternis was niet haar schuld... of wel? Had ze iets door de Barrière met zich meegenomen, iets gevaarlijks en onverwachts? Ze wist het niet en ze had geen tijd om het uit te zoeken. Eén ding wist ze wel: ze haatte de bezorgde blik in zijn ogen. ‘Het heeft geen zin om het geluk op de proef te stellen. Laten we het nou maar op mijn manier doen, oké?’

Ze liet hem niet veel keus en voordat hij iets kon zeggen stond ze al in de gang.

Opnieuw verbrak de muziek van een orkest en het geroezemoes van een feest op de achtergrond de stilte. ‘Als we bij de balzaal kunnen komen, zouden we in de menigte kunnen opgaan om ons schuil te houden.’ Esta wees in de richting waar de muziek vandaan kwam. ‘Als er een balzaal is, moet je ook naar de keuken kunnen, via een personeelsgang, of zo. Daar kunnen we misschien de goederengang van het hotel vinden.’

‘Die deuren worden vast ook bewaakt,’ zei Harte met een blik over zijn schouder om te zien of er iemand aankwam, terwijl ze door de gang liepen.

‘Waarschijnlijk wel.’ Even bleven ze staan voordat ze het trappenhuis voorbijliepen dat de man had bewaakt die ze in de badkamer hadden achtergelaten. ‘Maar als ik het erop waag mijn magie te gebruiken, wacht ik liever tot we daar zijn,’ liet ze hem weten.

‘Als we zo ver komen,’ mompelde hij.

Ze wierp hem een bezorgde blik toe. ‘Ze hebben inmiddels vast ontdekt dat de lift leeg is, en als ze erachter komen dat de bewaker op deze verdieping is verdwenen...’

‘Ik ben echt niet van plan om hier te blijven tot ze ons vinden,’ zei Harte, zwaaiend met zijn arm om aan te geven dat ze hem voor moest gaan.

Ze gingen op het geluid van de muziek af naar de toegang tot het smalle balkon van de balzaal, dat de dansvloer aan drie kanten omringde. De glinsterende kroonluchters verspreidden een zwakke lichtgloed in de zaal. Er was een podium waarop een klein orkest een rustige wals speelde, maar er danste niemand beneden op de dansvloer. Ongetwijfeld omdat er alleen maar mannen aanwezig waren. Zelfs de bediening bestond alleen uit mannen, gekleed in een wit jacquet en een zwarte pantalon. Er was nergens een vrouw te zien.

Esta boog zich naar Harte toe om in zijn oor te fluisteren: 'Voel je vrij om toe te geven dat ik gelijk had, wanneer je maar wilt.'

IN HANDEN VAN JUSTITIE

1904 – St. Louis

Er klonk een donderslag door de lucht toen Jack Grews koets zijn weg vond door de straten van St. Louis. Hij was naar deze armzalige stad gekomen om als lid van de entourage van de president een bezoek te brengen aan de wereldtentoonstelling, en als vertegenwoordiger van de Orde voor de bijeenkomst van de Broederschappen, die het Genootschap over enkele weken zou houden. De afgelopen twee dagen had hij er flink van gebaald dat hij zo lang uit New York weg zou zijn, maar nu zag het ernaar uit dat de reis onverwacht veelbelovend zou zijn. Hij had net te horen gekregen dat ze háár hadden gevonden.

Twee jaar. Twéé jaar zonder een spoor van Esta Filosik. En nu zou ze eindelijk van hem zijn.

Jack had zo lang op dit moment gewacht dat hij zich inmiddels op allerlei manieren een voorstelling had gemaakt van hun weerzien. Hij had een rotopmerking en een kille glimlach overwogen, terwijl hij toekeek als ze haar de cel in sleepten om weg te rotten in de gevangenis. Maar hij had ook bedacht dat hij iets heel anders kon doen dan ze zou verwachten – misschien was een bedankje voor wat ze had gedaan, voor wat er van hem was geworden, leuker.

Goed, zij had hem het Boek niet gegeven, dat had Darrigan gedaan. Maar de treinramp waarbij zijn arm was gebroken, had ironisch genoeg een nieuwe toekomst voor hem gecreëerd. Die meid was een heel makkelijke zondebok, op wie iedereen zijn woede kon projecteren, en ze was het levende bewijs dat de Orde en aanverwanten nog steeds hard nodig waren.

Eens werd de Orde als een selecte groep beschouwd, niet van belang voor de gewone burger. Maar na die dag van de treinramp was het tij gekeerd. Was magie ooit niets meer dan een fabeltje geweest, met de treincrash en alle aanslagen daarna vormde het een direct gevaar en het hele land was in de ban van angst, wat Jack goed uitkwam. Met elke aanslag van de Antistasi, elke nieuwe tragedie uit naam van de Duivelsdief, nam de macht van de Orde – en die van Jack – toe.

Terwijl de ratelende koets de laatste huizenblokken passeerde op weg naar het hotel kon Jack het niet helpen dat hij moest grinniken. Ja. Wanneer hij uiteindelijk oog in oog met haar kwam te staan was ze in de boeien geslagen en was hij van plan haar te bedanken. Hij kon al voor zich zien hoe haar mooie mond van opperste verwarring openviel. Waarschijnlijk zou ze gaan smeken. Miss Filosik – als dat haar echte naam was – was niet op haar achterhoofd gevallen. Ze zou meteen begrijpen dat het afgelopen was met haar leven. Het was voorbij. Maar voordat ze werd geconfronteerd met een of ander ongeluk in de vrouwengevangenis, waarbij ze vroegtijdig om het leven zou komen, zou Jack de gelegenheid aangrijpen om haar te bedanken voor haar verraad. Het had tenslotte een held van hem gemaakt.

Hoe kon zijn familie hem wegsturen terwijl hij een held was die een krankzinnig wijf had uitgeschakeld? *Onmogelijk.* Dus hadden ze zijn moedige optreden publiekelijk geprezen, het hele stel bij elkaar. Toch bleven ze over hem fluisteren, ondanks de macht die hij had verworven en alles wat hij had gedaan om de Orde aan de macht te houden – zodat hij die voor zijn eigen doeleinden kon inzetten. Ze vroegen zich nog steeds af of hij zich de gebeurtenissen in de trein had verbeeld, of zelfs had verzonnen.

Jack was echt niet achterlijk. Hij was er al die tijd zeker van geweest dat Esta niet alleen in de trein had gezeten, maar dat ze de ramp ook had overleefd.

Hij stopte een hand onder zijn vest en streek over het Boek dat hij overal met zich meenam. Omdat hij het altijd op zijn lichaam droeg had hij al zijn kleren laten verstellen om het te kunnen verstoppen. Hij zou het nooit ergens achterlaten, waar hij ook was. Hij vertrouwde het ook niet aan bedienden of aan een kluis toe, niet nu het de deuren had geopend naar een bewustzijn waarvan hij alleen had kunnen dromen.

Niet in staat de lokroep ervan te weerstaan haalde hij het uit de verstopplek op zijn borst en bladerde het door. Grieks en Latijn kon hij wel lezen, dankzij het gedegen onderwijs dat hij als jongen had genoten, maar er stonden ook veel teksten in onbegrijpelijke talen op de bladzijden, in vreemde symbolen. Die pagina's zou hij eigenlijk niet kunnen begrijpen, toch had hij ze na die eerste keer dat hij ze ontdekte, nadat hij in het huis van zijn moeder suf van de morfine wakker was geworden, op de een of andere manier weten te vertalen.

Nu stonden de pagina's met aantekeningen en vertalingen vol met zijn eigen nette handschrift, maar van het lezen in de schommelende koets kreeg hij hoofdpijn. Hij haalde een klein potje uit zijn vestzak, schudde er een pil uit en legde die op zijn tong. Het duurde even tot de bittere smaak zich vertrouwd en bevredigend in zijn mond verspreidde. Even later voelde hij de spanning achter zijn ogen afnemen.

Terwijl hij naar de bladzijde zocht die hij wilde lezen werd zijn blik weer scherp en kon hij de notities onderscheiden. Het was een soort beschermende toverspreuk, althans, dat vermoedde hij. Omdat hij in zijn eentje in de koets zat kon hij de vreemde woorden hardop voorlezen, en ze vulden de kleine ruimte met de kille zindering van macht die voor altijd van hem was.

Hij had al die tijd geweten dat die meid nog in leven was. En nu zou hij iedereen bewijzen dat het waar was.

De koets kwam tot stilstand voor het Jefferson Hotel en Jack stopte het Boek terug op de veilige plek onder zijn vest terwijl hij zich mentaal voorbereidde. Hij zou Miss Filosik bedanken en als ze zou smeken om haar leven zou hij alles aannemen wat ze hem aanbood. Daarna zou hij haar aan justitie overdragen, waar zijn familie en anderen uit zijn kringen uiteraard een dikke vinger in de pap hadden.

Jacks persoonlijke bediende en bodyguard Miles deed de koetsdeur open en wachtte zwijgend op hem met een paraplu in zijn hand. Toen Jack uitstapte zag hij een rij donkere wagens bemand door agenten in uniform en hij glimlachte. Dit keer zou ze hem niet ontglippen.

'Wacht hier op me,' gebood hij Miles terwijl hij langs hem wegliep zonder de paraplu aan te nemen. Wat kon hem een beetje regen schelen nu hij zo dicht bij zijn overwinning was? Hij zou eindelijk de genoegdoening hebben die hij verdiende... dat wist hij net zo zeker als dat het Boek onder zijn vest zat en het vertrouwde gewicht ervan als een geheugensteuntje diende voor het feit dat hij deze troef in handen had en hem zou uitspelen.

DE VERRADER

1902 – New York

Jianyu worstelde zich niet los toen Mooch hem meevoerde, de vertrouwde trap op van de Strega.

'Ik ben geen verrader,' zei hij zacht terwijl hij zichzelf dwong de pijn in zijn benen te negeren die hij bij elke traptrede voelde.

Maar als Mooch hem al had gehoord, reageerde hij niet.

Toen ze op de eerste verdieping kwamen deed de jongen de deur open die Jianyu maar al te goed kende en duwde hem naar binnen. Daarna gaf hij hem een zet en hij zakte in een van de stoelen neer, waar Jianyu al zo vaak in had gezeten tijdens zijn gesprekken met Dolph.

'Ik ben geen verrader,' herhaalde hij toen Mooch zijn handen op zijn rug en zijn enkels aan de stoelpoten vastbond. 'De verrader is de knul die een gesneuveld man zijn huis heeft afgenomen, net als zijn leven. De verrader is degene die met Dolphs wandelstok loopt en zich zijn bezittingen heeft toegeëigend alsof hij er recht op heeft.'

Nu keek Mooch wel naar hem. 'Je verwacht toch niet dat ik geloof dat die kleine Nibsy degene was die Dolph een kogel in zijn rug jaste, hè? Dat ligt niet in zijn aard.'

'Waarom voer je zijn orders dan uit?' vroeg Jianyu nog steeds met zachte stem.

'Nibs is misschien geen ruige jongen, maar hij is wel slim,' zei Mooch na een poosje. 'En wie zou ik anders moeten volgen? Jou?'

'Hij dankt je af als hij je niet meer kan gebruiken,' zei Jianyu. 'Moet je zien wat er nu al gebeurt.'

'Er gebeurt niets,' zei Mooch.

'Wat hebben die Five Pointers dan in de Strega te zoeken?' Toen Dolph nog leefde zou dat nooit zijn gebeurd. Iedereen in de The Devil's Own wist waar Paul Kelly's jongens toe in staat waren en iedereen was woest toen de Five Pointers nog geen week geleden twee bendeleden van The Devil's Own in elkaar sloegen.

'We hebben nu een overeenkomst,' verklaarde Mooch, maar zijn gespannen toon vertelde Jianyu dat niet iedereen daar zo blij mee was.

'O ja?' vroeg Jianyu. Elke ademhaling deed hem pijn, toch ging hij verder: 'Omdat Nibsy Kelly vertrouwt of zo?'

'Niemand hier vertrouwt Kelly. We weten allemaal dat hij een valse slang is, maar Nibsy heeft het uitgelegd: Kelly heeft contacten die ons goed van pas komen. Hij heeft ervoor gezorgd dat de Strega niet zou afbranden, of niet soms?'

'Klopt.' Jianyu hield zijn stem zo emotieloos als hij kon. 'Maar als je een slang bij zijn staart pakt zal dat hem er niet van weerhouden je aan te vallen.'

'Hou je smoel, oké?' snauwde Mooch hem geïrriteerd toe. 'Als je ons niet hebt verraden, waar was je dan toen wij op de brug bijna de pijp uit gingen?'

'Ik volgde Dolphs orders op,' liet Jianyu hem weten en dat was niets meer of minder dan de waarheid.

'Dolph Saunders is morsdood,' zei Mooch, en zijn stem brak door iets wat als pijn en frustratie klonk, samengebald tot één emotie. 'Hij was allang gedood voordat we naar de brug gingen.'

'Maar de taak die hij mij gaf werd niet ineens ongeldig door zijn dood,' zei Jianyu behoedzaam. 'Die gaf hij míj. Niet die verrader waar jullie nu achteraan lopen.'

Mooch deed een stap bij hem vandaan en begon te ijsberen. Hij was niet bepaald de snuggerste van The Devil's Own en wat Jianyu net had gezegd had hem duidelijk van zijn stuk gebracht.

De jongen schudde zijn hoofd alsof hij daarmee een nare gedachte van zich afzette. Toen bleef hij staan en keek Jianyu boos aan. 'Nee... ik ben helemaal klaar met jou en je leugens. Hou... Hou gewoon die verrekte bek van je dicht, ja?'

Jianyu reageerde niet op deze beledigende woorden. De wangen van de jongen waren vlekkerig rood van verbijstering. Als hij zichzelf lang genoeg op de been kon houden zonder van zijn stokje te gaan zou hij Mooch' twijfel verder kunnen aanwakkeren.

Maar daar kreeg hij de tijd niet voor, want voordat hij iets had kunnen zeggen, kwam Werner binnenstormen.

Verbaasd draaide Mooch zich om, met zijn vuisten in de aanslag alsof hij een aanval verwachtte.

'Je moet meekomen –'

'Wat bezielt jou in godsnaam om zo binnen te vallen?'

'De Strega staat in de fik!' Werner greep Mooch bij de mouw. 'We moeten helpen.'

Alle kleur trok uit Mooch' gezicht weg, maar hij aarzelde geen seconde en liep achter Werner aan.

'Je kunt me hier niet achterlaten!' riep Jianyu, maar ze waren al verdwenen.

De Strega bevond zich op de begane grond van het gebouw. Als de bar in lichterlaaie stond zou de brand zich snel verspreiden en Jianyu zat in de val op de eerste verdieping, vastgebonden in een stoel. Hij gaf een harde ruk aan de touwen om zijn polsen en merkte dat ze te strak zaten om eruit te ontsnappen. Hetzelfde gold voor zijn enkels.

Vaag rook hij dat er brand was, de wind voerde de geur ervan mee door het open raam. Misschien kon hij met stoel en al naar het raam schuiven en om hulp roepen.

Met alle kracht die hij nog had boog hij zijn lichaam naar voren en schoof hij de stoel een paar centimeter in de richting die hij wilde. Door de beweging begon zijn hoofd weer te tollen en de inhoud van zijn maag dreigde naar buiten te komen, maar hij probeerde het nog een keer. Zijn huid voelde klam aan van de inspanning terwijl hij de stoel met moeite dichter bij het raam schoof, maar toen de deur achter hem openging, bleef hij roerloos zitten.

'Dáár ben je.'

Hij draaide zich om en zag een meisje de kamer binnenkomen. Ze was ongeveer net zo oud als hij – zeventien, schatte hij – en van gemiddelde lengte. Hoewel ze een tenger postuur had waren de rondingen bij haar heupen en borsten wat voller. Haar gezicht was hartvormig en ze had sprekende, diepgelegen ogen die wat omhoogliepen. Haar dikke zwarte haar had een scheiding in het midden en was glad naar achteren geborsteld en zat in een knot in haar nek, volgens de laatste mode in de stad. Maar om haar slapen waren de haren losgeraakt en begonnen ze te kroezen. Ze droeg een lichtgroene jurk die goed bij haar donkerbruine huid stond. Ook al was die gekreukeld en smoezelig aan de onderkant, hij paste haar perfect en was van zo'n goede kwaliteit dat hij haast wel door een van de beste kleermakers in Fifth Avenue gemaakt moest zijn. Hij vermoedde wie ze was.

'Cela Johnson?' vroeg hij, al wist hij bijna zeker dat ze het niet kon zijn. Het was onmogelijk dat het meisje naar wie hij op zoek was geweest nu hier in de Strega was.

Cela gaf hem een knikje, dat kennelijk de enige bevestiging was waarmee hij het voorlopig moest doen.

'Wat doe jij hier?' vervolgde hij, en hij probeerde zijn blik te focussen. Zijn hoofd deed zo'n pijn dat hij dubbelzag.

'Ik kom je redden,' antwoordde ze op een toon die hem vertelde dat hij dat zelf ook had kunnen bedenken. 'Wat dacht je anders?' Ondertussen maakte ze met haar behendige vingers het touw om zijn polsen los.

'Maar hoe heb je me gevonden?' vroeg hij, ineenkrimpend van de manier waarop ze aan het touw rukte en zijn polsen erdoorheen trok.

'Ik ben je vanuit het theater gevolgd.'

Nu zijn polsen bevrijd waren ging ze verder met de touwen om zijn enkels. Hij zou haar moeten helpen, maar alleen al door de gedachte aan bewegen begon de kamer te draaien.

'Maar waarom –'

'Luister, Mr. Lee –'

'Jianyu,' onderbrak hij haar, omdat hij niet wilde dat ze hem met andere een naam zou aanspreken dan die van hemzelf.

'Mr. Jianyu –'

'Zeg gewoon Jianyu, geen *mister*.'

Geërgerd schraapte ze haar keel. 'We hebben geen tijd hiervoor. Ze zullen er gauw genoeg achter komen dat de brand die ik heb aangestoken geen echt gevaar vormt. Tegen die tijd moeten wij hier weg zijn.'

Zelfs ondanks zijn hevige pijn deed ze hem versteld staan. 'Heb jíj de boel in de hens gestoken?'

'Je hebt wel veel vragen,' mompelde ze terwijl het laatste touw loskwam. 'Dat komt mooi uit, want ik heb er zelf ook een paar voor jou. Maar dat moet allemaal wachten. We moeten hier weg. Kun je redelijk lopen?'

Jianyu knikte zelfverzekerd, in de hoop dat het geen leugen was, waarna hij opstond en de tafel vastpakte als steun. Ineens viel zijn oog op een krantenartikel dat daar lag. Het was grofweg uitgeknipt en toen hij de kop las, begreep hij waarom. Hij propte het in een zak van zijn tuniek.

'Schiet op,' spoorde Cela hem aan vanuit de deuropening.

Nog wat wankel op zijn benen liep hij achter haar aan naar de Strega, waar al een dikke rook hing als gevolg van de brand.

IN DE BRAND

1902 – New York

Vanaf het moment dat Jianyu Lee Cela had verteld dat Harte Darrigan hem achter haar aan had gestuurd, had ze het voorgevoel dat dit niet veel goeds betekende. Nu ze zag hoe hij zich met moeite op de been hield terwijl ze het pand ontvluchtten, wist ze dat haar vermoeden klopte.

Ze had hem beter niet kunnen volgen. Toen ze eenmaal uit haar atelier was bevrijd had ze rechtstreeks naar haar familie moeten gaan, maar haar nieuwsgierigheid had de overhand gekregen toen ze hem de vorige avond bij het theater had zien weglopen, zijn lange vlecht heen en weer zwiepend op zijn rug.

Dat Darrigan bevriend was met een Chinese jongen had ze niet verwacht. Ze kende niemand die zich met de Chinezen inliet, die over het algemeen erg op zichzelf waren en vasthielden aan hun rare dracht en nog vreemdere gewoonten. Daarom kon ze er niets aan doen dat ze zich afvroeg of Darrigan deze jongen echt wel had gestuurd om haar te helpen, en zo ja, waarom dan? Wist hij misschien wie de dood van haar broer op zijn geweten had?

Als de jongen wist wat er met Abe was gebeurd, leek dit haar het risico waard, dus volgde ze hem op een afstandje terwijl hij naar een Chinese handwasserij ging in Twenty-Fourth Street aan de zuidkant van het stadsdeel, dat sommigen de hoerenbuurt noemden en anderen Satan's Circus. Ze had hem daar moeten achterlaten, maar ze voelde zich redelijk veilig in het rustige steegje bij de wasserij, waar ze zich had schuilgehouden. Ze wilde eigenlijk alleen even uitblazen, maar ze was in slaap gevallen en werd pas weer wakker toen ze 's morgens vroeg opschrok van de deur van de wasserij die dichtging. Ze was overeind gekrabbeld en was de jongen in zuidelijke richting naar de Bowery gevolgd.

Ze had de knullen die hen volgden eerder gezien dan hij – stomme straatschoffies die nog geen haar op hun puisterige kin hadden, maar gemeen waren als ratten. Voordat ze hem had kunnen waarschuwen hadden ze hem klemgezet en tegen de grond gewerkt, en zij was niet groot en sterk genoeg – en niet zo dom – om zich in een gevecht te mengen dat ze niet kon winnen. Ze had besloten hem te helpen zodra de jongens weg waren, maar toen kwam die andere vent.

Hij werd Mock Duck genoemd en iedereen in de stad had gelezen waar hij toe in staat was. De kranten hadden over de bendeoorlog tussen de tongs in Mott Street en Pell Street geschreven alsof het over de roddels van de mensen in de herenhuizen in Fifth Avenue ging – alsof het een of andere sport was. Maar berichten over mensen uit de chique herenhuizen, over wie werd geschreven dat ze de verkeerde hoeden droegen of uit dansen gingen met dames die vermoedelijk niet hun echtgenotes waren, was totaal iets anders dan het geweld dat Mock Duck en zijn bendeleden op hun geweten hadden, waarbij onschuldige mensen omkwamen.

Cela was bijna weggegaan omdat ze vermoedde dat de jongen die ze al die tijd had gevolgd zelf een van Mock Ducks handlangers was. Ze moesten het maar onderling uitvechten, zelfs als dat betekende dat Jianyu zijn vlecht moest missen. Maar toen Mock Duck hem gevangennam was het haar duidelijk dat hij niet van plan was hem te redden.

Een verstandiger vrouw was er op dat moment vandoor gegaan. Elk meisje met een goed stel hersens zou het tweetal nooit nog verder de Bowery in zijn gevolgd. Maar Cela had niets te verliezen. Jianyu Lee had gezegd dat Darrigan hem had gestuurd om haar te beschermen. Haar broer had haar beschermd en het was zijn dood geworden – net als haar vader – en ze zou dit voor de rest van haar leven met zich meedragen. Ze wilde niet nog een dode aan die zware last toevoegen.

Van de regen in de drup, dacht ze terwijl ze de lap stof die ze om haar hoofd had geslagen wegtrok. Op een veilige afstand liep ze achter het stel aan naar een bar in de Bowery. En toen ze een afleidingsmanoeuvre nodig had om Jianyu bij Mock Duck weg te krijgen, had ze daarvoor gezorgd.

En nu zat ze in de brand – letterlijk, als ze niet snel maakten dat ze wegkwamen. Maar zoals Jianyu zich bewoog kon ze wel vergeten dat het vlug zou gaan.

Ze waren bijna op de begane grond, bijna buiten, toen ze boze stemmen hun kant op hoorde komen.

Ze keek naar Jianyu op, die een traptrede hoger stond, om te zien of hij het ook had gehoord, en zijn gezicht vertelde haar dat dit zo was. Misschien konden ze beter weer naar boven gaan... Maar de brand woedde voort – wat ze niet had verwacht – en het was nog lang niet haar tijd om te sterven.

De jongen zag er absoluut niet zo bezorgd uit als Cela zich voelde. Met een vloeiende, geroutineerde beweging haalde hij twee donkere schijfjes uit zijn tuniek.

'Klim op mijn rug en hou me goed vast,' gebood hij haar.

'Jou vasthouden?' herhaalde ze, omdat ze dacht dat ze hem niet goed had verstaan.

'Ja, dat zeg ik. Het is beter als je op mijn rug klimt.' Hij liep moeizaam langs haar heen en boog zich wat naar voren. Zo bleef hij staan wachten.

'Echt niet. Ik kén je niet eens,' zei ze beslist, bedenkend dat ze haar kans misschien moest wagen door het vuur. 'Je kunt amper lopen.'

'Met mij is alles oké,' zei hij met opeengeklemde kaken.

Ze zag dat hij de pijn maskeerde met zijn vuur schietende ogen. Dat had ze zelf ook vaak gedaan.

'Het is niks persoonlijks, ik...'

'Als je slim bent doe je wat ik zeg en klim je op mijn rug. Tenzij je aan de mannen die de trap op komen uit wilt leggen wie je bent en wat je hier doet.'

De stemmen kwamen snel dichterbij.

'Goed dan,' verzuchtte ze, met heel haar hart hopend dat haar moeder niet vanuit het hiernamaals toekeek terwijl ze zich aan zijn schouders optrok en haar benen om hem heen klemde.

Het eerste wat ze dacht – en het was waarschijnlijk het minst verstandige om bij stil te staan – was dat de jongen onder haar heel gespierd was. Hij zag eruit alsof hij halfdood was doordat hij in elkaar was geslagen, maar met haar benen om zijn lijf geklemd en haar armen om zijn nek kon ze zijn kracht voelen onder de wijde kleren.

Het volgende waar ze aan dacht toen ze die belachelijke eerste opwelling had afgeschud, was dat de kranten ernaast zaten. Maar dat had ze kunnen weten. Was dat niet meestal zo wanneer het om mensen ging die niet blank waren? Ze had van alles over de Chinezen die in de stad woonden gelezen, over hun vreemde gewoonten en de slechte omstandigheden waaronder ze leefden, weigerend zich aan te passen en keurige, gedegen Amerikanen te worden, zoals ieder ander. Maar deze jongen rook naar aarde en bladgroen, hij rook lekker.

Ze dacht hier nog over na terwijl Jianyu zijn handen een beetje verschoof, waardoor haar hoofd tolde.

'Hou je vast,' zei hij nogmaals, en hij liep de trap af naar beneden. Toen ze de overloop bereikten bleef hij even staan luisteren. Ze voelde zijn zwoegende ademhaling. 'Verroer je niet en hou je stil,' beval hij, alsof hij het recht had haar te commanderen, terwijl zij degene was die hém was komen bevrijden. Maar omdat zij op zijn rug was geklommen, al was het tegen wil en dank, had hij wellicht toch gelijk.

Er kwamen mannen de trap op, dezelfde getinte Italianen die in de bar hadden gestaan. Gekleed in het zwart hing er een grimmige sfeer om hen heen, maar de jongen die haar droeg ging snel tegen de muur staan.

En alsof ze er niet waren liepen de mannen hen straal voorbij. Alsof ze een levende geest was.

De kerels waren nog te dichtbij en Cela was bang om Jianyu te vragen wat er was gebeurd. In plaats daarvan telde ze haar zegeningen, in de hoop dat hun geluk nog een poosje aanhield.

Terwijl de kerels de trap op renden liep Jianyu verder naar beneden, en even later stonden ze buiten bij de achterdeur van het pand, die uitkwam in de drukke Elizabeth Street.

'Niet loslaten,' zei hij toen ze haar handen wegtrok.

Ze had waarschijnlijk niet naar hem moeten luisteren, maar zijn stem klonk nu anders, eerder wanhopig dan dwingend, waardoor ze hem toch gehoorzaamde.

'Ze kunnen ons niet zien,' fluisterde hij, in antwoord op haar onuitgesproken vraag.

'Niemand?'

'Niet als je op mijn rug blijft zitten,' verklaarde hij terwijl hij haar wat omhoogschoof en bij het gebouw wegliep waar ze hem uit had gered.

Toen snapte ze het ineens. 'Je bent een van hen.'

Hij spande zijn kaakspieren aan en gaf geen antwoord.

Pas twee huizenblokken verderop zette hij haar op de grond. In de verte hoorde ze de sirenes van de brandweerwagens, en hij keek met een ernstig gezicht in de richting waar het geluid vandaan kwam.

'Wat is er?' vroeg ze.

'Dolph heeft de Strega met niets van de grond af aan opgebouwd. Om het nu in vlammen op te zien gaan...' Zijn stem brak.

'Bedoel je de bar? Die zal niet afbranden,' verzekerde ze hem. 'Ik heb alleen een vuurtje in een vuilnisbak gestookt, waardoor een hoop rook ontstond zodat het erger lijkt dan het is. Bovendien,' ze hield haar mond even om naar de naderende sirenes te luisteren, 'lijkt het erop dat iemand daar een hoge pief als vriend heeft als de brandweer nu al uitrukt.'

Hij draaide zich naar haar om. 'Bedankt dat je me hebt gered, Miss Johnson.' Zijn zwarte steile haar hing los en schots en scheef om zijn gezicht doordat het zo lomp was afgesneden. Het zou eruit moeten zien als een warboel, maar in plaats daarvan accentueerde het zijn scherpe trekken – zijn jukbeenderen en uitgesproken kin, de brede krachtige neus en de fijne wenkbrauwen boven zijn ogen die alles zagen.

'Je kunt me Cela noemen. Dat doet iedereen.'

'Cela,' herhaalde hij, licht tollend op zijn benen.

'Ho, pas op,' zei ze terwijl ze hem onder zijn armen opving voordat hij voorover zou vallen. 'Ze hebben je flink te grazen genomen, hè?'

'Ik red me wel,' zei Jianyu ondanks zijn van pijn vertrokken gezicht.

'Natuurlijk.' Ze ondersteunde hem toen ze naar een dichte deur liepen waar hij tegenaan kon leunen om even uit te blazen.

'Kom,' zei hij. 'We zijn nog te dichtbij.' Hij ging haar voor naar een tramhalte een huizenblok verderop en begon pas weer te praten toen ze in de tram naar het centrum zaten, weg van de Bowery. 'Kun je ergens terecht?' vroeg hij aan haar, met zijn handen tegen zijn buik aan gedrukt, alsof hij zo kon voorkomen dat hij over zijn nek zou gaan. 'Ergens waar je veilig bent?'

'Veilig?' Cela moest lachen om de absurditeit van het idee, maar ze hield zich in. 'Ik weet niet meer wat veilig is.'

PAS OP VOOR DE DUIVELSDIEF

1904 – St. Louis

Harte Darrigan zou nog eerder zelf een jurk aantrekken dan toegeven dat Esta's besluit om de mannenkleren te dragen, die ze in de hotelkamer had gevonden, een goed idee was geweest, zogenaamd omdat beneden in de drukke balzaal alleen maar mannen waren. Als hij zou toegeven dat ze gelijk had zou dit haar nog meer aanmoedigen. Maar belangrijker was misschien dat hij zich enorm moest beheersen om niet afgeleid te raken door de vorm van haar benen in de herenpantalon die ze aanhad. Dus wierp hij haar in plaats daarvan een duistere blik toe en concentreerde zich op hun belabberde situatie – ze moesten het hotel uit zien te komen voordat ze betrapt werden.

'De ingang naar de keuken moet daar zijn.' Hij negeerde haar opmerking en wees naar de andere kant van de balzaal, waar een deur om de zo veel tijd openzwaaide en obers in witte jacquets in en uit liepen. 'Er is een trap in de hoek, daar, bij het podium. We lopen eerst langs de muur totdat we de zaal oversteken. Blijf dicht bij me, maar niet té,' liet hij haar weten. 'En loop niet zo te wiegen met je heupen.'

Ze wierp hem een boze blik toe. 'Dat doe ik helemaal niet.'

'Wel waar.' Hij kon het weten, want hij was net achter haar aan door de gang gelopen. Ze deed haar mond open om tegen hem in te gaan, maar hij was haar voor. 'Je loopt als een vrouw.' Hij nam haar even op om te kijken of hij nog iets anders zag waarmee ze door de mand zou vallen. 'Trek je hoed verder omlaag,' zei hij toen ze hem aanstaarde. 'Je ogen... die zijn te zacht. Jézus!' vloekte hij, en zijn maag keerde zich om. Het was ondenkbaar dat ze door een zaal vol mannen kon lopen zonder dat ze zouden merken dat ze een vrouw was. Ze had net zo goed alleen het korset kunnen dragen. 'Het wordt nog onze dood.'

'Het komt goed,' stelde ze hem gerust. 'Ik heb mijn hele leven mannen om me heen gehad.'

'Ach ja, voor het geval je het nog niet hebt gemerkt, ik ben er ook een,' grauwde hij.

'Dat is niet te missen.' Ze trok een mondhoek op, en hij dacht naast een speelse blik in haar whiskykleurige ogen genegenheid te zien, waardoor de macht in hem verlangend opwelde. Omdat hij zijn aandacht nodig had om de macht terug te dringen reageerde hij niet op haar plagerige grapje en ze zuchtte verveeld om zijn stilzwijgen. 'O, kom op, Harte. De meesten hier zijn al dronken. Die zullen me heus niet opmerken.'

'Laten we hopen van niet.' Maar hij had er weinig vertrouwen in.

Toen ze beneden in de balzaal kwamen werden ze omringd door het geluid van klinkende glazen en mannen die het hardst om hun eigen grappen lachten. Terwijl ze langs de muren van de zaal liepen trok iets aan de rand van zijn blikveld zijn aandacht, en hij keek op naar het balkon, waar nu een paar mannen stonden die de drukke balzaal afspeurden. Ze droegen dezelfde zwarte jassen met een witte band om de arm als de bewakers buiten bij het theater.

'Niet naar boven kijken,' waarschuwde hij Esta. Hij knikte naar een oudere heer met een benevelde blik, terwijl hij een glas champagne van een dienblad pakte.

'Wat?'

'Ik zei: niet kijken,' siste hij met op elkaar geklemde kiezen, waarna hij het glas aan zijn lippen zette. Niet dat hij een slok nam, maar hij gebruikte de beweging om onopvallend de zaal rond te kunnen kijken. 'Er staan twee mannen op het balkon, misschien meer.'

'Politie?' vroeg ze.

'De Jefferson Garde.' Hij liet zijn blik op haar rusten. 'We hebben geen tijd meer als ze ons hier zoeken.'

'Ze zoeken *mij*,' verbeterde Esta hem. 'Ze zijn op zoek naar de Duivelsdief.' Haar ogen stonden kalm maar haar kaken waren gespannen.

'Nou, die zullen ze hier niet vinden.' Harte keek over de rand van zijn glas naar Esta. 'Je zou ons hier weg kunnen halen, nu.'

Ze schudde haar hoofd. 'Je hebt zelf gezien wat er in de gang gebeurde. Ik had amper grip op de seconden. We weten niet waartoe de Garde in staat is. Als ze magie kunnen opsporen...'

Waarschijnlijk had ze gelijk. Als de Barrière of de macht van het Boek die in hem school haar magie had aangetast – of zijn eigen magie – was het beter er geen beroep op te doen totdat ze er meer over wisten. 'Kom, we gaan.'

Ze liepen onder de relatieve beschutting van het balkon door, waarna ze zich kriskras een weg zochten over de drukke dansvloer om bij de dubbele deuren van de keuken te komen, die elke keer dat er een ober met een dienblad vol champagne of lekkere hapjes doorheen kwam soepel in hun scharnieren zwaaiden. Achter de deuren was het licht in de personeelsgang, als een baken dat hen aanspoorde door te lopen.

Als Harte recht op die deuren af had kunnen stormen, had hij het zeker gedaan. Maar het zou de mannen die boven de boel in de gaten hielden opvallen wanneer hij ineens heel snel naar de deuren stoof. En hoe hard hij ook wilde schreeuwen: *Rennen! Snel! Wegwezen!* dwong hij zichzelf rustig tussen de mensen op de dansvloer door te bewegen en zo nu en dan even te blijven staan om zogenaamd naar het orkest te luisteren, of om een van de hors-d'oeuvres van de obers in witte jacquets te pakken, die rondliepen.

Het leek alsof ze de overkant nooit zouden bereiken... maar toen waren ze er ineens bijna. Nog maar een paar passen en ze konden de achterkant van het hotel in glippen, waar het veilig was. Maar net op het moment dat ze door de deuren weg wilden gaan stopte het orkest plotseling met spelen. Om hen heen reageerden de mannen – dronken als ze vermoedelijk waren – vertraagd met een fluistering die door de zaal ging toen tot ze doordrong dat er iets aan de hand was.

Harte draaide zich ook even om, lang genoeg om te zien dat een van de agenten in burger op het podium was gaan staan en het publiek met omhooggestoken handen verzocht geduld te hebben, terwijl de lampen in de kroonluchters opeens fel oplichtten.

'Mag ik uw aandacht, heren?' riep de politieagent. 'Ik ben inspecteur Sheehan van de St. Louis-stadspolitie. Het spijt me dat ik uw avond verstoor, maar er is hier een gezochte voortvluchtige misdadiger. Ze werd gespot toen ze een paar minuten geleden het hotel binnenging en we vermoeden dat ze hier nog ergens is.'

Het geroezemoes in de zaal werd luider terwijl de mannen hun hals strekten en om zich heen keken, op zoek naar een vrouw. Naast Harte schoof Esta de hoed verder over haar voorhoofd.

De politieagent vervolgde: 'We vragen een moment van uw tijd, dan vergrendelen mijn mannen de zaal om die snel uit te kammen.'

'Ik ben hier, inspecteur,' riep een stem boven het geroezemoes van de mannen uit.

Iedereen in de zaal draaide zich naar het balkon toe, waar een persoon in een rode jurk stond. Haar gezicht ging deels schuil achter een rood porseleinen masker met duivelshoorntjes en ze stond met opgeheven armen op de balustrade, alsof ze in de menigte zou duiken. De bewakers stoven meteen op de vrouw op het balkon af. Maar ze haalde met een zwierende draai van haar armen een plumeau tevoorschijn, en toen verdween ze plotseling in een wolk van rode rook.

'Jullie moeten sneller zijn als je me te pakken wilt krijgen,' riep een andere stem aan de overkant van de balzaal. Opnieuw draaide iedereen zijn hoofd om te kijken waar de stem vandaan kwam. Ook deze persoon had een duivelsmasker op, maar ze droeg een nachtblauwe jurk en zag eruit als een schaduw op de vergulde muur.

'Of mij,' schalde weer een andere stem. Deze figuur was in een spookachtig witte jurk gekleed, en ook haar gezicht was gemaskerd.

'Of mij,' riep weer een stem uit een andere hoek.

'Of mij.' De vrouw in de rode jurk was ineens weer terug.

Hun stemmen weergalmden tegen de muren als het geluid van donderslagen die door de balzaal dreunden en het was of de lucht plotseling elektrisch geladen was. Er stak een vreemde, onbestaanbare wind op die door het vertrek wervelde en die nog meer nerveus geroezemoes teweegbracht bij de mannen, die net nog de grootste lol hadden. Eén woord verspreidde zich als een lopend vuurtje door de zaal: Antistasi.

Iedereen in de zaal rende al naar de deuren, maar de politie had alle uitgangen geblokkeerd.

'Wie zijn dat?' fluisterde Esta, haar hand op Hartes arm.

'Al sla je me dood,' antwoordde hij, naar de vrouwen opkijkend die nu allemaal op de balustrades balanceerden. 'Als ik afga op wat ik net hoorde denk ik dat het de Antistasi is waar Julien ons over vertelde.'

'Pas op voor de Duivelsdief,' scandeerden de vrouwen terwijl er nog meer rook onder hen aanzwol. 'Haar vijanden, hoed je voor haar toorn!' In een lichtflits waren de gedaanten weer verdwenen, maar de rookwolk kroop als een levend wezen langzaam omlaag naar de dansvloer.

'Ze zijn sensationeel,' fluisterde Esta bewonderend.

Harte deelde het enthousiasme dat van Esta's gezicht af was te lezen niet. De verschijningen hadden iets griezeligs en waren behoorlijk verontrustend. Het werkte ook niet mee dat de gemaskerde vrouwen die verrekte naam gebruikten waarmee de kranten Esta aan de schandpaal hadden genageld, wat alleen maar voor problemen zou zorgen zolang ze in deze stad waren.

Toen voelde Harte een ijzige hitte die op magie duidde in de lucht trillen en hij wist dat het iets met de rookwolk boven hun hoofd te maken moest hebben. Hij was absoluut niet van plan te wachten tot hij met de gevolgen ervan werd geconfronteerd. 'We gaan,' zei hij, en hij pakte Esta's hand, waarna hij haar in tegenovergestelde richting van de mannen op de dansvloer meevoerde, waar inmiddels paniek was uitgebroken.

Hij nam niet de moeite om te kijken of iemand hen had zien weglopen toen ze de laatste paar passen naar de personeelsdeuren overbrugden. Eenmaal in de gang erachter zetten ze het meteen op een lopen.

'Deze kant op.' Esta wees naar een smalle trap die naar beneden leidde.

Ze stormden de trap af en kwamen in een andere gang met linoleum op de vloer en crèmekleurige muren. Harte hoorde al herrie op de trap achter hen en rechts hoorde hij andere stemmen dichterbij komen. Het was hem niet duidelijk of dat ook politieagenten waren of alleen het keukenpersoneel, maar ze konden niet blijven staan om daarachter te komen.

Opnieuw pakte Harte haar hand en hij trok Esta mee de gang in, weg van de stemmen, door een deuropening.

'Dit loopt dood,' zei Esta, terwijl ze om zich heen keek op zoek naar een andere uitgang.

Het was een opslagruimte. Langs één muur stond glanzend zilverwerk, zoals soepterrines en dekschalen. In een hoek stonden twee grote bakken op wieltjes die vollagen met stapels schoon linnengoed.

Buiten in de gang klonken stemmen. Harte liep naar de deur, leunde ertegenaan en deed hem voorzichtig op een kier open om te luisteren. 'Er is daar iemand,' liet hij Esta weten. 'Ik denk dat ze die vrouwen uit de balzaal zoeken, wie het ook waren. We moeten hier weg.'

'En dat daar?' vroeg ze, wijzend naar een kleinere, vierkante deur halverwege de muur aan de andere kant van het vertrek. Toen ze die opendeed zag ze een soort koker, net groot genoeg voor één persoon. 'Het lijkt daarbeneden wel een kelder, misschien is het de wasserij?' opperde ze, gebarend naar de karren vol linnengoed.

'Het kan net zo goed een vuilstortkoker zijn die uitkomt in een verbrandingsoven.' Hij bukte zich en keek in de donkere opening. 'Ik kan het niet zien.'

Buiten de deur klonken de stemmen steeds harder. 'Ik denk dat we het erop moeten wagen,' zei ze kordaat, en ze trok haar been al op om zichzelf de opening in te wurmen. 'Als we in de kelder uitkomen, moet er vast een weg naar buiten zijn.'

'Nee, Esta, niet doen.' Harte trok haar terug toen ze ergens in de gang een deur open hoorden slaan. 'We weten niet hoe ver we omlaagglijden of wat daar beneden is.'

'Maar –'

Hij tilde haar op voordat ze kon tegensputteren. 'We kunnen het risico niet lopen een been te breken, of iets anders,' zei hij terwijl hij de tegenstribbelende Esta naar de bakken met wasgoed droeg.

Ze zette grote ogen op toen ze doorhad wat hij van plan was. 'Haal het niet in je hoofd, Harte!'

Maar hij liet haar al in een van de bakken op wieltjes zakken. 'Bedek jezelf.'

Esta worstelde met de berg lakens en ander linnengoed om zichzelf rechtop te sjorren. 'Maar –'

'We hebben geen tijd om te bekvechten,' beet hij haar toe, waarna hij wat extra lakens uit een van de andere bakken trok. Wie die vrouwen in de balzaal ook waren, ze hadden Harte en Esta met hun afleidingsmanoeuvre wat speling gegeven. Althans, dat hoopte hij. 'In de lift vertrouwde ik op jou. Nu is het jouw beurt om mij te vertrouwen.'

'Harte...'

'Omlaag, jij. En blijf zitten.' Hij gooide nog een berg lakens boven op haar voordat ze verder zou tegenstribbelen. Harte knoopte een van de witte tafelkleden om zijn middel, dat voor het schort van de obers moest doorgaan. Hij had alleen niet het witte jacquet aan dat het andere hotelpersoneel droeg, maar hij hoopte dat wat Esta beweerde waar was: niemand schonk aandacht aan het personeel. 'Klaar?' vroeg hij, waarop hij een reeks gedempte verwensingen naar zijn hoofd kreeg, die hij dan maar opvatte als een ja.

Voorzichtig liep hij achteruit het vertrek uit terwijl hij de kar met zich meetrok. Hij ging de tegenovergestelde kant op van waar de stemmen klonken en probeerde zich te oriënteren. In een poging om zo gewoontjes mogelijk over te komen manoeuvreerde hij de kar door de gang. Hij was bijna bij de eerste hoek toen iemand achter hem begon te roepen.

'Hé! Jij, daar!'

Alsof hij niets had gehoord bleef Harte met grote, regelmatige stappen doorlopen naar het eind van de gang, die zich daar in een T splitste.

'Hé!' klonk het nogmaals. 'Blijf staan!'

Zodra hij de eerste gang rechts in was gegaan zette hij het op een lopen. Toen hij dichter bij de zwaaideuren kwam vertraagde hij zijn pas niet en vloog hij in volle vaart tussen de deuren door, waarna hij de keuken in dook. Opgeschrokken keken de koks op van hun werk, en ze namen even de tijd om hem door de keuken te zien snellen. Aan de andere kant van het vertrek was een lege personeelsgang. Hij keek in de haast niet achterom om te zien waar hun achtervolgers inmiddels waren, maar hij rende door de gang, tussen weer een stel zwaaideuren door die uitkwamen op de foyer.

De hoofdingang van het hotel was nog maar een paar meter van hen vandaan, nog even en ze zouden buiten staan, in de donkere avond. Toen klonk het snerpende geluid van een politiefluitje door de lucht. De heldere klanken van de piano verstomden acuut, de mensen in de foyer bleven staan en staarden hem aan. Twee politieagenten in uniform versperden hem de weg en blokkeerden zo de enige uitgang die er nog was.

Op dat moment wist Harte dat het over en uit was. Buiten zou nog meer politie klaarstaan en zelfs als hij hen beiden door de hoofdingang heen kon loodsen, konden ze nergens heen. Maar zo gemakkelijk zou hij zich niet gewonnen geven.

'Hou me vast,' waarschuwde hij Esta terwijl hij weer begon te rennen.

'Harte, wat doe je?'

Hij had verwacht dat de twee agenten opzij zouden gaan, maar ze bleven stoïcijns staan, klaar voor de confrontatie, dus toen de kar hen ramde smakten ze allemaal op de grond. Esta rolde er totaal gedesoriënteerd uit, met haar lange haren los onder de hoed vandaan, maar Harte was snel opgestaan en pakte haar hand.

'Rennen!' riep hij terwijl hij haar achter zich aan trok naar de uitgang. Maar plotseling blokkeerden drie andere kerels hun weg naar buiten. Meteen bleef hij staan, in het besef dat hij met geen mogelijkheid door deze versperring heen kon... niet zonder magie.

'Esta!' Haar naam klonk als vraag en tegelijk als bevel.

Ze hield zijn hand nu nog steviger vast alsof ze hem had begrepen, maar er gebeurde niets.

'Nu!' riep hij toen de mannen dichterbij kwamen om hen in te sluiten.

Ze knipperde met haar ogen naar hem. 'Oké.'

Harte struikelde bijna toen de agenten die hen op de hielen zaten midden in een stap in het tijdframe bevroren, en Esta zuchtte beverig. Samen zigzagden ze tussen de mannen door, de voordeur van het hotel uit. Voor het hotel stonden politieagenten in zwarte uniformen hen op te wachten, zoals hij had verwacht.

De storm die de hele avond al dreigend boven de stad hing, was losgebarsten en de koude regendruppels, stil in de lucht hangend, voelden scherp als naaldenprikjes op Hartes huid terwijl hij en Esta bij het hotel wegrenden. De avondhemel lichtte op door een bliksemschicht, de felle vertakkingen van de elektrische ontlading bevroren als scheuren in het ijs op een vijver. Ze verlichtten de donkere hemel met hun gloed.

Naast zich hoorde hij Esta's ademhaling even haperen toen ze struikelde en hem bijna meetrok. Maar hij kon hen net op tijd voor een val behoeden. 'Esta?'

'Het lukt me niet meer,' zei ze met op elkaar geklemde kaken. 'Het is me te veel.' Ze probeerde zich uit zijn greep los te maken.

Op dat moment zag hij dat energiestralen als miniatuurversies van de bliksemschichten die in de lucht gestold waren, zich om hun ineengeslagen handen slingerden en ze samenbonden. Maar deze stralen waren niet in het tijdframe bevroren, zoals al het andere om hen heen. Deze energie leefde en kroop heet en onheilspellend langs haar arm omhoog. De stem in hem riep het triomfantelijk uit.

'We zijn er bijna.' Hij keek met een soort verlammende afschuw naar wat er gebeurde. Ze konden het hotel nog steeds zien. De politie vormde een gevaar. Alles wat ze hadden geriskeerd, alles wat ze hadden gedaan om te vluchten was voor niets geweest als ze nu niet zouden ontsnappen. 'Nog een paar minuutjes.'

Esta's gezicht was verwrongen van inspanning. 'Het voelt heet als vuur.' Maar ze knikte.

Zonder stil te staan of om haar toestemming te vragen nam Harte haar in de brandweergreep over zijn schouders, waarna hij zich een weg zocht tussen het stilstaande verkeer door. De koude naaldenprikjes van de regendruppels negeerde hij. Opnieuw laaide de macht in hem op, trillend van voldoening, maar hij sprak al zijn kracht aan en drukte het de kop in.

Hij had de overkant van de straat net gehaald, uit het zicht van het hotel, toen Esta naar lucht hapte en de wereld om hen heen weer in beweging kwam. De hemel werd donkerder en een tel later barstte het onweer los boven het regelmatige geluid van de regendruppels uit. Hij rende naar een portiek om te schuilen, waar hij Esta op de grond neerzette.

'Hebben we het gehaald?' fluisterde ze.

'Ja.' Hij streek het haar uit haar gezicht. 'We zijn ontsnapt. Maar we moeten wel in beweging blijven. Je moet me helpen. Je zult zelf moeten lopen.'

Ze luisterde echter niet naar hem. Met een glazige, onscherpe blik staarde ze naar de avondhemel. 'Zie jij dat ook? Het lijkt of het donker de hele wereld opslokt.'

Maar Harte had geen tijd om te kijken, want hij lette op Esta, die met wegdraaiende ogen door haar benen zakte.

EEN ONVERWACHTE UITDAGING

1904 – St. Louis

Ruth stond verdekt opgesteld bij een vrachtkar van de brouwerij, tegenover het Jefferson Hotel, en wachtte op een aanwijzing van wat er zich binnen afspeelde. Langs de stoep vlak bij de entree blokkeerden de zwarte contouren van politiewagens haar zicht op de ingang. Ze had voor de zekerheid meer leden van de Antistasi bij de andere uitgangen op wacht gezet.

Ze had geen idee wat ze moest verwachten. Sinds de legende van de Duivelsdief na de treincrash twee jaar geleden was ontstaan, had Ruth altijd aangenomen dat het een leugen was, bedacht en verkondigd door de Orde en andere occulte Broederschappen, om angst te zaaien en mensen op te stoken tegen haar soort. Ze had nooit echt kunnen geloven dat een meisje in haar eentje alles teweeg had gebracht wat de verslaggevers van de kranten beweerden. Het had Ruth en de andere Antistasi-leiders er niet van weerhouden de Duivelsdief als een van hen te beschouwen en haar naam te gebruiken als overkoepelende aanduiding voor hun gezamenlijke ideaal.

In het hele land bestonden enclaves waar Mageus een teruggetrokken leven leidden, maar na de invoering van de wet tegen magie was daarin iets veranderd. Deze heel gewone mensen, gelukkig met hun leven, bedeften dat ze nooit echt veilig waren geweest en ze wendden zich tot de Duivelsdief, die hoop gaf op een andere toekomst, en groeperingen als die van Ruth waren meer dan bereid die hoop te bieden.

Toen er andere acties – op grote en kleine schaal verspreid door het land – werden uitgevoerd door mensen die claimden de Duivelsdief te zijn, had Ruth verondersteld dat het een groep Antistasi betrof, gelijkgestemden. Ze had echter nooit verwacht dat hetzelfde meisje als van de treincrash erbij betrokken zou zijn geweest. De Duivelsdief was maar een fabeltje, een mythe over een volksheld zoals John Bunyan of John Henry. Misschien was ze in een bepaalde periode een bestaand meisje geweest, maar de Duivelsdief stond voor grootsere zaken en oversteeg het individu. Ze stond voor een ideaal, een roeping.

Maar toen had North het meisje ineens eerder op de avond gezien, de Duivelsdief wier gezicht in alle kranten door het land had gestaan, en dat had Ruth geconfronteerd met de mogelijkheid dat ze zich al die tijd had vergist – om nog maar te zwijgen van de mogelijkheid dat haar eigen macht in St. Louis misschien op de proef gesteld zou worden. Verhalen waren tenslotte makkelijker te stoppen dan menselijke emoties.

Ruth had geen idee wie dit meisje was en wat ze wilde. Ze wist niet eens of ze echt wel de Duivelsdief was, hoewel de politie en de Jefferson Garde haar als zodanig behandelden. Dat het meisje hier opdook betekende in het gunstigste geval slechts een minimale afleiding. Maar in het ergste geval was ze naar de stad gekomen om er haar macht te laten gelden. Ruth had te hard gewerkt en nog te veel werk te doen om dat toe te staan.

Toch kwam het Ruth niet goed uit als het meisje nu opgepakt zou worden. Als dat gebeurde, zou het boegbeeld van de Duivelsdief ze niet langer beschermen tegen represailles vanuit welke hoek dan ook, die Ruths Antistasi het hoofd moest bieden. Er stond te veel op het spel om dat te laten gebeuren, daarom had ze haar mensen meegenomen naar het Jefferson Hotel. Ze zouden voor een afleidingsmanoeuvre zorgen zodat het meisje kon ontsnappen, en als het even kon zouden ze haar naar Ruth brengen. Als rivale zou het meisje mogelijk een probleem vormen, maar als bondgenoot – of nog beter: als volgeling – zou ze haar van pas kunnen komen.

Het duurde al te lang. Met North en zijn zakhorloge, waarmee hij de tijd naar zijn hand kon zetten, leek er toch geen eind aan het wachten te komen. En zolang haar mensen binnen waren, bleef Ruth bezorgd.

Een bliksemschicht schoot als een felle lichtboog door de lucht en verlichtte de straat en de voorgevel van het hotel, en nog voordat de donder losbarstte doken twee mensen uit het niets op. Ruth tuurde in de regen en zag dat de grotere gestalte van de twee de ander optilde, om vervolgens weg te rennen. Ze voelde de warme energie van ongewoon krachtige magie, die ook nog eens onvoorstelbaar puur was, door de lucht sidderen. In haar hele leven had ze nog nooit zo'n sterke macht gevoeld.

Even later verschenen vier gemaskerde figuren gekleed in een jurk uit de lichtkring van de dichtstbijzijnde straatlantaarn. Ze renden naar Ruths wagen en voordat iemand ze kon zien, waren ze binnen. De achterdeur van het laadgedeelte ging dicht en er schoof een raampje open bij de koetsiersbank.

'Zitten jullie in moeilijkheden?' vroeg Ruth, het donker van de overdekte wagen in turend. North had zijn masker afgezet en trok de donkerblauwe jurk uit.

'Nee,' antwoordde hij. 'Maggies rookbommen werkten als een tovermiddel.'

'Dat is meestal zo,' zei Ruth, en even laaide diep vanbinnen een vonkje trots op voor haar jongste zusje.

'We hebben de Duivelsdief niet gevonden. Denk je dat ze wist te ontkomen?' vroeg Maggie terwijl ze het masker van haar gezicht trok. Het was nog altijd even schrikken om Maggie in een rode jurk te zien terwijl ze gewend was aan de onopvallende kleuren die haar zusje normaal droeg. En aan Norths gezicht te zien – zijn onverholen verlangen – vermoedde Ruth dat hij het ook zo voelde.

Nu keek Ruth in de richting waar het stel in de regen was verdwenen. 'Zij wel, denk ik,' antwoordde ze. 'Maar wat North zei klopte: ze is niet alleen.'

'Zal ik achter ze aan gaan?' vroeg hij.

Ruth dacht even na over zijn voorstel, maar toen zag ze het bezorgde gezicht van haar zus. Met de krachten die de Duivelsdief bezat zou het een aanwinst zijn om haar aan hun kant te hebben. Maar ze wist dat als Maggie zich zorgen zou maken om North, ze zich niet op haar werk kon concentreren en ze moest het serum echt afmaken. Duivelsdief of niet, ze hadden nog maar weinig tijd. 'We hebben genoeg oren en ogen in de stad. Als ze weer ergens opduiken of onrust stoken weten we dat snel genoeg. Maar nu heb ik je hier nodig.'

VERANTWOORDELIJKHEDEN

1902 – New York

Terwijl de tram noordwaarts reed naar Fifty-Second Street, waar Cela's oom en zijn gezin woonden, kon ze het niet helpen dat haar stem brak toen ze Jianyu vertelde dat Abe in hun eigen huis was vermoord. De tranen rolden over haar wangen terwijl ze hem uitlegde dat het naaiatelier in het theater haar trots was geweest, haar toevluchtsoord, maar dat het haar gevangenis was geworden.

'Ik wíst dat je er was,' zei hij.

Ze knikte. 'Ik hoorde je, maar ik wist niet wie je was. Met wat ik die avond had meegemaakt... Toen begon je over Darrigan, en het leek me niet slim om tevoorschijn te komen.'

'Begrijpelijk, na wat je broer is overkomen en wat er met jullie huis is gebeurd,' zei Jianyu, maar Cela snapte zijn opmerking niet zo goed.

'Over mijn huis heb ik je niets verteld,' verklaarde ze, en plotseling had ze het gevoel dat er een steen op haar maag lag.

'Weet je dat niet?' Er verscheen een aarzeling op zijn gezicht. 'Toen ik naar je op zoek was, trof ik het brandend aan.'

Hoewel ze op een bank zat, was zij nu degene die niet overeind kon blijven en hij moest haar ondersteunen. Dat huis was haar vaders trots en geluk geweest. Het was de voetafdruk die hij in de wereld had achtergelaten en als Jianyu gelijk had, was het verdwenen. Net als haar broer. Net als alles wat haar dierbaar was. Ze had alles in één nacht verloren.

Aan de rank om haar hart groeiden doorns en ze kreeg geen lucht meer.

Was het al twee dagen geleden?

Jianyu had troostend een hand over de hare gelegd, maar ze trok hem terug en hij liet haar gaan, al kneep hij zijn ogen bedachtzaam halfdicht.

'Wat?' eiste ze. Haar treurende ziel was een open wond door het verlies dat zich op elkaar had gestapeld.

'Harte Darrigan loog over veel dingen, maar niet over jou,' zei hij zacht. 'Hij koos de juiste persoon.'

'Nou, hij had iemand anders moeten uitkiezen,' beet ze hem toe, niet in staat de verbittering uit haar stem weg te houden.

Jianyu ademde haperend uit, een zucht die Cela als bevestiging opvatte. Een poosje reden ze in stilte verder, maar uiteindelijk wendde hij zich weer tot haar. 'Darrigans moeder?' vroeg hij vriendelijk. 'Hij vertelde me dat hij haar aan jouw zorg had toevertrouwd. Was ze niet in het huis?'

'Ze overleed voordat ik wegging,' verzekerde ze hem. *Voordat het afbrandde.*

'Wie heeft je broer om zeep geholpen?'

'Ik hoopte dat jij het zou weten,' antwoordde ze. 'Ik was in de kelder toen het gebeurde. Ik hoorde een pistoolschot en ben weggeglipt. Ik weet niet waarom ik op de vlucht sloeg. Ik kon mezelf niet stoppen. Abe heb ik daar achtergelaten. Ik was laf en liet hem aan zijn lot over.'

Haar stem haperde en de herinnering aan Abe, de lach in zijn ogen en zijn sprekende gelaatstrekken die op die van hun vader leken, dreigde haar zo te overweldigen dat ze bang was het nooit te boven te komen.

'Je bent niet laf, Cela Johnson.' Jianyu veegde de tranen liefdevol van haar wangen. Het was een vreemd intiem gebaar, en veel te vrijpostig. Maar ze hield hem niet tegen. Ze aanvaardde zijn troost omdat ze wist hoe hij het bedoelde.

'Het ligt aan Darrigan, hè? Alles wat mij en Abe is overkomen komt doordat ik zijn moeder in huis heb genomen en die vervloekte ring aannam als beloning.'

'Ik weet het niet zeker, maar...' Hij boog zijn hoofd en kromp ineen van de beweging.

'Dat is de reden waarom Evelyn me opsloot in mijn naaiatelier. Ze was op de ring uit die Darrigan me gaf.' Cela snapte nog steeds niet hoe het die stomme snol was gelukt om de ring uit de zoom van haar rok te jatten of waarom ze zelf niets had gedaan om hem te houden.

'Heb jij hem nog?' vroeg Jianyu, met een doordringende blik in zijn ogen, en zijn stem klonk plotseling wat dwingend. 'Heeft Evelyn de ring gejat?'

'Zij moet hem hebben gestolen,' antwoordde Cela.

'Néé!'

'Voor mij is het een hele bevrijding. Dat duivelse rotding heeft me alleen maar ongeluk gebracht.'

Jianyu zag nu nog bleker dan hij al was. Zijn huid was normaal gesproken goudkleurig maar nu was alle kleur uit zijn gezicht weggetrokken. 'Het brengt nog veel meer ongeluk als we hem niet terugkrijgen.'

'We? Er is geen "we",' zei ze stellig. De tram stopte langs de stoeprand en ze was niet van plan verder te rijden. 'Dit is mijn halte. Ik ga naar mijn familie, moge God hen bijstaan, en jij kunt gaan en staan waar je wilt, maar ik wil niets te maken hebben met die ring of Harte Darrigan, of wat dan ook. Ik heb jou bevrijd en jij mij, dus we staan quitte en onze wegen scheiden zich hier.'

Jianyu fronste, maar ging niet tegen haar in.

'Ik kan niet echt zeggen dat het me een genoegen was, maar interessant was het zeker.' Ze stak hem haar hand toe. 'Dat God met je is, want Hij weet dat je als je achter die ring aan gaat Zijn bescherming hard nodig hebt.'

Jianyu wilde haar de hand schudden, maar zijn huid had haar amper aangeraakt toen ze merkte hoe koel die aanvoelde – te koud – en plotseling zakte hij in elkaar alsof het leven uit hem was verdwenen. Alleen haar snelle reactie behoedde hem voor een tweede smak op zijn hoofd.

Ze had zich niet gerealiseerd dat hij zich zo beroerd voelde. Net leek het best goed te gaan met hem... Nou ja, hij was niet haar verantwoordelijkheid. Cela hees Jianyu overeind op het bankje en wilde weglopen. Maar ze had nog geen vier stappen gezet of ze draaide zich weer om.

Ze kon hem zo niet achterlaten, al was het verstandiger van wel. Ze kon het niet over haar hart verkrijgen.

Met een diepe zucht schudde ze Jianyu door elkaar totdat hij weer bijkwam en rechtop kon blijven staan. Maar zelfs dan moest ze hem met zijn arm over haar schouder ondersteunen om hem door het gangpad mee te voeren en uit de tram te stappen, terwijl ze haar excuses aanbood aan haar medepassagiers, die haar afkeurend aankeken. Eenmaal buiten nam Cela even de tijd om zich te oriënteren. Jianyu was nauwelijks bij bewustzijn, maar hij bleef tenminste overeind.

'Vooruit,' spoorde ze hem aan terwijl ze de buurt in liepen. 'Laten we je ergens heen brengen voordat je weer flauwvalt.'

Ze had erover gedacht naar haar familie te gaan, maar haar oom Desmond en zijn kinderen hadden al eerder misprijzend op haar neergekeken, en ze kon zich maar al te goed voorstellen wat hij zou doen wanneer ze dakloos en rouwend voor zijn deur stond met een halfdode Chinees in haar kielzog.

EEN GEMISTE KANS

1904 – St. Louis

In het Jefferson Hotel was chaos uitgebroken. Jack bleef stokstijf stilstaan toen hij nog maar net de foyer binnen was gelopen. Het wemelde er van zwart geüniformeerde politieagenten. Sommigen stonden te praten met mensen in avondkleding – dames in satijnen jurken behangen met juwelen en mannen in dure smokings die zelfs een Vanderbilt groen en geel van jaloezie maakten – terwijl anderen een grens rondom de zaal hadden gevormd en elke nieuwe gast die binnenkwam met argwanende ogen bekeken.

'U kunt nu niet naar binnen,' blafte een van de agenten Jack toe, en de harde stem van de man bracht hem weer bij zinnen. De morfine die hij net had ingenomen zorgde ervoor dat het hem koud liet. Hij liep langs de man zonder de moeite te nemen met hem in discussie te gaan.

Maar de agent greep hem bij de arm en draaide hem om. 'Ik zei dat u niet –'

'Mij is gezegd dat ik moest komen,' onderbrak Jack hem.

'Wie heeft dat gezegd?' bulderde de man, met zijn ogen tot spleetjes geknepen.

'Ik,' klonk een stem achter de agent.

'Hoofdinspecteur Matson, neem ik aan?' Jack draaide zich uit de greep van de andere agent weg, waarna hij zijn hand uitstak om de hoofdinspecteur te begroeten.

Het was een gedrongen man, gezet maar gespierd, met de alerte ogen van een havik. 'Fijn je eindelijk te ontmoeten, Mr. Grew,' zei de man, en hij schudde Jack de hand. 'Maar ik ben bang dat het zonde van je tijd is.'

Deze woorden waren als een koude douche en de aangename warmte die de morfine in Jacks aderen verspreidde bekoelde. 'Je zei dat ze hier waren,' beweerde Jack kortaf.

'Dat klopt, maar ze zijn verdwenen,' vertelde de hoofdinspecteur hem.

'Verdwenen.' Dit ene woord was als een klap in zijn gezicht, het was onmogelijk. 'Dat is uitgesloten. Je had toch bij elke uitgang mannen staan?'

'Inderdaad, bij die voor de gasten en ook bij de personeelsuitgang.'

'Dan moeten ze nog hierbinnen zijn,' constateerde Jack, en hij probeerde zijn toon neutraal te houden. 'Is het hele hotel doorzocht?'

'Dat is niet nodig,' vertelde Matson hem.

Ineens voelde Jack de ader in zijn hals kloppen. Ook al dempte de morfine het rumoer en de commotie in de foyer, de dingen die de hoofdinspecteur net had gezegd maakten hem woest. 'Verdomme! Hoezo niet?'

'Wat had dat uitgemaakt? Ze verdwenen onder onze ogen,' verklaarde de man. 'Mijn god, het halve politiekorps heeft het gezien. Nog geen vijf minuten geleden.' De hoofinspecteur wees naar een plek op ongeveer twintig meter bij de hoofdingang vandaan. 'We hadden ze omsingeld en alle vluchtwegen geblokkeerd. Het ene moment stonden ze nog hier en – hópla – en toen waren ze in het niets verdwenen. Als een stel geesten.'

Hij had al die tijd gelijk gehad. Ze hadden hem dan wel achter zijn rug uitgelachen en hem voor gek verklaard, maar hij had het bij het rechte eind gehad over Harte Darrigan en die meid.

'Ik geloof uiteraard niet in geesten,' zei de hoofdinspecteur. 'Dus heb ik de Garde om versterking gevraagd.'

'De Garde?' Jack kreeg het gevoel dat de wereld zich versmalde tot hij zich nog maar op één ding kon concentreren.

'De Jefferson Garde. Zij handelen de problemen in dit deel van de stad af als het om illegale magie gaat.'

'Nou, in dit geval hebben ze de boosdoeners anders gewoon laten lopen,' zei Jack verontwaardigd. 'Dat kunnen we niet tolereren, hoofdinspecteur Matson. Je verzekerde me dat je het gebied veilig zou maken voordat Roosevelt in de stad arriveert.'

De hoofdinspecteur zette zijn stekels op en zijn dubbele onderkin beefde. 'Ik heb het grootste vertrouwen in onze mannen. Ze zullen er alles aan doen om de veiligheid te garanderen als de president arriveert. Hé, Hendricks, kom eens hier.'

Aan de andere kant van het vertrek keek een man met een rood gezicht, een hoog voorhoofd en een dikke bos geelblond haar op. 'Een momentje, ik ben zo klaar.'

'Je had al klaar moeten zijn,' snauwde Matson, hard genoeg zodat hij de aandacht trok van iedereen in de foyer. Hij richtte zich weer tot Jack en snoof geërgerd. 'De Garde denkt dat ze aanzien genieten, omdat het stadsbestuur ze de vrije teugel laat, maar het zijn en blijven amateurs.'

'Hendricks, dit is Mr. Jack Grew,' zei de hoofdinspecteur toen de man bij hen kwam staan. 'Hij is hier om te helpen bij de voorbereiding van het presidentiële bezoek aan de tentoonstelling en het gala. Ik verzekerde hem zojuist dat we alles onder controle hebben.'

Hendricks hield zijn handen op zijn rug en zijn kin naar voren. Van dichtbij was de man jonger dan Jack had verwacht. Hij was waarschijnlijk nog geen twintig, maar hij had brede schouders en een smal, karakteristiek gezicht, en Jack stak zijn borst wat vooruit.

'Hendricks is kolonel bij de Garde,' legde de hoofdinspecteur uit. 'Hij kan je alles vertellen over de getroffen maatregelen. Ik laat Jack aan jou over, kolonel.'

'Goed, sir,' zei de jongen, en hij hield zijn gezicht in de plooi.

'Mooi. Je bent in goede handen.' Matson gaf Jack een harde klap tegen zijn arm, waarna hij wegliep om een van zijn officieren te zoeken.

'Dus je hebt vragen over onze veiligheidsmaatregelen?' vroeg Hendricks.

'Die Garde... wat is dat eigenlijk?' Jack keek vragend naar hem op.

'De Jefferson Garde heeft de taak St. Louis te beschermen tegen illegale magie,' legde Hendricks uit. Hij dreunde de woorden op alsof hij ze uit zijn hoofd had geleerd.

'En wat houdt dat precies in?' Jack keek de man recht aan.

'Wij lossen problemen op die de gewone politie niet kan afhandelen.' De kolonel ontmoette Jacks blik met emotieloze ogen. 'We gebruiken speciale vaardigheden en middelen om Mageus te vervolgen die weigeren zich aan te passen om een productief lid van de maatschappij te worden.'

Ondanks de verdovende mist van de morfine die het licht en de geluiden om hem heen dempte, was Jack ineens een en al oor. 'Echt? Vervolgen jullie Mageus?'

Hendricks knikte. 'We voeren ze af naar de achterbuurten en de gevangenissen, waar ze horen. Zo maken we het gevaar dat ze vormen voor een deugdelijke samenleving onschadelijk.'

'Fantastisch,' zei Jack enthousiast, naar het potje met morfinepillen reikend. 'Absoluut geweldig!'

DEEL 3

RESTAURANT DELMONICO'S

1902 – New York

De baleinen van Viola's nieuwe korset drukten in de zachte huid van haar heupen, maar ze kon er niets tegen doen zolang de *cagnozzo* van haar broer haar arm vasthield. Ook niet nu ze zich voorlopig moest gedragen als een echte dame. Het was inmiddels vier dagen geleden dat ze het pak slaag van haar broer had geïncasseerd als de prijs die ze voor zijn bescherming moest betalen. In die vier dagen was haar gebarsten lip voldoende genezen en kon ze zich weer in het openbaar vertonen. En in die vier dagen had ze haar tijd afgewacht en alles gedaan wat haar broer van haar vroeg, hoe vernederend het ook was. Ze had haar rol als de plichtsgetrouwe, berouwvolle zus gespeeld, maar ze had haar ogen en oren wijd opengehouden en een begin gemaakt met het uitdenken van een plan.

De ober zocht in zijn boek met reserveringen naar die van haar. Nu en dan keek hij met een vragende blik naar Viola en haar gezelschap op. Hoe langer ze daar stond, hoe meer ze de ogen van de gasten voelde priemen. Ze hoopte dat die sullige malloot zou opschieten, want het was de hoogste tijd dat er een tafel tussen haar en de man die haar vergezelde in stond. Zijn blikken waren al te brutaal geweest, net als zijn handen.

Met dit diner had Paul geen gezellig etentje bedoeld. Hij had het geregeld zodat ze een achterlijke journalist uit de weg zou ruimen voor een belangrijke vriend van hem. Er waren honderden manieren om iemand koud te maken, maar geen van alle vereiste een chique jurk die zo strak zat dat haar borsten tot haar kin omhooggedrukt werden en de lucht uit haar longen werd geperst. En al helemaal niet in een duur restaurant met John Torrio, de man die de Five Pointers de Fox noemden. Nee, haar broer had dit geregeld omdat hij haar nog steeds niet vertrouwde. Torrio, of John, zoals hij zich had voorgesteld, was niets meer dan haar oppas, hoewel ze betwijfelde of hij dat zelf wel kon waarderen. Hij was hier alleen om haar in de gaten te houden en te zorgen dat ze deed wat Paul haar had opgedragen.

Maar waarom moest ze als een dame, vergezeld door een heer, in een restaurant als Delmonico's dineren? Een vent om zeep helpen in een druk restaurant was een hopeloze zaak. Ze had hem net zo makkelijk in een steegje kunnen omleggen.

Maar Paul wilde deze Reynolds niet zomaar makkelijk uit de weg ruimen. Haar broer wilde een statement maken. Met zo veel ooggetuigen zou Viola haar magische gave moeten gebruiken en daarmee zou ze de plechtige belofte die ze zichzelf jaren geleden had opgelegd moeten breken. Zolang ze de man goed in het zicht had, zou het niet zo moeilijk zijn om het op een natuurlijke dood te laten lijken, en zolang niets wees op een aanval, was het ondenkbaar dat de dood van de man als iets anders zou worden beschouwd dan een tragisch ongeluk. In een oogwenk zou Pauls vriend van zijn 'probleempje' af zijn en Viola zou er weer een zwarte vlek op haar ziel bij hebben, die nooit meer uitgewist kon worden.

De klus vereiste geen duur restaurant. Viola wist precies waar het Paul om te doen was. Het was geen toeval dat hij haar met Torrio uit dineren had gestuurd – haar broer wilde ze koppelen. Zijn plan haar uit te huwelijken was jaren geleden de laatste druppel voor haar geweest waardoor ze had besloten weg te gaan. Nu ze terug was bij de familie en onder hun gezag stond, stelde hij haar steeds weer op de proef. De ouwe bok aan wie hij haar toen had geprobeerd te koppelen was waarschijnlijk inmiddels al dood en begraven, dus was het niet vreemd dat Paul haar nu opscheepte met de jongen die hij klaarstoomde als zijn assistent – het kwam hem goed uit om hen beiden in zijn macht te houden.

Toen ze naar hun tafel werden gebracht bekeek Viola Torrio onderzoekend vanuit haar ooghoek. Hij zag er best goed uit – een grote aantrekkelijke jongen uit de omgeving van Napoli, met bruine ogen en zwart haar dat glad uit zijn gezicht was gekamd. Hij had niet de haakneus die de meeste bendeleden hadden en die ze met trots droegen als een soort erepenning, maar ondanks zijn chique jacquet had hij niet Pauls stijl. Torrio zag er nog steeds uit als een straatvechter.

En net als alle mannen stond hij in de wereld alsof dat wat hij aan mannelijkheid in zijn broek had genoeg was om zich als een koning te gedragen. *Maar wie weet*, dacht ze toen ze Torrio opnam terwijl hij de bediening orders gaf die ze onmiddellijk uitvoerden, *misschien is dat ook wel zo.*

Er leek geen einde aan het diner te komen. Viola deed haar best om te blijven glimlachen in plaats van een spotgrijns te laten zien, terwijl haar tafelgenoot zanikte over alles wat hij zoal had bereikt, maar het kostte haar veel moeite. Tijdens de eerste twee gangen bleef hij maar over zichzelf opscheppen. En hij praatte steeds met volle mond. Toen de steaks werden gebracht, grote stukken vlees met kruidenboter en spinazie à la crème, was Torrio godzijdank eindelijk stil.

Hij kon zijn aandacht beter bij zijn steak houden dan blijven denken dat hij een kans maakte bij haar. Mannen namen het nooit goed op als ze liet weten dat ze niet in hen geïnteresseerd was, en ze kon het zich niet veroorloven hem te verwonden of te doden terwijl ze Paul probeerde te overtuigen dat ze betrouwbaar was. Hij en Nibsy voerden iets in hun schild en de eerste stap om erachter te komen wat dat was, hield in dat ze Pauls vertrouwen moest winnen.

Prikkend in haar bloedrode steak en de glibberige oesters ging Viola verzitten, ze baalde van de hele situatie. Het eten was te chic voor haar, net als de rest van het restaurant. Haar hele leven had ze zich bij het bekende gehouden – eerst in de keuken van haar moeder en daarna in de Strega, waar ze achter de bar had gestaan en mensen van haar eigen klasse en stand had bediend. Ze was nooit echt verder dan de straten van de Bowery gekomen, ook niet toen ze haar familie had verlaten. Maar dit restaurant had een overdaad aan oogverblindend wit linnengoed en glinsterend kristal, kaarslicht en glanzend gepolijst zilver. Delmonico's, met zijn protserige rijkdom, was het bewijs van het verschil tussen wat zij was en wat de rest van de wereld dacht te zijn.

En de gasten... De heren die een ober konden wenken zonder de geblafte orders van Torrio, en de dames met hun maniertjes en hun tinkelende meisjesachtige stemmen hielpen Viola er allemaal aan herinneren wie zijzelf was – en wie ze nooit zou worden. Ze haatte ze stuk voor stuk, bijna net zo erg als het korset dat in haar huid drukte en de hoge pofmouwen op haar schouders, waardoor ze haar armen alleen maar langs haar lichaam kon houden.

Het ergste was wel dat hoe langer ze aan tafel zaten, hoe meer ze begon te denken dat de hele avond voor niks was geweest. Paul had vertrouwd op wat hij van de obers en de koks uit zijn netwerk had gehoord, namelijk dat R.A. Reynolds op donderdagavond altijd om half acht in Delmonico's dineerde. Reynolds zat elke keer aan dezelfde tafel in een privézitje en Paul had voor Viola en Torrio een tafel gereserveerd aan de overkant van het vertrek, met een goed zicht op Reynolds' vaste plek.

Maar het was al half acht geweest en er was nog geen Reynolds te bekennen. Het hele fiasco was een verspilling van kostbare tijd. Terwijl Torrio nog een glas van de dure whisky op kosten van Paul achteroversloeg en een groot stuk van de steak sneed om het in zijn mond te proppen, prikte Viola verveeld in haar eten en telde ze de minuten tot ze eindelijk naar huis kon en die belachelijke jurk uit kon trekken.

Het liep tegen achten toen er achter hen commotie ontstond. Viola draaide zich om en zag dat er een jong stel was binnengekomen. Ze waren niet veel ouder dan Viola zelf, en het waren duidelijk geliefde gasten. Vooral het meisje leek bijna iedereen te kennen, omdat ze zo ongeveer bij elke tafel waar ze langsliepen bleef staan om een praatje te maken.

In een zee van een weelderige zijde viel het meisje op als een pauw tussen de duiven. Ze droeg een jurk die er zelfs in de ogen van Viola, die maar heel weinig van dit soort dingen wist, duur uitzag. Hij sloot naadloos aan om haar slanke lichaam en de kleur, het lichtroze van de blos op haar wangen, zou bij iemand met minder zelfvertrouwen belachelijk frivool hebben gestaan. In plaats daarvan benadrukte het roze haar glanzend blanke huid en de donkere wimpers om haar ogen.

Ze was tenger en zag er broos uit als een riethalm, met gelakte nagels die er zo te zien nog nooit een dag hard werken op hadden zitten. In het kaarslicht kreeg haar blonde haar een oranje gloed en om haar lange, ranke hals droeg ze een eenvoudig parelsnoer dat tegen het tere kuiltje onder in haar hals hing.

Haar huid is daar ongetwijfeld zacht, kwetsbaar en geurend naar het parfum dat ze opheeft. Lelietjes misschien... of rozen... iets anders bloemigs en net zo roze als zijzelf.

Plotseling begonnen Viola's wangen te gloeien toen ze zich realiseerde in welke richting haar gedachten waren afgedwaald. Ze zat openlijk te staren. Vlug wierp ze een blik op Torrio om er zeker van te zijn dat hij het niet had gemerkt, maar hij zat te schransen en had alleen oog voor zijn steak en de laatste hap aardappels die hij in zijn mond stopte. Nu ze er zeker van was dat hij haar geen aandacht schonk stond ze zichzelf toe nog een keer naar haar te gluren. Net op het moment dat ze opkeek, ontmoetten de ogen van de jongedame haar blik. Ze waren donkerblauw, de kleur van de zee midden op de Atlantische Oceaan, wist Viola, en net zo gevaarlijk.

Viola werd overmand door schaamte en ze keek weg – het was nog maar een paar weken geleden dat ze Tilly had verloren, en nu zat ze hier en werd ze maar al te gemakkelijk afgeleid door een meid bij wie de rijkdom ervan afdroop, rijkdom waar Viola alleen maar van kon dromen. En om hier zo afgeleid te raken, ook nog eens in gezelschap van een van de jongens van haar broer, die haar steeds in de gaten hield?

Merda! Als Paul erachter kwam...

Ze wist precies wat er zou gebeuren als Paul dit hoorde. Hij zou zorgen dat ze aan de man kwam of haar ombrengen, omdat iedereen wist dat haar ziel te verdorven was voor het klooster.

Maar Torrio had niet gemerkt dat het stel binnen was gekomen en hij had geen idee waar Viola aan had zitten denken. Toen hij de kelner wenkte om nog een drankje te bestellen, kon Viola zich niet langer inhouden. Ze keek naar het meisje, net lang genoeg om te zien dat de ober het gordijn van het privézitje opendeed – het Reynoldszitje – en het stel gebaarde plaats te nemen. Het meisje was al verdwenen in de privacy achter de fluwelen gordijnen maar haar gezelschap was blijven staan om de maître te spreken.

Viola wilde er liever niet bij stilstaan waarom ze teleurgesteld was toen het meisje uit het zicht verdween. Haar aandacht ging naar de man die haar vergezelde, R.A. Reynolds. De vent die ze moest vermoorden.

Om door de ruimte een verbinding naar zijn hart te zoeken riep ze haar magie op en stuurde die op hem af. Ze vond de jongen algauw; zijn hartslag was regelmatig als een tikkende klok en bijna in hetzelfde ritme als haar eigen hart.

Ze wist dat ze het kon. Het was makkelijk zat om het stromende bloed te vertragen en tot zijn hart door te dringen met het bevel op te houden met kloppen.

Waarom vond ze het dan zo erg dat Reynolds zo jong was?

Waarom trok ze het zich dan zo aan dat hij de maître recht in de ogen keek toen hij tegen hem sprak alsof ze goede vrienden waren? Of dat het meisje straks moest aanzien dat haar partner in elkaar zou zakken en als een levenloze hoop op de grond zou vallen?

Het zou haar koud moeten laten. En dat was ook zo.

Wat had ze met die Reynolds? *Un pezzo grosso*. Een rijke snotneus die op de zak en de naam van zijn vader teerde en nog geen dag in zijn hele leven had gewerkt – had gezwóégd. Hij had geen eelt op zijn handen, in de handschoenen die hij aanhad. Zijn maag had nooit de snijdende pijn van honger gekend. Er waren meer dan genoeg types als hij, ze waren niet belangrijk. Eentje minder zou de wereld echt niet missen.

Toch aarzelde Viola.

Ze had al zo vaak iemand gedood en haar ziel was allang bezoedeld met het bloed van haar slachtoffers. Het zou haar niets uit moeten maken.

Ze staarde nog steeds naar het fluwelen gordijn van het zitje, lang nadat de jongen erachter was verdwenen, en de verbinding die ze met zijn regelmatige hartslag had werd zwakker.

Opeens voelde ze Torrio's voet onder de tafel tegen de hare. 'Dat zijn ze, toch?' vroeg hij. 'Waarom heb je hem niet...?' Hij maakte een keelsnij-gebaar.

Ja, waarom had ze het nog niet gedaan? Viola merkte dat Torrio met een scherpe, achterdochtige blik in zijn bruine ogen naar haar zat te kijken. Ze had haar kans Reynolds om te brengen laten lopen, precies waar Paul al bang voor was geweest. Nu was de knul achter het gordijn verdwenen, ze kon hem niet meer zien, hij was buiten het bereik van haar magie.

'Paul heeft me niet verteld dat Reynolds in het gezelschap van een dame zou dineren,' vertelde ze hem, en ze deed haar best om haar gevoelens de baas te blijven. Het was een zwak excuus, en aan Torrio's gezicht kon ze zien dat hij vermoedde wat er was gebeurd. 'Ik raakte even in de war door die ander.'

'Die meid?' Torrio keek haar fronsend aan.

'Ze is een ooggetuige,' verklaarde Viola, al wist ze dat dit een onnozele reden was. Een ooggetuige waarvan? Haar magie was niet zichtbaar.

'Dan dood je haar toch ook,' zei Torrio schouderophalend. 'Wat kan jou het schelen?'

'Niks,' loog ze. 'Maar Paul misschien wel. We weten niet wie ze is. Wat als ze de dochter van een belangrijk man is? Het kan Paul een hoop problemen bezorgen als ik de verkeerde persoon dood.'

'Het levert veel problemen op als je de júíste persoon níét uit de weg ruimt. Hij is een makkelijk doelwit, en je had een onbelemmerd zicht.'

'Zo simpel is het niet.'

Hij fronste alsof hij door haar leugen heen prikte en de waarheid zag, en even vroeg Viola zich af of hij wist wat er zojuist in haar was omgegaan – de reden waarom ze echt twijfelde.

Torrio boog zich met een dreigend gezicht voorover, met zijn ellebogen op de tafel steunend. 'En, wat moeten we nu doen?'

'Afwachten?' opperde ze, al was het laatste wat ze wilde hier nog langer met Torrio tegenover zich in dit benauwende restaurant zitten. 'Misschien gaat het meisje eerder weg. Of anders is het beter dat wij gaan.'

'Wil je weg?' Torrio's wenkbrauwen schoten omhoog. 'Geen denken aan. Dit handelen we vanavond af. We doen het op jouw manier om je broer tevreden te stellen, of we doen het op mijn manier, maar dan heb je Paul straks iets uit te leggen,' zei hij op scherpe toon.

'Nee,' zei ze, terugkrabbelend. Ze wist dondersgoed wat er zou gebeuren als ze niet deed wat Paul van haar verlangde. 'Ik bedoelde dat we buiten kunnen wachten om hem daar te grazen nemen. We weten niet wanneer hij naar buiten komt, en als we nog veel langer blijven, trekken we vast de aandacht.'

Torrio fronste weer. 'We blijven wat langer.' Daarna blafte hij een voorbijlopende ober een bestelling toe voor nog een whisky, en terwijl hij daarop wachtte nam hij haar onderzoekend op vanaf de andere kant van de tafel. Hij had haar tijdens het etentje voornamelijk genegeerd, maar nu voelde Viola zich bekeken onder zijn opmerkzame blik. Ze snapte precies waarom Paul Torrio de Fox had uitgekozen, en waarom Paul zich vergiste door hem te vertrouwen. Het deed er niet toe dat chique dames uptown gek waren op het zachte vossenbont – Viola wist maar al te goed dat vossen niets meer waren dan uit de kluiten gewassen ratten.

'Het moet je zwaar vallen,' zei Torrio, terwijl hij weer achteroverleunde in zijn stoel.

Viola hapte niet toe op zijn opmerking en wat hij ermee bedoelde.

'Om weer bij je broer onder de plak te zitten, bedoel ik.'

'Dat snap ik,' verzuchtte ze, en ze keek hem recht aan zodat hij zou weten dat het haar geen moer kon schelen.

Even was een geamuseerde flikkering te zien, maar bij Torrio zag het eruit alsof hij iets in zijn schild voerde. 'Hoe was het om voor die *zoppo* te werken, die kreupele sukkel?'

Viola kreeg het ineens heel warm en ze moest moeite doen om haar woede te beheersen. Maar Torrio bleef doordrammen.

'Ik heb gehoord dat Dolph je als een hond aan de ketting hield.'

'Net als Paul jou aangelijnd houdt, bedoel je?' kaatste ze terug met vlakke, verveelde stem.

Haar rake woorden kwamen aan. Torrio vertrok zijn mond met een blik van intens afgrijzen.

'Ik laat me tenminste niet door een jongen kleinkrijgen.'

'Welke jongen?' vroeg Viola.

'Wist je dat dan niet?' Hij schoot in de lach. 'Die knul met de *occhiali*.'

'Nibsy?' Op het moment dat zijn naam over haar lippen kwam was het of ze zich voor het eerst aan Libitina sneed: eerst had ze helemaal niets gevoeld, maar daarna was het pijnlijk gaan steken en kloppen. Zo was het nu ook. Op de scherpe, snijdende pijn volgde een verdoofd gevoel.

Maar ergens klopte het wel – Nibsy had de Strega overgenomen toen de rest van hen nog te geschokt en kapot was van Dolphs dood om de dag door zien te komen. Om nog maar te zwijgen van het feit dat hij Esta had aangevallen op de brug. Natúúrlijk was het Nibsy.

Dolph had het niet kunnen weten, toch twijfelde Viola er niet aan dat hij het had zien aankomen. In de weken voor de klus in Khafre Hall was hij nog meer op zijn hoede geweest dan anders. Hij had zich van haar afgekeerd, maar zij was niet degene die hem zou verraden. Als Torrio de waarheid sprak, was Nibsy de verrader geweest.

'Wees reëel, Viola. Je hebt de verkeerde man gekozen. Dolph was net zo zwak als zijn manke been. Of misschien was zijn been niet het enige zwakke deel?' Lachend boog hij zich naar haar toe.

Woedend reikte ze naar het vleesmes, maar Torrio merkte het niet. Zijn aandacht was op iets anders gericht en met een rukje van zijn kin gebaarde hij dat ze moest kijken. 'Ze gaat weg.'

Het meisje in de roze jurk had net het zitje verlaten. 'Waar gaat ze heen?' Viola balde haar hand tot een vuist zodat ze het mes niet zou pakken om hem een lesje te leren.

'Hoe kan ik dat weten? Maar dit is je kans,' zei Torrio.

'Mijn kans waarop? Reynolds zit nog steeds achter de gordijnen,' snauwde ze.

'Dan moet jij daar ook als de sodemieter naartoe,' zei hij ongeduldig.

'Denk je echt dat niemand het merkt als ik een privézitje binnenwandel en een dode vent achterlaat als ik weer naar buiten kom? Je bent *pazzo*, Johnny. Stupide en knettergek.'

Torrio negeerde het feit dat ze zijn koosnaam gebruikte. 'Ik ben voor ergere dingen uitgescholden, *cara*. Heel jammer dat ik toevallig degene ben die momenteel de touwtjes in handen heeft. Ik zal voor een afleidingsmanoeuvre zorgen,' liet hij haar weten. 'Zodat niemand in het vertrek naar jou kijkt als je naar Reynolds' zitje loopt.'

'Dat is een heel slecht idee,' siste Viola met op elkaar geklemde kiezen.

'Het is geen idee, het is een bevel.' John Torrio boog zich over de tafel. 'Je hebt niet echt een keus, tenzij je wilt dat ik Paul vertel dat je niet meewerkte. En nu opzouten!'

Viola moest zich beheersen om hem niet in zijn gezicht te spugen. Maar ze ging als een dame gekleed en besloot zich ernaar te gedragen. Terwijl ze haar magische gave aanwendde vond ze Torrio's langzame hartslag en ze trok maar een klein beetje. Meteen daarop hapte hij naar lucht en Viola beantwoordde zijn verstikte adem met een glimlach waarbij ze haar tanden bloot lachte.

'Laat één ding duidelijk zijn, Johnny.' Ze sprak met een lage, hese stem, waarvan ze wist dat die de mannen bekoorde. 'Ik heb altijd een keus. Ik zou er bijvoorbeeld voor kunnen kiezen je leven nu meteen te beëindigen, jij miezerig mannetje. Maar ik zal het niet doen omdat ik mijn broer een belofte heb gedaan en ik voor mijn familie heb gekozen. Nu zal ik doen wat jij zegt, maar niet omdat ik ertoe word gedwongen. Niet omdat je een toon tegen me aanslaat alsof ik een hond ben. Ik ga met Reynolds afrekenen omdat ik niet nog langer tegen die lelijke rotkop van je wil aankijken. En als ik klaar ben, zal ik mijn broer duidelijk maken dat hij jou verdomme bij me weghoudt.'

Met een zwiep van haar zijden rokken liet ze haar greep op Torrio's leven los en liep ze naar het zitje. Ze wist dat ze een risico nam door een rioolrat als Torrio de rug toe te keren, zeker nadat ze hem voor schut had gezet. Ze was niet zo stom om te denken dat hij geen pistool droeg of om te geloven dat hij niet gek genoeg was om haar hier neer te schieten, voor de ogen van de hele wereld en de verslaggever die ze moesten vermoorden, alleen maar om te bewijzen dat hij een echte vent was. Maar zelfs als ze zich moest vernederen door zich in het slijk te wentelen voor haar broer en zijn zaakjes, was ze niet van plan ooit voor hem te kruipen. Niet voor iemand zo sneu als Johnny de Fox.

Ze schreed rustig langs de witte tafels, in de gloed van het kaarslicht, vol gebraden vlees, en haar maag keerde zich om van de geur die ervanaf kwam. Maar bij het zien van de half rauwe biefstuk kon ze alleen maar denken aan een bloedend lichaam en het leven dat ze zo zou beëindigen. En aan de belofte die ze zichzelf had gedaan, die ze zo meteen zou breken.

VERSTANDIG

1904 – St. Louis

Esta vocht terug, opkrabbelend vanuit de onheilspellende duisternis waarin ze ten onder was gegaan, en ze kwam weer bij bewustzijn. Langzaamaan werd ze zich bewust van de ratelende beweging onder het bankje en ze realiseerde zich vaag dat ze niet alleen was. Ze rustte met haar hoofd in iemands warme schoot en die persoon streek teder over de haren bij haar slapen. *Harte.*

Niet weer...

Ze sloeg zijn hand weg en ging moeizaam rechtop zitten.

'Voorzichtig,' zei Harte toen ze weer dreigde om te vallen, en hij hield haar met zijn handen overeind, maar ze schoof bij hem weg. Ze kon verdomme echt wel zelf rechtop blijven zitten.

'Wat is er gebeurd?' vroeg ze, in haar ogen wrijvend terwijl ze het laatste beetje duisternis weg knipperde zodat ze weer helder en scherp kon zien. Ze herinnerde zich de vreemde gebeurtenissen in de balzaal en dat ze uit het hotel waren ontsnapt, maar het laatste wat haar was bijgebleven was de inktzwarte dichte mist die haar zicht vervaagde, en het gevoel alsof de wereld uit elkaar viel. En daarna... niets meer.

'Je bent flauwgevallen,' vertelde hij haar. 'Alweer. Maar maak je geen zorgen. Terwijl jij een dutje deed heb ik ons in veiligheid gebracht.' Zijn luchtige woorden maskeerden de bezorgdheid in zijn stem echter niet. 'Je kunt me later altijd nog bedanken.'

Ze stak haar stekels op. Ze hoefde zijn bezorgdheid niet. Ze wilde het niet eens. 'In je dromen,' zei ze gepikeerd, en ze wierp hem een boze blik toe.

Hij reageerde deze keer niet, wat ze wel had verwacht. Buiten de koets flitsten de bliksemschichten door de lucht en ze verlichtten zijn gezicht, waardoor ze de ongerustheid in zijn ogen zag. Even later rommelde de donder, nu een stuk verderop, echoënd in de verte. Toen het geluid verstomde viel er een ongemakkelijk stilte in de koets.

'Ik dacht even dat ik je had verloren,' zei Harte zacht.

'Met mij is alles goed,' liet ze hem weten, zonder aandacht te schenken aan de emoties die in zijn stem doorklonken. Ze hield wijselijk voor zich dat ze zich verloren had gevoeld. Dat de duisternis – de onverbiddelijkheid ervan – haar vertelde dat er geen weg terug was als die te veel terrein zou winnen.

Zijn ogen stonden kalm. 'Je liegt.'

Hartes stellige toon bracht haar van slag. 'Ik stop met liegen als jij dat ook doet.'

Ze staarde net zo lang naar hem tot hij als eerste wegkeek.

'Die mensen in de balzaal,' begon ze, de stilte tussen hen uitdagend.

'De Antistasi?' vroeg Harte, fronsend. 'Als ze daarbij horen...'

'Ik heb nog nooit zoiets gezien,' verklaarde ze. Toen ze de eerste gestalte had zien verschijnen, die in de rode jurk, was ze zich rot geschrokken, maar toen er meer volgden, joeg dezelfde opwinding door haar aderen als die ze voelde vlak voordat ze een diamant jatte of een kluis leegroofde.

'Ze zijn verdomd link,' zei Harte ernstig.

'Wát?' Ze draaide zich om en keek hem verward aan. 'Ze waren geweldig, zoals ze in opstand kwamen tegen de politie en de Garde.'

'Ze voerden een act op,' zei hij sceptisch. 'Het was toneelspel.'

Ze haalde haar schouders op. 'Hoe dan ook, ze waren niet bang en verborgen niet wat ze waren.'

'Ze gebruikten jouw naam,' merkte hij op.

Ze sloeg haar armen over elkaar, en ze probeerde te achterhalen waarom hij er een probleem van maakte. 'Ik dacht dat je die naam toch al niks vond.'

'Klopt. Maar dat is het punt niet,' zei hij, duidelijk gefrustreerd. 'Moet je kijken hoe snel Julien jou herkende, Esta. Wat als anderen jou ook als de Duivelsdief herkennen? Als die Antistasi die naam gebruikt, zullen meer mensen naar je gaan zoeken. En dat maakt alles wat ons te doen staat extra gevaarlijk.'

Ze wist dat het waar was, en toch had de aanblik van die vier vrouwen, sterk, machtig en onverschrokken, indruk op haar gemaakt. Ze hadden een vonk overgebracht en een vuurtje in Esta aangewakkerd. Ze was al zo lang op de vlucht en had zich al zo lang moeten verbergen – ze verborg haar hele leven al wie en wat ze was. Om dan deze vrijheid te hebben? Ze nam het gevaar dat erbij kwam kijken graag op de koop toe.

'Nou, ik vind die Antistasi, wie ze ook mogen zijn, bewonderenswaardig,' verklaarde Esta. 'Als magie illegaal is, zoals Julien zei, proberen zij tenminste iets goeds te doen.'

'Daar hou ik juist mijn hart voor vast.' Het leek of Harte nog iets wilde zeggen, maar de koets vertraagde. 'We kunnen later altijd nog bekvechten,' zei hij, door het raampje turend toen de huurkoets tot stilstand kwam. 'We zijn er, maar ik heb geen geld om de koets te betalen. We moeten een sprintje trekken, als je dat kunt?'

Esta keek hem met een spottende blik aan. 'Ik ben een díéf, weet je nog?' Ze haalde een portemonnee uit de binnenzak van haar gestolen jas.

'In de balzaal?' vroeg hij.

'Ik dacht dat die ons wel een keer van pas zou komen.' Ze gaf hem een paar klamme dollarbriefjes.

Terwijl Harte het geld aanpakte en ervoor zorgde dat de koetsier hen zou vergeten, holde Esta naar een afdakje om te schuilen tegen de regen, en om aan hem – en zichzelf – te bewijzen dat ze kon rennen.

Het bliksemde nu nog maar af en toe en de regen werd ook minder, maar Harte was toch nat geworden tegen de tijd dat hij bij Esta kwam, die tegen een muur leunde om op adem te komen. Terwijl hij op haar afliep rechtte ze haar rug een beetje om te verbergen hoe wiebelig haar benen aanvoelden, al zag ze aan zijn gezicht dat hij haar had doorzien.

Haar haar hing in losse natte slierten langs haar gezicht en Harte strekte zijn arm om een van de natte lokken naar achteren te strijken. Hij legde zijn hand om haar wang en heel even vergat ze dat ze zich net nog kapot had geërgerd aan hem, om van zijn warme hand te genieten. Ze overwoog de afstand tussen hen te overbruggen om te bewijzen dat alles oké was.

Een stap dichterbij en ze zou haar mond op de zijne kunnen drukken en zich laten gaan. Er was zo veel gebeurd de afgelopen twee dagen. Er was zo veel veranderd in die twee jaar. Ze wilde maar één moment tussen hun verleden en toekomst, om even te vergeten wat ze voor de boeg hadden, om te vergeten welk offer ze moest brengen om ervoor te zorgen dat déze toekomst, waarin magie verboden was en de Jefferson Garde jacht maakte op Mageus, niet de toekomst zou zijn die voor altijd zou voortduren.

Harte stapte bij haar weg en het moment loste op in de vochtige lucht van de zomeravond.

'We moeten een plek vinden om op te drogen,' zei hij terwijl hij zijn handen in zijn zakken stopte, waarmee hij haar duidelijk maakte dat hij niet hetzelfde had gevoeld als zij. 'Je bent door en door verkleumd.'

Een paar huizenblokken verderop in de wijk vonden ze een pension. Het was een verwaarloosd halfvrijstaand pand ongeveer drie straten van King's bar vandaan. De matrone die de deur opendeed droeg een schone, eenvoudige jurk en haar grijze haren waren onder een zwarte hoofddoek weggestopt. Aanvankelijk nam ze hen argwanend op en liet ze haar blik rusten op Esta's loshangende, slonzige haren en het herenpak dat ze aanhad, maar toen Esta een stapeltje dollarbriefjes uit de gestolen portemonnee trok, lichtten de ogen van de vrouw op. Ze wenkte hen naar binnen zonder vragen te stellen of naar hun namen te vragen.

Er was nog één kamer vrij, liet de vrouw hun weten, en ze ging hen voor de donkere smalle trap op naar boven, om vervolgens een deur naar een klein kamertje te openen waar een smal bed stond en een bureau met een gammele stoel. Een andere stoel stond vlak bij een kolenkachel in de hoek. Het was verre van de weelderige luxe die ze in het Jefferson Hotel hadden gehad, maar het was er in ieder geval wel schoon. *Zo'n beetje*. In de beddensprei zaten vlekken, maar de lakens leken frisgewassen en er lag geen stof of roet op de meubelen.

De vrouw stak een klein vuur aan in de kolenkachel, waarna ze hen alleen liet en de deur achter zich dichttrok.

'Je moet warm worden,' zei Harte.

'Ik voel me prima,' vertelde ze hem voor de zoveelste keer, en ze deed haar best om niet te bewegen zodat hij niet zag dat ze zat te bibberen.

'Niet waar. En het wordt alleen maar erger als je die natte kleren niet uittrekt.' Hij liep naar haar toe en hielp haar het natte jacquet van haar schouders te schuiven voor ze kon tegenstribbelen. Met zijn rug naar haar toe gekeerd om haar wat privacy te geven hing hij haar jas over de stoel en schoof die naar de kachel om bij het kleine vuur op te drogen. 'Geef me de rest.'

'Harte,' waarschuwde ze hem.

'Ik kijk heus niet,' zei hij snel.

Het kon haar niet zo veel schelen, maar het was duidelijk dat hij zijn poot stijf hield, dus knoopte ze het overhemd open en trok het uit. Daarna rolde ze het op en gooide het naar zijn hoofd. 'Hier.'

'De broek ook, en dan dat bed in,' gebood hij.

'We hebben zo meteen een afspraak met Julien,' wierp ze tegen. Maar hij had gelijk over haar kleren. Ze waren klam en zaten niet lekker, dus trok ze de natte broek ook uit.

'*Wij* gaan helemaal niets doen. Jij blijft hier en zorgt dat je warm wordt voordat je nog in een ijspegel verandert. Ik ga wel in mijn eentje naar Julien.'

Ze kreeg het eerder koud van zijn woorden dan van het rotweer. 'Pardon?'

Hij draaide zich weer naar haar om. 'Je hebt me wel gehoord, Esta.'

'Jij gaat zonder mij helemaal nergens heen,' snauwde ze, maar toen ze naar hem toe wilde lopen zakte ze door haar benen.

Hij snelde te hulp om haar op te vangen voordat ze op de grond zou vallen. 'Hoe was je van plan Julien te ontmoeten als je amper op je benen kunt staan?'

'Laat me los,' zei ze. Toen draaide ze zich bij hem weg en strompelde naar het bed. 'Ik ga gewoon met je mee.'

'Alsjeblieft, Esta. Wees nou verstandig.'

'Verstandig?' herhaalde ze, zonder dat het haar kon schelen hoe geïrriteerd ze klonk.

Hij bleef op een afstandje staan. 'Je moet uitrusten.'

'Ik moet bij die afspraak zijn,' beet ze hem toe. Ze deed een stap in zijn richting, en nog een, om haar kracht te testen. 'Ik moet erbij zijn.'

'Hoezo?' vroeg hij. 'Vertrouw je me nog steeds niet?'

Ze wist niet hoe ze die vraag moest beantwoorden. Ze vertrouwde hem wel – of ze wilde het in ieder geval.

Hij liep bij haar vandaan. 'Er zijn mensen die achter je aanzitten,' bracht hij haar in herinnering. 'Die vrouwen in de balzaal hebben het je niet makkelijker gemaakt.'

'Ze denken dat de Duivelsdief een méísje is,' hielp ze hem herinneren.

'In een lange broek zie je er echt niet minder meisjesachtig uit.' Harte zuchtte haperend toen ze hem boos aankeek. 'Moet je jezelf zien,' zei hij, naar haar wijzend. 'Je haar is...' Zijn stem liet het afweten, en daarna ging hij verder. 'En je ogen...'

'Wat is daarmee?' vroeg ze hem met half dichtgeknepen ogen.

'Ze zijn móói!' verzuchtte hij geërgerd.

'Het zijn heel gewone ogen, Harte.'

'En je... jouw...' Hij zwaaide met zijn hand vaag naar haar lichaam.

'Mijn wát?' Ze keek hem nog steeds boos aan.

Hij kreunde gefrustreerd, er verscheen een blos op zijn wangen en zijn oorlellen kleurden rood. 'Luister. Alsjeblieft, laat mij dit doen. Ik kan naar King's gaan en op Julien wachten. Als het goed is neemt hij de steen mee.' Voordat ze door hem heen zou praten voegde hij eraan toe: 'Jij kunt hier blijven, warm worden en uitrusten. En op krachten komen, zodat we de stad kunnen verlaten voordat er nog iets anders gebeurt.'

'Voor de laatste keer, ik hoef niet uit te –'

'Alsjeblieft,' smeekte hij zacht voor ze kon uitpraten. 'Ik heb je nodig. Je hebt vanavond zelf gezien waar de Antistasi toe in staat is. Je hebt de politie en de Garde gezien. We hebben geen idee wat ons hier te wachten staat, en ik kan niet zorgen dat je veilig bent als je amper op je benen kunt staan.'

Esta kromp ineen van de emotie achter deze woorden. 'Het is niet jouw taak om voor mijn veiligheid te zorgen. Ik ben niet een of ander blok aan je been, Harte.'

'Dat heb ik nooit gezegd.'

'Net wel,' zei ze zonder moeite te doen om de pijn en boosheid in haar stem te verbergen. 'We horen dit samen te doen.'

'Dat doen we ook.' Hij raapte de broek op die ze op de vloer had laten liggen. 'Maar voor deze ene keer moet je het mij laten opknappen.' Zonder nog iets te zeggen raapte hij de rest van de klamme kleren op die ze had uitgetrokken – de enige kleren die ze had – en liep hij de deur uit.

KING'S BAR

1904 – St. Louis

Harte was nog geen huizenblok van het pension vandaan toen hij besefte wat hij had gedaan. Esta zou hem vermoorden – of erger – en hij verdiende het.

Toen ze net in het pension waren, was het niet zijn bedoeling geweest om haar daar achter te laten, maar ze zag er zo beroerd en moe uit dat hij dacht dat het beter was als ze even op bed zou gaan liggen. Maar vervolgens had hij zich omgedraaid en haar deels ontkleed gezien, en had hij moeten maken dat hij wegkwam. Met haar lange haren langs haar gezicht als een soort zeenimf die naar de oppervlakte was gekomen om hem te verleiden, spoorde de macht die in hem zat hem aan toenadering te zoeken en haar te liefkozen.

Misschien kon hij de macht niet helemaal de schuld geven van zijn impulsiviteit. Het had een beetje zo gevoeld als die eerste keer dat hij haar die avond in de Haymarket had gezien toen hij voor hij het wist op haar af was gestapt. Dat was hem op een pijnlijke tong komen te staan, dus kon hij zijn eigen instinct voor geen cent vertrouwen als het om Esta ging.

Hij wilde ook geen marionet worden van de macht, of wat het ook was, die in hem school. Niet zolang hij het de baas kon blijven. Als de stem hem zou aanmoedigen Esta lief te hebben en meer dan dat, zou hij zonder meer het tegenovergestelde doen.

Maar in werkelijkheid had hij haar in het pension achtergelaten omdat hij laf was. Hij had haar in King's ongetwijfeld goed kunnen gebruiken. Zij was immers degene die de politie in burger in het hotel had opgemerkt, en hij wist niet of hij ze er zelf uit kon pikken als ze er zouden zijn.

Toen Harte de bar binnenging zag hij Julien nergens. Hij bestelde een borrel aan de bar en vond een tafel in een hoek, waar hij op Julien wachtte en de boel in de gaten hield.

King's was veel kleiner dan de Strega, de bar in de Bowery waarvan Dolph de eigenaar was geweest. Net als in de Strega was het er rokerig en broeierig en de bargasten verdrongen zich bij de bar of om de tafels, over hun glazen gebogen alsof de whisky die ze hadden besteld weg zou lopen als ze even niet opletten. Maar de Strega was altijd vervuld van de geruststellende warmte van magie, en die energie betekende dat Dolphs bar een veilige plek was voor Mageus zoals Harte.

In King's bar zweefde een ander soort magie in de lucht – een energie die niets te maken had met de oude magie die Harte bezat. Deze was afkomstig van de klanken van een piano in de hoek, waar een man met een platte hoed op speelde, die hij naar achteren had geschoven zodat je zijn brede voorhoofd zag, en zijn gezicht, waaruit sprak dat hij helemaal opging in het lied dat hij zong. Harte had de opzwepende klanken van een ragtime wel vaker gehoord, maar deze pianist liet zijn vingers met een zinderende intensiteit over de ivoren toetsen glijden zoals Harte nooit eerder had gehoord. Toen de man een paar mineurakkoorden aansloeg, voelde Harte ze diep vanbinnen resoneren – ze wakkerden iets aan waarvan hij niet wist dat hij het in zich had. Hij was niet de enige die erdoor geraakt werd – op de kleine dansvloer kropen dansparen ontroerd door de melancholische klanken en het verleidelijke ritme dicht tegen elkaar aan, hun lichamen intiem verstrengeld.

Er gingen ongeveer twintig minuten voorbij, misschien meer, maar elke keer dat de voordeur van de bar openzwaaide, was het niet Julien die binnenkwam. Het ijsklontje in Hartes whisky was allang gesmolten. Esta zat vermoedelijk op hem te wachten en ook als hij niet zo lang wegbleef zou ze kwaad op hem zijn. Misschien was er iets fout gegaan – wie weet was Julien de Jefferson Garde tegen het lijf gelopen of had Harte een andere tijd doorgegeven.

Of misschien had het Boek zijn magische gave aangetast, net als bij Esta was gebeurd.

Die gedachte zette hij snel van zich af. Hij voelde zich prima en in bepaalde opzichten was zijn magie zelfs duidelijker en sterker dan ooit. Maar met het verstrijken van de tijd begon Harte te denken dat áls Julien zou komen, hij er al had moeten zijn.

Na ongeveer een uur gaf hij het wachten op en sloeg hij de inmiddels lauwe whisky achterover, ineenkrimpend van het brandende gevoel in zijn keel. Normaal gesproken had hij een hekel aan sterkedrank – hij vond het niks dat het zijn hoofd benevelde en zijn reflexen vertraagde – maar nu had hij een donkerbruin vermoeden dat hij wel een borrel kon gebruiken om zich te wapenen tegen wat Esta hem voor de voeten zou gooien wanneer hij in het pension terugkwam. Hij was al opgestaan en pakte zijn klamme jas om weg te gaan, toen de deur weer openging en het silhouet van Julien verscheen, afgetekend tegen het licht van een straatlantaarn achter hem.

Julien Eltinge kwam de bar binnen op dezelfde manier waarop hij eerder die avond het podium had betreden – als iemand die in de wieg gelegd was om aandacht af te dwingen. Niet dat hij nou met zo veel poeha binnenkwam – de deur sloeg niet tegen de muur en verder deed hij niets bijzonders om aandacht te trekken, maar de energie in de lucht leek te veranderen en iedereen in de bar leek het te merken.

Hoewel hij Harte waarschijnlijk al had gezien, kwam hij niet meteen naar hem toe. In plaats daarvan nam hij de tijd om tussen de mensen door te lopen, elke hand schuddend die hem ter begroeting werd toegestoken, en vervolgens nam hij het drankje aan dat de barjongen hem aanbood en sloeg hij het in één keer achterover. Het was geen toeval, wist Harte. Julien maakte op deze manier duidelijk op wiens territorium ze zich bevonden en wie er de baas was.

Harte vond het wel best. Hij voelde dat de whisky begon te werken en de wereld wat rooskleuriger maakte, bovendien kon hij wel een moment gebruiken om moed te verzamelen. Toen Julien eindelijk had besloten naar Hartes tafel te gaan, stond hij op en bleef hij net lang genoeg staan om hem met een handdruk te begroeten.

Zonder dat het hem werd gevraagd ging Julien in de stoel tegenover Harte zitten en riep hij de barjongen toe nog twee whisky te brengen. 'Ik kan nog steeds niet geloven dat je hier bent. Harte Darrigan, uit de dood herrezen om mij het leven zuur te maken,' zei hij, waarna hij grinnikte.

'Zoals ik al zei, Jules, ik was in Europa, niet dood.'

'Dan ben je wel ontzettend lang weggebleven.' Al klonken Juliens woorden neutraal, toch schemerde er een onuitgesproken vraag door in zijn blik, en verontrustender: ook twijfel.

'De tournee was een succes, we genoten van Europa en het Europese publiek,' vertelde Harte hem, en hij deed zijn best om zijn toon luchtig en onbezorgd te houden. 'Je weet hoe het gaat als je voor een nieuw publiek optreedt. Je melkt ze uit zolang je kunt. Maar uiteindelijk raakte het geld op, zo gaat het altijd. Ik kreeg genoeg van het landschap, dus ik ben weer terug.'

'Het verbaast me dat je überhaupt terug bent gekomen.' Julien nam hem onderzoekend op. 'Je nam een risico als je bedenkt met wie je reisde – de Duivelsdief.'

'Begin daar nou niet weer over,' verzuchtte hij geërgerd. Na de vreemde vrouwen in de danszaal had hij genoeg van die onzin over de Duivelsdief. 'Ze heeft een naam, hoor.'

'Ja,' antwoordde Julien, Harte nog steeds aandachtig opnemend om te achterhalen of zijn verhaal waar was. 'En er zijn veel mensen die haar naam kennen.'

Hoewel de whisky hem losser maakte, keek Harte Julien met een strakke blik aan, en na een poosje gaf Julien zich gewonnen. Hij haalde een sigarendoosje uit zijn binnenzak en bood Harte er een aan. Toen Harte de sigaar met een beleefd handgebaar afsloeg haalde Julien zijn schouders op.

'Je weet niet wat je mist.' Hij nam het uiteinde van de dikke sigaar in zijn hand en lurkte eraan terwijl hij er een lucifer bij hield om hem op te steken. Hij nam een paar flinke trekken en leunde achterover in zijn stoel, blakend van zelfvertrouwen, toen de barjongen hun drankjes kwam brengen. Maar in zijn ogen schemerde nog steeds een vraag door. 'We weten allebei dat je niet hier bent om over je vakantie in Europa te vertellen,' zei Julien.

Hartes ongerustheid groeide, maar hij maskeerde dit achter een uiterst kalme façade. 'Niet echt, Jules.'

'Dat dacht ik ook. Als je bedenkt wie je de laatste tijd gezelschap houdt, zou het me niet verbazen als je in iets groots verwikkeld bent.' Hij liet zijn woorden wegsterven om Harte het woord te geven.

Maar hij reageerde niet meteen. *Geef me die steen nou maar.* 'Luister, Jules, ik wil liever niet tegen een oude vriend liegen.'

Julien haalde opnieuw zijn schouders op. 'Het zou niet de eerste keer zijn.'

'Misschien heb ik mijn leven gebeterd,' verklaarde Harte kalm, om zijn spanning te verbergen.

Julien snoof minachtend om deze sentimentele opmerking. 'Verdomd als dat niet waar is, Darrigan. Ik ken je te goed om te geloven dat jij kunt veranderen.'

'Je kende me misschien wel goed,' zei Harte vriendelijk. 'Maar het is verrekte lang geleden.' Voor Julien was het zelfs langer geleden, want voor hem waren er geen twee jaar in een paar seconden voorbijgevlogen. 'Zullen we het er maar op houden dat je beter af bent als je sommige dingen niet weet?'

Julien keek hem nog wat langer aan terwijl hij wolken gelige scherpe rook uitblies van de sigaar tussen zijn tanden. Nadat hij hem een poosje peinzend had opgenomen trok hij zijn mondhoeken op en schoot hij met schorre stem in de lach. 'Het is ook altijd wat met jou, hè Darrigan? Al die keren dat ik je probeerde onder mijn hoede te nemen om je te laten zien hoe je jezelf uit de ellende kon houden, en hier zitten we dan weer, het oude liedje.'

'Had je nou echt wat anders van me verwacht, Jules?'

'Vertel me dan tenminste dit: is het die meid?' vroeg Julien.

'Het gaat altijd om een meisje, toch?' zei Harte, in een poging om een luchtige draai aan Juliens vraag te geven.

Julien moest lachen. Daarna boog hij zich naar voren terwijl hij zijn blik door de bar liet gaan alsof hij zich zorgen maakte dat iemand misschien mee zou luisteren. Maar zijn ogen glinsterden ondeugend en even zag Harte de Julien die hij eens had gekend – de goede vriend die zich lachend door een vuistgevecht heen werkte om vervolgens met rechte schouders en opgeheven hoofd een bar in te lopen, om te bewijzen dat niemand hem iets kon maken.

'Draai er niet omheen, Darrigan,' zei Julien zacht. 'Heeft zij het op haar geweten? De trein, bedoel ik.'

Elke kameraadschap die Harte nog voor hem voelde ebde weg en ineens merkte hij hoe klam zijn kleren waren en hoe gevaarlijk de situatie was waarin hij zich bevond. 'Esta had niets te maken met welke aanslag op een trein dan ook. En als je mij een beetje kent, weet je dat ik de waarheid vertel.'

Julien staarde hem aan alsof hij hier even over na moest denken. Na een poosje ging hij weer rechtop zitten, met een veelbetekenende blik in zijn ogen, terwijl hij de sigaar opnieuw tussen zijn tanden klemde. 'Omdat we goede vrienden waren ben ik bereid je te geloven... voorlopig. Maar als vriend zeg ik je dit: als ze iets in haar schild voert en hier stennis komt schoppen, en al helemaal op de wereldtentoonstelling, kun je beter uit haar buurt blijven. De sfeer in de stad is momenteel belabberd. Met al die mensen van buitenaf gaan de geruchten dat de Antistasi voor de nodige problemen zal zorgen.'

'Wat is er trouwens met die lui?' vroeg Harte. 'Ik heb nooit eerder iets over ze gehoord.'

'Het is een fenomeen dat recent opdook in de stad,' legde Julien uit. 'Tot de wet tegen magie werd ingevoerd hadden we geen last van de Mageus buiten New York. Iedereen nam aan dat de Barrière met ze had afgerekend, maar toen de wet werd ingevoerd begon de Antistasi buiten de stad toe te slaan. Het werd nog erger toen ze hier in St. Louis de wereldtentoonstelling gingen opbouwen. Er kwamen veel mensen om het leven.'

'Doodde de Antistasi mensen?' vroeg Harte, en zijn maag keerde zich om. Het was één ding om je als vrouw te verkleden en rookbommen te gebruiken, maar mensen vermoorden was een heel ander verhaal.

Julien knikte. 'Afgelopen herfst was het ergst. In oktober, kort na de invoering van de wet, was er een grote aanslag op de werkmannen die de tentoonstelling bouwen. Ze gebruikten rook die een groot deel van het Lafayette Park opslokte. Ooggetuigen beweerden dat het een soort levend wezen leek, dat je het kwaad ervan af zag stralen, en degenen die zich midden in de rook bevonden werden compleet lijp. Bouwvakkers sloegen de muren die ze net hadden gebouwd omver, elektriciens staken een half huizenblok in brand en er braken gevechten uit – wrede, dodelijke gevechten – tussen mensen die het feitelijk goed met elkaar konden vinden. Toen de rookwolken eindelijk optrokken was het hele gebied bedekt met ijs. Mensen hadden bevriezingsverschijnselen, ze raakten vingers en tenen kwijt en op de hele bouwplaats waren de waterleidingen gesprongen. Hierdoor liep de voorbereiding maanden vertraging op en was het bijna reden om de opening van de tentoonstelling uit te stellen. De Antistasi eiste de aanslag op.'

Plotseling was Harte gealarmeerd. De vrouwen in het Jefferson Hotel hadden tijdens hun onverwachte optreden in de balzaal ook zoiets gebruikt. Hij was alleen niet lang genoeg gebleven om de uitwerking ervan te zien, maar hij had de koude magie in die zaal wel gevoeld. Nu hij Juliens verhaal aanhoorde, besefte hij dat ze vermoedelijk aan iets ergers ontsnapt waren dan ze zich op dat moment hadden gerealiseerd.

Harte had genoeg Mageus ontmoet in New York, maar hij had nog nooit gehoord dat ze zoiets als rook gebruikten. Ware magie had geen trucs nodig om effectief te zijn. Het bestond uit verbondenheid met de essentie van de wereld zelf. Maar rituele magie – corrupte magie – was iets heel anders. Die draaide juist om het isoleren van de elementen van het bestaan, met als doel ze te beheersen in plaats van gebruik te maken van hun onderlinge verbondenheid.

Voor rituele magie, waarmee de Orde de Barrière had gecreëerd en Dolph de merktekens die de leden van The Devil's Own droegen, betaalde je altijd een prijs.

'Hebben ze de mensen die dit aanrichtten opgepakt – die Antistasi?' vroeg Harte.

Julien schudde zijn hoofd. 'Nee. De Antistasi weet verdomd goed hoe ze kunnen voorkomen dat ze worden opgepakt. Maar sinds de aanslag in oktober kreeg de Jefferson Garde evenveel gezag als de politie, om met ze af te rekenen,' vertelde Julien. 'Als die meid van je hier problemen komt maken, krijgt ze het nog knap lastig als ze daarna probeert te ontkomen. De politie en de Jefferson Garde nemen geen risico's. Niet nu de hele wereld naar de tentoonstelling komt kijken.'

‘Esta is hier niet om stennis te schoppen,’ liet Harte hem weten, en het was bijna de hele waarheid. Esta was zeker geen Antistasi of een andere anarchist. Ze hadden enkel het collier nodig en zodra ze dat eenmaal hadden bemachtigd gingen ze ervandoor.

‘Dan moet ik je op je woord vertrouwen, denk ik zo,’ zei Julien. ‘Waar is dat brutaaltje eigenlijk?’

‘Ik heb haar in het pension achtergelaten en haar gezegd dat ze zich koest moest houden,’ verklaarde Harte nors, blij dat Esta hier niet was en het niet hoorde. Maar zo was het makkelijker, wanneer hij Julien van man tot man kon spreken en hem ervan kon overtuigen dat hij de situatie enigszins de baas was. In werkelijkheid was het idee dat iemand Esta de baas was een lachertje. ‘Ik dacht dat we het wel samen konden afhandelen als twee oude vrienden.’

‘Ah,’ verzuchtte Julien terwijl hij zijn sigaar uitdrukte in de asbak. ‘Dus je komt eindelijk ter zake... oude vriend?’

Harte haalde zijn schouders op. ‘Jij zei net zelf dat ik hier vast niet ben om je over mijn vakantie in Europa te vertellen.’

‘Ik weet dat het je om dat pakketje gaat dat je me een paar jaar geleden stuurde,’ merkte Julien dreigend op. ‘Dat collier.’

Door de toon die Julien had aangeslagen was Harte op zijn hoede. ‘Inderdaad,’ zei hij voorzichtig.

‘Toen ik dat verrekte ding ontving, had ik een donkerbruin vermoeden dat het me alleen maar ellende zou bezorgen.’ Julien steunde met zijn ellebogen op de tafel. ‘Ik had het pakketje en dat belachelijke briefje van je nog niet in mijn handen of ik wist dat het niet veel goeds beloofde. Ik wilde het terugsturen, maar toen had ik al gehoord dat je van de brug was gesprongen. Even overwoog ik me ervan te ontdoen, maar dat kon ik nou ook weer niet over mijn hart verkrijgen.’

‘Dat probleem is opgelost als je het nu aan mij geeft,’ zei Harte vlotjes.

‘Als dat zou kunnen,’ zei Julien, nu geërgerd. ‘Ik wil niets liever dan dat kleding aan jou teruggeven, maar dat gaat niet.’

‘Natuurlijk wel,’ drong Harte aan.

Maar Julien schudde zijn hoofd en Harte had het akelige gevoel dat hij niet blij zou zijn met wat Julien hem ging vertellen.

‘Ik heb het niet meer,’ zei hij, en hij had tenminste het fatsoen om een beschaamd gezicht te trekken.

Voordat Harte iets kon zeggen klonk een stem boven de muziek en het geroezemoes in de bar uit. ‘Hoe bedoel je, “ik heb het niet meer”?’

Harte keek op. Hij wist al wie er bij hen stond nog voordat hij de verfomfaaide, smoezelige jas en de breedgerande hoed zag van waaronder Esta hem kwaad aankeek. Maar hij schrok zich rot van hoe ze eruitzag en wat ze had gedaan.

'Kijk eens aan, wie hebben we hier?' zei Julien, haar van top tot teen opnemend. Hij wierp Harte een sardonische blik toe, die hem vertelde dat Julien hem uitlachte. 'Ik dacht dat je had gezegd dat ze zich koest moest houden. Dat kun je dus wel vergeten.'

GEHEEL ONVERWACHT

1902 – New York

Viola vond haar weg door het restaurant naar het privézitje waar R.A. Reynolds zat terwijl ze zichzelf moed insprak voor wat haar te doen stond. Het was niet zo dat ze ervan walgde. Ze had wel meer mensen gedood en ermee kunnen leven, maar de mannen die ze in het verleden om zeep had geholpen verdienden het, voor zover dat kon. Die kerels hadden tenminste de kans gehad om zich te verweren in een gevecht, omdat ze haar behendigheid had gebruikt en geen magie. Ze had als kind voor het laatst iemand met haar magische gave gedood, in de tijd dat ze geloofde dat trouw aan de familie belangrijker was dan haar eigen ziel, voordat ze had begrepen dat ze meer was dan het bloed dat door haar aderen stroomde.

Ze wist hoe de lui in de Bowery over haar dachten – dat ze iemand kon doden zonder de persoon in kwestie aan te raken. Dat was absoluut waar, en hun angst voor haar en haar magische gave gebruikte ze als een pantser. Ze bracht mensen om het leven, maar alleen zij die de zwakkeren vervolgden. En ze doodde nooit iemand met wat ze was – en zoals haar god haar had gemaakt – niet met de gave die haar was gegeven, maar alleen uit vrije wil en met geroutineerde behendigheid. Ze beëindigde levens met een mes.

Maar haar favoriete mes was in handen gevallen van een verrader, dus had ze nu alleen zichzelf en haar magie.

Haar hartslag was onregelmatig toen ze dichter bij het zitje kwam, omdat ze niet wist wat Torrio uiteindelijk zou doen – hij zou voor een afleidingsmanoeuvre zorgen, had hij gezegd, of hij zou haar aanvallen als straf voor hoe ze hem had behandeld. Maar toen ze nog maar enkele passen van de fluwelen gordijnen vandaan was waarachter Reynolds zich verschool voor de nieuwsgierige blikken van de andere gasten, hoorde ze Torrio achter zich uitbarsten.

'Ik heb om een whisky gevraagd, sukkel die je bent!' riep hij.

Viola wierp een blik over haar schouder en zag nog net dat Torrio een glas whisky in het gezicht van een van de obers gooide. Nu alle ogen in het restaurant gericht waren op de scène die hij maakte, greep Viola haar kans en glipte achter het gordijn langs.

De man in het privézitje keek op van zijn soep en Viola zag zijn verwachtingsvolle blik algauw plaatsmaken voor verwarring.

'Ja?' vroeg hij. 'Kan ik iets voor je doen?'

Hij heeft een knap gezicht.

Het was een belachelijke gedachte. Vanaf haar tafel aan de overkant van het vertrek had ze gezien dat Reynolds een aantrekkelijke man was, maar hier, in de benauwende intimiteit van de kleine ruimte, zag ze dat hij het soort gezicht had dat ook wanneer hij ouder werd zijn charme zou behouden.

'Bent u Reynolds?'

'Pardon?' Hij fronste, maar er viel geen dreigement in zijn uitdrukking te bespeuren, alleen belangstelling.

'Bent u R.A. Reynolds?' herhaalde ze, wat langzamer.

Nu vertrok hij zijn gezicht niet-begrijpend, terwijl hij zich vooroverboog in zijn stoel. 'En met wie heb ik het genoegen?'

Zijn zelfvertrouwen vertelde haar wat zijn achtergrond was. En aan het jacquet van zijn smoking en zijn verveelde trekken te zien behoorde deze Reynolds tot de betere kringen. Dat maakte hem niet beter dan de rest, en ook niet beter dan de andere gasten in het restaurant, die een leven leidden dat zo ver boven Viola's stand was dat ze zich er niets bij voor kon stellen.

Ze kón hem doden, realiseerde ze zich. Het zou niet zo moeilijk zijn om haar magische gave te gebruiken om het bloed in zijn aderen te laten stoppen met stromen. Net als toen ze haar moeders jicht had genezen, kon ze hem in een oogwenk vellen, en niemand zou erachter komen. Wat was nou één rijkeluiszoon die opgroeide tot een rijke stinkerd minder? Eén dreiging minder voor de toekomst van haar soort? Ze was toch al vervloekt – wat zou één zwarte vlek meer op haar ziel nog uitmaken?

Toch bespeurde ze sympathie in de manier waarop hij naar haar keek, en dat bracht haar aan het twijfelen.

'Kan ik je ergens mee helpen?' vroeg hij nogmaals, en hij straalde helemaal niet de afstandelijke desinteresse uit die de meeste rijkelui kenmerkte.

'Ik kom u een boodschap overbrengen,' antwoordde ze, naar hem toe lopend.

'Oké,' zei hij, en hij nam haar op toen ze naar hem toe liep. Als hij al aanvoelde dat er gevaar dreigde liet hij het niet merken. 'En van wie komt die boodschap?'

'Dat is niet belangrijk.' Ze reikte naar het mes dat ze tussen de plooien van haar jurk had verstopt. 'Maar het is een gevaarlijke vent. Een man van aanzien in deze stad.'

'Aha,' zei hij, met een vrolijke twinkeling in zijn ogen. 'Dan kom je me zeker waarschuwen dat ik beter kan vertrekken.'

Van haar stuk gebracht door zijn reactie fronste Viola even. Hij reageerde niet zoals ze had verwacht. Misschien omdat hij zich niet realiseerde dat de dood zich tussen de rokken van een vrouw kon schuilhouden.

'Ik vermoed dat het over de column in *The Herald* gaat,' merkte hij op, en nu klonk hij eerder verveeld dan bezorgd. 'Laat me raden. Als ik de problemen zelf niet opzoek, weten ze mij wel te vinden, zoiets?' Hij glimlachte naar haar en ze zag dat haar vermoeden klopte: als hij lachte verschenen er rimpeltjes bij zijn ooghoeken en in zijn linkerwang zag ze een charmant kuiltje – zijn vrolijkheid zou zijn gezicht als oude man nog steeds sieren.

Maar zo oud zou hij niet worden.

In een oogwenk overbrugde ze de afstand en zette ze hem het mes op de keel. Maar hij gaf geen krimp. 'Ik denk niet dat je het helemaal begrijpt,' zei ze.

'O, ik snap het helemaal.' Zijn kalme ogen ontmoetten de hare. Hij was pazzo, deze vent, dat er zelfs met een mes op zijn keel geen greintje bezorgdheid op zijn gezicht was te bekennen. 'Je bent van plan me uit de weg te ruimen zodat ik geen columns meer kan schrijven die je baas, wie dat ook mag zijn, zo pissig maken.'

'Geloof je niet dat ik je hier ter plekke zal omleggen?' Ze duwde de punt van het mes in de huid vlak onder de slagader in zijn hals. Nog wat meer druk en hij was dood voordat iemand hem te hulp kon schieten.

Hij keek van het lemmet op zijn keel weer naar haar. 'Integendeel,' zei hij zacht. 'Ik ben ervan overtuigd dat je me kunt doden. Maar eerlijk gezegd ben ik wel wat verbaasd over het mes. Met een pistool is het veel makkelijker en dan weet je zeker dat er niks fout gaat.'

Nu keek Viola hem beledigd aan. 'Met mijn mes gaat er nooit iets fout.'

Hierdoor werd de man nog vrolijker. 'Toch raad ik je niet aan me nu koud te maken. Het zou niet het beoogde effect hebben.'

In verwarring gebracht trok Viola het mes weg. 'En waarom niet?'

Plotseling hoorde ze de haan van een pistool klikken op hetzelfde moment dat een vrouwenstem zei: 'Omdat hij R.A. Reynolds niet is.'

Viola ademde scherp in en met het mes op de keel van de man gericht draaide ze zich om. Daar stond het meisje in de roze jurk, ze hield Viola onder schot. Uit haar houding, zelfverzekerd en vertrouwd met het wapen in haar hand, leidde Viola af dat ze niet blufte.

'Dat is toch de persoon die je zoekt?' vroeg ze, terwijl ze met het pistool op Viola gericht dichterbij kwam.

'Inderdaad,' antwoordde ze, en ze overwoog haar opties. Nu ze onder schot werd gehouden en de haan al was gespannen, klaar om te schieten, zat ze in de val. Ze was nauwkeurig en dodelijk met haar mes, maar ze zou nooit sneller zijn dan een kogel.

Ze kon hen allebei nog doden. Met een vonk magie zou haar magische gave hun leven als een nachtkaars uitdoven. 'Ik heb een boodschap voor R.A. Reynolds.'

'Dat zeggen ze altijd,' beweerde het meisje, haar luchtige toon meer verveeld dan geërgerd. 'Het verbaast me dat je baas zijn huiswerk niet heeft gedaan – ik neem aan dat het een man is. Mannen met minder brein dan ballen onderschatten me meestal.'

De brutale woorden van het meisje strookten niet met de zwierige zijden jurk of haar tere uitstraling. 'Jou?' vroeg Viola, in een poging het meisje te begrijpen terwijl ze haar magie het vertrek in stuurde. Ze vond de man met gemak, zijn regelmatige, langzame hartslag was haar inmiddels bekend, en daarna vond ze ook die van het meisje, net zo regelmatig. Maar toch voelde Viola voldoening – en opwinding – door de aderen van het meisje jagen.

Ze had aangenomen dat ze niets meer was dan een opgedofte jongedame, een knap ding dat Reynolds zijn pleziertjes gaf, maar ze had het verkeerd gezien. Deze jongedame had meer in haar mars dan je op het eerste gezicht zou denken.

'Ja, mij,' antwoordde ze. 'Hij is R.A. Reynolds niet, zie je? Dat ben ík.'

'Ben jij de man van de krant?' vroeg Viola, zonder zich nog te concentreren op haar magie, die daardoor algauw bekoelde.

'Zie ik eruit als een man?' vroeg het meisje smalend, en om haar roze lippen verscheen een spotgrijns.

Gefrustreerd keek Viola van de man naar het meisje.

'Ik vrees dat ze de waarheid vertelt,' zei de man vrolijk, ondanks het feit dat het mes in zijn keel drukte.

'En wie ben jij?' vroeg het meisje. 'Wie heeft je gestuurd?'

Viola kon niets anders dan haar aanstaren, vol ontzag voor haar zelfvertrouwen en beschaamd over haar eigen kortzichtigheid. Ze had aangenomen dat R.A. Reynolds een man was. Zij, die maar al te goed wist hoe het was om mannenwerk te doen in een mannenwereld, en het er beter van afbracht dan de meeste kerels. Hoe kon ze zo dom zijn? Nu zat ze in de val, omdat ze wist dat ze nooit in staat zou zijn dit bijzondere meisje van het leven te beroven.

'Ik vroeg je wat,' zei het meisje, met een strakke blik en een ernstig gezicht. 'Laat me raden. Meestal is het Tammany en zijn uilskuikens die me bedreigen, maar met mijn recente column vermoed ik dat het iemand van de Orde is. Ik kan me niet voorstellen dat ze blij waren met dat artikel, en ik zou niet weten waarom iemand van Tammany zich druk maakt over de trein.'

'De Orde?' flapte Viola eruit voor ze het wist. Ze wilde de Orde te gronde richten, zeker niet hun vuile werk opknappen.

'Je weet niet eens waarom je hier bent, of wel?' vroeg het meisje.

'Ik weet genoeg,' antwoordde Viola. 'Ik weet dat je hiermee moet stoppen voordat er iets gebeurt wat je niet terug kunt draaien.'

'Het enige wat je over mij moet weten, zeker als je er zo op gebrand bent me iets aan te doen, is dat ik nooit iets terugdraai,' snauwde het meisje, en ze deed een stap naar voren. 'Heb ik gelijk, schat?' vroeg ze aan de jongeman.

'Helaas voor ons heb je gelijk, jij draait nooit iets terug, zelfs niet als je ongelijk hebt.'

'Daarom probeer ik dat de laatste altijd te voorkomen.' Ze deed nog een stap in Viola's richting. 'Ik vergiste me niet over de treincrash, anders had je baas je niet op me afgestuurd. De Orde weet dat de trein en de rails door magie zijn verwoest, waar of niet? Ze zijn zich ervan bewust dat de mensen die hun schatten hebben geroofd nog vrij rondlopen, maar ze willen niet dat iemand dat weet. Ze zijn bang om als zwak en nutteloos te worden beschouwd. Zo is het toch?'

Deze meid wist te veel, maar niet zo veel als ze dacht. Ze wist namelijk niet dat een van de mensen die de schatten van de Orde had gestolen voor haar neus stond. 'Genoeg gekletst,' zei Viola.

'Maar je hebt mijn vraag nog niet beantwoord.' Ze hield haar pistool net zo vastberaden op Viola gericht als de blik in haar ogen. 'En omdat je momenteel het leven van mijn verloofde bedreigt, is het minste wat je kunt doen mij antwoord geven.'

Haar verloofde?

Voordat Viola kon bedenken waarom ze het benauwd kreeg van de woorden van het meisje, bewogen de gordijnen en een tel later verscheen Torrio.

'Ah, nog meer gasten, schat,' zei de jongeman, die nog in zijn stoel zat, onaangedaan toen Torrio hem onder schot hield.

Die vent was echt gek, dat hij deed alsof haar mes hem niet in een handomdraai dood kon laten bloeden en alsof Torrio's pistool geen enkele dreiging vormde.

Maar het meisje – Reynolds – leek zich het gevaar van Torrio's aanwezigheid wel te realiseren. Instinctief deed ze een stap naar achteren, met haar kleine zilveren pistool opgeheven, maar nu richtte ze het op Torrio.

'Ik weet wie jij bent,' zei ze, en haar gezicht klaarde op met iets wat verdacht veel op opwinding leek. 'John Torrio. Je werkt voor Kelly's bende.'

Ze waren allebei pazza, knettergek, en de grote mond van het meisje zou nog eens haar dood worden.

Torrio's bruine ogen ontmoetten Viola's blik met een onuitgesproken en onmiskenbaar dreigement: op haar manier of de zijne. Het maakte niet uit dat Torrio dacht dat de vent die ze het mes op de keel hield Reynolds was; hij zou de meid in de roze jurk sowieso neerschieten, alleen omdat ze daar was. Het stel zou hoe dan ook de dood vinden.

Dus deed Viola het enige wat ze nu kon doen. Ze stond haar magie toe zich in het vertrek te verspreiden, waarna ze de bekende hartslag van de man, wiens gezicht met het ouder worden vriendelijk zou zijn gebleven, algauw vond, net als de hartslag van de meid die er niet ouder of ernstiger uitzag dan een groentje, tot ze haar brutale mond opentrok. Viola liet haar magie oplaaien en het bloed in hun aderen stopte al snel met stromen, tot de ogen van het meisje uitpuilden en ze even later op de vloer in elkaar zakte. De man hapte naar lucht terwijl hij naar zijn borst greep en voorover in zijn bord soep viel.

Maar ook al lagen ze doodstil, Torrio liet zijn pistool niet zakken. In plaats daarvan liep hij naar het meisje en duwde met de punt van zijn schoen tegen haar lichaam, met zijn vinger nog steeds om de trekker van zijn revolver.

'Laat dat,' siste Viola terwijl ze haar mes in de schede onder haar rokken terugstopte.

'Gewoon voor de zekerheid,' mompelde Torrio, en hij hield het meisje onder schot.

Vlug liep Viola om de tafel heen, en ze stapte tussen Torrio's wapen en het lichaam van het meisje in. 'Als je ze nu neerschiet, leiden alle sporen naar jou, en vervolgens naar Paul. Laat ze, dan kan niemand iets bewijzen,' verklaarde ze.

Torrio bekeek de lichamen, alsof hij probeerde te besluiten of dat het risico waard was.

'Laten we ervandoor gaan voordat er iemand aankomt,' smeekte Viola, met een stap naar Torrio. 'Voordat we betrapt worden.'

Hij reageerde niet meteen, waarschijnlijk om duidelijk te maken dat hij degene was die de leiding had en niet zij. 'Oké,' zei hij uiteindelijk terwijl hij de haan ontspande en het pistool in de holster onder zijn jacquet terugstopte.

Viola keek niet achterom toen Torrio haar tussen de gordijnen door wegvoerde uit het privézitje. In de zaal heerste nog grote chaos en in het hele restaurant waren mensen met elkaar op de vuist gegaan. Degenen die nog niet op de vlucht waren geslagen zaten in groepjes weggedoken, in de hoek gedreven door mannen in eens zo keurig geperste smokings, die de vorstelijke zaal in een boksring hadden veranderd.

'Wat heb je gedaan?' Viola schudde zijn hand af terwijl hij naar de achterkant van het vertrek liep.

Hij gaf geen antwoord.

In de keukens keek de in witte jassen geklede staf toe toen Torrio en Viola stilletjes het steegje achter het restaurant in glipten. Het stonk er naar rottende afvalresten en de straat was bedekt met een laag vet waardoor Viola op haar belachelijke hakken uitgleed, maar Torrio hield haar hand stevig vast en duwde haar praktisch de koets in die aan het eind van de steeg stond te wachten.

Nog voordat Torrio de deur had vergrendeld kwam het rijtuig in beweging, en hij ging met een onpeilbaar gezicht op de bank tegenover haar zitten.

'Je was het niet van plan,' zei hij verwijtend.

Ze keek hem in zijn donkere, emotieloze ogen en stak haar kin wat omhoog. 'Ik weet niet wat je bedoelt. Ze zijn toch dood, of niet soms?'

'Je aarzelde,' merkte hij toonloos op. 'Ik zag het in je ogen. Je kreeg medelijden.'

'En jij wilde er een bende van maken,' zei ze zo neerbuigend als ze kon. 'Mannen.' Ze schraapte vol afschuw haar keel. 'Denken altijd dat hun miezerige pistooltjes de oplossing zijn voor alles. Overhaast en zonder nadenken. Te vroeg.' Ze bleef hem nog wat langer aankijken om er zeker van te zijn dat hij begreep dat ze hem op zijn nummer had gezet, en toen zijn wangen rood aanliepen liet ze hem links liggen en draaide ze haar hoofd om uit het koetsraampje te kijken.

Maar Viola kon de herinnering aan het meisje – Reynolds – niet van zich af zetten, en de gedachte aan het vuur in haar ogen evenmin... het vuur dat Viola had gedoofd.

EEN WARE GENTLEMAN

1904 – St. Louis

Esta keek naar Harte en genoot ervan dat hij grote ogen opzette en de kleur op zijn wangen wegtrok. 'Heeft hij je dat verteld?' Ze lachte haar tanden bloot naar beide jongens. 'Dat ik daar moest blijven en me koest moest houden?'

Hartes mond hing nog steeds open van schrik. Het woord 'schuldig' stond op zijn voorhoofd geschreven, maar echt, het was zijn verdiende loon – dan had hij haar maar niet achter moeten laten.

Maar Julien leek helemaal niet verrast door haar komst. Zijn gezicht glansde zelfs van bewondering. 'Het kan zijn dat hij zoiets heeft gezegd, ja.' Hij knikte in haar richting. 'Die outfit... staat je goed. Kom je erbij zitten?' vroeg hij, naar de lege stoel bij de tafel gebarend.

Esta wierp Harte nog een boze blik toe, waarna ze in de stoel ging zitten. Ze zette haar hoed af en keek hem recht in de ogen om hem uit te dagen haar tekst en uitleg te geven.

Hij deed zijn mond dicht en meteen weer open, alsof hij iets ging zeggen, maar het enige wat hij deed, was een beetje sputteren.

'Wat is er, Harte?' vroeg ze met een vervaarlijk lief stemmetje. 'Je verslikt je toch niet in je drankje, hè?' Ze knipperde koket met haar ogen. 'Wat vervelend nou,' ging ze lijzig verder, en ze hield even haar mond. 'Volgende keer beter.'

Uiteindelijk leek hij zijn stem terug te hebben.

Hij had haar van alles kunnen vragen – hoe ze aan kleren was gekomen terwijl hij haar halfnaakt in de pensionkamer alleen had gelaten, of hoe ze de weg naar King's in haar eentje had weten te vinden, om maar iets te noemen. Maar de eerste vraag die hij haar stelde was vermoedelijk wel de minst belangrijke van allemaal: 'Wat heb je met je haar gedaan?'

'Vind je het mooi?' vroeg Esta, en ze knipperde weer naar hem terwijl ze met haar hand langs haar blote nek streek.

'Ik...' Harte probeerde weer iets te zeggen, maar al bewoog hij zijn lippen, de woorden wilden niet komen.

Ze besloot dat hij haar kapsel misschien niet mooi vond, eerder het tegenovergestelde. Wat hij ook had willen zeggen, het kon haar niet zo veel schelen of hij het mooi vond – het was haar hoofd, haar haar.

Misschien had ze het wel in een vlaag van verstandsverbijstering gedaan. Zo was het in ieder geval begonnen. Toen Harte was weggegaan en haar had achtergelaten – alsof hij het recht had haar te zeggen wat ze moest doen – en beroerd als ze zich had gevoeld, had ze alleen nog in woede kunnen uitbarsten. Ze had misschien de stoel wel omvergeschopt, ze had in ieder geval met haar vuist op het beschadigde bureaublad geramd... wat pijnlijker was dan ze had verwacht. En daardoor was een bureaulade open getrild, waar een roestige schaar in lag.

Wie weet had ze in een impuls gehandeld en de blijvende gevolgen niet voorzien toen ze de eerste lange haarlokken in haar hand had genomen en ze met de botte schaar had afgeknipt. Maar ze had er absoluut geen spijt van.

Ze had met een handvol haar in de kamer gestaan, geschokt over haar eigen impulsiviteit. Ontsteld had ze de lokken op de grond laten vallen en haar maag was ineengekrompen. Maar toen had ze moed gevat en de rest ook afgeknipt, want wat had ze anders kunnen doen? Ze had de angst dat het misschien een grote vergissing was resoluut genegeerd. In plaats daarvan was ze blij met de adrenaline die door haar lijf joeg elke keer dat er weer een lok van haar donkere haar bij haar voeten op de grond viel.

Het knipwerk zag er verschrikkelijk uit, het was slordig en schots en scheef en haar haar was nu net wat korter dan een bobkapsel, maar hoe meer lokken er op de vloer waren gevallen, hoe groter de last die van haar schouders viel. Het was immers professor Lachlan geweest die had gewild dat ze het lang hield. Toen ze opgroeide zou kort haar zo veel makkelijker zijn geweest, zeker wanneer ze met Dakari aan het trainen was of de weg in de stad leerde kennen. Professor Lachlan wilde niet dat ze met een pruik op door de tijd zou reizen. Hij zei dat het risico te groot was, omdat het er niet echt genoeg uitzag.

Maar professor Lachlan was niet hier. Hier was hij Nibsy, met de leugens die hij had opgestapeld en als een gevangenismuur om haar jeugd heen had gebouwd, terwijl hij de waarheid over wat hij was altijd voor zich had gehouden, net als wie zij was. Met elke lok die ze had afgeknipt, had ze de last van haar verleden weggeknipt en zich stukje bij beetje van deze leugens bevrijd.

Daarna had ze ergens wat kleren gevonden.

Na alles wat er die avond was gebeurd was, was het risico te groot om haar magie te gebruiken, maar Harte had haar in een kamer opgesloten met niets anders aan haar lijf dan een korset en een lange kanten onderbroek. Het was het een of het ander: riskeren de stad in te gaan of binnen blijven en toegeven dat hij had gewonnen. Ze was te kwaad geweest om hem te laten winnen, dus had ze toch haar magie gebruikt om de aangrenzende kamer binnen te glippen. Ze had verwacht dat de zwarte duisternis weer zou verschijnen, maar dat was niet gebeurd. Dit betekende dat het verschijnsel niet aan haar lag, maar aan Harte. Of misschien was het de macht van het Boek, maar als ze bedacht hoe kwaad ze op hem was, maakte het niet uit waardoor het kwam.

'En jij, Julien? Vind je het wat? Ik vind het me goed staan.' Esta stak haar kin naar voren, een gebaar om hem uit de tent te lokken. Ondertussen speelde de pianist in de hoek steeds harder en sneller en galmden de klanken koortsachtig door het vertrek. De melodie klonk verlangend en raakte een snaar in haar, duister en heimelijk, een hunkering naar vrijheid zonder dat ze wist wat echte vrijheid was.

'Het is een gewaagde keus,' antwoordde Julien, in zijn glas glimlachend terwijl hij een slok nam en naar het tweetal keek alsof hij een binnenpretje had.

Esta wierp hem een vernietigende blik toe. Ze had haar haar niet kortgeknipt en haar borsten niet ingesnoerd om vervolgens haar weg naar King's te vinden alleen om Julien een plezier te doen. Ze was hier omdat ze hier hoorde te zijn, omdat ze het recht had. Ze liet zich niet aan de kant zetten door Harte alsof ze een of ander hulpeloos wicht was terwijl hij het werk dat ze samen zouden doen in zijn eentje afhandelde. Het was tenslotte niet Harte die het gevaar in het Jefferson Hotel op tijd had ontdekt en snel had bedacht hoe ze aan de politieagenten konden ontkomen die hen op stonden te wachten.

Was het dan zo gek dat ze kort daarna was flauwgevallen? Zij had ze het hotel uit weten te krijgen nadat Harte een verkeerde inschatting had gemaakt in de linnenkamer. Ondanks het feit dat er iets vreemds aan de hand was met haar magische gave had ze zich sterk gehouden. Dat zou Harte inmiddels toch van haar moeten weten. Ze hoefde zich niet te bewijzen, zeker niet aan hem.

En toch zat ze hier, in een sjofele bar, en bewees ze zichzelf. Omdat ze Harte – of eigenlijk beide jongens – duidelijk wilde maken dat ze zich niet zomaar liet afdanken wanneer de jongetjes samen wilden spelen.

Harte boog zich over de tafel naar haar toe en dempte zijn stem zodat ze hem nog net boven de klanken van de piano uit kon horen. 'Je denkt toch niet echt dat dit gaat werken?'

'Ik weet heel zeker dat het al werkt,' antwoordde ze, naar het glas met de amberkleurige whisky reikend dat voor haar stond. 'Jij bent de enige die er moeite mee heeft.' Achteroverleunend in haar stoel bracht ze het glas naar haar lippen, genoegen scheppend in de ergernis die van Hartes gezicht was af te lezen. Ze nam een slok van de whisky en probeerde haar reactie te verbergen toen de sterkedrank in haar keel brandde en daarmee haar vastberadenheid wegschroeide.

'Ze heeft absoluut het gezicht ervoor, met die hoge jukbeenderen,' merkte Julien op, haar onbeschaamd bewonderend. 'En zo te zien ook het lef.'

'Hou op,' waarschuwde Harte hem. 'Dat je haar aanmoedigt is wel het laatste waar ik op zit te wachten.'

'Ze heeft volgens mij helemaal geen aanmoediging nodig,' kaatste Julien terug, waarna hij naar Esta knipoogde.

Ze beantwoordde hem door haar glas in een stille toost te heffen.

'Als je wat aanwijzingen nodig hebt,' zei Julien, en hij bood Esta een van de dikke sigaren aan uit de binnenzak van zijn rokjas, 'geef ik je die met alle plezier.'

Ze sloeg zijn aanbod af – het brandende gevoel van de whisky was genoeg voor vanavond. 'Aanwijzingen?'

'Kap ermee,' waarschuwde Harte nogmaals, maar ze negeerden hem dit keer allebei.

'Als je dit verkleedpartijtje wilt volhouden, kan ik je er wel bij helpen. Ik ben min of meer een expert op dit gebied, zie je.' Julien streek een lucifer aan en liet die even opvlammen voordat hij de sigaar opstak die ze net had afgeslagen, waarna hij eraan lurkte tot de rook zich in de lucht verspreidde. Hij zwaaide met zijn hand om de brandende lucifer uit te maken en gooide die nonchalant in de asbak op de tafel. 'Je benen, bijvoorbeeld.'

'Wat is er mis met mijn benen?' vroeg Esta, met een fronsende blik op de zwarte pantalon die ze uit de aangrenzende pensionkamer had gejat. Hij paste goed, meende ze, terwijl ze de broek kritisch bekeek. En hij zat heel wat comfortabeler dan de rokken die ze de laatste weken had gedragen.

'Mannen zitten niet zo,' zei Julien, een rookwolk uitblazend waar Esta's ogen van begonnen te tranen. 'Vrouwen maken zichzelf klein. Dat is ze met de paplepel ingegoten, denk ik. Maar jongens hebben van kinds af aan geleerd dat de wereld hun toebehoort. Doe je knieën wat uit elkaar.'

Twijfelend trok Esta haar wenkbrauwen op. Ze zat niet op dat soort aanwijzingen te wachten.

Julien glimlachte begripvol. 'Nee, zo bedoelde ik het niet. Eis de ruimte op alsof het je goed recht is.' Voorovergebogen keek hij haar met een vrolijke blik in zijn ravenogen aan. 'Alsof je er de baas bent.'

Julien had gelijk. Ook in haar eigen tijd eisten mannen in de bus of de metro de ruimte om hen heen op alsof het niet meer dan normaal was. Door dit besef – en de uitdrukking op Hartes gezicht, die haar waarschuwde het niet in haar hoofd te halen – deed ze haar knieën een beetje uit elkaar. 'Zo goed?'

'Ja, zo,' antwoordde Julien. 'Dat is al veel beter.'

'Dit is echt absurd, Julien,' beet Harte hem gespannen toe.

Ze had het gevoel dat als ze een blik naar Harte waagde, zijn oren weer rood zouden worden, maar Julien keek nog steeds naar haar, en ze was niet van plan als eerste weg te kijken. Na een poosje richtte hij zich tot Harte. 'Ze redt zich wel. Als ik jóú kon omtoveren in iets als dít,' vaag gebaarde hij in Hartes richting, 'kan ik haar net zo goed ook wat tips geven.'

'Wat bedoel je?' vroeg Esta. Het ontging haar niet dat Harte zijn lippen op elkaar drukte tot een dunne lijn.

'Hij kletst maar wat. Negeer hem gewoon,' zei Harte scherp terwijl hij naar het glas whisky in haar hand keek alsof hij het graag wilde hebben.

Julien legde Hartes opmerking naast zich neer. 'Wat ik bedoel is dat ik Darrigan alles heb bijgebracht om de ware gentleman te worden die je nu voor je ziet. Ik heb hem zelfs zijn naam gegeven.'

'Echt?' vroeg Esta, en toen ze de onuitgesproken woede en schaamte in de lijnen van Hartes gezicht zag, lachte ze in haar vuistje en dronk ze de laatste slok whisky op, alleen om hem te sarren.

'Waar denk je anders dat hij dit heeft geleerd? Je had hem moeten zien toen hij voor het eerst auditeerde bij het Lyceum. Het was niet een van de betere zalen, moet je weten. Amusement voor arme sloebers, die zich net iets meer konden veroorloven dan de toneelzalen in de Bowery. Ik trad al een tijd met mijn eigen act op en ik was behoorlijk succesvol. Op een dag was ik bij de audities, en toen zag ik hem.'

'Julien,' siste Harte.

'Was hij niet goed?' vroeg ze, zich vooroverbuigend.

'O, de act zelf was best aardig.' Julien keek naar Harte. 'Wat deed je ook alweer? Een of andere goocheltruc?'

Harte gaf geen antwoord, maar toen hij zich realiseerde dat Julien zou blijven doordrammen mompelde hij: 'Zand van de Nijl.'

'Dat was het!' Julien knipte met zijn vingers om zijn enthousiasme te benadrukken. 'Hij kon zijn auditie alleen niet afmaken. De toneelmeester gaf hem ongeveer anderhalve minuut voordat hij hem afkapte. Je kon het de beste man niet kwalijk nemen – je hoefde Harte maar te zien en je wist meteen dat hij tuig van de straat was. Je had hem toentertijd moeten horen praten. Zijn *Bow'ry bo-boy*-accent was zo zwaar als een rioolbuis vol drek. Ik kon er amper een touw aan vastknopen. Daarbij zag hij er net zo ruig uit als hij klonk... alsof hij de eerste de beste die hem een verkeerde blik toewierp in elkaar zou slaan.'

Esta keek naar Harte, die zich aan de andere kant van de tafel vanbinnen zat op te vreten van woede. 'Zo ziet hij er nog steeds uit als je hem op stang jaagt,' zei ze. *Nu ziet hij er ook zo uit.* Het kon haar niet schelen.

'Dus jij hebt hem geholpen?' vroeg ze Julien. 'Waarom?'

'Dat is de vraag, hè?' Julien nam een lange hijs van zijn sigaar en blies de rook door zijn neusgaten uit, waardoor hij op een soort kwaadaardige demon leek.

Ze vermoedde dat hij niet echt over een antwoord nadacht. Zijn stiltes waren heel bewust getimed. Het was een ingenieuze truc, moest ze toegeven, en Julien was er verdomd goed in. Hij trok de luisteraar het verhaal in en zorgde dat die aan zijn lippen hing. Tegen de tijd dat hij eindelijk verder vertelde, zat ze ongeduldig op zijn antwoord te wachten.

'Ik zou kunnen zeggen dat ik van de vriendelijke soort ben en anderen graag help.'

Harte lachte spottend door hem heen, maar Julien zweeg net lang genoeg om zijn bewering vervolgens onverstoorbaar af te maken.

'Dat zou ik kúnnen zeggen, maar ik zal je de waarheid vertellen,' voegde hij eraan toe terwijl hij zijn blik even naar Harte liet gaan. 'Die dag zag ik iets in hem wat je niet kunt aanleren – ik zag een sterke persoonlijkheid. Hoe ongetraind en ongemanierd hij toen ook was, als Darrigan het podium op kwam was hij er heer en meester, alsof hij geboren was om op de planken te staan. Hij had een ongepolijst talent en ik wilde hem graag helpen het te polijsten.'

'Dat is echt de grootste onzin, Jules, dat weet je zelf ook wel,' snauwde Harte, die zich blijkbaar niet langer kon inhouden. 'Je hielp me alleen omdat je iemand nodig had die kon afrekenen met de Delancey-broers.' Harte keek naar Esta. 'Dat waren een paar zogenaamde gangsters in de wijk die niet begrepen dat Jules' act niet meer was dan dat. Ze vielen hem lastig na zijn optredens en probeerden hem te intimideren, om te bewijzen wat een stoere kerels ze waren.'

'Ik heb ze zelf een lesje geleerd,' zei Julien stijfjes.

'Dat is waar, maar de regels van de boksclub voor nette heren gelden niet in de Bowery, en een blauw oog is moeilijk te camoufleren, zelfs met alle make-up die er is.' Harte haalde zijn schouders op. 'Dus ja, Jules heeft me geleerd om er niet als tuig van de straat uit te zien en me te gedragen, en ik heb hém geleerd te vechten als een echte straatvechter, zodat hij kon afrekenen met de Delanceys. Zo simpel is het.'

Julien vertrok zijn gezicht. 'Je weet als geen ander een goed verhaal te verpesten, Darrigan.'

'Ik zit hier niet om verhaaltjes te vertellen,' zei Harte kortaf, waarna hij boos naar Esta keek. 'En zij ook niet. We zijn hier voor het collier.'

Julien fronste en het ontging Esta niet dat hij een beetje wit wegtrok. 'Ik heb je al gezegd dat ik het niet heb.'

'Hoe kon je het wegdoen na de brief die ik je stuurde?' vroeg Harte zacht. 'Heb je mijn vraag soms niet begrepen, of je het voor me wilde bewaren? Om te zorgen dat het veilig was?'

'Jawel,' antwoordde Julien gespannen. 'Ik begreep het wel, maar ik wist ook dat je van de brug was gesprongen en dood werd gewaand.'

'Dus besloot je mijn laatste wens te negeren?' vroeg Harte.

Julien zag er een tikkeltje ongemakkelijk uit. 'Ik heb het lang bewaard en ik dacht dat je nooit meer zou terugkomen –'

'Genoeg drama, Jules. Vertel ons gewoon waar het is,' eiste Harte met dreigende stem.

'Harte,' mompelde Esta. 'Laat hem uitpraten.'

Julien schonk haar een waarderende blik, met meer interesse dan dankbaarheid. 'Zoals ik al zei, heb ik het collier lang bewaard,' ging Julien verder. 'Achter slot en grendel, zoals je me had opgedragen. Maar afgelopen winter maakte Mrs. Konarske, de costumière van het theater, een jurk waarbij het sieraad prachtig stond.'

Harte kreunde. 'Je hebt het toch niet...'

'Ik dacht dat je dood en begraven was en ik kon het niet laten.' Julien drukte het stompje sigaar dat over was uit in de asbak. 'Ik droeg het een week totdat iemand het wilde kopen.'

'Heb je het verkocht?' vroeg Esta, plotseling alert. Als Julien het collier had verkocht, betekende dit dat het niet was zoekgeraakt. Ze was een dievegge, ze kon het gewoon terugstelen.

'Ik had geen keus.' Juliens gespannen gezicht vertelde Esta dat hij iets achterhield. 'Hoe dan ook, ik heb de jurk daarna niet meer gedragen, als dat je een beter gevoel geeft.' Hij klonk haast teleurgesteld.

'Je kostuum kan me geen moer schelen, Jules. Ik moet weten aan wie je het collier hebt verkocht.' Hartes blik was scherp en vastberaden.

'Dat is het nou juist.' Julien keek naar Harte op en wachtte even voordat hij verderging. 'Ik heb geen flauw idee.'

Harte vloekte hartgrondig tot Esta hem een schop onder de tafel gaf. Hoe ze zich ook aan Julien ergerde, hij moest wel aan hun kant blijven staan, en als Harte zo grof tegen hem deed, zou hij straks nog iets zeggen wat hij niet terug kon nemen.

'Je hebt vast wel enig vermoeden,' zei ze wat vriendelijker. 'Ook al weet je misschien niet wie de koper was, iemand moet je het geld hebben gegeven en het collier met de steen mee hebben genomen.'

'O, natuurlijk was er sprake van een transactie,' beaamde Julien. 'Maar dat wil niet zeggen dat ik weet wie het was.'

Esta kon Hartes ongeduld praktisch voelen. 'Hou op met die onzin, Jules.'

'Ik heb het collier niet aan een persóón verkocht.' Juliens stem klonk kalm, en hij hield zijn mond even om een grote slok whisky te nemen.

'Schiet een beetje op, wil je,' siste Harte met op elkaar geklemde kaken.

Maar Julien liet zich niet opjagen. Het was een goed staaltje zelfvertrouwen dat hij uitspeelde. Hij boog zich naar voren, zijn donkere ogen weerkaatsten het licht van de olielamp op de tafel. 'Als je denkt dat je het terug kunt jatten, kun je dat wel vergeten,' zei hij zacht, waarna hij zweeg om het moment te rekken. 'Want ik heb het aan de Gesluierde Profeet verkocht.'

HET GENOOTSCHAP

1904 – St. Louis

Hartes geduld begon op te raken terwijl de macht van het Boek vanbinnen aan hem knaagde. Die had zich weer geroerd vanaf het moment dat hij Esta zag staan, met haar kortgeknipte haren en haar ogen glinsterend van boosheid. Hij was niet voorbereid op haar onverwachte komst, waardoor hij de macht niet had kunnen beheersen, en toen hij haar woede over zich heen kreeg, kwam de stem weer uit de diepte omhoog en belaagde de zwakke grenzen die hij om zijn geest had opgeworpen.

Hij voelde het zweet langs zijn slapen lopen van de inspanning die het hem kostte de macht in bedwang te houden. Inmiddels kon hij Julien wel wurgen, alleen al omdat hij zo naar Esta staarde en ook omdat hij om de zaak heen draaide, maar hij kreeg het toch voor elkaar om zijn stem enigszins kalm te houden toen hij begon te praten. 'En wie is die Gesluierde Profeet precies?'

Julien dacht even na over die vraag. 'De Gesluierde Profeet is niet echt wie, maar wat.'

'Als je niet ophoudt met die raadsels van je,' grauwde Harte, maar hij voelde weer een schop onder de tafel. Tegenover hem wierp Esta hem een blik toe om hem te waarschuwen, waar de macht in hem tevreden van begon te snorren. Ze genoot van haar boosheid – en nog meer van Hartes eigen boosheid, omdat die hem afleidde en verzwakte. Dus stopte hij zijn woede zo diep mogelijk weg.

'Wat Harte bedoelt,' zei Esta, en ze wierp hem opnieuw een blik toe, 'is dat we in de nesten zitten. Zoals je misschien uit mijn nieuwe kapsel kunt afleiden, weet de politie dat ik in de stad ben. We riskeerden de ontmoeting met jou, omdat we het collier nodig hebben. Nu je het niet blijkt te hebben, moeten we het gaan zoeken en daarna zo snel mogelijk de stad weer verlaten – en jou niet langer lastigvallen – voordat ze me vinden. Als je ons kunt helpen, zouden we dat heel fijn vinden.'

'Kijk, Darrigan, zó behandel je nou een vriend.' Om Juliens mond verscheen een lachje, waarna hij zich weer tot Esta richtte. 'De Gesluierde Profeet is niet gewoon een persoon. Het is een genootschap in de stad, de profeet is een soort boegbeeld ervan en de persoon die hem vertolkt wisselt steeds,' legde hij uit. 'Elk jaar kiest het Genootschap een nieuwe profeet, maar zijn identiteit blijft altijd geheim. Zodoende verkocht ik het collier aan God mag weten wie. Ik heb zijn gezicht niet gezien.'

'Wat is Het Genootschap?' vroeg Esta.

'Het Genootschap van de Gesluierde Profeet,' antwoordde Julien.

'Nooit van gehoord.' Harte deed zijn best om zijn stem rustig te laten klinken.

'Je bent hier nieuw, dus dat is niet zo vreemd,' verklaarde Julien schouderophalend. 'Maar je weet hoe het gaat – de rijken hebben altijd hun miezerige clubjes. Het Genootschap verschilt niet zo veel van de Orde. Het bestaat voornamelijk uit bankiers en politici. Ze zien zichzelf als een groep stadsbestuurders, en net als de Orde in New York doen ze zich voor als een liefdadigheidsinstelling. Tijdens de jaarlijkse viering van Independence Day organiseren ze een grote parade en een gekostumeerd bal waarbij een debutante wordt gekroond. Niets in deze stad, en dan bedoel ik ook echt níéts, gebeurt zonder medeweten van het Genootschap en zonder dat zij een vinger in de pap hebben.'

'En daarom moest je het collier van de hand doen toen ze je aanboden het van je te kopen,' constateerde Esta.

Het klopte wat ze zei. Met Juliens act was hij een makkelijk doelwit. Hij moest het Genootschap aan zijn kant houden, en ze zeker niet tegen zich in het harnas jagen.

Julien knikte. Zijn kaken waren gespannen toen hij nog een slok whisky nam. 'Ze boden me niet alleen geld aan,' vertelde hij verder. 'De Gesluierde Profeet zelf kwam me na een van mijn optredens opzoeken – hij dook zonder uitnodiging op in mijn kleedkamer, net als jullie,' voegde hij eraan toe, maar het klonk niet echt geamuseerd. 'Hij beweerde dat hij zo veel voor het collier wilde betalen als het losgeld voor een koning, en toen ik weigerde – omdat ik, en God weet het, Darrigan, nooit van plan was dat stomme ding van de hand te doen – maakte hij me duidelijk dat als ik het niet verkocht, ik nooit meer in deze stad aan werk zou komen, en misschien zelfs nergens anders. Maar als ik het wel verkocht...'

'... zouden ze je bescherming bieden,' vulde Harte aan.

Julien gaf hem een gespannen knikje. 'Ik ben er zó dichtbij, Harte, om door te breken bij het grote publiek. Al een paar keer zijn er mensen van het Orpheum Circuit naar mijn optreden komen kijken, en ik heb zelfs een hoge pief uit New York gesproken, om een avondvullende show te maken die misschien tot mijn doorbraak op Broadway kan leiden. Maar ze zijn er nog niet helemaal over uit. Je weet hoe het gaat. Ze wachten eerst af hoe de rest van mijn optredens loopt. Met de wereldtentoonstelling en alle toeristen in de stad kan mijn act wel eens heel succesvol worden, maar als het Genootschap me gaat dwarsbomen, kan ik alles waar ik zo hard voor heb gewerkt, zomaar kwijtraken. Begrijp je?'

Harte beaamde dit. Hij begreep het maar al te goed. Hij wist hoe het was om op het punt te staan door te breken en de ellende van je verleden achter je te laten. En soms moest je daar een hoge prijs voor betalen. Hoe vaak had hij zelf het toeval van een succesvolle doorbraak ontkend, omdat hij wist dat die verdacht snel na een 'gunst' volgde die hij Paul Kelly had verleend? Dus ja, Harte begreep het als geen ander, maar...

'Dat verandert nog niets,' zei Harte. 'We hebben het collier nog steeds nodig.'

'Snap het dan, Darrigan. Hoe graag ik ook zou willen, ik kan je niet verder helpen. Niet nu het Genootschap erbij betrokken is,' verklaarde Julien. 'Er staat voor mij te veel op het spel.'

Harte kreeg bijna medelijden met hem. Hij voelde zich schuldig omdat hij een aandeel in Juliens problematische situatie had, en waarschijnlijk had hij zich nog schuldiger gevoeld als Julien zijn duidelijke instructies niet aan zijn laars had gelapt. 'Ik ben bang, Jules, dat je het niet voor het kiezen hebt.'

Julien fronste zijn voorhoofd. 'Je kunt me niet dwingen.'

Dat zag de jongen uiteraard verkeerd. Een eenvoudige handdruk of een klopje en Harte zou Julien kunnen dwingen om alles te doen wat hij van hem wilde. Aan Esta's aarzelende gezicht te zien verwachtte ze dat hij dat zou doen. Maar hij wilde het niet op die manier aanpakken, omdat hij een oude vriend niet als een van zijn gewone slachtoffers wilde behandelen.

Harte boog zich over de tafel en dempte zijn stem. 'Ik vraag je dit: denk je nou echt dat het J.P. Morgan ook maar iets kan schelen dat er doden zijn gevallen bij de treincrash?'

Plotseling leek Julien bezorgd en onzeker. 'Waar heb je het over?'

'De prijs die op Esta's hoofd staat,' antwoordde Harte. 'Die heeft niets met de ontsporing van de trein te maken, maar met wat wij van de Orde hebben gestolen.'

'De Orde ontkende dat er iets is gejat...' zei Julien, maar zijn stem haperde.

'Dat was een leugen,' beweerde Esta. 'Ze wilden niet dat het naar buiten kwam. Ze zouden als een stel zwakke idioten overkomen als bekend werd dat ze zo makkelijk beroofd waren.'

'Hun hoofdkwartier in Khafre Hall is net een fort,' voegde Harte eraan toe, 'en toch lukte het ons om hun waardevolste bezittingen te jatten... inclusief het collier.'

'Néé...' zei Julien, en zijn stem was ineens hoger dan anders.

'Rustig maar, Jules,' kalmeerde Harte hem vriendelijk. Zijn frustratie had plaatsgemaakt voor medelijden en schuldgevoel. 'De mensen beginnen te kijken.'

'Je had me niet op die manier in gevaar mogen brengen,' zei Julien met bevende stem. 'Zeker niet na alles wat ik voor jou heb gedaan.'

'Ik had iemand nodig die ik kon vertrouwen en die het collier veilig voor mij zou bewaren,' legde Harte uit. *Iemand die geheimen kan bewaren*. 'En zoals je weet heb ik je specifieke instructies gegeven om het te verbergen, tenzij je het in geval van nood nodig had. In geval van nóód, zoals op leven en dood. Ik heb je niet gezegd dat je er op het podium mee moest paraderen omdat je toevallig een nieuwe jurk had.'

Met een trillende hand reikte hij naar de sigaren in zijn jaszak. 'Ik begrijp nog steeds niet waarom dit mijn probleem zou zijn...' Hij probeerde een sigaar op te steken, maar nadat hij een moment met de lucifers had zitten klungelen gaf hij het op.

'O, kom op nou, Jules. Ik hoef het toch niet voor je uit te spellen?' vroeg Harte. 'Die rijke stinkerds zijn allemaal hetzelfde en ze kletsen altijd. Denk je niet dat de Orde er uiteindelijk achter zal komen dat die profeet het collier heeft?'

'En als de Orde op de hoogte is, zullen ze zich afvragen of jij weet waar de andere artefacten zijn,' voegde Esta eraan toe. 'Dan zullen ze achter je aan gaan.'

Juliens gezicht werd asgrauw. 'Ik wíst het. Vanaf het moment dat je in mijn kleedkamer verscheen, wist ik dat je niets dan ellende met je meebracht. Ik had je afgelopen nacht aan de Jefferson Garde moeten uitleveren, vrienden of niet.'

'Misschien wel,' zei Harte. 'Maar wees blij dat je dat niet hebt gedaan.'

'Hoezo?' vroeg Julien met half dichtgeknepen ogen. 'Dan zou ik nu niet in de problemen zitten.'

'Die heb je over jezelf afgeroepen toen je het collier op het podium droeg, maar als je ervanaf wilt, zul je ons moeten helpen.' Harte dacht terug aan de vreemde voorwerpen die Esta in Juliens kleedkamer had gevonden. 'We hebben iemand van binnenuit nodig, iemand die het Genootschap kent. Jij gaat ons helpen uitvogelen waar die profeet van jou het collier heeft gelaten en daarna help je ons binnen te komen om het terug te jatten voordat iemand anders het vindt.'

DE GEHEIMEN VAN HET BOEK

1904 – St. Louis

Jack Grew ging zijn suite binnen en draaide de deur achter zich op slot. Zodra hij de lamp had aangedaan werd hij verwelkomd door de aanblik van het overal aanwezige mahoniehout en zijde, weelderige Perzische tapijten en koperglans, maar het was de stilte die hem kalmeerde. *Eíndelijk rust, godzijdank.*

De afgelopen uren was het een gekkenhuis vol lawaai en verwarring geweest in het Jefferson Hotel, maar uiteindelijk was het enige wat er echt toe deed dat Esta was ontsnapt. De politie en de Garde hadden haar allebei in het nauw gedreven en in de val laten lopen en toch wist ze langs hen heen weg te glippen.

Nadat hij het slot voor de zekerheid nog een keer had gecontroleerd en de gordijnen had dichtgetrokken, maakte hij zijn stropdas los en haalde hij het Boek uit de geheime zak in zijn vest. Hij ging in de fauteuil bij het vuur zitten en liet zijn vingers over het inmiddels vertrouwde patroon op de gebarsten kaft gaan. Het Sigillum Aemeth – het zegel van de waarheid. Hij nam zoals altijd even de tijd om de in het leer gekerfde lijnen te volgen. Het ontwerp had iets betoverends. De symbolen leken los van elkaar te staan – ruitvormige en driehoekige figuren die over elkaar heen lagen. Als hij ze met zijn vingers volgde, werd er een andere realiteit zichtbaar – de figuren stonden niet los van elkaar, zoals op het eerste gezicht leek, maar waren tot in het oneindige met elkaar verweven. Net als de bladzijden van het Boek zelf, hadden de lijnen geen begin of eind, alleen het eindeloze patroon dat hem dieper en dieper de waarheid in trok.

Gekalmeerd door dit ritueel haalde hij het potje morfinepillen uit zijn zak, en hij legde er twee op zijn tong en verwelkomde de bittere smaak als een oude vriend. Hij kon de werking ervan al voelen toen hij de kleine bundel opendeed. Geleidelijk aan voelde hij de spanning van die dag wegebben toen de morfine de bonkende pijn achter zijn slapen verzachtte. Tegelijkertijd werden zijn zintuigen scherper, en hij verkeerde in een hogere staat van bewustzijn dan hij de hele avond was geweest.

Hij had de *Ars Arcana* nu twee jaar bestudeerd en toch had hij nog niet alle geheimen ontdekt. Op sommige dagen was het alsof hij de bladzijden eindeloos kon omslaan zonder bij de laatste bladzijde te komen. Op andere dagen leek het Boek kleiner en compacter. Maar het was nooit twee keer hetzelfde en de verrassing van wat hij elke avond opnieuw zou aantreffen wanneer hij het opensloeg was zijn favoriete moment van de dag.

Vanavond telde het Boek maar ongeveer dertig pagina's, die hij al vaker had gezien. Aantekeningen in zijn eigen handschrift stonden pagina na pagina bij de onbegrijpelijke tekst en ze waren het bewijs van zijn toewijding aan het Boek, aan de kunst en de wetenschap van magie. Hij vond het niet erg dat hij het overgrote deel niet kon lezen. Hij maakte zich nooit zorgen wanneer de benevelende roes van de morfine en de whisky wegtrok en hij een nieuwe bladzijde had ontcijferd, een nieuw geheim had ontsluierd. Het hoorde gewoon bij de macht van het Boek, een teken van het feit dat hij belangrijk was, omdat het Boek hem de waarheid onthulde wanneer zijn geest scherp en ontvankelijk was.

Hij brak nog een morfinepil tussen zijn kiezen terwijl hij naar de passage zocht waar hij enkele dagen geleden aan had gewerkt, maar zijn gedachten dwaalden steeds af, weg van het Boek naar Esta Filosik en Harte Darrigan, die hier in de stad waren.

Op de een of andere manier verbaasde hem dat niet. Bijna vanaf het moment dat hij uit de trein was gestapt, had hij aangevoeld dat deze reis anders was dan andere. Hij had de belofte in de lucht bespeurd en aangenomen dat er een politieke overwinning ophanden was.

Er waren twee jaar verstreken zonder een spoor van haar of Darrigan. Natuurlijk, er werd beweerd dat zij verantwoordelijk was voor een aantal tragische ongelukken. De Antistasi was zo slim om de zogenaamde Duivelsdief als een van hen op te eisen en haar naam te gebruiken om hun eigen doelen verder te realiseren. Jack vond het wel best. Hoe meer de Antistasi de vooruitgang probeerde te dwarsbomen, hoe meer ze zichzelf tot mikpunt maakten van haat en angst van de gewone burger. Elke actie, hoe onbeduidend misschien ook, had ervoor gezorgd dat het aantal voorstanders van de wet tegen magie langzaam maar zeker groeide, waardoor de wet was aangenomen. Elke dode die de Antistasi op zijn geweten had was weer een voorbeeld van het feit dat het land ongetemde magie niet kon tolereren. Ja, er waren twee jaar verstreken zonder

Esta Filosik, maar ze waren zeer vruchtbaar geweest voor Jack Grew.

Sinds de treinontsporing had Jack de publiciteit die dit had voortgebracht gebruikt om zichzelf op te werken en meer macht te verkrijgen. Hij was bij de Orde begonnen en had het Boek gebruikt om zitting in hun raad te nemen bij de Conclave, waar hij een voordracht had gehouden over de gevaren van ongetemde magie buiten de stad. Zijn toespraak had de belangstelling van de senator gewekt, die Jack vervolgens had gevraagd of hij wilde helpen genoeg stemmen te ronselen om de wet aan te nemen waarmee magie werd verboden. De president had er geen aandacht aan besteed totdat de Antistasi begon toe te slaan, en aangezien Roosevelt eigenhandig was opgetreden tegen de anarchist die McKinley had vermoord, was hij erop gebrand dat er met elke dreiging werd afgerekend. Toen Roosevelt eenmaal naar Jack wilde luisteren had hij het slim gespeeld, en niet lang daarna werd hij als adviseur regelmatig door de president geraadpleegd.

Wie kon er nou beter tegen een uitbraak van magie, en daarmee de vernietiging van de nationale eenheid, vechten dan iemand die er zelf zo onder had geleden?

Bijna zes maanden had hij als attaché in het gevolg van president Roosevelt rondgereisd, het land uitkammend om te achterhalen wat er over was van de illegale magie en het tuig dat zich eraan vast bleef houden. Hij vervulde geen officiële positie – dat wil zeggen, nog niet – maar Jack koesterde hoop. Nee, Jack was ambitiéús. En hij zou niet rusten voordat hij ze allemaal had opgepakt.

Terwijl Jack de vertrouwde pagina's doorbladerde ontspande hij zich en liet hij de morfine op zich inwerken, die zijn geest helder maakte en openstelde voor wat het Boek hem zou laten zien. Hij vond de bladzijde die hij zocht, eentje die niet altijd verscheen. Het was een teken dat hij was voorbestemd. Hij liet zijn vingers over zijn aantekeningen in de kantlijn gaan, en toen hij de woorden op de pagina hardop las, was het geen Engels dat hij sprak maar een veel oudere taal.

Jack was niet achterlijk. Hij wist dat Esta en Darrigan met een reden hier waren opgedoken, en hij wist ook dat hun komst naar St. Louis alles te maken had met de nieuwste aanwinst van het Genootschap: een collier waarvan ze beweerden dat het een schat uit de oudheid was – een sieraad dat Jack voor zichzelf wilde opeisen. Hiermee zou hij een stap dichter bij de macht van het Boek komen en kon hij zich die toe-eigenen, om vervolgens zelfs ook maar de herinnering aan die smerige rioolratten die het tegen hem zouden opnemen van de aardbodem weg te vagen.

ONVERKLAARBARE DIEPE DUISTERNIS

1904 – St. Louis

Esta keek Julien na terwijl hij zich een weg zocht door de drukke bar en uit het zicht verdween. 'Weet je zeker dat hij niet regelrecht naar het Genootschap gaat om ons te verlinken?' Ze wendde zich weer tot Harte.

Harte fronste. 'Hij zal niemand vertellen dat hij ons heeft gezien.'

'Maar die dingen in zijn kleedkamer – de medailles en de sjerpen,' drong ze aan. 'Ze waren allemaal gegraveerd met de letters GP. Hij is een van hen.'

'Dat weet ik, maar Julien is niet op zijn achterhoofd gevallen. Hij vindt het vast niet leuk, maar hij zal ons toch de informatie geven die we nodig hebben, om zichzelf en zijn carrière veilig te stellen.'

Toen Harte nog een glas whisky bestelde keek Esta bedenkelijk naar hem, en zodra het drankje was gebracht sloeg hij het in één keer achterover. Hij zei verder niets en zat een beetje voor zich uit te staren zonder echt iets te zien, met rode wangen van de drank, terwijl de pianomuziek de mensen in de ban hield met een hypnotiserend ritme. Het was een ragtime, een reeks syncopen op een loopje met voorslagen en mineurakkoorden. De piano had de hele avond op de achtergrond geklonken, maar nu de stilte tussen haar en Harte wat langer duurde, luisterde ze naar de muziek. Ze kon de toekomst praktisch horen doorklinken in het ritme en de akkoorden – de lome, ontspannen, syncopische stijl zou zich uiteindelijk tot blues en jazz ontwikkelen en zich onstuimig door de twintigste eeuw heen transformeren in allerlei gemengde muziekstijlen.

Maar nu was het nog een gewone ragtime op de grens van vernieuwing, een belofte – of misschien een waarschuwing – dat ook zij, al waren ze voorlopig veilig, aan het begin stonden van een nieuw en onvoorspelbaar tijdperk.

'Dus Julien is...' Ze wist niet zo goed wat ze wilde zeggen nu Harte haar met een onpeilbare blik in zijn grauwgrijze ogen aankeek.

'Hij is verdomd geniaal,' merkte hij vlak op. Het klonk niet als een compliment. 'Je hebt hem op het podium, en je zag hem vanavond hier.'

Het was waar. Alles aan Julien, van de kaarsrechte scheiding in zijn donkere haar tot de manier waarop hij de dikke sigaren gebruikte om zijn woorden kracht bij te zetten, was het toonbeeld van mannelijk zelfvertrouwen. Als Esta eerder die avond niet met eigen ogen had gezien dat Julien de blonde pruik afzette en de make-up had verwijderd in zijn kleedkamer, had ze echt niet kunnen geloven dat de man die net een drankje met hen had gedronken, de vrouw was die het hele publiek in haar ban had gehouden met haar hese stemgeluid en een hartverscheurend lied.

'Welke Julien is de echte?' vroeg ze. 'En welke Julien is de act?'

Harte fronste weer. 'Eerlijk gezegd denk ik dat het niet zo veel uitmaakt.'

'Nee?'

Hij schudde zijn hoofd. 'Lang geleden bereikte ik het moment waarop ik besloot dat Julien is wie hij wil zijn. Hij is de vrouw die een publiek weet te bekoren en hij is de man die hij is als hij niet op de planken staat.' Hij hield even zijn mond, alsof hij zijn woorden zorgvuldig koos. 'Ze zijn een en dezelfde persoon en dat talent – om beide af te wisselen zonder jezelf kwijt te raken – heeft mij geleerd hoe belangrijk het is dat je blijft wie je in wezen bent als je iemand anders wordt.'

Toen pas realiseerde Esta zich wat Julien had bedoeld met zijn opmerking dat hij Harte alles had geleerd wat hij wist. Ze had in Julien een weerspiegeling van dezelfde mannelijke bluf gezien die Harte ook over zich had. Of eigenlijk was het omgekeerd en was Julien de bron ervan. Ze kon het niet helpen dat ze zich afvroeg wie Harte was als hij alleen met haar was.

'Luister, maak je geen zorgen om Julien,' zei hij wat duister. 'Ik neem hem wel voor mijn rekening.'

Ze vernauwde haar ogen tot spleetjes. 'Waag het niet me weer buiten te sluiten, Harte.'

'Dat is het niet,' zei hij. 'Ik probeer je te beschermen.'

'Nou, laat dat maar. Ik heb het tot nu toe prima in mijn eentje gered. Ik zit niet te wachten op een redder in nood.'

'Ik heb nooit gezegd dat ik dat wil zijn,' zei hij kortaf. 'We vormen een team, maar je wil niet dat ik me zorgen om je maak of je ook maar een beetje help. Wat heb je nodig, Esta?'

Dat je je niet steeds van me afkeert.

Deze onverwachte gedachte verbaasde haar. 'Ik wil dat je me met rust laat en erop vertrouwt dat ik mijn grenzen ken,' zei ze in plaats daarvan. Ze zag een gekwelde uitdrukking op zijn gezicht, maar ze zei geen sorry. 'Ik wil dat je me vertrouwt.'

'Zoals jij mij vertrouwt, bedoel je?' Hij staarde haar een ogenblik hoofdschuddend aan. 'Ik liet je nog geen uur alleen en je knipte je haar af.'

'Het is míjn haar, Harte. Ik kan ermee doen wat ik wil.'

Hij liet zijn blik over haar gezicht gaan, langs haar hals naar haar te grote jas en het gekreukelde overhemd eronder. Hoe ze er ook van baalde het toe te geven – zelfs aan zichzelf – ze had het warm gekregen van zijn blik, net zo warm als wanneer hij zijn handen zou hebben gebruikt.

'Ik had je meegenomen als ik had geweten dat je zoiets rigoureus zou doen,' zei hij uiteindelijk.

'Je had me sowieso niet alleen moeten laten.'

Zijn ogen ontmoetten haar blik en ze zou zweren dat ze vervuld waren van alles wat hij niet had uitgesproken. Daarna knipperde hij en keek hij weg, alsof hij haar aanblik niet langer kon verdragen.

Ze zuchtte geërgerd om zijn theatrale gedrag. 'Je doet jezelf te veel eer aan, Darrigan. Jij hebt mijn haar niet afgeknipt, dat heb ik zelf gedaan,' zei ze. Toen hij niet reageerde klopte ze op de tafel om zijn aandacht te krijgen. 'Heb je me gehoord? Het was mijn eigen besluit.'

Hij keek haar nog steeds niet aan. 'Als ik je daar niet had achtergelaten en je niet boos was geworden op mij –'

'Ik had het anders ook gedaan,' onderbrak ze hem voordat hij nog iets belachelijks zou zeggen. 'Het was pure noodzaak. Ik ben groter dan de meeste vrouwen, daardoor val ik op. Maar als man heb ik een gemiddeld postuur en zien mensen me makkelijk over het hoofd. Je hebt zelf gezien wat er in het Jefferson Hotel gebeurde. Een hoed kan van mijn hoofd vallen of haarspelden glijden uit mijn haar. Zoiets mag niet nog een keer gebeuren – ík kan dat risico niet nemen. Het is maar gewoon haar.'

Hij keek haar fronsend aan alsof hij haar niet geloofde – of misschien wílde hij dat ook niet.

'Bovendien vind ik het leuk staan,' ging ze verder, en ze stak haar kin uitdagend naar voren. 'Julien heeft gelijk, het staat me goed én ik heb het zelfvertrouwen om er als man bij te lopen.'

Aan zijn gezicht kon ze zien dat hij het niet met haar eens was, maar er schemerde ook een andere emotie door in zijn ogen. Alsof hij naar haar hunkerde. Even werd ze overdonderd door de intensiteit ervan.

'Je hebt Juliens adviezen niet nodig, je bent zelf al gevaarlijk genoeg.'

Plotseling begonnen haar wangen te gloeien. 'Vind je mij gevaarlijk?' Ze moest zich inhouden om niet te glimlachen. Het idee stond haar wel aan, en dat hij het gevoel had dat hij voor haar uit moest kijken was zelfs nog beter.

'Wel toen ik je voor het eerst in de Haymarket ontmoette. Maar je hebt mij niet nodig om je dat te vertellen.' Het stormachtige grijs van zijn irissen leek op een bepaalde manier donkerder dan daarnet. Opnieuw dacht ze iets van de naamloze kleuren in de diepten ervan te zien. 'Je weet best dat je een gevaarlijke meid bent.'

Dat was zeker waar. Haar hele leven lang had ze getraind om als wapen te dienen, maar dat hij dit bevestigde streelde haar meer dan ze had verwacht.

'Het zal ons goed van pas komen.' En deze waarheid voelde ze diep vanbinnen. 'Julien helpt ons om het collier buit te maken en daarna gaan we achter de volgende edelsteen aan. Bovendien,' zei ze met een zelfgenoegzame grijns, 'ben ik niet voor niks de Duivelsdief, toch?'

Er veranderde iets in zijn gezichtsuitdrukking. 'Ik weet niet of dat nou een titel is die je graag wilt dragen.'

'Je maakt je toch geen zorgen meer over die vrouwenfiguren in de balzaal, hè?' Ze dacht terug aan de opwinding die ze had gevoeld toen ze waren verschenen met hun gemaskerde gezichten en opbollende rokken. Maar wat haar nog het meest bij was gebleven, was dat de feeststemming in de balzaal was omgeslagen in angst en de mannen op het bal als kakkerlakken wegschoten om te ontsnappen.

'Als dat leden van de Antistasi waren, moeten we bij ze uit de buurt blijven,' zei Harte. Daarna praatte hij haar bij over de dingen die Julien hem had verteld, over de aanslagen bij de wereldtentoonstelling en op andere plekken in de stad.

'Hebben ze mensen verwond?' vroeg Esta, terwijl een onbehaaglijke rilling haar bekroop – en vreemd genoeg ook teleurstelling.

'Hm-hm. En dat deden ze uit naam van de Duivelsdief,' vertelde Harte haar somber.

'Vanwege de treincrash,' realiseerde ze zich, en nu werd zij ook wat somber. 'Omdat ik het in gang heb gezet.'

Harte keek haar recht aan. 'Jij hebt de trein niet opgeblazen, Esta.'

'Misschien niet opzettelijk, nee,' verzuchtte ze. 'Maar er is wel iets met de trein gebeurd. Ik glipte door de tijd en vervolgens kwamen er mensen om het leven.'

'Zou kunnen. Maar voor hetzelfde geld had je er helemaal niks mee te maken,' hield hij vol.

Ze schudde haar hoofd. 'Dat geloof je toch niet echt? Kijk naar wat er in het hotel gebeurde, of op het station. Zelfs op de brug, toen we door de Barrière gingen. Er is iets aan de hand met mijn magische gave. Als ik die gebruik terwijl jij me vasthoudt verandert de macht van het Boek iets. Elke keer dat ik mijn grip op de tijd probeer vol te houden, zie ik een diepe duisternis die ik niet kan verklaren.'

'Een diepe duisternis?' Harte verstarde.

'Als ik mijn magie gebruik kan ik de leegte tussen de seconden zien, maar zodra ik jouw hand vastpak is het net of die leegte in het niets oplost, alsof de tijd zelf verdwijnt. Hoorde je die liftkabels niet? Het klonk alsof ze zouden breken.' Ze likte met haar tong langs haar lippen en dwong zichzelf verder te vertellen. 'Wat als er zoiets met de trein is gebeurd?'

Opnieuw keek hij haar fronsend aan en toen hij eindelijk begon te praten, koos hij zijn woorden weloverwogen. 'Dat weet je niet. Wat we wel weten is dat je nooit de bedoeling had iets met die trein te doen. Als die Antistasi deze ramp, wat er ook is gebeurd, in hun voordeel gebruikt, zijn ze niets anders dan een stel opportunisten.'

'Of ze proberen nog iets goeds uit die tragedie te slepen,' bracht ze in. 'Je hebt Julien gehoord. Jack gebruikte de ontsporing als excuus om de Mageus bang en boos te maken. Misschien is wat de Antistasi doet wel een reactie op deze leugens.' Omdat íémand het moest doen. 'De Antistasi mogen misschien opportunisten zijn, maar ze hebben ons vanavond wel helpen ontsnappen. Misschien staan ze aan onze kant en zijn het bondgenoten.'

'Die hebben we niet nodig,' beet Harte haar toe. 'We hebben het collier nodig en daarna moeten we zo snel mogelijk maken dat we hier wegkomen. Hoe eerder we het collier in handen hebben, hoe sneller we de rest van de artefacten in de wacht kunnen slepen en naar New York terug kunnen gaan om Jianyu te helpen.'

'Zo snel zal het waarschijnlijk niet gaan. We waren met een heel team toen we Khafre Hall binnengingen,' zei ze. 'Als hier in St. Louis een groep Mageus is die het opneemt tegen de Jefferson Garde, kunnen we misschien met ze samenwerken.'

'Om dat te doen moeten we ze eerst vinden en ze overtuigen van het feit dat we te vertrouwen zijn. En wij moeten daar andersom ook zeker van zijn,' zei Harte. 'De politie en de Garde weten al dat je hier bent. De Orde zal het ook snel horen. Hoe eerder we de stad uit zijn, hoe beter.'

Daar was Esta het mee eens. Zelfs nu ze minder herkenbaar was met een nieuw kapsel en in een herenpak, zou het gevaarlijker worden naarmate ze langer bleven. Het zou tijd kosten om de Antistasi te vinden, maar ze wist niet of Hartes onwil om zich op zijn minst in hen te verdiepen wel terecht was.

Tegen de tijd dat de pianist de slotakkoorden van de ragtime aansloeg, begon begon de dansvloer leeg te lopen. 'We moeten gaan,' zei hij, maar de spanning in zijn stem ontging haar niet, net zomin als zijn uit pure frustratie aangespannen kaakspieren.

Prima. Hij kon blijven mokken als hij dat wilde. Maar wat hij beter niet nog een keer kon doen, was haar buitensluiten.

KLAPROZEN

1902 – New York

Na het diner bij Delmonico's wist Viola dat ze nog beter in de gaten werd gehouden dan daarvoor. Ze had Pauls sullige proef niet echt doorstaan, omdat ze had geaarzeld de verslaggever te vermoorden, wat haar verdacht had gemaakt. Haar broer vertrouwde haar dus nog steeds niet helemaal – en terecht, want haar onderdanigheid was niets anders dan een schijnvertoning. Maar zijn argwaan zorgde ervoor dat dingen ongemakkelijk en gênant voelden. Zeker nu het ernaar uitzag dat hij met Nibsy Lorcan samenwerkte, die vuile rat.

Ze zou Nibsy al om zeep hebben geholpen voor zijn verraad, maar ze kon het niet riskeren om haar broer tegen zich te krijgen. Niet voordat ze erachter was wat hij met die knul van plan was. Paul was machtig genoeg en zijn Five Pointers waren zo wreed dat ze Nibsy en wie er verder over was van The Devil's Own allang hadden kunnen doden, maar dat was niet gebeurd. Dit betekende dat Nibsy iets in zijn bezit had wat Paul nodig had. Misschien hield Nibsy Paul op veilige afstand met de geheimen over de Five Pointers die Dolph door de jaren heen als chantagemiddel had verzameld, maar Viola had in hun gesprekken te veel sympathie gezien om chantage te vermoeden.

Zolang ze onder toezicht van haar broer stond moest ze zich ook aan Nibsy onderwerpen, én aan de Orde. Het was allebei even weerzinwekkend. Ondenkbaar. Als ze bij haar broer bleef betekende dit dat Nibsy en de Orde haar waarschijnlijk niets zouden aandoen. Het was een kwestie van het juiste moment afwachten en ondertussen hun zwakke plek achterhalen. Ze zou Paul en Nibsy tegen elkaar uitspelen en haar mes terug jatten.

En wanneer het juiste moment daar was, zou ze de Orde van binnenuit verwoesten.

Helaas hield afwachten in dat ze al die tijd moest doen alsof ze volgzaam was, wat totaal niet in haar aard lag. Sinds Delmonico's waren haar handen uitgedroogd en zaten ze vol kloven van het boenen van de vaat, en het enige mes dat ze had kunnen inpikken was een klein schilmesje, dat ze tussen haar rokken had weggestopt. Het stelde niets voor – het was nog geen tien centimeter lang, gemaakt van dun staal en lang geleden al bij de punt verbogen. In een gevecht zou het niet echt bruikbaar zijn, maar aan de andere kant, ze had nu toch de gelegenheid niet om te vechten. Ze had Paul aangeboden zijn wapen te zijn, maar hij had haar verlaagd tot niets meer dan een keukenmeid. Ze merkte dat ze afgestompt raakte, als een mes dat in een lade was gegooid waar niemand meer naar omkeek, en ze vreesde dat haar vlijmscherpe kant langzaamaan weg zou slijten.

De keukendeur van het Little Naples Cafe ging achter haar open en Viola draaide zich om, met haar hand al naar het onbeduidende mesje reikend. Maar gelukkig was het haar moeder maar, die de pan waar Viola in roerde kwam controleren.

''*Giorno*, mama,' zei ze met een neergeslagen blik terwijl ze naar achteren stapte om haar moeder erbij te laten.

Haar moeders gezicht stond ernstig, haar ogen kritisch, terwijl ze de pollepel van Viola aanpakte om in de pan met linzen te roeren. Ze maakte een nietszeggend geluidje toen ze de lepel naar haar mond bracht en de linzen proefde, maar daarna vertrok ze haar mond afkeurend. 'Niet zout genoeg. Heb je de *guanciale* gebruikt, zoals ik je heb gezegd?'

'Ja, mama,' zei Viola, met haar blik nog naar de vloer gericht zodat haar moeder de frustratie in haar ogen niet kon zien. 'In dunne plakjes gesneden, zoals je zei.'

'En je hebt het goed uitgesmolten voordat je het bij de linzen gooide?'

'Ja, mama.' Ze klemde haar kaken op elkaar om te voorkomen dat ze er iets uit zou flappen.

'Nou, dan moet het maar zo,' verzuchtte haar moeder. Het was dezelfde zucht die Viola bijna elke dag van haar jeugd had gehoord. 'Voor vandaag... Morgen moet het beter.'

'Goed, mama.' Ze probeerde haar kaken te ontspannen en keek op naar haar moeder, die de aardappels inspecteerde die ze had gesneden voor bij de groente.

'Te dik,' mompelde haar moeder terwijl ze Viola's werk keurde.

Het maakte niet uit dat de aardappels in perfecte blokjes gesneden waren, allemaal even groot en recht – Viola wist immers als geen ander hoe ze een mes moest hanteren – toch kreeg ze elke keer hetzelfde te horen. Te dik of te dun, te zout of juist te flauw. Elke dag kwam Viola's moeder haar controleren en niets was goed genoeg voor haar Paulino.

Maar Viola?

Zij was te brutaal, te trots, vond haar moeder. *Je wilt te veel van het leven.*

Viola verjoeg de geesten van het verleden. 'Eet je vandaag met Paolo, mama?' vroeg ze, het was een zwakke poging om haar moeder uit de keuken weg te krijgen, voordat Viola iets zou zeggen wat ze niet kon terugnemen.

'*Si*,' antwoordde ze terwijl ze een bord pakte om te zien of het wel goed schoon was. 'Breng me ook wat brood.'

Viola schepte twee borden vol linzen en legde er een paar sneden brood bij. Daar zou haar moeder tenminste geen fout in ontdekken, omdat Viola van een heel goede kokkin had geleerd hoe ze brood moest bakken. In de keuken van de Strega had ze dag in, dag uit naar Tilly gekeken, wanneer het meisje een berg ingrediënten omtoverde in warme broden die Dolphs mensen goed hadden gevoed en blij hadden gemaakt. Viola had Tilly's bewegingen onthouden, zoals ze alles nauwkeurig afpaste, mengde en kneedde – de manier waarop haar behendige handen de grote homp meel en gist net zo lang bewerkten tot het zacht en soepel was. Ze was er gelukkig geweest, en blij omdat ze naar het meisje kon kijken op wie ze verliefd was geworden, haar vriendin die geen idee had van de gevoelens die Viola voor haar had.

Tilly was dapper geweest. Ze was overleden omdat ze was toegesneld om iemand te helpen, zonder aan zichzelf te denken of aan het gevaar waar ze misschien mee te maken zou krijgen. Zelfs nadat haar magie haar was ontnomen had Tilly tot het bittere eind gevochten. En dat zou Viola ook doen.

Ze veegde de tranen van haar wangen en pakte de twee borden. Daarna toverde ze een glimlach op haar gezicht omdat haar broer dat graag zag. Toen ze de deur openduwde en het hoofdvertrek binnenging voelde ze Pauls jongens naar haar loeren, maar ze negeerde hun brutale blikken. Ze had geen belangstelling en wist dat geen van hen het zou wagen haar met ook maar een vinger aan te raken zolang Paul zich gedroeg alsof ze zijn bezit was. Haar moeder en haar broer zaten aan een tafel in de hoek en ze serveerde hun lunch met gebogen hoofd en verkild hart, in het besef dat moed zich soms onzichtbaar in de zachte aard verschool, zoals bij Tilly.

Ze liep weg om de twee rustig te laten eten, en omdat ze frisse lucht nodig had, nam ze een bak etensresten mee naar buiten om ze op de afvalberg achter het huis te gooien. De reeks verwensingen die ze eruit flapte toen ze naar buiten liep zou de meest geharde Bowery Boy het schaamrood op de kaken bezorgen als ze iets van het Italiaans begrepen, al gebruikte ze haar moedertaal niet om andermans gevoelens te sparen. Het kon haar geen moer schelen dat een dame dit soort taal niet uit hoorde te kramen – ze was al geen dame meer vanaf de eerste dag dat haar broer haar had gedwongen iemand te vermoorden.

Ze had de bak met etensresten net op een bank buiten bij het huis neergezet toen ze merkte dat ze niet alleen was. Terwijl ze deed alsof ze haar handen aan het voddige schort afveegde, haalde ze het kleine schilmesje tussen haar rokken tevoorschijn en liep door naar de bijgebouwen. Toen ze uit haar ooghoek iets zag bewegen, aarzelde ze geen moment. In één vloeiende beweging draaide ze zich om en wierp ze het mes naar haar doelwit.

Zoals altijd raakte ze met precisie en nagelde ze de indringer bij de rand van haar mouw aan de houten schutting.

Háár mouw?

Het meisje zette grote, bange ogen op – of was ze gewoon verbaasd? Maar toen maakte haar angst plaats voor aangename verrassing en haar gezicht klaarde op. 'O! Bravo!'

Het duurde even voordat tot Viola doordrong wat ze zag. Het was die meid uit Delmonico's, die Reynolds, maar nu droeg ze geen weelderig roze jurk zoals toen, maar een zwarte rok met iets wat op een mannenvest leek. Een stropdas was keurig om de kraag van haar onberispelijk witte overhemd gestrikt en ze had een herenpet op. Ze zag er belachelijk uit, als een klein kind dat zich heeft verkleed met vaders kleren.

Ze ziet er gewéldig uit!

'Wat doe jij hier?' siste Viola, de warme gloed negerend die door haar heen trok terwijl ze een snelle blik achterom wierp naar de keukendeur. Na alles wat Viola had gedaan om het meisje voor de dood te behoeden was ze rechtstreeks het hol van de leeuw binnengelopen.

'Op dit moment probeer ik mezelf te bevrijden,' antwoordde het meisje fronsend terwijl ze het mes uit het hout probeerde los te wrikken.

Viola beende naar haar toe en met een ruk waarvan het meisje achteruitdeinsde, trok ze het mes los en zette het op haar. 'Je hebt hier niks te zoeken.'

Ineens hoorde ze de haan van een pistool klikken, en ze realiseerde zich dat ze niet alleen waren. 'En jij haalt het niet in je hoofd haar nog eens te bedreigen, Miss Vaccarelli.'

Hij weet wie ik ben. Viola keek de jongeman boos aan om hem te laten zien dat ze niet onder de indruk was, en ze bracht het mes niet omlaag.

'Ja, nou, als je zo vriendelijk wilt zijn mee te komen?' Hij zwaaide met zijn pistool, wat er onhandig uitzag, alsof hij een spartelende vis in zijn hand hield.

Americani en hun pistolen. Ze dachten allemaal dat ze cowboys waren. Jammer genoeg hadden koeien meer hersens in hun kop dan de meeste cowboys. 'Ik ga niet met je mee,' zei Viola beslist.

Het meisje fronste naar haar metgezel. 'Doe niet zo idioot, Theo, doe dat ding omlaag.' Daarna ontmoetten haar nachtblauwe ogen die van Viola en kleurden haar wangen roze. 'We hebben geen kwaad in de zin, wat Theo je ook wil doen geloven. We willen alleen met je praten.'

Viola keek achterom naar de man – dezelfde vent als in het restaurant. 'Ik heb jullie niks te zeggen.'

Het meisje zuchtte. 'Zoals je ziet weten we wie je bent – Viola Vaccarelli, de zus van Paul Vaccarelli, eigenaar van deze goede eettent en leider van een bende schurken, bekend als de Five Pointers, die sinds de verkiezingen van afgelopen zomer de Bowery terroriseren. Met zijn vermeende connecties bij Tammany –'

'Sst,' siste Viola, opnieuw over haar schouder kijkend.

'Ze kan dagen achter elkaar doorkletsen,' grapte de jongeman. 'De beste manier om haar stil te krijgen is haar haar zegje te laten doen.'

'Daar kan hij wel eens gelijk in hebben,' zei het meisje, met een lach die haar neus deed rimpelen.

Het was het soort zelfvoldane glimlach die Viola het liefst van haar gezicht wilde slaan, maar om een onverklaarbare reden trok er een warme tinteling door haar lijf die ze tot diep in haar buik voelde.

'Viola?' riep Torrio vanuit de keuken. 'Ben je nog buiten?'

Viola verstarde. Ze dacht dat ze Torrio duidelijk had gemaakt dat ze niets met hem te maken wilde hebben, maar omdat zijn geflirt door Paul werd aangemoedigd, en omdat Torrio via Viola zijn machtspositie binnen de Five Pointers kon versterken, bleef hij maar om haar heen hangen. Elke dag weer, als een vlieg die steeds terugkwam als je hem wegsloeg.

Ze duwde het meisje naar de zijkant van het pand. 'Je moet als de sodemieter weggaan. Nú!'

'Nou, we gaan echt niet weg, zeker niet omdat we van ver zijn gekomen om met je te praten,' zei het meisje beschaafd.

'Hé, V!' riep Torrio weer. 'Heb je hulp nodig, of wat?' Hij klonk alsof hij het recht had om haar te claimen.

'Alles oké hier,' riep ze terug, en ze deed haar best om zo vriendelijk mogelijk te antwoorden. Ondertussen wierp ze het tweetal een blik toe om ze te waarschuwen dat ze zich stil moesten houden.

'Wat doe je daar?' Zijn stem kwam nu van dichterbij.

Er trok een rilling langs Viola's rug van pure paniek. Als Torrio die twee hier ongedeerd zou zien wist hij dat ze hen niet had gedood. Erger nog: dan wist Torrio dat ze Pauls orders had geweigerd toen ze hem had tegengehouden het tweetal dood te schieten. Ze moest hem zien af te schudden. 'Ik kom er zo aan,' riep ze. 'Ik moet piesen, joh. Daar kun jij me niet bij helpen.'

Even bleef het angstaanjagend stil. Mánnen. Zo overgevoelig voor de gewoonste dingen.

Een tel later klonk Torrio's stem weer, nu nog botter en dwingender. 'Je moeder gaat weg, dus schiet op, ja?'

Viola vloekte opnieuw terwijl ze wachtte tot ze zeker wist dat Torrio weer naar binnen was gegaan. Toen ze zich daarna tot het tweetal richtte grijnsde het meisje zelfgenoegzaam naar haar.

'Wat is er zo grappig?' eiste Viola, met haar handen in haar zij.

Het meisje zag totaal niet beschaamd uit. In plaats daarvan nam ze Viola met een geamuseerde blik van top tot teen op, waarna ze uiteindelijk naar Viola's gezicht bleef kijken. Er veranderde iets in de gelaatsuitdrukking van het meisje, maar Viola wist niet precies wat. 'Niks,' antwoordde het meisje, ernstiger dan daarnet. 'Helemaal niks.'

'Als jullie zover zijn, moeten we ons gesprek misschien ergens anders voortzetten,' stelde Theo voor.

'Ja,' zei het meisje. 'Laten we dat doen. We hebben zo veel te bespreken.'

Viola wierp nogmaals een blik over haar schouder om er zeker van te zijn dat niemand haar kwam zoeken. 'Prima,' zei ze, omdat ze wist dat het makkelijker zou zijn om voor eens en voor altijd van het meisje af te komen als ze nu mee zou werken.

'Wat vind je ervan om een stukje met ons mee te rijden?' bood de man aan. 'Onze koets staat verderop in de straat.'

'Is goed,' zei Viola. Als die twee maar snel bij Torrio en haar broer wegkwamen.

Maar toen ze naast het meisje van Pauls eettent wegliep naar de glanzende koets aan het einde van het huizenblok, merkte ze dat het meisje niet naar zoete leliën of naar mierzoete rozen rook, zoals Viola eigenlijk had verwacht. Nee, ze had een veel aardser geurtje op, van klaprozen of zo. Op het moment dat de geur haar bedwelmde wist Viola dat ze dieper in de problemen zat dan waar ze op had gerekend.

DICHT BIJ ELKAAR

1902 – New York

Op het moment dat de koetsdeur dichtging wist Ruby Aurelea Reynolds dat ze in moeilijkheden zat, nu zij en Theo met die kleine Italiaanse meid die de hele ruimte leek te vullen zo dicht op elkaar zaten. Ruby was niet het type dat snel het gevoel had dat iets haar te veel werd. Ze was de jongste van vijf meisjes en had een jeugd van kopjes thee en kinderschortjes overleefd om te worden wat ze zelf graag wilde zijn – een publicerend journalist, die ondanks het protest van haar moeder en de maatschappelijke afkeuring een carrière had weten op te bouwen. En als ze hier en daar een schandaal had veroorzaakt? Nou ja, het was de beste manier om af te rekenen met irritante en ongewenste huwelijkskandidaten, die alleen op het fortuin uit waren dat haar vader haar had nagelaten.

Ze had de achterbuurten van de stad getrotseerd, en ook de kakmadammen uit de betere kringen, maar nu ze tegenover Viola Vaccarelli zat, met haar knieën op een haar na tegen elkaar aan terwijl de koets heen en weer schommelde, kreeg Ruby plotseling de zenuwen. Ze was niet zo naïef om te denken dat Viola ongevaarlijk was. Natuurlijk was ze dat. Ze was tenslotte de zus van een misdadige bendeleider en ze had die arme Theo bij hun eerste ontmoeting een mes op de keel gezet. Daarbij kwam het dodelijke trucje dat Viola haar net had geflikt met een heel gewoon keukenmes... Nee, Ruby was op narigheid voorbereid.

Het was alleen nog niet tot haar doorgedrongen... niet echt.

Toen zij en Theo die ochtend op pad waren gegaan had het allemaal zo eenvoudig geleken – ze zouden Viola vinden en dan zou Ruby haar overhalen zodat Viola haar informatie zou geven om de Orde mee op haar knieën te dwingen, wat het ook was.

De inwoners van de stad hadden een hoge pet op van de Orde van Ortus Aurea, omdat ze de waarheid niet wisten. De Orde pretendeerde boven de strijd van het volk verheven te zijn als goedbedoelende beschermheren van de stad tegen een domme meute aan wie de Verlichting voorbij was gegaan. Misschien waren ze ooit verlicht geweest maar inmiddels was dat allang niet meer zo. Haar bronnen hadden aan haar onthuld dat de Orde onlangs een verbond had gesloten met de corrupte politici van Tammany, en haar recente ervaringen toonden aan dat ze er geen moeite mee hadden ordinaire misdadigers als Paul Kelly in te schakelen om het vuile werk op te knappen. Allemaal om hun macht te versterken en hun reputatie te beschermen. Maar waarvoor? De stad was er niet veiliger op geworden. En welk verhaal haar familie ook had rondverteld over haar vaders dood, Ruby wist dat het de schuld van de Orde was dat hij zijn vrouw had verlaten en zij was achtergebleven om in haar eentje vijf dochters op te voeden.

Maar nu Viola zonder iets te zeggen boos naar haar zat te kijken, begon Ruby aan haar plan te twijfelen. Viola zag er niet uit alsof ze zich makkelijk liet inpalmen. Toch stond er zo veel op het spel, Ruby kon zo veel goeds bereiken, als ze nu dapper genoeg was om de eerste stap te zetten.

Na een lange stilte die enkel werd verbroken door het geratel van de wielen over de ongelijke straten, bedacht Ruby dat ze aarzelde en dat deed ze anders nooit.

'Misschien moeten we beginnen met onszelf voor te stellen,' zei ze met de opgewekte stem van een gastvrouw, iets wat ze van haar moeder had afgekeken. Haar woorden klonken echter te hoog en te gemaakt. 'Ik ben R.A. Reynolds, zoals je weet. De R staat voor Ruby, en dit is mijn verloofde, Theodore Barclay.'

'Noem me alsjeblieft Theo,' bood hij spontaan aan, de schat.

Viola zei niets. Ze bleef kwaad naar het stel kijken en het viel Ruby op dat haar tot spleetjes vernauwde ogen verrassend purperkleurig waren, net als de irissen die Ruby's moeder in de kas op hun dak kweekte.

'Wij weten al wie jij bent,' ging Ruby verder, waarna ze nerveus op haar onderlip beet. Dit liep niet zo lekker. 'Theo, lieverd, je moet dat ding echt wegdoen. Hoe kan iemand zich ontspannen als hij onder schot wordt gehouden?'

Viola wierp een blik op het wapen maar leek zich er niet aan te storen en ze leek ook niet echt te ontspannen toen Theo het wapen uiteindelijk in zijn jas terugstopte.

'Echt...' Ruby's stem klonk zacht als een fluistering. 'Ondanks het kleine... eh... incident in Delmonico's hebben wij geen kwade bedoelingen. Ik weet dat je ons geen pijn wilde doen.'

'Wist je dat?' Viola trok verbaasd haar wenkbrauwen op.

Ruby knikte. 'Natuurlijk. Het was die ander – John Torrio – die je ertoe dwong. Ik heb wat onderzoek gedaan en ben heel wat over hem en zijn inventieve tactiek te weten gekomen. Maar tot die avond in Delmonico's realiseerde ik me niet wat hij is.'

Viola bleef fronsen, maar reageerde niet. En ze verstrekte zeker geen informatie.

'Je weet wel,' zei Ruby verwachtingsvol, in de hoop dat Viola haar begreep. 'Een. Van. Hén.'

'Torrio is niets dan ellende, dat is het enige wat ik over hem weet,' zei Viola, en ze keek Ruby aan alsof ze de grootste sukkel was die er rondliep. Ruby kende die blik – het was dezelfde die iedereen haar toewierp wanneer ze haar mening over een belangrijke kwestie wilde geven. Het was de blik die haar vertelde dat ze in de salon thuishoorde met een naaiwerkje of kinderen op de wereld moest zetten en een leven voor zichzelf maar snel moest vergeten.

'Hij is een Five Pointer, net als jouw broer, maar John Torrio is meer, of niet?'

Viola keek haar vol afkeer aan. 'Luister, Miss Reynolds –'

'Ruby –'

'Miss Reynolds,' hield Viola vol om een duidelijke grens tussen hen te trekken, al botsten hun knieën steeds tegen elkaar aan. 'Ik heb geen idee wat voor spelletje jij speelt, maar je wilt echt geen problemen met John Torrio of mijn broer. Het zijn geen lieverdjes. Ze hebben zo hun eigen spelregels die jij niet zult begrijpen, en ze aarzelen geen seconde om iemand die het ze moeilijk maakt uit de weg te ruimen.'

'Ik ben niet bang voor hen.' Ruby stak haar kin wat naar voren. Ze konden echt niet veel erger zijn dan de vriendinnen van haar zussen, die jaloerse harpijen die er niet voor terugdeinsden haar naam met hun gefluister door het slijk te halen, alleen omdat je ze een verkeerde blik toewierp.

'Dan ben je echt gek. Dit is geen spelletje. Mijn broer, Torrio, ze vermóórden mensen,' verklaarde Viola, en toen haar stem brak sloeg Ruby's hart over van angst. 'Ze laten mensen verdwijnen.'

'En Tammany Hall beschermt ze,' merkte Ruby op, nu iets zekerder van het feit dat ze Viola zou overtuigen. 'De mensen die zijn gekozen om het volk te dienen beschermen de... de... misdadigers die ze onschadelijk horen te maken.'

Theo gaf Ruby een klopje op haar knie, waardoor ze zich realiseerde hoe verhit ze zat te praten.

'Ze raakt soms een beetje geagiteerd,' legde hij Viola uit.

'Ik ben niet geagiteerd,' snauwde ze, zijn hand wegduwend. Ze voelde haar wangen gloeien en vervloekte haar moeder omdat ze haar zo'n bleke huid had meegegeven dat elke emotie haar wangen roze kleurde.

'Natuurlijk niet,' zei hij, maar ze kende die smalende toon. Hoeveel ze ook om Theo gaf, ze kon er niet tegen als hij zo kleinerend deed.

Ruby wierp hem een scherpe blik toe en hij was verstandig genoeg om zijn handen op te steken als teken dat hij zich gewonnen gaf. Ze wendde zich weer tot Viola. 'Ik ben niet geagiteerd,' herhaalde ze. 'Ik ben gewoon bevlogen als het om zaken gaat waar ik in geloof. Ik ben journalist, snap je?'

'En hij is je verloofde?' vroeg Viola.

'Schuldig, ben ik bang,' zei Theo met zijn bekende scheve glimlach.

'Jij laat haar dit doen?' vroeg Viola door, haar gezicht een en al ongeloof. 'Dan ben jij ook gek.'

Hij schoot in de lach terwijl de koets voort hobbelde.

'Hij laat mij níks doen,' zei Ruby voordat Theo kon antwoorden, en haar wangen gloeiden nog meer dan daarnet.

'Helemaal waar,' beaamde Theo. 'Ik ben er alleen om de puinhoop die ze achterlaat op te ruimen,' zei hij vrolijk. 'Wat we al niet overhebben voor de liefde.'

Genoeg. Ze schonk hem een naar ze hoopte vernietigende blik, maar hij bleef naar haar grijnzen. Waarschijnlijk wist hij precies hoe hij haar op de kast kon jagen.

'Ik raak liever niet betrokken bij de puinhoop die een ander aanricht,' zei Viola stellig. 'Ik heb zelf genoeg problemen. Die van jullie kan ik missen als kiespijn. Dus als je me nu uit laat stappen...'

'Maar we hebben nog niet eens de kans gehad om met elkaar te praten,' zei Ruby, plotseling in paniek. Ze stak haar arm uit en pakte Viola's hand.

Het maakte niet uit dat Ruby handschoenen aanhad, ze voelde Viola's warme huid door het fijne leer heen. Ze vroeg zich af of Viola ook een schokje had gevoeld, omdat ze haar hand wegtrok alsof ze zich had verbrand toen ze elkaar aanraakten.

'Praat dan,' zei Viola met schorre stem, die rauwer klonk dan eerst. Haar purperen ogen leken nu donkerder.

'Praten...' Het duurde even voordat Ruby zich herinnerde wat ze wilde bespreken. 'Goed.' Ze haalde haar notitieboekje uit haar handtas om zichzelf een moment toe te staan alles op een rijtje te zetten.

Ze bladerde door de bladzijden, volgeschreven in haar eigen sierlijke handschrift met lussen. Terwijl ze het vluchtig doorlas concentreerde ze zich op wat ze moest doen. Viola Vaccarelli was niet een of andere preutse jongedame, zoals de meisjes met wie Ruby was opgegroeid. Haar rug was te recht en haar blik te direct. Het was of ze dwars door Ruby's gespeelde verwaandheid heen keek en alle twijfels die daarachter op de loer lagen doorzag.

Om zichzelf te kalmeren ademde Ruby diep in, waarna ze haar schouders rechtte en van wal stak. 'Ik werk aan een artikel over de corruptie binnen het stadsbestuur. Ik weet dat de Five Pointers samenwerken met Tammany –'

'Dat weet iedereen,' onderbrak Viola haar, en ze sloeg haar armen over haar volle boezem over elkaar.

Ze droeg geen korset. Het was een absurde gedachte, maar toen die eenmaal bij haar opkwam kon Ruby hem niet meer van zich af zetten. Viola's jurk was niet frivool. Absoluut niet uitdagend. Ze zag er gewoon... op haar gemak uit en vrij.

Concentreer je, Reynolds.

'Zoals ik al zei weten de mensen van hun banden met Tammany, maar na onze ontmoeting in Delmonico's realiseerde ik me dat je broer met de Orde van Ortus Aurea samenwerkt.'

'Wat kan iemand dat schelen?' daagde Viola haar uit, maar haar gezicht stond zo gesloten en gespannen dat Ruby wist dat ze ergens op broedde.

'Het kan mensen misschien wel wat schelen dat een organisatie die beweert de inwoners van de stad te beschermen samenwerkt met gewelddadige bendeleiders als Paul Kelly, maar ik denk dat ze het nog erger vinden als ze weten dat de Orde samenwerkt met de misdadigers tegen wie ze ons moeten beschermen. Ik wil ze ontmaskeren, Miss Vaccarelli. Ik wil dat iedereen in de stad weet dat de Orde niet de goedgezinde macht is die ze ons laten geloven, maar in plaats daarvan gevaarlijke misdadigers de hand boven het hoofd houdt.'

'Dat lukt je niet,' zei Viola, hoofdschuddend.

'Natuurlijk wel,' beweerde Ruby. 'Het is mijn wérk.'

'Niet als je je trouwdag wilt halen,' liet Viola haar weten, en haar stem beefde wat vreemd. 'Mijn broer en de Five Pointers – zij zitten er niet op te wachten dat jij je neus in hun zaken steekt. Dat probeerde ik je in het restaurant al duidelijk te maken. Je moet ermee ophouden voordat zij jou stoppen.'

'Ze doen hun best maar, als ik de Orde eerst ontmasker doet het er niet toe,' merkte Ruby op, en ze probeerde haar woorden de overtuiging mee te geven die zij zelf zo sterk voelde. 'Maar ik heb jouw hulp nodig.'

'Wat kan ik in godsnaam voor je doen?'

'Doe nou niet alsof je niet weet dat Paul Kelly Mageus binnen zijn gelederen heeft.'

Nu trok Viola's gezicht wit weg en ze zag eruit alsof ze zo uit de rijdende koets wilde springen.

Misschien weet ze van niets.

'John Torrio is een Mageus,' fluisterde Ruby. Waarom ze haar stem zo dempte wist ze niet. Ze zaten maar met zijn drietjes in de koets.

'Torrio?' Viola's gezicht was een en al verwarring.

'Dat had je moeten weten,' volhardde Ruby. 'Ik wist het meteen toen ik bijkwam van wat hij met ons had gedaan in Delmonico's. Dat we allebei zonder enige aanwijsbare reden van ons stokje gingen? En...' Ze dempte opnieuw haar stem. 'Het voelde als magie, toch Theo?'

Theo keek Ruby een poos met een gepijnigde blik aan. 'Het voelde alleen alsof mijn hoofd op de tafel smakte, schat.'

Ruby wierp hem een geërgerde blik toe, waarna ze hem weer negeerde. 'Het voelde zeker weten als een soort elektrische energie.'

'Denk je dat John Torrio de oude magie heeft?' vroeg Viola. Haar stem klonk hol, waarschijnlijk van ongeloof. *Ze wist het niet, die arme schat.*

'Ja. En ik realiseer me dat dit een schok voor je is, maar nu begrijp je misschien waarom het verhaal waar ik aan werk zo belangrijk is. Als ik kan bewijzen dat Kelly's bende Mageus inzet en dat de Orde de Five Pointers beschermt, kan ik aantonen dat de Orde mensen beschermt die ze juist willen uitroeien. Snap je?' Ze boog zich naar voren en zonder dat ze het zo bedoelde nam ze Viola's hand weer in de hare. Dit keer negeerde ze de zinderende gloed die door haar heen trok. Het was vast de adrenaline. De opwinding. Dat moest Viola ook hebben gevoeld. 'Met jouw hulp kan ik de Orde uitschakelen.'

ONVERWACHTE VOORDELEN

1902 – New York

Viola was sprakeloos. Ze nam het meisje op, deze Ruby Reynolds met een verwachtingsvolle uitdrukking op haar gezicht en haar glanzende ogen, en het enige wat Viola kon doen was haar aangapen. Het meisje dacht dat Torrio de Mageus was.

'Je begrijpt toch wel hoe belangrijk dit is, hè?' vroeg Ruby. 'Ga je me helpen?'

'Waarom?' Viola kon niet veel anders zeggen.

Ruby fronste. 'Waarom wat?'

'Waarom wil je de Orde ten val brengen?' vroeg Viola. 'Ze zijn allemaal zoals jij – rijk en blank. Geboren Amerikanen. De wereld ligt aan je voeten. Waarom zou je zoiets doen?'

Nu keek Ruby alsof ze een klap in haar gezicht had gekregen. 'Misschien wil ik me niet met hen identificeren, Miss Vaccarelli.'

Tot dat moment had Viola niet geweten dat een gezicht ineens zo stil en roerloos kon worden, maar het was niet de stilte die uit angst voortkwam. Het was de verstarring die voortkwam uit woede, die Viola zelf maar al te goed kende. Op dat moment zag ze het opgedofte meisje in een tijgerin veranderen, stil en dodelijk.

'Inderdaad,' ging Ruby verder met een broze stem als gebroken glas. 'De wereld ligt voor mij open. Ik heb een geweldig leven met de beste mensen op de beste feesten in de beste stad van de wereld.' Toen boog ze zich met een ernstig gezicht voorover. 'Maar ik ben er helemaal klaar mee om de schijn op te houden dat mijn leven is zoals het in mijn kringen hoort te zijn. Ik ga nog liever dood.'

Viola weigerde zich door de mooie woorden van deze rijke meid te laten raken. 'Als je je gaat bemoeien met Paul Kelly, zal dat zeker gebeuren.'

Theo gaf Ruby een zacht klopje op haar been, vermoedelijk om haar te troosten, maar zelfs Viola kon zien dat ze geen troost nodig had. Haar wangen waren rood en haar ogen stonden helder en vastberaden. Ze was een eigenaardig wicht – lang niet zo kwetsbaar als Viola in het begin had verwacht. Maar misschien wel door en door verwend, als haar omgeving haar toestond door de stad te fladderen om elk idee dat maar even in haar opkwam na te jagen.

'De Orde vormt een bedreiging voor de stad,' legde Ruby uit, nu met zachte stem en doodernstig. 'Ze zijn verzwakt en bang voor die zwakte. Ze vrezen dat ze in dit nieuwe, moderne tijdperk hun bestaansrecht verliezen, daarom hebben ze bij Tammany aangeklopt voor hulp, zodat ze hun afgenomen macht kunnen versterken, en nu hebben ze ook bij jouw broer aangeklopt. Ze worden net zo slecht als de mensen tegen wie ze de stad behoren te beschermen. Moet je kijken wat ze deden, ze stuurden jou en Torrio op mij af om me af te schrikken, alleen vanwege een verhaal dat ik voor de krant had geschreven. Een verhaal dat de waarheid blootlegde. Het toonde aan hoe nutteloos ze zijn geworden. Ze willen niet dat iemand te weten komt wat er werkelijk in Khafre Hall is gebeurd. Natuurlijk willen ze niet dat mensen gaan inzien dat ze overbodig zijn, daarom zullen ze geen middel schuwen – corrupte politici en criminelen, en zelfs Mageus – om zichzelf te beschermen en hun doodbloedende genootschap overeind te houden. En daar zullen mensen bij omkomen.'

'Dat is al gebeurd,' zei Viola somber.

'Dus je begrijpt me?' vroeg Ruby hoopvol.

Het drietal reed een poos in een ongemakkelijke stilte door tot Theo eindelijk begon te praten. 'We willen je uiteraard een vergoeding geven voor je getuigenis. We kunnen zorgen dat je de stad uit komt als je voor je veiligheid vreest.'

We. Omdat ze samen waren, omdat ze gingen trouwen. En wanneer het eenmaal zover was, zou het meisje als elke andere meid een bruidsboeket aannemen en plechtig trouw beloven aan deze man. Viola vroeg zich af wat er dan van haar vurige passie zou overblijven. Zou die uitdoven of juist exploderen en het mooie plaatje van hun leven als man en vrouw verwoesten?

'Over mijn veiligheid maak ik me geen zorgen,' zei Viola hoofdschuddend. Maar het meisje vormde een gevaar voor zichzelf, voor Mageus overal in het land en nu ook voor Viola. Er was maar één manier om er zeker van te zijn dat dit gevaar niet uit de hand zou lopen. Als dat zou betekenen dat Viola moest helpen de macht van de Orde te ondermijnen was dat een onverwacht voordeel. Deze twee waren dan wel bondgenoten uit een haar onbekende wereld, maar ze leken wel oprecht. 'Goed,' zei Viola tegen Ruby. 'Ik zal je helpen.'

'Dank je –' begon Ruby, maar Viola stak haar hand op om haar het zwijgen op te leggen.

'Op één voorwaarde.'

'Wat dan?' vroeg Theo, met een blik naar Viola alsof ze een kakkerlak was die net uit een keukenkastje kwam kruipen.

'Je publiceert geen artikelen meer totdat onze samenwerking voorbij is. Niet één,' zei ze snel toen het meisje op het punt stond ertegenin te gaan.

'Maar ik moet wel schrijven,' verklaarde Ruby. 'Dat is mijn beroep.'

Viola schudde haar hoofd. Als het meisje iets zou publiceren, zou iedereen weten dat Viola Reynolds niet had vermoord.

'Kan ze onder een schuilnaam publiceren?' vroeg Theo.

'Maar Theo...'

'Alleen totdat je de informatie krijgt die je nodig hebt,' zei hij tegen Ruby, waarna hij naar Viola keek. 'Hoe lang gaat dat duren?'

'Het hangt ervan af wat ze van me wil.'

'Informatie,' antwoordde Ruby. 'Wat ik weet, is dat de Orde op zoek is naar de mensen die Khafre Hall hebben beroofd en verwoest. Ik moet weten wat ze hebben gestolen. Ik heb namen nodig, bewijs van de banden van je broer met de Orde en de Five Pointers. Onomstotelijk bewijs van het feit dat de Orde niet meer is wat het lijkt, en dat die een gevaar voor de stad vormt.'

'Je vraagt wel veel – te veel, misschien. Dat gaat me tijd kosten,' beweerde Viola, voordat Ruby haar eigenwijze mond zou opentrekken. 'Paul vertrouwt me niet. Het zal lastig zijn om de informatie te verkrijgen.' Maar het was niet onmogelijk. En als Viola Nibsy in dit proces ook kon ondermijnen, zou ze twee vliegen in één klap slaan. 'Als je verhalen blijft schrijven en publiceren, wordt het moeilijker voor mij om de informatie te vinden waar je om vraagt. Het zal me in gevaar brengen,' zei ze tot slot, op de gevoelens van het meisje in spelend.

'Nou, ze kan natuurlijk niet voor altijd stoppen met schrijven,' verklaarde Theo. 'Er zitten grenzen aan.'

Net zo lang tot ik Libitina weer in handen heb. Maar dat kon Viola niet hardop zeggen. 'Tot ik zeg dat ze weer kan schrijven. Dat is mijn aanbod. Of je gaat akkoord, of je moet uitvogelen hoe je op een andere manier toegang krijgt tot de Five Pointers.'

Viola wachtte af, er min of meer van overtuigd dat ze haar bluf doorzagen en dat Ruby het aanbod zou afslaan, zodat ze haar roekeloze missie in haar eentje moest voortzetten – al hoopte ze stiekem dat ze dat niet zou doen.

Uiteindelijk knikte Ruby. 'Afgesproken,' zei ze, haar de hand toestekend.

Viola bekeek die even onderzoekend, zichzelf vervloekend omdat ze zich dit op de hals had gehaald. Ze kon er beter voor weglopen, haar handen ervan afhouden. Maar als het meisje haar hielp de Orde ten val te brengen en haar broer op zijn nummer te zetten terwijl ze hun pijlen ondertussen op Nibsy zouden richten was dat een kans die ze niet kon laten schieten.

Ze mocht die Ruby Reynolds niet. Haar onberispelijk witte tanden en haar parmantige neus stonden haar tegen, net als de manier waarop haar wangen roze kleurden telkens als iemand tegen haar praatte. Ook al was Ruby niet zo kwetsbaar als Viola had verwacht, toch was ze te beschaafd voor Viola's harde wereld. Wat er ook zou gebeuren, Viola had geprobeerd haar te waarschuwen.

Ze schudde Ruby's hand, de warme tinteling negerend die door haar lijf trok toen haar huid langs het zachte leer van Ruby's handschoen gleed. Hun blikken ontmoetten elkaar en op de een of andere vreemde manier leek Viola in Tilly's ogen te kijken. En ze haatte Ruby Reynolds nog meer.

Zonder dat Viola het had gemerkt was de koets tot stilstand gekomen. Toen het eindelijk tot haar doordrong trok ze haar hand terug.

'Wanneer zien we elkaar weer?' vroeg Theo, de stilte verbrekend.

Viola schudde haar hoofd. 'Dat weet ik niet.'

'Daar heb ik niks aan –' begon hij, maar Ruby snoerde hem de mond.

'Ik neem aan dat ze ook andere verplichtingen heeft,' zei Ruby tegen hem, met haar blik nog op Viola gericht. 'Ze laat ons wel weten wanneer ze kan... Ja, toch?'

Nog maar een paar dagen geleden had Viola vastgezeten in de Bowery, waar ze haar leven tot haar laatste snik zou slijten. Ze had om Tilly gerouwd, maar ze was tevreden geweest met haar levenslot, te weten waar ze aan toe was en wat het haar zou brengen. Nu was alles ineens onzeker en wist ze niet wat de toekomst haar beloofde. Maar ze was ervan overtuigd dat alles goed zou aflopen. 'Ik stuur een boodschap.'

Theo viste een crèmekleurig visitekaartje uit zijn jaszak en gaf het aan haar. 'Je kunt hier contact met ons opnemen.'

Toen ze het van hem aannam merkte ze zijn perfect gemanicuurde nagels op, net als de zachte huid van zijn vingertoppen en het adres op Madison Avenue. Ze had veel gevaarlijker mannen koud gemaakt dan Theo Barclay, maar voor het eerst sinds lange tijd voelde ze een ander soort angst opwellen, wat haar verontrustte.

Theo deed de koetsdeur open en liet haar uitstappen. Ze realiseerde zich dat ze terug waren bij het punt waar ze weg waren gereden – wat was er veel gebeurd terwijl ze alleen een rondje hadden gereden om een paar huizenblokken.

'We praten snel verder,' zei Ruby voordat ze de koetsdeur weer dichtdeed.

Viola keek het rijtuig na totdat het de hoek omging en de viezigheid en armoede van de Bowery achter zich liet zonder ook maar enig bewijs dat hij er was geweest.

Viola zette haar slechte humeur van zich af en begon naar Pauls eettent terug te wandelen. Hoe Ruby Reynolds zich ook mocht voordoen, ze was niets meer dan een sneue rijke meid die plezier beleefde aan haar al net zo sneue spelletjes. Ze stond voor alles wat Viola in de loop der jaren was gaan haten: bevoorrecht, naïef en zonder enig benul van de echte wereld.

Of zo zou ze moeten zijn. Maar Viola had haar gezichtsuitdrukking zien veranderen toen ze het over een ander soort leven had. Ja, Ruby Reynolds belichaamde alles wat Viola verafschuwde, maar ze wist zeker dat ze alles zou doen om te zorgen dat deze lieftallige, fijngevoelige jongedame lang genoeg zou leven om in te zien dat ze er helemaal naast zat met haar aanpak.

WOEDEND

1904 – St. Louis

Buiten bij King's was de avondlucht vochtig en afgekoeld door de storm die net voorbij was. Esta hield haar hoed ver over haar ogen, haar schouders recht en haar stappen doelgericht, met Juliens adviezen in gedachten. Ze was nog steeds boos op Harte en bleef maar aan de trein en de Antistasi denken en wat dit te betekenen had, maar terwijl ze doorliepen zakte haar ergernis een beetje.

Om haar heen voelde de onbekende stad eigenaardig vertrouwd. Misschien lag dat aan de hectiek – het gevoel van zo veel mensen dicht op elkaar levend, vechtend en liefhebbend, allemaal op een klein stukje land – die hetzelfde was als in New York. Druk en levendig, zelfs midden in de nacht.

Toen ze bij het pension kwamen aarzelde Harte. De hemel was nu helder en de maan wierp haar bleke licht op zijn gezicht.

'Wat is er?' vroeg Esta.

'Niks. Ik...' Maar hij schudde zijn hoofd zonder zijn zin af te maken, leidde haar naar de trap bij de voordeur en vervolgens de smalle trap op naar de kamer die ze een paar uur geleden hadden gehuurd.

Toen ze de deur van het slot had gehaald kon ze nog maar aan één ding denken: zo snel mogelijk haar muffe kleren uittrekken. Alles stonk naar de sigaren die Julien achter elkaar had gerookt, vermengd met de lichaamsgeur van degene aan wie de kleren eigenlijk toebehoorden. Ze trok het jacquet uit, slingerde het weg en begon het overhemd los te knopen, tot ze zich realiseerde dat Harte nog niet verder dan de deuropening de kamer in was gekomen. Hij stond met zijn handen in zijn zakken en trok een gezicht dat haar even deed aarzelen.

'Kom je niet binnen?' vroeg ze terwijl ze het overhemd van haar schouders schudde.

Zijn blik ging omlaag naar de stroken die ze van een laken had afgescheurd om haar borsten mee in te snoeren, zodat ze haar vrouwelijke vormen kon verbergen. 'Dit wordt niks,' snauwde hij.

Niet weer deze riedel. 'Volgens Julien werkt het prima. Niemand in die bar keek naar me om, dat weet jij ook.' Maar hij was het niet met haar eens en schudde zijn hoofd. Hij was het nooit met haar eens. 'Je bent gewoon pissig omdat jij niet als eerste op het idee kwam,' beet ze hem toe.

'Denk je dat ik bóós ben?' vroeg hij, en hij deed langzaam een stap naar haar toe. Zijn stem klonk eigenaardig hol en hij had een ondoorgrondelijke blik in zijn ogen.

'Niet dan?'

Hij deed nog een stap, en nog een, totdat hij zo dichtbij was dat ze de warmte van zijn huid voelde afstralen. 'Ik ben wóédend.' Maar zo klonk hij niet, zelfs niet een beetje.

In zijn ogen lichtte een vreemde twinkeling op, maar het waren niet de onbekende kleuren die ze eerder had gezien. Ze bespeurde een vraag, een sprankje hoop en verlangen, en zo'n intense begeerte dat ze niets anders kon doen dan in antwoord daarop haar kin uitnodigend omhoogsteken.

Toen drukte hij zijn lippen ineens stevig en zelfverzekerd op de hare, zonder haar tijd te gunnen hem nog meer te vragen. Ze had hem kunnen tegenhouden, ze had zich kunnen beheersen en haar armen niet om zijn hals moeten slaan, maar dat wilde ze niet en ze trok hem dicht tegen zich aan. Alle angst, frustratie en zorgen van die avond waren er nog, maar ze leken plotseling geen rol meer te spelen. Het enige wat er nu toe deed was zijn mond op de hare en de werkelijkheid van Harte, sterk, warm en gepassioneerd, die haar intiemer zoende en innig omhelsde. Hij liet zich helemaal gaan.

Totdat hij zich ineens terugtrok en de betovering van hun samenzijn verbrak. Zijn ogen stonden nu helderder en ze kon de onbenoembare kleuren erin zien glinsteren, terwijl zijn borst op en neer bewoog omdat hij buiten adem was. Ze wilde hem het liefst weer in haar armen nemen en hem kussen, maar ze wachtte af omdat ze aanvoelde dat elke beweging het beetje hoop dat dit moment haar bood zou verjagen.

Langzaam en aarzelend strekte hij zijn arm naar haar uit om een korte haarlok uit haar gezicht weg te strijken. 'Ik kan niet geloven dat je dit met je haar hebt gedaan.'

'Het is maar haar, Harte,' verzuchtte ze, en de warme gloed die diep vanbinnen was opgelaaid bekoelde door zijn opmerking. Maar toen hij zijn hand door haar korte lokken haalde kon ze moeilijk boos op hem blijven. 'Het kan me echt niets schelen wat jij ervan vindt.'

Hij fronste naar haar. 'Ik heb nooit gezegd dat ik het niet mooi vond,' zei hij zacht.

'In de bar dacht ik...' begon ze, terwijl hij met zijn hand langs haar nek streek. 'Je leek overstuur.'

'Vind je het gek?' fluisterde hij, en hij boog zich naar voren tot zijn voorhoofd tegen het hare rustte. 'Je overviel me ermee. Ik dacht dat je veilig was en toen verscheen je ineens... zo...'

Ze deed een stap naar achteren en wilde alweer tegen hem gaan snauwen, maar ze hield zich in toen ze het verlangen op zijn gezicht zag en de intense hunkering die zijzelf ook voelde.

Hij liet zijn hand teder langs haar hals gaan en ze voelde haar magische gave gonzen en gloeien, wat haar hele lijf verwarmde. 'Je had net zo goed poedelnaakt binnen kunnen wandelen, met je nek zo bloot, en dan die broek, die de vorm van je benen benadrukte, en dat in een bar waar iedereen het kon zien.'

'Niemand keek naar me.' Zijn preutsheid frustreerde haar, maar ze vond het tegelijkertijd ook grappig.

'Ík keek naar je.' Hij nam haar weer in zijn armen om haar zo wanhopig te zoenen dat het haar de adem benam.

Omdat ze zich helemaal overgaf aan zijn kus was ze zich maar vaag bewust van het feit dat de deur nog openstond. Zijn handen streelden haar hals, schouders en armen en dat verzachtte de boosheid en angst van die dag, terwijl de leegte die ze had gevoeld toen haar magische gave haar ontglipte plaatsmaakte voor iets anders – iets wat heviger en warmer opvlamde dan ze ooit had gevoeld. Vervolgens trok hij de stroken die ze om haar borsten had gewikkeld los tot ze op de grond vielen en haar blote huid tegen de ruwe stof van zijn jas streek. Ook nu had ze hem kunnen tegenhouden, maar dat wilde ze niet. In plaats daarvan woelde ze met haar vingers door zijn haar, zich dichter tegen hem aan duwend, en moedigde ze hem aan. Zo beantwoordde ze zijn verlangens en die van haarzelf.

Pas toen haar kuiten de rand van het lage bed aanraakten besefte ze dat ze door de kamer waren gelopen, en ze lieten zich samen op de dunne matras vallen. Hartes gewicht drukte haar omlaag en hij sloot haar in zijn armen. *Ja*, wilde ze zeggen, maar vanaf het moment dat ze zo bij elkaar op het bed lagen verstarde Harte totaal. Hij rolde van haar af en ze zag aan zijn gezicht dat hij zich voor haar afsloot, als de ramen van een huis die een voor een dichtgaan voor de naderende storm, en in zijn irissen bloeiden die vreemde kleuren weer op.

'Harte?' fluisterde ze, en ze raakte hem even aan toen hij op adem probeerde te komen en hij op het haperende op- en neergaan van zijn borst na niet bewoog. Maar ook al had hij zijn ogen open en staarden ze recht in de hare, toch had ze het gevoel dat hij er niet echt bij was.

DE VROUW

1904 – St. Louis

Harte was maar een zuchtje adem van Esta vandaan. Hij kon haar huid voelen gloeien op de zijne, met haar zachte lichaam tegen zijn sterke lijf, maar het was niet Esta die hij zag. De schamele kamer was ook weggevallen en hij voelde plotseling een drukkende zomerwarmte – een droge, blakende hitte die over zijn huid kroop.

Hij zag een vrouw in witte linnen gewaden die over de vloer sleepten. Ze schreeuwde. Het was Esta en tegelijkertijd een andere vrouw en ze schreeuwden allebei. Het geluid galmde zo hard in zijn oren dat hij niets anders kon horen dan de paniek, pijn en razernij in haar stem. De vrouw keek naar hem, haar gezicht over dat van Esta heen geschoven, en hoewel Harte zich vaag realiseerde dat dit niet echt was – dat het een soort visioen of nachtmerrieachtig beeld was – kon hij het niet van zich af schudden.

Hij wilde naar Esta schreeuwen dat ze weg moest gaan. Hij moest de band tussen hen verbreken, maar het was te laat. De stem in hem was aangezwollen en had Esta's gezicht volledig weggevaagd...

Toen werd alles donker en leek het of hijzelf de vrouw was, alsof hij zag wat zij zag en voelde wat zij voelde.

Verderop was licht en ze liep ernaartoe tot het feller en feller werd. Het verlichtte een soort zaal met planken aan de muren die volgestapeld waren met geschriften en perkamentrollen. Kennis en macht, en alle geheimen van de wereld.

Dit had zij gedaan.

Ze had dit allemaal volgeschreven... maar niets had gewerkt. Er was nog veel te doen, anders zou de macht langzaam maar zeker afnemen, als het maanlicht dat verbleekt bij het heldere ochtendlicht.

In het midden van de kamer stond een lange, lage tafel en er lagen vijf glanzende edelstenen op – die niet uit de bodem waren gehakt maar waren gemaakt.

Haar macht verzwakte meer en meer. Magie brokkelde ook al geruime tijd stukje bij beetje af met elke afsplitsing, elke scheiding. Ze had haar best gedaan om een eind te maken aan deze langzame dood. Daarom had ze iets geschapen om de macht mee te bundelen, puur en als geheel intact. Om het te behouden. Ze had het woord en de bladzijde gecreëerd. Maar het had niet goed uitgepakt. Het was van haar gestolen, gecorrumpeerd en misbruikt.

Het was haar bedoeling geweest alle Mageus te redden, en in plaats daarvan had ze de ondergang van magie teweeggebracht.

Maar die zou ze een halt toeroepen. Hier en nu.

Ze liet haar vingers over de door haar gecreëerde stenen gaan en hij kon voelen dat ze tot haar spraken. Hij kon de lokroep ervan voelen – sterk, onmiskenbaar en helder.

En toen veranderde het visioen weer. De wereld kantelde en er verscheen een andere vrouw – of was het Esta? Haar zwarte haar zat wild en warrig om haar gezicht, haar ogen leken zwarte gaten en ze schreeuwde luidkeels. De stenen gloeiden en ze was gevangen in de ban van hun macht. Pijn, woede en razernij leken als zwepen de lucht te geselen. En angst. Er hing een haast tastbare angst in de lucht – angst en de pijn van verraad.

'Harte?' Koele vingers raakten zijn gezicht aan, ze haalden hem uit de diepte van zijn geest omhoog en hij schrok ervoor terug, terwijl hij uit de nachtmerrie ontwaakte die hem op klaarlichte dag had overvallen.

'Raak me niet aan,' zei hij met haperende maar scherpe stem. Hij draaide zich weg van haar en viel uit het bed, waarna hij zich met een vreemd trekkend been uit de voeten maakte. 'Blijf daar. Laat me met rust.'

Het visioen achtervolgde hem nog: de vrouw en Esta, hun in elkaar overlopende gezicht terwijl hij probeerde het beeld van de schreeuwende vrouw uit zijn geest te bannen. Esta draaide zich op haar zij om naar hem te kijken. 'Wat is er?' vroeg ze. 'Waarom doe je zo raar?'

'Ik verlang naar je...' Hij sloeg zijn handen snel voor zijn mond, omdat hij het niet zelf was die dit had gezegd. De stem had misbruik gemaakt van zijn moment van zwakte en zich op de voorgrond gedrongen, waarmee hij bezit van zijn lichaam had genomen, dat hij gebruikte alsof hij niets meer was dan een levende marionet.

Haar mondhoeken gingen een klein beetje omhoog en haar goudkleurige ogen werden donkerder. 'Nou, ik denk dat wat er net is gebeurd, bewijst dat je me kunt krijgen,' zei ze ondeugend.

'Nee!' bulderde hij. Het was zijn eigen reactie. Hij was weer zichzelf. Harte Darrigan, en niet de macht in hem.

Esta kromp ineen en in een flits zag hij de pijn op haar gezicht. 'Harte, wat is er nou?' Ze strekte haar arm naar hem uit en ze zag er zo mooi, teer en zo breekbaar uit.

Hij wist wat het visioen betekende – híj zou haar breken. Het Boek – de macht in hem, wat het ook mocht zijn, zou haar kapotmaken en haar gebruiken, en dat zou hij op zijn geweten hebben. *Mijn schuld.* Hij zou haar ruïneren zoals hij ook met zijn moeder had gedaan, maar dit keer zou er niets meer overblijven behalve de inktzwarte duisternis die hem bleef kwellen lang nadat het visioen was vervaagd.

De zwarte duisternis, net als die waarover Esta hem had verteld en die ze zag wanneer hun magische gaven met elkaar verbonden waren.

Moeizaam slikkend dwong hij zichzelf naar haar te kijken om er zeker van te zijn dat de zwarte duisternis in haar ogen niet echt was. Haar haren waren een warboel, de korte plukken vielen in ongelijke lengten langs haar gezicht, alsof ze een of ander sprookjesfiguur was, maar gelukkig waren haar ogen gewoon die van haarzelf. In hun whiskykleurige diepten schemerden pijn en een vraag door. 'Ik kan het niet tegenhouden,' vertelde hij haar. Heel even zag hij pretlichtjes in haar ogen, waarna hij haar plezier totaal verpestte met wat hij ging zeggen. 'Het komt door het Boek...'

'Het Bóék?'

'Ja. De macht van wat het ook is, die zich meester heeft gemaakt van mij. Ik...' Hij hield even zijn mond om zichzelf te verbeteren. 'Die macht wil jóú. Het wil je gebruiken en als dat gebeurt...' *De zwarte duisternis had zo leeg geleken, alsof er niets meer was. Alsof het de wereld in zou vloeien en niemand meer veilig zou zijn.*

'Hoe bedoel je?' vroeg ze langzaam, en haar toon was nu koel. 'Vertel je me nou dat jij me niet wilde kussen?'

'Inderdaad,' beaamde hij hoofdschuddend. Maar het was niet de hele waarheid. 'Ik weet het niet.'

Fronsend ging Esta rechtop zitten. Ze trok de lakens om zich heen maar voordat ze zich helemaal bedekt had ving hij een glimp van de zachte rondingen van haar lichtgetinte huid en haar lichaam op, dat hij bijna had bemind.

Ja... van mij...

'Nee!' riep hij, en zijn toon klonk als de nagalm van een pistoolschot in de kleine kamer, waarop ze opnieuw ineenkromp. Maar hij zou het er niet bij laten zitten. 'Ik heb geen idee wat er met me aan de hand is,' verklaarde hij met rauwe stem. 'En ook niet wat er tussen ons gebeurt. Ik weet niet of ikzelf naar je verlang of de macht diep vanbinnen, maar dit mag niet nog eens gebeuren. Nóóit meer.'

'Harte...' De pijn in haar stem raakte hem diep.

'Ik heb dingen gezien,' fluisterde hij, en de herinnering aan de visioenen overspoelde hem.

'Waar heb je het toch over?' vroeg ze.

'Visioenen. Op het station, in het hotel, en nu net...' Hij keek haar aan om haar uit te leggen wat hij had gezien in de hoop dat ze het begreep. 'Ik zal je kwetsen. Als ik je aanraak, als ik me laat gaan, zal ik je kapotmaken.'

'Dat gebeurt heus niet...'

Hij zuchtte haperend. 'Dat kun je niet weten.'

'Ik ben niet een of ander teer bloempje, Harte. We lossen dit op. Sámen.'

Ze strekte haar hand naar hem uit maar hij deinsde naar achteren, weg van haar aanraking. De stem lag nog steeds op de loer. Toen draaide hij zich van haar weg, omdat hij wist dat hij zich niet kon beheersen als hij nu naar haar keek en de bezorgdheid in haar lieve ogen zou zien. Met haar blote lichaam zo dichtbij zou hij zich niet kunnen inhouden. 'Het spijt me,' zei hij stijfjes en kil.

'Dat is niet nodig.' Ze was opgestaan. Hij hoorde dat ze het laken om zich heen sloeg. 'Mocht je het niet hebben gemerkt, ik was erbij, bij jou.'

Hij griste zijn jas mee en liep naar de openstaande deur. Die hadden ze niet eens dichtgedaan, bedacht hij. *Wat een zelfbeheersing.*

'Ga je echt weg?' vroeg ze.

'Ik ga een blokje om.' Hij draaide zich naar haar om en daar stond ze, haar haar in de war en haar lippen wat opgezet en rood van het zoenen. 'Ik heb frisse lucht nodig.'

'Harte...'

'En wat ruimte,' zei hij ten slotte, waarna hij uit de kamer wegbeende. Toen hij de deur achter zich dichttrok, klonk het onmiskenbaar definitief.

Met trillende benen rende hij de trap af, de avond in. Het was nog warm, de lucht was vochtig van de regen en de wolken waren uit elkaar gedreven zodat hij de sterren kon zien, maar Harte had er geen oog voor. Hij had niet eens in de gaten welke kant hij op ging en liep zo snel als zijn voeten konden koppig door.

Hij had haar gekust en gestreeld en het betekende alles voor hem – meer zelfs. Meer dan hij voor mogelijk had gehouden.

Ze had de zijne kunnen zijn. Ze zou zich helemaal hebben gegeven, hij had haar kunnen beminnen in die schamele pensionkamer. Maar ze zou hem er later om haten.

Hij liep stevig door totdat de macht in hem zich geleidelijk terugtrok en zijn voeten net zo uitgeput waren als hijzelf, terwijl hij met elke stap die hij zette plechtig beloofde dat hij het nooit meer zover zou laten komen.

DE RESTANTEN VAN WAT WAS

1904 – St. Louis

Esta tuurde naar de gebarsten verf op de deur en het besef van wat Harte zojuist had gedaan drong tot haar door. Met het laken over haar blote borsten getrokken stond ze daar, ze hoorde het geluid van blaffende honden uit het open raam en zo nu en dan een ratelende koets in de verte. Haar hart bonsde nog wild en haar huid gloeide van Hartes kussen, zelfs nu ze nog bozer was.

Zijn woorden echoden in haar hoofd: *Ik zal je kwetsen.*

Dáár had hij tenminste niet over gelogen.

Ze had al die tijd geweten dat het samenbrengen van de stenen en de controle over het Boek zien te houden vermoedelijk haar dood zou worden. Professor Lachlan had het haar verteld toen hijzelf de macht over het Boek probeerde te krijgen. *Jij bent slechts het werktuig.*

Ze had gehoopt dat het Boek een of andere sleutel zou bevatten waarmee ze haar lot kon veranderen, maar het was in handen van Jack Grew gevallen, en ze wisten niet waar hij was. De enige manier waarop ze terug konden keren naar de tijd en plaats waar ze het kwijt waren geraakt, was door Harte in bedwang te houden. Maar toen ze hem had vastgepakt om door de tijd te glippen had ze de seconden amper kunnen vertragen. Dat zou ze pas weer met een gerust hart kunnen doen wanneer ze erachter waren gekomen hoe ze de macht die in hem zat in bedwang konden houden.

Een macht die het blijkbaar op haar had voorzien.

Ze huiverde bij de gedachte. Plotseling overviel haar een claustrofobisch gevoel in de pensionkamer, en tegelijk leek die grenzeloos leeg. Esta trok het hemd dat ze onder haar korset had gedragen vlug aan. Ze bleef in de stille kamer staan en keek om zich heen: het smalle ingezakte bed met de gekreukelde, schots en scheve beddensprei vol vlekken, de vale gordijnen voor de ramen die er zo oud en versleten uitzagen dat ze elk moment op de grond konden vallen en het hoopje haar dat ze op de vloer had laten liggen.

Het had niet veel gescheeld of ze had het bed met Harte Darrigan gedeeld. Enkele minuten geleden had ze hem zo volledig vertrouwd dat ze haar zelfbescherming had laten varen. En hij was er zelf met zijn hoofd niet eens echt bij geweest. Hij was zelfs niet degene – niet het díng – dat hem in zijn macht hield. Alles wat er net was gebeurd – hij wist niet eens of hij het zelf was geweest.

Een nare kilte bekroop haar toen ze haar hand omhoogbracht om de korte plukken die over waren van haar lange lokken uit haar ogen weg te strijken. Haar vingers wisten precies hoe het nog maar een paar uur geleden had gevoeld om ze door haar lange haren te halen en de losse lokken uit haar gezicht achter haar oren te stoppen, maar nu voelde haar eigen haar vreemd aan. Aarzelend wreef ze langs haar nek, waar de ongelijke plukken ruw en stug waren tussen haar vingers, maar het herinnerde haar aan de manier waarop Harte haar had gestreeld.

Aan de andere kant van de kamer ving ze in de troebele spiegel een glimp op van zichzelf, en zonder nadenken liep ze erheen. Ze herkende zichzelf amper: de donkere kringen onder haar ogen, haar korte haar dat haar kaaklijn scherper maakte en haar mond harder, zelfs nu die nog rood was van Hartes hartstochtelijke kussen. Haar ogen werden nu niet verzacht door de make-up die ze anders altijd gebruikte om haar wimpers donkerder te maken. Er was meer aan haar veranderd dan alleen haar kapsel. Het vuur in haar ogen, veroorzaakt door liefdesverdriet en harteloos drama. De koppigheid in de harde trek om haar mond.

Even bekeek ze deze nieuwe versie van zichzelf onderzoekend, en ze realiseerde zich de overweldigende werkelijkheid van wat ze had gedaan – met haar haar en met Harte – en van hoe ze ervoor stonden en wat er op het spel stond. Van wat ze nog voor de boeg hadden.

Ze kende de persoon die haar vanuit de spiegel aankeek nog niet, maar wat ze zag beviel haar wel. Ze zou er vast aan wennen. Ze had er immers alles voor over om te voorkomen dat Nibsy de stenen zou bemachtigen. Ook zou ze zorgen dat de macht van het Boek niet in handen viel van de Orde en anderen die het alleen wilden gebruiken om mensen zoals zij kwaad te doen. Maar ze nam zich voor zich harder op te stellen naar Harte Darrigan. Ze was weliswaar zijn partner bij deze klus, ze zou hem redden als het moest, maar ze stelde haar hart niet meer voor hem open.

Die fout zou ze niet nog eens maken.

Bij haar voeten lagen de restanten van wat eens haar haar was geweest in een rommeltje op de vloer. Ze keek naar de lange lokken die zacht aanvoelden onder de leren zolen van de herenschoenen die ze nog droeg. Dat haar had een ander meisje toebehoord. Esta kon niet meer terug naar wie ze was geweest, zoals het ook onmogelijk was om haar haren weer aan haar hoofd vast te maken. En ze kon de herinnering aan Hartes kussen ook niet van haar lippen vegen. Nadat ze de haren van de vloer had opgeraapt gooide ze het hoopje in de kachel, maar het vuur was al gedoofd.

TE LAAT

1902 – New York

De dikke mist die was neergedaald in de straten van de Bowery was net zo donker als de nacht zelf. De zwakke lichtkring van de straatlantaarns drong nauwelijks door de mistige duisternis heen. De straten, nat van de regen die overdag was gevallen, glansden als het water van de rijstvelden rondom zijn dorp. Even had Jianyu het gevoel dat hij weer thuis was, boven op de heuvel, uitkijkend over de eindeloze velden die zijn geboortehuis omringden, het laagje water op de grond waar de rijst groeide, om het onkruid te verdrinken dat anders de rijst zou verstikken. Maar toen haperde het beeld en zag hij alleen nog de stad – de grimmige straten, de modderige plassen die nooit alle viezigheid en armoede weg konden spoelen, die het leven in de Bowery zo verstikkend maakten.

Hij was laat. Hij had Cela al laten zitten en nu zou hij weer iemand teleurstellen.

Hij versnelde zijn pas zonder zijn magie te gebruiken. Zijn magische gave zou hem toch niet helpen, nu zijn voetstappen van plas naar plas te traceren waren, maar hij bleef haastig in de schaduwen lopen. Hij mocht niet te laat komen. Als de jongen eerder bij Nibsy kwam dan hijzelf zouden de gevolgen desastreus zijn. Met de jongen zou Nibsy kennis hebben over de toekomst. Dan kon niemand Nibsy meer tegenhouden.

De straten waren verlaten, wat zijn geluk was in de anders zo troosteloze aaneenschakeling van dagen. Eenzaam en stil boden ze hem geen troost. Op een onbewaakt moment zo gigantisch in elkaar worden geslagen en vervolgens worden uitgeleverd aan Mock Duck om een handjevol geheimen... Misschien had hij blij moeten zijn dat hij nog leefde. Hij was Cela in ieder geval dankbaar dat ze hem was gevolgd en haar leven had geriskeerd om hem te redden. Maar hij baalde er vreselijk van dat zíj degene was die hém had beschermd. Hij had haar tekortgedaan – net als Dolph – maar dat zou hij niet meer laten gebeuren. Hij zou die jongen uit een andere tijd niet toestaan van hen te winnen. Als dat gebeurde, als Nibsy zo machtig zou worden als Harte en Esta hadden voorspeld, zou de impact daarvan ver buiten de stad merkbaar zijn, misschien zelfs ver overzee.

Aan de overkant van de straat bewoog een donkere schim die Jianyu's aandacht trok. Toen hij zich omdraaide stapte een man uit het donker de lichtkring van een straatlantaarn in.

Mock Duck. De zilveren knopen van zijn vest glansden als ogen in de nacht.

Jianyu hield zijn hoofd gebogen en versnelde zijn pas. Hij wilde zijn bronzen spiegelschijfjes pakken maar hij kwam erachter dat zijn zakken leeg waren. *Geen probleem.* Hij deed een beroep op zijn magische gave, maakte een opening in de lichtstralen om hem heen en omhulde zich ermee, waarna hij het op een lopen zette en een steegje in dook om de weg af te snijden naar het volgende huizenblok. Hij keek niet achterom om te zien of Mocks bendeleden achter hem aan zaten. In plaats daarvan concentreerde hij zich op het vermijden van de plassen die zijn voetstappen zouden verraden.

Nog twee huizenblokken, daarna een half blok naar het westen en hij zou de plek bereiken waar de jongen volgens Esta zou arriveren… als hij hem niet al was misgelopen.

Hij sloeg Essex Street in en bleef plotseling als aan de grond genageld staan. Een stukje verderop stond een groepje mannen om iemand heen.

Te laat.

Jianyu hield het licht dicht om zich heen terwijl hij de mannen behoedzaam naderde, om te vermijden dat de rimpelingen die zijn voeten in de plassen veroorzaakten hem zouden verraden. Toen hij zo dichtbij was dat hij kon zien wat er gebeurde, kromp zijn maag ineen. Tom Lee en drie leden van de On Leongs stonden over iemand heen gebogen – een man of een jongen – die doodstil op straat lag.

Hij zou de benen moeten nemen. Tom Lee zou het hem nooit vergeven dat hij zijn eed aan de On Leongs had gebroken. Misschien was hij niet zo gevaarlijk als Mock Duck, maar Jianyu wist dat Lee hem zonder aarzelen zou aanvallen als hij hem daar zag staan. Toch moest hij achterhalen of de persoon bij wie de mannen stonden de jongen was naar wie hij op zoek was. Dus schuifelde hij voetje voor voetje dichterbij, met het magische licht om zich heen.

Een van de On Leongs gaf de knul zo'n harde trap dat Jianyu het bijna in zijn eigen maag voelde. Kreunend van pijn rolde hij op zijn rug.

Jianyu kreeg het ijskoud.

De jongen op de grond was niet de blonde knul die Esta op de brug had beschreven. In het zwakke licht zag Jianyu zichzélf op straat liggen – niet het gezicht van de jongen, maar zijn eigen van pijn vertrokken gezicht, en Tom Lee stond op het punt hem opnieuw in elkaar te slaan.

Vol verbijstering en ongeloof strompelde hij naar achteren, een regenplas in plonzend. Door de schok ontglipte zijn magie hem.

Tom Lee en zijn mannen draaiden zich om bij het horen van het geplons en ze zetten grote ogen op toen ze Jianyu daar zagen staan. Ze deinsden achteruit, met op hun gezicht een mengeling van verbazing en afschuw terwijl ze van Jianyu in het zwakke, flakkerende licht van een lantaarnpaal naar het lichaam op de grond keken, dat amper meer bewoog. Maar Tom Lee toonde geen angst. Hij liep naar Jianyu toe, haalde met een van opwinding stralend gezicht een pistool uit zijn jas en richtte.

Jianyu draaide zich vliegensvlug om en rende weg, maar de echo van het pistoolschot overstemde het geluid van zijn voetstappen. De pijn van de kogel trok door zijn lijf en toen viel hij.

Hij belandde op de modderige straat, glad van de regen. En hij bleef maar vallen, dwars door de straat heen – alsof de dood niets anders was dan een eindeloze val. Alsof hij nooit meer zou stoppen en nooit meer op de grond zou neerkomen.

Totdat zijn lijf hard werd geraakt en hij met een ruk rechtop schoot, waarna hij met moeite overeind krabbelde. Hij moest maken dat hij wegkwam.

'Rustig een beetje, daar,' zei een stem. Het was niet het Kantonees dat hij verwachtte, maar het was Engels, zacht en zangerig zoals hij nooit eerder had gehoord. 'Cela! Kom binnen, meid.'

Jianyu deed zijn ogen open. De straat vervaagde en wat hij nu zag was een kleine knusse kamer. Een lamp verlichtte het vertrek en de benauwde, warme lucht stonk naar zweet en ongewassen lijven.

Nee, het was niet de kamer. Hij rook zichzelf. Zijn kleren waren klam van het zweet en plotseling had hij het ondraaglijk warm en tegelijk ijskoud.

'Wat is er?' Cela stond in de deuropening.

'Hij komt bij,' klonk een mannenstem. Het was de man die hem omlaag drukte, een oudere man met een geelbruine huid en haar dat bij de slapen van zijn brede voorhoofd grijs was. 'Handel het af.'

Toen verdwenen de handen tot het bed doorboog en Cela naast hem zat. Haar ranke hand voelde koel toen ze die op zijn voorhoofd legde.

'Hoe lang?' vroeg hij met schorre stem, terwijl hij moeizaam probeerde te gaan zitten. Hij had pijn in zijn zij en zijn hoofd bonkte.

'Pak aan,' gebood Cela, hem een beker water aanreikend die ze hem in zijn handen wilde geven, maar hij duwde hem weg.

'Hoe lang ben ik hier al?' vroeg hij opnieuw, en zijn hart ging nog wild tekeer van zijn doodsvisioen.

'Bijna vijf dagen, afwisselend bewusteloos of bij kennis,' antwoordde Cela.

Nee! Hij was laat. Te laat. Hij probeerde zijn benen over de rand van het bed te zwaaien, maar de beweging maakte hem duizelig.

'Ga maar weer zitten,' zei Cela, hem bij de armen vastpakkend omdat hij stond te tollen.

'Ik moet gaan.' Hij schudde haar af.

'Gaan?' vroeg ze, en hij realiseerde zich vaag dat haar stem van ver weg klonk. 'Je kunt amper zitten. Denk je nou echt dat je ergens heen kan gaan?'

Hij deed nog een poging om overeind te komen. *Te laat*. Maar de woorden kwamen niet over zijn lippen. Het begon te draaien voor zijn ogen en hij liep wankelend naar achteren.

'Je gaat helemaal nergens heen,' zei Cela beslist. Ze duwde hem behoedzaam terug op het bed en zijn ledematen voelden zo slap dat hij niet kon tegenstribbelen. 'Je drinkt nu eerst wat water en als je dat binnenhoudt, kun je wat bouillon krijgen.'

'Ik ben te laat,' liet hij haar weten, en nu nam hij de beker wel aan. Zijn handen beefden door het gewicht van het water, maar hij kon er niets tegen doen.

'Je bent bijna doodgeslagen. Waar je ook naartoe wil, het moet wachten,' zei ze, naar hem gebarend dat hij moest drinken.

Ze zag het verkeerd. Het kon helemaal niet wachten – de jongen zou niet later arriveren, hij zou niet wachten en meteen naar Nibsy gaan. Tegen heug en meug dronk hij het water op, maar de verfrissing ervan verraste hem, net als zijn enorme dorst. De beker was snel leeg maar hij had nog steeds behoefte aan drinken. 'Nog wat,' zei hij, meer smekend dan gebiedend. *Vijf dagen.*

Hij nam de tweede beker water aan, om haar te laten zien dat hij hem kon vasthouden en omdat hij dorst had. *Vijf dagen*. Hij was vijf dagen kwijt, uit zijn geheugen verdwenen. Dat betekende dat hij sowieso te laat was.

IN DE STEEK GELATEN

1902 – New York

Voor Logan Sullivan was het tijdreizen niet het romantische avontuur dat je in films zag. Hij zeilde bijvoorbeeld niet in een zwevende auto en ook niet in een magisch politiehokje. Het was niet zomaar een makkelijke sprong. Het was pijnlijk. Zijn hoofd tolde ervan, zijn ingewanden kwamen bijna naar buiten en zijn eigen ik leek in stukjes uit elkaar te vallen. Er was altijd een moment, wanneer Esta Logan van de ene tijd naar de andere meesleurde, dat hij zou zweren dat ze het niet overleefden, een moment waarop hij het gevoel had helemaal niet meer te bestaan. Kortom, het was een moeilijke, gevaarlijke en frustrerende zaak, rampzalig.

Maar nu hij erover nadacht, dat was Esta ook.

Zij was degene die altijd dwars door hem heen had gekeken en dat was verdomd ongemakkelijk voor Logan Sullivan, wanneer je bedacht dat hij lang geleden had ontdekt dat hij heel wat makkelijker door het leven ging als hij zijn knappe gezicht het werk liet doen.

Rampzalig of niet, hij had zich er absoluut niet goed bij gevoeld toen hij het pistool in Esta's zij had gedrukt, en nog beroerder over de kogels waarmee professor Lachlan het wapen had geladen. Maar hij had de professor wel geloofd toen hij hem vertelde dat Esta zich tegen hen had gekeerd en niet meer betrouwbaar was. Je kon veel van Logan zeggen, maar hij had zichzelf nooit als moordenaar gezien. Het idee haar een kogel in de rug te jagen had hem dan ook absoluut niet aangestaan, zelfs niet als zij hetzelfde bij Dakari had gedaan.

Dus was hij blij geweest dat ze niet moeilijk had gedaan toen ze naar hun vertrekpunt waren gelopen. Het was een opluchting voor hem geweest dat hij haar maar één por had hoeven geven om haar aan te sporen, maar hij had moeten weten dat het niet zo simpel was. Met Esta was niks simpel. Het ene moment had hij het gevoel gehad dat de hele wereld uit elkaar werd gerukt, alsof zijn ziel implodeerde, en het volgende moment voelde hij de harde stoep weer onder zich.

Voordat hij overeind kon komen trok er een pijnscheut door zijn schouderblad en kon hij zijn hand niet meer bewegen, terwijl Esta bij hem vandaan glipte. Toen hij geprobeerd had overeind te krabbelen was hij gestruikeld, maar zijn zicht was nog net scherp genoeg geweest om te zien dat Esta de tas die hij bij zich had pakte en ermee verdween.

Logan probeerde zijn ogen te focussen toen tot hem doordrong in welke situatie hij zich bevond. De vochtige keien van de straat, de scherpe geur van kolendamp en roet in de lucht. De vreemde scheve lichtbundel die door de mist heen omlaagviel en het rumoer van stemmen om hem heen die in talen spraken die hij niet begreep. Professor Lachlan had geprobeerd hem vreemde talen bij te brengen, maar hij had geen talenknobbel, zoals Esta.

Esta, die altijd overal goed in was. Esta, die hem zo zeker als wat hier had achtergelaten.

In het verleden.

Naast de rokerige roetgeur hing er nog iets anders in de lucht – een zware walm van rijpheid die op leven duidde. Of op iets wat had geleefd. Dieren, bedorven eten of stront. Ja, en of het stront was. In de koele ochtend was de stank nog niet zo sterk, toch kon Logan zich maar al te goed voorstellen dat hij over zijn nek zou gaan wanneer de zomerhitte bezit nam van de stad en de stank verergerde.

Het was eigenlijk niet de bedoeling dat hij er in de zomer zou zijn. Dat had professor Lachlan hem beloofd. Zodra Logan de tas en de aantekeningen had afgeleverd zou Esta hem weer naar zijn eigen tijd terugbrengen – hún eigen tijd.

Waar hij hoorde.

De tas die hij bij zich had was verdwenen, maar de aantekeningen had hij tenminste nog, dacht hij terwijl hij op zijn jaszak klopte. *Ja. Ze zijn er nog.*

Eindelijk kreeg Logan het voor elkaar om te gaan zitten. Zijn broek was nat door de plas waar hij in was gevallen. *Regenwater... Laat het alsjeblieft gewoon regenwater zijn...* Terwijl hij over zijn hoofd wreef op de plek waar hij de keien had geraakt, bekroop hem het gevoel dat hij werd begluurd. Twee breedgeschouderde jongens in zwarte jassen met hun hoed ver over hun ogen geschoven kwamen op hem af. Een van de twee had een soort stok bij zich – een knuppel, maar dan met een gemene metalen punt.

Hij krabbelde overeind en stak zijn handen omhoog terwijl hij wankelend achteruitliep. Maar toen botste hij tegen iemand anders op.

'Holy shit,' mompelde hij. Het duizelde hem nog en hij deed zijn uiterste best om overeind te blijven.

'Wie hebben we hier?' vroeg de grootste van het stel, en hij deed een stap in Logans richting om hem in het nauw te drijven. De jongen lachte naar hem, een onverbiddelijke grijns die Logan het gevoel gaf dat er een steen op zijn maag lag. Hij was geen straatvechter, zoals Esta. Hij was meer het type dat zich met woorden ergens onderuit wist te praten. Maar deze knullen zagen er niet uit alsof ze naar hem wilden luisteren.

'Waar is die meid gebleven?' vroeg de ander, met een gezicht dat net zo ruig oogde als zijn gebroken neus. 'Ze was net nog hier, en ineens...'

'Kap ermee,' beet de potige knul de ander toe terwijl hij Logan een por gaf met zijn knuppel. 'Ze is een van hen.' Hij keek Logan met een scherpe blik aan. 'Ja, toch? Betekent dit dat jij ook bij hen hoort?'

'Luister, ik zit niet op problemen te wachten,' grauwde Logan.

'Dan ben je te laat, denk je niet?' zei de grote vent terwijl de ander Logan bij de armen beetpakte. De potige raapte het pistool op dat Logan net nog had vastgehouden om Esta ervan te weerhouden de benen te nemen en stopte het in zijn zak. 'Ik denk dat je beter met ons mee kunt gaan. De baas wil je graag spreken.'

Hardhandig vooruit geduwd kon Logan niet anders dan met de knullen meelopen – en de hele weg vervloekte hij Esta om haar verraad.

DE SIRENE

1902 – New York

Na twee dagen had Jack schoon genoeg van de constante betutteling van zijn moeder. En na vijf dagen was hij er echt helemaal klaar mee, dus trok hij zich weer terug in zijn eigen vertrekken. Het had hem wat rust gegeven toen de dienstmeisjes en artsen niet meer continu bij hem kwamen kijken hoe het met hem ging. En het gaf hem wat ruimte om even verlost te zijn van zijn familie, die altijd langs leek te komen om hem aan zijn volgende interview of afspraak te helpen herinneren die ze voor hem hadden geregeld.

Ze regelden van alles zonder hem ook maar iets te vragen of te informeren. Eisen stellen was het enige wat ze deden en hij was het spuugzat. Nu had hij tenminste tijd voor zichzelf, tijd om zich weer op het ontcijferen van de *Ars Arcana* te storten.

Toen de klok acht uur sloeg haalden de sonore klanken Jack uit zijn versuffing. Hij knipperde een paar keer, in een poging zich te herinneren waar hij was en wat hij aan het doen was. Op de tafel voor hem lag de *Ars Arcana* opengeslagen op een pagina vol symbolen en aantekeningen in een taal die hij niet herkende.

Oké, hij had zitten lezen. Althans, dat had hij geprobeerd.

Hij wreef in zijn ogen. Iets na vijven was hij gaan zitten om zich door een bladzijde in het Grieks heen te worstelen en blijkbaar was hij in slaap gevallen. Het probleem met het Boek was, zoals hij inmiddels had ontdekt, dat wanneer hij het bestudeerde de echte betekenis hem leek te ontgaan. Hij was regelmatig 's morgens wakker geworden in de kleren die hij de avond ervoor aanhad, zijn nek pijnlijk van het zittend slapen in een stoel, met het opengeslagen Boek voor zich op tafel.

Of misschien was het wel gewoon de werking van de morfine, bedacht hij suf, terwijl hij zijn gezicht tot een grimas vertrok van de pijn in zijn hoofd. Hij haalde het potje uit zijn zak, pakte een morfinepil en stopte die in zijn mond, ineenkrimpend van de bittere smaak. Maar even later begon de pijn te zakken.

Niet snel genoeg, vond hij, en hij stopte nog twee bittere pillen in zijn mond. Binnenkort zou hij stoppen met het gebruik van de pijnstillers. Hij was niet een of andere verrekte soldaat die er niet vanaf kon komen. Zo lang had hij de pillen nou ook weer niet gebruikt, bedacht hij, terwijl zijn geest zich inmiddels ontspande en helderder werd. Het had wat tijd nodig, maakte hij zichzelf wijs terwijl hij zijn aandacht weer op het Boek richtte.

Het waren niet de slagen van de klok die hem voor de tweede keer uit zijn bedwelmde toestand haalden. Nee, dit was iets anders, een andere bel.

Hij knipperde opnieuw en wreef weer in zijn ogen. Zijn hoofd voelde aangenaam verdoofd nu de pijn was gezakt. Hij zag dat hij een pen vasthield en het Boek lag nog open, maar de pagina, waar hij eerst niets van had begrepen, stond nu vol aantekeningen... in zijn eigen handschrift.

Het waren niet echt aantekeningen, maar vertalingen. Hij kon zich echter niet herinneren dat hij ze had opgeschreven.

De bel bleef rinkelen.

De deurbel. Sam Watson. Hij was de afspraak die zijn oom had gemaakt voor weer een interview bijna vergeten. Het eerste interview was totale tijdverspilling geweest, maar kennelijk voelde de Orde de noodzaak van een artikel in de krant over het gala, en ze gebruikten Sam en Jack om dit te realiseren.

Kreunend sloeg Jack het Boek met een harde klap dicht. De pagina's ritselden en het Boek kwam even los van de tafel door de kracht waarmee hij het dichtdeed. De deurbel en Watson konden verdomme wel even wachten, dacht Jack terwijl hij het Boek naar zijn slaapkamer meenam en het veilig in de kluis in zijn kledingkast opborg. Hij nam nog twee morfinepillen om de hoofdpijn te verzachten, die alweer was opgekomen door het aanhoudende gerinkel van de deurbel. Daarna liep hij naar de voordeur.

Maar het was niet Watson die voor hem stond.

'Miss DeMure,' zei Jack, verbaasd haar in de deuropening te zien. Ze droeg een zijden jurk van een donker smaragdgroen dat contrasteerde met haar felrode haar en rode lippen.

Ze was al eens met Sam meegekomen voor het eerste interview dat de verslaggever hem had afgenomen en uit de blikken die ze Jack toen had toegeworpen sprak haar belangstelling voor hem – meer dan alleen interesse. Hij had gehoopt haar nog eens te zien, maar dat ze onaangekondigd en in haar eentje bij hem langs zou komen had hij niet verwacht. Snel wierp hij een blik langs haar heen om te zien of Sam Watson bij haar was.

'Sam kon niet mee,' zei ze, langs hem naar binnen stappend. 'Hij werd helaas opgehouden door iets op kantoor. Een of andere treinstaking in het westen van de stad. Ik dacht dat je mijn gezelschap zonder hem ook wel op prijs zou stellen.' Ze wierp hem een insinuerende blik over haar schouder toe, en Jack, die een aanbod als dit nooit zou weigeren, deed de deur achter haar dicht.

'Jouw gezelschap?' vroeg Jack verwachtingsvol, zich naar haar omdraaiend.

Ze liet haar in een handschoen gestoken vingers langs het gladde, donkere hout van het dressoir in de hal gaan. 'Of heb ik het verkeerd?'

'Nee,' antwoordde hij, en er ging een warme tinteling van voldoening door hem heen. 'Helemaal niet. Kom verder, alsjeblieft. Kan ik wat te drinken inschenken?'

Daarna ging hij haar voor naar de salon, waar hij een glas sherry inschonk voor hen beiden. Ze nam het drankje met een zelfgenoegzame glimlach van hem aan, waarna ze zich omdraaide naar de porseleinen beeldjes in de kast.

Hij snapte meteen wat ze met hem deed en hij raakte opgewonden bij de gedachte aan het vervolg: het kat-en-muisspel, het sarren en waar dat toe zou leiden. En het moment dat híj van haar zou winnen.

Na een poosje wendde Evelyn zich weer tot hem, haar ogen glinsterend in het zwakke licht. 'Ik kende Harte Darrigan goed, moet je weten...'

'Darrigan?' Jack voelde ergernis opvlammen en hij bekoelde meteen. De laatste aan wie hij wilde denken wanneer hij met een gewillige vrouw flirtte was wel die verrekte magiër.

Evelyn knikte. 'Sommigen zullen zeggen dat ik hem intíém kende.'

'En was dat zo?' vroeg hij zonder moeite te doen zijn afschuw te verbergen.

'O, doe niet zo jaloers, Jack.' Ze lachte hees en zwoel.

Ondanks zijn ergernis wond de klank van haar lach hem op, maar met de morfine in zijn bloed was zijn geest helder en waren zijn gedachten scherp. Ze speelde met hem. Zíj was de kat.

Maar hij was geen muis.

Langzaam liep hij naar haar toe, zodat ze niet bang zou worden. Zodat ze niet zou merken dat híj niet de prooi was. 'Ik verdoe mijn tijd echt niet met wegkwijnen van jaloezie, en zeker niet als het om tuig als Darrigan gaat,' vertelde hij haar.

Er verscheen een glimlach om haar rood gestifte lippen. 'Dat denk ik ook niet. Laatst, toen ik je tegen Sam hoorde praten, wist ik meteen dat je te slim en te gehaaid bent voor aanstellerige emoties als jaloezie. Daarom dacht ik dat je wel belangstelling zou hebben voor de informatie die ik over Darrigan heb.'

Hij deed nog een stap naar haar toe tot hij haar walgelijke parfum rook, net zo onbeschaamd en opdringerig als zijzelf. 'Welke informatie?'

'Ik was er die avond bij,' vertelde ze hem, nippend van haar sherry zonder het oogcontact te verbreken. *Een uitgelezen kans.* 'Ik was in Khafre Hall op de avond van de roof. Ik weet dat de Orde de waarheid probeert te verdoezelen, en dat ze jou gebruiken om het publiek af te leiden van wat er echt is gebeurd. Als jij beweert dat Darrigan in die trein zat, geloof ik je meteen.'

'Is dat zo?' vroeg Jack, nog dichter naar haar toe lopend, en hij zette zijn glas op het dressoir.

'Natuurlijk, Jack. Ik ken Darrigan, en die feeks die hij aan de haak heeft geslagen ook. Zij heeft dit allemaal op haar geweten, snap je.'

Hij pakte haar bij de arm en het gaf hem wat voldoening angst in haar ogen te zien, al was het maar een beetje. 'Ik heb geen belangstelling voor die spelletjes van jou. Als je weet waar Darrigan of die meid is, vertel het me dan gewoon.'

'Ik weet niet waar hij is, en of hij de trein wel heelhuids heeft verlaten.' Hij verstevigde de greep om haar arm en ze zette even grote ogen op. 'Maar ik weet wel dat hij misschien iets heeft achtergelaten... iets waar je waarschijnlijk wél belangstelling voor hebt.'

'O ja?' Jack liet zijn greep wat verslappen, waarna hij haar helemaal losliet. De morfine werkte inmiddels optimaal, het haalde overal de scherpe kantjes van af en gaf hem het gevoel dat zijn aanwezigheid de hele kamer vulde. 'Wat heeft hij dan achtergelaten?'

'Die informatie kan ik alleen met mijn vrienden delen. Mijn góéde vrienden,' zei ze poeslief. 'Zijn wij dat, Jack?'

'Natuurlijk,' mompelde hij.

Als vanzelf gingen zijn mondhoeken iets omhoog toen ze met een triomfantelijke twinkeling in haar ogen vlak voor hem kwam staan, er duidelijk van overtuigd dat ze had gewonnen.

Maar o, wat had ze het verschrikkelijk mis!

DE WERELDTENTOONSTELLING

1904 – St. Louis

Harte stond met Esta op de hoek van Lindell en Plaza te wachten, tegenover een van de hoofdingangen van de wereldtentoonstelling. Ze had de hele ochtend geen woord tegen hem gezegd, maar het leek erop dat hij ook geen behoefte had om dat wat er de vorige avond was voorgevallen tussen hen aan te kaarten. Het zag ernaar uit dat ze allebei te laf waren. Het was Harte niet ontgaan dat ze elke aanraking vermeed, zelfs van hun armen in de tram die hen door de stad had gereden.

Terwijl ze buiten bij de poort stonden en naar de gestage stroom bezoekers keken, drong de grootsheid van de wereldtentoonstelling tot Harte door. Die vond plaats in het Lafayette Park dat zich kilometers ver naar alle kanten uitstrekte. De omvang van het evenement was verbluffend. In de verte hoorde hij publiek juichen, harde muziek die op het terrein werd gemaakt en zo nu en dan een kanonschot of de scherpe knal van een pistool die in de lucht nagalmde.

'Ontspan je een beetje,' zei Esta, en haar stem haalde hem uiteindelijk uit zijn gedachten. 'Als je er zo uitziet val je te veel op.'

'Hoe?' vroeg hij terwijl hij een blik naar haar waagde. Maar dat was dom van hem. Haar ogen stonden alert en haar wangen kleurden rood van opwinding – of misschien gewoon van de warmte – en toen hij haar zo zag, voelde hij een schokje in zijn buik dat niets te maken had met de macht in hem, die tekeerging sinds hij haar de vorige avond had gezoend.

'Alsof je elk moment iemand wil aanvliegen,' antwoordde ze, en ze wierp hem van opzij een onpeilbare blik toe.

'Niet waar...' Maar toen zag hij een bekend gezicht hun kant op komen. 'Hij komt eraan.'

Ook al was Julien ruim twintig minuten te laat, hij liep naar hen toe alsof er niets aan de hand was. 'Je bent te laat,' merkte Harte op, zijn hand uitstekend om hem te begroeten.

'Dat is onvermijdelijk,' zei Julien vriendelijk, en hij haalde zijn schouders op. Maar de blik in zijn ogen strookte niet met zijn woorden.

Toen Julien Harte de hand schudde, kwam het even in hem op om zijn magie te gebruiken, heel even maar, voor de zekerheid. Aan de overkant van de straat stond echter een groep mannen vlak bij de ingang paraat, duidelijk herkenbaar als de Jefferson Garde. Als Julien gelijk had en ze inderdaad magie konden opsporen, wilde hij het risico niet nemen.

Esta stak haar hand ook naar Julien uit. 'Goed je weer te zien, Jules,' zei ze met een lagere stem dan anders.

'Kijk eens aan,' zei hij.

Harte vloekte binnensmonds. 'Dit is echt gekkenwerk,' verzuchtte hij. 'Het is ondenkbaar dat niemand merkt dat ze een vrouw is.'

'Er is daar echt niemand die aandacht aan haar zal schenken,' zei Julien met een knikje naar de ingang. 'Niet met alle wonderlijke dingen die ze daarbinnen zullen zien.'

'Wat kunnen we precies verwachten?' vroeg Esta, die zich er nu al op leek te verheugen. Als ze al boos was over gisteravond, hield ze haar mond erover dicht. Dat betekende ongetwijfeld dat ze nog boos was en dat hij haar bui vroeg of laat over zich heen zou krijgen.

Niet dat hij het haar kwalijk kon nemen. Hij had gebruikgemaakt van haar en haar vervolgens in het pension achtergelaten. Hoe ze het hem ook betaald zou zetten, het was zijn verdiende loon.

Julien stopte zijn duimen in zijn vestzakken en bewoog op zijn hakken heen en weer. 'Daarbinnen? De grootste en indrukwekkendste tentoonstelling van de wereld,' antwoordde Julien. 'Je vindt er het bewijs van onze briljante beschaving – alle innovaties en uitvindingen die dit tijdperk te bieden heeft.'

'Je kunt je theatrale verhaaltje overslaan, Jules,' zei Harte, stekelig vanwege de pretlichtjes in Esta's ogen om wat Julien had gezegd. *Ze ziet me niet meer staan.* 'We zijn hier alleen voor het collier. Je zei toch dat het hier was?'

Julien schonk Esta een samenzweerderige blik. 'Geduld, Darrigan.' Daarna stak hij de straat over en liet ze geen andere keus dan achter hem aan te lopen.

'Hij is wel een beetje onuitstaanbaar, vind je niet?' vroeg Esta, zacht genoeg zodat Julien het niet hoorde.

'Meer dan een beetje,' beaamde Harte droogjes.

'Toch vind ik hem aardig.'

Harte keek naar haar. 'Dat vinden de meeste mensen. Pas op dat je niet voor hem valt. Oké, Slimpie?'

'Slimpie?'

'Ik probeerde wat uit,' vertelde hij haar schouderophalend. 'Ik moet toch een naam voor je hebben als je je als man blijft kleden.'

Toen keek ze hem kwaad aan, wat hem een beetje opluchtte. 'Nou, Slimpie is niks, dat kun je wel schudden.'

Maar toen haar wangen rood kleurden wist hij dat het een goede keus was. 'Dat weet ik zo net nog niet,' zei hij, en hij vertrok zijn mond. 'Ik begin net aan die naam te wennen.'

Ze wilde tegensputteren, maar hij versnelde zijn pas om Julien in te halen en liet haar achter, zodat ze op een holletje naar hen toe liep.

Ze betaalden de entree en sloten zich aan bij de stroom mensen die onder de versierde bogen doorliepen die de toegangspoort van de tentoonstelling vormden. De menigte bewoog zich langzaam, deels doordat recht voor hen een muziektent stond waar een voltallige brassband een opzwepende mars speelde die Esta bekend voorkwam. Terwijl ze zich met zijn drieën tussen de drommende mensen heen drongen die naar de muziek stonden te luisteren, zag ze een grote basdrum met de naam van de band erop.

'Is dit Sousa?' vroeg Esta aan Julien.

De dirigent van de band ging in het blauwe uniform van de marine gekleed en zijn dirigeerstokje sloeg met haast mechanische precisie een patroon om de maat aan te geven voor de muzikanten. Harte had natuurlijk wel van John Phillip Sousa gehoord – wie niet? – maar hij vroeg zich af waarom Esta de dirigent met een ernstig gezicht aandachtig bekeek.

'Ik zei toch al dat ze de bekendste artiesten hebben, de verbluffendste exposities van landen uit de hele wereld en de prachtigste gebouwen die ooit zijn gebouwd,' zei Julien. 'Het Genootschap wil St. Louis met deze tentoonstelling op de wereldkaart zetten en net zo belangrijk maken als Chicago, misschien zelfs net zo belangrijk als Manhattan.'

Esta keek naar Harte en uit haar blik maakte hij op dat dat niet ging gebeuren. Maar op het moment dat ze elkaar recht aankeken betrok haar gezicht.

De moed zonk hem in de schoenen toen ze zich weer van hem af wendde. 'Ik wil het collier, Jules. Kunnen we het nu gaan halen?'

Ze baanden zich een weg door de menigte bij het podium met de brassband heen. Links van hen voerde een pad met bomen erlangs verder het park in en Harte zag het zonlicht in een grote vijver glinsteren. Julien volgde het pad langs administratieve gebouwen naar een gebied met een bord waarop THE PIKE stond.

'We zijn er,' kondigde hij aan, gebarend naar de met klinkers bestrate weg voor hen.

De brede boulevard leidde naar een soort fantasiewereld. Bij de ingang stonden nagebouwde bergen van minstens tien verdiepingen hoog waarbij een bergdorpje in het niet viel, dat naast een replica van een kasteel uit een boek over koning Arthur was gebouwd. Zo ver het oog reikte stond de boulevard vol met een allegaartje aan bouwsels, geschilderd in alle kleuren, te fel om echt te zijn. In de verte hoorde Harte weer een kanonschot galmen.

'Wat is dat?' vroeg Esta.

'Waarschijnlijk het naspelen van de Tweede Boerenoorlog, dat doen ze twee keer per dag,' antwoordde Jules, op zijn zakhorloge kijkend. 'Ja. Bijna half elf, het moment dat de cavalerie altijd een aanval opvoert.'

'De cavalerie?' zei Harte, zich afvragend waar ze in godsnaam terecht waren gekomen.

'Voornamelijk acteurs, maar sommigen hebben echt in de oorlog gevochten.' Julien knipoogde. 'Welkom in de Pike. Er is nog nooit zoiets gebouwd als dit. Hier kun je de hele wereld rondreizen zonder de stad te verlaten. Je kunt naar de onderwereld van Hades of naar het hemelrijk. Je kunt een geisha tegen het lijf lopen of heen en weer naar de noordpool gaan. Ongelooflijk, hè?'

'Dat is me nogal wat,' zei Harte weifelend, en hij nam de brede boulevard goed in zich op.

Zijn hele leven had hij ervan gedroomd aan de stad te ontsnappen en nu leek hij de kans te hebben om meer dan alleen te ontsnappen – hij kon nu zelfs naar een ander land reizen – maar op de een of andere manier voelde het niet goed. Harte was nooit ergens anders geweest dan in Manhattan, maar hij zag in een oogopslag dat niets van wat hier te zien was echt was. De gebouwen waren allemaal te opzichtig geschilderd, en te gaaf en te perfect. Met de elektrische reclameborden en straatlantaarns, die zelfs overdag aan waren terwijl de zon scheen, en het geroep van de klantenlokkers die de bezoekers verleidden om nog eens vijfentwintig dollarcent extra te betalen om een of ander nieuw wonder te beleven, had de Pike een kermisachtige sfeer, en het was een povere benadering van de echte wonderen van de wereld.

Sterker nog: de exposities van de Pike leken een beetje op het volkstheater van de Bowery. De populariteit van deze smakeloze attracties hadden Harte altijd een ongemakkelijk gevoel gegeven door de manier waarop ze mensen tentoonstelden als freaks, als niets meer dan objecten die je voor een paar muntjes kon bekijken.

Uit de blik van afschuw op het gezicht van Esta kon Harte opmaken dat zij er net zo over dacht.

Langs de Pike stonden de gekste gebouwen bij elkaar. Naast een Japanse pagode stond een bouwwerk in de stijl van het oude Rome. Een grote grot, gemaakt door bouwvakkers, met het woord GROTBEWONERS boven de ingang stond tegen een pand aan dat zo uit St. Mark's Square in Venetië kon komen.

'Zijn dat echt oorspronkelijke bewoners?' vroeg Esta aan Julien toen ze langs de grotbewoners liepen en ze twee vrouwen met zwart haar zag staan die zwijgend kralenarmbandjes te koop aanboden.

'Het zijn indianen, als je dat bedoelt,' zei Julien, haar met een bevreemde blik aankijkend. 'Wat zouden ze anders zijn?'

'Acteurs misschien?' vroeg ze, maar Harte kon er niet achter komen of ze hoopvol of bang klonk.

'Hoezo dat?' Julien trok een verbaasd gezicht en leek oprecht verward.

'Ik weet het niet,' zei Esta wat onzeker. 'Wonen ze hier op het terrein?'

'Wie zal het zeggen,' antwoordde Julien ontwijkend. 'Ze zien er in ieder geval gelukkig uit, toch?'

Maar aan Esta kon Harte zien dat ze daar niet van overtuigd was. Ze fronste haar wenkbrauwen en zag er bezorgd uit – misschien zelfs onthutst. 'Worden ze gedwongen hier te werken?'

'Hoe moet ik dat weten?' kaatste Julien schouderophalend terug. 'Maar ik weet zeker dat ze een vergoeding krijgen.'

Het kon hem niets schelen, realiseerde Harte zich, omdat het niet zijn probleem was. Julien was als een vrij man geboren, nam zijn eigen besluiten en ging zijn eigen weg, waar en wanneer hij maar wilde. Hij kon zich niet inleven in hoe het was om een ander leven te leiden.

Een van de vrouwen ving Hartes blik en stak haar hand uit om hem een armbandje aan te bieden. Hij schudde vriendelijk zijn hoofd om haar aanbod niet al te bot af te slaan, waarna hij ineens besefte dat Esta gelijk had. Achter de kalme gelaatsuitdrukking van de vrouw ging iets schuil wat Harte zelf maar al te goed herkende – frustratie en teleurstelling in de wereld, iets wat ze niet had kunnen verbergen, in ieder geval niet voor hem, omdat hij het zelf vaak genoeg voelde.

Hij viste een paar duiten uit zijn zak en gaf ze aan de vrouw in ruil voor het armbandje. Maar de vrouw toonde geen blijdschap terwijl ze het geld in haar zak stopte en een bandje voor hem uitzocht. Zonder het te bekijken streek hij met zijn duim over de gladde kralen toen hij het in zijn vestzak stopte – als geheugensteuntje voor het feit dat de wereld groter was dan hij zich had gerealiseerd en vol problemen waar geen eind aan kwam.

Met zijn drietjes zochten ze zich een weg door de parade van buitensporig mooie taferelen. De architectuur was dan misschien niet authentiek, maar toch verbluffend. Over de boulevard met bakstenen huizen flaneerden allerlei soorten mensen: gewone burgers uit de stad en mensen in prachtige kostuums. Of de kledij authentiek was wist Harte niet, maar het borduurwerk, de kraaltjes en andere details van elk kostuum waren hoe dan ook wel mooi.

Uit de gebouwen klonk muziek in verschillende stijlen die zich mengden en het rumoer in de straat overstemden. De organisatoren van de tentoonstelling hadden een fantasiewereld gecreëerd waarin verre landen en uitheemse volkeren tot leven kwamen voor iedereen die bereid was vijfentwintig dollarcent te betalen. Het was misschien niet echt, maar Harte snapte dat het hier niet om een waarheidsgetrouwe nabootsing ging – niet voor de tentoonstelling zelf of voor de bezoekers. De mensen die hier hun geld uitgaven verschilden niet van degenen die elke avond in de zaal zaten om zijn optreden te zien. Ze kwamen niet voor de werkelijkheid; ze wilden fantasie – een mogelijkheid om juist even aan de werkelijkheid te ontsnappen. En zelfs Harte, die beter moest weten, kon het niet helpen dat hij zich toch een beetje liet meeslepen door het spektakel om zich heen.

'We zijn er,' zei Julien, toen ze bij een gewelfde poort aankwamen die rijkelijk was versierd in Egyptische stijl, waarop stond: DE STRATEN VAN CAÏRO.

Voorbij de ingang leidde de straat door een ware stad van zandkleurige gebouwen, allemaal met een Arabisch tintje – bogen en minaretten accentueerden de voorgevels. De gewelfde daken onttrokken de blauwe zomerhemel aan het zicht en in de straten wemelde het van mannen in wijde gewaden die de bezoekers toeriepen en ze verlokten tot een rit op een kameel of een ezel door de nagebootste stad. Het was duidelijk dat het Egypte moest zijn, maar het was een fantasieversie, bedoeld voor mensen die er nooit zelf naartoe konden.

'Ik hoop voor je dat dit iets te maken heeft met het collier, Jules,' zei Harte.

'Dit is de speciale attractie die het Genootschap aan de tentoonstelling heeft geschonken,' vertelde Julien hem, zijn stem amper hoorbaar boven het rumoer in de straten uit. 'Ik heb me laten vertellen dat het belangrijkste kunstvoorwerp een mystiek artefact uit de oudheid is – een collier met een steen waarin sterren schitteren.'

'Is het hier?' vroeg Esta.

'Ja. Maar dat is niet gunstig voor jullie,' antwoordde Julien. 'De beveiliging is optimaal en met de recente acties van de Antistasi is de bewaking in verhoogde staat van paraatheid.'

'Daar kunnen we ons later altijd nog zorgen over maken,' zei Harte. 'Laten we eerst maar kijken of dit het collier is dat we zoeken.'

Ze liepen door de doolhof van gebouwen langs een tijdelijk opgerichte bazaar met kramen waar riemen van felgekleurd geweven materiaal werden verkocht en kleine hebbedingetjes die eruitzagen alsof ze uit de grafkamer van een farao afkomstig waren. Er was een groot restaurant dat de geur van gebraden vlees en scherpe specerijen in de straten verspreidde, de voorbijgangers verlokkend. Eindelijk bereikten ze een gebouw in het centrum, dat zo uit het oude Egypte had kunnen komen.

Het was een grote gang met zandstenen zuilen, stuk voor stuk beschilderd met symbolen die op hiëroglyfen leken. Het deed Harte aan Khafre Hall denken, met zijn decoraties en azuurblauwe accenten. Aan Esta te zien, die stil was geworden en eruitzag alsof elke vezel in haar lijf op scherp stond, dacht zij hetzelfde.

'Zijn jullie in voor een tochtje over de Nijl?' vroeg Julien.

Harte had echter geen geduld meer voor Juliens spelletjes. De hitte steeg hem naar zijn hoofd, dat begon te bonken, en zijn blik werd wazig. Plotseling hoorde hij niets anders meer dan het gebulder in zijn geest.

De zon stond zo hoog dat de tempel geen schaduw wierp. Binnen was het vast aangenaam koel, veilig in de beschaduwde zaal binnen de dikke muren.

Zo snel als het visioen hem had ondergedompeld in een andere tijd en plaats, zo vlug was het ook weer verdwenen. Het liet Harte achter met tuitende oren en het koude zweet stond op zijn huid.

'Harte?' Esta praatte tegen hem en toen hij haar blik ontmoette zag hij bezorgdheid in haar ogen. Dat had hem een beter gevoel moeten geven dan de onverschilligheid die ze de hele dag al over zich had, maar het visioen had hem totaal van slag gebracht.

Kom op, verman je.

'Niks aan de hand, Slimpie,' stelde hij haar gerust met een knipoog.

Haar ogen lichtten geërgerd op. 'Maar net was je...'

'Laat maar.' Hij richtte zich tot Julien, die hem met een ernstig gezicht opnam. 'Laten we snel dat boottochtje doen om de omgeving te verkennen.'

Blijkbaar had Julien niet overdreven – binnen troffen ze een rij mensen aan die stonden te wachten om in een boot te stappen in de vorm van een kano met omhoogstekende uiteinden, bedoeld als imitatie van de boten die eens over de Nijl voeren. Toen ze aan de beurt waren om in te stappen stopte Julien de toezichthouder een paar munten toe en regelde een boot voor hen drieën.

'Na jou,' zei hij tegen Esta, en hij stapte opzij zodat zij als eerste in het bootje kon klimmen.

Ze ging op een bankje in het midden zitten, waarna Julien wilde instappen, maar Harte pakte zijn arm vast om hem tegen te houden.

'Oudjes gaan voor,' zei hij tegen hem, en hij greep de kans om naast Esta op het bankje te gaan zitten. Hij negeerde de veelbetekenende zelfvoldane grijns om Juliens mond en deed alsof hij Esta's ergernis niet merkte.

Achter in de boot stond een roeier, gekleed in een linnen gewaad, doorweven met goudbrokaat, met de slechtste pruik op die Harte ooit had gezien. De zwarte vlechten van de man waren rommelig en smoezelig en hingen langs zijn smalle gezicht, waarin zijn helderblauwe ogen met zwarte kohl omlijnd waren. Het zag eruit alsof zijn huid met make-up ook een wat donkere tint had gekregen – het was te roodbruin gekleurd om natuurlijk te zijn. Waarschijnlijk moest hij op iemand uit een Egyptisch schilderij lijken dat tot leven was gekomen, maar in tegenstelling tot Juliens vertolking van een vrouw, was het kostuum van de roeier een karikatuur. Zoals de blanke variétéacteurs die hun gezicht met gebrande kurk zwart maakten voor hun negerzangersact, was dit eveneens een bespottelijke weergave van de mensen die hij probeerde te imiteren.

De roeier bleef stil terwijl de boot in beweging kwam. Langzaam maar gestaag duwde hij hem af, weg van de drukke kade een smal kanaal in met onnatuurlijk blauw water. Naast Harte zat Esta met een rechte rug en alerte houding, ze nam alles in zich op terwijl de boot een donkere tunnel naderde.

'Daar gaan we,' mompelde Julien, en hij wierp een speelse blik achterom naar het stel vlak voordat de boot de tunnel in gleed.

Hoe verder ze kwamen, hoe donkerder het werd, tot de boot uiteindelijk door een kunstmatig donkere nacht voer en het enige geluid van het klotsende water kwam.

'In den beginne bestond alleen de zee, donker en oneindig...' klonk plotseling de stem van de roeier, laag en overdreven theatraal. 'Deze oerzee was chaos...'

De stem van de man verstomde en liet hen met rust, ronddobberend in de diepe duisternis, maar Harte kon zich niet ontspannen – niet met Esta zo dicht naast zich en ook niet met de macht in hem die onrustig werd in het donker.

Hoewel ze uit de brandende middagzon waren, was de attractie benauwd en drukkend, alsof hij door een deken van klamme mist moest ademen. De atmosfeer gaf hem de smaak van muffe schimmel en stof in zijn mond, als een graftombe uit de oudheid. Harte vroeg zich af of dit een bedoeld effect was terwijl hij moeizaam slikte vanwege zijn dichtgesnoerde keel, en hij vocht tegen de neiging zijn kraag los te maken.

Hij hoefde niet te kijken om te weten hoe dicht Esta bij hem zat, en de stem vanbinnen voelde het ook. Het donker leek de stem aan te sporen en hij moest moeite doen om de echo ervan en de onbegrijpelijke dingen die hij uitkraamde te negeren, wat verdomd lastig was omdat de roeier achter hem over iets vertelde.

'De chaos was eindeloos en er was geen leven, totdat de wateren zich openden en de zonnegod Ra oprees om orde te scheppen en de wereld te creëren.'

Verderop verscheen een lichtpuntje, dat groter werd naarmate ze dichterbij kwamen, totdat hun boot erlangs voer naar een andere ruimte. Deze zaal was goudkleurig geschilderd, waardoor het licht op het gewelfde oppervlak weerkaatste, en het leek of ze zich in de zon zelf bevonden. De stem trok zich een beetje terug, net genoeg om Harte het gevoel te geven dat hij weer vrijelijk adem kon halen. Naast hem hield Esta haar gezicht afgewend. Ze nam de ruimte die ze doorkruisten aandachtig in zich op – of misschien ontweek ze hem nog steeds, dat wist hij niet zeker.

Harte betreurde het dat hij haar had geliefkoosd, toch had hij er geen spijt van. Zelfs nu, uren na die gestolen momenten, kon hij elk plekje van haar sterke en zachte, ontvankelijke lichaam nog voelen, ook bij het ontnuchterende daglicht herinnerde hij zich hoe ze smaakte en zijn vingertoppen konden haar warme huid maar niet vergeten. Als deze herinnering alles was wat hij van haar had, zou hij er al blij mee zijn.

Hij kon het niet helpen en maakte van de gelegenheid gebruik om haar te observeren: haar ranke hals en de rand van haar korte haar, haar lippen die te roze en te zacht waren voor een jongen, en haar benen – lang, lenig en sterk – die werden benadrukt door de lange broek die ze koppig bleef dragen. De roeier vertelde weer verder, dit keer over de avonturen van Ra en Osiris, Isis en Homerus en andere goden over wie Harte had gelezen toen hij zijn oude act voorbereidde, maar hij luisterde niet naar de man. Niet echt. Hij kende deze verhalen al – hij had ze bestudeerd als onderdeel van zijn zogenoemde studie in de occulte wetenschappen. In plaats daarvan negeerde hij de man en haalde hij zich die paar minuten van de vorige avond voor de geest, toen hij een vrije val had gemaakt, gevaarlijk en tegelijk helemaal te gek.

Alsof de macht in hem op deze herinnering reageerde, roerde ze zich diep vanbinnen, aanzwellend totdat Harte het zachte klotsen van het water nauwelijks meer kon horen en het verhaal van de roeier niet meer was dan een geluid dat van ver kwam. Omdat hij de nacht ervoor maar een paar uurtjes had geslapen – en ook nog eens in een verre van comfortabele stoel met een rechte leuning – kostte het hem alle kracht die hij nog overhad om de macht terug te dringen en te beteugelen. Hij was zich amper bewust van de vertrekken waar ze doorheen kwamen, omdat hij zich moest concentreren op de macht die op het punt stond los te breken. En Esta was maar een armlengte van hem en de macht vandaan.

Nadat de boot de derde zaal had doorkruist – een nagebouwde tempel – gingen ze een zaal binnen met aan de muren planken vol kleitabletten en bergen perkamentrollen. Plotseling hield de stem in hem zich stil. Maar het was geen prettige stilte, want de macht die net nog zo wild tekeer was gegaan leek nu weg te ebben, totdat een stille leemte het enige was wat hij voelde.

DE TENTOONSTELLING IN KAART BRENGEN

1904 – St. Louis

North keek naar de gondola's die over het meer naar de Festivalhal gleden en noteerde hun tijdstip toen hij de knul zag. In eerste instantie wist hij niet waarom hij hem zo verdomd bekend voorkwam, maar ineens drong het tot hem door. De vorige avond had dezelfde jongen buiten bij het theater gestaan – in gezelschap van de Duivelsdief.

Hij stopte zijn blocnote weg en volgde hem nieuwsgierig op een afstandje.

Nadat hij Maggie een uur geleden op haar post had afgezet was hij verdergegaan met wat hij meestal overdag deed terwijl hij op haar wachtte: zo veel mogelijk te weten komen over de tentoonstelling. Het was een gigantisch terrein vol bezoekers en doorgangen waar de problemen op de loer lagen, en ze kwamen tijd tekort om alles wat ze maar te weten moesten komen te achterhalen. Tot nu toe had hij de hele oostkant in kaart gebracht: de opgebouwde dorpen in het paviljoen van de Filipijnen en de meeste exposities op het gebied van land- en bosbouw. Hij had langzaam maar zeker naar het westen toegewerkt, met de bijdrage van Marokko en de replica van Jeruzalem. Hij wist waar de in- en uitgangen waren, waar de bewakers van de Jefferson Garde zich meestal verzamelden terwijl ze eigenlijk de mensenmassa moesten bewaken en wanneer de wisseling van de wacht was. Hij had alle plekken waar ze te veel opvielen geïnventariseerd, en ook die plekken waar ze zich konden schuilhouden als dat nodig was. Stukje bij beetje had hij alle mogelijke gevaren op een rijtje gezet, omdat Ruth hem had gevraagd alle plekken vast te leggen waar ze in de problemen konden komen. North wist dat deze knul een gevaar vormde – vooral omdat hij niet alleen was.

Toen de jongen en zijn twee metgezellen in de richting van de Pike liepen maakte North handig gebruik van de herrie en de opwinding om hem heen om dichterbij te komen. Er stonden heel veel bezoekers te wachten om het Hiernamaals binnen te gaan, wat North een idiote attractie vond, maar hij maakte er slim gebruik van om zich onopvallend door de menigte heen te dringen en voor het drietal dat hij volgde uit te komen. Hij stak de boulevard over naar de overhangende toegangspoort van de Creatie, waar hij hen verdekt opgesteld opwachtte. Even later kwamen ze de menigte uit en North schoot verrast in de lach, waardoor de vrouw naast hem zich rot schrok.

Een van de drie jongens bleek namelijk geen man te zijn. Het was de Duivelsdief. Ze zag er heel anders uit in een herenpak met een hoed op en met haar kortgeknipte haar dat net tot boven haar kraag kwam. Iemand die haar iets beter bekeek en haar even wat meer aandacht schonk, zou echter meteen zien wie ze was.

Maar wat doet zij hier?

Het was één ding om het meisje dat de Duivelsdief werd genoemd in de stad te zien opduiken op hetzelfde moment dat Ruth op het punt stond de grootste en gevaarlijkste aanslag van de Antistasi uit te voeren die ze ooit hadden voorbereid. Dat was misschien toeval. Maar het was nog een heel ander verhaal om haar hier bij de tentoonstelling te zien, op het ontmoetingspunt dat Ruth al maanden op het oog had en net op het moment dat alles op het punt stond te gebeuren. North vond het maar niks.

Met zijn hoed ver over zijn voorhoofd liep hij zo dicht mogelijk achter het drietal aan door de Pike, totdat ze bij de Straten van Caïro kwamen. Het stond hem niet aan dat ze rechtstreeks naar dit door het Genootschap geschonken paviljoen gingen zonder de rest waar ze langskwamen een blik te gunnen.

Misschien had hij ze naar binnen moeten volgen, maar hij had het gebied al verkend – er was maar één weg naar binnen en naar buiten – en hij had die verrekte boottocht over de Nijl al vaak genoeg gedaan. Er was geen reden om het risico te nemen daar gezien of herkend te worden, het laatste wat de Antistasi kon gebruiken was dat de bewakers hem in de gaten gingen houden. Hij moest tenslotte nog ongeveer een derde van de tentoonstelling in kaart brengen. In plaats van ze de attractie in te volgen vond hij een plek onder de toegangspoort van het Chinese paviljoen tegenover Caïro, waar hij wachtte tot ze weer naar buiten zouden komen.

Het overgrote deel van de tentoonstelling vormde geen probleem, maar North vond de Pike maar niks. Alles was er te groot, te luidruchtig en te protserig. Hoewel hij moest toegeven dat de show met het paard, Beautiful Jim Kelly, indrukwekkend was geweest. Verdomd als het niet waar was, maar het was het slimste dier waar North ooit van had gehoord en dat hij met eigen ogen had gezien. De tentoonstelling was in één woord ongelooflijk voor de bezoekers. De gewelfde Chinese poort boven hem was ook de moeite waard: helderrood geschilderd, roder dan bloed en goudkleurig glanzend. Vreemde zwarte en blauwe symbolen sierden het schilderwerk en op de punten van elk dak zat een sierlijk gekrulde draak die als een soort beschermengel op de bezoekers neerkeek.

Maar zelfs deze beschermengelen konden niet tegenhouden wat Ruth en de Antistasi hadden beraamd.

Aan het einde van de maand zouden de leiders van alle Broederschappen zich hier in de stad verzamelen en op één avond ergens samenkomen. Een perfect doelwit.

Als alles goed verliep, zou de Antistasi een statement naar deze mannen van het Genootschap maken: hoe ze over hen en over magie dachten, en hoe hun wereldbeeld en hun toekomstbeeld eruitzag. De actie die Ruth had gepland was praktisch onuitvoerbaar maar tegelijk ook heel voor de hand liggend. Als het goed uitpakte, zou alles kunnen veranderen – werkelijk álles. Het Genootschap zou zijn macht verliezen, de Broederschappen zouden hun leiders kwijtraken en magie zou niet langer verboden zijn. Dan werden de mensen met magie in ere hersteld.

Fabeltje of niet, North zou niet toestaan dat de Duivelsdief de Antistasi voor de voeten zou lopen.

DE STER VAN DE DJINN

1904 – St. Louis

De roeier vertelde nog steeds, maar Esta kon alleen aan Harte denken die heel dicht naast haar zat en haar totaal negeerde.

Zijn stilzwijgen begon op haar zenuwen te werken. Ze had de hele nacht wakker gelegen, piekerend over wat er tussen hen was gebeurd. Hij was pas naar het pension teruggekomen toen het al bijna ochtend was, en tegen die tijd was ze te boos geweest – op hem en op zichzelf – en te gefrustreerd om iets tegen hem te zeggen, dus had ze zich omgedraaid en gedaan alsof ze sliep.

Maar zelfs nadat ze Juliens boodschap hadden ontvangen om elkaar bij de tentoonstelling te ontmoeten was Harte nors en stil geweest. Omdat zij niet degene was die de benen had genomen, voelde ze zich niet geroepen om als eerste de lucht te klaren.

Toch kon ze zijn zoen haast nog op haar lippen voelen. En ze zou waarschijnlijk altijd onthouden hoe het gewicht van zijn lijf voelde dat haar in de matras duwde. Hoe kon hij hier zitten en doen alsof er niets was gebeurd?

Tenzij het inderdaad alleen de macht van het Boek was geweest die haar wilde en niet Harte zelf. Wat betekende dat ze zichzelf voor niets voor schut had gezet.

Esta zette deze gedachten snel van zich af en draaide zich verder bij Harte vandaan, zogenaamd omdat ze alleen aandacht had voor het boottochtje. Elk vertrek waar ze doorheen waren gevaren was rijkelijk versierd, om een of ander oud Egyptisch tafereel na te bootsen – of iets waarvan mensen in de beginjaren van de twintigste eeuw dachten dat het eruitzag als het oude Egypte – maar Esta was afgeleid en zag amper iets. Ze moest steeds aan Harte denken – de rechte, wat stijve rug en zijn geur – hij rook fris, naar zeep en pasgewassen linnengoed, ondanks de broeierige dag.

'En tot slot komen we bij het Boekenhuis,' kondigde de roeier aan toen ze een vertrek binnengingen met planken aan de muren vol kleitabletten en perkamentrollen. 'Hier vond de god Thoth, de meester van de Bibliotheek des Levens, het schrift uit en schonk het de mensheid.'

Harte zorgde dat hij niet te dicht bij Esta zat en bleef tijdens de tocht stil en oplettend, maar toen de roeier over Thoth begon, veranderde er iets in hem. Het voelde net als het moment vlak voordat het ging regenen, wanneer het leek of er een storm in de lucht hing. Toen Esta van opzij naar Harte keek had hij een nogal eigenaardige uitdrukking op zijn gezicht.

'Is dát wat ze hier vertellen?' vroeg Harte overdreven spottend, wat niet paste bij de situatie. 'Thoth, de meester van de Bibliothéék?' Er ontsnapte hem een boosaardige lach.

Hij gedroeg zich zo vreemd dat Esta haar ergernis even vergat. 'Harte?' Ze strekte haar hand naar hem uit en had zijn huid nog niet aangeraakt of hij draaide zijn hoofd met een ruk om haar aan te kijken. Zijn hand sloot zich als een slang stevig om haar pols en ze voelde een enorme hitte die niets te maken had met Hartes eigen magie. Ze kon haar hand niet wegtrekken zonder dat de kano zou gaan schommelen of omslaan.

'Thoth heeft helemaal niks uitgevonden,' grauwde Harte. Maar zijn stem klonk niet normaal en met zijn ogen was iets helemaal mis. Net als de vorige avond keek hij naar haar zonder haar echt te zien, maar nu waren zijn pupillen ook nog eens verwijd, zodat de kleur van zijn iris niet meer zichtbaar was. Vanbinnen welde iets in hem op, een diepe duisternis die haar deed denken aan het inktzwarte donker dat op het station en in het hotel haar blikveld binnen was gedrongen.

'Harte,' zei ze nogmaals zacht, in een poging hem terug te halen zodat hij weer zichzelf was. 'Waar heb je het over?'

'Thoth was niets anders dan een díéf.' Harte spuwde het woord vol afschuw uit. 'Hij jatte kennis die niet van hem was en toen hij dat niet genoeg vond, nam hij meer.' En weer klonk die zware vreugdeloze lach, waardoor Julien met een vragende blik naar Esta keek.

Ze schudde haar hoofd lichtjes om aan te geven dat ze niet wist wat er met Harte aan de hand was. 'Sst...' siste ze toen hij niet ophield met lachen.

Voordat Esta nog iets kon zeggen begon de roeier weer te praten, hij legde uit dat de mensen uit de oudheid geloofden dat wat er ook in de bibliotheek van Caïro was neergeschreven, deze kennis bewerkt moest worden om in de wereld van de goden te gelden. 'Thoth was een van de oppergoden van de oudheid. Hij schonk de mensheid niet alleen het schrift, maar ook de wetenschap en magie,' ging de roeier verder. 'Hij schepte orde in de chaos van de kosmos middels de schrijfkunst, en middels de inscriptie van bezweringen maakte hij het gevaar van ongetemde magie onschadelijk. Zo werd de macht van magie veilig.'

'Je reinste leugens,' mompelde Harte. 'Allemaal gelogen...'

'Wat is er in vredesnaam met je aan de hand?' fluisterde Esta, en ze gaf hem een por met haar elleboog.

Harte knipperde. 'Hoezo?' Fronsend schoof hij bij haar weg. Zijn ogen waren nog steeds eng zwart, maar inmiddels zag ze wel weer een grijze kring rond de zwarte pupil. Misschien had hij haar de vorige avond niet moeten zoenen en had hij een fout gemaakt. En misschien had zijzelf beter moeten weten en was het haar fout dat ze naar hem had verlangd. Maar nu ze hem zo zag met die eigenaardige, verdwaasde uitdrukking op zijn gezicht, zakte haar boosheid een beetje.

De roeier bleef maar vertellen met zijn sonore stem. 'Omdat hij een menslievende god was sloot hij de kosmische gevaren van de chaos op in een boek. Hij begroef het Boek van Thoth in de bodem van de Nijl en liet het door slangen bewaken. Degenen die het probeerden te roven betaalden daar een hoge prijs voor, omdat de wijsheid van de goden nooit voor stervelingen was bedoeld.'

Het Boek van Thoth? Esta keek naar Harte. Wat het ook was geweest dat hem in de ban had gehouden, het was weer verdwenen. Hij was nog steeds gespannen, maar hij leek weer naar de roeier te luisteren. Of als dat niet zo was, richtte hij zijn aandacht op iets anders, want zijn gezicht stond geconcentreerd in plaats van verafschuwd.

Toen ze de bibliotheek verlieten kwamen ze in een stralend blauw vertrek, waar zich een grote kijkkast bevond met een tafereel van een heuvel in de verte en een witte tempel die in het kunstmatige zonlicht glansde.

'Na verloop van tijd ontwikkelden beschavingen zich tot nieuwe wereldrijken,' legde de roeier uit. 'Thoth werd bekend als Hermes, maar hij bleef zijn zoektocht naar kennis voortzetten, net als zijn toewijding aan de mensheid. Een mythe vertelt ons dat hij wijsheid van de goden op de Olympus had gestolen om aan de stervelingen te geven, en zo werd hij de beschermer van dieven. Nog wat later werd hij Hermes Trismegistus, uitvinder van de Smaragden Tafel, die de geheimen van de steen der wijzen bevatte, de grondbeginselen van de alchemie.

Middels de geheimen van de Smaragden Tafel werd de macht om de essentie van de wereld te transformeren onthuld aan de mensheid,' vertelde de roeier terwijl hij langs een berg stuurde die duidelijk voor de Olympus door moest gaan. 'Met de zorgvuldige studie van de hermetische wetenschappen hebben we geleerd de krachten die eens een gevaar vormden te beheersen. En door alchemie en de occulte wetenschappen kunnen zij die zichzelf vervolmaken, zoals de Gesluierde Profeet, zich beschermen tegen de grillige gevaren van onbeteugelde krachten.'

In stilte voeren ze weer een volgende donkere tunnel in en bij het eind ervan zagen ze een rij boten langs de kant liggen: het boottochtje was afgelopen.

'En nu,' zei de roeier, 'als je het Rechte Pad uit loopt naar de Tempel van Khorasan, zal de Gesluierde Profeet u een blik gunnen op een van zijn waardevolste schatten: een collier, vervaardigd in de oudheid, met een steen waarover het gerucht gaat dat Thoth zelf hem heeft gecreëerd.'

Bij deze woorden gingen de haartjes in Esta's nek rechtovereind staan. Aan Hartes gezicht te zien had hij de vreemde bui die hem in de bibliotheek had overvallen van zich af geschud. Maar ze zag niet dezelfde opwinding die zij voelde. Zijn ogen stonden nog glazig en wezenloos, zijn kaken gespannen en er glinsterde zweet bij zijn slapen. Het was of hij de roeier helemaal niet had gehoord.

Het pad was geschilderd alsof het geplaveid was met zilver, maar het was net zo nep als de rest van de Pike. Terwijl ze tussen de andere, overduidelijke toeristen liepen veranderde de muziek in een zachte opzwepende melodie die vaag oosters klonk, tot ze in een klein vertrek kwamen dat al vol stond met bezoekers. In het midden stond een glazen vitrine die van bovenaf werd verlicht, en die ze door de drukte niet konden zien.

Esta hoefde het niet te zien om te weten dat de Ster van de Djinn erin lag. Ze kon de lokroep ervan voelen, net als toen in de chique juwelierszaak in Upper East Side, vlak na het aanbreken van het nieuwe millennium, toen ze de steen voor het laatst had gejat.

Als ze de tijd kon vertragen zou ze het sieraad misschien nu meteen kunnen stelen, maar hoe dichter ze bij de vitrine in het midden van de zaal kwam, hoe duidelijker het haar werd dat ze haar magie niet kon gebruiken. Niet alleen omdat ze net een paar bewakers van de Jefferson Garde hadden gepasseerd toen ze de zaal binnengingen, maar er hing ook een misselijkmakende zoete lucht.

'Opium,' fluisterde Harte haar toe, nog steeds met een afwezige gezichtsuitdrukking, maar nu ook wat ernstiger.

'Het is gewoon een geurtje,' stelde Julien hem gerust. 'Ze willen een totale zintuigelijke ervaring bieden.'

Toch twijfelde Esta er niet aan dat Harte gelijk had. Ze had diezelfde geur eerder geroken en de bedwelmende werking van de drug ervaren, waardoor haar magische gave om de tijd te vertragen was verzwakt toen ze voor het eerst in het oude New York aankwam en gevangenzat in de Haymarket. Zelfs nu werd haar magie door de drug aangetast. Het was vast niet genoeg om iemand kwaad te doen, maar wel om iemands gave te verzwakken.

Algauw had het drietal de glazen vitrine bereikt en daar lag de Ster van de Djinn op nachtblauw fluweel. In de zetting van het platina collier was de steen opgepoetst en schitterde hij helder, en in zijn diepten leek een sterrenstelsel te stralen.

'Ik hoop dat jullie nu begrijpen hoe onmogelijk het is om het collier terug te krijgen,' zei Julien, naar hen toe buigend zodat niemand anders hem kon horen. 'De Straten van Caïro is een attractie, geschonken door het Genootschap van de Gesluierde Profeet, en het collier is hét pronkstuk. Ze zullen het nooit aan jullie verkopen.'

Ze waren nou niet bepaald van plan om ervoor te betalen.

'Dan zit er niets anders op dan het te jatten,' zei Esta schouderophalend.

'Jatten?' Juliens mond viel open van verbazing. Hij keek naar Harte, die bedachtzaam naar de steen staarde. 'Van het Genootschap? Jullie zijn helemaal gek!'

'Nee hoor,' fluisterde Esta, en ze lachte zelfvoldaan naar Julien. 'Ik ben een dievegge.'

DE STRATEN VAN CAÏRO

1904 – St. Louis

Hartes huid voelde aan alsof die in brand stond, ook al leek het bloed in zijn aderen ijskoud. Voor hem lag de Ster van de Djinn en de macht in hem roerde zich, maar hij wist niet of het uit goedkeuring voortkwam of uit angst. Vaag realiseerde hij zich dat Esta en Julien het over het collier hadden, maar hij had hun gesprek niet gevolgd, totdat Esta Julien vertelde dat ze een dievegge was.

'Niet hier,' zei hij met gedempte stem. Ze waren in een zaal vol mensen, zwaarbewaakt door de Jefferson Garde. Hij had haar vertrouwd, maar nu leek ze niet goed bij haar hoofd.

Ze keek hem boos aan, maar deed er het zwijgen toe.

'Kom mee,' zei hij, omdat hij frisse lucht nodig had. Zelfs hij kon zijn adem niet te lang inhouden en hij was al licht in zijn hoofd van wat hem tijdens het boottochtje was overkomen. Zonder af te wachten of ze met hem mee gingen drong hij zich tussen de mensen in de overvolle zaal door naar de straat, zodat hij eindelijk weer vrij adem kon halen zonder de misselijkmakende, bedwelmende opium binnen te krijgen. Hij vermande zich om de macht die opgewonden in hem tekeerging terug te dringen.

Eenmaal buiten duurde het even voordat zijn ogen aan het licht gewend waren. Hij ademde diep in om zijn hoofd helder te maken, maar het klopte nog steeds bij zijn slapen. De uitgang was ergens anders dan de plek waar ze de attractie in waren gegaan, de boottocht had hen teruggebracht naar de hoofdboulevard van de Pike. Daar was de herrie oorverdovend en de mensenmenigte leek zich in een bepaalde richting voort te stuwen om achter het kabaal aan te gaan.

Harte draaide zich om en zag Esta en Julien in de drukte; het was een opluchting het tweetal vlak achter hem te zien.

Opeens trok Julien aan zijn mouw. 'Vooruit, hierheen,' zei hij om te zorgen dat Harte dezelfde kant op zou lopen als de rest van de mensen. 'Je kunt niet zomaar in deze chaos stil blijven staan. Straks worden we nog onder de voet gelopen.'

Terwijl Julien hem naar achteren trok kwam er een grote platte wagen met een span grijze paarden langs. Een kleine hut, gemaakt van iets wat eruitzag als gedroogde palmbladeren en samengebonden takken, was achter op de kar gebouwd. Voor de hut zat een oude man met een donkere huid op een krukje, niets anders dan een lendendoek om zijn middel, en hij leek totaal niet geïnteresseerd in de mensen die hem aanstaarden of naar hem joelden. Andere mannen in dezelfde kledij stonden paraat en in het midden van de kar stond een stel kinderen. Ze zongen, of ze riepen iets – Harte kon het niet horen door het lawaai van al die mensen.

'Wat moet dit voorstellen?' vroeg hij, Julien en Esta op de voet volgend naar de beschutting van de gebouwen, waar het iets minder druk was.

'Een parade,' vertelde Julien hem.

'Dat zie ik ook wel. Maar waaróm?' vroeg Harte, onverklaarbaar geïrriteerd. De macht in hem was nog steeds onrustig en de hitte kroop in zijn huid. 'Is de tentoonstelling zelf niet genoeg?'

'Dat hoort allemaal bij het vermaak, Darrigan,' zei Julien. 'Hoe weet je anders welke attractie of expositie je wilt bezoeken? De wagen die net langskwam is voor het Filipijnse dorp Igorot – fascinerend, moet ik zeggen. De dorpelingen hebben amper iets aan hun lijf. Hoe dan ook, het is zo voorbij. Die parades duren nooit lang, omdat er minstens twee op een dag zijn. Dit is de middagparade. Later is er nog een, als de lichtjes aangaan.'

Het drietal stond een poosje in de schaduw van het gebouw, ingeklemd door de stroom bezoekers terwijl de parade langskwam. Na de eerste wagen volgde een groep vrouwen in zijden gewaden, met witgeschilderde gezichten als geisha's. Aan beide kanten marcheerde de Jefferson Garde in het gelid, om een beschermende grens te vormen zodat het enthousiaste publiek niet te dichtbij kon komen. Wanneer iemand – meestal een man – probeerde bij de vrouwen te komen, hield de dichtstbijzijnde bewaker hem verveeld en hardhandig tegen.

'Gaat het wel?' Esta keek met een bezorgde frons naar Harte.

'Ja hoor,' antwoordde hij, haar ongerustheid wegwuivend.

'Want je ziet eruit alsof...'

Plotseling klonk er een harde jammerende schreeuw door de lucht waarna er chaos uitbrak bij de parade toen drie figuren in verkreukelde jurken met een eigenaardig misvormd masker de Jefferson-bewakers aanvielen. Daarna klonk een scherpe knal boven het lawaai en de verwarde mensenmenigte uit, en ineens steeg er gekleurde rook op van de vingertoppen van een van de figuren.

De bewakers die de geisha's hadden bewaakt kwamen meteen in actie om de aanval neer te slaan.

'De Antistasi,' verklaarde Julien, met bange stem. Maar Harte was er niet zo zeker van. Er was namelijk geen spoortje magie te bekennen, geen enkele aanwijzing dat de rook meer was dan alleen een afleidingsmanoeuvre.

Andere bewakers drongen vanuit de Nijl-attractie door de mensenmenigte heen, waarbij ze iedereen die in de weg liep opzijduwden in hun haast om bij de gemaskerde figuren te komen. Een vrouw begon te schreeuwen toen ze haar hardhandig aan de kant dreven, waardoor ze het kind losliet dat ze op haar heup droeg om de voorbijtrekkende parade beter te kunnen zien. Het kindje zette een keel op, maar de bewakers deden niets om te helpen. Met een verbetenheid die aan geweld grensde pakten ze iedereen op die aan de rookwolk probeerde te ontsnappen. Mannen, vrouwen, en zelfs kinderen – het leek ze niets uit te maken.

Een van de figuren was door een groep bewakers in het nauw gedreven en ze hadden het masker al afgerukt. Het bleek een jongen te zijn van amper veertien. Hij spuugde naar de bewakers. 'De Antistasi heerst voor altijd!'

'Lang leve de Duivelsdief!' riep een ander als bijval.

In reactie daarop ramde een bewaker zijn vuist in de buik van de jongen.

Esta deed een stap in hun richting maar Harte pakte haar pols. Ze draaide zich om en keek hem aan, haar ogen schoten vuur. 'Het zijn kínderen.' Haar stem brak toen ze het laatste woord uitsprak.

'We kunnen ze niet helpen,' zei Harte.

'Ik kan...'

'Nee!' praatte hij bot door haar heen. Als ze haar magische gave in deze chaos gebruikte, moest hij er niet aan denken wat er zou gebeuren, zeker wanneer je bedacht welke dreiging de zwaarbewaakte toegangspoorten achter hen vormden.

'We kunnen ze niet zomaar aan hun lot overlaten,' zei ze terwijl ze zich uit zijn greep losmaakte.

'Als ze ons oppakken, zijn we nog verder van huis. We moeten maken dat we wegkomen.'

Esta staarde hem aan alsof hij haar grootste vijand was, en zo resoluut alsof ze hemel en aarde zou bewegen om een eind te maken aan wat er voor hun ogen gebeurde. Even dacht Harte dat hij haar hier weg zou moeten dragen – of erger nog: dat hij de band die ze hadden opgebouwd op het spel moest zetten door haar te dwíngen. Maar dat wilde hij niet. Niet alleen omdat het de laagste vorm van verraad zou zijn, maar ook omdat hij al genoeg moeite had de macht in hem in bedwang te houden terwijl hij haar arm vasthield.

Hij voelde de macht, die druk uitoefende op zijn zwakste plek – dat deel van hemzelf dat naar Esta verlangde en het met haar eens was. Samen konden ze de Jefferson Garde verwoesten. Ze konden de jongens helpen, die net zomin van de Antistasi waren als ieder ander in deze mensenmassa. Hij kon het zien en wist hoe makkelijk het voor hem zou zijn om iets anders te besluiten. Eén enkele aanraking en hij zou ervoor zorgen dat de bewaker, die de jongen in elkaar sloeg, zichzélf zou verwoesten.

Dit gewelddadige beeld, de indringendheid ervan, schrok Harte zo af dat hij naar adem hapte, waarna hij het van zich af schudde en zich concentreerde op de werkelijkheid, op wat echt was.

De macht deed er alles aan om dichter bij Esta te komen, alsof ze hongerde naar haar woede. Maar hij zou het niet zover laten komen dat ze bezit van haar nam.

'Kom mee,' gebood hij Esta, en hij rukte aan haar arm om haar mee te krijgen naar Julien, die hen in tegenovergestelde richting van de parade voorging, weg van de herrie op de Pike, naar een van de kleinere zijwegen, terug naar het hoofdgedeelte van de tentoonstelling.

Uiteindelijk liep Esta met hem mee, na een paar stappen telkens weer omkijkend naar de Pike, totdat ze bij de entree kwamen, waar de hoofdpromenades van de tentoonstelling begonnen. Hier was het geluid van de menigte niet meer dan geroezemoes en de opschudding bij de Pike was nauwelijks hoorbaar. De aangelegde paden leidden naar grote vorstelijke gebouwen, waar stijlvol geklede mensen in- en uitliepen.

'We moeten ons uit de voeten maken,' verklaarde Harte en hij liet Esta's arm los, waarna de macht in hem in woede uitbarstte.

'Misschien kun je beter even wachten,' suggereerde Julien. 'Bij een aanval van de Antistasi worden alle uitgangen extra bewaakt.'

'Ze waren geen Antistasi,' zei Esta met holle stem, terwijl ze achterom naar de Pike keek. Vanaf hun plek konden ze alleen de omtrek van de gebouwen zien en niets van wat zich daar afspeelde.

'Het doet er niet toe wie ze zijn,' beweerde Julien. 'Je zag zelf hoe de bewakers reageerden. Ze jagen op iedereen die erbij betrokken is en het laatste wat je wilt is dat ze je oppakken.'

'Jules heeft gelijk,' zei Harte, omdat hij tijd nodig had om alles op een rijtje te krijgen en zich te vermannen. 'We wachten hier een poosje – we doen alsof we de toerist uithangen tot we zeker weten dat de rust is teruggekeerd.'

'Dat gaat me helaas niet lukken,' liet Julien hem weten. 'Ik denk dat ik hier afscheid moet nemen.'

'Ga je weg?' vroeg Esta terwijl ze zich weer naar hen omdraaide.

'Ík ben geen gezochte voortvluchtige,' antwoordde Julien. 'Ik heb niets te vrezen van de Jefferson Garde en ik heb vandaag een middagvoorstelling.'

'Maar we zijn nog niet klaar.' Harte deed zijn best om zijn stem neutraal te houden, ook al was de macht in hem nog opstandig omdat Harte geen gehoor gaf aan zijn wensen. Hij stapte voor de zekerheid iets verder bij Esta vandaan.

Julien keek fronsend naar hen. 'Ik heb gedaan wat jullie van me vroegen. Ik heb jullie laten zien waar het collier is.'

'Maar we hebben het nog niet te pakken,' bracht Harte naar voren. 'Zolang het tentoon wordt gesteld loop jij een risico.'

Julien zag er plotseling nijdig uit. 'Handel het zelf af, Darrigan. Zij mag dan wel een dief zijn, maar ik ben dat niet.'

'Wil je dat wij het zelf doen? Dan hebben we informatie nodig over de beveiliging of over dingen die ons kunnen overkomen. We moeten weten of het collier dag en nacht op die plek ligt of dat ze het 's nachts veilig opbergen.'

'Hoe zou ik dat moeten weten?' vroeg Julien, duidelijk geërgerd, en als Harte zich niet vergiste meer dan een beetje ongerust.

'Omdat jij lid bent van het Genootschap,' drong Harte aan, zonder dat het hem iets kon schelen dat Julien wit wegtrok. 'Dacht je soms dat wij dat niet wisten, Jules?'

'Het is maar een lidmaatschap uit beleefdheid,' bracht hij ertegen in. 'Ik stel in hun ogen niets voor. Ze lachen me uit.'

De verbitterdheid in de stem van zijn vriend ontging Harte niet, maar hij kon er niets aan veranderen. 'Jij zit het dichtst bij het vuur,' verklaarde Harte. 'Wil je van ons af? Dan geef je ons de informatie.'

'Oké,' stemde Julien in. 'Maar dat kost tijd.'

'Hoe eerder we het collier bemachtigen, hoe eerder we je met rust laten,' zei Harte. 'En hoe eerder jij je gewone leven weer kunt oppakken, alsof er niets is gebeurd.'

Julien zuchtte gefrustreerd. 'Ik kan niet wachten om je te zien vertrekken, Darrigan.'

Toen Julien ervandoor ging keek Harte hem na tot hij in de menigte was verdwenen.

'We hadden die kinderen moeten helpen,' zei Esta zacht maar boos.

Hij zuchtte vermoeid en draaide zich met tegenzin weer naar haar om. 'Weet ik.'

'Waarom hebben we dan niet...'

'Omdat we belangrijkere dingen te doen hebben,' antwoordde hij.

'Het waren nog maar kinderen, Harte. Het waren rookbommen en kostuums,' zei ze met bevende stem. 'Ze hadden zich als Antistasi verkleed – als *mij*. De rokken en die maskers. Jij zag het toch ook, of niet dan? Ze deden de Duivelsdief na. En die bewakers waren ronduit wreed. Zij zagen heus wel dat het kinderen waren, en het kon ze geen moer schelen.'

'Jij bent daar niet verantwoordelijk voor,' zei hij, en hij had het nog niet gezegd of hij wist dat het misplaatst was. Haar ogen glinsterden woedend, waardoor de macht in hem meteen warm oplaaide.

Toen ze het woord nam klonk haar stem koel en afstandelijk. 'Misschien kun *jij* dat wat jij wil scheiden van wat anderen aan narigheid overkomt. De duvel weet dat je dat al vaker deed. Maar zo zit ik niet in elkaar, en zo wil ik niet zijn.'

Haar woorden raakten hem, deels omdat het de harde waarheid was. De ellende waarin ze zich bevonden was zijn schuld, alleen omdat hij een vrij man buiten de stad wilde zijn. Omdat hij bereid was geweest bijna alles op te offeren voor die droom. Maar dat veranderde niets aan het feit dat ze een missie hadden en als die niet slaagde, zouden de Mageus heel wat meer zorgen hebben dan alleen om de Garde.

'We moeten de stenen vinden, Esta,' zei hij zacht. 'We hebben het collier nodig en daarna moeten we Bill zien te vinden om aan de dolk te komen, en daarna moeten we het continent oversteken voor de diadeem. Dat gaat ons niet lukken als we in de bak zitten of morsdood zijn.' Hij hield even zijn mond om zichzelf te vermannen en de macht in te tomen die aan zijn zwakke plek knaagde. Esta's ogen schoten nog steeds vuur maar hij ging verder. 'Als we de stenen niet hebben, wint Nibsy. En Jack. Ik wilde die kinderen wel helpen, maar als we dat hadden gedaan, waren we een makkelijke prooi geworden. Als je die kinderen echt wilt redden, en ontelbare anderen zoals zij, dan moeten *wij* winnen. We moeten de stenen vinden en het Boek terug jatten.' *Ik heb tijd tekort. En jij ook.*

De gedachte stond hem zo helder voor de geest dat hij ervan overtuigd was dat het waar was.

Esta fronste naar hem, maar haar gezichtsuitdrukking was nu wat minder verhit. 'Ik haat ze,' vertelde ze hem met holle stem. 'Ik haat de Jefferson Garde en ik haat het Genootschap – allemaal.'

'Ik ook,' beaamde Harte en hij meende het. 'Dus laten we niet hier en daar een paar bewakers in elkaar slaan, maar laten we ze allemaal op hun knieën dwingen. We jatten het collier, vernederen die gasten en zetten onze missie voort, net zo lang totdat we alles hebben wat we nodig hebben. Totdat we terug kunnen naar de tijd voordat dit gebeurde – voor de wet tegen magie en de Garde – om het te stoppen. Zó kunnen we die jongens redden.'

Ze zuchtte diep en wreef met haar hand over haar mond. Het was een heel argeloos gebaar, en het zag er net zo mannelijk uit als de kleren die ze droeg. 'Waarschijnlijk heb je gelijk,' zei ze. 'Maar toch ben ik kwaad op je.'

'Je kunt zo kwaad zijn als je wilt,' merkte hij op. 'Zolang het maar hier is en niet in een of andere gevangenis.'

'Geen gevangenis kan mij tegenhouden,' liet ze hem weten, en ze keek hem recht aan.

'Ik weet het niet... Die tralies bij de Nijl-attractie kunnen wel eens heel effectief zijn in dat opzicht.'

Haar gezicht betrok. 'Nu je het toch over de Nijl hebt, ga je me nog vertellen wat er met je aan de hand was in de boot?'

Hij ademde diep in. 'Geen idee wat het was,' verzuchtte hij. 'Het ene moment was ik er gewoon en het volgende moment leek ik uit mijn lichaam te treden.'

'Je had het over Thoth alsof je hem kende,' zei ze met een vragende blik in haar ogen. 'Je noemde hem een leugenaar.'

Vaag herinnerde hij zich dat hij zoiets had gezegd, maar het leek alsof het herinneringen van iemand anders waren, woorden die niet van hem kwamen. 'Ik denk dat het iets of iemand is die in het Boek gevangenzit. Elke dag wordt het sterker en machtiger.' *En in jouw bijzijn wordt het nog erger.*

'Nou ja, wat het ook mag zijn, het is geen fan van Thoth,' verklaarde ze, haar blik afwendend.

'Het is oeroud,' vertelde hij haar, maar hij wist niet waar hij dit vandaan haalde. 'Ik heb het gevoel dat het al heel lang wacht op bevrijding... en het wil niet veel langer wachten.'

Esta keek naar hem op en even maakte de boosheid in haar ogen plaats voor bezorgdheid. 'Nou, het zal wel moeten. We zijn er zo dichtbij. Het collier is binnen handbereik.' Ze wees naar de Pike. 'En of er nou opium in de lucht hangt of dat er bewakers zijn, dat gebouw is in de verste verte geen Khafre Hall. Het gaat ons wel lukken.' Even zweeg ze, in gedachten verzonken. 'Wat denk je ervan om een parade als afleidingsmanoeuvre te gebruiken?'

Er liep een stelletje vlak langs hen heen en de man bekeek het tweetal met een ernstige frons. 'Zou kunnen. Maar laten we dat niet hier bespreken,' zei hij zacht. 'We weten niet wie er meeluisteren.'

'Oké. Wat wil je nu dan doen?'

'We moeten wat tijd zien door te komen, als we hier blijven staan trekken we te veel aandacht, en dat moeten we niet hebben. Wil je daar naar binnen om een kijkje te nemen?' vroeg hij, wijzend naar een dichtbijgelegen gebouw. 'Binnen zal het koeler zijn dan hier in de zon.'

Het bleek om het Paleis van Transport te gaan. De gigantische loods stond vol met allerlei machines, zoals gestroomlijnde motoren en auto's die glansden in het licht van elektrische lampen. Ze deden zich voor als toeristen en slenterden door de loods totdat het veilig was om weg te gaan, en al die tijd had Esta een starende, haast droevige blik in haar ogen.

'Er komt een dag dat iedereen zo'n ding heeft,' vertelde ze hem terwijl ze haar vinger langs een metalen ronding van een auto liet gaan. 'Niemand blijft meer op één plek tenzij het niet anders kan. Je kunt in een vliegtuig stappen en overal heen vliegen waar je maar wilt...'

'Vlíégen?' Het leek hem onmogelijk. 'Zoals in een zeppelin?'

Ze schudde haar hoofd. 'Veel sneller en hoger. Je kunt binnen een paar uur aan de andere kant van het land zijn.' Nu keek ze wat bedenkelijk. 'Nou ja, de meeste mensen kunnen dat.' Met een sprankje hoop in haar ogen keek ze hem aan. 'Zodra we de stenen en het Boek hebben – want dat zal ons zeker lukken – moeten we er iets mee dóén. We moeten uitvogelen wat we met de Barrière doen: herstellen of vernietigen. Er staat ons nog een hele toekomst te wachten en de Mageus zullen het niet overleven als ze in de stad gevangenzitten. Misschien hebben ze een kans als dingen anders lopen. En misschien is dat waarom wij hier en in dit jaar terecht zijn gekomen, zodat we kunnen zien wat de toekomst in petto heeft. Zodat we inzien dat dingen wél kunnen veranderen. Dat wíj ze kunnen veranderen, en dit keer in positieve zin. Zelfs als we niet meer terug in de tijd kunnen. We kunnen nu een nieuwe start maken.'

Hij was zelf niet zo hoopvol over de toekomst. In de loods werd hij omgeven door machines die gebouwd waren omwille van hun snelheid, alle mogelijke manieren voor de gewone mens om aan zijn leven te ontsnappen en overal heen te reizen waar hij maar wilde. Deze machines waren nog toekomstmuziek, machines die op een dag echt in gebruik werden genomen. Maar Harte Darrigan wist dat het aan zijn neus voorbij zou gaan. Hij had geen toekomst, en geen van deze wonderbaarlijke machines zou snel genoeg of ver genoeg gaan om hem te helpen ontsnappen aan het gevaar dat hij in zich droeg.

NOOIT GENOEG

1904 – St. Louis

North had geprobeerd het spektakel van de parade in de Straten van Caïro te ontlopen toen alles plotseling losbarstte. Zodra de Jefferson Garde een charge uitvoerde gaf North zijn zoektocht op en werkte hij zich tussen de dringende mensen door, die allemaal in dezelfde richting naar de uitgang wegvluchtten. Het waren Sundren, dus snapten ze niet dat deze chaos werd veroorzaakt door een stel domme knullen die de Antistasi nadeden en een rookbom hadden gegooid.

Hij kon het de jongens niet echt kwalijk nemen. Zijn hele jeugd had hij dat beetje magie dat door zijn aderen stroomde moeten verbergen. Van zijn vader had hij geleerd hoe hij het in bedwang kon houden zodat niemand het wist. Maar het onderdrukken van hun magie had hun leven geen greintje beter gemaakt. En het had zijn vader niet kunnen redden.

North was zeventien en al twee jaar op zichzelf aangewezen toen de trein net buiten New Jersey ontspoorde en de kranten angst zaaiden over Mageus die zich buiten de Barrière bevonden. Tot dan toe dachten de meeste Sundren dat magie iets was waar de Barrière korte metten mee had gemaakt. Ze gingen door het leven zonder zich te realiseren dat er Mageus onder hen waren.

En tot dan toe was het genoeg geweest voor mensen als North om jezelf te verbergen – een rustig leven, een vredige dood.

Maar het was nooit echt genoeg geweest. En soms was de dood helemaal niet vredig.

Het was in ieder geval niet genoeg geweest voor zijn vader, die erdoor was weggekwijnd. Hij had zijn best gedaan om North op te voeden nadat zijn moeder hen in de steek had gelaten, maar tegen de tijd dat hij in het slachthuis van Chicago, waar hij werkte, de dood vond, was zijn vader een in elkaar gedoken man geworden, uitgeput en veel ouder dan zijn leeftijd. De dag waarop North zijn vader had begraven had hij niet eens genoeg geld om de eenvoudigste grafsteen te betalen en binnen een week stond de huisbaas weer voor de deur om de huur te innen. North had bij hetzelfde slachthuis waar zijn vader zijn hele leven had gewerkt aan de slag kunnen gaan, ze zouden hem zeker hebben aangenomen, groot en sterk als hij toen al was. Maar in plaats daarvan was hij naar het Westen getrokken, in de hoop dat hij op het uitgestrekte platteland een bestaan voor zichzelf kon opbouwen.

Hij had over de eindeloze golvende prairie gereisd en zich gerealiseerd dat hoe ver hij ook reisde en hoe weids de hemel boven hem ook was, er geen manier was om in vrijheid te leven. Niet voor iemand als hij.

De eerste keer dat hij van de Duivelsdief hoorde werkte North op een veehouderij in Kansas. Hij had naar de afbeelding van het meisje in een verkreukelde krant gekeken en een sprankje hoop gekregen dat hem had aangezet weer verder te trekken, op zoek naar anderen die het net als hij spuugzat waren om nooit genoeg te hebben om van te leven. Zo kwam hij uiteindelijk in St. Louis en had hij de Antistasi ontdekt, en toen hij Maggie ontmoette, was hij verkocht.

Als hij iets jonger was geweest, had hij misschien net zoiets stoms gedaan als die jongens bij de parade. Sterker nog: als zijn vader er niet zo lang was geweest om hem in het gareel te houden, had hij waarschijnlijk zelfs zonder dat hij van de Duivelsdief had gehoord iets stoms gedaan.

Hij vroeg zich even af of deze knullen vaders hadden die hen met de stok sloegen omdat ze waren opgepakt door de Garde, of dat ze er helemaal alleen voor stonden, zoals veel kinderen in deze tijd. North bedacht dat hij zich later over deze kinderen zou moeten ontfermen – ze uit de cel krijgen waar de bewakers ze in zouden gooien en ze naar hun ouders terugbrengen of ze op een veilig adres onderbrengen. Maar voordat hij iets voor deze jongens kon doen moest hij naar Maggie.

Het gebouw waar ze werkte was een kolos, geflankeerd door twee enorme torens. Binnen stond een rij apparaten waarmee te vroeg geboren baby's in leven werden gehouden. Ruth had liever niet dat Maggie bij de tentoonstelling werkte. Ze hadden meer dan genoeg mensen die de verkenning van het terrein op zich namen en Maggie kon zich beter nuttig maken met de ontwikkeling van het serum. Maar hoe klein en tenger Maggie er ook uitzag, zijn meisje had een ijzeren wil als ze iets voor elkaar moest krijgen. Uiteindelijk had Maggie haar zin gekregen... grotendeels. North vergezelde haar naar haar werk en terug, maar zij paste op de kinderen en zocht ondertussen naar de kleintjes met een magische gave.

North liet zich meevoeren met de mensenmassa tot hij bij de reling kwam, waar hij haar aandacht kon trekken. Ze keek op van haar werk en fronste toen ze hem zag staan. Ze hadden geen woorden nodig. Eén blik was genoeg en hij manoeuvreerde zich tussen de menigte van voornamelijk vrouwen door naar de gang aan de zijkant. Even later was Maggie er ook.

'Wat is er?' vroeg ze, merkbaar geïrriteerd omdat hij haar van haar werk hield.

'We hebben vermoedelijk een probleem.' Hij vertelde haar wat hij had gezien, over de Duivelsdief en de jongens met wie ze zich had vertoond. 'Ze kunnen maar voor één ding hier zijn.'

'Het collier,' wist ze.

North herinnerde zich de eerste keer dat hij de Straten van Caïro had verkend en het collier had gezien nog goed. Hij had steeds gedacht dat de vijf artefacten alleen een fabeltje waren, net zoals hij had betwijfeld of de Duivelsdief echt bestond voordat hij haar met eigen ogen had gezien, maar hier was een van de artefacten, zo echt als maar zijn kon. Hij had meteen geweten dat het geen nepsteen was, omdat hij de krachten ervan had gevoeld. Net als zijn zakhorloge straalde de steen energie uit – onweerstaanbare energie. Maar in tegenstelling tot zijn zakhorloge had hij gevoeld dat het collier veel krachtiger was. Hij vermoedde dat elke Sundren in de zaal het voelde, ook al wisten ze niet waarom ze zo betoverd werden door het pronkstuk.

Ze konden niet toelaten dat het Genootschap of een van de Broederschappen deze macht zou bezitten. Ruth had het zo gepland dat ze het collier in de verwarring als gevolg van hun actie zouden wegnemen, maar misschien was het beter er niet mee te wachten. 'Alles hangt van ons af, we moeten het collier in handen hebben voordat de rook optrekt,' vertelde North haar. Zonder de steen was de kans klein dat de Antistasi de handen ineen kon slaan om naar de macht te grijpen. Zonder de steen en de krachten die hij de eigenaar schonk zou de actie niets veranderen aan het leiderschap – de leden van de Broederschappen waren welgestelde mannen, levend in een wereld waar alles met geld te koop was, vooral macht. Nee, de Antistasi had het collier nodig om zich boven deze rijkelui te verheffen met hun eigen macht. 'We moeten voorkomen dat de Duivelsdief ons voor is en het collier jat.'

'Ja...' Maar Maggie fronste nog steeds en staarde afwezig voor zich uit alsof ze diep in gedachten was over de laatste ontwikkelingen en de gevolgen ervan. Daarna knipperde ze en keek ze naar hem op. 'Of misschien moeten we voorkomen dat ze het collier zelf houdt.'

OMRINGD DOOR ONZICHTBARE ENERGIE

1904 – St. Louis

De warmte van de dag was al wat minder tegen de tijd dat Jack Grew zichzelf uit bed hees, twee morfinepillen in zijn mond stopte en op weg ging naar de tentoonstelling. St. Louis was een vuilnisbelt vergeleken met de grootsheid van New York, hoe glorierijk het Genootschap hun miezerige expositie ook mocht vinden. De status van de Orde, nu hij die had gereorganiseerd, was niet voor hen weggelegd en St. Louis zou altijd een godvergeten gat blijven; ze konden er alleen maar van dromen dat het meer was dan dat.

Toch moest hij met tegenzin toegeven dat de verlichting bewonderenswaardig was. Elk stukje grond van de tentoonstelling weerkaatste in het grote meer en de lichtjes schenen tot diep in de nacht. De mensenmassa begon uit te dunnen en de Straten van Caïro waren inmiddels praktisch verlaten. Het paviljoen was niet meer dan een halfslachtige poging om de glorie van een verloren oude beschaving te doen herleven. Het haalde het bij lange na niet bij wat Khafre Hall was geweest of bij het nieuwe hoofdkwartier van de Orde, wanneer dat klaar zou zijn. Ze hadden hier niet eens een authentieke obelisk, dacht hij wat laatdunkend, zoals in Manhattan, waar er een in Central Park stond.

Maar niets hiervan weerhield Corwin Spenser en David Francis ervan op te scheppen over het geschenk van het Genootschap aan de tentoonstelling – een steen in een prachtig platina collier, zo geslepen dat hij van binnenuit leek te glanzen.

Een artefact dat eens in het ondergrondse gewelf van de Orde werd bewaard.

Beseffen ze wel wat ze in hun bezit hebben? vroeg Jack zich af, starend naar het collier in het met fluweel beklede kistje voor hem. Konden deze twee mannen – en de rest van hun belachelijke Genootschap – weten dat de steen een van de artefacten was die uit Khafre Hall waren geroofd? Verkneukelden ze zich omdat ze dachten dat hij echt iets om de macht van de Orde gaf? Of geloofden ze werkelijk dat ze een of ander nieuw voorwerp met bepaalde krachten hadden ontdekt? Hij wist het niet.

Maar het kon hem eigenlijk geen moer schelen. De Orde en hun zaken interesseerden Jack alleen als hij er zelf beter van werd. Bijna twee jaar geleden had hij ze tijdens de Conclave al bewezen hoe gemakkelijk het leiderschap van de Kring van Vertrouweling klein te krijgen was. Het was een stel domme ouwe knarren, allemaal.

Wat Spenser en Francis zich niet realiseerden terwijl ze zo opschepten over de macht van het Genootschap, was dat de Orde voor Jack niet meer was dan een middel om zijn doel te bereiken, een handig werktuig dat hem de mogelijkheid bood de juiste mensen met hoge posities te benaderen, die hem toegang boden tot plaatsen als dit, die voor de nacht voor het publiek was gesloten maar waar Jack naar binnen kon zonder zich zorgen te maken dat hij in de gaten werd gehouden.

'Waar vond je dit pronkstuk ook alweer?' vroeg hij ongedwongen en terloops.

'O, onze contacten kunnen we helaas niet prijsgeven,' antwoordde Spenser, zijn gezicht stralend van voldoening.

'Met zo veel bezoekers moet het haast wel lastig zijn om een schat als dit veilig te stellen,' peinsde Jack hardop. 'Een hele klus, zeker?'

Ze hapten toe. 'Helemaal niet. De zaal is uitgerust met de modernste beveiliging die er is. De muren zijn van gewapend beton, een kleine meter dik, bom- en kogelbestendig, en mocht iemand het collier in gevaar brengen, dan sluiten de deuren zich hermetisch, dikker dan de kluisdeuren van de bank downtown.'

Lastig maar niet onmogelijk.

'We hebben het ook tegen een aantal minder gewilde elementen beschermd,' voegde Francis er vol trots aan toe en hij stak zijn borst vooruit. 'Het ventilatiesysteem in deze zaal is uitgerust met een machine die een laag gehalte verdovende middelen verspreidt voor wie denkt dat hij illegale krachten kan gebruiken om het te stelen. Bij elke verstoring wordt de dosis tienvoudig verhoogd, waardoor de schurken worden uitgeschakeld voordat ze voor problemen kunnen zorgen.'

'En de Antistasi?' vroeg Jack. 'Ik heb gehoord dat jullie stad er de laatste tijd moeite mee heeft dit misdadige element onder controle te houden.'

Spenser zette zijn stekels op. 'De Antistasi vormt geen bedreiging voor deze stad. Het Genootschap en de Jefferson Garde hebben met dat probleem afgerekend, en mochten zich andere moeilijkheden voordoen, dan handelen ze dat ook snel en doelmatig af.'

'Dat kan wel zijn, maar jullie konden de Duivelsdief niet onschadelijk maken, of wel?' vroeg Jack vriendelijk, en hij genoot van hun onthutste, rood aangelopen gezichten.

'We hebben het onder controle,' volhardde Francis.

'O ja?' drong Jack aan. 'Want reken er maar op dat ze op dit kunststuk jaagt, heren. Dat weten jullie ook, lijkt me.' Hij hield even zijn mond om na te denken. 'Maar jullie moeten alles onder controle hebben, omdat het een behoorlijke blamage zou zijn als zij het sieraad nog voor het bal jat, zeker na alles wat jullie hebben beloofd. Ik weet dat mijn broeders bij de Orde maar al te bekend zijn met de klap van een dergelijke vernedering,' zei hij, en het was duidelijk dat hij bedoelde dat de Orde ervan zou genieten als anderen op dezelfde manier vernederd zouden worden. 'En ze kijken ernaar uit om met eigen ogen te zien dat het collier ook daadwerkelijk alles is wat jullie hebben beloofd.'

Spenser keek ongerust. 'Ik weet zeker dat jij ze wel kunt vertellen dat het zo is.'

'Uiteraard,' beaamde Jack. 'Zeer zeker. Gefeliciteerd, heren.' Hij stak als eerste Spenser zijn hand toe. 'Jullie hebben zelfs de Orde overtroffen, denk ik zo.'

Spenser zag er nog steeds wat ongerust uit toen hij Jack de hand schudde. *Helemaal goed.* Laat ze zich maar zorgen maken. Dat zou het collier in ieder geval uit handen van Darrigan en die meid houden totdat Jack het zelf te pakken zou krijgen.

Aan de overkant van de zaal hield Hendricks – de bewaker uit het hotel – hun groepje in de gaten. Jack nam afscheid en gebaarde Hendricks met hem mee te lopen naar de uitgang.

Buiten was het gigantisch druk en onrustig bij de Pike. Jack leidde Hendricks dan ook weg van de plek totdat ze een gebouw bereikten waar de nieuwste snufjes op het gebied van elektronica te zien waren. In het bouwwerk dat iets weghad van een tempel stond De Forest-draadloze telegrafietoren, die berichten door de lucht uitzond naar Chicago en terug. Zoals hij het begreep was dezelfde technologie samen met de hermetische wetenschappen verantwoordelijk voor de effectieve en efficiënte manier van communiceren van de Jefferson Garde. Volgens Hendricks had elke bewaker een kleine penning die geactiveerd kon worden om de anderen te waarschuwen wanneer zich ergens moeilijkheden voordeden. Hij moest –met tegenzin – toegeven dat het heel ingenieus was.

Het was ook een ontwikkeling die Jacks aandacht had getrokken, omdat het nog niet zo lang geleden was dat hij zijn eigen machine had gebouwd. Hij was bijna vergeten hoe ver hij daarmee jaren geleden was gekomen, maar deze expositie inspireerde hem om het ontwerp te herzien. Het Boek bevatte namelijk antwoorden waar hij alleen van had kunnen dromen, en een geheim dat zijn machine misschien eindelijk mogelijk maakte.

'Hebt u nog wat nodig, sir?' vroeg Hendricks. Als hij zich al zorgen maakte om hun excursie liet hij dat niet merken. 'Ik wil weten hoe het Genootschap aan het kunstvoorwerp is gekomen dat ze in de Straten van Caïro tentoonstellen,' antwoordde hij. 'Het collier waar iedereen zich aan vergaapt.'

Hendricks trok zijn wenkbrauwen op en keek hem vragend aan.

'Ik hoop namelijk dat je me kunt helpen meer van dit soort voorwerpen te vinden,' zei Jack vlotjes. 'Ik ben zelf namelijk ook een soort kunstverzamelaar.' Hij stopte de bewaker een flink geldbedrag toe.

'Dat kan ik wel uitzoeken,' zei Hendricks, en hij stopte het geld in zijn zwarte uniform weg.

'Er moet meer zijn dan dit collier. Ik wil er alles over weten – waar ze het bewaren, wanneer ze het ergens anders heen brengen, álles. Daarvoor heb ik een betrouwbaar man nodig, Hendricks. Ik hoop dat jij die man bent.'

'Natuurlijk, sir,' zei Hendricks, en zijn ogen glansden hebberig. 'Blij u van dienst te kunnen zijn.'

'Uitstekend, Hendricks,' verklaarde Jack terwijl hij hem hard op de rug sloeg, wegliep en hem daar achterliet, omringd door onzichtbare energie.

DE GESLUIERDE PROFEET

1904 – St. Louis

Terwijl Julien Eltinge naar zijn kleedkamer liep probeerde hij na de inspanning van zijn laatste act op adem te komen. Zijn hart bonsde wild van opwinding door de staande ovatie die hij net had ontvangen, en zijn stress van eerder die dag verdween er bijna helemaal van. Toen Darrigan en Esta hem hun plan om het collier te stelen hadden verteld, had hij zijn toekomst in duigen zien vallen. Al zijn werk, al zijn zorgvuldig uitgedachte toekomstplannen in een oogwenk naar de filistijnen. Alsof iemand iets kon jatten op een plek als de tentoonstelling of van een machtige organisatie als het Genootschap. Maar door zijn optreden was hij weer tot zichzelf gekomen en het daverende applaus had de spanning die zich had opgebouwd achter zijn ogen verzacht, net als de zorgen die hij altijd met zich meedroeg.

Hij herinnerde zich de eerste keer dat hij meemaakte wat applaus met hem deed nog goed. Niet het geluid ervan of dat mensen voor hem opstonden en hem toejuichten, maar hoe het vóélde. Het had diep vanbinnen iets geraakt, de kern van wie hij was, en hij had het tot in zijn botten gevoeld. Dat eerste applaus had iets aangewakkerd wat hem naar meer deed verlangen, en sindsdien had hij het nagejaagd, overal waar hij maar kon en zo gretig en verbeten als een jachthond die op een rat jaagde. Nu wist hij beter. Nu liet hij het applaus naar hém toe komen.

Alles waar hij voor gewerkt had, het succes waarvan hij zo lang had gedroomd, was bijna binnen handbereik. Elke avond wanneer hij het podium betrad, klonk het applaus uitbundiger. Elke avond kwamen er meer mensen naar zijn optreden kijken, zijn kúnstperformance. En ze begrepen het.

Zijn ouders hadden hem bespot toen hij ze probeerde uit te leggen wat hij deed, maar ze hadden hem niet tegengehouden toen hij in de trein was gestapt, met de kostuums die hij zelf had gemaakt voor zijn act in zijn koffer, net als zijn dromen die hij met zich meenam. Waarschijnlijk dachten ze dat het een grote mislukking zou worden, dat hij met hangende pootjes terug zou komen en zou toegeven dat ze gelijk hadden.

Maar hij had zichzelf plechtig beloofd dat dit nooit zou gebeuren en hij had zich eraan gehouden. Met alles wat hij in zich had – en vaak met zijn blote vuisten – had hij ervoor geknokt en uiteindelijk was het hem gelukt. St. Louis was geen New York, maar hier was hij een ster, een snel rijzende ster. Juist die avond had hij Mr. Albee in de loge links van het podium gespot. Het was een goed teken dat hij helemaal hierheen was gekomen om Juliens act te zien. De beste man was een van de invloedrijkste promotors van het variététheater en Julien had het idee dat de man zijn belofte kwam waarmaken.

De belofte van een avondvullende show voor Julien – een muzikale revue met Julien Eltinge in de hoofdrol – in een van de grootste en chicste zalen op Broadway. Dat zou hij op een dag nog steeds kunnen realiseren, maakte hij zichzelf wijs. Darrigan zou zijn woord houden en dat verrekte collier stelen voordat iemand erachter kwam dat Julien er ook maar iets mee te maken had. Alles zou op zijn pootjes terechtkomen. Het kwam vast goed met hem en zijn carrière.

Julien deed de kleedkamerdeur zachtjes achter zich dicht en nam de pruik van zijn hoofd, genietend van de koele lucht die langs zijn bezwete, klamme haar streek en van de rust nu hij alleen was. Voorzichtig schikte hij de krullen van zijn pruik op de houder, en hij paste ervoor op dat hij ze niet in de war bracht – het was lastiger om ze later in model te brengen, daarom nam hij er nu de tijd voor. Daarna pakte hij uit gewoonte een sigaar van de make-uptafel, stak hem op en liet de volle smaak van de tabak zijn mond rondgaan. Het was een beloning voor een succesvol optreden, zoals altijd.

Hij zag zichzelf in de spiegel met de dikke sigaar tussen zijn rood gestifte lippen en grinnikte. Met haar donkere wimpers en felrode lippen, de blos op haar wangen en de manier waarop hij haar gezicht had opgemaakt om het verfijnder te maken, keek een vrouw vanuit de spiegel naar hem terug. Het was de geslaagde transformatie waar hij blij van werd – niet de vrouwelijkheid, en zeker niet het korset dat zijn ribben beknelde of de jurken met het zware kralenwerk, de kanten stroken die langs zijn huid schuurden of de manier waarop vrouwen hem blikken toewierpen, hun jaloezie het bewijs van zijn succes. Nee, het was de act zelf, de kunst om van iets bestaands iets heel anders te maken. De onmogelijke magie ervan.

Plotseling werd er hard op de deur geklopt, en Julien riep om te zien wie het was.

'Je hebt bezoek,' antwoordde Sal, zijn hoofd door de kier naar binnen stekend.

Na deze zware dag was Julien niet in de stemming. 'Zeg maar dat ik geen tijd heb.'

Maar de toneelmeester schudde zijn hoofd. 'Nee, dit bezoek stuur ik niet weg.'

'Zeg dan maar dat ik al weg ben,' zei Julien, waarna hij weer in de spiegel keek.

'Ik ben bang dat het daar te laat voor is,' klonk een stem achter Sal.

In de spiegel zag Julien de deur verder opengaan en daar stond een grote gestalte, zijn gezicht verscholen achter een wit kanten sluier. De podiummeester haalde halfhartig zijn schouders op naar Julien en ging opzij om de Gesluierde Profeet de kleedkamer binnen te laten. De persoon trok de deur achter zich dicht en het klikgeluid van de deurklink klonk zo luid en resoluut als een pistoolschot.

'Mr. Eltinge,' zei de man.

'Mr....' Julien liet zijn stem verstommen omdat hij niet wist hoe hij de man die de rust van zijn veilige haven kwam verstoren moest aanspreken. Hij was zich plotseling bewust van zijn verschijning: zonder de pruik was hij niet helemaal vrouwelijk, maar ook niet echt mannelijk, en omdat hij nu niet kon terugvallen op een van beide rollen, wist hij niet goed hoe hij zich moest gedragen.

Die avond dat de Gesluierde Profeet het collier van hem had opgeëist had hij hem duidelijk gemaakt dat het Genootschap Julien nauwlettend in de gaten hield vanaf het moment dat hij in de stad was gearriveerd. Ze meenden in eerste instantie dat zijn optreden een gevaar vormde, een ondermijning van de waarden en normen van de gerespecteerde inwoners van de stad. Ze zaten niet te wachten op de smakeloze humor van het oosten, en als hij ook maar één misstap beging, als hij het in zijn hoofd haalde hun stad met verdorvenheid van welke aard dan ook te bezoedelen, zouden ze er meteen korte metten mee maken en zijn carrière eindigen.

Omdat Julien wist dat ze in het begin geen idee hadden van wat hij deed, had hij zich aan hun voorwaarden gehouden. Hij had het collier voor een habbekrats aan hen verkocht en alles was in orde – totdat Harte Darrigan en die meid waren opgedoken in de stad en hem hadden meegesleept in deze ellende.

De Gesluierde Profeet, wie het ook was achter de kanten sluier, vond het niet nodig hem te vertellen hoe hij heette. 'We hebben een voorstel voor u, Mr. Eltinge.'

'Een voorstel...' Julien baalde ervan dat zijn stem brak.

Ze kunnen het onmogelijk weten...

'Een klus,' zei de man. 'Eentje waarbij die talenten van je goed van pas komen.'

De spot in de stem van de profeet ontging Julien niet, maar hij was niet een of andere clown die ze konden optrommelen voor een parade, om vervolgens te worden uitgelachen. 'En als ik het momenteel te druk heb voor een extra baantje?' vroeg Julien, waarna hij een hijs van zijn sigaar nam, alleen om duidelijk te maken dat hij zich niet liet intimideren.

De profeet hield zijn hoofd wat schuin waardoor het fijngeweven kant voor zijn gezicht even golfde. 'U weet hoe ver onze invloed reikt, Mr. Eltinge. We zagen Mr. Albee vanavond in de zaal. Hij is een goede vriend van ons...'

Juliens maag kromp ineen. Als ze Mr. Albees aandacht hadden en hij naar hen zou luisteren konden ze hem en alles waarvoor hij zo hard had gewerkt ruïneren. Zijn show, zijn dromen, zijn toekomst – alles naar de mallemoer. 'Ik kan wel even tijd vrijmaken om u aan te horen,' zei hij. 'Ik heb het druk met de show... Morgenavond, misschien? Dan heb ik geen optreden.'

'Vanavond, Mr. Eltinge. Nu, om precies te zijn.'

'Nu?' vroeg hij, naar de jurk kijkend die hij aanhad.

'We zullen u even tijd geven om uzelf wat... toonbaar te maken.' Zijn toon was ronduit misprijzend. 'Onze koets staat te wachten,' liet de profeet hem weten voordat hij wegging.

Julien had een heel naar gevoel over de situatie. Hij bekeek zichzelf in de spiegel en vervloekte Darrigan en het meisje. Als het collier zo waardevol was, had Harte het om te beginnen nooit naar hem op moeten sturen. Harte had op zijn minst de beleefdheid kunnen opbrengen om vol te houden dat hij dood was.

Deel 4

DE HERINNERING AAN HAAR NAAM

1904 – St. Louis

Het was een warme dag, eind juni, en de hemel was strakblauw. De onberispelijk witte gebouwen van de wereldtentoonstelling om Esta heen stonden in schril contrast met de rest van de smerige, smoezelige stad. De stelletjes die er gearmd liepen en de ouders die de kleine handjes van hun kinderen stevig vasthielden konden onmogelijk denken dat de goedgeklede gentleman bij de waterkant in werkelijkheid een vrouw was, of dat Esta op het punt stond een misdaad te plegen.

Op het moment vlak voor een klus voelde Esta haar huid altijd tintelen – niet van angst of een bang voorgevoel, maar van opwinding en de grote voldoening die het haar gaf om te doen waarvoor ze in de wieg was gelegd. Misschien was het gewoon de adrenaline, maar Esta had het gevoel dat het meer was dan alleen een chemisch stofje, waarvan haar lijf leek te gonzen en dat haar hoofd helder en alert maakte. Het moest een soort teken zijn, een goed voorteken. Er waren maar weinig momenten in haar leven geweest waarop alles helemaal goed voelde, waarop alles op zijn plaats viel, en meestal waren dat de momenten vlak voor een klus geweest. Terwijl ze bij de reling van het grote meer van de tentoonstelling stond te wachten wist Esta honderd procent zeker dat dit een van die momenten was.

Misschien was de nacht een voor de hand liggender keus geweest, maar na een paar dagen voorbereiden en met de informatie die Julien ze had gegeven leek het Harte en haar toch makkelijker om het collier overdag te jatten in plaats van te wachten tot de tentoonstelling dichtging. Overdag konden ze namelijk slim gebruikmaken van de drukte, maar belangrijker was nog dat ze het reilen en zeilen van de tentoonstelling tijdens de openingsuren kenden. De afgelopen dagen hadden ze zich als toeristen voorgedaan en het terrein rond de

Straten van Caïro en de Pike verkend. Ze wisten hoeveel bewakers van de Garde er op hun post stonden en wanneer het wisselen van de wacht plaatsvond.

Bovendien was de nacht een onbekende factor. Ze wisten niet hoe de beveiliging was of waar het collier 's nachts werd bewaard. Maar overdag? De mensen van de organisatie waren zo vriendelijk om ze het programma met tijden te geven zodat ze wisten wanneer de evenementen begonnen – en wanneer het een gunstig moment was om een afleidingmanoeuvre te creëren.

Volgens het programma waren er altijd twee parades op een dag – 's middags en 's avonds. Ze hadden overwogen om de avondparade te benutten, omdat ze in het donker niet zo zouden opvallen, maar uiteindelijk hadden ze toch besloten dat het veiliger en makkelijker was om zich juist te laten zien.

Esta zag Harte al op haar af lopen voordat hij haar in het oog kreeg, en ze stond zichzelf toe even naar hem te kijken terwijl hij zich tussen de bezoekers door een weg zocht. In de afgelopen dagen hadden ze een werkbare balans gevonden, al waren ze niet helemaal op hun gemak bij elkaar. Het was alsof ze een stilzwijgende afspraak hadden om niet meer over de avond van hun aankomst in de stad te praten – niet over de kus of over hun ruzie. Dat nam niet weg dat ze gekwetst was, maar na wat er tijdens de boottocht was gebeurd, drong ze niet meer bij hem aan. Hij zou het haar uiteindelijk zelf wel vertellen, of niet – ze kon hem niet dwingen haar te vertrouwen of haar te beschouwen als iemand op wie hij kon bouwen, net zomin als ze kon voorkomen dat haar hart oversloeg elke keer dat ze hem zag en ze weer aan zijn lippen op de hare moest denken.

Hij droeg een nette olijfgroene pantalon met een bijpassend vest en daarover een wat lichter jacquet. Met de strohoed die zijn gezicht beschaduwde en de ongedwongen manier waarop hij ontspannen met zijn armen langs zijn lijf zwaaide zag hij er fris en fruitig uit, en hij deed haar aan een zomerse dag denken. Toen hij haar zag kon ze dat aan hem zien – hij vertrok zijn mond en er verscheen een gespannen blik in zijn ogen, alsof hij zich mentaal op iets voorbereidde. Maar al snel ontspande zijn gezicht weer en was het alsof de onrust van daarnet nooit had bestaan.

Toen hij naar haar toe liep verscheen haar een vreemd beeld van zijn gezicht dat opklaarde met een lach terwijl hij haar zijn arm aanbood. Ze kon in gedachten bijna voor zich zien dat ze gearmd liepen en genoten van alles wat er te zien en te beluisteren was, net als de andere bezoekers. Even wenste ze dat ze alles wat er tussen hen in stond konden laten voor wat het was en dat dit beeld tot leven kwam. Even wenste ze dat ze konden vergeten wat hun te doen stond en dat ze gewoon als twee bezoekers van een zonnige dag bij de tentoonstelling konden genieten.

Maar wensen waren voor sukkels en Esta van niet van plan zich als een sukkel te gedragen, nooit meer. En al helemaal niet als het om Harte Darrigan ging.

'Ik denk niet dat ik dit ooit zal vergeten,' verzuchtte Harte terwijl hij bleef staan om over het water uit te kijken. Het meer strekte zich uit naar het centrum van de tentoonstelling en aan de overkant stond een onberispelijk wit gebouw met een gewelfd dak – de Festivalhal. Het glinsterde in de zon, hoog aan de hemel. Rondom het meer stonden bomen langs de waterkant en fonteinen spoten het water hoog de lucht in, dat in bogen als watervallen het meer weer in klaterde, en er stonden witmarmeren beelden als zwijgende wachters omheen.

'De wereld is niet echt zoals hier,' zei ze, ineens wat somber. Ze leunde tegen de reling en deed alsof ze de omgeving in zich opnam, maar ze was ergens anders met haar gedachten. De steen waar haar hand op steunde zag eruit als gebeeldhouwd marmer, maar het was gewoon beschilderd beton. *Nep, net als de rest hier*. 'Zeker de helft van de gebouwen zijn holle omhulsels. Over een paar maanden worden ze gesloopt en dan is het alsof er nooit iets heeft gestaan.'

'Weet ik...' Zijn stem klonk wat weemoedig. Ze keek naar hem en zag dat hij naar de gondels keek die over het gladde oppervlak van het heldere water gleden. 'Maar toch. Ze zetten wel een verdomd goeie show neer.'

Ze moest hem gelijk geven. De tentoonstelling met alles erop en eraan was geweldig, zelfs in Esta's ogen, ondanks haar vermoeidheid. De gebouwen aan beide kanten van het brede meer leken van marmer en graniet gemaakt. Ze deden Esta denken aan de bouwwerken die ze op foto's had gezien van de grote steden in Europa. Maar zelfs met de grootsheid van de wereldtentoonstelling was St. Louis zelf een gat vergeleken met New York. Buiten de muren van het terrein was de stad nog steeds een plaats aan de kolonisatiegrens en leek het in niets op de drukke straten van New York. Buiten de stad wachtte de wereld.

'Heb je het afgehandeld?' vroeg hij.

'Natuurlijk,' antwoordde ze, en ze deed alsof ze naar de omgeving keek terwijl ze in werkelijkheid goed oplette of niemand hen in de gaten hield. Het was een makkie geweest om het slot van een van de poorten van de onderhoudsbarak vlak bij de Pike te kraken. Ze had de poort weer dichtgedaan zodat het leek alsof hij op slot zat, maar het zou ze een makkelijke vluchtweg bieden zodra alles achter de rug was. 'En jij?'

Hij knikte. 'Het arsenaal werd niet bewaakt. Ik heb alle kogels die ik kon vinden vervangen, maar ik weet niet of het wel genoeg is.'

'Dat zal wel moeten,' zei ze. 'Het gaat ons lukken.' *Het móést wel.*

Maar het zou niet makkelijk worden.

Het riskantste aan de hele klus was niet dat ze die op klaarlichte dag zouden uitvoeren op een drukke boulevard, en ook niet dat ze maar met zijn tweeën waren. Julien zou er niet bij zijn – ze hadden een dag uitgekozen waarop hij een middagvoorstelling had zodat hij een waterdicht alibi had. Hij had gedaan wat hij kon om ze te helpen, en nu deden zij op hun beurt wat ze konden om hem er verder buiten te houden. Nee, het riskantste was dat ze bijna alles zonder magie voor elkaar moesten boksen. Nu de Jefferson Garde extra waakzaam was konden ze het risico niet nemen hun magische gave te gebruiken – tenzij in geval van nood. Ze moesten recht op hun doel afgaan en ze konden alleen hun vaardigheden inzetten. En dankzij Harte en Julien ook een beetje drama en toneelspel.

'De parade begint over ongeveer een kwartier. We moeten tegen die tijd allebei in de Straten van Caïro zijn. Je moet snel te werk gaan. Heb je de bommen?'

'Ik heb alles, Harte,' verzuchtte ze, geërgerd omdat hij nu al tegen haar begon te zeuren over de klus in plaats van nog even van de dag te genieten. Het deed haar een beetje denken aan hoe Logan altijd tegen haar deed en plotseling vroeg ze zich af wat er met hem was gebeurd. Had Jianyu hem gevonden? Of had Logan Nibsy weten te vinden? Maar daar kon ze zich later nog het hoofd over breken. Nu moest ze zich concentreren.

Hun plan was niet bepaald de elegantste oplossing, maar wel goed uitvoerbaar. Ze hadden rookbommen met een lont die ze langs de Pike zouden plaatsen en zij zou ze laten ontploffen vlak voordat ze met Harte de Nijl-attractie binnenging – vlak voordat de parade bij de Straten van Caïro aan zou komen.

Er was maar één manier om de zaal waar het collier werd tentoongesteld in en uit te gaan, en als ze de ontsteking goed hadden getimed zouden de rookbommen ontploffen en een vreemde gekleurde rook in de Pike verspreiden, zodat iedereen zou denken dat het een actie van de Antistasi was. Ze gingen ervan uit dat de Garde naar de Pike zou snellen, waardoor het collier niet zo goed werd bewaakt als anders.

Als het programma klopte – wat tot nu toe zo was – zouden de veteranen van de Boerenoorlog, die hun schermutselingen twee keer op een dag naspeelden, hun eerste gevecht beginnen voordat de rook verdwenen was en het publiek besefte dat er niets aan de hand was. Omdat Harte de losse flodders die ze doorgaans gebruikten door rookbommen had vervangen, zou de hel opnieuw losbarsten zodra de veteranen hun eerste vuursalvo losten.

Terwijl de bezoekers bij de Boerenoorlog-demonstratie weg zouden vluchten en de verwarring bij de Pike aanhield zou de Garde zijn handen er vol aan hebben. Zo konden Esta en Harte het collier uit de vitrine wegnemen en ervandoor gaan.

'Als er binnen enkele minuten iets fout gaat, kan het zijn dat we hier niet wegkomen,' liet Harte haar weten terwijl hij het zakhorloge dat ze allebei hadden controleerde om zeker te weten dat beide horloges dezelfde tijd aangaven.

'Dat snap ik ook wel.' Ze stond te popelen om aan het werk te gaan. 'We hebben dit tot in het oneindige doorgenomen.'

Ze griste een van de horloges uit zijn hand terwijl een gezin bij de reling kwam staan om over het water uit te kijken. De ouders waren nog jong, ongeveer net zo oud als Dolph was geweest. De vader had een blond jongetje aan zijn hand dat als twee druppels water op hem leek. Toen het jochie begon te huilen tilde hij hem zorgzaam op zodat hij naar de fonteinen vlak achter de reling kon kijken, terwijl zijn moeder hem een aai over de bol gaf.

Esta had er geen erg in dat ze naar hen stond te staren totdat Harte naast haar zijn keel schraapte om haar aandacht weer te krijgen.

'Je moet je concentreren.' Zijn stem klonk vriendelijk, toch stak het haar dat hij haar op de vingers tikte.

'Ik bén geconcentreerd,' beet ze hem toe, en ze probeerde het jongetje te negeren dat vol verwondering een gil slaakte toen hij naar het water keek.

'Je weet heel goed dat alles vlekkeloos moet verlopen, wil deze klus slagen, en we hebben de meeste artefacten nog niet eens gevonden. Het zal niet makkelijk worden.'

Ze wierp een laatste blik op het gezin. 'Dat is het nooit.'

Misschien lag het aan de zomerse dag of de zoete geuren van vanille en karamel in de lucht, maar bij het zien van het gezin dat zorgeloos van de dag genoot – en van hun leven – balde Esta haar handen tot vuisten. Ze drukte haar nagels in haar handpalmen om de plotselinge pijn te accepteren zodat ze de stekende boosheid die haar bloed deed koken kon verdringen. *Ze hebben alles wat hun hartje begeert, en ze hebben er geen idee van.* Zij moest overal voor knokken, alle eindjes aan elkaar knopen en van alles bekokstoven... om uiteindelijk met lege handen te staan. *En niemand die het zou weten.*

Of misschien ook wel, bedacht ze met een sprankje hoop. Misschien zou de Antistasi, wie het ook waren, de herinnering aan haar naam en wat ze had gedaan – had geprobeerd – levend houden, zoals ze de afgelopen twee jaar hadden gedaan.

'Hé, Slimpie.' Hartes stem klonk vanuit de verte. 'Heb je gehoord wat ik zei? Alles oké daar?'

'Hm-hm.' Ze knipperde verward met haar ogen om haar onverwachte gedachten. 'Prima.'

Het was waar.

Wie kon het wat schelen als ze niet alles kon krijgen wat ze wilde? Of als de man die als een vader voor haar was geweest overal over had gelogen en ze haar echte vader had verloren voordat ze wist wie hij was? Welke pijnlijke dingen er ook in haar leven waren gebeurd, ze behoorden tot het verleden. Bovendien had ze er vaardigheden en talenten aan overgehouden die ze anders niet had gehad, en de leugens die haar hadden gevormd bepaalden gelukkig niet haar toekomst. Ze zou zijn wie ze wilde worden, en als ze het niet kon verwezenlijken zou ze een andere weg inslaan.

Ze rechtte haar rug en schonk Harte de meest verwaande glimlach die ze voor elkaar kon krijgen. 'Kom, we gaan de tentoonstelling beroven.'

AAN DE RAND VAN HET WESTEN

1904 – St. Louis

Harte zou bijna elke prijs hebben betaald om de afstand tussen hen te overbruggen, om Esta in zijn armen te nemen en de lach van haar gezicht te kussen. Maar hij vertrouwde zichzelf niet – of liever gezegd: de macht die in hem school – en was bang dat hij niet meer op zou kunnen houden. Dus stond hij met zijn handen in zijn zakken om zichzelf te weerhouden van de idiote dingen die door zijn hoofd gingen.

Esta lachte vluchtig naar hem voordat ze zich omdraaide om naar de Pike te lopen en hun plan in gang te zetten. Hij keek haar aantrekkelijke silhouet na totdat ze in de menigte was verdwenen. In zijn geest liet de stem mopperend van zich horen, duidelijk gefrustreerd omdat hij haar liet gaan – alwéér. Hij werd er steeds beter in om niet op de stem te letten, waarschijnlijk op dezelfde manier als iemand die een chronische hoest of een pijnlijke knie negeerde. Hij leerde ermee leven. Maar hij kon niet ontkennen dat de macht sterker werd en de stem die uiting gaf aan deze macht elke dag vaker van zich liet horen.

Ondanks de warme middag kroop er een ijskoude rilling langs zijn rug omlaag. Een slecht voorgevoel. Of misschien was het gewoon rationele, begrijpelijke angst. Ze stonden immers op het punt op klaarlichte dag een zwaarbewaakt collier te stelen bij een drukbezochte tentoonstelling.

Dit kan nooit goed gaan.

Maar het moest wel, want Julien kon het best aan de aandacht van de Orde ontkomen als zij de Ster van de Djinn jatten en zo snel mogelijk de stad verlieten.

Voordat Harte begon te lopen trok hij zijn hoed omlaag en keek hij voor de zoveelste keer op zijn horloge. Hij liep niet naar de Pike, zoals Esta had gedaan. In plaats daarvan volgde hij het meer naar het oosten, langs de sierlijke, paleisachtige gebouwen waar de expositie van elektronica en industriële innovaties was, en verder voorbij het Paleis van Transport, met de zes identieke beelden met hun schilden, die de hoge gewelfde ingang bewaakten.

Alles is hier een paleis, dacht hij. Zelfs hier, aan de rand van het Westen, waar de hele regio mogelijkheden bood, wilden de Amerikanen heer en meester en vooral koning zijn. Dat was waarom mensen als Jack Grew en de rest van de Orde hun gang konden gaan – en de gewone mens dat toestond. De gemiddelde burger omarmde het idee van een toekomst waarin ze zo rijk als een koning zouden worden of zo machtig als een keizer. Ze konden dan wel over democratie praten, maar wat ze wilden was het uiterlijk vertoon van het koningschap.

Harte liep langs het gebouw en ging de Pike vlak bij Caïro binnen, en toen hij een plek bij het Grotbewonerstafereel had gevonden keek hij weer op zijn horloge. *Perfect!* Hij kon het rumoer van de naderende parade al horen.

Maar Esta zag hij nergens.

EEN NIEUW TIJDPERK IN DE BOWERY

1902 – New York

James Lorcan had royaal willen betalen om antwoord te krijgen op een van zijn vele vragen. Er waren te veel onvoorspelbare factoren en er stond te veel op het spel. Het was vijf dagen geleden dat Mock Duck Jianyu naar de Strega had gebracht en hem had uitgeleverd voor een handvol dollars samen met een notitieboekje vol geheimen die hij kon gebruiken tegen Tom Lee. Vijf dagen sinds James Jianyu te pakken had en sinds die verdomde overloper op de een of andere manier had weten te ontsnappen.

De brand in het gebouw had niet al te erg om zich heen gegrepen en Paul Kelly's banden met Tammany hadden ervoor gezorgd dat de brandweer dit keer meer had gedaan dan alleen toekijken terwijl het pand tot de grond afbrandde. Dankzij hun hulp kon James op zijn plek achter in de bar zitten en zijn domein overzien.

Over Viola hoefde hij zich niet druk te maken. Het beeld van Dolphs geliefde huurmoordenaar, bont en blauw geslagen door de vuisten van haar eigen broer, stelde hem nog steeds gerust en het gaf hem voldoening. Wat James betrof bewees dit dat Dolph altijd een te hoge pet van haar op had gehad. Viola was altijd wispelturig en temperamentvol geweest – een blok aan het been. Hij wist dat ze hem nooit had gemogen. Uit de pure haat in haar ogen had hij laatst nog op kunnen maken dat dit niet was veranderd, maar ze zou in ieder geval geen probleem meer vormen. Ze had een groot risico genomen door bij haar broer aan te kloppen voor zijn bescherming, en tot nu toe wees alles erop dat Kelly haar onder de duim zou houden. Ook dat was een geruststelling. Dat was één probleem minder waar hij zich zorgen hoefde te maken.

Maar de toekomst was nog te onzeker naar zijn zin. James kon de onvoorspelbaarheden die in de ether leken te zweven niet duiden, de mogelijkheden die zich voordeden, om vervolgens als geesten weer te verdwijnen. Maar één ding wist hij zeker. Er stond iets te gebeuren. Iets groots, met de belofte dat álles zou veranderen.

De voordeur van de Strega ging open en er kwam een vlaag frisse lucht naar binnen die James zelfs achter in het vertrek voelde. Het zag ernaar uit dat zijn gedachten aan Paul Kelly de duivelse vent hadden opgeroepen. Plotseling veranderde de sfeer in de bar toen de mensen zich realiseerden dat de beruchte bendeleider van de Five Pointers was binnengekomen.

Een week geleden zou Kelly's komst in de bar, van waaruit Dolph Saunders over zijn imperium had geheerst, ongehoord zijn geweest. Voor Dolphs dood had Kelly het niet in zijn hoofd gehaald om The Devil's Own op hun eigen territorium te confronteren. Maar dit was een nieuwe stad, een nieuwe wereld. En het enige wat James kon denken was: *eindelijk!*

Kelly werd op de voet gevolgd door twee van zijn Five Pointers, breedgeschouderde jongens met dezelfde onverbiddelijke uitdrukking op hun gezicht als Kelly zelf. Ze hielden een blonde knul tussen hen in die James niet herkende. De pechvogel zag er net wat ouder uit dan James zelf, maar zijn gelaatstrekken waren mild, waardoor hij jonger leek. Hij had een blauw oog, gezwollen en dichtgedrukt, wat ongetwijfeld het gevolg was van een knokpartij met Kelly's jongens.

De stamgasten in de bar voelden het gevaar aan en begonnen nerveus te mompelen toen Kelly en zijn jongens in de deuropening bleven staan en het vertrek rondkeken. De meesten sloegen hun blik neer en deden of ze hun glas bestudeerden, alsof de inhoud elk moment kon ontvlammen. Sommigen sloegen hun drankje achterover en vertrokken, in een boog om Kelly en zijn handlangers heen lopend.

Schijnbaar tevreden met de reactie die zijn komst teweeg had gebracht, liep Kelly door de ongewoon stille bar en terwijl hij dichterbij kwam wreef James met zijn duim over de zilveren bovenkant van zijn wandelstok – een Medusahoofd met het gezicht van een engel. *Leena's gezicht.* De kronkelende zilveren slangen onder zijn duim voelden onnatuurlijk koud aan, een geheugensteuntje voor het feit dat James en de mensen die hij leidde over macht beschikten waar Paul Kelly alleen maar van kon dromen, ongeacht de invloed die de Five Pointers in de straten misschien hadden.

Maar het koele zilver was ook een geheugensteuntje voor wat er allemaal op het spel stond. In het Medusahoofd lag een bepaalde kracht besloten, het deel van Leena's magie dat Dolph haar had afgenomen en voor zijn eigen doeleinden had gebruikt om zich van zijn macht over The Devil's Own te verzekeren. Maar James kon die kracht niet benutten omdat hij de gave niet had om hem te bereiken... tot hij het Boek in zijn bezit had om de macht te bevrijden.

Kelly had de achterkant van de bar bijna bereikt, maar James was blijven zitten. Hij weigerde als zwak te worden beschouwd – niet in zijn eigen domein en niet voor de ogen van zijn eigen mensen. Uiteindelijk negeerde hij de pijn aan zijn gewonde been en kwam hij overeind, steunend op de wandelstok om overeind te blijven.

Omdat hij een Sundren was kon Paul Kelly niet voelen dat de magie in het vertrek oplaaide toen hij door de bar liep. De lucht was vervuld van warmte door de opgevlamde magie van elke aanwezige Mageus die bezorgd en gespannen toekeek, op alles voorbereid, wat er ook mocht gebeuren. Op dat moment leek de wereld voor James Lorcan niet groter dan deze rokerige bar en de mensen die er waren, die stuk voor stuk hun adem inhielden in afwachting van wat er ging gebeuren.

'Paul,' zei James, hem begroetend alsof ze oude vrienden waren. 'Wat brengt jou vanavond naar de Strega?' Hij keek voorbij Paul Kelly naar de knul die de Five Pointers in een stevige greep hielden. 'Of misschien kan ik beter vragen wie je voor me hebt meegenomen?'

Kelly grijnsde zelfvoldaan. 'Mijn jongens pakten hem op in Broom Street. Hij heeft een mooi koppie.' Hij gaf de jongen een paar flinke tikken op zijn wang, waarvan hij ineenkromp. 'Maar slim is hij niet. Hij eiste dat ik hem naar jou zou brengen.'

'Is dat zo?' vroeg James terwijl hij de verontruste energie in de bar negeerde en de blonde knul onderzoekend opnam.

'Dat zeg ik toch,' verzuchtte Kelly. 'En dat zadelt mij met een probleem op. We moeten het een en ander helder maken, Lorcan – onze afspraak mag dan wel voor beide partijen gunstig zijn, maar ik laat me niet commanderen door jou of je mensen. Begrepen?'

'Hij hoort niet bij mij,' verklaarde James toen hij zijn aandacht weer op Kelly richtte en het gevaar inschatte.

'Hij beweert zelf iets anders.'

De ademhaling van de blonde knul ging zwoegend alsof hij pijn had en hij staarde James aan met zijn ene goede oog. Maar James negeerde hem en concentreerde zich op de ether om zich heen. Die voelde mistig en duister en leek er niet op te wijzen dat de hem onbekende jongen enige dreiging vormde. Wat het ook was met de patronen in de ether, het was in ieder geval een goed teken.

Hij liep op het drietal af en het bonken van zijn wandelstok doorbrak de bezorgde stilte in de bar.

'En wie ben jij?' vroeg James de jongen toen ze pal voor elkaar stonden. De knul had de onmiskenbare warmte om zich heen die op magie duidde, dat was voor iedereen die zelf ook een magische gave had duidelijk.

'Logan,' antwoordde hij zonder te blikken of te blozen onder James' strakke blik. 'Logan Sullivan.'

'Wie heeft je gestuurd, Logan Sullivan?' vroeg James.

De jongen hield zijn gezicht in de plooi en de ether om hem heen bleef stabiel. 'Jij.'

'Ik?' James bekeek de vreemdeling aandachtig om iets van een leugen te bespeuren.

'Dat zei hij ook steeds tegen mijn jongens,' bracht Kelly in.

'Hij liegt,' zei James tegen Kelly, met zijn blik nog steeds op deze nieuwkomer gericht. 'Ik ken geen Logan Sullivan en deze jongen hier ken ik ook niet. Dat is zeker.'

'Je kent me wel, en ik kan het bewijzen,' beweerde de jongen.

Toch had James het gevoel dat deze Logan Sullivan, wie hij ook was, niet loog. In ieder geval geloofde hijzelf niet dat het zo was. En dat zou James' band met Kelly niet ten goede komen. Hij moest dit gevaar tackelen, en snel ook, voordat alles wat hij zo zorgvuldig had opgebouwd voor niets was geweest.

'Jouw leugens kunnen me gestolen worden,' zei James, zich omdraaiend.

'Misschien ben je wel geïnteresseerd in Delphi's Traan,' zei Logan. 'Die is hier, weet je. In de stad...'

James draaide zich weer naar Logan om. 'Waar heb je het over?'

'Dat weet je heel goed,' zei Logan zonder een spiertje in zijn gezicht te vertrekken. 'Wil je de ring hebben, of niet? Ik kan hem voor je halen. Hij is hier niet ver vandaan, maar hij wordt op dit moment ergens anders naartoe gebracht.'

'Wat moet dit voorstellen?' vroeg Kelly dreigend en achterdochtig.

Het vergde behoedzaamheid om Kelly om de tuin te leiden zonder te veel prijs te geven. Informatie betekende macht en kennis kon je de kop kosten. Maar James aarzelde geen seconde met zijn antwoord.

'Het is een van de juwelen waar ik je over heb verteld – de stenen waarmee Darrigan en die meid ervandoor zijn gegaan.'

'Waar ik mijn jongens achteraan heb gestuurd?' Argwanend kneep Kelly zijn ogen tot spleetjes. 'Ik waarschuw je, stuur me er niet achteraan, Lorcan.'

'Dat doe ik niet,' zei James, het dreigement negerend. 'Maar Darrigan en het meisje zijn ergens buiten de stad en als jij ze opspoort, en de steen die ze hebben gestolen, zal de Orde je rijkelijk belonen.'

Dat wil zeggen: dat zou zo zijn als ik de stenen niet eerst van ze steel.

James nam Logan nadenkend op. 'Waar is het bewijs dat je beweert te hebben?'

'In mijn linkerjaszak,' liet Logan hem weten.

Opnieuw was James onder de indruk van de onverstoorbaarheid van de knul, maar hij kon er geen gevaar in bespeuren, integendeel.

James liep weer naar Logan toe. 'Als ik zo vrij mag zijn?' De Five Pointers keken naar Kelly, die de jongens een subtiel knikje gaf, waarna James zijn hand in Logans jaszak stak en er een klein, in krantenpapier gewikkeld pakketje uit viste. 'Wat is dit?'

'Maak maar open.' Logan keek hem kalm en zelfverzekerd aan.

Te zelfverzekerd, vond James.

Hij stak de wandelstok onder zijn arm en pakte het pakketje vlug uit. Nog voordat zijn brein het kon geloven vertelden zijn ogen hem wat hij in zijn hand hield. 'Hoe kom jij hier aan?'

'Zoals ik al zei: jij hebt het me zelf gegeven.'

Dat was onmogelijk. Het notitieboekje in zijn hand herkende hij meteen. Hij had tenslotte precies zo'n exemplaar in zijn eigen jaszak.

'Ik heb jou niets...' Zijn woorden stierven weg toen hij door het boekje bladerde en zijn eigen vertrouwde krabbelige handschrift op de bladzijden zag. Hij stopte en ging terug naar het begin... Het waren zíjn aantekeningen, dat was zeker.

En zijn eigen notitieboekje zat nog in zijn zak, ook dat was zeker. Zelfs nu voelde hij het geruststellende gewicht ervan.

Doorbladerend stopte hij bij een bladzijde die hij eerder die ochtend had beschreven. Maar dit boekje ging verder met meer pagina's in zijn eigen handschrift.

'Wat is het?' vroeg Kelly, duidelijk ongeduldig omdat hij wilde weten wat James erin zag.

'Niks bijzonders,' antwoordde James, en hij sloeg het boekje dicht. 'Hij liegt. Dit zegt me helemaal niks.'

Nu fronste Kelly naar James alsof hij zich afvroeg of hij hem wel kon geloven. Uiteindelijk leek hij er genoegen mee te nemen. 'Wat moeten we dan met hem doen? Ik kan mijn jongens het laten afhandelen als je wilt...'

'Laat hem maar aan mij over,' zei James.

'Aan jóú?' Kelly leek verbaasd en meer dan een beetje teleurgesteld.

'Hij haalt mijn naam door het slijk, dus ben ik degene die met hem afrekent,' liet James Kelly weten. Anders zou Kelly hem niet respecteren. 'Jij of je jongens zullen geen last meer van hem hebben.'

Kelly nam James een poosje onderzoekend op, en door de ongemakkelijke stilte groeide de ongerustheid in het vertrek. Maar toen knikte hij nog een keer naar de twee jongens, waarna ze de knul loslieten, die duidelijk gewond op zijn knieën viel.

'Mooch,' zei James. 'Wil je onze gast naar de kelder begeleiden? Bind hem vast en zorg dat hij zich stilhoudt tot ik er ben. Met geweld, als het nodig is.'

'Nee...' Logan probeerde overeind te krabbelen maar Mooch en een van de andere jongens grepen hem beet voordat hij ervandoor kon gaan. Met zijn vriendelijke gezicht maakte hij geen schijn van kans.

James wachtte tot ze weg waren en gebaarde daarna naar de tafel waar hij een paar minuten geleden had gezeten. 'Wat dacht je van een borrel? Die heb je van me tegoed omdat je die herrieschopper onder mijn aandacht hebt gebracht.'

Kelly nam hem nogmaals uitgebreid op voordat hij instemde. 'Een borrel kan geen kwaad,' zei hij schouderophalend. 'Laten we maar eens kijken wat voor bocht Saunders hier heeft opgeslagen.'

'Beter spul dan je zou verwachten,' beweerde hij, zich bewust van de spanning om hen heen terwijl hij de andere man een klap op zijn rug gaf.

James wist maar al te goed dat iedereen in de bar bang was voor Kelly en de ellende die de Five Pointers konden aanrichten. Zelfs Dolph had ze in die laatste dagen niet kunnen beschermen tegen de wreedheid van Kelly's jongens.

Ze zullen het wel merken, dacht James. Laat ze allemaal maar zien en begrijpen wie ik ben en waar ik toe in staat ben.

Hij schonk twee glazen van de beste whisky voor hen in en hief zijn glas om te toosten. Kelly keek naar James, die zijn borrel achteroversloeg, waarna hij hetzelfde deed en zijn glas op de tafel neerzette.

'En?' zei James, beide glazen weer volschenkend. 'Hoe gaat het met die knappe zus van je? Maakt ze nog steeds ieders leven tot een hel?'

Kelly grijnsde zelfgenoegzaam. 'Viola?' Hij grinnikte zacht in zijn glas. 'Die maakt niets meer tot een hel, tenzij ik het haar opdraag.'

Mooi zo, dacht James. Precies wat ik wilde horen.

EEN VAN BLOED DOORDRENKT LAND

1902 – New York

Op zijn blote voeten en in een te grote pyjama die niet van hem was, greep Jianyu even een beddenstijl vast om zijn evenwicht uit te testen. De beweging maakte zijn zicht nog wel wazig, alsof hij door een mistwolk heen keek, maar hij ademde diep in en dwong zichzelf te blijven staan. Het had al te lang geduurd. *Veel te lang.*

Inmiddels had de jongen voor wie Esta hem had gewaarschuwd er allang moeten zijn en had de jongen contact met Nibsy moeten leggen. Wat inhield dat Jianyu had gefaald. *Voor de zoveelste keer.*

Hij wist niet waar hij was en ook niet hoe lang al. De keren dat hij bij was gekomen had hij gemerkt dat hij dit haast niet kon volhouden en algauw had hij het gevoel weer gekregen dat de grond onder hem verdween, waarna hij opnieuw in de zwarte duisternis wegzonk. Maar uiteindelijk had hij zich ervan weten te bevrijden. Het zonlicht viel door een dun gordijn voor het enige raam in de kamer naar binnen, het was er warm en de geur van hem onbekende specerijen hing in de lucht. Maar even later kon hij de zoete geur van kruidnagels en de sterke walm van knoflook onderscheiden, die hem deden denken aan een thuis waar hij nooit meer zou komen.

Aangespoord door deze gedachte dwong hij zichzelf een stap te zetten, waarna hij even stilstond om er zeker van te zijn dat de grond niet weer onder zijn voeten zou verdwijnen, zoals gister was gebeurd, of was het twee dagen geleden? Hij was zo naarstig op zoek geweest naar die jongen over wie Esta hem had ingelicht dat hij te veel van zichzelf had gevraagd en erbij neer was gevallen, waarbij hij zijn toch al pijnlijke hoofd weer flink had gestoten.

Nu zette hij nog een paar stappen, eerst nog wat aarzelend om uit te proberen of het wel ging, en toen hij er zeker van was dat zijn benen niet meer wankelden ging hij op het geluid van stemmen af, door de deur van de kleine slaapkamer een smalle gang door, naar een kleine woonkamer, waar hij drie vrouwen aantrof die met naald en draad mannenbroeken verstelden. Cela was een van hen, maar terwijl de andere twee een praatje met elkaar maakten was zij met gebogen hoofd geconcentreerd aan het werk. Ze leek op de een of andere manier afgezonderd. Terwijl de andere twee eenvoudige zwarte rokken en vale blouses droegen, had Cela een zachtroze jurk aan. Het was een eenvoudige jurk, het soort dat zo veel vrouwen droegen, maar Jianyu viel de goede snit op, en door de perfecte pasvorm leek het meer dan een alledaagse jurk. Met haar behendige vingers maakte ze de zoom van de ene pijp af en ging verder met de andere, maar haar gezichtsuitdrukking leek afwezig – eerder droevig dan nadenkend.

Hij was maar even in haar naaiatelier in het theater geweest, maar dat was netjes aan kant en geordend, met de rollen stof keurig op rechte stapels en de bakjes met kralen en nepkristallen in rijen zonder dat er ook maar één scheef stond. Maar in dit vertrek glansde of glinsterde niets. Er was geen zijde of satijn en Cela zelf zag er moe uit.

De oudste van de twee vrouwen keek op en zag Jianyu staan, tegen de deurpost leunend om zichzelf overeind te houden. Ze schraapte haar keel en toen keek Cela ook op.

'Je bent wakker,' constateerde ze, maar het klonk als een verwijt. 'Je had niet uit bed moeten komen.'

Ze had vermoedelijk gelijk. En ze had het nog niet gezegd of Jianyu stond alweer te tollen op zijn benen, waarop Cela overeind vloog om hem in de stoel te helpen waar ze zelf net had gezeten.

Hij bedankte haar, maar naast dankbaarheid voelde hij een schrijnende schaamte. Om hier in het bijzijn van deze vrouwen zo'n verzwakte indruk te maken en niet in staat te zijn de belofte die hij had gedaan na te komen...

'Gaat het wel?' Cela ging op de grond zitten om verder te gaan met de broek waar ze aan werkte.

Hij zei niets en knikte, maar door de beweging van zijn hoofd streek zijn pas afgesneden haar langs zijn wang en hierdoor moest hij weer denken aan alles wat hem was overkomen.

De oudere vrouw bleef naar hem kijken terwijl ze doorging met haar naaiwerk, en de ander, die maar een paar jaar ouder was dan Cela, wierp hem telkens een blik toe. De oudere vrouw begon als eerste te praten. 'En, Mr. Jianyu... hoe lang blijf je nog bij ons, nu je weer op de been bent?'

'Tante...' waarschuwde Cela. Maar de woorden die daarop volgden begreep Jianyu niet. Het leek op Engels, in ieder geval een deel ervan, maar hij kon er weinig van maken. Misschien lag het aan zijn hoofdpijn.

Maar Cela's tante leek haar wel te begrijpen en ze antwoordde in dezelfde vreemde taal. De twee vrouwen spraken een poosje met elkaar en Jianyu hoefde niet eens te weten welke taal het was om de strekking ervan toch te snappen, omdat de oudere vrouw hem met een scherpe blik in de gaten hield. Even later legde ze haar naaiwerk neer en gebaarde de ander met haar mee te gaan, waarna ze Jianyu en Cela in het plotseling stille vertrek achterlieten.

Cela nam haar verstelwerk weer op en naaide een paar steken, maar toen hield ze haar handen stil en zuchtte diep. Ineens zag Jianyu tranen in haar donkere ogen opwellen, maar hij had haar niets te bieden.

'Als ik jou in de problemen heb gebracht met je familie...'

Cela schudde haar hoofd en wreef met de rug van haar handen de tranen uit haar ogen. 'Soms doet mijn tante zo. Mijn nicht Neola is wat makkelijker in de omgang.'

'Dat andere meisje?' vroeg Jianyu.

Cela knikte. Daarna legde ze haar verstelwerk weg. 'Hoe gaat het met je?'

'Goed,' antwoordde hij, en zolang hij maar bleef zitten was dat geen leugen.

'Je ziet er wat beter uit,' vertelde ze hem. 'Die klap tegen je hoofd was verschrikkelijk. Ik ben dagenlang bang geweest dat je niet meer bij zou komen.'

Er klonk iets in haar stem door wat hem vertelde dat ze geknakt en kwetsbaar was, maar hij vond dat hij het recht niet had ernaar te vragen. 'Dank je,' zei hij stijfjes. 'Je had jezelf al die ellende om mij moeten besparen.'

Ze keek hem weifelend aan. 'Misschien wel, maar als je nagaat dat jij mij uit het theater hebt bevrijd, weg van Evelyn, kon ik je moeilijk halfdood in de tram achterlaten. En maak je maar geen zorgen over mijn familie.'

'Je tante leek boos,' zei hij.

'Zo doet ze meestal tegen mij,' verklaarde ze, zijn bezorgdheid wegwuivend, maar toen ze zijn vragende blik zag moest ze het hem wel uitleggen. 'De familie van mijn moeder kwam van de Bovenwindse Eilanden. Ze vonden zichzelf altijd beter dan de oorspronkelijke bewoners hier – en absoluut beter dan mijn vader, die uit het Zuiden kwam en wiens ouders niet eens als vrije mensen geboren waren. Ze is waarschijnlijk blij om te zien dat ik broeken verstel. Ze verklaarden me allemaal voor gek toen ik een baan in een van de theaters voor blanken probeerde te krijgen. Ze zeiden dat ik mijn plaats niet kende en dat ik, als ik naar Mr. Washington zou luisteren, hoorde te weten dat ik genoegen moest nemen met wat ik had en niet meer moest proberen te bereiken.' Ze haalde haar schouders op. 'Ik dacht altijd dat ze jaloers waren omdat ze niet half zo veel verdienden als ik. Mijn moeder heeft me niet haar lichte huid meegegeven bij mijn geboorte, maar ze gaf me wel haar talent met naald en draad mee, en haar doorzettingsvermogen...' Even aarzelde ze. 'Maar misschien hadden ze al die tijd gelijk.'

Haar woorden waren als vonkjes die diep vanbinnen iets bij hem aanwakkerden, een smeulende frustratie die hij over de oceaan met zich mee had genomen. Hoewel hij haar situatie niet kende, snapte hij de teleurstelling in haar stem maar al te goed. 'Nee, dat is niet zo,' liet hij haar weten, hopend dat het voor hem ook gold.

'Ik weet het niet,' verzuchtte ze. Opnieuw glansden haar ogen van de tranen. 'Misschien had ik gewoon blij moeten zijn met wat me was gegeven in plaats van te verlangen naar meer en beter. Dat heb ik van mijn vader. Die was nooit tevreden met wat hij had, net als ik. Maar zijn hoge eisen werden hem uiteindelijk fataal en mij kostte het alles wat ik had: mijn huis, mijn broer.' Haar stem brak en ze bleef even stil alsof ze zich probeerde te vermannen. 'Nu ben ik terug bij af en doe ik niks anders dan oude broeken verstellen, zoals ze me altijd al zeiden dat ik moest doen. En de enige die mij begreep en me steunde, is er niet meer.'

'Dan ziet het ernaar uit dat ik dubbel bij je in het krijt sta,' zei hij.

Ze schudde haar hoofd. 'Jij hebt mijn leven gered en ik op mijn beurt dat van jou. We staan wat mij betreft quitte.'

'Darrigan heeft me gestuurd om jou en de ring te beschermen,' vertelde Jianyu. 'Maar geen van beide is me gelukt.'

'Ik heb niet om bescherming gevraagd,' mompelde ze, en haar gezicht stond gespannen.

'Dat doet er niet zo veel toe,' zei Jianyu. 'Het was niet slim van hem om je op te zadelen met de last van de ring en je daarmee in gevaar te brengen zonder je te waarschuwen voor wat je mogelijk kon overkomen. Maar ík ben degene die tekort is geschoten en je niet heeft beschermd.'

'Die stomme ring,' foeterde Cela, en ze stond op van de vloer. 'Had ik dat ding nou maar nooit gezien, of Harte Darrigan.'

'Jij bent niet de enige die zo over de magiër denkt,' merkte Jianyu droogjes op.

Ze keek hem vragend aan. 'Hoor jij daar ook bij?'

Hij hield zijn hoofd wat schuin. 'Zonder meer. Hoewel, als ik hem niet had gekend, had ik jou ook nooit ontmoet, en het lijkt me meer dan een eerlijke ruil om te weten dat er iemand met jouw wilskracht en zachtaardige karakter op deze wereld bestaat.'

Ze keek van hem weg, haar wangen verlegen blozend, of misschien was het van plezier, maar de uitdrukking op haar gezicht was nu gelukkig niet zo droevig meer. 'Weet je,' zei ze na een haast prettige stilte, 'ik kan je helpen met dat haar van je.'

Hij bracht zijn handen naar de korte plukken die om zijn gezicht hingen. *Daar valt niets meer aan te doen.*

'Ik ben heel handig met een schaar, ik knipte altijd het haar van mijn broer Abel...' Haar stem brak en ze duwde haar vuist tegen haar mond alsof ze de pijn probeerde te verbijten. Even later begon ze weer te praten, dit keer zachter. 'Na de dood van onze moeder knipte ik Abels haar altijd. Ik kan je je haar zoals het was niet teruggeven, maar ik kan het wel netjes bijknippen.'

Dit aanbod had hij niet verwacht. Het was te veel goedheid, hij verdiende het niet, maar op de een of andere manier kon hij er geen nee tegen zeggen.

Ze zaten in de kleine keuken en Jianyu had een versleten handdoek om zijn schouders om de afgeknipte haren op te vangen. Cela begon aarzelend alsof ze bang was om hem aan te raken. Maar uiteindelijk verdwenen haar verlegenheid en onwennigheid en haar vingers waren sterk en trefzeker. En terwijl ze aan het knippen was fluisterde de schaar met het gestage knipgeluid haar verhaal.

'Vertel me nu maar eens iets over de ring,' zei ze na een tijdje, en ze liet haar stem verstommen om hem het woord te geven.

Hij vertelde haar wat hij wist over de ring en de rest van de artefacten en toen hij eenmaal begon te praten kon hij niet meer ophouden. 's Avonds had hij vaak met Dolph zitten praten over van alles en nog wat – nieuwtjes uit de stad, hun hoop op een betere toekomst en zelfs over hun gedachten aan macht en magie en de rol ervan in de wereld. Maar de dagen voor de roof in Khafre Hall had Dolph het te druk gehad om een praatje met hem te maken, omdat hij de lekken in de bijna doorbrekende dam die The Devil's Own op dat moment moest dichten. En na Khafre Hall had iedereen zich teruggetrokken met zijn eigen verdriet – Jianyu misschien nog wel het meest van iedereen. Hij was nu al dagen zo stil geweest dat Cela's luisterend oor een verademing voor hem was.

Ze luisterde zonder hem te onderbreken terwijl haar vingers en de schaar zich met regelmatige bewegingen rondom zijn hoofd bewogen.

'Dus ik moet de ring vinden en zorgen dat die niet in de verkeerde handen valt,' besloot hij zijn verhaal.

Even werkte ze zwijgend door, het haar in zijn nek knippend. 'Weet je, al die ophef over magie. Mensen proberen het zo wanhopig te beheersen dat ze tot allerlei slechte dingen in staat zijn.' Ze hield haar handen stil en stapte naar achteren om te zien hoe hij eruitzag. 'Maar misschien is het helemaal niet de bedoeling dat mensen over magie beschikken. Wellicht moet het juist uitsterven.' Ze hield haar hoofd opzij en knipte nog een plukje haar weg.

'Als je het mij vraagt,' ging ze verder, 'ligt het aan dit land, er zit hier iets goed fout. De volkeren die hier als eersten leefden – degenen die hier echt horen – zijn uitgemoord of uitgestoten. Dat laat zijn sporen na in een land, al die doden en al dat geweld. Magie kan niet aarden in een van bloed doordrenkte bodem. Ik denk dat het zo beter is. Niemand zou dat soort macht over anderen mogen hebben.' Ze klopte de haren van zijn schouders. 'Vooruit, ga kijken wat je ervan vindt.'

Er hing een kleine vierkante spiegel aan de muur aan de andere kant van de kamer. Aarzelend liep Jianyu erheen, deels omdat hij alweer wiebelig op zijn benen stond en deels omdat hij bang was geconfronteerd te worden met de persoon die hij in de troebele spiegel zou zien.

Hij herkende zichzelf bijna niet. Het haar dat hij eens naar achteren in een vlecht droeg was nu kortgeknipt om zijn gezicht. Het was niet de zoon van zijn vader die hem vanuit de spiegel aankeek, maar een heel nieuwe versie van hem. Amerikaans en onherkenbaar. Er trok een huivering door hem heen van iets wat op angst leek, of misschien had hij het gewoon koud.

Cela was veilig. Hij zou de ring vinden. Hij had nog niet gefaald, en dat zou hij niet laten gebeuren.

DE WERELDKAART

1902 – New York

James voelde de wereld op haar grondvesten schudden terwijl hij de laatste bladzijde van het notitieboekje las dat hij van Logan Sullivan had gekregen. Hij wilde graag geloven dat het een nepexemplaar was omdat het alternatief ondenkbaar was. Sterker nog: hij hoopte dat het een vervalsing was, bedoeld om hem op een dwaalspoor te brengen, maar hij voelde aan alles dat het notitieboekje en wat erin stond wel degelijk echt was.

Hij legde het op het gebutste bureau voor zich neer, naast het andere exemplaar dat er als twee druppels water op leek.

Toen hij zijn bril van zijn neus had genomen poetste hij de glazen terwijl hij nadacht over de mogelijkheden. Elke overwinning en fout die hij in de toekomst zou maken waren in het boekje opgeschreven dat Logan had meegenomen. Met de kracht van zijn magische gave en de kennis uit die notitieboekjes kon hij zijn toekomst opnieuw inrichten. Hij zou zijn eigen geschiedenis herschrijven – en nog veel meer.

Maar eerst moest James te weten komen – en er absoluut zeker van zijn – wie die Logan Sullivan precies was. De jongen had Delphi's Traan genoemd, dus zou James hem de kans geven het artefact voor hem te halen. Als Logan zijn belofte niet kon waarmaken betwijfelde James of de knul een verlies was wanneer hij hem uit de weg zou ruimen.

Hij bekeek de twee identieke notitieboekjes een poosje, waarna hij het exemplaar dat Logan had meegebracht uiteindelijk in zijn zak stopte. Zolang hij niet wist of hij de hem onbekende jongen kon vertrouwen, hield hij het liever bij zich. Bovendien bevatte het persoonlijke aantekeningen over zijn leven, die gingen niemand anders wat aan. Toen pakte hij zijn jas, zette zijn pet op, draaide de deur veilig achter zich op slot en ging weg om met de nieuwkomer te gaan praten – de jongen die zijn toekomst zou veranderen.

DE PIKE

1904 – St. Louis

Toen Esta de Pike bereikte om haar deel van de klus uit te voeren, was het er zoals gewoonlijk ontzettend druk, lawaaiig en wanordelijk. Ze had ongeveer tien minuten om van de ingang, naast het gigantische bouwsel dat de Alpen moest voorstellen, naar de plek te komen waar ze Harte zou ontmoeten, net buiten de Straten van Caïro. Hij had een andere weg genomen, achter de Pike langs naar de ingang aan de oostzijde van de boulevard, zodat de kans dat ze samen gezien zouden worden nihil was.

In haar zak had ze met rookpoeder in elkaar geflanste pakketjes met een lont. Het waren gewoon wat onschuldige toneelrekwisieten die Harte en Julien in elkaar hadden geknutseld als voorbereiding op deze dag, maar het zou even duren voordat de mensen die de rook zagen zich dat realiseerden.

Ze liep langs de paviljoenen van Azië en Japan en verder naar het enorme gewelfde bouwwerk van de Creatie-attractie. Net als de boten over de Nijl in Caïro kon je ook hier een tochtje maken. En net als al het andere was het er kitscherig, te schreeuwerig en over de top. Ze bleef bij een koopman staan die grote zoute pretzels verkocht en ze keek op het zakhorloge dat ze van Harte had meegekregen. Nog vijf minuten. Ze moest nog minstens twee minuten wachten. In de verte hoorde ze vaag de geluiden van de parade, het tromgeroffel dat haar vertelde dat haar tijd bijna om was.

Toen ze haar horloge weer checkte had ze het vreemde gevoel dat ze werd bespied. Ze keek op en zag dat haar gevoel klopte. Aan de overkant van de straat, vlak bij het gebouw met de couveuses, stond de cowboy die ze op haar eerste dag in St. Louis bij het theater in het niets had zien verdwijnen. Hij keek haar recht aan.

Zolang de knul naar haar bleef kijken, kon ze niet aan de klus die ze moest klaren beginnen. Ze ademde diep in, onderdrukte de paniek en betaalde de cowboy met gelijke munt terug: ze gaf hem een knipoog, waarna ze in de menigte bij de Creatie verdween en zich zo onopvallend als ze kon tussen de mensen door naar voren drong. Ze keek nog één keer om en zag dat de cowboy haar volgde, dus schuifelde ze verder totdat ze een kleine portiek vond rechts van het kassahokje, waar ze de tijd vertraagde.

Ze zuchtte diep en ontspande zich een beetje toen de wereld om haar heen stilviel. Het was nog maar een paar dagen geleden dat ze haar magische gave op de proef had gesteld toen Harte haar achterliet in het pension, maar tijdens die dagen waren ze extra voorzichtig geweest en hadden ze hun magie niet gebruikt, voor het geval dat de Garde in de buurt was. Het leek zo lang geleden dat ze haar magie had gebruikt, maar nu stimuleerde de zekerheid van haar gave haar om door te zetten. Ze zigzagde door de menigte heen tot ze pal voor de cowboy stond die haar had gevolgd. Van zo dichtbij zag ze dat hij groene kattenogen had, maar een van beide ogen was bruin bespikkeld en het leek of hij twee verschillend gekleurde ogen had.

Dit houdt hem wel even bezig. Toen ze de lont van het eerste pakketje had aangestoken stopte ze het in de buitenzak van zijn jas. Daarna ging ze er snel vandoor en liet ze haar grip op de tijd los.

Terwijl ze naar de Straten van Caïro liep keek ze rond op zoek naar een geschikte plek. Naast een vuilnisbak bleef ze staan en ze manipuleerde de tijd net lang genoeg om een lont aan te steken en de rookbom in de vuilnisbak te gooien. Daarna liep ze door en toen ze op een veilige afstand was liet ze de tijd los. Ze had acht pakketjes met rookpoeder, wat betekende dat ze er nog zes moest plaatsen voordat ze Caïro bereikte. Terwijl ze haar weg zocht door de Pike vond ze een lege kinderwagen en een dronken kerel, en elke keer dat ze een plek naderde gebruikte ze haar magie net lang genoeg om het pakketje neer te leggen en aan te steken.

Het werkte. Ze kon zien dat de mannen van de Garde, die op korte afstanden van elkaar langs de Pike op hun post stonden, gealarmeerd raakten toen ze magie in de lucht bespeurden, maar tegen de tijd dat ze het hadden ontdekt was ze altijd ver van de plek vandaan.

Eenmaal bij de Grotbewoners-attractie, waar ze Harte zou treffen, wist Esta dat ze later was dan afgesproken. De parade was inmiddels te dichtbij en aan Hartes tot een dunne lijn vertrokken mond zag ze dat hij zijn best deed om niet al te opvallend de menigte af te speuren naar haar. Maar zijn gezicht ontspande zich en zijn mond ging opgelucht een beetje open toen hij haar zag.

'Je bent te laat,' merkte hij op, bij wijze van begroeting.

'Ik had een probleempje.'

Hij trok zijn wenkbrauwen op. 'Wat was er dan?'

'Weet je nog van die cowboy laatst? Hij heeft me gezien.'

Nu fronste Harte. 'Misschien moeten we niet –'

'Het is oké,' zei ze voordat hij kon uitpraten. 'Ik heb het opgelost en gezorgd dat hij me niet meer kon zien. En ik heb een kleine verrassing voor hem achtergelaten.'

'Goed zo' zei Harte, maar zijn gezicht stond weer gespannen en bezorgd.

'Kom,' gebood ze hem, 'we moeten gaan. De parade is er bijna.'

Voordat hij kon tegensputteren begon ze te lopen, ze stak de brede boulevard over, naar de Straten van Caïro, waar het collier was.

DE LAST VAN FAMILIE

1902 – New York

Er in het donker vandoor gaan zonder afscheid te nemen was absoluut niet de manier om de hartelijkheid die Cela's familie hem de laatste zes dagen had getoond terwijl hij herstelde te beantwoorden, maar Jianyu had al te veel tijd verspild sinds Cela de ring niet meer om had. Hij had het onvermijdelijke uitgesteld, maar nu hij wist dat Cela veilig was, had hij nog een andere belofte die hij moest nakomen. Een grotere wereld om te beschermen.

Jianyu maakte zichzelf wijs dat Cela in goede handen was, maar de spanning in het huis was om te snijden, tastbaar alsof hij erdoorheen moest ploeteren. Hij had gezien hoe ze naar haar keken en dat terwijl ze familie waren. Nu ze de ring met de steen niet meer had, zou ze buiten gevaar zijn, en ze zouden voor haar zorgen tot ze erbovenop was.

Misschien was het laf van hem om Cela niet te vertellen dat hij wegging, maar het was beter dat ze het niet wist. Als iemand hem kwam zoeken, zou het veiliger zijn dat ze van niets wist.

Hij had zich met licht kunnen omhullen om zichzelf te verbergen, maar zijn hoofd deed zo nu en dan nog pijn en het vergde te veel van hem om de bronzen schijfjes te gebruiken. Bovendien stond hij niet zo stevig op zijn benen – zijn lijf was nog beurs van de afranseling – en hij moest zijn krachten sparen voor wat hem te doen stond.

Toen hij de hoek van Amsterdam Avenue bereikte kwam een bekende figuur naar buiten bij de uitgang van een van de bars. Hij had het licht kunnen manipuleren, maar het was te laat. Ze had hem al gezien. Het nu op een lopen zetten zou respectloos en beledigend zijn.

'Ik had zo'n voorgevoel dat je vanavond zou weggaan,' liet Cela hem weten toen hij eindelijk bij de plek kwam waar ze met haar armen over elkaar geslagen op hem stond te wachten. 'Dus dat was het dan? Wilde je er zomaar tussenuit knijpen zonder dag te zeggen?'

Hij reageerde niet. Wat kon hij zeggen? Ze had gelijk en de boosheid die in haar woorden doorklonk was terecht.

'Na alles wat ik voor je heb gedaan, zoals mijn familie overhalen om je in huis te nemen?'

'Ik ben ze dankbaar...' begon hij, maar Cela had haar boosheid niet meer in de hand.

'Die indruk wek je anders helemaal niet.' Ze keek hem kwaad aan. 'Waar ga je eigenlijk naartoe?'

'Het is beter dat je dat niet weet,' zei hij zacht, en hij haatte de emoties in haar ogen. Argwaan. Afkeer. Emoties die hij regelmatig in de ogen van mensen zag die hij tegenkwam, ogen die naar hem keken zonder te zien wie hij echt was en zonder de goedheid te zien die hij in zich had. Mensen die alleen zijn huidskleur zagen. 'Dat is veiliger,' probeerde hij haar duidelijk te maken

'Véíliger?' vroeg ze met een smalende snauw. Daarna trok ze haar wenkbrauwen samen. 'Je gaat naar die ring op zoek, of niet?'

Weer bleef hij stil, maar uit haar veranderende gezichtsuitdrukking maakte hij op dat ze het begreep.

'Waarom? Waarom laat je dat verrekte ding niet voor wat het is, na alle problemen die het iedereen heeft bezorgd?'

Hij gaf haar het enige antwoord dat hij kon geven. 'Omdat ik niet anders kan.'

'Hoezo niet?' drong ze aan.

'Ik heb een belofte gedaan,' vertelde hij haar. 'Ik heb Darrigan beloofd dat ik jou in veiligheid zou brengen en de ring zou beschermen. Dat eerste heb ik gedaan, en nu moet ik dat andere gaan doen.'

'Je bent Darrigan niks verschuldigd,' zei ze nu wat zachter en ze trok haar volle lippen samen. 'We staan geen van beiden meer bij hem in het krijt.'

'Dat kan wel zijn,' beaamde hij, 'maar ik heb je toch uitgelegd wat de ring kan aanrichten? In de verkeerde handen heeft hij vernietigende krachten. Ik moet voorkomen dat dit gebeurt. Ik kan niet toestaan dat de Orde of iemand anders die kwaad in de zin heeft de steen bemachtigt.'

Cela staarde hem heel even aan, met een scherpe intense blik in haar bruine ogen, terwijl ze over zijn woorden nadacht. Daarna ademde ze haperend uit, een zucht van frustratie, maar tegelijk ook van begrip. 'Dan ga ik met je mee.'

'Nee...'

'Ik ben die ring kwijtgeraakt, dus ik help je zoeken.'

'Deze strijd is niet aan jou.' Jianyu schudde zijn hoofd. 'Jij blijft hier, bij je familie, waar je hoort.'

Geïrriteerd keek ze hem aan. 'Je was met mij in dat huis, toch? Ik hóór daar niet.'

Hij had het wel gemerkt, hij had de spanning gevoeld, maar... 'Het is je familie. Je eigen blóédverwanten.'

'Het is dan wel mijn moeders familie, maar het is nooit echt die van mij geweest, bloedverwanten of niet.' Haar kaak stond gespannen en koppig. 'Mijn grootouders keurden de keus van mijn moeder om allerlei redenen af toen ze met mijn vader trouwde, maar het kwam er in feite op neer dat zijn huid te donker was. Het maakte niet uit dat hij zich in het zweet werkte om ons een goed leven te geven: een dak boven ons hoofd en schoenen aan onze voeten. Ze vonden hem te min, van een lagere klasse, en toen Abel en ik met net zo'n donkere huid werden geboren, gold dat ook voor ons,' vertelde ze hem. 'Niet dat ze dat ooit hardop zeiden, maar we wisten het wel.' Ze liet haar schouders hangen onder de last van haar bekentenis. 'Mijn moeders familie onderhield alleen het contact met ons omwille van haar, maar ze waren nooit hartelijk, ik voelde me er nooit thuis, zelfs niet toen mijn moeder nog leefde. Ze gaven mijn vader de schuld toen ze een paar jaar geleden aan tbc overleed, en nu beschuldigen ze mij van Abels dood. Ik zie het in hun ogen. Ze hebben de geruchten gehoord, dat ik het huis ontvluchtte, en misschien zeggen ze het niet hardop, maar ze zijn er heilig van overtuigd dat ik er iets mee te maken heb. Dus nee, ik hoor daar niet. Als je weggaat, ga ik met je mee.'

Jianyu herkende het gevoel dat Cela duidelijk wilde maken toen ze haar kin iets omhoogstak, hem uitdagend haar tegen te spreken. Het was dezelfde gezichtsuitdrukking die hijzelf maar al te vaak als een masker droeg, het ijzeren harnas dat als bescherming diende tegen de onophoudelijke wreedheid van een wereld waarin hij niet welkom was. Maar omdat hij het herkende, wist hij ook wat erachter schuilging – de kwetsbare ziel die onherstelbaar beschadigd kon raken.

Hij fronste. 'Deze last moet ík op me nemen.'

Ze zuchtte diep en zag er ineens kwetsbaar uit. 'Dat zie je verkeerd. Vanaf het moment dat ze het huis binnenstormden en mijn broer doodschoten is het ook mijn last.'

'Maar –'

Ze onderbrak hem. 'Zeg eens, heb je een plan bedacht om Evelyn te vinden?' Ze hield haar mond even om hem het woord te geven, maar toen hij stil bleef schudde ze haar hoofd. 'Wat wilde je doen? Een beetje rondzwerven tot je haar tegenkomt? Het is een grote stad. En ík weet waar ze woont.'

NIET VOLGENS PLAN

1902 – New York

Niets was gegaan zoals Logan Sullivan had verwacht. Toen hij die ochtend het pand van professor Lachlan had verlaten had hij niet kunnen bedenken dat hij die dag vastgebonden in een donkere, bedompte kelder van een verrot gebouw zou eindigen, bewaakt door twee jongens die eruitzagen alsof ze zich voor het eerst schoren toen ze acht waren.

Vooral de roodharige was angstwekkend. Hij wreef zijn vingertoppen over elkaar waardoor een dansende vlam oplaaide terwijl hij naar Logan bleef loeren, alsof hij het moment afwachtte waarop Logan iets verkeerd zou doen.

Maar dat zou niet gebeuren.

Misschien waren de dingen toch niet zo soepel verlopen en had professor Lachlan het mis toen hij had gezegd dat het makkelijk zou zijn en dat zijn jongere versie zeker zou vaststellen dat alles wat Logan zei waar was. Het was heel wat makkelijker geweest als die twee idioten hem niet eerst te pakken hadden gekregen, en het was absoluut beter verlopen als Esta er niet met het pakketje vandoor was gegaan dat professor Lachlan aan Logan had toevertrouwd om af te leveren; het Boek en de stenen zouden al een heel eind zijn gekomen met het rechtzetten van alles wat fout was gegaan.

Maar hij had het notitieboekje tenminste nog. Zodra de professor over zichzelf zou lezen, zou hij weten dat Logan de waarheid sprak. Als hij las hoe behulpzaam Logan was geweest voor de toekomstige versie van de professor geloofde hij hem vast en zeker. Misschien zou hij Logan zelfs kunnen helpen terug te keren naar zijn eigen tijd. Hoewel hij een donkerbruin vermoeden had dat dit zonder Esta onmogelijk was.

Shit!

Er klonken voetstappen op de steile trap naar de kelder, een ongelijkmatig loopje dat Logan meteen herkende. *Zie je nou,* dacht hij. Hij had al die tijd gelijk gehad.

Logan wierp de roodharige knul – Firebug McGee of zoiets – een zelfvoldane blik toe. Het was een kwestie van een paar seconden, dan zou hij zijn recht halen.

Het was nog steeds een schok om te zien hoe jong de professor hier, in deze tijd, was. Hij was vermoedelijk niet ouder dan vijftien, ongeveer net zo oud als Logan zelf was geweest toen hij een kaartje had ontvangen met de uitnodiging om de oceaan over te steken en een nieuw leven te beginnen. Zijn oom, een laag-bij-de-grondse heler van gestolen spullen, was een van de contactpersonen van de professor in Engeland geweest, en hij had Logan geen keus gelaten. Voor de dertienjarige Logan leek het te mooi om waar te zijn: hij zou verlost zijn van de constante dreiging van zijn ooms vuisten en de professor had voor zijn moeder betaald, voor het huis op het platteland dat ze altijd al had gewild. Dat Logan binnen de Barrière moest leven, met hoofdpijn door het tijdreizen of Esta's bijdehante neigingen had hij graag op de koop toegenomen, omdat er een goed leven en het respect van de professor tegenover stond.

Maar deze jongen was nog niet de man die de professor zou worden. Het jongere gezicht van de professor had nog niet eens het waas van een eerste baard en zijn ogen achter de bril met het gouden montuur, hoe bekend ook, hadden geen last van de staar waar ze in de toekomst door geplaagd zouden worden. Toch lag dezelfde bovennatuurlijke wijsheid in zijn ogen, de glinstering van intelligentie die Logan vanaf de eerste keer dat ze elkaar hadden ontmoet had verteld dat er met de oude man niet viel te spotten.

Het komt goed.

'Laat ons alleen.' De jongen die eens de professor zou worden stond onder aan de trap, pal voor Logan, en nam hem met een vertrouwde uitdrukking op zijn gezicht op.

'Zeker weten, Nibs?' vroeg de roodharige, terwijl hij weer een vlam met zijn vingers liet oplaaien en ongerust naar Logan keek. 'Ik kan blijven, voor de zekerheid.'

De professor wendde zich tot de roodharige knul. 'Denk je soms dat ik het niet alleen af kan?' vroeg hij scherp.

De vlam in de hand van de jongen doofde. 'Ik dacht alleen...'

'Als ik afhankelijk zou zijn van wat jij denkt, zouden we snel in de problemen komen, Mooch. Gelukkig is dat niet zo. Ik reken erop dat je doet wat ik van je vraag. En ik vraag je nu me alleen te laten met onze gevangene. Ik handel het zelf af.'

'Goed, Nibs. Sorry.' Mooch wierp Logan een dreigende blik toe, waarna hij de trap op liep en Logan overliet aan de jongere versie van zijn vriend en leermeester.

'Dus,' zei Logan na een ongemakkelijke stilte. Hij wist niet goed waar hij moest beginnen. De man die deze jongen zou worden was als een vader voor Logan geweest. Hij had Logan onder zijn hoede genomen en hem alles geleerd wat hij wist, maar de knul die nu voor hem stond was een vreemde. 'Noemen ze je Nibs?'

'Alleen de mensen die niet beter weten.' De neusvleugels van de professor trilden een beetje, net als elke keer dat Logan of Esta iets had gedaan wat hem pissig had gemaakt. Het was griezelig om dit in het gezicht van deze jonge versie te zien. 'Jij kunt me James noemen, want ik neem aan dat we elkaar kennen.'

'Dus je hebt het notitieboekje gelezen?' vroeg Logan, nog te nerveus om opluchting te voelen.

'Inderdaad.' De professor – James – steunde op het zilveren handvat van de wandelstok. 'Het is wel iets heel bijzonders dat je me hebt gegeven. Te bizar om waar te zijn, eigenlijk.'

'Geloof je het niet?' Een ongemakkelijk gevoel bekroop Logan en er trok een prikkeling langs zijn nek. *Hij móét het geloven.* Als hij dat niet deed was Logan echt de klos.

'Ik geloof nooit iets zonder bewijs,' verklaarde James, zijn bril hoger op zijn neus duwend. 'Je had het over Delphi's Traan?'

'Die is hier in de stad,' liet Logan hem weten. Blijkbaar had het notitieboekje hem niet geïnformeerd over de andere stenen, wat misschien maar beter was.

'Hoe weet je dat?'

'Dat is wat ik doe,' antwoordde Logan en toen James zijn ogen tot spleetjes vernauwde legde hij het hem uit. 'Ik bedoel dat ik dingen kan vinden. Of liever gezegd: ik kan dingen opsporen die bezield zijn met magie. Andere dingen kan ik ook vinden,' voegde hij er vlug aan toe toen James naar hem fronste, 'maar het lukt me het best als er sprake is van een bepaalde kracht.'

'Hoe zit het met de rest van de artefacten? De stenen en het Boek?'

Logan kreeg het benauwd op zijn borst. 'De rest?' herhaalde hij ontwijkend.

'Jij moest ze aan mij geven, volgens de notitieboekjes. Als de aantekeningen op die pagina's waar zijn, zou je een pakketje voor me hebben. Als dat niet zo is...'

'Ik had het bij me,' verzuchtte Logan wanhopig. 'Ik zweer het.'

'Maar nu niet meer,' constateerde James, en hij zag er meer dan ooit uit als de teleurgestelde professor die Logan had gekend.

'Esta heeft ze afgepakt,' legde hij uit. 'Ze weet hoe beroerd ik me voel vlak na een tijdreis en ze heeft er misbruik van gemaakt.'

'Esta?' James verstarde. Toen hij weer begon te praten klonk zijn stem indringend. 'Weet je zeker dat zíj het Boek en de artefacten heeft?'

Logan knikte. 'Ze liet me hier met niets achter en toen namen die grote jongens me mee voordat ik kans zag bij jou te komen.'

'Kelly's jongens,' mompelde James, maar hij keek niet naar Logan. Hij staarde peinzend naar de donkere hoek van de kelder en ineens leek hij tot een besluit te zijn gekomen. 'Het is een boeiend verhaal.'

'Het is de wáárheid.'

'Dat zeg jij. En ik wil je graag geloven maar ik kan er op geen enkele manier zeker van zijn. Misschien heb je het Boek wel gebruikt om me om de tuin te leiden.'

'Dat heb ik niet gedaan,' verzekerde Logan hem, en opnieuw voelde hij een stekende paniek. 'Je moet me geloven.'

'Ik móét helemaal niks, en dat levert een probleem op – voor jou.' Hij omklemde het handvat van zijn wandelstok steviger, een gebaar dat net als zijn woorden als dreigement was bedoeld.

'Laat het me bewijzen,' smeekte Logan.

'Hoe dan?' vroeg James. 'Wat zou je in godsnaam kunnen doen? Welk bewijs heb je me te bieden?'

'Laat me Delphi's Traan voor je zoeken – de ring. Hij is dichtbij. Dat weet ik. Ik zal hem vinden en aan jou geven, dan weet je dat ik niks voor je te verbergen heb.'

James hield zijn gezicht in de plooi om zijn belangstelling te verbergen. 'Weet je echt waar de ring is?'

'Niet precies,' antwoordde Logan. 'Maar ik kan je erheen brengen.'

James dacht na over het aanbod. 'Mooch!' riep hij, harder bulderend dan Logan had verwacht van zo'n tengere jongen.

'Ja, Nibs?' De roodharige verscheen zo snel boven aan de trap dat Logan wist dat hij daar had staan wachten.

'Haal Jacob en Werner en kom naar beneden.'

Dat was niet de reactie die Logan wilde. Terwijl James verwachtingsvol naar de trap keek testte hij de touwen om zijn polsen. Als hij ze losser kon maken zou hij zich misschien al wrikkend kunnen bevrijden. Maar ze zaten nog net zo strak als toen Mooch ze had vastgemaakt en voordat hij iets kon doen waren de drie grote jongens de trap af gekomen en stonden ze op nadere orders te wachten.

'Je wilde onze hulp?' vroeg de jongen met zandkleurig haar, en ineens voelde Logan dat de lucht uit zijn longen werd geperst.

'Nog niet, Werner,' zei James met zijn blik op Logan. 'We hebben hem levend nodig... voorlopig.'

INBREKEN EN BINNENSLUIPEN

1902 – New York

Toen Jianyu eindelijk bij het pand aankwam keek hij op en zag hij de verduisterde ramen van het appartement, waarvan Cela had gezegd dat Evelyn er woonde, en hij vroeg zich voor de zoveelste keer af of hij wel het goede pad bewandelde. Als kind was hij nooit van plan geweest een dief te worden. En nu, door de keuzes die hij had gemaakt, had hij geen vaderland en geen thuis meer en was hij ver weg van zijn familie in een situatie die zijn voorstelling ver te boven ging en die hij niet in de hand had. Even keek hij omhoog naar de donkere hemel, naar de sterren turend die dezelfde sterrenbeelden vormden als in zijn jeugd.

Hij ontwaarde de Veehoeder en het Weversmeisje, die hij op heldere avonden wel vaker zag. In het verhaal waren de twee uit elkaar gejaagd, gescheiden door de Zilveren Rivier, zoals hij nu door een continent en de oceaan werd gescheiden van zijn ouderlijk huis. Maar Jianyu's eigen keuzes hadden hem weggeleid van zijn geboortehuis, en er waren geen eksters die hem op magische wijze terug konden brengen. Zelfs als dat wel zo was, kon hij niet terug. Niet zonder de vlecht die door de Manchu-wet werd voorgeschreven.

De toekomst was onbekend. Zijn levenspad lag nu hier, in dit land, maar wat zou hij ermee doen? Waar kon hij naartoe en wat zou er van hem worden als hij niet gebonden was aan de Barrière, nu hij niet kon terugkeren naar zijn vaderland? Als de Barrière bleef voortbestaan, hoe zou hij dan in de wereld moeten leven waar hij was?

Maar de vragen waren voorbarig. Er was geen toekomst meer als de steen in de verkeerde handen viel. Dus zou hij besluiten weer een bandiet te worden – een dief – om kans te maken op een andere toekomst.

'Weet je zeker dat ze hier woont?' vroeg Jianyu.

Cela knikte. 'Ik moest haar garderobe een paar maanden geleden opruimen omdat ze het te druk had of te lui was om naar het theater te komen toen er geen voorstellingen waren. We hebben meer dan genoeg tijd. Ze is voorlopig nog aan het werk,' vertelde Cela hem. 'Het doek valt pas tegen elven.'

'Wé?' vroeg Jianyu, zich naar haar omdraaiend terwijl een rilling van paniek langs zijn rug omhoogtrok. Hij kon niet de steen halen én haar beschermen. 'Jij gaat niet mee,' zei hij kortaf, en het klonk botter dan hij had bedoeld.

'Loop naar de hel...'

'Ik heb je hier nodig,' drong hij aan, in een poging haar tot bedaren te brengen voordat ze nog bozer werd. Ze hadden geen tijd voor ruzie. 'Om op de uitkijk te staan om te zien of er gevaar dreigt.'

'En wat moet ik dan doen als dat zo is?' vroeg Cela aarzelend.

'Mij waarschuwen.' Voordat ze verder kon tegensputteren voegde hij er snel aan toe: 'Kun je een of andere roep van een vogel nadoen? Het raam staat open,' zei hij, wijzend naar het wapperende gordijn uit het open raam.

Hij wist dat ze boos was, maar daar had hij nu geen tijd voor. Voordat ze hem kon tegenhouden opende hij de lichtstralen, trok ze om zich heen en liep naar het appartementencomplex.

Het was een makkie om Evelyns vertrekken ongezien binnen te komen. Toen hij het slot eenmaal had gekraakt en naar binnen was gegaan, was het appartement niet echt wat Jianyu had verwacht. De vrouw zelf was een kakelbonte verschijning met haar opzichtige jurken en accessoires, maar de kamers waren koud, er stonden nauwelijks meubelen en er lagen rommelige bergen kleren. Het was meer een plek waar iemand zijn roes van te veel Nitewein uitsliep of waar iemand woonde die het niet voor het kiezen had, maar niet omdat het nou zo huiselijk en knus was. Even had Jianyu medelijden met haar omdat ze zo armoedig woonde, maar toen bedacht hij dat wat ze had gedaan geen medelijden verdiende. Evelyn had haar keuzes gemaakt en nu moest ze voor de gevolgen opdraaien.

Er viel genoeg maanlicht door het open raam naar binnen zodat hij gemakkelijk zijn weg kon vinden, zoekend in dozen en onder het bed. Hij ging systematisch te werk, tilde zijden kousen op en legde ze weer netjes terug, zodat het leek alsof er nooit iemand was geweest. Het was beter dat ze geen onraad rook.

Terwijl hij de hopen op haar bed doorzocht hoorde hij ineens de roep van een uil.

Dit is geen echte uil, realiseerde hij zich toen het geluid voor de tweede keer klonk... en een derde keer. *Cela!*

Hij legde de hoop kleren terug zoals hij ze had aangetroffen en liep al naar de deur toen hij het slot hoorde openklikken. Omdat hij zich nergens kon verstoppen haalde hij de bronzen schijfjes vlug uit zijn zak en gebruikte ze om het beetje maanlicht dat er was te openen en zich ermee te omhullen. Evelyn voelde aan dat er iemand binnen was, maar als hij snel was zou ze hem niet te pakken krijgen.

Hij bleef naast de deur staan en wachtte af. Maar de persoon die binnenkwam bleek Evelyn niet te zijn.

SESJAT

1904 – St. Louis

De opwinding van de parade had het beoogde effect gehad en mensen naar de brede boulevard gedreven, waardoor de Straten van Caïro bijna verlaten waren. Harte kwam vlak achter Esta aan terwijl ze langs allerlei winkeltjes liepen waar goedkope prullen werden verkocht en langs het restaurant waar de geur van specerijen en gebraden vlees in de lucht hing. Zijn maag begon ervan te knorren, maar hij hield zijn aandacht op de achterkant van Esta's smalle schouders gericht en op de onophoudelijk gonzende energie van de macht in hem.

Toen ze de replica bereikten van de Egyptische tempel waar de boottocht was struikelde Harte bijna omdat de macht ineens met een ruk oplaaide om zich kenbaar te maken. Er was iets met deze specifieke attractie wat de stem geërgerd opzweepte, maar je kon maar op één manier de zaal waar het collier lag in- en uitgaan, en dat was via de Nijl. Harte deed zijn best om de macht te negeren terwijl hij de bewaker wat extra munten toestopte voor een boot voor hen alleen, waarna hij achter Esta aan liep en instapte.

Even later duwde de roeier hun boot af en gingen ze de eerste donkere tunnel in. De rumoerige wereld van de tentoonstelling viel weg en het rustige klotsen van het water door de beweging van de roeispaan was het enige geluid in het bedompte kanaal. Hij hoefde Esta niet te zien om te weten waar ze in het donker was. Zelfs boven de geur van het water uit kon hij naast zich een vleug van haar zeep opvangen. Sinds haar belachelijke besluit om zich als jongen te kleden had ze de zacht bloemige zeep die ze anders altijd gebruikte verruild voor een neutraler en frisser geurtje, en toen hij dat in het donker rook zag hij het beeld van haar die ochtend in het pension, vochtig en frisgewassen.

Maar het was dom van hem om dit beeld toe te laten, want de macht begon aan de kwetsbare grens van wie hij was te knagen. Harte kende die grens zelf maar al te goed, omdat hij er vaak genoeg bij anderen overheen ging, wanneer hij zijn magie gebruikte om iemands gedachten te lezen of iemands doen en laten te beïnvloeden. Nu het om zijn eigen grenzen ging die op dezelfde manier werden bedreigd, was dat een vervelende confrontatie met zijn magische gave en hoe gevaarlijk die kon zijn.

De roeier dreunde zijn praatje met een monotone stem op, maar Harte kon er geen aandacht voor opbrengen omdat hij zich moest concentreren, om te zorgen dat de macht in hem niet zou losbreken. Ze kwamen langs taferelen die het leven in het oude Egypte uitbeeldden – de bouw van de piramiden en de overstroming van de Nijl, met rijke oogsten als gevolg. Vaag zag hij de namen van goden en godinnen, maar naarmate de boot voortgleed werd de macht sterker, en het werd steeds moeilijker hem in bedwang te houden.

Esta zat met een rechte rug naast hem, geconcentreerd voor zich uit kijkend – waarschijnlijk bereidde ze zich mentaal voor op wat hun te doen stond – maar Harte kon zijn blik amper focussen. Zijn handen waren klam, zijn hoofd tolde en de randen van zijn gezichtsveld waren wazig, terwijl de stem in zijn oren schalde en woorden schreeuwde in een taal die hij niet kende.

Toen ze tegen het einde van de boottocht een andere tunnel naderden verstomde de stem en trok de macht zich terug, ze lieten een uitgeholde leegte in hem achter. Harte zat te hijgen en ademde diep in en uit om zichzelf te kalmeren. Ze waren er bijna. Nog twee zalen en dan zouden ze de boot weer uit gaan. Daarna waren ze van plan om over het Rechte Pad naar de tempel van Khorasan te lopen, waar de Ster van de Djinn lag. Maar toen de boot de zaal vol perkament- en zegelrollen binnenvoer roerde de macht zich opnieuw.

Als Harte de macht eerder al sterk had gevonden, of als hij meende dat hij hem de baas was, realiseerde hij zich nu dat hij het al die tijd mis had gehad. *Helemaal mis.* Alles wat hij hiervoor had ervaren was niets meer dan een vage schim van de ware macht. Die had zich kennelijk schuilgehouden en misschien dit moment afgewacht.

De boot, de nabootsing van de Nijl en de zaal met perkamentrollen waren naar een andere tijd en een andere plaats vergleden. De muren waren rond, het plafond was goudkleurig geschilderd en in het midden stond een tafel die op een altaar leek, met een boek erop. Er stond een vrouw overheen gebogen, haar lange lokken kronkelden als slangen om haar magere gezicht. Haar met kohl omlijnde ogen tuurden naar het perkament voor zich en de lucht leek te trillen van haar intense drang. Er was sprake van magie; warm, haast tastbaar en krachtiger dan Harte ooit eerder had gevoeld.

De mond van de vrouw vormde woorden die hij niet kon horen, maar hij begreep hun betekenis toch, omdat hij de krachten die onmiskenbaar dreigend langs hem streken in de lucht voelde trillen. Het deed hem denken aan het gevoel dat hij had toen Esta hem door de tijd mee had getrokken, akelig, gevaarlijk en verkeerd. Alsof de wereld instortte en tegelijk uit elkaar viel. Ontzet keek hij toe terwijl de vrouw een mes pakte en een snee in haar vingertop maakte, waarna ze het donkere bloed in een kommetje liet druppelen.

Ze nam een rietstengel op, doopte die in het kommetje en roerde ermee voordat ze de punt op het perkament van het boek zette. Met elke lijn die ze trok nam de energie toe, tot die als een furieuze rukwind door het vertrek joeg. Verzengend. Woedend. Puur. Haar gezicht was een en al concentratie: haar zwart omlijnde ogen tuurden ingespannen en ze hield haar kaken op elkaar geklemd, terwijl de krachten in de lucht haar haren om haar gezicht op zwiepten. Ze trok nog een lijn met haar riet, en nog een, totdat ze uiteindelijk stopte omdat haar hand begon te beven.

Toen liet de vrouw haar blik op Harte rusten alsof ze dwars door hem heen keek en zijn ziel, zijn ware aard, zag. Elke fout die hij had gemaakt, het berouw dat hij dag in, dag uit met zich meedroeg, al zijn angsten en verlangens. Ze zag álles.

Ineens liet ze het riet vallen en begon ze te schreeuwen alsof ze uit elkaar werd gerukt. De krachten wervelden door de zaal en zwollen aan tot er alleen nog een woedend gebulder klonk dat uit Hartes diepste wezen leek op te wellen. Alsof hij de vrouw was geworden.

Terwijl ze haar laatste lijn trok klonk het geschreeuw vanuit het diepste van haar ziel op en kwam het ook vanbuiten. De wereld bulderde haar waarschuwing, maar ze kon niet luisteren. Ze wílde niet luisteren. Ze moest afmaken waar ze aan was begonnen, ook al had ze het gevoel dat ze uit elkaar werd gerukt, als opoffering en offer aan de krachten die de bron van alle magie waren.

Een offer dat haar zou transformeren in zo veel meer dan ze nu voorstelde.

Zelfs nu ze haar diepste wezen, wie en wat ze was, voelde verbrijzelen en de leemten in haar groter en groter werden tot die versplinterden, begon ze weer te schreeuwen, zich vastklampend aan het altaar terwijl de macht van haar bezwering – haar sterkste en weerzinwekkendste creatie – door haar lijf joeg.

Hij kwam eraan, maar dat was niet erg. Hij was te laat.

Te laat om haar tegen te houden.

Te laat om de krachten die het perkament en de inkt bevatten – de huid en het bloed dat zij had gecreëerd – weg te nemen. Hij had geprobeerd om deze magie te stelen en zich haar toe te eigenen, om haar uit te delen aan mensen die er geen recht op hadden, in ruil voor hun gunsten en macht.

Hij kwam eraan en zij zou hem kapotmaken. Al moest ze de sterren uit de hemel rukken, hij zou haar niet verslaan.

Vuile verrader! Dief! Vannacht zou hij het loodje leggen, dan was haar meesterwerk veilig.

Maar eerst... Ze pakte een van de gepolijste edelstenen van het altaar – een lapis lazuli – en richtte haar magie erop, om de steen met een deel van zichzelf te bezielen. Daarna pakte ze een andere steen – een malachiet – en weer een andere, en elke steen bezielde ze met haar magie, waarmee ze zichzelf in stukjes opdeelde om uiteindelijk machtiger te worden dan ze ooit was geweest.

Ze pakte de laatste van de vijf stenen en voelde zich nog één keer versplinteren, in stukken gebroken voor een grootser doel. Toen de stenen begonnen te gloeien verdween de pijn van de intense afschuw over haar zelfvernietiging meteen. Ze zakte in elkaar en viel voorover op het altaar.

Er was geen tijd om uit te rusten en op wiebelige benen liep ze snel om het altaar heen terwijl ze de stenen eromheen op de grond neerlegde. Een voor een plaatste ze de schatten op de omtrek van een perfecte cirkel die gelijkmatig en evenwichtig op het tafelblad was getrokken, als een kring om het Boek dat erop lag.

Ineens hoorde ze voetstappen dichterbij komen en ze draaide zich om. Er stond iemand in de schaduwen te wachten.

Een man. Zijn gezicht kon ze niet zien.

'Thoth,' zei ze, met een rood waas voor ogen van pure haat.

De man stapte uit het donker in het licht. Zijn hoofd was kaal, de bruine huid van zijn schedel was gladgeschoren, er was geen haartje te zien.

'Ik wist dat je zou komen.' Haar schorre stem klonk verwijtend.

'Ach, Sesjat...' Hij schudde meewarig zijn hoofd. 'Natuurlijk ben ik gekomen. Om je te behoeden voor een verschrikkelijke fout.'

Ze vertrok haar mond. 'Denk je dat je mij kunt stoppen? Je bent maar een gewone man.'

'Ze noemen me inmiddels een god,' liet hij haar weten, en hij lachte zacht.

'Ze zullen snel genoeg inzien dat ze zich vergissen,' beet ze hem toe, om het altaar heen lopend zodat ze tussen de man en het altaar in stond.

'Je kunt de pagina's die je hebt gecreëerd niet vernietigen, Sesjat. Je zou ons allemaal naar de verdoemenis helpen.'

Haar ogen lichtten op met iets wat op een sprankje hoop leek. Haar angst, als dat het was geweest, was verdwenen. 'Wie zegt dat ik ze wil vernietigen?'

De hete, droge woestijnlucht begon om het altaar heen te wervelen en de stenen gingen gloeien.

'Hou daarmee op,' beval Thoth haar.

Maar ze luisterde niet. De stenen waren nu heldere lichtpunten geworden, als sterren die op aarde waren gevallen, en ertussen begonnen de levensaders van het bestaan – die delen van de wereld die orde in de chaos brachten – ook te gloeien in vreemde, spookachtige kleuren.

'Je probeerde iets weg te nemen wat niet van jou is,' zei ze, waarna ze haar karakteristieke vreemd hoge lach liet klinken. Het klonk onbeheerst, zelfs in haar eigen oren, alsof ze zichzelf niet in de hand had. Hysterisch opgewekt liep ze naar hem toe. 'Dacht je dat je macht kon uitoefenen, jij die er niet eens voor bent geboren? Je zult de bron van magie nooit meer kunnen bereiken. Je volgelingen zullen zich tegen je keren, je aan stukken scheuren. En ik zal op je lijk dansen terwijl het in de woestijnzon uitdroogt.'

De man vloog haar aan met een van razernij verwrongen gezicht.

Ze zag zijn aanval niet aankomen. Ze klauwde naar hem en haar nagels lieten rode striemen achter op zijn gezicht, maar hij was sterker en uiteindelijk viel ze naar achteren, dwars door de kolkende kleuren en gloeiende levensaders heen die de grens om het altaar vormden, en ze schreeuwde het uit.

'Duivelse heks!' riep Thoth, spottend, en hij veegde het over zijn wang sijpelende bloed weg. Even keek hij er met walging naar, daarna deed hij een paar stappen in haar richting en naderde hij de lichtgevende grens, maar hij bleef op veilige afstand staan zodat hij die niet kon aanraken.

Zij stond met grote paniekogen in de kring. Ze zat in de val, net zoals zij de geheimen van magie met een boek had willen vangen. 'Wat heb je gedaan?'

'Ik heb je eigen verdorvenheid tegen je gebruikt,' antwoordde hij. 'Dacht je echt dat je alle macht van dat boek voor jezelf kon houden?' Hoofdschuddend trok hij het zwaard met een gekromd lemmet – als een zeis – van zijn rug.

In de kring ging Sesjat woedend tekeer en ze krijste als de duivelse heks waarvoor hij haar had uitgemaakt.

'Je kent mijn wapen toch wel, Sesjat? Een zwaard gemaakt van de sterren. IJzer dat uit de hemel kwam vallen.' Met opgeheven wapen liep hij naar de eerste steen. 'Het kan alles doorhakken.'

'Nee!' krijste ze, en haar schelle stem doorkliefde de zaal.

Maar ze kon niets doen. Thoth bracht het kromzwaard omlaag, de steen spleet in tweeën en beide helften doofden uit, waarop Sesjat jammerend gilde van pijn en angst.

Thoth liep naar de volgende steen. 'Nu kun je tenminste niet nog meer ellende aanrichten,' grauwde hij terwijl hij zijn zwaard weer omlaagbracht. 'Je kunt ook geen macht meer voor jezelf opeisen.' Hij hakte de derde steen kapot.

Inmiddels lag ze in elkaar gezakt op de grond en probeerde ze zich aan het altaar op te trekken, waar het boek lag. Toen ze opkeek waren haar ogen zwart. De diepe duisternis erin leek haar te verteren, leek de wereld te verteren.

Thoth liep naar de vierde steen en toen hij ook die had vernietigd kromde haar rug zich naar achteren en viel ze achterover op de grond. Toen vloeide de zwarte duisternis uit haar mond en vulde de hele zaal, samen met haar gejammer. Maar ze trok zichzelf weer overeind, keek naar Thoth en de duisternis in haar ogen kwam tot leven.

'Je kunt je niet voor mij verbergen,' dreigde ze. 'Ik zal je altijd weten te vinden en al moet ik de wereld aan flarden rukken, ik zal je hiervoor laten boeten.'

Toen Thoth de vijfde en laatste steen met zijn zwaard doorkliefde schreeuwde Sesjat het nog één keer uit, terwijl de zwarte duisternis uit haar wegstroomde tot er niets van haar overbleef. Geen lichaam. Geen bloed. Geen botten. Alleen de holle echo van haar gekrijs.

DE VERNIETIGING

1904 – St. Louis

Hoewel Harte weer tot zichzelf was gekomen had hij nog steeds het gevoel dat hij uit elkaar werd gerukt. De herinnering aan de vrouw die was verzwolgen door de zwarte leegte bleef hem achtervolgen en hij kon haar paniek, doodsangst en frustratie omdat ze was verslagen nog voelen. In een kort moment van begrip voelde hij haar oneindige hunkering en boosheid. Een eeuwigheid van gevangenschap in de pagina's van het Boek, waarin ze afwachtte, plannen beraamde en ondertussen bozer en bozer was geworden.

De macht in hem had een naam.

Sesjat. Een vrouwelijke demon die uit wraak de wereld zou verwoesten.

Eens had ze echt geleefd en geprobeerd om magie voor zichzelf te houden door het de wereld te ontzeggen, totdat er een eind werd gemaakt aan haar praktijken. Ze werd kapotgemaakt... maar dat was niet gelukt. Thoth had het geprobeerd, maar een deel van haar leefde voort in de betekenis van de woorden die ze met haar eigen bloed had opgeschreven. Dat deel, het enige wat van haar over was nadat de rest met de stenen was verwoest, had in het Boek haar tijd afgewacht, verzwakt, geknakt en boos – zó ontzettend boos. Maar nu was het tijd, ze was klaar om herboren te worden, en dan zou ze de wereld aan flarden rukken als vergelding.

Harte beefde van de pijn die ze had achtergelaten en hij kookte van woede. Zelfs toen zijn visioen was vervaagd bleven de schaduwen van die andere tijd om hem heen hangen als een mist over zijn eigen wereld. Plotseling voelde hij de doffe klap van een hand op zijn wang en de schaduwen losten op tot alleen de werkelijkheid overbleef.

'Wat is er in godsnaam met jou, Harte?' vroeg Esta, en hoewel haar stem boos klonk was hij zich vaag bewust van een heel andere emotie in haar whiskykleurige ogen. *Angst.*

Hij wilde niet dat ze bang was. Zonder nadenken bracht hij zijn hoofd omhoog en drukte hij zijn lippen op de hare, maar ze beantwoordde zijn kus niet. In plaats daarvan trok ze zich met een blik van afschuw terug. Haar beweging deed de grond onder zijn voeten schommelen.

Niet de grond...

Ze zaten nog steeds in de boot op de nagemaakte Nijl in het centrum van een nagebouwd Caïro en ze moesten het collier jatten. Achter hem hoorde hij de roeier geschokt een afkeurend geluid maken. *En Esta gaat nog altijd als jongen gekleed.*

'We moeten maken dat we wegkomen,' fluisterde ze met op elkaar geklemde kaken. 'Nu meteen. Voordat hij iemand roept.'

Harte wist niet of hij wel kon opstaan, maar hij had geen keus. Toen hij van boord ging steunde hij op de reling om zijn evenwicht te bewaren en hij dwong zichzelf in beweging te komen, ondanks de doffe hoofdpijn en zijn wazige zicht.

'We moeten het afblazen,' zei Harte terwijl ze zich bij de stroom mensen voegden en naar de uitgang liepen. Zijn benen wankelden toen ze over het zilverkleurige pad naar de bewuste zaal wandelden.

'Daar is het nu te laat voor. En we zijn er bijna,' siste ze. 'Wat is er toch met je?'

'Ik denk dat het niet wát is, maar wíé,' antwoordde hij, terugdenkend aan de woestijnhitte en de pijn, en het gevoel uit elkaar te barsten. *En het verraad.* De pijn was nog zo echt, zo tastbaar dat hij er duizelig van werd.

Ze wierp hem een gefrustreerde blik toe. 'Je gaat me absoluut nog uitleggen wat er net met je was – als we hier tenminste wegkomen. Maar nú moet je je vermannen. Je hebt het pakketje toch wel bij je?'

Hij klopte op zijn jas en voelde het laatste rookbommetje onder zijn hand. 'Hm-hm...'

Ze naderden het einde van het zilverkleurige pad, waar het uitliep in de grote zaal. Het enige wat ze nog te doen stond was de lont van het laatste bommetje aansteken en de rook benutten om de mensen in de zaal te verjagen en ongezien met het collier te ontsnappen. Het was niet de elegantste manier, maar het werkte wel.

Iets leek er echter niet te kloppen. In tegenstelling tot de andere dagen, toen bezoekers in de zaal vijf of zes rijen dik om het collier heen stonden, was de zaal nu leeg, op een paar mensen na die net als zij van de boot waren gekomen.

Er waren zo weinig bezoekers dat ze de glazen vitrine met de Ster van de Djinn al op een afstand konden zien.

'Nee...' Hij hoorde Esta op hetzelfde moment dat hij het zelf ook zag. 'Het kan niet zijn verdwenen,' verzuchtte ze ontdaan, en ze liep naar de lege vitrine midden in de zaal.

De macht in hem roerde zich en even had Harte het gevoel dat de wereld rondtolde, en dat hij ver weg was van haar. Hij zat in de val en kon niet bij het collier. *Het was verdwenen.*

'Ondenkbaar...' begon hij, maar aan de overkant van de zaal zag hij een stel bewakers van de Jefferson Garde, die hen in de gaten hielden. De andere bezoekers waren doorgelopen omdat er niets te zien was in de zaal, vandaar dat de Garde de verbijstering van Esta en Harte opmerkte. Het was al te laat. De bewakers wisselden een blik en een van hen raakte de gouden penning aan die op zijn revers was gespeld.

'Het is een valstrik,' fluisterde hij, en zijn toon zorgde ervoor dat Esta's ogen even groot werden om aan te geven dat ze hem begreep. 'Wegwezen!'

Ze renden naar de uitgang, maar de bewakers kwamen achter hen aan. De open deur naar de Pike was als een helder baken dat hun moed gaf om door te rennen, maar terwijl ze de afstand overbrugden hoorde Harte het schrapende geluid van metaal en de poort ging langzaam dicht. De uitgang was nog maar enkele meters van hen vandaan, maar ze zouden het nooit halen. Inmiddels gingen de sluitbalken al omlaag en hij voelde de koude waarschuwing van corrupte magie, de kille energie die ongeveer als de Barrière aanvoelde.

De macht in hem laaide op toen ze zich realiseerde dat ze in de val zaten en Harte struikelde door de intense woede ervan – háár woede. Maar Esta pakte hem op tijd vast. Plotseling werd het stil in de zaal en de balken van de uitgang stopten met bewegen. Hij draaide zich naar haar om en zag de bekende concentratie op haar gezicht. Om hem heen zweefde het stof in de lucht en het licht viel vanuit de Pike door de deur naar binnen; het moedigde hen aan naar buiten te rennen. Sneller! De macht – Sesjat – bulderde triomfantelijk en drong zich naar de oppervlakte, ze rukte aan de toch al zwakke grens die hij tussen haar en de wereld had geprobeerd te bewaken.

In een oogopslag zag hij wat Sesjat zag, begreep hij wat zij begreep – de vernietigende macht van het kloppende hart van magie, de dreiging van totale chaos die de hele wereld opslokte.

Magie bevond zich in de lege ruimte tussen alles wat bestond, maar als magie daar ooit uit zou ontsnappen kon het de banden die de wereld bij elkaar hielden vernietigen. Hij zag het in een flits: de zwarte leegte die in de ruimte leefde – dezelfde leegte die hij in de ogen van de vrouw had gezien toen ze erdoor werd verteerd... Het zwarte gemis dat uit Esta's ogen was gevloeid, als een nachtmerrie voor wat hen te wachten stond. De zwarte duisternis strekte zich uit en verspreidde zich, waardoor de delen van de wereld uit elkaar werden getrokken. Het was meer dan alleen vernietiging. Het was een absolute verdwijning in het niets.

Zijn nieuwe inzicht was scherp, levendig en akelig echt: als Sesjat Esta als werktuig gebruikte en haar magie overnam, zou ze de wereld naar de verdoemenis helpen. Hij zag het voor zich – de wereld die in het niets oploste – maar dit heldere beeld duurde maar kort. Toen ze door de poort naar buiten glipten liet Esta zijn hand los en de wereld kwam met een schok weer in beweging.

Buiten scheen de zon verblindend fel en er was chaos uitgebroken op de Pike, zoals ze hadden gepland, maar de bewakers van de Garde die in de zaal hadden gestaan zaten hen op de hielen. En nog voordat de twee bewakers naar buiten kwamen snelden anderen toe, die zich tussen de mensenmenigte door drongen om zich naar Caïro te haasten. Hartes hoofd bonkte nog steeds en hij had het gevoel dat hij bij elke stap door zijn benen zou zakken, toch greep hij Esta's hand vast en trok hij haar met zich mee zonder dat het hem kon schelen hoe dat eruitzag nu ze als jongen gekleed ging.

De macht in hem haalde naar haar uit, maar Harte deed geen moeite om hem terug te dringen. Hij had al zijn kracht nodig om Esta door de hysterische mensenmassa heen te trekken en aan de bewakers te ontsnappen. Hij vond de doorgang die naar de rest van de tentoonstelling leidde, zoals ze van tevoren hadden uitgestippeld, en toen ze bevrijd waren van de commotie bij de Pike zetten ze het op een lopen.

ONTDEKT

1902 – New York

Jianyu kroop zo ver mogelijk in de hoek weg toen hij de vreemdeling het appartement zag binnenkomen. De man was jong – groot, maar eigenlijk nog een jongen – met blond haar en een bezorgde uitdrukking op zijn gezicht. Hij deed de deur zachtjes achter zich dicht en liep de kamer in, waarop Jianyu zijn magie voelde die zich in het vertrek verspreidde. De tentakels die langs hem streken waren warm, vertrouwd, en de jongen draaide zich om om met een verwarde blik naar de hoek te staren.

Jianyu hield zijn adem in en toen de knul een stap in zijn richting deed wist hij zeker dat hij hem had ontdekt. Hij kneep zijn ogen tot spleetjes alsof hij door Jianyu's omhulling heen tuurde en deed met opgeheven hand nog een stap naar hem toe.

Plotseling draaide hij zich weer om naar de donkere kamer. Hij bleef staan wachten, alsof hij naar iets luisterde. Daarna liep hij naar het raam en knielde ernaast neer.

Jianyu overwoog zijn opties: als hij weg zou gaan, moest hij de deur opendoen en dan zou de blonde jongen weten dat er iemand in de kamer was geweest. Als hij bleef, was het waarschijnlijk net zo gevaarlijk – de knul was duidelijk een Mageus, en hoe meer Jianyu zijn magische gave gebruikte, hoe eerder hij ontdekt zou worden. In beide gevallen riskeerde hij dat hij zou worden gesnapt.

Toen deed de jongen iets waardoor Jianyu zijn besluit nam – de knul begon aan de vensterbank te trekken en even later kwam de houten plank los, die hij wegzette.

Weer hoorde hij de roep van de uil buiten het raam.

Te laat...

De jongen trok al iets uit de loze ruimte achter het raamkozijn – een klein, in een lap gewikkeld pakketje. Jianyu hoefde niet te zien wat erin zat om te weten dat het de ring was. Hij kon het op de een of andere manier voelen, omdat de lucht trilde door de energie, warm en tegelijk ook koud. Vreemd en onweerstaanbaar.

Logan. Met zijn blonde haar en de doelgerichtheid waarmee hij de ring had gevonden kon het niemand anders zijn. Wat Logan hier had te zoeken was een vraag waar Jianyu antwoord op moest hebben, maar hij zette het voorlopig van zich af en concentreerde zich op de kans die de aanwezigheid van de jongen hem bood. Het was een geluk om de ring én de knul hier samen aan te treffen. Die blonde had de ring gevonden en nu zou Jianyu het ding van hem jatten.

Langzaam liep hij naar de jongen toe, die de losse houten plank weer op zijn plek teruglegde. Hij sloop op zijn tenen naar de knul en paste goed op dat hij geen enkel geluid maakte. Een paar meter nog, dan was de ring van hem.

Plotseling ging achter hem de deur open en het lichtpeertje erboven begon te knipperen tot het lampje aan bleef. Jianyu draaide zich om en zag Evelyn in de deuropening staan. Haar lippen waren net zo rood als haar haren en haar ogen schoten vuur.

'Nou ja, zeg, wat hebben we hier?' vroeg ze met een vlijmscherpe glimlach.

Terwijl ze op haar dooie gemak naar de jongen toe liep, die er nu nog jonger en naïever uitzag dan toen het donker was in de kamer, dook Jianyu vlug opzij, weg van Evelyn. Zodra de knul haar zag werden zijn lichte ogen even wat groter en verborg hij het pakketje dat hij achter de vensterbank had gevonden snel achter zijn rug.

'Zo, zo...' zei Evelyn zacht. 'Wat heb jij daar, lekker ding?'

Jianyu voelde de kamer volstromen met Evelyns magie. Die was strelend en verleidelijk, waardoor hij zich aan de verlokking ervan wilde overgeven, en toen de ogen van de jongen glazig werden zag Jianyu dat hij hetzelfde voelde. Hij hield het pakketje gedwee voor haar op en liet het haar zien.

'Goed zo. Dat is beter.' Met een glimlach om haar mond nam ze het van hem aan, en ze pakte het uit. Daarna schoof ze de ring om haar vinger en Jianyu voelde haar magie meteen oplaaien. Ze strekte haar hand naar de jongen uit om hem een aai over zijn wang te geven en haar vingers door zijn blonde haar te halen. Hij boog zich wat naar haar hand toe, als een kat die tevreden een kopje geeft, maar op het moment dat hij zijn ogen vol overgave dichtdeed, greep ze hem onverwacht bij zijn haren en trok er hard aan om hem op zijn knieën te dwingen. Zijn ogen stonden nog glazig en zwijmelend terwijl hij onderdanig de kamer in staarde zonder iets te zien, wat door Evelyns magie kwam.

'Wie niet weg is, is gezien. Kom maar tevoorschijn!' zong ze met haar zwoele zangstem. In haar ogen glinsterde macht en ze lachte haar tanden achter haar bloedrode lippen bloot. 'Ik weet dat de jongen hier niet alleen is. Ik kan je vóélen.'

Jianyu verstarde, turend naar de open deur, en merkte dat haar magie nog krachtiger werd, omdat de tentakels ervan zich onder zijn kin krulden als liefkozende vingers. Hij kon het maar met moeite weerstaan.

Hij moest de benen nemen, maar weggaan betekende dat hij de ring moest achterlaten en dat de jongen aan haar grillen was overgeleverd. Dat kon hij niet over zijn hart kon verkrijgen.

'Laten we het makkelijk maken,' zei Evelyn voor zich uit in de schijnbaar lege kamer. Uit haar blik, die door de ruimte dwaalde zonder op Jianyu te focussen, leidde hij af dat ze hem nog niet had gevonden. 'Als je tevoorschijn komt, laat ik deze jongen gaan. Of ga weg, als je dat wilt. Maar dan kun je de ring wel vergeten en hou ik deze knappe knul hier als mijn troeteldier.' Ze streek met haar vrije hand over zijn wang, waarna ze hem een flinke klap gaf om haar woorden te benadrukken.

Evelyns magie vulde het vertrek en benevelde Jianyu's wil. Zou hij blijven? Hij kon zich overgeven aan Evelyn en...

Nee! Hij schudde zichzelf mentaal wakker en trok zijn magische omhulling strakker om zich heen, als een pantser tegen haar verleidende aanval. Misschien kon hij de ring nog bemachtigen. Als hij snel was zou het sieraad van hem zijn, maar de jongen kon hij niet redden, niet met de sterke magie in de lucht die hem verlokte.

Hij deed een stap in hun richting, maar hij wist niet of hij naar de ring toe liep of op Evelyns lokroep afkwam. In beide gevallen kon hij zichzelf er niet van weerhouden.

'Goed zo,' kirde Evelyn poeslief. 'Waarom zou je moeite doen om ertegen te vechten?'

ALLEEN MAAR LEEGTE

1904 – St. Louis

Terwijl Esta achter Harte aan holde bonsde haar hart wild en begonnen haar longen te branden. Ze voelde de verzengende hitte van de macht van het Boek over haar huid kruipen, waar Harte haar hand vasthield. Het was of die haar aftastte in de vorm van een slangachtig wezen dat om haar eigen macht heen kronkelde en langs haar lichaam streek op zoek naar een zwakke plek in haar harnas, naar een manier om binnen te dringen. Nu was het veel erger dan op het station in New Jersey. Sterker en gevaarlijker. Maar ook verleidelijk op een manier die ze nog niet eerder had gemerkt.

De verpletterende teleurstelling omdat ze de Ster van de Djinn niet te pakken hadden gekregen hield haar echter zo bezig dat ze er niet echt door werd verleid. Het collier lag niet op de plek waar het had moeten liggen. Het was vast een valstrik geweest, wat betekende dat iemand wist dat ze het sieraad wilden hebben. Dat ze van plan waren het te jatten. En als de Garde ze nu zou oppakken, kregen ze waarschijnlijk niet nog een kans om het te zoeken.

Dat zou Esta niet laten gebeuren.

Samen renden zij en Harte langs het transportgebouw verder de tentoonstelling in, waar de paden smaller waren en het landschap meer beschutting bood. Ze liepen gebukt langs een aantal gezinnen die naar een poppenkastvoorstelling keken, vervolgens manoeuvreerden ze zich door een groep jongemannen die genoten van alles wat er te zien was. Al die tijd hijgde de Garde hen in de nek, maar toen ze hoefgetrappel hoorde, wist ze dat het foute boel was, omdat ze nooit sneller waren dan een paard.

Harte wierp een blik over zijn schouder. 'We moeten hier als de sodemieter weg,' liet hij haar weten. 'Jíj moet ons hier weghalen. We hebben tijd nodig.'

Dat was waar, maar het duizelde haar omdat ze haar magie nog maar enkele minuten geleden al had gebruikt om uit de zaal weg te glippen. Toen ze de seconden had vertraagd om te voorkomen dat de poort dicht zou gaan, was de zwarte duisternis indringend en ontzettend sterk geweest.

'Ik hou de macht in bedwang,' zei hij, alsof hij haar twijfel snapte. 'Je moet wel...'

De ruiters kwamen dichterbij. Ze kon de daverende galop van de paarden, elke dreunende hoefslag haast in de grond onder haar voeten voelen; het was alsof de aarde een eigen hartslag had. Ze gingen een bocht om, langs een uurwerk van bloemen, zo groot als een koets, waarna ze doorrenden naar een klein meertje, maar de paarden hadden hen al bijna ingehaald. Hun hoefgetrappel klonk als donderslagen en ze kon het zweet van de dieren en boze mannen haast ruiken.

'Nu, Esta... Nú!'

Zonder haar pas te vertragen klemde ze haar kaken op elkaar en concentreerde ze zich op de leegte tussen de seconden, die ze met haar magie uit elkaar trok zodat het rumoer van de tentoonstelling verstomde. Ze bleven rennen terwijl de vogels in de bomen stil werden en iedereen om hen heen verstarde, gevangen in een tijdframe. Toen ze achteromkeek zag ze de paarden, bevroren in een soort bizar levend schilderij, zoals de standbeelden die overal op het terrein stonden. De dieren hadden hun mond open, hun lippen werden gemeen naar achteren getrokken door het bit tussen hun tanden en hun manen leken op vingers die naar de hemel reikten. Boven hen sijpelde duisternis de wereld binnen, als een spoor van zwarte inkt die de bladzijde van deze verstilde werkelijkheid bekladde, en het achtervolgde hen.

Of eigenlijk háár.

De macht gleed langs haar huid, die zo heet werd dat het leek alsof ze in brand stond, en ondertussen rukte het donker op tot alles zwart was. Even was er alleen diepe duisternis, alleen maar leegte, en door de aanblik – hoe het vóélde – trok ze haar hand uit die van Harte weg. Plotseling en met een schok kwam de wereld weer in beweging en de duisternis die een seconde eerder alles had opgeslokt trok weg, als mist die in de warmte van de zon oplost.

'Esta?' Harte reikte naar haar hand terwijl hij naar iets achter haar keek en toen ze zijn bange gezicht zag, was ze meteen op haar hoede.

Ze draaide zich weer om en verwachtte de Garde te zien, maar in plaats daarvan zag ze zoiets bizars: in de grond was een diepe kloof geslagen, als een gigantisch verdwijngat waar de grond was verzakt. Alsof het pad waar ze net hadden gelopen in tweeën was gespleten. De paarden hielden plotseling halt bij de gapende wond in de aarde en wierpen de ruiters af.

Esta slaakte een gesmoorde kreet en vertraagde haar pas, maar Harte pakte haar hand weer en trok haar mee. Ze rende blindelings achter hem aan totdat ze zich realiseerde dat ze stilstonden omdat ze de buitenmuur van het terrein hadden bereikt, met de uitgang waarvan ze het slot eerder al had gekraakt. Haar gedachten raasden door wat er net was gebeurd en wat dat te betekenen had. Het Boek had dit gedaan, daarover bestond geen twijfel. Toen Harte haar aanraakte voelde ze het net zo duidelijk en echt als de warmte van zijn huid. Maar wat deed de macht met haar? Met haar magische gave? Eerst de trein en de lift in het hotel, en nu dit gapende gat dat ze – of zij allebei – hier op het terrein had veroorzaakt… Haar magie had met tijd te maken, niet met vaste vormen zoals de aarde, dus hoe kon het Boek dit veroorzaakt hebben?

Terwijl ze door de deur naar buiten strompelde duizelde het haar door wat er was gebeurd, dus merkte ze pas dat er mensen aan de andere kant van de muur stonden te wachten toen het te laat was. Een tel later kwam Harte naar buiten en toen hij de mensen zag ontmoetten zijn ogen haar blik, en ze dacht de kleuren er weer in te zien glinsteren.

De cowboy die ze al eerder had gezien stapte uit de schaduw van een huifkar en schoof zijn breedgerande hoed een beetje naar achteren terwijl hij op hen af liep. Hij had zijn pistool getrokken en de klik van de haan klonk zo helder als de klepel van een klok, ondanks het rumoer van de tentoonstelling in de verte.

Esta en Harte staken hun handen in overgave omhoog. Als Esta alleen was geweest had ze de tijd kunnen manipuleren, maar Harte en hun belagers maakten dat haast onmogelijk.

'Kijk eens aan… we ontmoeten elkaar eindelijk,' zei de cowboy met een zelfgenoegzame trek om zijn mond. 'De Duivelsdief in levenden lijve.'

Hij wist het. 'En wie ben jij?' vroeg Esta terwijl ze haar kin wat naar voren stak alsof zij hem in het nauw had gedreven in plaats van andersom.

'Zie ons als de cavalerie,' antwoordde de cowboy met een tikje tegen de rand van zijn hoed, 'tenzij je liever je kans waagt met de Garde.'

Esta wisselde een vragende blik met Harte, die zijn hoofd schudde.

'Wat willen jullie van ons?' vroeg Harte.

'Ik? Persoonlijk hoef ik helemaal niets van jullie,' zei de cowboy. 'Maar er is wel iemand anders die jullie wil ontmoeten en het is mijn taak erop toe te zien dat dit gebeurt. We kunnen jullie dwingen mee te gaan of jullie gaan uit vrije wil mee. Dus zeg het maar.'

'Je geeft ons niet veel keus,' foeterde Harte.

'Er is altijd een keus,' zei de cowboy langzaam. 'Altijd een kant te kiezen. Wij kiezen momenteel jullie kant.' Hij haalde zijn schouders op. 'Maar dat had net zo goed anders kunnen zijn. Geef ons één reden, en we veranderen net zo makkelijk van gedachten.'

Esta keek naar Harte, wiens gezicht hard als steen leek, al was zijn huid nog ongezond bleek van wat hem op de Nijl was gebeurd, wat het ook mocht zijn. Achter hen kwam het lawaai van de tentoonstelling dichterbij. Ze moesten maken dat ze wegkwamen. *Nu!*

Toen ze weer naar de cowboy keek rechtte ze haar rug en hield ze haar hoofd wat opzij om blakend van zelfvertrouwen over te komen. 'Als je ons toch een lift aanbiedt, slaan we die niet af.'

'Dat dacht ik ook.' De cowboy bracht zijn pistool omlaag terwijl hij zijn mond vertrok en stapte opzij om de achterkant van de wagen te openen. Toen Esta erheen liep om erin te klimmen hield hij een lege jutezak voor haar op. 'Ik neem aan dat jullie wel snappen dat we bepaalde voorzorgsmaatregelen moeten treffen?'

'Ik dacht dat jullie aan onze kant stonden,' daagde Harte hem uit. 'We vormen geen bedreiging voor jullie.'

'Met alle respect, maar ik heb een gat in mijn jaszak door een van jullie rookbommetjes, en daaruit concludeer ik iets anders,' vertelde de cowboy hem. 'Als jullie geen kwaad in de zin hebben, had je het tegendeel niet moeten bewijzen.'

Ze verspilden kostbare tijd, dus zonder Hartes reactie af te wachten nam Esta de jutezak van de cowboy aan en wierp Harte een vastberaden blik toe, waarna ze de zak over haar hoofd trok. Even later werden haar polsen vastgebonden en voelde ze dat sterke handen haar optilden en in de wagen gooiden. Kort daarop hoorde ze Harte naast zich neerkomen – hij kreunde zacht toen de lucht door de smak uit zijn longen verdween, en daarna sloeg iemand de deur dicht.

De wagen kwam met een ruk in beweging en begon te rijden.

'Alles oké?' vroeg Harte met een gesmoorde stem vanwege de jutezak over zijn hoofd. Ze kon hem horen bewegen, waarschijnlijk probeerde hij zijn polsen los te wrikken uit de touwen, alsof deze ellendige situatie voor hem gewoon een van zijn magische ontsnappingsacts was.

'Ja hoor,' antwoordde ze, opgelucht omdat hij zonder tegensputteren met haar mee was gegaan.

'Ik ben hier zo weg,' liet hij haar weten terwijl de wagen overhellend door een bocht reed. 'Ik weet echt niet wat jij je in je hoofd hebt gehaald.'

'Ik dacht dat een snelle ontsnapping ons goed uitkwam, en die boden ze ons aan. Ze zijn van de Antistasi,' voegde ze eraan toe, alsof dat niet al pijnlijk duidelijk was.

'Dat is me helder. En ze wisten wie jij was,' zei hij gefrustreerd en tegelijk zelfvoldaan.

'Dat weet ik. Ik denk dat we dat in ons voordeel kunnen gebruiken,' verklaarde ze, met heel haar hart hopend dat het waar was.

'Zij hebben jou zeker weten al genoeg gebruikt,' mompelde hij. Ze kon aan hem horen dat hij nog steeds worstelde met de touwen om zijn polsen. 'Ik heb ze bijna los...'

Plotseling hoorde ze een knal, gevolgd door gesis van iets vlakbij.

'Wat was dat?' vroeg Harte net toen ze een zware zoete geur rook.

Esta had geen tijd om zijn vraag te beantwoorden voordat alles donker werd.

DE RECHTERHAND VAN DE PRESIDENT

1904 – St. Louis

Met lange tanden at Jack de smakeloze, overgare kip en hij nipte van een waterige cocktail, terwijl hij deed alsof hij geïnteresseerd was in de plannen voor het bal aan het eind van de maand, waar Francis en Spenser hem tot in alle details over vertelden. Het was de eerste samenkomst van de Broederschappen na de Conclave in 1902; een evenement met een lange traditie, bedoeld om de macht van de Orde en haar broeders te bekrachtigen en waar Jack zijn eigen macht kon vergroten. Hij was het liefst weggegaan voor het opdienen van de tweede gang, maar hij zat hier niet voor zichzelf. Het was uit naam van de president, dus bestelde hij nog een whisky en deed hij alsof hij belangstellend naar de plannen van hun comité luisterde, die ze voor het presidentiële bezoek hadden bedacht.

Francis en Spenser ratelden maar door om indruk te maken op Jack. Maar het was verspilde moeite als je naar hun smokings keek, die al minstens een seizoen uit de mode waren, en de gerechten die ze hadden besteld waren in Manhattan al passé lang voordat Jack was vertrokken voor zijn grand tour. Jack snapte het wel. De mannen van het Gesluierde Profeet Genootschap, inclusief het tweetal aan zijn tafel, geloofden dat hun miezerige parade en het daaropvolgende bal dingen zouden veranderen in de stad. Ze dachten dat als ze Roosevelts hielen zouden likken, ze hem konden ompraten en dezelfde macht en invloed zouden verwerven als de Orde.

Wat ze niet leken te begrijpen was dat Roosevelt in hart en nieren een New Yorker was, en de mannen uit St. Louis waren voor hem niets anders dan vee voor de veemarkt, maar dan in dure schoenen. En ze hadden ook geen oog voor de toekomst die met de vaart van een stoomtrein over de spoorrails op hen afvloog. De komende jaren draaide het niet om de gevechten tussen regio's onderling, maar om het land als geheel, en Jack zou zichzelf opwerken naar een hoge positie, om elk voordeel eruit te slepen als de tijd er rijp voor was.

Hij dronk zijn laatste slok whisky op toen de deur van hun privé-eetkamer openging en een gedaante met een wit kanten sluier voor het gezicht in de deuropening verscheen. Bij de aanblik verslikte Jack zich en de whisky kwam nog net niet zijn neus uit, maar de andere mannen aan tafel stonden uit respect op om hem te begroeten, dus slikte hij de lach die hem bijna ontsnapte snel in.

De gesluierde figuur – het was vast de profeet over wie het Genootschap altijd zo hoog opgaf – had iemand bij zich, een donkerharige knul die er absoluut niet blij mee leek te zijn dat hij hier was, net zomin als Jack zelf. Ze werden op de voet gevolgd door twee bewakers van de Garde en een van hen was Hendricks.

'Goedenavond, heren,' zei de profeet, en hij gebaarde iedereen te gaan zitten. 'Ik wil jullie voorstellen aan Julien Eltinge. Misschien weten jullie dat hij sinds een paar maanden op de planken staat in het Hippodrome. Hij is zo vriendelijk om ons te helpen met de parade. Hij zal het collier dragen totdat het bij het bal aankomt.'

Jack zette het glas dat hij nog in zijn hand had op tafel neer nu zijn belangstelling was gewekt. Hij had nagedacht over de makkelijkste manier waarop hij het collier in handen kon krijgen, en nu deed zich een goede kans voor. Wat de mannen van het Genootschap ook van deze Julien Eltinge mochten vinden, de man maakte helemaal geen indruk op hem. Sterker nog: hij zag er heel ongemakkelijk uit, wat Jack verdomd goed uitkwam. Ongemak was iets wat hij beslist kon uitbuiten.

DE TERUGKEER

1902 – New York

Opnieuw gaf Cela hem een seintje vanuit haar schuilplaats in het steegje tegenover het appartementencomplex waar Evelyn woonde, 'oehoe' roepend in de nacht als een soort verwarde uil, om Jianyu te waarschuwen dat er een jongen naar binnen was gegaan die eruitzag alsof hij herrie kwam schoppen. Maar het pand aan de overkant bleef donker en stil. Er was nog geen teken van Jianyu.

Misschien ging de jongen wel gewoon naar huis en vormde hij geen gevaar. Maar Cela had hier lang genoeg gestaan om te weten dat haar gevoel over hem waarschijnlijk klopte. Hij had met een groepje jongens rondgehangen, een stel schoffies die in de straten van de Bowery hoorden – hun felgekleurde kleren en verwaande gedrag pasten niet in de buurt waar Evelyn woonde.

Cela wachtte nog even af en nam toen een besluit. Ze wilde niet naar het appartement van haar oom teruggaan, met de kleine kamers waarin de familie woonde en haar aankeek alsof Abels dood haar schuld was. Alleen al de gedachte aan de blikken die ze wisselden als ze dachten dat ze het niet zag gaf haar een benauwd gevoel, maar dat was nog niets vergeleken met de knellende doornenrank om haar hart van intens verdriet. Als die jongen voor problemen zou zorgen, wat ze verwachtte, was Jianyu misschien in gevaar. Ze zou de mensen die Abe hadden vermoord niet nog een overwinning gunnen.

Resoluut ademde ze in, waarna ze begon te lopen, weg van haar schuilplaats, maar ze had het licht van de straatlantaarns nog niet bereikt of ze werd vanachter vastgegrepen en de schaduwen weer in getrokken.

Ze probeerde te schreeuwen maar iemand drukte zijn brede hand op haar mond, net zo hard en onverbiddelijk als de hand om haar middel.

'Shhht,' siste een stem vlak bij haar oor. 'Ik ben het.'

Als de sterke arm die haar vasthield haar niet had ondersteund, zou Cela al op de grond hebben gelegen. Haar benen werden slap toen ze de stem herkende. Het was uitgesloten, onmogelijk.

'Ik laat je los, maar hou je stil, oké?'

Met tranen in haar ogen knikte ze. Even later verdween de hand van haar mond en ze draaide zich vliegensvlug om, naar haar broer Abel die achter haar stond, levend en wel en zo echt als altijd. Voor het eerst in dagen had ze het gevoel dat ze weer lucht kreeg.

Ze sloeg haar armen om zijn nek en kon niet ophouden met snikken.

'Shhh,' suste hij, haar geruststellend, en hij klopte met zijn handen op haar rug. 'Ik zei toch dat je je stil moest houden.'

Ze deed een stap naar achteren en nam hem van top tot teen op, alleen om er zeker van te zijn dat het niet een of andere verschrikkelijke illusie was. Ze legde haar handen om zijn wangen. 'Abe. Je bent dood.'

'Zie ik er zo uit?' Hij schonk haar dezelfde bedenkelijke blik die hij haar al zo vaak had toegeworpen, wanneer ze hem en zijn vrienden had geprobeerd bij te benen als ze hen door de stad volgde, als klein meisje achter de jongens aan lopend die haar er niet bij wilden hebben.

'Maar hoe kán dit?' Haar hoofd tolde en de rank om haar hart verruilde zijn doorns voor bloemen. 'Ze hebben je neergeschoten.'

Abe keek haar met een blik aan die haar vertelde dat ze beter moest weten. 'Niemand heeft me neergeschoten, Konijntje.'

Toen ze hem die stomme koosnaam hoorde zeggen brak haar hart. 'Maar ik heb ze zelf gehoord,' vertelde ze hem, en zonder dat ze er iets aan kon doen brak haar stem. 'Ik heb het schot gehoord, en daarna viel je op de grond.'

'Ze hebben hun best gedaan, maar ík werd niet neergeschoten,' zei hij, nu met een somber gezicht.

Abe is niet dood. En dat betekende dat hij de afgelopen week ook niet dood was geweest. 'Waar heb je dan uitgehangen?' vroeg ze toen dit tot haar doordrong. Bijna een week had ze bij haar oom gelogeerd, en Abe had haar niet één keer opgezocht. Hij had haar in de waan gelaten, haar het ergste laten denken en haar in haar eentje de confrontatie met hun familie laten opknappen. Hij had háár in de steek gelaten. Ze sloeg hem tegen zijn borst. 'Ik dacht dat je niet meer leefde! Ik heb mezelf elke avond in slaap gehuild.' Ze gaf hem nog een klap. 'En elke ochtend werd ik wakker en herinnerde ik het me een secondelang niet, en elke ochtend weer moest ik de afschuwelijke werkelijkheid opnieuw onder ogen zien,' vertelde ze hem, en haar stem brak. En omdat het haar niet de opluchting gaf die ze had gewild, sloeg ze hem nog een keer.

Hij pakte haar pols rustig vast. 'Sorry dat ik niet kon komen, maar ik wilde de mensen die achter me aan zaten niet naar Desmonds huis leiden,' legde hij uit. 'Ik heb vaak staan kijken of je naar buiten kwam en ver genoeg van het huis wegging zodat ik met je kon praten.'

'Mensen die achter jóú aan gaan?' vroeg ze aarzelend. 'Ze zaten niet achter jou aan, maar achter míj. Vanwege Darrigans moeder.' *En de ring.*

Abe schudde zijn hoofd. 'Ze waren van de spoorwegen.'

'Waarom zouden die het op jou hebben voorzien?' vroeg ze.

'Ze probeerden me af te schrikken. Een paar collega's van me zijn met de Knights of Labor-vakbond gaan praten, om de nachtwakers op de Pullmanwagons lid te maken van de organisatie, zodat onze bazen gedwongen worden ons beter te betalen en de werktijden aan te passen. Dat is wel het laatste wat ze willen, dus ze probeerden me over te halen eruit te stappen, maar het leek er meer op dat ze me ertoe wilden dwingen.'

'Dus jíj schoot die lui neer?' vroeg ze, verbijsterd omdat de broer die voor haar neus stond dezelfde was als degene die nooit een vlieg kwaad zou doen.

'De spanning liep hoog op en ze dreigden jou iets aan te doen,' vertelde hij haar, zijn stem net zo somber als de schaduwen om hen heen. 'Ik heb een veilig adres in het centrum waar ik met nog een paar jongens van *The New York Freeman* tijdelijk kan wonen. Het komt goed. We hebben het er later wel over.'

'Abe –'

'Ik beloof het. Ik vertel je alles, maar nu moeten we hier snel weg.' Hij trok haar het steegje weer in.

Na drie stappen bleef ze staan en trok ze haar hand los. 'Maar Jianyu is nog binnen.'

Abe knikte. 'Daarom moeten we juist weg zijn voor hij terugkomt.'

Opnieuw strekte hij zijn hand naar haar uit, maar ze deinsde naar achteren. 'Je snapt het niet. Hij is een vriend, en...'

Tegenover het steegje kwam een koets ratelend tot stilstand en toen Cela de vrouw die uitstapte herkende, zonk de moed haar in de schoenen. Ze liep naar de uitgang van de steeg terwijl Evelyn zich naar het appartementencomplex begaf.

Nee. Zodra Evelyn de voordeur achter zich had dichtgedaan liep Cela het steegje uit en begon weer als een uil te roepen. Abe probeerde haar mee te slepen, maar ze schudde hem af.

'Wat doe je in godsnaam?' vroeg hij terwijl hij haar aankeek alsof ze gek was geworden.

'Als die vrouw die net uit de koets stapte Jianyu vindt, zit hij flink in de nesten. Ik laat hem niet aan zijn lot over.'

'Zijn problemen gaan ons niks aan,' beweerde Abe, en hij sloeg zijn arm om haar heen.

'Míj wel,' volhardde ze terwijl ze zichzelf toestond even van zijn warmte en kracht te genieten. *Abe. Hij lééfde.* 'Hij redde mijn leven terwijl jij je schuilhield en me niet eens een boodschap stuurde,' zei ze kortaf, en haar zenuwen rezen de pan uit. *Abe. Hij lééfde.* Er was meer aan de hand dan hij haar had verteld, maar hij was in ieder geval niet dood.

Hij bleef een poosje stil en zuchtte toen gefrustreerd. 'Dan denk ik dat we beter naar binnen kunnen gaan.'

Cela liet de leiding aan Abe over, omdat ze wist dat ze anders alleen maar tijd zouden verspillen aan ruziën. Ze kwamen niemand tegen in het gebouw en ze bereikten Evelyns appartement zonder problemen, waar ze op een afstandje van de open voordeur in de galerij bleven staan. Ze hoorde iemand praten, maar verstond niet wat er werd gezegd. Door de stemmen wist ze dat Evelyn en Jianyu binnen waren en dat Evelyn absoluut niet blij was.

'Ik ga wel eerst,' fluisterde Cela.

'Nee.' Haar broer duldde geen tegenspraak.

'Evelyn kent mij,' legde Cela uit. Ze vertelde hem niet dat die feeks haar in haar naaiatelier had opgesloten en het enige waardevolle dat ze nog bezat van haar had gestolen. 'Ik kan haar lang genoeg afleiden om ons voordeel ermee te doen.'

'Ik laat je niet –'

Maar Cela liep al weg. Ze wist niet echt hoe ze het aan moest pakken, ze wist alleen dat ze haar broer die week al een keer had verloren. Ze had de pijn doorstaan van het verschrikkelijke besef dat hij er niet meer was en zou er alles aan doen om te voorkomen dat het haar nog eens zou gebeuren, zelfs als dat betekende dat ze Abe moest beschermen tegen die roodharige heks.

Ze deed geen moeite om aan te kloppen of een ander geluid te maken om te laten weten dat ze er was – hoe meer afleiding, hoe beter – maar toen ze door de openstaande deur naar binnen stapte en zag wat zich daar afspeelde, realiseerde ze zich dat ze er tot aan haar nek in zat. Evelyns ogen straalden met een kwaadaardige glans terwijl ze de blonde jongen die naast haar neerknielde ruw bij zijn haren vasthield, maar Jianyu stond tegenover Cela met een mes op zijn eigen keel. De spanning was duidelijk van zijn gezicht af te lezen en zijn handen beefden, alsof hij zijn uiterse best moest doen om te voorkomen dat hij het mes in de zachte huid van zijn keel zou drukken.

Magie, realiseerde ze zich. Evelyn was blijkbaar ook een van hen. Cela woonde haar hele leven al in de stad en had altijd gedacht dat ze nooit in aanraking zou komen met mensen met de oude magie. Het was een gevaarlijke macht, iets angstaanjagends waar gewone mensen tegen beschermd moesten worden, dus bracht het haar van streek toen ze besefte dat ze er al die tijd zij aan zij mee had geleefd. Eerst Jianyu en Darrigan, en nu Evelyn. Maar ook al was Evelyn een gevaarlijke heks, Cela had niet het idee dat dit aan haar magie lag.

Toen de vrouw opkeek en Cela in de deuropening zag staan veranderde haar gezicht; het stond op onweer, zó boos. 'Ah, Cela. Ik vroeg me al af waar je zo snel naartoe was gevlucht, en kijk aan, hier ben je.' Evelyn trok de hoeken van haar rood gestifte mond op, waarbij ze haar tanden bloot lachte. 'Wat een onaangename verrassing. Maar nu je er toch bent, kom binnen.'

Cela voelde haar boosheid wat zakken en ineens leek het alsof ze graag naar binnen wilde, al wist ze dat het een slecht idee was. Zonder dat het haar bedoeling was deed ze een stap de kamer in, en vervolgens moest ze tegen de neiging vechten nog een stap naar binnen te zetten.

'Ik was net een paar onverwachte gasten aan het vermaken,' vertelde Evelyn. 'Of misschien kan ik beter zeggen dat ik een stel dieven de les aan het lezen ben. Kom erbij, als je wilt.'

'Ik kom voor mijn vriend en voor wat jij van mij hebt gestolen.' Cela klemde haar kaken op elkaar om zich te verzetten tegen de vreemde lokroep die ze voelde. Hoewel ze wist wat Evelyn was en waar de vrouw toe in staat was, werd ze toch door haar verlokt en betoverd.

'Bedoel je dit?' Evelyn stak haar hand op en de ring die Darrigan aan Cela had gegeven schitterde in het licht. 'Als je hem van me af wilt pakken, ga je gang, probeer maar.' Evelyn lachte. 'Al betwijfel ik of jou dat lukt als Sundren.'

Cela liep voetje voor voetje naar Evelyn toe, hoe ze er ook tegen vocht. *Abe. Ik heb Abe nodig.*

Ze had het nog niet gedacht of er klonk een pistoolschot.

Het geluid echode door de kleine kamer terwijl Evelyn naar lucht happend naar haar rechterarm greep en op de grond in elkaar zakte. Op hetzelfde moment liet Jianyu het mes in zijn hand los en zakte hij hijgend op zijn knieën, terwijl de jongen die Evelyn aan zijn haren had vastgehouden op de vloer viel. Hij leek te versuft om weer op te staan.

Abe stond met een pistool in zijn hand in de deuropening. 'Wegwezen!'

'Heb je haar beschóten?' vroeg Cela verstijfd van schrik terwijl ze Evelyn kronkelend van pijn naar haar schouder zag grijpen. De broer die zij kende zou geen vlieg kwaad doen. *Wie is deze man die als twee druppels water op hem lijkt?*

Ze had als zijn kleine zusje zo lang naar hem opgekeken dat ze zich niet had gerealiseerd hoe sterk en zelfverzekerd hij was geworden, al had ze dat wel moeten inzien. Abel had twee jaar voor haar gezorgd en haar beschermd nadat hun vader was vermoord. In die twee jaar was hij haar rots in de branding geweest. Ze had moeten weten dat hij de zelfverzekerdheid van hun vader had en de koppige vastberadenheid van hun moeder, net als zij.

Cela draaide zich weer om naar de scène achter zich. De blonde jongen lag roerloos op de grond, Jianyu krabbelde overeind en liep op Evelyn af. Hij pakte haar hand en probeerde de ring van haar vinger te schuiven, maar zelfs met haar gewonde arm haalde ze nog naar hem uit, waarop hij achteruitdeinsde.

'We moeten gaan,' zei Cela tegen Jianyu.

Hij keek naar haar, met een verdwaasd gezicht en een bezweet voorhoofd door de inspanning van wat hij net had doorstaan. 'We kunnen niet zonder de ring weggaan.'

'Pak hem dan, en schiet een beetje op,' drong Abel aan. 'Er is vast iemand die het schot heeft gehoord.' Hij pakte Cela's hand, maar haar voeten, die net nog als vanzelf bewogen zonder dat ze dat wilde, leken nu helemaal niet meer in beweging te willen komen.

Evelyn krabbelde moeizaam op, haar ogen straalden weer met die eigenaardige, kwaadaardige gloed. 'Kom hem maar halen,' zei ze poeslief, om Jianyu te sarren. 'Als je kan...'

Maar Jianyu's gezicht was ineens slap en hij bewoog niet meer. Zijn lijf was zo stijf als een lijk.

'Jianyu?' vroeg Cela, haar broer negerend die haar uit de kamer weg probeerde te trekken.

Hoewel Jianyu rechtop stond en zijn ogen open had, leek hij haar niet te horen.

Evelyns bloed vormde een plas onder haar, toch barstte ze uit in een hysterische kakellach waar Cela's maag van ineenkromp, en ze deed een stap naar achteren.

'Groot gelijk,' zei Evelyn tegen haar. 'Neem de benen. Vlucht weg, ver weg, kleine Cela.' Ze lachte weer, met schorre stem en een wit weggetrokken gezicht. 'Maar de jongens zijn van mij.'

'We laten ze hier niet achter.' Ze trok haar hand los en liep bij Abel weg, naar Jianyu die in de verte staarde zonder iets te zien. Hij hoorde haar niet, maar ze kon hem met zich meevoeren. 'Neem jij die ander.'

Met een grauw tilde Abe de blonde jongen van de vloer op. 'Kunnen we dan nu eindelijk gaan?' vroeg hij. 'Of moet ik nog iemand anders voor je meezeulen?'

Evelyn lag op de grond en probeerde nog steeds op te krabbelen terwijl ze haar bloedende arm vasthield. Het was een gekkenhuis, maar Cela voelde een lach opwellen. Ondanks de chaos waar ze in terecht waren gekomen, leefde Abe. Zolang ze hem had, kon de rest haar niet schelen.

Tegen de tijd dat ze in het trappenhuis waren, was Jianyu weer tot zichzelf gekomen en kon hij zelf lopen. 'De ring,' fluisterde hij ontdaan toen ze onder aan de trap waren, en hij draaide zich om om terug te gaan.

'Nee.' Cela sjorde aan hem.

'Zij mag hem niet houden,' zei hij terwijl hij zich behoedzaam uit Cela's greep probeerde los te maken en het viel haar op hoe zachtaardig hij dat deed.

'Als je nu teruggaat, word je vast en zeker opgepakt voor poging tot moord op een blanke vrouw,' liet Abe Jianyu weten.

Aan Jianyu's gezicht te zien wilde hij tegensputteren.

'Kun je naar binnen gaan zonder dat ze het merkt?' vroeg Cela.

Hij ontmoette haar blik, en ze zag de afweging die hij maakte in zijn ogen. Uiteindelijk schudde hij zijn hoofd. 'Zelfs als ze me niet kan zien, zal ze wel kunnen voelen dat ik er ben.'

'Dan moet je het niet doen,' zei ze stellig. 'Niet nu.'

'Maar de ring...'

'Niemand heeft wat aan je als je dood bent,' verklaarde ze. 'We komen een andere keer terug voor de ring, dat beloof ik.'

'Doe geen beloften die je niet kunt nakomen,' snauwde Abe. 'We moeten hier weg zijn voordat de politie komt.'

De blonde jongen verroerde zich nog steeds niet, dus Abe hield hem over zijn schouders in een stevige greep en zo renden ze de nacht in, Evelyn jammerend achterlatend.

DE BROUWERIJ

1904 – St. Louis

Esta begon langzaamaan bij te komen, als een zwemmer die zich naar de oppervlakte van een koud, diep meer worstelt. Haar hoofd bonkte terwijl ze in het donker lag en de geur van de stoffige jutezak inademde die nog over haar hoofd zat. Ze wist niet waar ze was of hoe lang ze buiten westen was geweest, maar ze kon zich wel herinneren wie haar hadden ontvoerd.

De Antistasi.

Bij de herinnering aan alles wat er bij de tentoonstelling was gebeurd stokte haar adem – het verdwenen collier, de diepe duisternis die was neergedaald, intens, leeg en onverbiddelijk, toen haar magie de macht van het Boek raakte. De aarde die was opengespleten... *De aarde ópengespleten!*

Ze krabbelde op, maar ze werd overvallen door een duizeling, veroorzaakt door het spul waarmee ze haar hadden verdoofd, wat het ook was geweest, en ze viel bijna weer. Misschien was het opium, aangezien haar magie afgevlakt en verzwakt aanvoelde, maar opium was zeker niet het enige wat ze hadden gebruikt. Dit was anders dan alles wat ze kende – het gaf haar het gevoel alsof ze op drift was geraakt, alsof ze niet echt met de aarde verbonden was maar in het luchtledige rondzweefde, ook al voelde ze vaste grond onder haar voeten.

Ze riep Harte, maar hij reageerde niet.

Na een poosje dacht ze stemmen te horen en even later ging de deur open. 'Hier komen, jullie,' klonk een stem. Omdat ze die niet herkende, wist ze dat het niet de cowboy was. Handen grepen haar hardhandig bij haar armen en sleepten haar naar buiten. Op het moment dat ze haar armen beetpakten merkte ze dat haar armband was verdwenen. Ze voelde een vlaag van paniek toen ze zich realiseerde wat dit betekende, maar ze verdrong de emotie. Ze maakte meer kans om hem terug te krijgen als deze mensen niet wisten hoe belangrijk hij voor haar was.

Eenmaal buiten de wagen hoorde Esta insecten zoemen en het zachte ruisen van bomen. We zijn niet in de stad, bedacht ze. Eerst stond ze even te wankelen op haar benen, maar dat ging over voordat iemand haar moest ondersteunen. Wat haar ook te wachten stond, ze zou het op eigen kracht tegemoet treden. Maar nu ze stond deed haar hoofd nog meer pijn.

'Waar zijn we?' Haar tong voelde onwennig en dik aan in haar kurkdroge mond, maar haar stem klonk resoluut. Althans, dat dacht ze.

'Dat gaat je geen moer aan, maar ik waarschuw je vast voordat we naar binnen gaan.' Dit keer was het de cowboy die sprak. 'Ik zeg hetzelfde tegen jou als tegen je vriend: als een van jullie het ook maar in zijn hoofd haalt ons iets te flikken, is hier niemand die zal aarzelen om voorgoed met je af te rekenen, wie je ook denkt te zijn. Begrepen?'

'Begrepen,' zei ze gehoorzaam, terwijl ze ondertussen al nadacht over alle mogelijkheden om zichzelf en Harte te bevrijden. Of deze lui nu van de Antistasi waren of niet, ze weigerde een gevangene te zijn.

'Goed zo. Vooruit. Deze kant op...'

Met een bonkend hoofd van de drugs en met het gevoel in haar lijf alsof haar gewrichten uit de kom waren geschoten, was het een hele beproeving om overeind te blijven toen ze met de zak over haar hoofd werd meegevoerd door iets wat op een hindernisbaan leek, met kuilen en hobbels. Uiteindelijk gingen ze een gebouw binnen – dat wist ze omdat het gezoem van insecten verstomde. Aan de echo van hun voetstappen hoorde ze dat het een groot vertrek moest zijn, en ze waren niet alleen, want er klonken andere stemmen. Er waren al twee of misschien drie anderen binnen.

Ze duwden haar in een stoel en bonden haar met touwen vast. Daarna trok iemand zonder enige waarschuwing de zak van haar hoofd. Ze knipperde. Het licht was zwak, toch veroorzaakte het nog meer pijn in haar hoofd, dat al zo bonkte.

Esta negeerde de pijn terwijl ze haar ogen tot spleetjes kneep om ze aan het licht te laten wennen. Ze had gelijk: ze waren in een ruimte die eruitzag als een groot pakhuis. Aan één kant van het vertrek stonden enorme metalen tanks langs de muur. Aan de andere kant stond een reeks lange tafels waar houten kratten op stonden met glazen flessen. De krukken bij de tafels waren leeg. *Een soort fabriek.* Afgezien van de cowboy was er nog een handjevol mensen – mannen en vrouwen van verschillende leeftijden. Ze leken ergens op te wachten.

Tegenover Esta stonden twee jongens in werkkleding aan weerskanten van een stoel waar iemand in zat – Harte. Hij had de jutezak nog over zijn hoofd maar dat maakte niet uit, want zelfs met een bedekt gezicht wist ze dat hij zich bewust was van haar aanwezigheid – hij draaide zijn hoofd in haar richting en zijn hele lijf leek ineens op scherp te staan terwijl hij zich aan de touwen waarmee hij aan de stoel was vastgebonden probeerde te ontworstelen.

'Ben jij het, Slimpie?' vroeg hij. 'Ze hebben je toch geen pijn gedaan, hè?'

'Nee. Met mij is 't goed,' liet ze hem met zachte stem weten. 'En jij?'

'Het zou beter zijn als ik iets kon zien.' Hij bewoog zijn hoofd licht heen en weer alsof hij de zak af probeerde te schudden.

'Je kunt snel genoeg weer iets zien,' zei de cowboy tegen hem. Hij fronste naar Esta, maar voordat hij nog iets kon zeggen hoorden ze ergens ver weg in de fabriek een deur opengaan. De mensen draaiden zich stuk voor stuk om naar het geluid van naderende voetstappen, wat haar duidelijk maakte dat er iemand aankwam die gezag had.

Er verscheen een vrouw boven op de galerij. Ze bekeek het groepje mensen beneden even, waarna ze de trap af liep naar de begane grond van de fabriekshal. Ze was begin veertig, schatte Esta, maar haar haren waren hier en daar al grijs en ze had een uitstraling die haar als de bazin kenmerkte.

De vrouw – die Ruth moest zijn, over wie de cowboy had verteld – knikte en op haar bevel trok een van de mannen die naast Harte stonden de zak van zijn hoofd. Hij was de hoed die hij op had kwijtgeraakt en zijn donkere haar was een warboel, het stond alle kanten op. Zijn ogen vonden Esta, maar ze waren wijd opengesperd met een verwilderde blik en ze vernauwde haar ogen tot spleetjes om hem te waarschuwen. Als hij niet voorzichtig was, zou hij te veel prijsgeven.

Hou ermee op, probeerde ze hem zonder woorden duidelijk te maken, maar ze wist niet zeker of hij het begreep. De spieren in zijn hals waren gespannen en ontspanden zich niet toen hij haar zag.

Zonder dat Ruth zich had voorgesteld wendde ze zich tot Esta en met een strenge stem stelde ze haar één vraag: 'Waar is het?'

Esta knipperde met haar ogen. 'Waar is wat?'

'Het collier,' antwoordde Ruth, naar de stoel lopend waar Esta in was vastgebonden.

'Ik heb geen collier,' zei Esta stellig, maar ze wist maar al te goed wat Ruth bedoelde. En als ze van dat sieraad afwisten, wisten ze vermoedelijk ook wat haar armband voorstelde.

Vol ongeloof tuitte Ruth haar lippen. 'Er was maar één ding in de Straten van Caïro dat je wilde hebben – en wij willen het ook. We weten dat jullie van plan waren het collier te jatten en we weten ook dat jullie vandaag met die bedoeling naar de tentoonstelling zijn gegaan. Ik heb jullie met je kop tegen de muur laten lopen met deze actie omdat het mij goed uitkwam, maar het is de hoogste tijd en mijn geduld is op.' Ze boog zich voorover tot ze zo dicht bij Esta's gezicht was dat Esta de beginnende rimpeltjes kon zien die het gezicht van de vrouw tekenden. 'Ik vraag het je nog één keer: wat heb je met het collier gedaan?'

'Het was er niet, dus konden we het ook niet stelen,' legde Esta uit. 'Het was een valstrik. Toen we in de zaal kwamen was de vitrine leeg en de Garde stond paraat, klaar om ons op te pakken.'

Ruth leek te aarzelen. 'Weet je het zeker?' Toen Esta knikte draaide Ruth zich naar de cowboy om, die zijn schouders ophaalde en zijn hoofd schudde. 'Ik wist dat het niet zou werken,' zei ze tegen hem. 'We hadden ze dagen geleden al moeten uitschakelen en zelf achter het collier aan moeten gaan.'

'Dagen geleden?' vroeg Esta.

'Je haar afknippen en een herenpak aantrekken kan misschien wel genoeg zijn om de Garde te misleiden, maar ik ben niet achterlijk,' beet de vrouw haar toe. 'Esta Filosik. De Duivelsdief. Ik heb mijn mensen meteen opdracht gegeven je te schaduwen. North zag je bij het theater.'

Esta hield haar gezicht in de plooi om zelfs geen spoortje te verraden van de angst die haar bekroop. Dat Harte al die tijd gelijk had gehad over haar vermomming drong amper tot haar door, omdat het plotse en akelige besef dat ze al dagen werden bespied zonder dat ze het in de gaten had gehad hard aankwam. Of ze was niet alert genoeg geweest, of deze mensen – deze Antistasi – waren gehaaider dan ze had verwacht.

'Als je wist wie ik was, snap ik niet waarom je je tijd verdoet door me te laten volgen.' Ze deed haar best om een neerbuigende, onverschillige indruk te maken. 'Je had moeten weten dat we aan dezelfde kant staan.'

'Is dat zo?' vroeg Ruth.

'Natuurlijk,' antwoordde Esta, weigerend ook maar een glimp van haar ongerustheid te laten zien. Ze had zich uit lastiger situaties weten te praten. Als ze dachten dat zij de Duivelsdief was, zou ze elk voordeel dat ze uit die titel kon slepen benutten. 'Dat is toch waarom jullie mijn naam te pas en te onpas gebruiken, of niet?'

De vrouw snoof geïrriteerd, maar ze ontkende het niet.

'Ik weet er alles van,' snauwde Esta, de vrouw terugpakkend. 'Ik heb de maskers en jurken gezien. Ik weet dat jouw sneue groep zich uitgeeft voor de Duivelsdief – om te doen alsof je míj bent.' Esta zag Ruths gezicht betrekken. 'Ik weet alles over de Antistasi.'

De vrouw schoot in de lach, maar het klonk hol. 'Jij weet helemaal niks. Wij zijn net zomin Antistasi als een druppel water de zee is.'

'Maar je maakt deel uit van die groep,' drong Esta aan, en ze peilde de sfeer in de hal toen ze dit zei. Welke twijfels Ruth ook over haar had, de rest van de Antistasi was nog meer op zijn hoede, behalve dan die knul die ze North noemden misschien. Het had er alle schijn van dat het hun wel kon schelen of Esta de Duivelsdief was, al maakte Ruth zich er niet druk om. Als ze dit kon gebruiken om te zorgen dat Harte ongedeerd bleef, zou ze dat zeker doen. 'Of heb je hun naam ook gestolen?'

'Ik heb niks gestolen. We hebben het recht verdiend om onszelf Antistasi te noemen,' gaf Ruth op onmiskenbaar scherpe toon toe.

'Dat heb ik inderdaad gehoord,' zei Esta afstandelijk. Ze bleef naar Ruth kijken, al wilde ze liever naar Harte kijken.

Ruth nam haar kritisch op. 'O ja?'

Esta knikte. 'Je hebt een goede reputatie in deze stad. Het is indrukwekkend wat je hebt bereikt,' zei ze, op het ego van de vrouw inspelend.

Maar het werkte niet. Ruth kneep haar ogen tot spleetjes. 'Dan weet je inmiddels dat met ons niet valt te spotten. Als je iets van ons wist, zou je ook weten dat we onze vijanden zonder enige aarzeling uit de weg ruimen.'

'Uiteraard,' zei Esta vlotjes. 'Maar ik ben geen vijand. Ik ben eerder je inspiratiebron, afgaande op wat ik heb gehoord.'

'Jíj?' Ruth schoot opnieuw in de lach, waarna ze haar mond tot een dunne spottende lijn vertrok. 'Jij bent maar een heel gewoon meisje. De Duivelsdief is grootser dan één enkele persoon en zeker grootser dan jij. Op z'n best ben je nutteloos voor ons. Op z'n slechtst ben je een probleem waar we mee af moeten rekenen.'

'Dat ben ik niet,' wierp Esta tegen. Maar toen overdacht ze haar woorden en haalde ze haar schouders onverschillig op. Ze weigerde zich te laten intimideren. 'Nou ja, misschien ook wel, maar ik ben zeker niet jouw probleem.'

'Nee?' vroeg Ruth peinzend. 'In mijn ogen ben je een blok aan ons been, voor mij en de Antistasi.'

Esta moest erom lachen, al klonk het kil. Ze gebruikte de beweging om een blik op Harte te werpen, die het gesprek met een gespannen gezicht en geconcentreerd volgde. 'Hoe weet je dat zo zeker?' Ruth deed een stap in haar richting. 'De politie en de Garde zoeken je al sinds die avond in het Jefferson Hotel, toen we je hielpen om langs de bewakers te glippen. Ze zijn nu al een week in verhoogde staat van paraatheid en speuren de hele stad af op zoek naar jou, wat mij met meer dan een simpel ongemak heeft opgezadeld: jouw aanwezigheid in mijn stad maakt het mijn mensen haast onmogelijk hun werk te doen, omdat ze het gevaar lopen ontdekt te worden. Allemaal omdat de autoriteiten geloven dat je een apart geval bent. Dé Duivelsdief,' zei ze wat smalend. 'Maar moet je jezelf nu zien, overgeleverd aan míjn grillen. Nauwelijks een vrouw en te zwak en te zachtaardig om voor een man door te gaan, dat ziet iedereen meteen. Je bent niets anders dan een sta-in-de-weg.'

Esta trok een mondhoek op. 'Als je dat echt vindt, had je ons niet vastgebonden en gedrogeerd voor dit onderonsje.'

'Ik neem geen onnodige risico's,' zei Ruth stekelig. 'Zeker niet als de veiligheid van mijn mensen op het spel staat.'

'Ik heb jouw mensen niks aangedaan,' kaatste Esta terug. 'Er is geen enkele reden om dat te denken.'

Ruth hield haar hoofd wat schuin. 'Dus jij hebt geen rookbommetje in de zak van een van mijn mannen gestopt?'

'Hij volgde mij,' zei Esta verontwaardigd. 'Hij nam nou niet bepaald de moeite om zich beleefd voor te stellen. Ik wist toen niet wie hij was en of hij bij jou hoorde, en ik moest hem zien af te leiden. Bovendien heeft hij er niks ernstigs aan overgehouden.'

Ruth fronste. 'Ik moet toegeven dat ik onder de indruk ben van iedereen die het presteert North te slim af te zijn, maar je poging om ons verdacht te maken met je onbezonnen vertoning bij de tentoonstelling zal ik je niet zomaar vergeven.'

North. Dat moet de cowboy zijn, dacht Esta, en de boze blik waarmee hij haar aankeek bevestigde het.

'Heb je enig idee wat er was gebeurd als je vandaag was opgepakt?' ging Ruth verder. 'Besef je wel hoe dat voor ons had kunnen uitpakken?'

'Ik snap echt niet waarom jullie eronder zouden lijden als ik word opgepakt,' zei Esta.

'Dat bewijst alleen maar wat een sukkel je bent,' snauwde Ruth. 'Ik weet niet wie je echt bent en ik weet ook niet of je een van de vele dingen die aan jou worden toegeschreven echt hebt gedaan, maar één ding weet ik wel: als de Garde je te pakken krijgt is dat een overwinning voor het Genootschap en de andere

Broederschappen. Het zou een fatale klap voor de Antistasi-beweging zijn, overal in het land. Mocht je worden opgepakt, dan is dat het einde van de legende van de Duivelsdief. Die legende garandeert onze veiligheid en jaagt onze vijanden angst aan. Zonder die legende zijn we kwetsbaar.'

Zo had Esta het nog niet bekeken. Ze had de vrouwen in de balzaal gezien en Julien horen praten over de daden van de Antistasi en ze bewonderde hen. Maar ze had zich niet gerealiseerd dat alleen al haar aanwezigheid hen in gevaar zou brengen.

'Het was niet mijn bedoeling om jullie in een lastig parket te brengen,' verklaarde Esta, en ze deed haar best om schuldbewust te klinken. 'Ik wil geen obstakel zijn. Ik wil jullie juist helpen.'

'Dat kun je niet, wat zou je me zonder het collier te bieden hebben?'

'Naast mijn naam?' vroeg Esta, en ze probeerde iets te bedenken wat overtuigend genoeg was om Ruths twijfels weg te nemen.

'Die hebben we al,' zei Ruth. 'En ook zonder jou kunnen we die blijven gebruiken.'

'Maar je hebt geen voet tussen de deur bij het Genootschap,' mengde Harte zich vanaf de overkant van het vertrek in het gesprek.

Fronsend draaide Ruth zich naar Harte om, die er gespannen bij stond, maar een vastberaden blik in zijn ogen had.

'Waarom zouden we dat nodig hebben?'

'Omdat we weten dat je grootse plannen hebt beraamd,' antwoordde Harte, waarmee hij Ruths aandacht trok. 'En we weten ook wat je nog mist.'

BENEDICT O'DOHERTY

1904 – St. Louis

Hartes hoofd bonkte nog van de drugs die ze hem in de wagen hadden toegediend, wat het ook was geweest, en de macht van het Boek ging in hem tekeer. Die vond de drugs maar niks, en eerlijk gezegd vond Harte het zelf ook heel vervelend. Zijn magische gave voelde vaag en schimmig, en het was alsof de magie die doorgaans zijn trouwe metgezel was niet bereikbaar was.

Ook goed. Harte mocht dan wel een magiër van beroep zijn, maar hij was een bedrieger in hart en nieren.

'Als je zo veel weet, moeten we misschien maar meteen met je afrekenen,' zei Ruth smalend terwijl ze naar hem toe liep. In haar ogen glinsterde zowel angst als woede – een combinatie die wel eens heel gevaarlijk kon zijn – maar gelukkig was haar aandacht niet meer op Esta gericht.

'Dat zou een grote fout zijn.'

'In tegenstelling tot jou,' zei Ruth, 'maken wij geen fouten.'

'Misschien nog niet,' ging Harte verder zonder een spiertje te vertrekken. 'Maar als je bedankt voor onze hulp is dat echt een grote misser.'

'Waarom denk je dat we een ingang bij het Genootschap nodig hebben?' vroeg Ruth.

'Het collier was niet op de tentoonstelling. Als jullie het niet hebben, houdt dat in dat het Genootschap het heeft weggehaald. Hoe wil je dat ding in godsnaam stelen als je niet eens weet waar het is?' Hij hield even zijn mond en liet zijn vraag in de lucht hangen voordat hij verderging. 'Je hebt al tijd tekort.'

Ruth rechtte haar rug en Harte kon aan haar zien dat haar hele manier van doen een en al bluf was. 'Je weet niet waar je het over hebt.'

'O nee?' vroeg Harte scherp, vertrouwend op de indrukken die hij had opgedaan toen hij zijn ontvoerders op hun blote huid had aangeraakt zonder dat ze begrepen hoe gevaarlijk dit was. 'Jouw jongens zijn als de dood, omdat ze weten dat je er nog niet helemaal klaar voor bent. Ze denken dat het risico misschien te groot is, vooral die daar,' vertelde Harte haar, met een knikje naar de knul die zijn handen op zijn rug hield, degene die Harte had doorgrond vlak voordat hij in de kar werd gegooid. 'Frank, is het niet? Hij heeft een zus in Chicago. Hij denkt erover om ervandoor te gaan en bij zijn zus in te trekken in plaats van hier te blijven en zijn dood tegemoet te gaan.'

Ruth wendde zich tot de jongen, wiens gezicht wit was weggetrokken. 'Is dat waar? Twijfel je aan ons plan?'

Zonder iets te zeggen schudde de jongen zijn hoofd, totdat hij de juiste woorden had gevonden. 'Hij liegt, Ruth. Hij probeert ons op stang te jagen.' Maar het bange gezicht van de jongen vertelde een heel ander verhaal.

'Je lafheid zal je dood worden, Frank, niet mijn plannen.' Ruth knikte naar een van de anderen. 'Neem hem mee naar beneden en bind hem vast. Aan twijfel en angst hebben we niets. Niet nu.' Daarna richtte ze zich weer tot Harte. 'Ik weet wie zij is, maar wie ben jij?'

'Ik ben gewoon iemand zoals jij,' antwoordde hij simpelweg. 'Ik haat het Genootschap en alles waar het voor staat. We hoorden wat je afgelopen herfst hebt gedaan – de aanslag tijdens de bouw van de tentoonstelling. Dat was geniaal. Meesterlijk, kan ik wel zeggen.'

Ruth nam hem even aandachtig op. 'Hoe heet je?'

'Benedict O'Doherty,' zei Harte. De naam rolde van zijn lippen zonder dat hij erover na had gedacht. 'Ze noemen me Ben.' Dat wil zeggen: dat was vroeger zo. Het leek erop dat hij nu voor de tweede keer was herboren, dacht hij somber.

'Ik vertrouw jullie geen van beiden,' vertelde Ruth hem.

'Dat bewijst dat je niet achterlijk bent,' zei hij beslist. 'Maar als je onze hulp niet aanneemt, ben je zo dom als het achterend van een varken. Zeker omdat we je kunnen helpen succesvoller te worden dan je ooit had durven dromen. Geef ons een kans ons te bewijzen. De jongen die je net wegstuurde maakte zich ongerust over een klus waar je hem mee had opgescheept. Laat ons het in zijn plaats voor je fiksen.'

Nadenkend vernauwde ze haar ogen tot spleetjes, tot haar gezicht opklaarde. 'Prima,' zei ze, waarna er een lachje om haar lippen kroop. 'Ik geef je deze ene kans om jezelf te bewijzen.' Ze keek naar de cowboy. 'Neem hem mee en zorg dat hij geen stennis schopt.'

'Maar de klus...' zei Harte.

'Ik denk dat we die aan de Duivelsdief overlaten. Als ze zo machtig is en zo graag voor ons wil werken, zou dat geen probleem moeten zijn. En als ze ook maar iets doet om ons te verraden, ben jij degene die ervoor moet boeten.'

EEN HEEL GEWOON MEISJE

1904 – St. Louis

Maggie keek toe terwijl de aanhangers van haar zus de Duivelsdief en haar metgezel wegvoerden. Ze gingen zonder tegenstribbelen maar duidelijk met tegenzin mee, en de manier waarop de jongen – Benedict – naar het meisje keek, alsof hij alles op alles zou zetten om te voorkomen wat er ging gebeuren, raakte diep vanbinnen iets in haar.

'Was dat nou echt nodig?' vroeg ze aan Ruth, die er onbewogen als altijd bij stond en toekeek.

Haar oudste zus, de enige moeder die ze had gekend, wierp haar een ongeduldige blik toe. 'Twijfel je soms aan mijn oordeel?'

Maggie schudde haar hoofd. 'Nee, moeder Ruth. Ik vraag me alleen af...' Maar stiekem twijfelde ze wel aan haar zus. Dat deed ze al een tijdje als het om Ruths aanpak ging, maar nu wist ze dat ze het moest uitspreken. 'Als Lipscombs mensen haar te pakken krijgen...'

'Dan rekenen zij voor mij met het probleem af,' zei Ruth op een toon die geen tegenspraak duldde. 'Zij is de Duivelsdief niet, Maggie. Ze is maar een heel gewone meid, net als jij. En net als ik ooit was. De Duivelsdief omvat veel meer – het is iets wat *wij* met onze acties hebben gecreëerd. Als ze zo'n sukkel is om zich door Caleb Lipscomb en zijn halvegare socialisten te laten oppakken, is dat haar verdiende loon.'

'En als dat niet gebeurt?'

Het gezicht van haar zus fleurde op. 'Dan hoort ze bij ons. Denk je eens in, Margaret. Als zij de bom plaatst, kan ze op geen enkele manier meer van gedachten veranderen. Ze zal verantwoordelijk zijn voor de ontploffing en alles wat daarna gebeurt. Als het goed gaat, zoals je mij hebt verzekerd, houdt dit in dat ze zal helpen met het maken van het serum. Ze zal niet alleen begrijpen welke macht het bevat, maar ze zal trots zijn omdat ze haar steentje heeft bijgedragen. Daarna zal ze voorgoed een van ons zijn. En als de andere Antistasi-groepen weten dat de Duivelsdief óns heeft gekozen, zal dit ons leiderschap enorm versterken.'

Maggie kon er niets aan doen en fronste bedenkelijk. 'Denk je niet dat we haar moeten vertellen waar we aan werken?'

'Waarom zou ik?' vroeg Ruth. 'Hiermee test ik hoe loyaal ze is, of ze echt achter ons staat, achter míj. Als dat zo is zal ze bereid zijn te doden voor onze zaak. En als dat niet zo is, weten we dat voordat ze de kans krijgt belangrijkere plannen te dwarsbomen.'

WEGGESPEELD

1902 – New York

Jack was al weken niet backstage in het Wallack's Theatre geweest, niet sinds hij Darrigan had opgezocht en erachter was gekomen dat de magiër zijn bondgenoot niet bleek te zijn, maar een vijand. Als het aan hem lag kwam hij liever helemaal niet meer in het theater, maar hij wist dat Evelyn iets in haar bezit had wat hij wilde hebben – iets waar iemand anders bereid was voor te doden.

Het irriteerde hem mateloos dat hij nog steeds niet wist wat het was.

De dag nadat Evelyn bij hem thuis langs was gekomen en zich aan hem had opgedrongen was hij met bonkende hoofdpijn van de sherry die ze hadden gedronken wakker geworden. Omdat hij te veel had gezopen was de herinnering aan die avond mistig en vaag. Hij wist nog wel dat ze geen indruk op hem had gemaakt en dat hij haar had weggestuurd. Maar toen las hij in *The Herald* dat ze was aangevallen. Indringers hadden ingebroken in haar appartement om haar te beroven en ze hadden haar beschoten. Ze gebruikte dit uiteraard om in de publiciteit te komen, maar dat veranderde niets aan het feit dat ze iets waardevols in haar bezit moest hebben, wat hem aan haar kat-en-muisspelletje deed denken.

Het vooruitzicht er zo meteen achter te komen wat ze precies voor waardevols had was het zeker waard om zijn afkeer en boosheid van zich af te zetten, terwijl hij zich door de doolhof backstage een weg zocht. Maanden geleden had niemand hem teruggefloten, en ze deden nu ook geen moeite om hem tegen te houden. Met een bos rozen onder zijn arm klopte hij twee keer op de deur van Evelyns kleedkamer en hij ging naar binnen toen hij haar hoorde antwoorden.

Haar kleedkamer was heel anders dan die van Darrigan. Hij was wat groter en de muren waren behangen met zijden en satijnen kleden waardoor die exotisch en sensueel aandeed. Maar Jack liet zich er niet door verleiden. Dit keer zou hij zich beheersen en de situatie de baas blijven.

Evelyn lag in een zijden jurk achterover op een chaise longue als uitbeelding van een vrouw op een schilderij. Hij kon haar verwonding niet zien, maar die was niet levensbedreigend geweest, dat was duidelijk. Toen ze hem zag verscheen er een glimlach om haar rood gestifte mond. 'Hallo, schat,' kirde ze. 'Zijn die voor mij?' Ze kwam overeind van de sofa om de bloemen van hem aan te nemen en op dat moment zag hij een glinstering van goud om haar vinger oplichten.

De ring was gigantisch. In de filigraangouden zetting zag hij een steen die veel te duur was voor een ordinaire snol als Evelyn, en hij wist meteen dat dit het sieraad was waar de dieven naar op zoek waren geweest en waar hijzelf voor was gekomen.

'Wat is er, Jack?' vroeg Evelyn terwijl ze de bloemen in een vaas op haar make-uptafel schikte. 'Je ziet eruit alsof je een spook hebt gezien.'

'Geen spook,' zei hij met lage stem, vol verwachting. 'Een éngel.'

Haar ogen glansden en ze liep verleidelijk naar hem toe, warm en gewillig.

Later, toen hij in de koets naar huis reed en de benevelende mist van verlangen optrok, realiseerde hij zich dat hij de ring helemaal was vergeten – alwéér. Hij was er zo dichtbij geweest en hij had hem niet eens even aangeraakt. En hij kon zich niet herinneren waarom. Hij kon zich zelfs niet herinneren wat er tussen hen was gebeurd.

Hij balde zijn handen tot vuisten. Dit keer kon hij de drank niet de schuld geven. Het was hem al eerder overkomen, in Griekenland, toen hij wakker werd zonder enig idee van wat er was gebeurd in de uren voor het aanbreken van de dag. Hij had het meisje voor wie hij als een blok was gevallen voor de grap een sirene genoemd, die hem verleidde om naar de rotsen te komen die zijn dood zouden worden, maar hij had niet geweten dat het nog waar was ook en hoe vals die meid eigenlijk was geweest.

Nu besefte hij ineens dat Evelyn hetzelfde was. Net als het meisje uit Griekenland dat hem bijna had geruïneerd, was Evelyn een heks – uitschot dat dacht dat ze hem met zijn eigen spelletje kon verslaan. Maar Jack was niet het groentje van toen. Zijn reis naar Griekenland had hem veranderd en het Boek, dat veilig achter slot en grendel lag in zijn vertrekken, had hem nog veel meer veranderd. Evelyn bezat dan wel ongetemde magie en een ring die deze macht versterkte, maar ze had het Boek niet. Ze had er geen idee van hoe hij haar had weggespeeld.

HET GEHEIM IN ORCHARD STREET

1902 – New York

James Lorcan had het gevoel dat alles nog interessanter zou worden kort nadat hij Logan Sullivan het appartementencomplex binnen had zien gaan en ergens in de buurt de roep hoorde van iets wat op een uil leek, maar dat niet was. Hij stuurde de anderen terug naar de Strega, behalve Mooch. De gespierde jongens had hij nu niet nodig; wat er ook mocht gebeuren, vanavond was niet het moment voor een gevecht. Dat kwam later wel.

Hij hield zich schuil in de schaduwen en observeerde de ingang van het gebouw totdat hij het groepje zag. Een potig uitziende jongen met een donkerbruine huid droeg Logan over zijn schouder en een meisje dat James niet herkende liep vlak bij Jianyu. Een onverwachte ontwikkeling, dat was een feit, maar op één vraag had James tenminste antwoord. Zijn gezelschap bestond uit Sundren. Niet belangrijk, behalve dan dat twee van hen zijn gevangenen hadden moeten zijn.

Mooch deed een stap in de richting van het groepje, dat al over de stoep wegsnelde om het gebouw achter zich te laten, maar James greep zijn arm beet.

'Volg ze en kijk waar ze heen gaan. Kom daarna naar de Strega.'

Mooch wekte de indruk dat hij wilde protesteren, maar James keek met half dichtgeknepen ogen naar de jongen, die zich vervolgens leek te bedenken.

Jianyu had Logan te pakken, maar dat maakte hem niet uit. Hij kon de jongen wel gebruiken, maar hij was evengoed een blok aan zijn been. Bovendien had James alle geheimen die hij nodig had bij de hand op de planken van Dolphs boekenkasten en nu ook in het notitieboekje dat in zijn jas zat.

Dat Jianyu hier bij dit appartementencomplex opdook, waar hij niets had te zoeken, vertelde James iets belangrijks – Logan had niet gelogen over wie hij was en wat hij kon. Dat betekende dat het notitieboekje dat hij aan hem had gegeven geen valstrik of vervalsing was. Het was niets meer of minder dan de waarheid.

Het was al laat, bijna middernacht, maar James moest nog ergens anders naartoe nu hij wist dat hij de woorden die hij op zijn borst droeg kon vertrouwen, de woorden die hij zelf op een dag zou neerschrijven.

Toen hij eindelijk in Orchard Street terugkwam waren de lampen in het pand uit, maar dat was niet erg. Hij betaalde de vrouw op de tweede verdieping meer dan genoeg voor het ongemak omdat hij haar had gewekt.

Ze was er niet blij mee, maar ze klaagde niet toen ze hem voorging en hem door de smalle gang naar de slaapkamer van het meisje bracht. Nadat hij de vrouw had weggestuurd liep hij naar het bed en knielde bij het meisje neer om haar wakker te maken. Ze fronste haar voorhoofd vanwege de verstoring maar uiteindelijk deed ze haar ogen met tegenzin open en tuurde ze slaperig naar hem.

Vroeger had hij het moeilijk gevonden om naar haar te kijken zonder Leena in haar te herkennen, die veroordelend terugkeek om de keuzes die hij had gemaakt en de weg die hij was ingeslagen. Maar na verloop van tijd was het makkelijker geworden om door Leena's gelaatstrekken heen te kijken – de goudkleurige ogen, de brede mond die het meisje later ook zou krijgen – en het kind zelf te zien, de belofte van waar ze toe in staat was.

Eens had hij gedacht haar te kunnen behoeden voor Leena's fouten. Als Dolphs partner, zijn vrouw in alles behalve in naam, was ze te zachtaardig geweest op momenten dat ze bikkelhard had moeten zijn, te royaal terwijl ze terughoudend had moeten zijn. Het was dan ook een verrassing geweest – aangenaam, maar toch verrassend – toen Leena had besloten hun dochtertje voor Dolph verborgen te houden. Maar uiteindelijk was het haar ondergang geworden.

Hij had gehoopt het meisje te kunnen vormen om haar voor zijn eigen doeleinden te gebruiken. Nu wist James dat dit uiteindelijk niet was gelukt. Hij had een vals loeder opgevoed dat op een dag een dreiging zou vormen voor alles wat hij had opgebouwd, alles waarvoor hij was voorbestemd.

Hij kon haar nu doden, maar tijd was iets vreemds, het was in een knoop verstrengeld en in een patroon geweven dat zelfs hij nog niet kon waarnemen. Als hij haar van het leven beroofde, wat zou dat dan veranderen? Wat zou hij mogelijk kwijtraken van alles wat hij met haar hulp had bereikt?

Hij kon haar niet ombrengen. Nog niet. Maar hij zou haar gebruiken om een boodschap over te brengen.

Toen haalde hij Viola's mes uit zijn jas tevoorschijn.

'Kom, *carina*, we gaan een spelletje doen.' Hij zou Esta een boodschap door tijd en ruimte en de onbestaanbare wereld sturen, om haar te vertellen dat hij op haar wachtte.

Toen begon hij met Libitina, het mes dat naar de godin van de dood en de begrafenissen was vernoemd, te snijden.

HET PAKKETJE

1904 – St. Louis

De koets reed door de nacht en bracht Esta naar een onbekende bestemming. Op het bankje tegenover haar zat North breeduit en met een nonchalante, zelfverzekerde houding, waardoor hij de hele ruimte in beslag leek te nemen. Hij hield een pistool in zijn hand, als overduidelijk dreigement dat ze het niet moest proberen hem iets te flikken.

'Beweeg dat maar niet te veel,' zei hij toen ze het boek op haar schoot verschoof. Het leek een in leer gebonden boek van gemiddeld formaat dat je bij je kon dragen, maar het woog meer dan een gewoon exemplaar. Wat er ook tussen de bladzijden verstopt zat, het was compact en omvangrijk – en gevaarlijk. 'We willen niet dat hij afgaat voordat je het hebt afgeleverd.'

Door zijn waarschuwing ging ze rechtop zitten. 'Waar gaan we naartoe?'

'Dat zie je vanzelf,' antwoordde North.

'Ik vind dat ik het recht heb om te weten wie ik uit de weg moet ruimen.' Ze deed alsof ze verveeld en onverschillig was, maar in werkelijkheid stond het zweet in haar handen. Ze was nerveus en probeerde het boek zo stil mogelijk te houden ondanks het gehobbel van de koets. Als je bedacht hoe slecht de wegen waren die van de rand van de stad, waar de brouwerij was, naar het centrum van St. Louis leidden, was dat een hele opgave.

'Wie zegt dat je iemand uit de weg moet ruimen?' vroeg North. Zijn ogen waren beschaduwd door de rand van zijn hoed, maar in het maanlicht dat door het koetsraam naar binnen viel zag ze een lachje om zijn dunne mond verschijnen.

'Het is toch een bom, of niet?' informeerde ze gespannen.

Geërgerd vertrok North zijn mond tot een lijn en een dun litteken in zijn mondhoek lichtte wit op. 'Bommen zijn voor Sundren. Ze maken er een bende van en zijn niet nauwkeurig genoeg. Vanavond gaat er niemand dood,' vertelde hij haar. 'Behalve jij misschien, als dat pakketje niet op de goede plek aankomt. En je vriend natuurlijk, bij moeder Ruth, als jij voor problemen zorgt.'

Esta fronste, zijn bluf negerend. Als de Antistasi haar en Harte wilden ombrengen, hadden ze dat al geprobeerd. 'Als het geen bom is, wat dan wel?'

'Een cadeautje.' Hij draaide zich om om uit het raam te kijken, blijkbaar hield hij het gesprek verder voor gezien.

Een cadeautje? Om de dooie dood niet!

De vrouw die door de anderen moeder Ruth werd genoemd had haar te verstaan gegeven dat het gevaarlijk was, wat er ook in het pakketje mocht zitten. Niemand van de Antistasi wilde te dichtbij komen toen Ruth het aan Esta gaf met de waarschuwing het niet eerder open te maken dan dat ze op de plek was waar ze het zou afgeven. Haar instructies waren eenvoudig: *laat het nergens anders achter dan in het midden van het gebouw, zo dicht mogelijk bij het doelwit als je kan. En haal het niet in je hoofd om de klus te verraden, anders is Harte er geweest.*

Als Esta werd opgepakt? Ach, dat was niet Ruths probleem. De mensen bij wie ze het boek moest bezorgen zouden een indringer niet vriendelijk behandelen. Esta stond er alleen voor en ze was overgeleverd aan hun grillen, maar niemand had haar verteld wie het doelwit van deze actie was.

'Vertel me dan tenminste tegen wie ik het moet opnemen,' zei ze, in een poging om Norths aandacht weer te krijgen. De weg door het open veld had plaatsgemaakt voor een weg met hoge gebouwen in de buitenwijken van de stad, en langs de rivier stonden fabrieken en pakhuizen.

'Doet dat er iets toe?' vroeg hij. 'Je bent niet voor niks de Duivelsdief, toch?'

'Ik wil voorbereid zijn,' zei ze nonchalant. 'En ik wil zelf kunnen bepalen of het risico dat ik loop opweegt tegen de levens die deze actie misschien opeist.'

North keek naar haar op en met een doordringende blik in zijn vreemde ogen, die allebei een andere kleur hadden, doorzag hij haar bezorgdheid. 'Wie ben jij om daarover te oordelen?' vroeg hij zacht. 'Dit is niet de eerste daad die we in jouw naam uitvoeren en het zal zeker niet de laatste zijn. Dit is niet bepaald het moment om arrogant te gaan doen.'

Zijn woorden raakten iets diep vanbinnen. Hij had wel gelijk. De Antistasi had haar naam al wie weet hoe vaak gebruikt. Het deed er niet toe dat zij niet de persoon was geweest die de aanslagen had gepleegd, maar dit was wel door een besluit dat zij had genomen in gang gezet.

'Dat dacht ik ook.' North draaide zich weer naar het raam en wreef over de stoppels op zijn kaak terwijl hij de stad aan zich voorbij zag glijden. Uiteindelijk kwam de koets tot stilstand en North wierp nog even een blik naar buiten om te kijken waar ze waren. 'We zijn er.' Hij schoof zijn hoed naar achteren zodat hij haar recht in de ogen kon kijken. 'Of ben je van gedachten veranderd?'

Esta dacht na over haar opties. Ze twijfelde er niet aan dat het boek dat ze bij zich had gevaarlijk was, wat North ook mocht zeggen. Nu kon ze nog terugkrabbelen. Ze kon het boek hier achterlaten, de tijd manipuleren en ervandoor gaan.

Maar wat zou er dan gebeuren?

Moeder Ruth en de rest van de Antistasi in de brouwerij hadden Harte. Ze hadden hem weggevoerd kort nadat hij zijn grote mond had opengetrokken, en Esta had geen idee waar ze hem naartoe hadden gebracht. Tegen de tijd dat ze dat had achterhaald was hij misschien al dood. Ze kon de seconden niet zó lang vertragen, zeker de laatste tijd niet.

En zelfs als ze Harte vond voordat ze hem iets hadden aangedaan wist ze niet wat ze met de Sleutel van Ishtar hadden gedaan. Ze had er niet naar gevraagd, omdat ze niet wilde dat ze erachter zouden komen hoe belangrijk de steen was, als ze dat al niet zelf hadden ontdekt. Áls ze inmiddels wisten welke macht de steen had...

Daar kon ze zich nu beter geen zorgen om maken. Nu had ze een klus te klaren. Het was Harte of de persoon bij wie ze het pakketje moest afgeven, ze had weinig keus. Dakari, Dolph... Esta had te veel mensen verloren om weer iemand kwijt te raken.

Er was echter nog iets wat aan haar bleef knagen, als jeuk op een plek waar je niet bij kunt om te krabben: ze wist dat ze haar voor hun karretje spanden. Er werd al bijna twee jaar te pas en te onpas met haar naam geschermd zonder dat ze het zelf wist. En als het aan Ruth lag zou de Antistasi ermee doorgaan. Maar ze had er genoeg van om als pion in andermans spel te dienen. Ze was haar hele leven al een marionet geweest, bespeeld door professor Lachlan. Het zou haar niet gebeuren dat Ruth haar op dezelfde manier in haar macht zou houden.

Nee, Esta had de sfeer in de brouwerij gepeild toen Ruth aan het woord was, ze had de angst in Franks stem gehoord toen Ruth hem van lafheid beschuldigde. De leden van de Antistasi mochten Ruth dan wel trouw volgen, maar dat betekende nog niet dat ze haar graag mochten of vertrouwden, wat Esta een mogelijkheid bood. Om hun vertrouwen te winnen moest ze bewijzen dat ze een van hen was, om te beginnen met North. En dat betekende dat ze de klus moest doorzetten.

'Ik blijf bij mijn besluit,' liet ze North weten. 'Wie is mijn slachtoffer?'

Hij nam haar even aandachtig op, alsof hij probeerde te achterhalen of het een list was. 'Weet wel dat je niet de enige bent die een verdwijntruc kan uitvoeren. Als je ons een streek levert, is je vriend er geweest.'

'Dat weet ik.' Ze wierp hem een onverschillige blik toe. 'Blijven we hier de hele avond zitten?' vroeg ze toen hij haar bleef aanstaren. 'Of ga je me vertellen voor wie dit pakketje is bedoeld?'

'Ik wilde gewoon zeker weten dat we het eens zijn,' zei hij. 'Je moet naar Caleb Lipscomb. Je kunt hem op nummer 432 vinden. Net voorbij deze rij pakhuizen naar rechts. Als je binnen bent, ga je naar de eerste verdieping.'

Caleb Lipscomb. Ze had nog nooit van hem gehoord, maar dat zei niet zo veel. 'Hoe weet ik wie het is?'

Norths bijzondere ogen glinsterden geamuseerd. 'Als je hem ziet weet je het meteen. Hij houdt ervan om in het middelpunt van de belangstelling te staan. En nu wegwezen,' spoorde hij haar aan, de koetsdeur ontgrendelend.

Buiten was het koeler, de modderige, aardachtige geur van de rivier hing in de lucht, en mengde zich met de zware walm van smeerolie en steenkool van de fabrieken op de oevers. Esta stopte het pakketje onder haar arm en zorgde dat het niet te veel bewoog zodat het boek niet open zou gaan. Ze hadden haar verteld dat de ontsteking geactiveerd werd zodra ze een losse pagina uit het midden van het boek zou trekken en het laatste wat ze kon gebruiken, was dat dit zou gebeuren voordat ze de persoon had gevonden voor wie het was bedoeld.

Ze voelde spanning op haar borst. Ze geloofde North niet dat het geen bom was en zelfs nu ze naar haar bestemming liep twijfelde ze weer of ze er wel mee door moest gaan. Het plan zelf was één ding, maar het uitvoeren was iets heel anders toen haar voeten haar gestaag naar het moment brachten waarop ze de knoop echt moest doorhakken.

Oké, ze had Jack zonder meer willen vermoorden op het station. Ze had het pistool in haar handen gehouden en was vastbesloten geweest hem koud te maken – omdat het zijn verdiende loon was. Omdat ze wist dat hij ontelbare mensen zou doden als ze hem in leven liet. En ze had gelijk gehad. Van wat ze had gehoord was Jack een van de voorstanders geweest van de wet tegen magie. Hij was de reden dat magie nu was verboden en dat de Mageus openlijk vervolgd en wettelijk onderdrukt konden worden. Maar dit voelde op een bepaalde manier anders. Esta kende deze Caleb Lipscomb niet. Wie hij ook was, voor haar was hij een naam zonder gezicht, een onbekende die haar niets had misdaan.

Toch zag ze geen uitweg uit de situatie, tenzij ze de Antistasi tegen zich in het harnas zou jagen en ze er een nieuwe vijand bij had. En tenzij ze bereid was Hartes leven op het spel te zetten.

Het pand met nummer 432 was een lang pakhuis over de lengte van een heel huizenblok – een of andere fabriek of werkplaats waar machines werden gemaakt. Een gele gloeilamp verlichtte de deur. Alles leek op een valstrik te wijzen. Ze keek achterom, haar opties overwegend, en zag dat North haar nog steeds in de gaten hield.

Hij knikte naar haar. *Loop door*, leek hij ermee te zeggen, en met de laatste stappen liep ze de zwakke lichtkring van het kale peertje in. Zo stil als ze kon deed ze de deur van het pakhuis open, en ze stapte naar binnen.

DE BETHESDA FONTEIN

1902 – New York

Viola trok de sjaal over haar hoofd en deels over haar gezicht, en stopte hem om haar kin. Ze hield haar gezicht afgewend van de mensen in de tram die in noordelijke richting naar Central Park reed. Paul dacht dat ze naar de vismarkt in Fulton Street ging, dus moest ze opletten dat ze daar uitstapte – of ergens anders – voordat ze terugging naar het huis van haar broer. Ze kon niet riskeren dat hij achterdochtiger werd dan hij al was. Zeker niet nu de informatie die ze nodig had binnen handbereik was.

Vlak bij Madison Avenue stapte ze uit, en ze liep via East Drive door het park tot ze bij een groot plein kwam met een gigantische fontein, waar het beeld van een engel met uitgeslagen vleugels bovenop stond. Ze ging niet vaak in haar eentje naar het park, ze had er niet echt behoefte aan. Meestal deden de mensen die zaten te luieren op het gras of een wandeling maakten over de bospaden haar alleen maar denken aan een leven dat zij nooit zou hebben. Maar als ze toch een keer door het park kwam, zorgde ze dat ze een pad nam dat langs de fontein liep. Die beeldde een Bijbelverhaal uit van een engel die mensen met het water van Bethesda genas.

Binnen een familie van Sundren was Viola afwijkend geweest. Haar aangeboren magie voelde als een brandmerk dat symboliseerde dat haar leven vanaf het allereerste begin verdoemd was. Dus het verhaal van de engel die mensen genas met niets meer dan wat water had indruk op haar gemaakt, alsof de kans bestond dat haar eigen ziel op een goede dag ook gereinigd kon worden.

Maar Viola was geen dromer. Ze had lang geleden geleerd niet in sprookjes te geloven. Ze moest het doen met wat ze had meegekregen en ze was dankbaar voor het leven dat ze zelf voor elkaar had gebokst. Fantaseren over een ander leven deed ze niet en ze verlangde ook niet naar dingen die onmogelijk waren;

daarom raakte ze behoorlijk van slag toen ze het benauwd op haar borst kreeg bij het zien van de roze katoenen jurk met crèmekleurig kant van het meisje dat bij de fontein zat.

Ruby wachtte op de plek die ze in haar briefje had beschreven. Naast haar lag een stapel pakjes, stuk voor stuk met een touwtje dichtgebonden, en daarnaast zat Theo, haar verloofde. Hij zat achterovergeleund op het bankje met zijn handen achter zijn hoofd, alsof de wereld van hem was, en Ruby zat met een geconcentreerd gezicht in een blocnote te schrijven. De keurige zwarte rok en het hoog dichtgeknoopte overhemd met de stropdas, de kleren die Ruby op de dag aanhad toen Viola een zinloos ritje in hun koets had gemaakt, waren door een heel andere outfit vervangen. Vandaag zag Ruby's jurk eruit als een soort galajurk, ontworpen voor een onschuldige debutante. Hij was lichtroze met pofmouwen en een verfijnde kanten ruche langs haar hals. Zittend bij het water was ze een beeldschoon plaatje. Ze oogde onaantastbaar. *Onbestaanbaar*.

Soms leek het alsof het beeld van Ruby met de parels die ze die avond in Delmonico's had gedragen –het elegant witte parelsnoer en de manier waarop het precies tegen het kuiltje van haar hals hing – in haar geheugen gegrift was. Ze had het gevoel dat dit moment zich bij die herinnering voegde en haar ook bij zou blijven.

Bah! Ze schudde de gedachte af en negeerde de warme tinteling die door haar heen trok. Het weer sloeg om, dat moest het zijn. De zon stond hoog en scheen fel, de warmte die langs haar huid onder haar blouse trok had niets met die stomme, stómme rijke meid te maken, die met haar stómme kop een briefje aan een loopjongen had meegegeven naar het New Brighton, pal onder Pauls neus. Ruby zou hen allebei de dood injagen, maar ach, waarom zouden de rijken zich zorgen maken om zoiets onbenulligs? Ze dachten waarschijnlijk dat ze de engel des doods een paar dollar konden toestoppen om in hun plaats een bediende te sturen.

Theo zag Viola als eerste en stootte Ruby aan, die opkeek van haar schrijfwerk en met tot spleetjes geknepen ogen het plein rondkeek. Op het moment dat ze Viola naar hen toe zag komen fleurde het gezicht van het meisje op, en ze stopte de blocnote met de pen terug in het geborduurde handtasje dat aan haar pols bungelde.

'Je bent gekomen!' zei Ruby blij, en voor Viola wist wat er gebeurde, omhelsde die rijke meid haar en werd ze door een wolk van bloemen, amber en hartelijkheid omgeven.

Toen Ruby haar weer losliet voelden Viola's benen wiebelig. Ze strompelde naar achteren en ving zichzelf net op tijd op, waarbij de sjaal van haar hoofd gleed. Viola hoorde Ruby naar lucht happen en schoof de sjaal snel weer terug zodat die haar hoofd en de helft van haar gezicht bedekte. Maar Ruby nam er geen genoegen mee. Haar verfijnde gezicht betrok en ze strekte haar hand naar Viola uit om de sjaal van haar gezicht weg te schuiven.

'Wie heeft dat gedaan?' vroeg ze zo zacht dat Viola het amper boven het geklater van het water in de fontein uit kon horen.

'Niemand. Het is niks,' zei Viola terwijl ze de sjaal weer terugschoof. Ze wist maar al te goed wat Ruby had gezien – de paarsgroenige blauwe plek op haar kaak; de prijs die ze had moeten betalen omdat ze het huis uit was geglipt zonder Paul te vertellen dat ze weg was gegaan met de koets. Ze had ook geen dag gezegd tegen haar moeder en Paul had besloten haar wat manieren bij te brengen met een flink pak rammel.

Ze had hem wel kunnen vermoorden, maar in plaats daarvan had ze de straf geïncasseerd zonder terug te vechten. Dat had Paul voldoende gesust. Wat had ze anders kunnen doen? Ze had hem niet kunnen vertellen waar ze was geweest. Maar elke keer dat ze iets zei of een hap eten nam bonkte de zere plek en nam ze zich voor het hem dubbel en dwars betaald te zetten.

Toch had Viola het gevoel dat ze iets verkeerd deed als ze zich met deze mensen inliet. Ze zouden Paul ongetwijfeld kwaad willen doen als ze de kans kregen – met name het meisje. Ze zouden hem breken, kapotmaken. En al wilde ze zelf eigenlijk niets liever, toch was hij nog altijd familie. Maar ze wist niet meer of dat woord nog iets betekende of dat het een van de vele leugens was, net als woorden als geluk en vrijheid.

'Dit is niet niks,' zei Ruby. 'Iemand heeft je een flinke klap verkocht.'

'Het doet er niet toe,' wuifde Viola haar bezorgdheid weg. Mensen deden elkaar doorlopend pijn. Waarom zou zij een uitzondering zijn?

Ruby strekte haar gemanicuurde hand uit om Viola's wang heel even zacht aan te raken. 'We kunnen je helpen. Je hoeft niet –'

'Basta!' Viola duwde Ruby's hand weg. 'Wat wil je doen? Me in huis nemen alsof ik een of andere zwerfhond ben?'

Ruby knipperde, verbaasd over de toon die Viola aansloeg. Waarschijnlijk omdat nog nooit iemand zo tegen haar had durven uitvallen. Ruby Reynolds was het soort meisje dat was opgegroeid zonder het woord 'nee' ooit te horen, terwijl dat zo'n beetje het eerste was geweest wat Viola vanaf haar geboorte had gehoord.

'Doe niet alsof je iets van mijn leven begrijpt,' snauwde Viola. Het was een waarschuwing maar ook een verontschuldiging. 'Denk niet dat je iets kunt doen om het te veranderen. En haal het niet in je hoofd te denken dat ik dat wil.' Ze stak haar kin wat naar voren. 'Ik kan heel goed voor mezelf zorgen.' Het was een statement en een belofte ineen. 'De liefdadigheid van een of andere stumperige rijke meid kan ik missen als kiespijn.'

Ze zag Ruby ineenkrimpen maar het meisje deinsde niet naar achteren. 'Zo bedoelde ik het niet. Ik wilde alleen maar helpen.'

'Ik ben gekomen, zoals je me vroeg,' zei Viola, de gekwetstheid in Ruby's stem negerend. 'Wat wil je van me?'

'Het leek me goed om elkaar te spreken.' Ruby beet op haar roze onderlip, haar tanden recht en wit.

'Vertel op,' zei Viola.

'Misschien kunnen we beter ergens heen gaan waar we meer privacy hebben.' Ruby keek om zich heen alsof ze bezorgd was dat iemand haar met een volksmeid als Viola zag praten.

Viola kreeg het er benauwd van, net als die avond in Delmonico's toen ze ingesnoerd was door haar korset. Ze had weg moeten blijven.

Ze kon nog weggaan. Dat zou ze moeten doen, voordat deze opgedofte rijke trut haar aan het twijfelen zou brengen over het leven waar ze voor had gekozen of aan zichzelf. Maar als ze er nu vandoor ging had Ruby gewonnen en dat wilde ze nou ook weer niet.

'Oké,' zei ze, maar het woord kwam er scherper uit dan haar bedoeling was. 'Waar wil je naartoe?'

'Misschien kunnen we een van de roeiboten nemen?' stelde Theo voor. 'Het is een mooie dag en ik kan wel wat beweging gebruiken.'

Viola onderdrukte de zucht die ze al die tijd al voelde opkomen. Ze kon zich niet voorstellen dat het leven zo gladjes verliep en zo comfortabel was dat Theo blij was dat hij iets te doen had, en dan was het nog zinloos ook, rondjes roeien zonder ergens te komen. *Belachelijk*. Maar hoe eerder ze klaar waren, hoe beter. 'Prima,' zei ze zonder Ruby aan te kijken. 'Doen we.'

EEN VOLGZAAM MEISJE

1902 – New York

Viola was boos op haar vanwege het briefje. Ze had er niets bijzonders in gezet, maar Ruby wist dat Viola's vuur schietende ogen te wijten waren aan het feit dat ze was ontboden. Dat was niet Ruby's bedoeling geweest, maar ze zag nu pas in dat ze het wel had gedaan. Ze had Viola op dezelfde manier ontboden als ze haar dienstmeisje riep of de kok belde voor thee. Op de een of andere manier had Theo het nog erger gemaakt door voor te stellen met een roeiboot op het meer te gaan varen.

Maar Ruby merkte dat haar snelle denkwerk of haar vlotte babbel in elke andere situatie haar in de steek liet wanneer ze bij Viola was. Met Viola's purperen ogen die haar verwijtend aankeken kon ze niet veel meer dan flauwtjes knikken.

'Dit is een heel slecht idee,' fluisterde ze toen ze naast Theo kwam lopen, met Viola op hun hielen.

'Hoezo?' vroeg Theo, haar aankijkend.

'Omdat ze me haat,' antwoordde ze zacht, zodat Viola het niet kon horen.

'Ze is een informant, Ruby. Behandel haar dan ook zo. Ze hoeft je niet aardig te vinden. Ze moet je hélpen.'

Hij had natuurlijk gelijk, maar het voelde absoluut niet zo.

Het werd nog erger toen de man die de boot gereedmaakte opperde dat hun dienstmeisje op de bank vlak bij het afdak voor de boten kon wachten.

'Nee,' zei Ruby snel terwijl haar wangen begonnen te gloeien van diepe schaamte. 'Ze gaat met ons mee.' Vanuit haar ooghoek zag ze dat Viola haar hoofd met een ruk wegdraaide. 'Ik bedoel dat ze niet mijn dienstmeisje is – ons dienstmeisje. Ze is onze...' Wat was Viola eigenlijk?

'Onze vriendin gaat mee,' zei Theo om Ruby uit de brand te helpen.

Niet dat de warme gloed die al langs haar hals naar haar wangen kroop er minder van werd. Haar huid was vast vlekkerig rood. Dit was echt zó gênant.

Viola klom zwijgend in de boot en de man duwde ze over het water af. Theo begon met lange, langzame slagen te roeien, weg van de waterkant naar het midden van het meer.

Het was inderdaad een mooie dag, zoals hij had gezegd. Op elk ander moment zou ze van het uitje hebben genoten, ronddobberend op het water, ver weg van alle verantwoordelijkheid. Gewichtsloos en sereen. Toen ze een klein meisje was had ze ervan genoten wanneer haar vader haar en haar zussen meenam naar het park, vooral op vroege lentedagen als deze, waarop het was of de stad ieder moment tot bloei zou komen.

Maar dat was voordat alles fout was gelopen. Theo had haar afgelopen zomer een paar keer meegenomen om haar op te vrolijken, maar niets hielp, behalve hard werken.

Ze wás aan het werk, bracht ze zichzelf in herinnering. Maar met Viola die boos naar haar bleef kijken voelde ze zich onvoorstelbaar opgelaten.

Viola was zo... aanwézig. Niet omdat ze nou zo groot was – ze was kleiner dan Ruby en absoluut niet dik of mollig. Maar Viola's lichaam had de zachte rondingen die Ruby niet had. Ze was niet veel ouder dan Ruby, maar ze zag er meer uit als een vrouw dan als een meisje. In haar ogen zag je ervaring en wijsheid.

Maar o, wat zag haar gezicht er belabberd uit!

Viola merkte dat Ruby haar weer zat aan te staren en trok haar sjaal verder omhoog om de blauwe plek te bedekken.

Iemand had haar een harde klap verkocht. Iemand had haar pijn gedaan en Ruby wilde het die persoon betaald zetten, ze wilde hem kapotmaken.

Theo floot een deuntje terwijl hij ze met langzame slagen over het meer roeide.

'Ja, goed...' Het waren loze woorden. 'We moeten praten.'

Viola reageerde niet. Ze wachtte af en Ruby, die altijd haar woordje klaar had, wist nu niet waar ze moest beginnen. De manier waarop Viola naar haar staarde bracht haar in verlegenheid. Het was alsof ze dwars door haar heen keek en dingen zag die ze voor iedereen verborgen hield behalve voor Theo – en zelfs die dingen die ze voor hem verzweeg. In alle danszalen waar Ruby in de armen van talloze aanbidders had rondgezwierd had ze zich nooit maar half zo onzeker gevoeld over zichzelf als nu, met Viola's ogen op zich gericht.

Ze haalde haar kleine blocnote en pen tevoorschijn. Het was een eenvoudige handeling maar het hielp haar een beetje haar hoofd erbij te houden. 'Wat weet je van je broers banden met John Torrio, Miss Vaccarelli?'

'Torrio is een van zijn jongens,' antwoordde Viola. 'Paolo werkt Torrio in zodat hij een deel van de zaken kan overnemen. Hij mag hem graag,' zei ze met afgrijzen, ze trok haar neus op en liet daarmee duidelijk blijken dat zij daar anders over dacht.

'En je broer?' ging Ruby verder, met haar blik op de aantekeningen die ze maakte zodat ze Viola niet weer in de ogen hoefde te kijken. 'Wat kun je me over zijn zaken vertellen?'

'Hij runt het New Brighton en het Little Naples Cafe, de enige twee waar onze moeder van afweet, en hij is de leider van de Five Pointers.' Ze noemde nog een aantal dingen op, een paar bordelen en andere connecties van Paul Kelly, maar dit wist Ruby al. 'Mijn broer is een *coglione*... Hoe zeg je dat? Hij is geen aardige vent. Gemeen vuilnisbakkenras, niet van geboorte, maar omdat hij er zelf voor kiest.'

Ruby geloofde elk woord dat Viola haar vertelde, maar de kranten hadden al over Paul Kelly's contacten met de onderwereld van de stad geschreven. Daar was Ruby niet in geïnteresseerd.

'Hij heeft John Torrio op me afgestuurd om me te vermoorden, is het niet?' vroeg Ruby, eindelijk van haar blocnote opkijkend. Maar dit keer was het Viola die haar niet in de ogen keek. 'Het geeft niet,' liet ze Viola weten. 'Ik weet dat je erbij was, en ik weet ook dat je mij niets wilde aandoen,' vertelde ze terwijl ze haar hand op Viola's knie legde.

Viola's ogen glinsterden vervaarlijk toen ze haar aankeek en Ruby trok beschaamd haar hand weg terwijl ze het ineens heel warm kreeg.

'Weet jij waarom Torrio mij uit de weg moest ruimen, Miss Vaccarelli?'

Viola knikte. 'Je had een artikel geschreven dat ze niet zagen zitten.'

'Precies. Ik schreef over een treincrash, en het had niks te maken met Paul Kelly of zijn Five Pointers.'

Viola trok haar wenkbrauwen samen, maar hield haar mond, al leken haar ogen Ruby aan te sporen om verder te vertellen. 'Het stuk ging over een treinontsporing buiten de stad, ongeveer negen dagen geleden. In de trein zat een schoolvriend van Theo...'

'Ik zou hem geen vriend willen noemen,' merkte Theo droogjes op. 'En zeker nu niet.'

'Ze kenden elkaar,' verbeterde Ruby, en ze deed haar best om haar ergernis te onderdrukken. 'Hij vertelde de artsen die hem hadden gered dat hij een man in de trein had gezien die dood werd gewaand. Toen ze hem uit de wrakstukken haalden bleek hij met zijn hoofd een flinke smak te hebben gemaakt, maar hij kon nog praten en hij had het over Mageus – over de magiër Harte Darrigan, en een meisje.'

Viola's ogen werden heel even iets groter. 'Harte Darrigan?'

Ze kent die naam. Maar Ruby wist niet wat dat betekende. 'En een meisje,' herhaalde ze. 'Ik haalde Theo over om op die man, Jack Grew, af te stappen. Hij wist niet wie ik was of het boeide hem niet, want hij vertelde me alles wat er was gebeurd – het was een geweldige primeur. De Orde deed er alles aan om het te stoppen, en dat ging zo ver dat ze mij van het leven probeerden te beroven. Dus je begrijpt vast dat ik een persoonlijk belang hierbij heb. Ik laat me niet monddood maken, Miss Vaccarelli. Ik ben niet het brave, volgzame meisje dat ze willen. Ik zal ze ontmantelen en de macht die de Orde in deze stad heeft te gronde richten.' Ze zweeg even om haar woede en afschuw de baas te blijven. 'Maar dit is grootser dan de Orde.'

'O ja?' vroeg Viola met een nadenkend, ernstig gezicht.

Ruby knikte. 'Als Jack Grew gelijk heeft – en ik denk dat dat zo is, als je kijkt naar alles wat de Orde heeft gedaan om mij het zwijgen op te leggen – was die treinontsporing geen ongeluk maar een aanslag, veroorzaakt door magie.'

DE SOCIALIST WORKERS PARTY

1904 – St. Louis

Toen Esta naar binnen ging was het donker in het gebouw, maar ze zag licht in een gang aan haar rechterhand. In de verte hoorde ze geroezemoes dat van een grote groep mensen leek te komen. Omdat Harte niet bij haar was riskeerde ze het haar magie te gebruiken en liep ze op het licht af tot ze ontdekte dat het uit een trapgat kwam.

Ze behield haar grip op de tijd en liep langzaam de trap op, terwijl ze goed oppaste dat het boek onder haar arm op zijn plek bleef zitten. Boven aan de trap was weer een gang, en aan het einde ervan zag ze licht onder een deur door komen. Terwijl ze ernaartoe liep echoden haar voetstappen in de stille wereld die ze met haar magie had gecreëerd. De deur zat niet op slot en in het roerloze tijdframe glipte ze naar binnen.

Aan de andere kant was een grote zaal vol mensen. Het hoge plafond strekte zich over de hele breedte van het pand uit, en de mannen en vrouwen in het vertrek waren bevroren in het vertraagde tijdweb, hun mond open en hun gezicht in vervoering over iets wat een spreker vertelde die in het midden van de zaal stond. Sommige mensen zaten op banken langs de kant, maar de meesten verdrongen zich om het kleine podium, waar de man die aan het woord was op stond. De spreker droeg alleen een overhemd, waarvan hij de mouwen had opgestroopt zodat zijn gespierde onderarmen, de armen van een arbeider, bloot waren, maar het was duidelijk dat zijn werkzame leven voorbij was. Zijn kalende haar was bijna wit en zijn gezicht werd deels bedekt door een volle baard. Hij hield zijn handen omhoog en zijn gezicht stond fanatiek, met een verwoede blik in zijn ogen, en zijn mond was open.

Esta vermoedde dat deze man Lipscomb was. Ze kon het boek hier achterlaten en weggaan, maar als ze zich vergiste zouden er problemen van komen.

Ze moest zeker weten dat hij het slachtoffer was dat ze zocht.

Terwijl ze zich door de menigte heen drong keek ze goed uit dat ze niemand aanraakte en dat het pakketje onder haar arm niet verschoof. Toen ze achter in de hoek een plek had gevonden, weg van iedereen die haar plotselinge aanwezigheid zou kunnen opmerken, liet ze haar grip op de tijd los. De zaal kwam weer tot leven – het rumoer van het publiek klonk oorverdovend en de lucht zinderde, wat niets met magie te maken had.

In het midden van het vertrek schalde de stem van de man over de menigte. 'De bezittende klasse heeft maling aan de arbeiders!' riep hij. 'Als ze konden, zouden ze hun geld met het bloed van onze kinderen laten drukken. Terwijl onze families zich in de fabrieken het schompes werken tot ze er dood bij neervallen, vieren de rijken van deze stad feest en organiseren ze balavonden. Ze feesten terwijl wij hongerlijden. Neem nou de excessen van de wereldtentoonstelling,' riep hij terwijl hij zijn vuist in zijn andere hand sloeg om zijn woorden kracht bij te zetten. 'In plaats van de arbeider te eren – het ware fundament van dit land – brengt de tentoonstelling een ode aan een feodaal verleden dat absoluut niet mag herrijzen. Ze bouwen paleizen en tempels in onze stad, waar de zonen van de oorspronkelijke bewoners van dit land sterven zonder een dak boven hun hoofd.

Kijk naar het Genootschap, met zijn barbaarse methoden. Ze gebruiken magie en baseren zich op de occulte wetenschappen, omdat ze weten dat de arbeiders zich niet monddood laten maken. Ze denken dat alleen die heidense kracht de macht van de arbeiders kan bedwingen wanneer ze de handen ineenslaan. Maar wij zullen laten zien dat zelfs hun tovertrucjes niet genoeg zijn om het vuur dat we hier vanavond zullen ontsteken te doven.' Hij hield even zijn mond en keek tevreden de zaal rond. 'Het Genootschap heeft een parade gepland...'

Er steeg een verafschuwd gemompel op in de zaal, met hier en daar bulderend boegeroep. In de stem van de man viel geen spoortje magie te bespeuren, maar er was toch een bepaalde macht voelbaar. Esta voelde dat hij de mensen in de zaal met alleen zijn woorden opzweepte. Ze verdrongen zich om het kleine podium en stelden zich open voor wat hij zei, bereid het klakkeloos aan te nemen.

'Inderdaad. Hun parade is weerzinwekkend. Hun profeet is vals, een afgod van winst en macht, in het leven geroepen om de stem van het proletariaat te onderdrukken. Dat weten jullie allemaal. Jullie hebben het elk jaar met eigen ogen gezien, sinds de dappere slaapwagonbedienden voor zichzelf opkwamen en een beter loon eisten, en vervolgens werden vermorzeld door de machtige vuist van de rijken – zwijnen zijn het! Elk jaar weer wrijft de bezittende klasse ons in dat ons leven in hun handen ligt – handen die het gewicht van een hamer niet eens kennen, of de pijn van fysieke arbeid – maar dít jaar zal dat anders zijn.

Dit jaar staan we op en maken wij een vuist. Dit jaar kijkt de hele wereld toe, de president zelf komt het spektakel bezoeken, dan moeten wij onze stem laten horen om duidelijk te maken dat we het niet meer pikken! We moeten opeisen wat van ons is... desnoods met geweld.'

Rondom Esta barstten de mensen los in applaus en ze klapte halfhartig mee om niet op te vallen. Maar zijn woorden en zijn boze, haatdragende toon gaven haar een ongemakkelijk gevoel. De zaal was als een kruitvat dat op het punt stond te ontploffen.

'Is dit je eerste bijeenkomst?' Er kwam een meisje naast Esta staan dat haar met een keurende blik opnam.

'Wat?' vroeg Esta, van haar stuk gebracht omdat ze het meisje niet had zien aankomen. Ze droeg een donkergrijze jurk die tot haar kin was dichtgeknoopt. De kleur leek te streng voor haar jonge leeftijd, maar het eenvoudige model paste goed bij haar ernstige gezicht.

'Je bent nieuw hier,' zei het meisje met een vragende blik in haar ogen.

Esta's gedachten raasden. 'Ik hoorde over deze... deze bijeenkomst,' zei ze, ter plekke iets bedenkend. 'En ik dacht: laat ik eens gaan kijken waar het over gaat.'

'Van wie heb je het gehoord?' vroeg het meisje. Haar stem was zacht maar resoluut, en in haar ogen zag Esta achterdocht.

'O, van een jongen van de brouwerij. Die zei dat ik het wel interessant zou vinden.'

Het meisje bekeek Esta nog wat langer onderzoekend, alsof ze niet wist of ze haar verhaal geloofde, maar toen ontspande ze zich wat. 'Ik ben Greta, wie ben jij?'

'John,' antwoordde Esta, een veelvoorkomende naam kiezend die mensen snel weer zouden vergeten.

'Goed dat je er bent, John,' liet Greta haar weten, en ze gaf Esta een vel papier. 'Onze beweging heeft sterke mensen nodig die bereid zijn in opstand te komen.'

Ze hield het boek stevig onder haar arm geklemd en nam het pamflet aan zonder het te lezen. 'Dank je. Wie is de spreker?'

De ogen van het meisje vernauwden zich een beetje. 'Heeft je vriend uit de brouwerij je dat niet verteld?'

Esta's keel snoerde dicht. 'Hij zei alleen dat ik het misschien interessant zou vinden... meer niet.'

'Waar is hij?' vroeg het meisje. 'Die vriend van je?'

'Wie zal het zeggen,' zei Esta, en toen ze aanvoelde dat dit niet het goede antwoord was, voegde ze er vlug aan toe: 'Hij moet waarschijnlijk overwerken.' Ze haalde haar schouders op, in de hoop dat het er afgemat en gefrustreerd uitzag. 'Je weet hoe het gaat – als de baas zegt dat je moet blijven, dan blijf je.'

Het gezicht van het meisje ontspande wat meer. 'Ja, we weten allemaal hoe het is.' Ze keek naar de spreker, en weer naar Esta. 'Dat is Caleb Lipscomb. Hij is de huidige secretaris van de Socialist Workers Party. Hij is geniaal.'

'Wat is die parade waar hij het over heeft?'

'De Gesluierde Profeet Parade?' vroeg het meisje, en de argwaan was terug in haar ogen. 'Die houden ze elk jaar...' Haar stem verstomde, alsof het iets was wat Esta had moeten weten.

'Ik ben nieuw in de stad,' legde Esta uit. 'Ik kwam hierheen omdat mijn neef zei dat er werk was, vanwege de tentoonstelling en zo. Ik ben hier pas twee maanden.'

Het meisje keek weer verontrust. 'Waar werkte je ook alweer?'

Esta had het gevoel dat het gesteven boord van haar overhemd haar wurgde, maar ze had voor hetere vuren gestaan. 'De Feltz Brewery.' Ze noemde de naam van Ruths brouwerij, omdat dit de enige was die ze in St. Louis kende.

Het meisje schraapte haar keel. 'Hij heeft het over de Gesluierde Profeet Parade die aan het eind van de maand plaatsvindt.'

'Die parade... Is die zo belangrijk?' vroeg Esta om erachter te komen wat het meisje ervan vond.

'Dat hangt ervan af wie je bent. Veel mensen vinden het spektakel leuk, maar er zijn ook meer dan genoeg mensen die de waarheid kennen.' Greta haalde haar schouders op. 'Het is puur machtsvertoon, meer niet. Het Genootschap organiseerde de eerste parade in 1878, nadat de spoorwegstaking de stad hermetisch dreigde af te sluiten. Ze konden een stel eenvoudige arbeiders niet ongestraft laten wegkomen met zo'n actie, en mensen met een donkerder huid dan zijzelf al helemaal niet. Dus riepen ze de profeet en de parade in het leven. Ze gebruiken de dreiging van magie om de arbeiders het hele jaar door klein te houden, en de parade is bedoeld om ons te helpen herinneren aan hun macht en aan wie er echte vrijheid geniet in dit land.' Greta's gezicht klaarde strijdlustig op. 'We maken het ze elk jaar moeilijk en deze parade zal daarop geen uitzondering zijn.'

'Dat snap ik.' Esta wierp nogmaals een blik op het pamflet in haar hand. De grote zwarte letters accentueerden de woede die uit de gedrukte woorden sprak.

'Nou, fijne avond verder,' zei het meisje. 'Als je nog vragen hebt, iedereen met een pamflet kan ze beantwoorden.'

'Dank je wel,' mompelde Esta, en ze wendde zich weer tot de spreker in het midden van de zaal.

Ga weg, dacht ze toen ze de ogen van het meisje voelde priemen.

Ze deed alsof ze aandachtig naar Lipscomb luisterde. Na een paar minuten keek ze over haar schouder en zag ze het meisje nog steeds naar haar kijken. Esta vloekte inwendig. Zolang zij er was, kon Esta geen kant op – ze kon niet weggaan en ze kon het pakketje ook niet afgeven. Niet zonder te verraden wie ze was en wat ze kwam doen. Haar magie zou het haar heel wat makkelijker maken, maar door het meisje kon ze dat risico niet nemen.

Ineens ging de menige uit elkaar en Esta gebruikte dit handig om erin op te gaan en voetje voor voetje haar weg naar het kleine podium te zoeken, waar Caleb Lipscomb op stond. Zo nu en dan bleef ze even staan alsof ze nadacht over wat hij zei, om vervolgens haar kans te grijpen wanneer de mensen even in beweging waren om verder naar voren te glippen. Ze twijfelde er niet aan dat het meisje haar nog in de gaten hield, maar daar kon ze niets tegen doen.

Toen ze pal voor de spreker stond hield ze het boek stevig in haar handen. Dat zou ze hem zo geven, en een minuut of twee later zou ze toeslaan.

'Maar we moeten scherp blijven!' bulderde Lipscomb. 'We weten dat er mensen zijn die onze strijd willen ondermijnen. Ongewenste elementen die het feodale bijgeloof uit hun land van herkomst hebben meegenomen: de pausgezinde katholieken en degenen die weigeren afstand te doen van hun ongetemde magie om zich bij het ware proletariaat aan te sluiten. Jullie weten wat ik bedoel!' riep hij met opgewonden, omhooggaande stem.

'Tuig van de richel!' riep iemand uit het publiek.

Esta zag dat Lipscomb zijn mondhoeken even optrok toen hij de scheldwoorden hoorde. 'Inderdaad. Waarom komen ze in godsnaam hierheen? Waarom pikken ze onze banen in, waar wij zo hard voor hebben gewerkt? Om het land dat wij proberen op te bouwen met hun gevaarlijke magie te ontwrichten?' Lipscomb schudde zijn hoofd theatraal. 'We moeten ons wapenen tegen de mensen die het proletariaat proberen te corrumperen met hun duistere machten!'

Ze deed alsof ze geboeid was door zijn woorden en verborg haar walging met een kalm, onbewogen gezicht. *Blijkbaar geen loyaliteit onder de dieven, en geen solidariteit onder de verworpenen der aarde.* Ze kende deze Caleb Lipscomb niet, maar ze was bekend met zijn soort en het schuldgevoel over wat ze zo meteen zou doen viel van haar af.

Hij zou mij hetzelfde flikken, dacht ze, terwijl ze zich nog dichter naar het podium toe drong. *Nee, hij zou iets ergers doen.*

Toen iemand tegen haar op botste liet Esta het pamflet dat het meisje haar had gegeven op de grond vallen. Ze wachtte tot het bij haar voeten neerkwam voordat ze het opraapte en met een subtiele beweging, door jarenlange training geperfectioneerd, legde ze het boek op de vloer en hield ze de rand van de losse bladzijde vast. Daarna schoof ze het naar voren tot de losse bladzijde eruit stak en het boek met het ontstekingsmechanisme onder het podium lag.

De Antistasi hadden haar verteld dat ze een krappe vijf minuten had nadat ze de ontsteking had ontgrendeld. Maar toen ze weer overeind kwam realiseerde ze zich dat ze ingesloten was, ingeklemd tussen aanhangers die verhit stonden te roepen. Omdat er geen uitweg was creëerde Esta die door met haar elleboog hard in de buik van de man achter haar te stoten. Kreunend viel hij naar achteren, tegen de mensen aan die daar stonden, en het opgejutte, uitzinnige publiek duwde hem terug naar zijn plek. Binnen enkele seconden deelde iemand een vuiststoot uit en er brak chaos uit in de zaal.

Esta dook omlaag en manoeuvreerde zich gebukt naar de rand van deze heksenketel, en toen ze de overkant bereikte manipuleerde ze de tijd en rende ze weg.

Ze liet de seconden pas weer los toen ze buiten was en naar de koets rende waarin North op haar wachtte. De geluiden van de nacht keerden terug op het moment dat ze de koetsdeur opendeed en erin klom.

'Wegwezen!' siste ze, waarna ze uit het raam naar achteren keek.

North schraapte met het lemmet van zijn mes onder zijn vingernagels en keek niet naar haar op.

'Schiet op!' drong ze aan. 'We moeten maken dat we wegkomen.'

'Laten we het nog een minuut of twee aankijken, voor de zekerheid.'

Hij is gestoord!

Zij hijgde nog na van het hele eind rennen – van het gebouw, langs het huizenblok – en haar hart bonkte zo hard dat het uit haar ribbenkast leek te barsten. Als je een klus moest klaren, bleef je daarna echt niet rondhangen tot je opgepakt werd. 'We moeten weg voordat de politie komt.'

'We hebben genoeg tijd,' beweerde North, en hij stopte het mes in zijn achterzak. Daarna haalde hij het zakhorloge uit zijn vestzak en keek ernaar. 'Ik zou zeggen dat we minstens nog twee minuten hebben.'

Maar omdat ze haar magische gave had gebruikt om te vluchten had dat bijna vier minuten gekost.

North had net zijn pistool gepakt toen ze de knal van een niet al te hevige explosie hoorden.

Esta's maag kromp ineen. 'Je zei dat het geen bom was,' verweet ze hem, en haar mond werd kurkdroog bij de gedachte aan al die mensen in de zaal – arbeiders, werkmannen, iedereen die was komen luisteren, omdat ze behoefte hadden aan hoopvolle woorden. Ze was zo boos geweest op Lipscomb dat ze niet aan al die andere mensen had gedacht toen ze het boek bij hem had neergelegd.

'Niet waar,' zei hij, haar in de ogen kijkend. 'Ik zei dat er niemand dood zou gaan, en dat is ook niet zo. De explosieven in dat pakketje kosten Lipscomb alleen een arm of een been, net genoeg om hem het ziekenhuis in te jagen zodat we geen last meer van hem hebben.' Hij draaide aan het knopje aan de zijkant van zijn horloge toen de eerste mensen uit het pakhuis naar buiten renden. Er kwam een dichte mistige wolk mee en al was het ruim een huizenblok van haar vandaan, toch kon Esta de ijzige hitte van de vreemde magie in de lucht voelen.

'Wat heb je ze aangedaan?' vroeg ze.

'Nee, niet wat wij ze hebben áángedaan,' verbeterde hij, van zijn horloge opkijkend. 'Maar wat jíj voor hén hebt gedaan.'

Hij klapte zijn horloge dicht en Esta had geen tijd om over de betekenis van zijn woorden na te denken, want haar aderen leken te bevriezen en de wereld werd wit.

HET MEER

1902 – New York

Viola had het gevoel dat ze geen lucht meer kreeg. 'Hoe bedoel je, met magie?' vroeg ze aan Ruby. Het eerst zo bleke gezicht van het meisje was rood aangelopen van boosheid toen ze haar mening had geuit. Maar het maakte haar niet minder aantrekkelijk.

'Jack had gelijk. De trein ontspoorde niet gewoon, er was sprake van een bom. Het tweetal – Harte Darrigan, die de dag voor het ongeluk op de Brooklyn Bridge was doodgegaan, en die Esta Filosik – gebruikte magie om de trein te verwoesten.'

'Dat is onmogelijk,' zei ze tegen Ruby. Niet tenzij Darrigan het Boek bij zich had. Maar dat Esta bij hem was? *Nee.*

'Als het niet waar is, waarom doet de Orde er dan alles aan om mij het zwijgen op te leggen?' vroeg Ruby.

Viola kon alleen maar verbijsterd haar hoofd schudden.

'Dat ze bereid waren jouw broer in te huren om mij uit de weg te ruimen bewijst dat het wel degelijk waar is. Er bevinden zich Mageus búíten de stad, en dat is niet het enige,' voegde Ruby eraan toe. 'Jack vertelde me wat er werkelijk is gebeurd in Khafre Hall op die avond dat het in de as werd gelegd.'

Plotseling had Viola het gevoel dat er een steen op haar maag lag. 'O ja?' Ze deed haar best om kalm over te komen, terwijl ze zich afvroeg hoe diep het water om haar heen was. Was dit soms een valstrik?

'Ze zijn beroofd,' vertelde Ruby haar, en haar ogen glansden van voldoening. 'Een groep Mageus wist hun hoofdkwartier binnen te komen en roofde al hun waardevolle schatten.'

'O?' Viola's stem klonk zwakjes, zelfs in haar eigen oren.

Ruby knikte en haar nachtblauwe ogen glinsterden. 'Ja, maar de Orde probeert het te verdoezelen. Niemand heeft ook maar iets losgelaten over wie de dieven waren en wat ze hebben gejat. Zolang de mensen in deze stad geloven dat de Orde almachtig is, zullen ze hen steunen. Daarom heb ik jou nodig. Ik moet weten wat er in Khafre Hall is gebeurd.'

'Ik heb geen idee waar je het over hebt,' zei Viola, heel even vergetend waar ze was. Ze stond op het punt om overeind te vliegen, maar door het schommelen van de boot besefte ze weer waar ze was. 'Breng me terug,' gebood ze Theo. 'Ik ben klaar met deze onzin. Met dit hele gedoe.'

'Wat is er?' vroeg Ruby, oprecht verward. 'Ben je bang voor een aanval? Wij kunnen je beschermen.'

'Jíj?' Viola schoot in de lach om de belachelijke woorden van het meisje. 'Jíj denkt míj te kunnen beschermen?'

'We zorgen dat Paul Kelly je met rust laat als het verhaal wordt gepubliceerd.'

'Paul?' vroeg Viola verbijsterd.

'Snap je het dan niet?' vroeg Ruby, nu met zachte stem. 'Alles hangt met elkaar samen. Kelly heeft Torrio – een Mageus – in dienst terwijl Khafre Hall op hetzelfde moment wordt beroofd? Nota bene Paul Kelly, die bekendstaat als een beruchte misdadiger – sorry dat ik het zeg,' voegde ze eraan toe terwijl haar wangen nog roder kleurden.

Viola wuifde haar verontschuldiging weg. 'Denk je dat mijn broer degene is die heeft ingebroken bij Khafre Hall?' vroeg Viola geschokt. Het was beter dan dat Ruby wist dat Viola er zelf bij betrokken was, maar veel beter was het niet.

'Ik weet het niet zeker, maar daar zou jij me bij kunnen helpen. Als we bewijzen dat hij de dader is, slaan we twee vliegen in één klap: we schakelen een misdadiger uit én de Orde. Tammany zal zich tegen Kelly keren, omdat ze er meer belang bij hebben dat de Orde aan hun kant staat. En dan zal iedereen weten dat de Orde is verzwakt en niets meer voorstelt. Als we uitzoeken wat Kelly's jongens hebben gestolen, kunnen we die voorwerpen misschien zelfs opsporen en zorgen dat ze niet in verkeerde handen vallen.'

Ruby's denkwerk was bewonderenswaardig maar ook riskant. Als het meisje erop gebrand was dit te onderzoeken, was het heel goed mogelijk dat ze er uiteindelijk achter zou komen dat Dolph erbij was betrokken, én Viola zelf. Maar als Ruby afhankelijk was van Viola's informatie, zou Viola die kunnen manipuleren zodat ze iedereen verdacht kon maken die ze maar wilde. En als ze het slim speelde, zou ze op die manier Nibsy Lorcan kapot kunnen maken.

Ze had getwijfeld over haar besluit, maar het idee Nibsy te ruïneren gaf de doorslag. Oké, haar broer was haar bloedverwant, maar hij had zelf voor het criminele pad gekozen. Viola haalde een pakketje uit de mand die ze bij zich had en gaf het aan Ruby.

'Wat is dit?' Met opengesperde ogen stak Ruby haar hand uit.

Viola aarzelde even. 'Kwitanties van de afgelopen maanden,' vertelde ze haar uiteindelijk. 'Ik weet niet wat erin zit en ook niet of je er iets aan hebt, maar Paul heeft grootse plannen. Alleen afgelopen week al stuurde hij vier van zijn Five Pointers de stad uit.'

'Waarom?'

Viola haalde haar schouders op. 'Al sla je me dood. Maar het is duidelijk dat hij een groter deel van deze wereld wil opeisen dan de straten van deze stad, en ik weet hoe hij is. De wereld hierbuiten zit niet op zijn bemoeienis te wachten.'

Fronsend bladerde Ruby het stapeltje kwitanties aandachtig door. 'Is er nog meer?'

'Ja, maar Paul houdt het bij zich. Ik kon er niet bij komen.' Viola baalde gigantisch van het idee dat haar broer en zijn jongens haar zo in de gaten hielden. 'Maar ik krijg het wel te pakken.'

'Wanneer?' drong Ruby aan, met het pakketje dicht tegen zich aan gedrukt.

'Zodra ik ze te pakken krijg,' antwoordde Viola, geïrriteerd door Ruby's aandringende gedrag.

'Dat is niet goed genoeg,' liet Ruby haar met stemverheffing weten terwijl ze het pakketje nog dichter tegen zich aan drukte. 'Ik moet een datum hebben.'

'Ruby,' zei Theo vriendelijk. Hij had hen gestaag naar de rand van het meer geroeid.

'Ik ben je loopjongen niet,' viel Viola verontwaardigd uit. 'Je hoeft me niet te vertellen wat ik moet doen en wanneer.'

'Dat heb ik ook nooit gezegd,' zei Ruby, en haar bleke wangen vlamden alweer rood op. 'Ik bedoelde dat...'

'Jij bedoelde helemaal niets, *principessa*,' snauwde Viola. De stress die ze voelde omdat ze zo dicht bij Ruby zat en geen kant op kon, de spanning van op meerdere manieren klem te zitten brak door de dam heen die ze had opgeworpen, en ze barstte los in een felle tirade. 'Dat is jouw probleem. De risico's die je neemt, het gevaar dat je jezelf op de hals haalt, terwijl je die daar met je meesleept als een gehoorzaam puppy –'

'Hé,' onderbrak Theo haar, maar Viola negeerde hem en tierde verder.

'In jouw miezerige beschermde leventje ben je zo veilig dat je niet weet wat gevaar is. Je deelt bevelen uit en neemt niet eens de moeite om te zien wie er opspringt. Maar ik zal niet voor jou opspringen.'

'Dat is nooit...' begon Ruby. 'Ik bedoel... je bent gewoon...' Ze sputterde nog een beetje na tot ze een geërgerd geluid maakte en zich afwendde.

Viola deed alsof ze niet had gemerkt dat Ruby's ogen glazig werden en haar stem beefde. In plaats daarvan draaide zij zich ook om en negeerde het stel.

De daaropvolgende minuten roeide Theo hen terug naar de aanlegsteiger. Toen de roeiboot was aangemeerd stond Ruby op en hielp de bediende haar eruit. Zonder iets te zeggen liep ze stampvoetend weg, als het verwende rijkeluismeisje dat ze was.

Theo sprong eerst op de kant en hielp daarna Viola, die het schommelen van de boot onder haar voeten maar niks vond. Ze bleven even staan en er viel een ongemakkelijke stilte, alsof ze geen van beiden als eerste wilden weglopen.

'Ik ga echt geen sorry zeggen, als je daar soms op staat te wachten,' zei ze tegen Theo, die haar met een wel heel kalme blik bekeek.

Toen verscheen er een glimlach om zijn mond, maar zijn blik was droevig. 'Daar sta ik helemaal niet op te wachten.'

Ze keek hem boos aan. 'Waarom ben je dan nog hier?'

'Ik zat te denken...' Hij tikte tegen zijn kin terwijl hij zijn ogen tot spleetjes kneep tegen de zon. 'Ze bedoelt het goed, weet je.'

Viola bleef hem boos aanstaren.

'Ik snap wel hoe ze op jou overkomt, maar ik ken Ruby al sinds onze kinderjaren. Ze heeft een zware tijd doorgemaakt, eerst met haar vader en daarna met alles wat haar familie is overkomen. Ze wil oprecht helpen. Ze probeert op haar manier iets goeds te doen.' Maar toen Viola hem boos bleef aankijken zuchtte hij diep. 'Dit loopt vast niet goed af, hè?'

Ze zag aan zijn ogen dat het welgemeend was, waardoor haar boosheid zakte. 'Met Paul Kelly valt niet te spotten.'

'Dat bedoelde ik niet.' Hij schudde opnieuw zijn hoofd. 'Maar daar heb je waarschijnlijk gelijk in. Fijn je weer te hebben gezien, Viola.'

Opeens strekte ze haar arm naar hem uit en greep ze zijn mouw vast. 'Is er een manier om haar dit krankzinnige plan uit het hoofd te praten?' vroeg ze, niet in staat de onbedoelde bezorgdheid uit haar stem weg te houden.

Hij schoot in de lach. 'Ik heb Ruby nog nooit iets uit het hoofd kunnen praten. Ze heeft meer levens dan de spreekwoordelijke kat.' Daarna werd zijn gezicht milder. 'Wees een beetje voorzichtig met haar, oké?'

Viola fronste. 'Ik weet niet wat je bedoelt...'

'Dat kan ik me voorstellen,' zei hij, met een eigenaardige, weifelende grijns die er bij ieder ander lichtelijk bezopen uit had gezien. Maar bij Theo oogde het onschuldig en... té vriendelijk. 'Ik denk dat je het wel snapt en ondanks je getier van daarnet – waar ik tussen twee haakjes erg van heb genoten – zul je haar goed behandelen. Maar als dat niet zo is, krijg je met mij te maken.'

Hij tikte zijn hoed even aan en draaide zich om om Ruby's pakketjes te halen, waarna hij naar Ruby toe rende en Viola met open mond van verwarring achterliet, met het gevoel dat ze een discussie had verloren waarvan ze niet eens wist dat ze die had gevoerd.

HET VERSCHIL

1904 – St. Louis

Harte had geen idee waar de Antistasi hem in achter had gelaten, maar het had de ondergrondse atmosfeer van een kolenhok of kelder. Ze hadden geen enkel risico genomen, omdat hij kort nadat ze hem op de grond hadden gegooid hetzelfde plopgeluid had gehoord, gevolgd door gesis, als eerder achter in de wagen. Een tel later rook hij dezelfde bedwelmende geur die hem het gevoel gaf dat zijn hoofd boven zijn lijf zweefde en die zijn magie verzwakte. Wat het ook mocht zijn dat zich een tijdje geleden in de lucht had verspreid, zijn magische gave leek nog steeds onbereikbaar.

De touwen om zijn polsen zaten te strak om zich los te wrikken, dus zat hij daar maar een beetje in het donker waartoe ze hem hadden veroordeeld en wachtte af. Het enige voordeel van de drugs was dat de stem in hem zich stilhield. Hij vermoedde dat het meer moest zijn geweest dan alleen opium om dat effect te bereiken.

Tegen de tijd dat hij een deur open hoorde gaan waren zijn armen totaal lam doordat ze op zijn rug vastgebonden waren. Hij krabbelde overeind, op alles voorbereid. Als Esta had gefaald zouden ze echt niet naar hem toe komen om dat te vieren.

'Vooruit, meekomen jij,' klonk een bekende stem. Het was de cowboy – North.

De handen die hem bij zijn armen grepen waren niet echt zachtzinnig, maar ze deden niets anders dan hem meevoeren.

Toen ze eindelijk stil bleven staan en de zak van zijn hoofd weg werd getrokken, knipperde hij tegen het felle licht en zag hij dat hij zich in een klein kantoor bevond. En hij was niet alleen. De vrouw was er ook – moeder Ruth – en North met een meisje met een zilveren bril op haar neus, dat hij al eerder had gezien, én Esta. Haar gezicht stond vermoeid en bezorgd en zelfs toen ze hem zag veranderde dat niet. Maar ze hadden haar niet vastgebonden en hij was nog in leven, dus dat moest een goed teken zijn.

Zelfs in dat belachelijke herenpak met het kortgeknipte haar om haar gezicht zag ze er verdomd goed uit, haast perfect.

Zijn blik ontmoette de hare. *Gaat het goed met je?*

Ze knikte, maar toen schoot haar blik naar Ruth. 'Ik heb gedaan wat je wilde, zoals ik heb beloofd. Nu kun je zijn touwen losmaken,' zei Esta. Er klonk iets in haar stem door wat hem zorgen baarde, maar toch was ze ongedeerd.

'We bevrijden hem pas als we klaar zijn,' mompelde de cowboy, zijn mond een beetje naar één kant vertrekkend.

'Ze heeft alles gedaan wat je van haar vroeg, North.' Dit keer liet het meisje van zich horen. Ze zag er verlegen uit, maar hij liet zich daar niet door om de tuin leiden. De laatste keer dat hij iemand met een bril had onderschat was dat een grote vergissing geweest.

'Maggie heeft gelijk,' beaamde Ruth. 'Die meid heeft zichzelf bewezen... voor nu. Je kunt zijn touwen losmaken.'

Met één soepele beweging haalde de cowboy een dun mes tevoorschijn en klikte het open. *Uitslover!* Maar Harte hield zijn gevoelens voor zich en maskeerde zijn irritatie met een uiterst verveelde blik.

'Als je bedenkt wat je me hebt laten doen, hebben we je vertrouwen zeker verdiend. Punt uit,' zei Esta tegen de vrouw.

'Je hebt alleen een pakketje bezorgd,' bracht Ruth ertegen in. 'Dat geeft je nog geen reden om eisen te stellen.'

'Het scheelde niet veel of ik had een man om het leven gebracht,' zei Esta met kalme stem. 'Ik heb een soort magische bom laten ontploffen die weet ik veel wat heeft aangericht bij al die mensen – mensen die mij nooit een haar hebben gekrenkt.'

De macht in Harte roerde zich bij haar woorden en laaide op met iets wat naar zijn zin te veel op genot leek. Waarschijnlijk was hem een geluid ontsnapt, want North wierp hem een blik toe. Maar Harte klemde zijn kiezen op elkaar en dwong zichzelf rustig te blijven.

Ruth keek Esta meewarig aan. 'Iedereen daar had jou hetzelfde geflikt als ze de kans hadden.'

'Dat weet je niet,' zei Esta, maar het klonk niet overtuigend.

'Heb je enig idee wat de SWP is?' vroeg Ruth.

'Het zijn socialisten,' antwoordde Esta. 'Arbeiders die een beter leven willen.'

Haar stem klonk ongerust en dat maakte de macht in Harte stil en oplettend.

'Dat klopt, maar tegen welke prijs?' vroeg Ruth, die naar Esta toe liep. 'Ik ken die arbeiders net zo goed als het Genootschap. Het zijn de mensen die vooruitkomen en ervan dromen dat ze op een dag door de Gesluierde Profeet zelf worden gekozen. Jaar in, jaar uit stemmen ze op degenen die magie van deze kusten willen wegvagen. Jaar in, jaar uit geloven ze in de angsten van de rijken, ze nemen die angsten op hun eigen schouders, zodat zíj niet benadeeld zullen worden. De wet tegen magie, de Garde, zelfs het Genootschap – niets kan hen raken.'

Daar kon Esta niets tegen inbrengen, maar toch...

'Misschien wáren ze ooit onschuldig,' ging Ruth verder. 'Misschien wilden ze gewoon een beter loon en meer eten op tafel voor hun gezin. Maar Caleb Lipscomb weet heel goed wat hij doet. Hij spant ze voor zijn eigen karretje. Op wie zijn deze arbeiders echt kwaad, denk je? Op de kapitalisten die in de dure huizen aan McPherson Avenue wonen?' Ze lachte spottend. 'Nee. Iedereen die in dat pakhuis naar Lipscomb kwam luisteren wil zelf rijk worden. Ze stellen zich voor dat ze in dezelfde dure huizen wonen, dat hun kinderen zijden schorten dragen en hun vrouwen behangen zijn met juwelen, gekocht met het bloed van de gewone arbeider aan hun handen. De aanhangers van de SWP zijn niet kwaad op de bestuurders van deze stad. Hun woede is bedoeld voor het gepeupel dat een treetje lager staat dan zijzelf – de nieuwkomers, immigranten die bereid zijn om voor een fractie van het loon dat zijzelf eisen te werken. En ze zijn kwaad op de Mageus, die hun handen niet eens uit de mouwen staken om macht te verwerven, die voor hen onbereikbaar is.'

Ze haalde haar schouders op, waarmee ze haar ergernis uitte. 'Lipscomb weet dat maar al te goed. Zijn aanhangers veroorzaakten drie weken geleden een rel in Dutchtown. Er kwamen drie mensen bij om, omdat Lipscomb een gerucht de wereld in stuurde dat de mensen die daar woonden onderdak boden aan Mageus die hun magie zouden gebruiken om de gewone arbeider het brood uit de mond te stoten. Hij beschouwt onze soort als een bedreiging, omdat hij weet dat onze macht inhoudt dat we loyaal zijn aan een grootser plan dan zijn meute van boze mannen. Hij maakt misbruik van hun onvrede en boosheid, omdat hij ze bespeelt en omdat ze bang zijn voor wat ze niet kennen en niet begrijpen. Weet je wat Caleb Lipscomb beraamt?'

'Iets met de Gesluierde Profeet Parade,' antwoordde Esta.

'Hij was van plan bommen langs de route van de parade te plaatsen. Je hebt de wereld een dienst bewezen door hem het ziekenhuis in te jagen, waar hij zijn aanhangers niet kan opstoken.'

'Wat kan jou die Gesluierde Profeet Parade schelen?' vroeg Harte.

Ruth richtte zich tot hem. 'Mij laat het koud, maar elke keer dat er een groepering zoals de SWP actievoert, wentelt het Genootschap de haat van die mensen af op de oude magie. Ze buiten de angst en vooroordelen uit om zelf hun macht te vergroten. En voor het feit dat onschuldige mensen het loodje leggen, schuiven ze de schuld op óns af.'

'Waarom dan die aanslag gisteravond?' vroeg Esta. 'Het was niet alleen een bom die explodeerde. Ik weet dat er sprake was van magie. Zullen deze mensen jullie niet ook beschuldigen?'

'Óns?' Ruth schoot in de lach. 'Ze zullen ons bedanken. Maar je hebt gelijk, het was niet alleen een bom. Het was veel en veel sterker. Maggie heeft het gemaakt.' Ruth liep naar het meisje en duwde haar kin teder wat omhoog. 'Het Genootschap en consorten mogen denken dat ze verstand hebben van alchemie, maar mijn zus heeft er een talent voor waar zij niet aan kunnen tippen.'

'Dat is wat je afgelopen herfst hebt gebruikt voor de aanslag,' realiseerde Harte zich. En in de mistwolk die ze gebruikten om ervoor te zorgen dat Esta en hij gehoorzaamden. Het was niet alleen opium en ook niet alleen magie. Het was een combinatie van beide, waar iets nieuws uit ontstond. Toen hij dit besefte laaide de macht in hem op en hij hoorde een stem in zijn geest galmen. *Zie je nou?* leek die te fluisteren. *Snap je nu waar ze toe in staat zijn? Het spoor van vernieling dat ze overal zullen nalaten?*

Hij negeerde de stem echter, al wist hij ergens wel dat die gelijk had. Het was al erg genoeg dat de Orde magie corrumpeerde om macht op te eisen, maar dat er Mageus waren die hetzelfde deden...?

'Nee,' zei Ruth, en ze liet Maggies kin los. 'Niet net als toen in de herfst.'

Maggie wendde zich tot hen. 'Toen probeerden we hun opmars alleen te vertragen,' legde ze uit. 'Mijn serum was nog niet helemaal klaar, we hadden meer tijd nodig.'

'Serum?' vroeg Esta. Ze ontmoette Hartes blik, maar hij had geen antwoord op de vraag.

Er werd op de deur geklopt en Ruth riep de persoon binnen. Het was een van de jongens van eerder die dag – een die dicht bij de wagen was gebleven. 'Heb je nieuws?' vroeg Ruth vol verwachting.

'Het werkte,' antwoordde de knul met een stralende blik. 'Ze hebben het eerste geval net het City Hospital binnengebracht. Een meisje dat alles wat ze aanraakt in bloemen laat veranderen.'

Ruth ademde zacht uit en Harte kon de opluchting – de overwinning – over haar gezicht zien glijden. 'Mooi zo. Zorg dat Marcus ze in de gaten houdt en laat me weten als er iets verandert.' Daarna keek ze weer naar Maggie. 'Je hebt het geflikt. Dit keer is het gelukt!'

'Wat is gelukt?' vroeg Harte, en hij kon zijn frustratie niet verbergen.

'Ze heeft het probleem opgelost dat ons al eeuwen kwelt.' Ruths ogen glansden van voldoening.

Harte schudde niet-begrijpend zijn hoofd.

'Waarom verafschuwen de Sundren wat wij zijn? Waarom jagen ze op ons en dwingen ze ons te onderdrukken wat we zijn, totdat we lege omhulsels worden van wie we ooit waren? Totdat generaties voorbijgaan en de macht die door onze aderen stroomt wegebt?'

'Omdat onze gave de oude magie betreft,' antwoordde Esta, en haar stem klonk eigenaardig hol. 'Omdat we anders zijn en ze weten dat we over macht beschikken die zij niet kunnen evenaren.'

'Inderdaad. Omdat ze het zijn vergéten,' viel Ruth haar gepassioneerd bij. 'Ooit bestond magie op de hele wereld. Toen had iedereen de gave voor oude magie. Maar door de eeuwen heen verlieten mensen hun geboorteland, waar hun magie geworteld was, en ze lieten de herinnering eraan achter zich. Zij die hun magie vergaten en daarmee ook wie ze waren, begonnen de mensen die hun magie wel met zich meedroegen te vrezen, en ze openden de jacht op hen. Weet je wat het betekent om een Sundren te zijn?' vroeg ze. 'Het betekent dat je gebroken bent, gespleten. Zij die de magie in hun bloedlijn lieten uitsterven zijn afgesneden van een essentieel deel van zichzelf. Ze zijn gehavend en ze hebben geen idee wat er diep vanbinnen sluimert. Dat is waarom ze hun klauwen naar de wereld uitslaan, alles op hun weg verwoestend, om de pijn die ze niet kunnen benoemen, de leegte vanbinnen, een beetje te verzachten.' Ruth hield haar mond even. 'Maar stel je voor dat we die sluimerende magie kunnen wekken? Stel je voor dat we die breuk – die wond – kunnen genezen? Denk je eens in dat wij niet langer ánders zijn, omdat iedereén de magie heeft waar ze bij ons zo bang voor zijn?'

'De mist...' Esta trok haar wenkbrauwen samen.

'Snap je het nu?' vroeg Maggie hoopvol. 'We hebben ze genezen!'

Maar Harte was er niet zo zeker van. Hij kende het verschil tussen de warme, aangename, natuurlijke macht die de Mageus bezaten en de koude waarschuwing van rituele magie. Alles wat hij had gezien en ervaren in zijn korte leven had hem verteld dat onnatuurlijke magie corrupt was. Een gevaar. Dolph had gedacht er gebruik van te kunnen maken en het was zijn dood geworden. En hij had Leena ook de dood ingejaagd.

'Je bedoelt dat je ze besmet hebt,' merkte Harte scherp op. 'Je hebt ze niet om toestemming gevraagd of ze de mogelijkheid geboden te weigeren.' Hij zag niet in dat zoiets goed zou uitpakken.

North deed een stap in zijn richting, maar Ruth stak haar hand op. 'Wat wij hebben gedaan overstijgt het individu, het gaat veel verder dan de mensen in dat pakhuis.' Haar stem beefde van opgewonden zekerheid, van iemand die er heilig in geloofde. 'Vanavond hebben we bewezen dat deze oeroude verbintenis met de oude magie nog steeds bestaat; sluimerend, afwachtend. We hebben die mensen gewekt en ze eraan herinnerd hoe deze wereld behoort te zijn.'

'Volgens wie?' vroeg Harte zich hardop af. Hij had mensen als Ruth gekend, mensen die zo zeker en overtuigd waren van hun eigen gelijk. Dolph Saunders bijvoorbeeld, met al zijn list en bedrog, zijn snode plannen, bereid om zelfs zijn dierbaren te kwetsen voor wat hém het beste uitkwam. Of Nibsy Lorcan, die iets anders voor ogen had, maar net zo goed geloofde dat het de enige waarheid was. Zelfs de Orde en mannen als Jack Grew, die dachten dat ze precies wisten hoe de wereld eruit moest zien. Het was hem duidelijk dat Ruth en haar Antistasi niet zo veel anders waren.

Toen de blik in Ruths ogen bekoelde veranderde de sfeer in het kantoor. 'Vind je dat dit alleen mijn verantwoordelijkheid is?' vroeg ze. 'De Antistasi is zo oud als de angst en haat voor magie. Hun missie gaat eeuwen terug. De Duivelsdief heeft zichzelf vanavond op bewonderenswaardige manier als bondgenoot bewezen, als voorvechter van deze zaak. Ik vraag me af... of jij hetzelfde doet.'

Van Esta's gezicht kon hij aflezen dat ze hem smeekte zijn mond te houden, maar nu de macht in hem van streek was geraakt, kon hij zichzelf niet beheersen. 'Ik neem mijn eigen besluiten. Ik ben geen pion en ik laat me niet gebruiken,' antwoordde hij, en hij had het nog niet gezegd, of Esta klemde haar kaken op elkaar en sloeg haar blik neer.

Ruth trok haar mondhoeken op, maar haar blik was vreugdeloos. 'Goed dan, maar als ik jou was, zou ik snel een besluit nemen, Mr. O'Doherty.'

HET GESCHIKTE MOMENT

1904 – St. Louis

Eerder die avond stond Jack naast Roosevelt toen hij het nieuws over de aanslag vernam. De president was met de ochtendtrein gearriveerd en ze waren rechtstreeks naar de tentoonstelling gegaan, waar hij acte de présence gaf in het paviljoen van de landbouw. Roosevelt had belangstellend een buste van zichzelf bekeken die helemaal van boter – *of all things* – was gemaakt, en toen hij voor een fotograaf naast zijn evenbeeld van boter poseerde, was Hendricks naast Jack opgedoken.

'Er is gisteravond iets voorgevallen,' fluisterde de bewaker in Jacks oor. 'We hebben het nu onder controle, maar ik dacht dat jij en de president het graag meteen wilden weten.'

'Wat is er gebeurd?' vroeg Jack, Hendricks wegleidend van de plek waar iedereen ze kon horen. Dit was precies waar hij op had gewacht. Al die tijd had hij geweten dat het tuig vroeg of laat over de schreef zou gaan en dan zou hij hun fouten tegen hen gebruiken.

'Een van de fabrieken langs de rivier, sir,' vertelde de bewaker. 'Er was een bijeenkomst van een groep socialisten. Lipscomb raakte gewond bij de explosie.'

'Lipscomb?' vroeg Jack, niet echt geïnteresseerd.

'Hij is een van ons, hij komt uit St. Louis. Een socialistische oproerkraaier die voor de socialistische arbeiderspartij werkt. Uit het bewijs dat we vonden blijkt dat zijn partij een aanslag beraamt op de parade volgende week.'

'Is hij omgekomen bij de explosie?'

Hendricks schudde zijn hoofd. 'Nee, sir. Maar er waren... andere verwondingen.'

Roosevelt keek naar Jack om hem een seintje te geven dat het tijd was om te gaan. 'Wat kunnen mij de verwondingen van een stelletje verdomde socialisten schelen?' zei Jack, ongeduldig vanwege deze schijnbaar zinloze onderbreking.

De bewaker dempte zijn stem. 'Er werd magie gebruikt, sir, en de gewonden hebben heel... eigenaardige aandoeningen.'

'Hoezo eigenaardig?' vroeg Jack.

'Ze houden de slachtoffers die naar het ziekenhuis zijn gebracht in quarantaine, ze vertonen vreemde symptomen. Er is er één die zijn beddengoed steeds in brand steekt met zijn vingertoppen. Een ander zorgt dat het gaat regenen als ze huilt. Er is gemeld dat er een mistwolk bleef hangen nadat de bom ontplofte, en de mensen die binnen waren hebben verteld dat de symptomen begonnen nadat ze met die mist in aanraking waren geweest.' Hij aarzelde even. 'Ze lijken erdoor besmet, sir.'

Jack bekeek Hendricks onderzoekend om te zien of hij misschien overdreef. 'Besmet?'

Het gezicht van de bewaker stond ernstig, maar er was ook afschuw op te zien, alsof hij net iets smerigs had geroken. 'Met magie.'

Daarna hadden Roosevelt en zijn entourage de tentoonstelling natuurlijk onmiddellijk verlaten. Niemand wilde het risico lopen op nog een aanslag tot de daders waren opgepakt en er met ze was afgerekend. Ook dat had Jack voorzien. Roosevelt liet dat aan hem over, zoals hij meestal deed. De president begreep het allemaal niet echt. Zijn politiek was bijna net zo populair als de beste man zelf. Hij had de wet tegen magie persoonlijk gesteund, maar hij had er in het openbaar geen ophef over gemaakt. Er waren nog steeds te veel mensen die dachten dat oude magie alleen maar bijgeloof was, mensen die het uitschot als heel gewone lieden beschouwden die hun best deden om van weinig rond te komen.

Maar Jack voelde dat de wind uit een andere hoek begon te waaien. Deze aanslagen waren nieuw, anders en véél gevaarlijker. Als het zo bleef doorgaan, zou het tuig zijn eigen graf graven. En Jack zou erbij zijn om de graven eigenhandig dicht te gooien.

DE ARMBAND

1904 – St. Louis

Ruth overzag de werkvloer van haar brouwerij en keek toe terwijl de laatste vrouwen de boel opruimden voor de avond. In totaal waren er vijftien mensen naar het ziekenhuis gebracht met verschijnselen van magie. Vijftien Sundren bij wie de magische gave was opgewekt. Het had als een overwinning moeten voelen, maar er waren beslist meer dan vijftien mensen bij Lipscombs bijeenkomst aanwezig geweest.

Misschien verschenen er morgen meer. Of misschien hielden sommigen zich schuil omdat ze wisten waar hun symptomen op duidden. Omdat ze wisten wat de wereld van de magische krachten vond die ze ineens voelden ontluiken. Maar als dat niet zo was, moest het serum nog verder worden verbeterd en ze hadden maar weinig tijd om dat voor elkaar te krijgen.

Op de vierde dag stroomden hoogwaardigheidsbekleders uit het hele land de stad binnen voor de Gesluierde Profeet Parade en het jaarlijkse bal, en Ruths Antistasi moest paraat zijn. Dit jaar bood het feest een kans als geen ander – met de wereldtentoonstelling beoogde het Genootschap meer dan hun gebruikelijke bal voor de rijkelui van St. Louis. Dit jaar was het bal ook een poging om de macht die de Orde in het land had naar zich toe te trekken. Een wanhoopspoging om het machtscentrum van het oosten naar het westen te verschuiven. Op de gastenlijst stonden niet alleen leden van het Genootschap en de gebruikelijke hoogwaardigheidsbekleders, die op zich al een indrukwekkend doelwit voor de Antistasi waren, maar ook afgevaardigden van de verschillende Broederschappen in het land. Iedereen met een beetje aanzien zou erbij zijn – politici en industriemagnaten, oliebaronnen en de hoge bazen van de spoorwegen – en de belangrijkste man was Roosevelt zelf.

De jongensachtige president was populair, maar Ruth wist de waarheid: hij was alleen aardig voor mensen die hem hielpen zijn macht te vergroten, wat inhield dat hij maling had aan mensen zoals zij. Hij had de wet tegen magie zonder een kritische noot aangenomen en nu zou hij inzien welke prijs hij daarvoor moest betalen. Als de Antistasi de door anderen zo gevreesde magie in hem kon opwekken, zou álles veranderen. Er zou een nieuwe beschaving ontstaan, waarin iedereen over oude magie beschikte en iedereen gelijk was. Maar als het serum niet goed werkte, of als het bij de belangrijkste mensen op wie ze het hadden gemunt niets deed, zouden ze geen tweede kans krijgen.

Maggie was een intelligente meid – het eerste bewijs van hun succes bewees dat. Als het moest zou ze haar serum verbeteren zodat het de beoogde werking zou hebben. Met iets anders nam Ruth geen genoegen.

Ze liep bij haar werkers weg en keerde terug naar de rust van haar kantoor, waar ze de deur dichtdeed tegen de geluiden van de werkvloer beneden. In de bovenste la van haar bureau lag de in een flanellen lapje gewikkelde armband, die ze van de Duivelsdief hadden gestolen toen ze het meisje fouilleerden op zoek naar wapens. Het was een elegante zilveren armband met een grote donkere edelsteen, waarin de kleuren van de regenboog in de diepte leken te schitteren.

De steen was te zwaar voor zo'n klein sieraad en riekte naar magie.

Niet de oude magie, niet alleen. Maar hij was ook niet hetzelfde als de voorwerpen die Ruth eerder had verkregen, zoals Norths zakhorloge dat bezield was met een kracht waarmee je elke magische gave kon versterken. De handel in dit soort dingen was moordend geweest, maar deze armband was anders. Ouder en krachtiger.

De creatie van voorwerpen zoals de armband in haar hand vergden meer dan een eenvoudig ritueel. Het kostte een levenslange opoffering om ze met zo'n enorme macht te bezielen, en het vereiste een heel bijzondere en zeldzame magische gave.

Ruth wist dat alle Mageus een unieke verbintenis hadden met de essentie van het bestaan en de meesten hadden een gave die was verbonden met het leven, met de aarde of de geest. Magische gaven waren net zo uniek als mensen en konden zich als sterk of zwak manifesteren, als iets heel specifieks of als relatief vaag. Maar tijd en afstand zorgden dat ze in kracht afnamen. Dat wisten alle Mageus.

Maar ooit had er een andere soort bestaan.

Mageus met de macht om de bron van magie zelf te beïnvloeden waren altijd zeldzaam geweest. De meeste mensen dachten dat dergelijke gaven een mythe waren, zoals de verhalen over goden en godinnen uit de oudheid. Maar elk verhaal bevatte een kern van waarheid en de angst dat deze waarheid zich zou verspreiden was genoeg geweest om de gewelddadige razernij van de Onttovering aan te wakkeren. Mensen met een gave voor magie werden uitgeroeid en ontelbare anderen ondervonden eveneens de pijnlijke gevolgen ervan.

In deze donkere jaren had magie zwaar geleden, maar toch was ze niet uitgestorven, zoals de vijanden hadden gehoopt. En ook nu zou dat niet gebeuren. In plaats daarvan was het de bedoeling dat het met Ruths plan en met Maggies serum juist weer zou opleven. Dat deze armband was opgedoken was een onverwachte meevaller. Zowel het collier als dit sieraad was een krachtig artefact dat de eigenaar ongekende macht gaf. Beide waren essentieel om de invloed van de Antistasi te vergroten wanneer magie eenmaal was opgebloeid; althans, dat zou zo zijn als ze het collier ook in handen had.

Ineens verscheen North in de deuropening van haar kantoor. 'We hebben de twee nieuwelingen binnengebracht. Die meid is bij Maggie en die ander heb ik opgesloten in een kamertje. Hij zal niet voor problemen zorgen, in ieder geval niet tot morgenochtend.'

'Laat de anderen weten dat ze hem moeten bewaken,' zei ze. 'Als hij ook maar iets flikt, kom het me dan meteen vertellen.'

'Vanzelfsprekend.' Hij liep weg, de donkere fabriek in.

Ruth wikkelde de armband met de steen weer in het lapje en borg het voor de zekerheid op in haar kluis. Ze zou er goed op passen, en ze zou de meid die hem had gedragen in de gaten houden. Er was niet zo veel voor nodig – de juiste woorden, een subtiel duwtje in de goede richting en Ruth zou de Duivelsdief modelleren tot een wapen om voor haar eigen doeleinden te gebruiken. En als die vent met wie ze samenwerkte voor problemen zorgde zou ze korte metten met hem maken, net als ze met alle problemen deed die haar pad kruisten.

Deel 5

HET IS RUSTIG IN DE STAD

1902 – New York

Er waren te veel mannen en er was amper frisse lucht in de kamer, dacht Cela toen ze naar haar broer en Jianyu keek, die elkaar over en weer vervaarlijke blikken toewierpen. Als ze zo doorgingen zou er voor morgenochtend iemand gewond raken. En als die twee zich als kemphanen bleven gedragen, zou zij uiteindelijk de pineut zijn.

'Kappen jullie er nou eens mee,' zei ze toen ze Abel een kop sterke koffie gaf die ze net had gezet.

'Ik doe niks,' mompelde haar broer terwijl hij Jianyu kritisch bleef bekijken.

'Je probeert hem te kleineren met die blikken van je,' snauwde ze, maar de gedachte dat hij dat überhaupt kón verzachtte haar boosheid een beetje. *Abel leeft nog!* 'Ik kan het weten, want je hebt het bij mij vaak zat geprobeerd.'

'Ik wil gewoon zeker weten dat het geen vergissing is dat we ze hier mee naartoe hebben genomen,' legde haar broer uit, gebarend naar Jianyu en de jongen die ze uit Evelyns appartement hadden weggedragen. 'Ik heb Mr. Fortune geen toestemming gevraagd om nog meer mensen in huis te halen.'

Abel had ze meegenomen naar het adres waar hij sinds de brand onderdak had, een onopvallend pand in 112th Street in een wijk die Harlem heette. Een van de bazen van de *New York Freeman*, de toonaangevende krant voor de zwarte gemeenschap in de stad, was de eigenaar ervan. Blijkbaar had de krant onlangs belangstelling getoond in de problemen van de arbeiders, waar Abel bij betrokken was geraakt.

'Jianyu is oké,' liet Cela hem weten. 'Ik heb je al eerder verteld dat hij een vriend van me is.'

'Hij misschien wel, maar die ander?' vroeg Abe met een knikje naar de blanke jongen. Hij was nog buiten westen toen ze het centrum hadden bereikt en nu lag hij op zijn zij voor dood op de grond.

'Hij is mijn verantwoordelijkheid,' mengde Jianyu zich in het gesprek. Sinds ze het huis binnen waren gegaan, waar het stampvol mensen zat, was hij stil en waakzaam. 'Ik sta bij je in het krijt voor alles wat je vanavond voor me hebt gedaan en ik zal niet langer een beroep doen op je vriendelijkheid. Ik ga weg en neem de jongen mee.'

'Prima,' zei Abe, maar Cela schudde haar hoofd.

Ze wist maar al te goed hoe het was om het Wallack's elke dag binnen te lopen als enige met een donkere huid in een zee van blanken. Ze bewonderden haar talent en vaardigheid. Toch hoorde ze er nooit bij, of ze nou in haar eentje in het atelier in de kelder aan het werk was, dat ze haar hadden toegewezen, of tussen de artiesten zat. Ze vroeg zich af of Jianyu hetzelfde voelde wanneer hij door de straten van de stad liep, die hem altijd als een buitenstaander zou beschouwen, en of hij zich nu ook zo voelde, in een te kleine kamer vol mensen die hij niet kende. Maar de vrienden van haar broer zaten allemaal bij elkaar, afgewend van de nieuwkomers, druk in gesprek.

'Nee,' zei ze tegen Jianyu. 'Je hoeft niet weg te gaan. Zeg het hem, Abe. Laat hem weten dat hij welkom is.'

Haar broer aarzelde en haar ergernis laaide op.

'Zég het hem,' gebood ze. 'Je hebt me bijna een weeklang aan mijn lot overgelaten, Abel Johnson. Ik logeerde bijna al die tijd bij oom Desmond en je bent niet één keer langsgekomen voor mij, maar Jianyu wel. Hij heeft me uit het theater bevrijd, waar die feeks van een actrice me had opgesloten, dus ik zou zeggen dat we quitte staan, denk je niet?'

Abel fronste. 'Deze strijd is niet aan ons, Cela,' zei hij zacht. 'We hebben op dit moment genoeg aan onze eigen zorgen, onze eigen strijd.'

'Dat kan wel zo zijn,' zei ze, 'maar heb je je ooit afgevraagd waaróm dit niet onze strijd is?'

'Omdat we al meer dan genoeg problemen hebben zonder ons ook nog om de Mageus te bekommeren.'

'Verdeeldheid is juist wat ze willen, of niet?' Ze begon te ijsberen. 'Zie je dan niet wat Tammany doet? Ze bieden de zwarte bars hun bescherming zolang wij onze stem maar op die corrupte lui uitbrengen. Ze helpen ons niet, ze gebrúíken ons, zoals politici altijd doen en altijd hebben gedaan. Je vecht voor betere lonen, toch? Maar tegen wie neem je het op? Wie is de eigenaar van de spoorwegen?' eiste ze, en zonder hem tijd te geven om te antwoorden ging ze verder: 'Ik zal je zeggen wie: de Orde.'

Haar broer dacht na over haar woorden, maar hij keek haar niet aan. Hij staarde naar Jianyu, alsof hij tot een besluit probeerde te komen.

'Of denk je soms dat er geen Mageus zijn met een donkere huid zoals wij?' vroeg ze. 'Ben je de verhalen die pa ons altijd vertelde vergeten? Er waren Afrikanen die konden vlíégen, Abel.'

'Dat waren maar fabeltjes.'

'O ja?' zei ze zacht. 'Hij vertelde die "fabeltjes" anders wel alsof ze waargebeurd waren.'

'Cela –'

'Nee,' onderbrak ze hem hoofdschuddend, voordat hij die kleinerende oudere-broertoon tegen haar zou aanslaan. 'Toen ik dacht dat je dood was, toen ik er afgelopen week alleen voorstond, ben ik veranderd. En ik kan niet meer terug. Misschien is dit niet jóúw strijd, maar Jianyu is mijn vriend, dus zijn strijd is ook de mijne.'

Jianyu keek met een onpeilbaar gezicht naar hen. 'Dat is niet nodig,' liet hij haar weten. 'Je had hier nooit in verzeild mogen raken. Darrigan had je erbuiten moeten houden.'

'Maar dat deed hij niet,' merkte ze op, waarna ze weer naar Abe keek. 'Als hij weggaat, ga ik met hem mee. Ik kan me niet voor altijd schuilhouden, Abel. Niet nu ik weet dat Evelyn de steen heeft, en zeker niet nu ik weet hoe machtig die is. Als de ring in verkeerde handen valt, naar wie zullen ze dan op zoek gaan, denk je? Dat we geen magie hebben betekent nog niet dat we veilig zijn.'

Abel zag eruit alsof hij wilde protesteren, maar hij hield zijn mond en de stilte leek lang te duren. Maar toen ze eindelijk een lachje om zijn mond zag verschijnen wist ze dat ze had gewonnen.

'Je bent nog erger dan ma, weet je dat?'

Ze glimlachte breeduit en de tranen, die ze zo lang had bedwongen, sprongen haar in de ogen. 'Nou, Abel Johnson, dat is misschien wel het aardigste dat je ooit tegen me hebt gezegd.'

'Kijk maar uit dat je geen kapsones krijgt, Konijntje.' Maar ze zag een aarzeling op zijn gezicht. 'Wat doen we met die andere knul?'

Cela keek naar de plek waar de blanke jongen op de grond had gelegen en haar maag kromp ineen. 'We moeten hem eerst vinden voordat we iets met hem kunnen doen,' verzuchtte ze, want de blanke jongen was spoorloos verdwenen.

NACHTELIJK DWALEN

1904 – St. Louis

In de kamer die Ruth aan Esta had toegewezen was het donker en Esta gaf uiteindelijk de hoop op dat ze in slaap zou vallen. Er was te veel gebeurd – het verdwenen collier, opgepakt door de Antistasi en het besluit dat ze in dat pakhuis had genomen. Haar gedachten waren als vliegende vogels, maar ze wist niet of ze een nieuwe vrijheid tegemoet vlogen of voor een of ander onzichtbaar gevaar op de vlucht gingen.

Toen Esta het pakketje in het pakhuis had achtergelaten had ze uit boosheid en wanhoop gehandeld. Maar Lipscombs toespraak had diep vanbinnen iets geraakt, iets wat nog steeds pijnlijk was vanwege haar verliezen en wat om wraak schreeuwde. Op het moment dat ze de explosie hoorde, had ze zich gerealiseerd hoe ver ze was gegaan. Pas toen ze het nieuws vernam over wat de bom werkelijk was – wat de Antistasi echt had gedaan – kon ze opgelucht ademhalen.

Ruth had namelijk de sluimerende magie bij de Sundren laten ontwaken. Het idee was haast te bizar om waar te zijn.

Toch was het niet zo heel vreemd. Had professor Lachlan haar niet ooit toevertrouwd dat de Orde in het begin uit Mageus had bestaan? Rijke mensen die naar dit land waren geïmmigreerd en in het openbare leven verborgen hielden wat ze waren, in de hoop een nieuwe start te maken zonder de dreiging van de Onttovering en de voortdurende bezorgdheid om wie ze waren. Toen hun magie hier in de loop van de tijd verzwakte, maakten ze zich zorgen dat de nieuwe stroom immigranten sterker en machtiger zou zijn, dus wierpen ze de Barrière op om hun eigen macht te beschermen. Maar dat was een grote vergissing – de Barrière werd een val in plaats van een beschermend schild en omdat hun magie door de generaties heen geleidelijk verdween, was de Orde zelf uiteindelijk vergeten wie en wat ze eens waren. Of misschien wilden ze er gewoon niet meer aan denken.

Het klonk aannemelijk dat deze uitgedoofde magische gaven nog ergens sluimerden, onder de oppervlakte wachtend om te worden gewekt. En als dat mogelijk was, betekende dit dat een andere toekomst ook mogelijk was, een toekomst zonder verdeeldheid of zonder het uitsterven van magie. In de parallelle toekomst waar Esta in was opgegroeid, honderd jaar later dan de tijd waar ze nu was, geloofden de meeste mensen dat magie een verzinsel was en dat Mageus niet meer bestonden. Maar als de Antistasi nu bij iedereen magie kon laten herleven, zou de toekomst anders worden, misschien zelfs beter.

Het was duidelijk dat Harte niet dezelfde belofte voor de toekomst zag als Esta toen hij dit nieuws hoorde. En kort nadat hij zijn kritiek had geuit had North hem weggevoerd. Esta had toen niet achter hem aan kunnen gaan, niet zonder het pas verworven vertrouwen van Ruth te verspelen – maar ze moest hem zien. Op de Nijl was er iets met hem gebeurd en ze had het vermoeden dat dit de oorzaak was van de manier waarop hij zich in Ruths kantoor had gedragen.

Ze was niet verbaasd toen ze erachter kwam dat de deur van de kamer die ze haar hadden gegeven op slot zat, zeker niet nadat Harte zijn grote mond open had getrokken. Ze kon het Ruth en de rest van de Antistasi niet kwalijk nemen dat ze haar niet vertrouwden, zelfs niet na wat ze voor hen had gedaan – ze zou vermoedelijk hetzelfde hebben gereageerd. Maar een deur die op slot zat was nooit een probleem geweest voor Esta, dus riep ze haar magische gave op en kraakte vlug het slot. Ze stapte over de man heen die op zijn post in de gang in slaap was gevallen en ging op zoek naar Harte.

Ze vond hem op de benedenverdieping en glipte het piepkleine kamertje binnen, waarna ze haar grip op de tijd losliet. Er lag een soort handgranaat op de grond, net als toen in de wagen, waarschijnlijk uit voorzorg zodat hij het niet in zijn hoofd zou halen voor moeilijkheden te zorgen.

Harte lag op een smal veldbed te slapen, zijn ademhaling zacht en regelmatig. Ze knielde naast hem en streek het haar van zijn voorhoofd terwijl ze zijn naam fluisterde. Toen hij niet reageerde schudde ze hem zachtjes wakker tot hij zijn ogen opendeed.

Hij knipperde en draaide zich om, waarna hij haar in het donker ontwaarde. 'Esta?' fluisterde hij slaperig. Hij bracht zijn handen omhoog om ze om haar gezicht te leggen en streek met zijn duim over haar wang, wat haar warme tintelingen bezorgde.

‘Gaat het met je?’ vroeg ze zacht, om de bewaker buiten het kamertje niet te alarmeren.

Hij knikte en trok haar langzaam en aarzelend naar zich toe alsof hij haar gevoel aftastte. Daarna tilde hij zijn hoofd op en drukte zijn lippen zo teder op de hare dat haar keel dichtsnoerde. Opnieuw voelde ze een zinderend schokje, haar verlangen naar hem laaide op en ze trok zich niet terug. Voor het eerst sinds die avond dat ze in het pension hadden gezoend had ze het gevoel dat ze zich kon ontspannen.

Maar ze had amper de tijd om te merken dat de warmte die ze op haar mond voelde niet door zijn verzengende kus kwam. Net toen ze zich realiseerde dat het de macht in Harte was die in haar huid kroop, verstarde zijn lichaam plotseling, alsof zijn spieren zich samentrokken, en met een ruk wendde hij zich van haar af. Vlug ging hij rechtop zitten.

‘Je bent gekomen,’ zei hij, maar het was niet zijn eigen stem die ze hoorde. Er klonk iets anders in door, een vreemde macht. De onbekende kleuren kolkten in zijn ogen, en de Harte die naar haar keek was niet helemaal de Harte die ze kende.

‘Wat?’ Haar stem brak omdat ze zich verraden voelde.

‘Ik wist dat je zou komen,’ zei de stem die niet van Harte was poeslief. De kleuren in zijn ogen werden verdreven door de zwarte duisternis, eindeloos leeg, verwoestend koud en onvoorstelbaar oud. ‘Je ziet de wereld zoals die is, versplinterd en huiveringwekkend, en toch ben je naar me toe gekomen, zoals ik voorspelde. Ik voel je boosheid, de zuivere, waarachtige woede. Ik kan het zwaard zijn waarmee jij de wereld doormidden klieft.’

Harte hapte naar lucht, een afschuwelijk krampachtig geluid, en hij klapte voorover.

‘Harte?’ Ze wilde haar hand naar hem uitsteken en tegelijk hard bij hem weglopen.

‘Blijf daar,’ bracht hij met schorre stem uit, zijn ademhaling zwoegend. Hij klemde zijn kaken op elkaar terwijl hij dat wat in hem was gevaren bevocht.

Ze kon niet veel meer doen dan toekijken en afwachten, tot zijn ademhaling rustiger werd en zijn lichaam zich wat ontspande. En toen hij haar weer aankeek, zag ze alleen Harte.

‘Wat bezielde jou?’ eiste hij. ‘Je kunt niet zomaar op me af sluipen.’

Zijn scherpe toon was genoeg om het beetje zelfbeheersing waarmee ze haar woede in toom hield te laten varen. ‘Verdomme, Harte! Ben je dáárop uit?’ vroeg ze verbijsterd, maar ze was bang voor zijn antwoord.

'Bedoel je of ik me kan herinneren dat ik je heb gezoend?' vroeg hij met bevende stem. Hij haalde een hand door zijn haar en oogde zo ongelukkig dat ze hem bijna zou vergeven dat hij tegen haar was uitgevallen. 'Ik dacht dat ik droomde en toen ik me realiseerde dat het niet zo was, had zij me al in haar ban.'

Esta was meteen op haar hoede. 'Zij?'

Nu slaakte hij een vermoeide zucht. 'Dat díng in mij. Ik denk dat het een vrouw is.' Daarna vertelde hij haar alles wat hij had gezien in het visioen dat zich op de Nijl aan hem had opgedrongen – over de vrouw en het Boek, over Thoth en de cirkel van stenen. 'Ze heet Sesjat. Ik denk dat ze een of andere demon is. Thoth probeerde haar te stoppen, maar het lukte hem niet. Ze ging niet dood. Een deel van haar macht werd in het Boek opgesloten.'

'En jij hebt dit allemaal gezien?' vroeg ze.

'Het was meer alsof ik het zelf voelde. Alsof ik erbij was en ervoer wat zij meemaakte,' legde hij uit, huiverend bij de herinnering. 'Ze had stenen – niet de edelstenen die de Orde had, maar wel zoiets. Toen Thoth ze vernietigde, schaadde dit haar enorm. Ik denk dat we ze nodig hebben om haar weer in bedwang te houden. Als we de stenen met elkaar verbinden, zijn we in staat om die macht weer op te sluiten. We moeten alleen uitvogelen hoe we dat kunnen doen.'

Maar Esta wist het antwoord daarop al. Zíj kon ze verbinden. Professor Lachlan had het al eens met haar geprobeerd en ze had al die tijd geweten dat ze dit moest doen om voor altijd een eind te maken aan deze waanzin. 'We moeten de stenen met de ether verbinden,' vertelde ze hem. 'We hebben wel het Boek nodig, maar als we dat eenmaal hebben, kan ik zorgen dat het lukt.'

Ze hielp Harte herinneren aan wat er was gebeurd toen ze was teruggekeerd naar haar eigen tijd, en ze zag aan zijn gezicht dat hij nu pas begreep wat ze had bedoeld. 'Nee.' Hij schudde zijn hoofd. 'Geen sprake van.'

'Het is de enige manier,' verklaarde ze.

'Dat geloof ik niet,' zei hij. 'We vinden er wel iets op. Als we het Boek hebben, is er heus een andere manier.'

Hij zag er doodsbang maar vastberaden uit, en zo belachelijk koppig dat ze hem alleen een knikje gaf. 'Tuurlijk,' zei ze. Wat had het voor zin om erover te ruziën? Ze was hier niet om haar eigen leven te redden. Ze was hier om te zorgen dat Nibsy niet zou winnen en dat de Orde en aanverwanten niet nog een toekomst zouden verwoesten. En misschien zelfs om Harte op een goede dag de vrijheid te geven waar hij al zo lang van droomde.

'We moeten gaan,' zei hij, en hij kwam overeind. 'We hebben al te veel tijd verloren. Als we naar Julien gaan, kunnen we uitzoeken wat het Genootschap met het collier heeft gedaan en daarna maken we dat we uit deze stad wegkomen, zoals we hadden gepland.'

Terwijl hij tegen haar praatte schudde ze haar hoofd. 'Dat gaat niet.'

'Jawél,' verzekerde hij haar, zijn ogen donker.

'De Antistasi...'

'De Antistasi is niet ons probleem,' zei hij stellig, haar woorden wegwuivend nog voor hij haar had aangehoord. 'Hoe eerder we het Boek vinden, hoe eerder we een oplossing hebben om de macht in mij in bedwang te houden, en hoe eerder we terug kunnen gaan om met Nibsy af te rekenen.'

Ze schudde haar hoofd nog steeds. 'De Antistasi heeft de Sleutel van Ishtar.'

IETS TE KIEZEN

1904 – St. Louis

Harte verstarde. 'Hebben zij jouw armband?'

Esta knikte gespannen. 'Ik denk dat ze hem hebben gepikt toen we buiten westen waren.'

'Waarom heb je niks gezegd?' vroeg hij, lichtelijk in paniek. Zonder de armband zaten ze vast in 1904. Zonder de armband hadden ze geen macht over het Boek, en als het in verkeerde handen zou vallen...

'Wanneer had ik je dat kunnen vertellen? Toen ik bewusteloos was zeker, of in het kantoor waar iedereen het kon horen?' vroeg ze hem met half dichtgeknepen ogen.

Ze had een punt. Tussen het moment dat ze gevangen werden genomen en werden gescheiden en de Antistasi haar had gedwongen een klus voor hen op te knappen, was er geen tijd geweest om te praten. 'Maakt niet uit,' zei hij, maar hij had het gevoel dat hij zichzelf net zo goed moest overtuigen als Esta. 'We krijgen hem wel terug.'

Ze fronste, alsof ze over een andere manier nadacht.

'Je kunt hem terug jatten,' hield hij vol, al was het voor de hand liggend.

'Ik weet niet of we dat wel moeten doen,' zei ze. 'Nog niet, in ieder geval.'

'Túúrlijk wel. Je bent een dief, en een verdomd goeie ook,' zei hij, in een poging te achterhalen waarom ze dat dacht. 'Hoezo zou je dat niet doen?'

'Ik wíl het wel,' zei ze beslist. 'Maar ik denk gewoon... dat we beter kunnen wachten. Laat me uitpraten,' voegde ze er snel aan toe, voor hij kon tegensputteren. 'We weten niet waar het collier nu is.'

'Daar kan Julien wel achter komen,' hielp hij haar herinneren. Maar ze konden niet naar Julien toe zolang ze bij de Antistasi gevangenzaten.

'Dat is waar. Maar wat moeten we als we het niet met z'n tweetjes afkunnen?

Ruth en de Antistasi willen het collier ook hebben, toch? Waarom spannen we ze dan niet voor ons karretje, zoals zij met ons doen?'

Hij keek haar met een weifelende blik aan. 'Ik vermoed dat ze zich niet zo makkelijk voor de gek laten houden.'

'Dat was met Dolph ook niet zo,' bracht ze ertegen in. 'Maar dat weerhield je er niet van het toch te proberen. Waarom sluiten we ons niet bij hen aan als bondgenoten? Als ze het collier eenmaal hebben, jat ik dat én mijn armband en gaan we ervandoor.'

Harte schudde zijn hoofd. 'Hun plan om mensen met magie te besmetten – ik vind het maar niks. Dat zou iedereen voor zichzelf moeten bepalen, ze zouden zelf de keus moeten hebben. Bovendien is het gevaarlijk. Als we bij hun knoeiwerk betrokken raken, vergooien we onze kans om de andere stenen te vinden misschien.'

Esta wuifde zijn bezorgdheid weg. 'Als we ze hélpen, raken we er niet in verstrikt,' beweerde ze.

'Ze plegen áánslagen, Esta.'

'Ze geven mensen hun magie terug,' benadrukte ze. 'Ze proberen het verschil te maken en iets goeds te doen.'

Harte keek haar recht aan. *Hoe is het mogelijk dat ze het niet inziet?* 'Die mensen bij de bijeenkomst verdienden niet wat er die avond met ze gebeurde. Wat als ze helemaal geen magie willen hebben? Misschien waren ze wel heel gelukkig met hun leven zoals het was.'

Esta sloeg haar armen over elkaar. 'Je hebt gehoord wat Ruth over hen zei.'

'Hm-hm,' mompelde hij. 'Ik heb gehoord wat Rúth zei. Maar we kennen deze mensen niet. We weten niet wie ze zijn of wat ze op hun geweten hebben. Jij gelooft haar op haar woord, terwijl ze ons praktisch heeft ontvoerd.'

Zelfs in het zwakke licht zag hij haar gezicht somber wegtrekken en bij de aanblik roerde de macht in hem zich opgewonden.

'Ik heb de socialisten horen praten,' vertelde ze hem. 'Ik heb gehoord wat ze over ons zeiden.'

Harte zuchtte diep. 'Je denkt toch niet dat Ruths aanslag hun gelijk heeft aangetoond?'

Esta stak haar kin wat naar voren en haar ogen schoten vuur. 'Misschien was dat het waard, als daardoor dingen veranderen.'

'Esta –'

'Nee, Harte. Luister, we weten niet waar Jack of het Boek is. Op dit moment hebben we zelfs niet een van de stenen te pakken kunnen krijgen. We zijn verder van huis dan toen we hieraan begonnen,' zei ze dringend. 'De enige manier waarop we de macht in jou kunnen tegenhouden voordat ze de overhand krijgt, is met mijn magische gave. Als de macht jou eenmaal de baas is...'

'Dat gaat niet gebeuren,' zei hij kortaf. Hij zou niet toestaan dat Esta zichzelf zou opofferen voor hem.

'Maar als dat toch gebeurt,' zei ze, 'kan ik je niet terughalen. Dan ben je hier gestrand, in 1904. En als dat zo is, is de Antistasi waarschijnlijk onze laatste kans om de dingen die we hebben veranderd in deze tijd recht te zetten. Als hun plan slaagt, als ze magie echt laten opleven, heb je een goede toekomst voor de boeg. Net als alle andere Mageus. En Nibsy noch de Orde zal macht hebben over die toekomst.'

Hij stak afwerend zijn handen op, niet bereid een strobreed toe te geven. 'Ik kan niet geloven dat dit onze enige optie is.'

'Misschien niet, maar we moeten er op z'n minst rekening mee houden dat het wel zo is.'

'Nee...'

'Laten we het een dag of twee aankijken,' smeekte ze. 'We weten niet waar het collier is en pas als we dat hebben uitgezocht, weten we of we de Antistasi nodig hebben om het buit te maken. Het heeft geen zin om bij voorbaat dingen uit te sluiten. Niet als het niet nodig is.'

Hij vond het nog steeds drie keer niks. Hij vertrouwde moeder Ruth en haar Antistasi niet. Het stond hem ook niet aan dat de macht in hem ervan leek te genieten dat Esta zo vasthield aan dit plan. Dat de macht het toejuichte was voor hem een teken aan de wand dat het niet de juiste keuze was.

Maar hij kende Esta en wist dat het, als ze haar kaken zo koppig op elkaar klemde als nu, geen enkele zin had om nog verder met haar in discussie te gaan. Nu in ieder geval niet.

'Goed dan,' zei Harte. 'Maar bij de minste of geringste aanwijzing dat we in de problemen komen, bij het eerste teken dat dingen te ver gaan of uit de hand lopen, smeren we 'm. We nemen de benen en kijken niet achterom. Dat moet je me dan echt beloven.'

Voor ze de kans kreeg zwaaide de deur van zijn kamertje, dat meer op een kast leek, open en daar stond North, hen met een onverbiddelijke uitdrukking op zijn gezicht aanstarend.

Hoeveel had hij gehoord?

'Meekomen,' gebood North met kille, vlakke stem. 'Allebei.'

Hartes instinct vertelde hem dat ze moesten vluchten. Nu meteen. Ze moesten de armband jatten en wegwezen, voordat ze nog verder verstrikt raakten in het web van de Antistasi. Hun strijd was niet aan hen. De toekomst die zij voor ogen hadden was niet de zijne. Maar Esta schonk hem een smekende blik en hij kon het haar niet weigeren.

DE NASLEEP

1904 – St. Louis

Esta keek achterom om zeker te weten dat Harte meekwam toen ze achter North aan liep. Ergens in de brouwerij hoorde ze geluiden die ze niet thuis kon brengen, tot ze bij een grote, felverlichte kamer kwamen. Binnen waren Maggie en een aantal andere vrouwen druk in de weer, ze probeerden een stuk of twaalf kinderen rustig te krijgen, maar de meesten bleven ontroostbaar huilen.

'Godzijdank, wat hulp,' verzuchtte Maggie, en ze gaf de baby die ze in haar armen hield aan Esta, die zo schrok van wat ze zag dat ze het krijsende kindje zonder nadenken aannam. Ze sloeg haar armen stevig om de trappelende baby heen, waardoor de kleine nog harder ging huilen, maar ze liet hem tenminste niet vallen.

'Waar komen al die kindertjes vandaan?' vroeg Esta terwijl ze met Maggie naar een dreumes liep die ineengedoken in een hoekje zat. Maggie hurkte bij het meisje neer en streek het haar uit haar ogen weg.

Toen Esta voetstappen achter zich hoorde, draaide ze zich om en zag ze Ruth in de deuropening staan, waar ze zelf net door naar binnen was gekomen.

'Het lijkt erop dat de aanslag op Lipscomb een onverwacht gevoelige snaar heeft geraakt,' deelde Ruth mee. 'De Garde is Dutchtown binnengevallen, waarschijnlijk op zoek naar de daders. Een van onze mensen bracht de kinderen hier onder. Ze weten dat Maggie een zwak heeft voor de kleintjes.'

'Maar waarom een aanval op Dutchtown?' vroeg Maggie terwijl ze het meisje in haar armen tilde. 'De bijeenkomst was van de SWP. Het Genootschap had blij moeten zijn dat ze van dat zooitje af waren.'

'Ik weet niet precies waarom ze wraaknamen,' antwoordde Ruth, 'maar dit is het gevolg ervan.' Ze gebaarde naar de binnengebrachte kinderen.

'Wat is er met hun ouders gebeurd?' informeerde Esta, en ze schikte het warme – misschien natte? – hoopje leven op in haar armen. *En of het nat was.*

'Gearresteerd,' zei Ruth. 'Ze worden aangeklaagd en vermoedelijk schuldig verklaard, wat inhoudt dat ze de bak in gaan of worden gedeporteerd.'

'Maar ze hebben niks gedaan,' zei Maggie verontwaardigd, het meisje net zo lang wiegend tot ze ophield met krijsen en alleen nog zachtjes jengelde.

De hummel in Esta's armen leek zich op geen enkele manier te laten troosten.

'Sinds wanneer doet dat er iets toe?' vroeg Ruth.

Esta keek de kamer rond naar de betraande wangen en rode oogjes van al die kinderen. Ze zouden in de armen van hun ouders troost moeten vinden en ze realiseerde zich dat ze dit moment nooit zou vergeten, waarop de vaders en moeders die deze kinderen hoorden te beschermen bij hen waren weggerukt.

Ze dacht terug aan de dag dat Dolph haar had meegenomen naar de huurwoningen van de Bowery. Daar had ze kinderen gezien die niet ouder waren dan deze dreumesen en binnen werden gehouden, uit het zicht, zodat hun magische gave niet werd ontdekt. Hij had ze een beter leven willen geven door de Orde te gronde te richten en de Barrière neer te halen. Hij wilde een betere toekomst voor iedereen, maar in plaats daarvan kreeg hij een kogel in zijn rug. Ze vroeg zich af wat er in de twee jaar na zijn dood van deze kinderen, die hij eens had beschermd, terecht was gekomen.

Eén ding was haar duidelijk: het Genootschap was geen haar beter dan de Orde. Ze zetten hun Jefferson Garde in om over de stad te heersen, net zoals de Orde haar macht gebruikte. Het maakte niet uit dat zij en Harte de Barrière hadden getrotseerd en nu aan de overkant van de Mississippi waren, aan de rand van het Westen. Ook buiten de gevangenis die Manhattan was hadden de Mageus geen vrijheid, omdat de magie die door hun aderen stroomde en een deel van hun identiteit was nog altijd werd veracht en gevreesd, en ook hier werd jacht op hen gemaakt. Er zou niets veranderen. Niet tenzij het werd afgedwongen.

'North?' Ruth draaide zich naar hem om. 'Ik wil dat je de gewonden uit het ziekenhuis haalt, en neem een paar van onze mannen mee.'

'Die socialisten?' vroeg North verbaasd.

'De wraak van het Genootschap kwam nogal onverwacht. Ik wil de gewonden niet aan de Garde overleveren. Het is beter dat de mensen met pas opgewekte magie aan onze kant staan dan dat ze zich tegen ons keren,' zei ze. Vervolgens wierp ze Esta en Harte een peilende blik toe. 'Neem Ben mee. We moeten ze voor zonsopgang daar weg zien te krijgen, en hij kan je helpen met iedereen die tegenwerkt.'

Harte ontmoette Esta's blik vanaf de overkant van de kinderkamer en ze begreep meteen wat hij dacht. Dit was precies waar hij bang voor was geweest, om verstrikt te raken in hun web, maar nu ze hier met een kronkelend, krijsend kindje in haar armen stond, was ze er nog meer van overtuigd dat ze moest blijven.

Ze had gezien wat het verschrikkelijke díng, de macht in Harte, kon aanrichten en ze was er meer dan ooit van overtuigd dat ze alles op alles moest zetten om te zorgen dat die macht niet zou vrijkomen. Als ze het er niet goed van af zou brengen, zou ze er nu alles aan doen wat ze maar kon om Harte een betere toekomst te geven. Ze wilde haar steentje bijdragen om te zorgen dat de Orde en het Genootschap de oude magie nooit meer tegen de Mageus zouden gebruiken.

FERRARA'S

1902 – New York

Het was laat op de ochtend toen Viola zich verontschuldigde en het New Brighton verliet om in zuidelijke richting op weg naar de Bowery te gaan, de plek die ze eens haar thuis had genoemd. Op de trottoirs wemelde het al van kooplieden met hun karren boordevol koopwaar en klanten die afdongen voor de laagste prijs. Her en der waren groepjes kinderen in de straten te vinden, spelend met alles wat ze maar konden vinden. Ze waren op zichzelf aangewezen, omdat de meeste ouders in een van de fabrieken of werkplaatsen in de buurt aan het werk waren. Viola kon zich die tijd nog goed herinneren, toen ze net in New York was gearriveerd en de straten van de stad een vreemde en gevaarlijke nieuwe wereld leken. Op deze straathoeken had ze Engels geleerd, en ze had er ook geleerd hoe anders ze was.

Ze zette deze herinneringen van zich af terwijl ze Grand Street in liep, met de glanzende glazen etalages en het vergulde uithangbord van Ferrara's Bakery. Toen ze door de zwaaideur naar binnen ging omhulde de warmte van de bakkerij haar vrijwel meteen, en ze snoof de bittere geur van gebrande koffiebonen en zoete anijs op. Het rook er net als in haar moeders keuken met kerst, wanneer ze dagenlang *biscotti* bakte om aan de buren uit te delen, ook al hadden haar ouders amper genoeg geld om de huur te betalen. Viola had de espressobar uitgekozen omdat die vertrouwd was en in haar eigen wijk in plaats van die van hen. Maar ze was vergeten dat nostalgie soms als een sterk vergif werkte. Plotseling werd ze erdoor overmand en was ze weer een kleine meid met weerbarstig haar en een nog ondeugender karakter, die er geen idee van had dat de wereld haar zou proberen te onderdrukken en eisen zou stellen waar ze niet aan kon voldoen.

Maar dat meisje was ze niet meer. Ze begreep nu maar al te goed hoe gevaarlijk de wereld was, net als de verharding van zo veel mensen die al jong hadden geleerd haatdragend te zijn.

Achter in de espressobar zaten Ruby en Theo op haar te wachten. Ruby droeg dit keer een jurk waarin ze eruitzag als een roos in de knop die op het punt stond te ontluiken. Ze nam alles met grote ogen in zich op. Op het tafeltje voor hen stond een schaal met gebakjes en drie kopjes espresso, waar nog niet van was gedronken.

Viola was al bijna bij hun tafel toen Ruby haar eindelijk zag. Theo stond op om haar te begroeten, maar Viola wuifde hem weg en ging in een stoel zitten. Ze was hier niet voor de lol, maar om zaken te doen.

'Het is hier geweldig,' liet Ruby haar weten, en ze glimlachte stijfjes naar Viola, waarmee ze de indruk wekte dat ze te veel haar best deed. 'Bedankt voor het briefje,' zei ze terwijl ze een *sfogliatelle* van de schaal met gebakjes pakte. 'Heb je nieuws?' Ze nam een hap van de lekkernij in afwachting van Viola's antwoord.

Viola had haar mond nog niet opengedaan om ter zake te komen toen de woorden haar ontschoten bij het zien van Ruby's gezicht, waar een verrukte uitdrukking op verscheen terwijl ze op haar hapje kauwde. Met een kreetje van puur genot ving ze de kruimels van de sfogliatella met haar tong op. En het enige wat Viola kon doen, was haar aanstaren, verstard door een vreemde mengeling van verlangen en wanhoop, terwijl Ruby nog een hap nam.

'En?' Ruby keek op naar Viola en toen hun blikken elkaar ontmoetten werden Ruby's ogen even een tikkeltje groter en haar wangen kleurden zo roze dat het de belachelijk vrouwelijke jurk die ze aanhad overtrof.

'Ik denk dat ze bedoelt,' kwam Theo tussenbeide, de schaal naar Viola toe schuivend, 'dat je een gebakje moet proeven, terwijl je ons het nieuws vertelt. Neem er een.'

'Ik weet hoe ze smaken,' zei Viola, haar mond was nu te droog om iets te eten. Ze vermande zich en concentreerde zich op Theo, naar wie ze kon kijken zonder dat ongemakkelijke gevoel. 'Ik kan jullie vertellen wat ze van de Orde hebben geroofd,' ging ze verder.

'Nu legde Ruby het gebakje op de schaal terug en boog zich naar voren. 'O ja?'

Viola knikte. Ze was er nog steeds niet helemaal van overtuigd of ze alles wel moest vertellen, maar ze zou Ruby de informatie geven die bewees dat het een grote leugen was dat de Orde zou hebben geprobeerd de roof te verdoezelen. Dan zou ze een stap dichterbij zijn als het om de ondermijning van hun macht ging. Deze gedachte spoorde haar aan om ze over het Boek en de artefacten te vertellen. 'Ik weet niet wat die schatten waren,' loog ze, 'maar ze hadden iets te maken met de macht van de Orde.'

Ruby's ogen glansden. 'Kun je dat bewijzen?'

Alleen met mijn herinneringen, dacht ze terwijl ze de vreemde zaal weer voor zich zag met de lichamen die ze daar hadden gevonden, en Darrigans onverwachte bedrog. 'Nee. Maar ik heb een paar kranten voor je meegenomen.' Ze haalde een stapeltje uit de zak in haar rokken en schoof het over de tafel naar haar toe. In het pakketje zat het bewijs van de band die haar broer met Nibsy onderhield, en van de Five Pointers met The Devil's Own. 'Het is helaas niet genoeg. Maar het is een begin.'

Ze kon haast geen afstand doen van het pakketje. Het voelde als de ergste vorm van verraad aan Dolph om de aandacht op The Devil's Own en de Strega te vestigen. Maar hij was er niet meer, bracht ze zichzelf in herinnering, en als ze de Orde kon opzetten tegen Nibsy en haar broer, zouden ze kunnen helpen met het uitschakelen van de Orde.

Ruby stopte het stapeltje kranten weg zonder er zelfs maar een blik op te werpen. 'Bedankt,' zei ze, over de tafel naar Viola's hand reikend. Ruby's wangen kleurden opnieuw toen ze haar in een handschoen gestoken hand op Viola's blote hand liet rusten, en ze trok hem snel weg.

Viola keek naar Theo, en ze zag een ernstige blik in zijn doorgaans vrolijke ogen. Hij vormde een probleem: hij leek een onschuldig puppy maar hij zag te veel, en Viola kende hem inmiddels goed genoeg om te weten dat ze hem niet moest onderschatten.

'Ik vermoed dat Paul meer in zijn schild voert,' vertelde ze hen. 'Hij beraamt iets groots, waarvoor hij mensen de stad uit stuurt. Ik denk dat het iets te maken heeft met de Orde en de schatten die zijn geroofd.' Ze fronste even. Familie of niet, ze moest er niet aan denken dat haar broer toegang zou hebben tot de macht die de Orde ooit had.

Voor in de espressobar was iemand opgewonden pratend binnengekomen, wat Theo's aandacht trok.

Ruby had in de gaten dat hij meeluisterde en legde haar gebakje neer. 'Wat is er?' vroeg ze. 'Waar hebben ze het over?'

'Iets over een brand,' zei Viola, het Italiaans voor hen vertalend. 'Een van de brandweerkazernes blijkt in brand te staan.'

'Een brandweerkazerne?' vroeg Theo fronsend. 'Dat is vreemd.'

Viola luisterde weer naar het gesprek en begreep de angst die erin doorklonk.

'Niet zo gek, hoor,' zei ze. 'Weten jullie wel in hoeveel gebouwen de afgelopen week alleen al brand is uitgebroken, terwijl de brandweer geen poot uitstak?'

'Waarom zouden ze de branden niet blussen?' vroeg Ruby fronsend.

'De Orde vindt het nodig een statement te maken,' antwoordde Viola, schouderophalend. Ze had het aangeboden gebak niet aangeraakt, omdat ze niets van hen wilde aannemen, maar Ruby had een beetje poedersuiker in haar mondhoek en Viola moest íéts doen om zichzelf af te leiden. Dus pakte ze de *tazza* espresso van de tafel en dronk deze in één slok op om zich met de bittere smaak te wapenen tegen haar belachelijke reactie op Ruby.

'Ik snap het niet,' zei Theo.

'De meeste politie- en brandweerdepartementen in dit deel van de stad staan onder het gezag van Tammany,' legde Viola uit. 'De Orde gebruikt Tammany's macht in de Bowery nu al bijna twee weken om wraak te nemen voor wat ze zijn kwijtgeraakt.'

'Zoeken ze naar de artefacten?' vroeg Ruby.

'Ja. En ze willen een boodschap afgeven.' Fronsend luisterde Viola naar de steeds harder pratende man.

'En wat zegt hij nu?' vroeg Ruby, vooroverbuigend.

Viola wilde over de tafel reiken en het beetje poedersuiker bij Ruby's mondhoek wegvegen, maar ze stopte haar handen tussen haar rokken en beheerste zich. 'Het lijkt erop dat er dingen veranderen,' ging Viola verder. Ruby keek haar weer met die zeeblauwe ogen aan. Ze zou er nog in verdrinken, als ze niet oppaste.

'Hoe bedoel je?'

Ze wilde er eigenlijk niet meer over kwijt. Ze hoefden het niet te weten. Maar er was iets met de manier waarop Ruby naar haar keek, zo ernstig – alsof ze Viola als vriendin beschouwde, als gelijke – en voordat Viola er iets aan kon doen flapte ze eruit: 'Volgens deze mannen heeft het water geen enkele invloed op de vlammen. Het vuur wordt door magie aangewakkerd.'

DE ONTWAAKTEN

1904 – St. Louis

Het kon North niet zo veel schelen dat Maggie de nieuwe jongen een kans wilde geven en hij was ook niet onder de indruk van het feit dat de Duivelsdief het had klaargespeeld de rookbom te plaatsen, zoals haar was opgedragen. Hij was te laat bij hen om te weten waar hun gesprek over was gegaan. Maar hij vertrouwde die twee nog steeds niet, ook al begon het vertrouwen bij Ruth net te komen. Daarom zat hij nu naast de knul die zichzelf Ben noemde terwijl ze met de wagen van de brouwerij op weg waren naar het ziekenhuis, om hun nieuwe wapenbroeders op te halen voordat de Garde ze te pakken zou krijgen. Nadat de Mageus in Dutchtown waren opgepakt nam moeder Ruth geen enkel risico. En omdat Ben eruitzag als een geboren leugenaar, nam North ook geen risico's.

Het ziekenhuis was in het noordelijke deel van de stad, ver weg van de opwinding van de tentoonstelling. Het was midden in de nacht, dus ze kwamen onderweg maar een enkeling tegen. De mensen met net ontwaakte magie bevrijden was makkelijk zat, aangezien iemand van de Antistasi als nachtwaker in het ziekenhuis werkte.

Hij spoorde de paarden met een zacht klapje met de teugels aan. Of het nou makkelijk was of niet, hoe eerder het voorbij was, hoe beter. Naast hem zat Ben er stilletjes bij, maar North voelde zijn blik priemen terwijl hij de paarden mende, en na een paar kilometer was hij er klaar mee.

'Heb je een probleem, of wat?' vroeg hij met een boze blik naar Ben. 'Wil je iets kwijt?'

Aanvankelijk dacht North dat hij geen antwoord zou geven, maar uiteindelijk begon hij toch te praten.

'Je tattoo...' zei Ben, en zijn stem klonk wat vreemd.

Toen North de tattoo jaren geleden op zijn arm had laten zetten had hij er veel opmerkingen over gekregen, daarom hield hij hem meestal bedekt. Maar toen hij net wakker was gemaakt in verband met de kinderen had hij niet de moeite genomen om de mouwen van het overhemd dat hij in de gauwigheid had aangeschoten dicht te knopen. Met de teugels in zijn handen waren ze omhooggeschoven en was de zwarte ring om zijn linkerpols zichtbaar.

'Wat is daarmee?' North stak zijn kin uitdagend omhoog.

'Ik kende iemand die een tattoo had die erop leek,' zei Ben.

'Dat lijkt me sterk.' Hij draaide zijn pols om de armband van inkt – het skelet van een slang die zijn eigen staart opvreet – te laten zien. 'Tenzij hij bij de Antistasi hoorde.'

'Het zag er wel ongevéér zo uit,' hield Ben vol, en hij tuurde er fronsend naar. 'Is dit het merkteken van de Antistasi?'

'Dit symbool?' zei North. 'Het is een ouroboros, en die gaat veel verder terug in de tijd dan de Antistasi. Maar de Antistasi heeft het symbool overgenomen, waarschijnlijk tijdens de Onttovering. Ze gebruikten het als een teken waaraan ze elkaar konden herkennen,' vertelde hij terwijl hij zijn mouw weer omlaag schoof, en dit keer knoopte hij de manchet dicht om de tattoo te verbergen.

'Moest je het merkteken accepteren om lid te worden van Ruths organisatie?' vroeg Ben. North merkte dat de jongen zijn best deed om zijn toon nonchalant te houden, maar hij slaagde er absoluut niet in.

'Ik móést helemaal niks,' zei North. Hij had de tattoo al sinds zijn zestiende, als belofte aan zichzelf en aan zijn vader, die hij had verloren. Het was puur geluk dat hij kort daarna moeder Ruth en haar mensen tegen was gekomen en dat ze hem had opgenomen in haar groep. 'Niemand heeft me ertoe gedwongen. We leven niet meer in de middeleeuwen.'

'Maar je nam hem wel.'

'Omdat de betekenis ervan me intrigeerde,' legde North uit, de onuitgesproken vraag beantwoordend. 'De slang die zijn eigen staart opvreet is een symbool uit de oudheid, het staat voor eeuwigheid, oneindigheid.' *Wedergeboorte*. Vroeger was hij een ander mens geweest en de slang om zijn pols herinnerde hem eraan dat hij op een dag weer een ander zou zijn.

'De slang scheidt de wereld van de chaos en wanorde waaruit zij is ontstaan,' zei Ben, alsof hij er iets van afwist. 'Leven en dood, de twee kanten van dezelfde medaille, zoals mijn vriend altijd zei. Het een bestaat niet zonder het ander.'

North fronste, hij wist niet wat hij van Bens opmerking moest vinden. Hij had er nooit op die manier over nagedacht en betwijfelde of hij dat wel wilde.

'De Antistasi gebruikt het omdat het magie zelf symboliseert – het begint en eindigt allemaal met magie.'

'En als magie uitsterft,' voegde Ben er met zachte, ernstige stem aan toe, 'betekent dat het einde van de wereld.'

North snoof, hij was het er niet mee eens. 'Magie kan niet uitsterven,' beweerde hij. 'Dat is nou juist wat het symbool laat zien. Magie heeft geen begin en geen eind. Sinds de Onttovering hebben ze geprobeerd ons uit te roeien, maar het is ze niet gelukt. We leren, we passen ons aan en we veranderen voortdurend.'

'Geloof je dat?' vroeg Ben, met een nieuwsgierige blik naar North.

'Jij niet?' kaatste hij terug.

Ben gaf geen antwoord. Bovendien was het te laat omdat ze inmiddels bij het ziekenhuis waren aangekomen.

North reed de wagen achterom zoals ze hadden afgesproken en gaf een seintje – een reeks schelle fluitjes die op dezelfde manier werd beantwoord. Een paar minuten later ging de achterdeur open en toen begon het echte werk.

Er waren ongeveer tien tot twaalf mensen die ze moesten meenemen. Een van hen had zijn handen in het verband en ze wekten allemaal een slaperige, gewillige indruk.

'Wat is er met ze aan de hand?' vroeg Ben. 'Komt dit door het serum?'

North schudde zijn hoofd. 'Nee, niet het serum. Het ziekenhuis heeft ze gedrogeerd om te zorgen dat ze zich gedeisd houden. Waarschijnlijk met morfine.' Hij snapte wel waarom de verpleegsters dat hadden gedaan. De nieuwe Mageus hadden voor veel problemen gezorgd, omdat ze niet wisten hoe ze hun pasverworven krachten in bedwang konden houden.

Hij begreep wat Ruth voor ogen had door deze mensen magie te geven, maar nu hij het van dichtbij meemaakte, was het niet wat hij had verwacht. Ruth had verteld dat ze iets bij deze mensen zou bevrijden wat diep vanbinnen sluimerde, maar ze zagen er helemaal niet bevrijd uit. Ze oogden afgetobd en vermoeid, alsof ze gemangeld waren, en doodsbang.

De laatste die naar buiten kwam was een jonge vrouw van nog geen achttien, schatte hij. Haar blonde haren hingen futloos langs haar gezicht en de sproeten op haar neus maakten haar jonger. Net als de rest leek ze versuft, maar in tegenstelling tot de anderen bleef ze staan en begon ze tegen North te praten.

'Wie ben jij?' vroeg ze. 'Waar breng je ons naartoe?'

'We komen als vrienden,' verzekerde North haar. 'En we zijn hier om jullie in veiligheid te brengen.'

Ze fronste naar hem, haar ogen glazig van de drug. 'Is het ziekenhuis dan niet veilig?'

North zuchtte, vermoeid door slaapgebrek. Hij had geen tijd om het meisje uit te leggen wat er met haar was gebeurd. 'Hoe heet je?' vroeg hij in plaats daarvan.

'Greta,' antwoordde ze, slaperig naar hem opkijkend.

'Weet je wat er met je is gebeurd, Greta?'

Ze schudde haar hoofd. In haar ogen glansden tranen. 'Ik wil het niet, maar ik kan het niet tegenhouden.'

'Geeft niet, lieverd. Er is vanbinnen iets bij je ontwaakt, meer niet. En daardoor bezit je nu de oude magie.' Hij probeerde zijn stem respectvol te laten klinken zoals Ruth dat altijd deed, maar het kwam niet zo over en het meisje fronste alleen nog maar meer.

'Mr. Lipscomb – Caleb. Er was een explosie. Is hij...?'

'Die knapt wel weer op,' verzekerde North haar.

'Ze wilden ons niets vertellen. Ze sloten ons op zonder te vertellen wat er aan de hand was.'

Natuurlijk hadden ze dat gedaan. Nu deze arme drommels over oude magie beschikten, zouden ze behandeld worden als de paria's die ze waren geworden. 'We zijn hier om jullie te bevrijden,' zei hij vriendelijk.

Haar kin begon te trillen en voor North het wist waren haar wangen nat. Hij dacht dat het van de tranen kwam, maar even later merkte hij dat zijn eigen wangen ook nat werden.

'Het regent,' zei Ben, omhoogkijkend. 'Er is geen wolkje aan de lucht, toch regent het.'

'Sorry,' snifte Greta. 'Ik weet niet waarom dat steeds gebeurt. En ik weet ook niet hoe ik het kan stoppen.'

North wist niets te zeggen. Hij had zich voorgesteld dat de mensen die ze magie hadden gegeven zich als herboren zouden voelen, maar deze arme sloebers zagen er meer uit alsof ze zo in elkaar zouden zakken van ellende. Hij kon de woorden niet vinden om iemand met zo'n intens verdriet te troosten en hij vroeg zich af of hij het recht wel had, aangezien hij er zelf deels aan mee had gewerkt. Zonder iets te zeggen hielp hij Greta achter in de wagen. Voordat hij de deur dichtdeed haalde hij de kurk van een fles met Maggies zelf gebrouwen kalmeringsmiddel en gooide die in de wagen.

'Is dat echt nodig?' vroeg Ben. 'Ze kunnen amper lopen. Ze zullen heus niet voor problemen zorgen.'

'Het zijn net kinderen,' legde North uit. 'Ze weten niet hoe ze hun pasverworven magie onder controle kunnen houden. We hebben er een daarbinnen die zijn eigen handen in brand zet zonder dat hij er iets aan kan doen, en een ander laat een spoor van groene ranken achter die zich om alles wat ze aanraakt heen slingeren. Het is een lange rit terug naar de brouwerij en we kunnen niet riskeren dat ze onderweg een aanval van magie krijgen, tot we veilig terug zijn en we ze kunnen leren hoe ze het onder controle moeten houden.' Hij keek naar Ben. 'Je weet toch nog wel hoe het was? Toen je als kleine jongen geen idee had wat je allemaal kon?'

'Ja...' In Bens stem klonk een echo van berouw door, als een geest uit het verleden. 'Dat weet ik nog.'

'Dat bedoel ik,' zei North, en hij klom op de bok van de wagen, in het volle besef dat hij niet de enige was die zijn leven lang bij elke stap werd achtervolgd door spoken uit het verleden.

Blijkbaar wilde Ben niet verder over zijn jeugd praten want hij hield zijn mond stijf dicht en North vond het wel best. Een praatje kon hem gestolen worden, hij moest nadenken. Dus reden ze in stilte terug naar de brouwerij terwijl het eerste ochtendlicht aan de horizon gloorde. Het was Ben die de rook als eerste zag.

'Wat is dat?' vroeg hij, wijzend naar een donkere plek aan de horizon en de nachtmerrieachtige zwarte rookpluim die opsteeg en de sterrenhemel aan het zicht onttrok.

De brouwerij stond in brand.

LIBITINA

1902 – New York

Tegen de tijd dat Viola zeker wist dat Theo en Ruby op weg waren naar hun veilige wijk en ze was teruggelopen naar het New Brighton, was Paul al op de hoogte van de brand. Hij liep te ijsberen en te schreeuwen naar zijn mannen terwijl de knul die ze Razor noemden nerveus bij Paul stond te wachten.

'Waar heb jij uitgehangen?' vroeg Paul zodra ze binnenkwam. Zijn gezicht was vlekkerig rood van woede.

'Buiten,' antwoordde ze, en ze deed alsof ze zijn boosheid niet merkte.

'Buiten?'

Ze haalde haar schouders op. 'Ik had frisse lucht nodig.' Na de ontmoeting met Ruby had ze dat gevoel nog steeds, maar dat hoefde Paul niet te weten.

'Ik had je hier nodig,' beet hij haar toe. 'Kazerne 31 staat in brand en het is geen gewoon fikkie.' Hij keek haar boos aan, alsof het op de een of andere manier haar schuld was.

'Denk je dat ík dit op mijn geweten heb?' Ze keek op haar beurt boos terug.

'Jij was búiten, dat zei je net zelf.'

Ze fronste, in het besef dat alle ogen van de Five Pointers met een vragende blik op haar waren gericht. 'Brandstichting is niet mijn stijl, Paolo. Dat weet je.'

'Als die kazerne in de hens staat, zal Tammany daar absoluut niet blij mee zijn,' verklaarde Razor. 'We moeten snel iets doen.'

Paul gromde gefrustreerd en pakte Viola bij de arm. 'Dit gaat over jouw mensen, dus jij moet me helpen.'

Tegen de tijd dat ze bij de kazerne aankwamen hing er een dikke rookwolk in de lucht. Vlammen laaiden op uit de boogramen en de bakstenen pui was zwartgeblakerd door roet, terwijl de brandweer water naar de brand pompte. Maar de gestage stroom water van de brandweerwagen leek de brand niet te kunnen blussen, waarschijnlijk omdat de hitte van de vlammen niet de enige warmte in de lucht was.

Er moest iemand in de buurt zijn met een magische gave voor vuur die de vlammen aanwakkerde, maar waar? Ze speurde de menigte af op zoek naar een teken. Oude magie draaide om de verbinding met de wereld, het grotere geheel, daarom vereiste het concentratie en vaak ook direct contact – een blik of een aanraking – om het te traceren. Wie de schuldige ook mocht zijn, hij was dichtbij.

'Vind de smerige rioolrat die dit heeft geflikt, anders hoef je nooit meer een voet in het New Brighton te zetten,' dreigde Paul.

Viola liet zijn belediging van zich af glijden. Hij had haar voor ergere dingen uitgemaakt. 'Wat moet ik met hem doen als ik hem heb gevonden?'

'Jij bent mijn dodelijke wapen, weet je nog?'

'Ik heb geen mes meer,' zei ze. 'Daar heb jij zelf voor gezorgd.'

'Hoe vaak moet ik je nog zeggen dat je het niet nodig hebt?' kaatste hij terug, en ze wist precies wat hij bedoelde. 'Schiet op, voordat het te laat is.'

Ze wilde tegen hem in gaan maar ze kreeg de kans niet, want ze hoorde gekletter van glas toen er een raam sneuvelde, waar de vlammen door naar buiten sloegen. Als de kazerne door iemand met oude magie was verwoest, zou Tammany zeker wraaknemen. Onschuldige mensen zouden ervoor moeten boeten.

Viola had geen keus en dook de menigte van omstanders in. Ze concentreerde zich met een scherpe blik op een spoor van de dader en de warme energie van magie, die niets met de vlammen te maken had. Halverwege zag ze ineens een bekende figuur op de traptrede voor een pand staan, ongeveer een half huizenblok verderop. *Nibsy Lorcan.*

Zijn gouden brilmontuur flikkerde in het licht van de vlammen en naast hem stond een jongen met haar dat dezelfde kleur had als het vuur, die al zijn concentratie op de brandende kazerne richtte.

Ze stuurde haar magie erheen, op zoek naar de warme gloed van de magische gave van de jongen en naar zijn hartslag, en toen ze die vond liet ze haar magie zijn werk doen; niet genoeg om hem te doden maar meer dan genoeg om hem op de grond in elkaar te laten zakken.

Nibsy keek toe terwijl de jongen tegen de vlakte ging, waarna hij opkeek om de menigte af te speuren. Even later vond hij Viola en hij lachte gemeen, alsof hij wist hoe nutteloos ze was geworden.

Een slappeling, een huurmoordenaar die niet eens in staat was om iemand te vermoorden zoals het moest.

Maar die jongen was ooit een bendelid van Dolph geweest. Hoe heette hij ook alweer? Ze wist het niet meer. Wat ze wel wist, was dat hij niet degene was die ze om zeep moest helpen. Die eer was voor Nibsy, die naar haar grijnsde alsof hij haar gedachten doorzag – en het liet hem koud.

Ze had er alles voor over om die glimlach van zijn gezicht te slaan.

Viola liet haar magie opnieuw zoeken, om de regelmatige hartslag die het bloed door zijn aderen pompte te vinden, en ze verkneukelde zich om het idee dat Nibsy's leven in haar handen lag. Ze zou het met alle gemak met haar magie kunnen beëindigen. Ze kon wat restte van haar ziel verruilen voor de wraak op Dolphs moordenaar. Haar ziel, bezoedeld als die was, kon je amper een eerlijke ruil noemen, maar op dit moment had ze het gevoel dat het volstond.

Of nog beter: ze zou hem met haar hánden ombrengen.

Het was een chaos in de straat. De menigte die zich had verzameld om naar een brand te kijken die maar niet geblust kon worden, joelde teleurgesteld, tot het water ineens grip begon te krijgen op de vlammen. Viola hoorde de herrie nauwelijks en het kon haar niet schelen dat haar ogen traanden door de rook terwijl ze naar Nibsy toe liep.

Hij kwam de trap af om haar tegemoet te lopen. Hoe dichter ze bij hem kwam, hoe vrolijker zijn ogen gingen glanzen. 'Ik hoop dat je in het reine bent gekomen met je god, Nibsy,' zei ze, en ze bleef voor hem staan. 'Want ik kom voor jou.'

Hij vertrok geen spier. 'Als ik in een god geloofde, was ik jaren geleden al van mijn geloof af gevallen. Mij maak je niet bang, Viola. Als je me wilde vermoorden, was ik allang dood geweest.'

Er verscheen een vernietigende glimlach om haar mond. 'Misschien geef ik er in jouw geval de voorkeur aan om met mijn prooi te spelen voordat ik hem afmaak.'

'Het verblijf bij je familie heeft je beminnelijke persoontje zo te zien nog sympathieker gemaakt,' zei Nibs, lichtjes op zijn hakken heen en weer bewegend.

'*Bastardo!*' beet ze hem toe. Ze zou zijn zelfvoldane grijns met haar blote handen van zijn gezicht meppen.

'Ík ben je vijand niet, Viola,' zei hij zacht.

'Grappig,' merkte ze smalend op. 'Je lijkt precies op hem. Ik weet wat je hebt gedaan. Je hebt Dolph verraden, en de rest van ons ook.'

'Ik heb jullie nooit verraden. Dolph Saunders was een gevaar voor zichzelf en voor onze soort. Hij zou een oorlog hebben ontketend die wij niet konden winnen. Ik heb ons beschermd – The Devil's Own – en iedereen zoals wij,' verklaarde hij, en het klonk alsof hij er zelf heilig in geloofde.

'Ik heb jouw bescherming nooit nodig gehad,' sneerde ze.

'O nee?' vroeg hij sarcastisch. 'Heb je het dan zo naar je zin bij je broer?' Toen ze hem boos aankeek, ging hij verder: 'Je bent voorbestemd voor meer dan Paul Kelly's keukenmeid, Viola. Ja, ik weet dat hij je gebruikt. Hij schept erover op tegen mij. Zijn dodelijke wapen. Zijn zus, die hij haar plaats heeft gewezen.' Nibsy schudde zijn hoofd. 'En wat een wapen, zeg – scherp genoeg om zijn aardappels te schillen en daar houdt het ook mee op, heb ik gehoord.'

'Ik kan jóú in stukken snijden,' zei ze scherp.

'Waarmee?' vroeg hij spottend. 'Je mist haar, hè?' De glinstering in zijn ogen bespotte haar net zo gemeen als zijn woorden.

Libitina. 'Jij bent niet eens mans genoeg om dat mes te hanteren. Geen zorgen, ik pak het je gauw genoeg af en dan zal ik je hart uit je lijf snijden om het als eerbetoon op Dolphs graf achter te laten.'

'Zo bloeddorstig,' mompelde hij met twinkelende pretogen. Toen trok hij een ernstig gezicht. 'Ga je gang, probeer het me af te nemen, maar ik geef het je liever terug.'

Ze vernauwde haar ogen tot spleetjes. Het was een list. Deze vent was glibberig als een aal, en net zo verraderlijk. 'Waarom zou je? De slimme jongen die jij denkt te zijn zou moeten weten dat ik me maar hoef om te draaien om mijn mes recht in je hart te steken.'

'Omdat ik denk dat we, ondanks alles wat er tussen ons is voorgevallen, vrienden kunnen zijn.'

EEN LAATSTE TACTISCHE ZET

1902 – New York

James Lorcan zag het ongeloof in Viola's ogen opvlammen, waarna haar blik verhardde van pure haat.

'Over mijn lijk,' beet ze hem toe, de woorden praktisch uitspuwend.

Hij had niets anders verwacht, maar dat was voor hem geen reden om het niet te proberen. Hij boog zijn hoofd lichtjes opzij, haar reactie accepterend, en zei toen: 'Bondgenoten dan?'

Ze schudde haar hoofd en hij wist dat ze erover wilde bekvechten – dat deed ze altijd – maar hij ging verder voordat ze iets kon zeggen.

'Wij willen allebei hetzelfde, toch?' vroeg hij, haar stemming peilend. Het was waar, ze kon hem in een oogwenk van zijn leven beroven, met of zonder mes, maar hij kende haar zwakke plek, een geheim dat Dolph voor iedereen verborgen had gehouden. Het was een misplaatst moreel besef dat haar ervan weerhield iemand met haar magische gave te doden. Bovendien, als er een aanwijzing was geweest dat ze zou toeslaan, had hij dat allang voorzien. Dus bleef hij aandringen. 'We willen de Orde uitschakelen. Vrijheid voor onze soort.'

'Dolph streed daar ook voor, toch heb je hem vermoord,' bracht ze naar voren.

'Was dat echt wat hij wilde? Waar hij werkelijk voor streed?' James zweeg even zodat zijn woorden tot haar door zouden dringen. Hij had Dolph en Viola geobserveerd in de dagen voordat alles fout ging. Dolphs obsessies hadden dit specifieke spelletje heel wat makkelijker gemaakt voor hem. 'Heeft Dolph je dat zelf verteld? Volgens mij niet. Hij vertelde ons nooit alles als het om zijn plannen ging. Heeft hij je van tevoren verteld wat er in Khafre Hall zou gebeuren? Nee. Hij liet je in Darrigans val lopen zonder de moeite te nemen je te waarschuwen.'

Hij zag dat haar kaakspieren zich aanspanden, maar ze ontkende het niet – dat kon ze niet.

'Ik durf op de Strega zelf te wedden dat hij je niet heeft verteld hoe hij Leena de dood in heeft gejaagd.'

'Leugens,' siste ze. 'Dat heeft hij niet gedaan. Hij zou haar nooit iets aandoen.'

James trok een gespeeld somber gezicht en verborg elk beetje voldoening dat dit gesprek hem gaf. 'Je draagt zijn merkteken toch, Viola? Hoe denk je dat hij aan de macht kwam om die merktekens in wapens te veranderen en ze tegen ons te gebruiken?' vroeg Nibsy. 'Die macht heeft hij Leena ontnomen. Waarom kon de Orde haar anders zo makkelijk te grazen nemen?'

Ze schudde haar hoofd alsof ze deze waarheid weigerde te geloven, maar hij kon zien dat zijn woorden kronkelend onder haar huid kropen en zich in haar gedachten nestelden, stukje bij beetje haar zekerheid weg knagend.

'Je hoeft me niet op mijn woord te geloven,' verklaarde James terwijl hij een pakketje uit zijn jas haalde. 'Hier...' Hij gaf het aan haar.

Ze had het in papier verpakte pakketje nog niet in haar handen of hij zag aan haar dat ze wist wat het was. Ze keek hem met half dichtgeknepen ogen aan, vermoedelijk wachtend op het bedrog dat zou volgen. Ze was niet achterlijk. Maar dat betekende nog niet dat ze opgewassen was tegen zijn sluwe spelletjes.

'Gewoon een cadeautje, om je te laten zien dat ik geen kwaad in de zin heb. Het bevat alles wat je moet weten,' zei hij. Dankzij het notitieboekje in het appartement kon hij haar het bewijs geven, neergeschreven in Dolphs eigen handschrift, dat alles wat hij haar net had verteld waar was... Daar leek het in ieder geval op. 'In tegenstelling tot Dolph heb ik geen geheimen voor mijn vrienden.'

'Wij zijn geen vrienden en ik zit niet op jouw doortrapte spelletjes te wachten,' liet ze hem weten, maar het ontging hem niet dat ze het pakketje dicht tegen zich aan drukte. 'Maar mijn mes hou ik.'

'Geen spelletjes, Viola.' Hij deed een stap naar achteren en liep naar Mooch, die nog buiten westen – maar niet dood – een eindje verderop op de straat lag. Hij gaf haar even de tijd om na te denken over wat er net was gebeurd, om haar twijfels aan te wakkeren voordat hij zich naar haar omdraaide. 'O, nog één ding. Hoe weet je zo zeker dat ík de verrader ben? Wat dacht je van Jianyu? Hij was niet bij ons op de brug. Hij is nooit naar de Strega teruggekomen. Ik weet zeker dat hij met Darrigan samenspande.'

'Waarom zou hij dat doen?' vroeg ze.

'Waarom niet?' kaatste James terug. 'Hij is nooit echt een van ons geweest, toch? Ik heb Dolph altijd gewaarschuwd dat hij te mild was om Jianyu en zijn soort te vertrouwen. Maar als je me niet gelooft, kun je het hem zelf vragen. Ik wed dat hij bij het grote gala van de Orde is. Het gerucht gaat dat een van de artefacten daar opduikt, een ring die een magische gave kan versterken. Jianyu heeft al eerder geprobeerd het sieraad voor zichzelf op te eisen. Ik zou me zo voor kunnen stellen dat hij het nog eens probeert.'

Toen ze elkaar intimiderend aan bleven staren, was James degene die won.

BLINDE PANIEK

1904 – St. Louis

Naast Harte op de koetsiersbank spoorde North de paarden aan terwijl ze zich naar de brandende brouwerij haastten, maar de vermoeide dieren gingen niet veel sneller. Dat gevoel had Harte tenminste, die de vlammen woest om zich heen zag grijpen terwijl ze dichterbij kwamen.

Tegen de tijd dat ze de oprit in reden stond minstens de helft van het pakhuis van de brouwerij – waar de vaten met bier werden opgeslagen – in lichterlaaie. Gelukkig was de brand niet overgeslagen naar het hoofdgebouw met de kantoren en slaapzalen, maar dat luchtte Harte niet op. Hij zou zich pas beter voelen als hij Esta veilig en wel terugzag.

Bij de gedachte haar kwijt te raken was het niet alleen Harte die door blinde paniek en angst werd overmand. De demon in hem, Sesjat, was ook doodsbang. Hij voelde haar naar hem klauwen, om hem wanhopig aan te sporen sneller te gaan, waaruit Harte opmaakte hoe belangrijk Esta voor hen beiden was.

Toen North de paarden liet vertragen sprong Harte van de nog rijdende wagen en rende hij naar Ruth, die met haar handen in haar zij en een moordzuchtige blik in haar ogen bij een groepje mensen stond.

'Wat is er gebeurd?' vroeg North, hijgend.

In het flakkerende licht van de vlammen was duidelijk te zien hoe furieus Ruth was. 'We worden ervan beschuldigd misdadigers te helpen,' zei Ruth met bevende stem van woede. Haar blik ging naar de rij mannen in zwarte jassen met de bekende witte band om hun arm. *De Jefferson Garde.*

'Misdadigers?' vroeg Harte.

'Het doet er niet toe,' zei ze tegen hem. 'Ze hebben een of andere valse beschuldiging uit hun hoge hoed getoverd en nu komen ze ons onder druk zetten omdat we het hebben gewaagd de kinderen uit Dutchtown bij ons onder te brengen.'

'Heeft de Garde de brand aangestoken?' informeerde Harte.

'Dat kunnen we niet bewijzen,' liet ze hem weten. 'Ze hebben mensen binnen hun gelederen die brand kunnen stichten zonder ook maar een lucifer aan te raken, net als wij. Alleen hebben zij de andere kant gekozen.'

'Waar is Esta?' vroeg Harte, de groep mensen rondkijkend, maar hij zag haar nergens.

'Ze is bij Maggie, samen met een paar anderen,' antwoordde Ruth. 'Ze brengen de kinderen via de achterkant naar buiten, zodat de Garde het niet merkt.'

'Ik ga ze helpen,' zei Harte, en hij liep weg naar het gebouw.

'Ze laten je niet door,' riep Ruth hem na, maar Harte luisterde niet. Het enige waar hij aan kon denken, was dat hij Esta moest vinden om zeker te weten dat ze veilig en ongedeerd was.

Hij stuitte net op de linie van bewakers toen ergens een explosie klonk, waardoor de ramen aan één kant van het hoofdgebouw kapot kletterden en de vlammen naar buiten sloegen. Harte versnelde zijn pas, maar Ruth had gelijk. Al na een paar stappen hadden de bewakers hem te pakken en drongen ze hem hardhandig terug.

'We laten niemand door,' zei de potigste van het hele stel, en hij trok zijn mondhoeken even omhoog. 'Voor de veiligheid.'

'Er zijn misschien nog mensen binnen,' riep Harte, nogmaals op hen afstormend om erlangs te komen. Maar ze waren met zijn vijven en drongen hem met gemak terug.

Zwarte rook kwam onder de deuren van het hoofdgebouw door, waar de grote tanken met gistend bier stonden. De vlammen hadden het dak al bereikt, maar er stond een rij bewakers, die iedereen die de brand probeerde te bedwingen tegenhield.

Twee tellen later stond North naast hem.

'Maggie is daarbinnen,' zei North, en Harte hoorde een echo van zijn eigen angst in Norths stem doorklinken.

'Ruth had het over een achteringang?' De brand had de achterkant van het pand met het leefgedeelte nog niet bereikt, maar de rook was wel een probleem. 'Misschien zijn ze al buiten.'

'Er is een achterdeur, maar er zijn ook een stuk of twaalf kinderen die we hier weg moeten halen.' North keek naar de vuurzee die het pakhuis was, waar de vlammen steeds meer van het gebouw opslokten. 'Als die brand zich verspreidt...'

'Is er een manier om bij de achterkant te komen?' vroeg Harte.

North gaf hem een gespannen knikje. 'Maar als we nu achterom lopen, trekken we misschien de aandacht van de bewakers. Dan lopen Maggie en de kinderen gevaar.'

'Laten we ons opsplitsen,' stelde Harte voor. 'Ik leid ze af en jij loopt achterom.'

North fronste en Harte wist dat de man zich afvroeg of hij hem wel kon vertrouwen.

'Schiet op,' drong Harte aan. 'Je kunt me later altijd nog haten.'

Hij wachtte niet op Norths instemming maar stoof op de rij bewakers af terwijl hij zijn magische gave opriep. Hij had genoeg tijd om een vuiststoot uit te delen voor ze hem zouden grijpen, één dreun was genoeg – zijn blote vuist op een gezicht – om een andere bedoeling in het hoofd van de bewaker te planten. Kort daarop stortte de bewaker zich op zijn broeders en viel hij ze aan. In de verwarring die ontstond lukte het Harte om nog twee mannen met zijn handen aan te raken en daarna vochten de bewakers onderling met elkaar in plaats van tegen Harte. Hij maakte gebruik van de commotie en glipte langs hen heen om zo snel hij kon naar het inmiddels brandende hoofdgebouw te rennen.

De voordeuren stonden open en de hitte in het gebouw sloeg Harte tegemoet, maar hij liep zonder erbij stil te staan door. Het enige waar hij aan kon denken was dat hij zonder Esta reddeloos verloren zou zijn. Maar wat dat precies betekende – of hij het zelf was of de macht in hem die hem aanspoorde – wilde hij liever niet weten.

De brand leek zich te beperken tot de oostkant van het gebouw. Als hij snel genoeg was kon hij Esta en de kinderen via de achterdeur naar buiten brengen. Met zijn overhemd over zijn mond en neus getrokken tegen de verstikkende rook stoof hij naar binnen. De hoofdzaal van de brouwerij was één grote chaos. Door de hitte was een van de gigantische biertanken ontploft en Harte moest weg zijn voordat een van de andere zou ontploffen. Hij rende vlug de trap naar de kantoren op en haalde zo min mogelijk adem, om te voorkomen dat hij rook binnenkreeg. De slaapzalen waren verlaten, dus liep hij door naar het kinderverblijf, terwijl hij Esta riep zonder dat het hem iets uitmaakte wie hem hoorde.

Toen hij de kinderkamer bereikte bleek de zaal – godzijdank – verlaten. *Het is gelukt, ze zijn buiten.* Dat betekende dat hij nu zelf snel weg moest zien te komen.

Hij was halverwege de gang toen er weer een explosie was waardoor hij omver werd geblazen en tegen de muur werd geslingerd. Hij krabbelde op zijn knieën en hervond zijn evenwicht terwijl hij het ineens hoorde kraken, gevolgd door weer een explosie. Op dat moment brak het plafond boven hem open.

IN DE VLAMMENZEE

1904 – St. Louis

Esta tilde een van de kinderen in een wagen die op de binnenplaats achter het pakhuis stond te wachten toen ze de explosie hoorde. Ze draaide zich om en zag dat de vlammen het hoofdgebouw achter haar hadden bereikt.

Net waren we daarbinnen. Het scheelde maar een paar seconden of ze waren nog binnen geweest.

Maggie hapte met een hand voor haar mond naar lucht terwijl ze de dreumes op haar heup verschoof. 'Nee,' fluisterde ze. 'Nee, nee, nee...'

Esta tilde het kindje dat ze in haar armen hield in de wagen en draaide zich om om de dreumes van Maggie over te nemen, die hem met tegenzin afstond. Met grote glazige ogen keek ze toe terwijl haar familiebedrijf afbrandde.

'We zijn veilig,' stelde ze Maggie gerust. 'En de kinderen ook. Je kunt het bedrijf heropbouwen.'

Maggie schudde echter haar hoofd, en Esta kon er niet uit opmaken of ze nee schudde omdat ze het niet met haar eens was of omdat ze haar door de schok überhaupt niet had gehoord. Even later was North er ook, hij nam Maggie in zijn armen en het kon hem kennelijk niet schelen wie het zag. Zijn gezicht ontspande zich terwijl hij haar omhelsde en geruststellend met zijn lippen bij haar haar fluisterde.

Het laatste kindje was net in de wagen getild, en ook het handjevol patiënten die ze uit het ziekenhuis hadden gered zaten in de wagen toen moeder Ruth met een groepje mensen langs de zijkant van het pand kwam aanlopen.

'Waar is Har – Ben?' vroeg Esta, zichzelf vlug verbeterend voordat ze de verkeerde naam zou noemen. Hij was niet bij de groep.

'Is hij niet bij jou?' vroeg North, zich tot Ruth wendend.

In het gebouw klonk weer een explosie.

Ruth schudde haar hoofd. 'De laatste keer dat ik hem zag, rende die mafkees het brandende gebouw in.'

'Hij dacht dat jullie misschien nog binnen waren,' zei North, zijn stem net zo hol en geschokt als Esta zich voelde bij de gedachte dat Harte misschien nog binnen was.

'Is hij bínnen?' vroeg Esta, en de woorden kwamen maar moeizaam door haar dichtgesnoerde keel. Boven hen kraakte en verzakte het dak van het hoofdgebouw. En alsof Maggie haar gedachten kon lezen, greep ze Esta's pols vast.

'Je kunt niet...'

Maar Esta trok haar arm weg en zette het op een lopen.

Zodra ze vlak bij het pand was vertraagde ze de tijd en ging ze door de deur het brandende gebouw binnen zonder achterom te kijken.

Ze had geen idee waar Harte was, maar ze begon bij het kinderverblijf. Als hij naar binnen was gegaan om haar te zoeken, was dat de plek waar hij heen zou zijn gegaan.

In de gangen was het bloedheet, maar de vlammen zelf waren verstild in een tijdframe, als stralende bloemen die tegen de muren en plafonds groeiden. Ze was niet in staat de tijd helemaal stop te zetten, dus kon ze niet tegengaan dat het vuur de zuurstof langzaam aan de lucht onttrok. De hitte was overal en een verstikkende rook hing in de lucht, maar dat hield haar niet tegen. Ze zou niet stoppen tot ze Harte had gevonden.

Toen Esta de gang in liep waar het kinderverblijf was en een hoop smeulend puin zag kreeg ze het Spaans benauwd. En op het moment dat ze een schoen eruit zag steken liet ze van schrik haar greep op de tijd bijna los.

Onmiddellijk begon ze de brokstukken van het plafond die Harte hadden bedolven weg te halen, maar het duurde te lang. Ze had zijn gezicht vrijgemaakt en zag dat zijn ogen open waren – hij was niet dood, maar het hielp niet mee dat hij verstard was in de tijd. Ze overwoog haar opties en liet de seconden los. Meteen laaiden de vlammen knetterend op tot een bulderende vuurzee en Harte hapte naar lucht, terwijl er nog meer brokken van het plafond vielen.

Zijn blik ontmoette de hare toen hij haar over hem heen gebogen zag staan en zijn gezicht trok wit weg.

'Help me,' zei ze buiten adem, en ze deed haar best om meer puin weg te halen.

Terwijl ze bezig was hoorde ze het gebouw vervaarlijk kraken, maar uiteindelijk was hij ook van het grote brokstuk bevrijd dat zijn benen tegen de grond drukte. 'Kun je lopen?' vroeg ze, hoestend door de hitte en de rook.

'Ik denk het wel,' antwoordde hij, waarna hij wat wankelend opkrabbelde. Ze ondersteunde hem voordat hij zou vallen.

'Kun je...' Hij bedoelde dat ze de tijd weer zou vertragen.

'Nee, niet met jou erbij,' zei ze. 'Het gebouw staat op instorten.' Ze zag dat hij wilde tegensputteren, maar die kans gaf ze hem niet. Met haar blouse over haar neus en mond voerde ze hem zo snel ze kon door de gang mee naar de achterkant van het gebouw.

Ze waren bijna buiten toen Esta ineens bleef staan.

'Wat is er?' vroeg Harte terwijl hij haar naar voren duwde.

'Mijn armband. De Sleutel van Ishtar ligt binnen,' zei ze.

'Weet je dat zeker?' Hij begon te hoesten.

Ze schudde haar hoofd. 'Maar als het wel zo is...' De brand was totaal onverwacht ontstaan en Ruth had er haar handen aan vol gehad om de Garde aan de praat te houden en af te leiden zodat Maggie de kinderen naar buiten kon brengen. Misschien lag hij niet hier, maar dat risico kon ze niet nemen. 'Zonder mijn armband kan ik niet weg,' riep ze, en ze draaide zich om naar de vlammen. Zonder de steen zouden ze in deze tijd vastzitten, dan was er geen manier om terug te keren en dingen recht te zetten.

'Nee, Esta!' Hij greep haar hand beet.

'Laat me los!' riep ze terwijl ze zich uit zijn greep los probeerde te maken. Maar hij was te koppig en ze kon de hitte van de macht in hem langs haar huid voelen kruipen, net zo onverbiddelijk en echt als het vuur.

'Ik laat je hier niet achter. De armband is het niet waard om voor te sterven.'

Maar had ze dit besluit al niet genomen? 'Het wordt mijn dood, wat ik ook doe.'

Hij schudde zijn hoofd en wilde weer tegen haar in gaan, maar ze was hem voor.

'Ik heb die steen nodig, maar met jou erbij lukt het me niet, Harte. Niet met de macht of wat het ook is in jou. Laat me gaan, dan kan ik het op z'n minst proberen. Ik heb jou naar buiten gebracht, of niet soms?' Ze zag aan hem dat hij het nog steeds niet met haar eens was, maar dat laatste punt kon hij niet tegenspreken. 'Voor je het weet sta ik weer buiten.'

'Nee, Esta,' grauwde hij terwijl hij zijn hand steviger om haar arm klemde tot zijn vingernagels pijnlijk in haar huid staken. Er verscheen een duistere trek op zijn gezicht van onvervalste wanhoop. Op dat moment kon ze niet onderscheiden wat ze in zijn ogen zag – of hij het zelf was, die zich zo wanhopig zorgen maakte om haar, of iets anders. Sesjat. De demonachtige macht in hem – wist Sesjat dat de stenen haar ondergang zouden worden?

Deze gedachte gaf de doorslag. 'Sorry,' zei ze, waarna ze zijn arm met een onverwachte ruk verdraaide en hem plat op zijn rug tegen de grond werkte. Toen hij haar losliet, vertraagde ze de tijd weer en dook ze nog één keer de vuurzee in.

EEN PIOENROOS TUSSEN DE TOMATEN

1902 – New York

Leugens. Viola wist dat de woorden uit Nibsy's mond net zo smerig en verdorven waren als de stront in het riool, en nu ze Libitina weer in haar handen hield zou ze hem laten zien wat ze van zijn leugens vond. Ze pakte het mes met het geruststellende gewicht uit toen ze vanuit haar ooghoek een roze waas opving dat totaal misplaatst was in de rokerige, roetlucht van de Bowery.

Ze had moeten weten dat Ruby niet naar haar zou luisteren en niet terug was gegaan naar de chique buurt waar ze hoorde. Het had haar niet moeten verbazen die meid hier te zien, haar hals strekkend om een glimp van de brand op te vangen, als een pioenroos tussen de tomaten.

Ruby werd helemaal in beslag genomen door haar poging iets te kunnen zien van wat er gebeurde, maar Theo's geconcentreerde, bezorgde gezicht vertelde Viola dat hij zich realiseerde dat de stemming in de menigte veranderde nu de gestage waterstraal vat kreeg op de vlammen en ze langzaam maar zeker uitdoofden. Hierdoor ebde de spanning en sensatie weg, de omstanders werden rusteloos en konden elk moment herrie gaan schoppen.

Viola had de neiging naar Ruby en Theo toe te lopen. Ze hoorden geen van beiden in de ruige wereld van Lower Manhattan, zoals Viola. Maar ze moest aan Nibsy denken, haar wraak was binnen handbereik, ze kon de zoete smaak ervan al proeven.

In tweestrijd draaide ze zich weer om naar Nibsy, om erachter te komen dat die vuile rat ervandoor was gegaan. Ze zag hem een eind verderop in de menigte verdwijnen terwijl hij de roodharige jongen languit op de grond had laten liggen. *Zoiets zou Dolph nooit hebben gedaan.*

Maar de jongen was niet haar probleem. Hij had zijn eigen doodvonnis getekend toen hij de brand had aangestoken.

In plaats van achter Nibsy aan te gaan baande ze zich een weg naar Ruby en Theo, die door de inmiddels opgefokte menigte heen en weer werden geduwd. Ze was bijna bij het stel toen ze haar broer vlak achter Ruby naar haar toe zag komen. Hij had John Torrio bij zich.

Viola zag al voor zich wat er zou gebeuren – Torrio zou Theo in het oog krijgen en denken dat hij Reynolds was, en dan wist hij dat ze de verslaggever niet had gedood. Het maakte niet uit dat Theo niet het doelwit was geweest maar Ruby. Het enige wat ertoe deed was dat hij het bewijs was van het feit dat Viola Pauls opdracht had geweigerd uit te voeren, en erger nog: ze had Torrio ervan weerhouden de klus af te maken. Als Torrio Theo en Ruby zag, als hij zich realiseerde wat Viola had – of eigenlijk níét had – gedaan, was ze er geweest. En Theo en Ruby zouden ook ten dode opgeschreven zijn.

Zwaaiend met haar armen om de aandacht van Paul en Torrio te trekken rende Viola naar het tweetal toe, zodat ze niet naar links zouden gaan en Ruby, die als een roze bloem in de grauwe menigte opviel, zouden ontdekken. Dat zou zeker gebeuren, omdat ze er zo chic en stijlvol uitzag tussen de rouwdouwers van de Bowery.

'Paolo!' riep ze, wanhopig om hem te bereiken, maar beide mannen speurden de menigte af en hoorden haar niet. Ze riep nogmaals en haar stem kwam moeizaam uit haar verstikte keel, terwijl Paolo en Torrio steeds dichter bij de plek kwamen waar Ruby en Theo naar de brand stonden te kijken.

Uiteindelijk zag Paolo haar en daarna zag Torrio haar ook. Ze liepen naar haar toe in plaats van de richting aan te houden die hen naar Ruby zou leiden.

'Wat is er?' vroeg Paul, en zijn gezicht verraadde zijn teleurstelling, omdat ze de dader niet bij zich had.

'De jongen die dit op zijn geweten heeft, ligt daar nog ergens op straat,' liet ze hem weten, wijzend naar de jongen, die door haar magie buiten westen was geraakt. 'Een roodharige knul, ongeveer vijftien jaar. Een van Nibsy Lorcans jongens.'

'Van Lorcan?' vroeg Paul met een achterdochtige blik. 'Weet je dat zeker?'

Viola knikte, en ze hield haar gezicht in de plooi terwijl ze haar magie gebruikte om Ruby's inmiddels vertrouwde hartslag in de menigte op te sporen. Toen ze die vond, regelmatig en rustig, wist ze dat het meisje veilig was – voorlopig tenminste.

Paul keek naar Torrio en wisselde zonder woorden iets met hem uit voordat hij zich weer tot Viola richtte. 'Heb je met hem afgerekend?'

'Beter nog: ik heb hem aan jou overgelaten,' vertelde ze Paul. 'Als cadeautje voor Tammany,' legde ze uit.

'Dat is niet wat ik je heb opgedragen,' zei Paul. 'Je moest hem doden.'

'Het is niet slim om hem koud te maken. Denk na,' zei ze. 'Als ik hem had omgebracht, hoe bewijs jij dan dat je de juiste man te pakken hebt, de echte dader? Aan een dooie kun je niet zien of hij een Mageus is. Je kunt hem niet vragen waarom hij de boel in de hens heeft gestoken of voor wie hij werkt. Maar nu heb je de knul – je hebt het bewijs,' beweerde ze. *Wat betekent dat je ook het bewijs hebt dat Nibsy niet is te vertrouwen.* 'Lever hem uit aan Tammany en gun ze het voorrecht om zelf met hem af te rekenen. Ze zullen je ervoor bedanken.'

Torrio nam haar argwanend op, maar ze gunde hem geen blik. Wat Paul ook met die twee zou doen, het liet Viola koud.

Voordat Paul kon instemmen of tegensputteren voelde Viola het fladderen van Ruby's hart. Het rustige ritme veranderde in een sneller tempo en Viola wist dat er iets gebeurde. 'Snel!' riep ze, in de richting wijzend waar ze de jongen had achtergelaten.

Haar afleidingsmanoeuvre had het beoogde effect. Paul en Torrio draaiden zich bijna tegelijk om en toen ze niet meer op haar letten, dook ze de menigte in, op zoek naar het onvoorstelbaar domme meisje dat elk moment de dood kon vinden.

MEEGESLEURD

1902 – New York

Zelfs vanaf haar plek in de mensenmassa kon Ruby Reynolds de hitte voelen van de vreemde vlammen die de kazerne opslokten. Nu ze te midden van de onrustige meute stond, zag ze dat wat er gebeurde alles weghad van magie. Er was zojuist iets veranderd, het water dat uit de brandslangen stroomde had eindelijk effect en de vlammen begonnen te doven.

Maar de omstanders juichten dat niet toe, helemaal niet zelfs.

'We moeten hier weg,' zei Theo, en hij gebruikte zijn lijf als een schild tegen de rusteloze menigte.

'Nog één minuutje,' smeekte Ruby. 'Als we iets dichterbij kunnen komen...'

'Geen sprake van,' zei hij op een toon die hij bijna nooit tegen haar aansloeg.

'Maar Theo...'

Ze had zijn naam nog niet uitgesproken toen de mensen naar voren stoven en ze naar links werd meegesleurd. Plotseling besefte ze dat de stemming was omgeslagen. Wat was begonnen als gretige belangstelling en opwinding toen zij en Theo net bij de brand waren gekomen, was algauw omgeslagen in frustratie en misschien zelfs woede. Eens, toen ze een klein meisje was, had haar vader haar en haar zussen meegenomen naar Coney Island om in de golven te spelen. Ze was te ver de zee in gegaan, waardoor ze kopje-onder ging en werd meegesleept. Nu ze werd meegesleurd door de plotseling woeste meute moest ze weer aan dat moment denken, en ze voelde zich net zo verraden als ze zich als kind had gevoeld toen het zeewater zich tegen haar had gekeerd.

Haar vader had haar onder haar armen vastgepakt en haar weer op haar benen gezet, alsof er niets was gebeurd. Nu deed Theo, die arme schat, alles wat hij kon om haar tegen de duwende en sjorrende lijven te beschermen, waardoor ze niet onder de voet zou worden gelopen en overeind bleef.

Wat was het onvoorstelbaar opwindend!

Aan Theo's gezicht te zien vond hij dat helemaal niet. *De arme stumperd.* Hij was altijd zo ingehouden en voorzichtig. Maar hij was ook haar trouwste vriend, door dik en dun – toen haar vader een zenuwinzinking kreeg en de schaamte die haar familie daarover had gevoeld, gevolgd door het geregel van haar moeder om al haar dochters na zijn dood aan de man te krijgen. En dan de hogere kringen die constant met hun oordeel klaar hadden gestaan. Niet dat het haar iets had kunnen schelen, maar het had alles wel onnodig moeilijk gemaakt. En al die tijd was Theo haar steun en toeverlaat geweest.

Ze was een onmens, om nu van hem te verwachten hier te blijven, en toch, als ze erachter kon komen hoe de brand was ontstaan...

'Ruby!' De stem klonk boven het tumult uit. 'Theo!'

Ruby draaide zich om en realiseerde zich dat het Viola was, haar purperen ogen opvlammend met iets wat verdacht veel op angst leek. 'Viola?'

Ze had amper tijd om de warme gloed te herkennen die door haar heen trok en die niets met de brand te maken had, voordat er opnieuw deining in de menigte ontstond en ze nog verder naar links werden gesleurd. Ruby werd bij Theo weggedrongen, ze verloor haar evenwicht, struikelde en viel tegen Viola aan. Even stond ze zichzelf toe van Viola's sterke lijf te genieten. Ze was kleiner dan Ruby, maar onder haar zachte rondingen was haar lichaam gespierd en sterk genoeg om Ruby overeind te houden.

Heel even gaf hun aanraking haar een gevoel dat ze niet kon ontkennen. Ze voelde vlinders in haar buik en spanning op haar borst, en het leek alsof de hele wereld alleen nog bestond uit de doordringende blik van Viola's purperen ogen, omringd door zwarte wimpers.

Viola verstarde, haar armen verstijfden om Ruby heen, en toen viel de herrie van de menigte weg, waarna ze geraas in haar oren hoorde, en ze wist zeker, héél zeker, dat Viola dezelfde aangename spanning tussen hen had gevoeld. Maar ze zette Ruby simpelweg weer op haar benen en stapte naar achteren.

'Kom op,' zei ze terwijl ze Ruby's pols vastpakte. 'Jullie moeten hier weg. Deze kant op.'

De warme gloed die Ruby net nog in haar lijf voelde bekoelde, maar haar huid gloeide nog waar Viola's hand haar pols vasthield. Ze probeerde zich los te rukken, maar Viola hield haar stevig vast en richtte zich tot haar.

'We moeten nu echt gaan,' drong ze aan, met een blik naar Theo voor bijval.

'Ze heeft gelijk,' zei hij met een verontschuldigend gezicht. 'Het is hier niet veilig.'

Veilig? Wat was veiligheid anders dan een gevangenis? Haar hele leven was zo ingericht geweest dat ze altijd veilig was – ver weg van moeilijkheden, van pijn – ver weg van de werkelijkheid en van dingen die echt belangrijk waren. *Nee!* Op de dag dat ze haar vader in zijn studeerkamer hadden gevonden, tot waanzin gedreven door zijn eigen obsessie met veiligheid, had ze besloten dat 'veilig' haar gestolen kon worden. Hij had geprobeerd magie te bedwingen, zoals de mannen van de Orde hem hadden opgedragen, en in plaats daarvan had magie hem in de ban gehouden. Nee, dat niet alleen, het had hem verwóést – en haar hele familie was er bijna in meegesleurd.

Nu was Ruby alleen nog geïnteresseerd in de waarheid, en de waarheid was dat geen enkele mannelijke collega-journalist in deze situatie zou vluchten voor een beetje opschudding of een knokpartij.

'Ik kan nu niet weg,' zei ze stellig. 'Ik moet weten wat er is gebeurd. Het verhaal...'

'Je bent hier niet veilig,' hield Viola vol, en ze trok aan haar arm.

'Kan me niet schelen,' zei Ruby, met een van pure frustratie verwrongen gezicht.

'Ruby...' probeerde Theo nogmaals.

'Nee, Theo. We zijn hiernaartoe gegaan om de brand te zien en dat is precies wat ik zal doen.' Ze wendde zich vastberaden tot Viola, de adrenaline joeg door haar aderen. 'Als het vuur niet natuurlijk is, moet ik het weten. Snap je dan niet hoe belangrijk dit is?'

'Niets is meer belangrijk als je dood bent,' beet Viola haar toe, en ze moest moeite doen om overeind te blijven in de woelige menigte.

Er waren ergere dingen dan doodgaan, dacht Ruby, denkend aan haar vader in het provinciaalse sanatorium vlak voordat hij overleed en aan haar zussen die vaker niet dan wel van hun echtgenoot hielden. En aan zichzelf, gedwongen tot een leven dat beperkt was tot iets wat zo veel meer zou moeten zijn, zo veel grootser.

'We moeten naar Miss Vaccarelli luisteren,' liet Theo haar weten. *De verrader.*

Ruby schudde haar hoofd en drong zich verder de menigte in.

Ze had nog geen drie stappen gezet toen een man vlakbij een vuiststoot uitdeelde waardoor de meute in een deinende, gewelddadige massa veranderde. De mensen om haar heen duwden en trokken, sommigen doken in het gewoel en anderen probeerden juist uit alle macht weg te komen, en nu werd ze toch wel een beetje bang. Ze strompelde achteruit en daar was Theo, zoals hij er altijd voor haar was.

Alsjeblieft, smeekten zijn ogen en hoe graag ze ook sterk wilde zijn en niet wilde afdruipen, ze kon het hem niet weigeren. Ze knikte naar hem en samen liepen ze achter Viola aan, die zich tussen de mensen door een weg baande.

Ze waren bijna bij de rand van deze waanzin. Nog een paar passen, dacht Ruby, en ze waren veilig. Maar ze waren nog net niet uit het gedruis van op elkaar gedrukte lijven toen het geluid van sirenes door de lucht schalde – de politie was in de buurt. In reactie daarop stoof de mensenmassa opnieuw naar voren, en toen Ruby wankelend haar evenwicht probeerde te hervinden, klonk een pistoolschot boven het lawaai uit, waarna Theo haar hand losliet.

Ze keek achterom en zag hem vallen. Zijn helderrode bloed, de kleur van de anjer op zijn revers, verspreidde zich.

HULPELOOS

1902 – New York

Ruby's schreeuw klonk boven het tumult uit en raakte Viola als een dolk recht in het hart. Ze draaide zich vliegensvlug om en zag dat Ruby Theo probeerde op te vangen toen hij op de grond neerzakte.

De menigte stoof uiteen en de vechtpartijen stopten omdat de mensen weg probeerden te komen van het gevaar. Er klonk nog een pistoolschot, en nog een en het werd een gekkenhuis in de straat.

Viola keek om zich heen op zoek naar haar broer en Torrio terwijl ze het gedruis weer in stormde naar Ruby en Theo, maar in plaats van de Five Pointers die ze verwachtte te zien, realiseerde ze zich dat het pistoolschot uit een andere hoek was gekomen: twee Chinese bendes stonden in het midden van de waanzinnige meute met getrokken pistolen tegenover elkaar. Het leek alsof de hele Bowery compleet krankzinnig was geworden.

Theo lag op straat, de fijne wol van zijn pak besmeurd met viezigheid en het bloed dat uit zijn borst sijpelde, terwijl Ruby bij hem zat en hem in haar armen wiegde. Haar doorgaans roze huid was nu doodsbleek en ze bewoog haar mond zonder dat ze iets uitbracht. Maar Theo ademde nog. Hij had zijn ogen open en keek naar Viola. 'Maak dat je wegkomt,' mompelde hij, met een van pijn schorre stem.

'Nee.' Ruby wierp Viola een boze blik toe. 'Ik ga niet weg zonder hem.'

Overal om hen heen gingen mensen op de vuist, maar aan Ruby's ernstige gezicht zag Viola dat het geen zin had om haar over te halen. 'Help me dan hem overeind te krijgen,' zei ze tegen Ruby.

Met een vastberaden knikje hielp Ruby haar om Theo, die lag te kreunen van de pijn, overeind te hijsen. Als Viola had verwacht dat het tengere meisje onder zijn gewicht zou wankelen, had ze het mis. Ruby's gezicht was vertrokken van de inspanning om Theo overeind te houden, terwijl hij zijn armen om hun beider schouders legde, en Viola bewonderde Ruby nu nog meer om haar vastberadenheid.

Zelfs nu het haar hart brak om te zien hoe ze naar Theo keek.

Tegen de tijd dat ze het voor elkaar hadden gekregen hem uit de vechtende meute naar een veilige plek te brengen, was hij slap en bewegingloos. Maar Viola drong erop aan nog wat verder door te lopen naar de relatieve veiligheid van een portiek dat toegang bood tot een appartementencomplex dat ze kende. Eens waren de bewoners ervan trouw geweest aan Dolph. Nu hoopte ze maar dat ze haar zouden herkennen als iemand die van goede wil was in plaats van een verrader. Ze sjorden Theo naar binnen, waar het tumult van de straat werd tegengehouden door de deur. Eén huurder deed even open om te kijken en besloot dat hij niets te maken wilde hebben met wat er in de hal gaande was.

Ruby zat met Theo in haar armen en klopte hem zachtjes op zijn wang, maar hij leek haar langzaamaan te ontglippen. Zijn ogen waren halfdicht gezakt, en Viola zag dat hij zijn blik niet op Ruby of haar gericht hield. Zijn huid was inmiddels doodsbleek en zijn lippen begonnen blauwig te kleuren.

'Nee!' riep Ruby, en toen hij niet reageerde brak haar stem. 'Blijf bij me, Theodore Barclay. Hoor je me?' De tranen rolden over haar wangen. 'Waag het niet me alleen achter te laten.'

Maar Theo reageerde niet. Zijn ademhaling was oppervlakkig en uit zijn borst kwam een rochelend geluid dat Viola maar al te goed kende. Van het ene op het andere moment was ze weer in Tilly's kamertje, zonder iets anders te kunnen doen dan hulpeloos toekijken terwijl haar vriendin haar laatste adem uitblies.

Deze keer was ze echter niet hulpeloos.

'Alsjeblieft,' verzuchtte Ruby, en ze liet haar voorhoofd tegen dat van Theo rusten. Ze bleef met bevende stem smeken, maar Theo zei niets.

'Opzij,' gebood Viola. Haar stem klonk net zo hol en wanhopig als ze zich vanbinnen voelde, maar ze kon één ding doen, ook al betekende dit dat ze zou verraden wat ze was. 'Vooruit, opzij,' herhaalde ze, en ze gaf Ruby een zachte duw.

Ruby keek met betraande ogen naar Viola op en deed haar mond open om tegen te sputteren, maar Viola was haar voor.

'Ik kan hem helpen,' zei ze, nu iets vriendelijker. 'Maar dan moet je me wel bij hem laten.'

Met tegenzin deed Ruby een stap bij Theo vandaan. Hij bloedde nog steeds maar hij leefde nog. Dat zag Viola aan het bloed dat op het ritme van zijn hart uit de schotwond kwam.

Ze wilde hem liever niet aanraken. Het was ook niet per se nodig, maar ze wist dat het makkelijker en sneller zou gaan als ze het wel deed, dus legde ze haar hand toch op het doordrenkte overhemd bij zijn borst. Zijn bloed voelde warm en glibberig aan onder haar vingers, maar dat het haar vertelde dat hij bijna zou sterven negeerde ze terwijl ze haar magie in zijn lijf liet stromen.

Langzaam maar zeker vond ze de kogel in de wond en ze gebruikte haar magie om het weefsel te dichten tot zijn lichaam de kogel uit de wond wegwerkte, die in haar hand viel. Ze ging geconcentreerd verder zonder een blik op Ruby, en ze stuurde haar magie weer door zijn lijf, naar de delen die door de kracht van de kogel waren opengereten, om die te genezen.

Om het leven weer door hem heen te laten stromen.

Plotseling hapte hij naar lucht en ze wachtte tot hij zijn ogen opendeed voordat ze haar magie terugtrok. Ze hield de kogel in haar hand, die plakkerig was van zijn bloed. Hij zou blijven leven. Het zou goed komen. Ook met Ruby.

Viola keek op, uitgeput maar voldaan omdat het haar was gelukt, maar wat ze in Ruby's ogen zag was schrik en afschuw.

'Jíj was het,' fluisterde Ruby voordat Viola het kon uitleggen. 'John Torrio was niet de Mageus, of wel?'

In een reflex schudde Viola haar hoofd, al wilde ze Ruby het liefst alles vertellen – dat haar was opgedragen Reynolds te vermoorden en dat ze dit had geweigerd. Maar iets in Ruby's toon, een kilte die Viola niet had verwacht, weerhield haar.

'Je loog tegen me,' zei Ruby ontdaan. 'Dat heb je al die tijd al gedaan.' Nu schemerde er iets nieuws in Ruby's ogen door. 'Je bent een van hén.'

Ze werd overweldigd door verwarring. 'Ik...' Maar ze wist niet wat ze moest zeggen. 'Jij vertelde me zelf dat je de Orde te gronde wilde richten,' verdedigde Viola zich.

'Ja, omdat ze hun macht aan magíé ontlenen.' Ruby's gezicht was een en al walging. 'Omdat deze stad nooit veilig zal zijn zolang die onnatuurlijke magie een dreiging vormt. Het werd mijn vaders dood – en de rest van mijn familie werd er ook bijna door verwoest,' snauwde ze.

'Ik dacht –'

'Onvoorstelbaar dat ik niet zag dat je een Mageus bent,' praatte Ruby door haar heen, haar ogen vol tranen van boosheid. 'Ik had het moeten weten, maar ik heb je te dichtbij toegelaten. Ik heb je nota bene om húlp gesmeekt.' Haar woorden mondden uit in een hysterische lach die eindigde met een snik. 'En moet je kijken wat er is gebeurd.'

Door Ruby's verwijtende toon knapte er iets in Viola en ze viel uit: 'Ik heb nooit om jou gevraagd. Sterker nog: ik zei dat je bij me weg moest blijven. Ik probeerde je te waarschuwen, of niet?'

Maar Ruby bond niet in. 'Theo ging bijna dood door jóú.'

Theo maakte een zacht geluidje, maar Ruby zag niet dat het heel wat beter met hem ging, niet met het rode waas voor haar ogen van pure haat.

Viola krabbelde overeind. 'Ik ben niet degene die hem vandaag in deze ellende heeft meegesleept. Ík was niet degene die weigerde weg te gaan,' beet ze Ruby toe, met alle pijn en woede die ze voelde oplaaien, als een vlam die haar zou verteren. 'Dat was jíj, Miss Reynolds. Je kunt me overal van beschuldigen. Je kunt me haten omdat ik een Mageus ben, waar ik zelf niet voor heb gekozen en wat ik ook niet kon weigeren, maar terwijl jij jezelf verhaaltjes vertelt over wat goed en kwaad is, moet je niet vergeten dat het jóúw schuld is dat Theo werd beschoten,' tierde Viola en haar stem brak. 'Ík heb hem gered.'

'Laat me met rust,' beet Ruby haar toe, Theo met haar lichaam beschermend. 'Ons allebei.'

De blik in Ruby's ogen had Viola al te vaak in haar leven gezien. De mengeling van haat en angst raakte haar pijnlijk en haar woede was op slag verdwenen. Ze had te lang geprobeerd iemand anders te zijn dan ze was, en dit keer bracht ze het niet op om voor zichzelf op te komen en terug te vechten. Ze gaf gehoor aan Ruby's verzoek en zonder nog iets te zeggen draaide ze zich om. Ze liep weg en keek niet achterom.

ONTKENNING

1902 – New York

Door de tranen in haar ogen kon Ruby amper iets zien, maar ze was er niet rouwig om Viola Vaccarelli weg te zien lopen. *Absoluut niet.* Ze merkte nauwelijks dat Theo in haar armen bewoog tot hij zichzelf rechtop probeerde te hijsen, over de plek op zijn borst wrijvend, die nog nat was van het bloed.

'Theo?' Ze bracht zijn naam met een bezorgde zucht uit terwijl ze haar armen om hem heen sloeg.

Maar hij weerde haar af. 'Het gaat wel,' zei hij zwakjes. 'Dat was nogal bot, vind je ook niet?' Hij trok vragend een wenkbrauw naar haar op en haar hart sloeg over toen ze zijn vertrouwde innemende blik zag.

'Wat?' vroeg ze, maar ze wist precies wat hij bedoelde.

Hij staarde haar aan zonder iets te zeggen.

'Ze is een van hen, Theo. Wat had ik anders moeten doen?'

'Je had haar kunnen bedanken,' antwoordde hij vriendelijk.

Daar had hij gelijk in. *Maar ze is een Mageus.*

'Ze loog ons voor,' zei ze in plaats daarvan. Ze streek zijn haar uit zijn gezicht. 'Gaat het echt wel?'

Diep inademend alsof hij uitprobeerde of alles goed was met zijn longen, knikte hij. 'Ik denk het wel. En jij?' vroeg hij zacht.

'Ja hoor,' zei ze. 'Maar ík ben niet beschoten.'

'Dat bedoelde ik niet. Je vond haar heel aardig,' drong hij aan.

'Nietwaar.'

'Hou toch op,' zei hij vriendelijk. 'Je liegt tegen de hele wereld, maar je weet dat je dat bij mij niet hoeft te doen.'

Opnieuw voelde Ruby de tranen in haar ogen prikken, maar ze schudde haar hoofd, in de hoop dat ze die kon terugdringen. 'Het maakt niet uit,' verklaarde ze. 'Ze is een van hen en je weet hoe ik over magie denk. Je weet wat het bij mijn familie aanrichtte.'

Theo zweeg even, maar toen legde hij zijn vingers om haar kin en draaide haar naar zich toe. 'Ruby...'

'Hou erover op, Theo.' Ze schudde haar hoofd weer, ze wilde er niet aan denken.

'Nee,' zei hij, en hij legde zijn handen om haar gezicht. 'Je bent mijn beste vriendin en omdat ik meer van je hou dan van wie dan ook, ga ik je iets vertellen wat ik al maanden geleden had moeten doen – voordat je aan die queeste van je begon: je vader nam zijn eigen besluiten, lieverd.'

Ze wilde hem een weerwoord geven maar hij snoerde haar met een enkele blik de mond. Ze waren al bevriend sinds ze als peuters in tuigjes aan de hand van hun moeder liepen. Niemand begreep haar beter dan hij, omdat ze zich bij niemand zo geborgen voelde als bij hem. Maar nu had ze dat gevoel niet. Nu hield hij haar de harde waarheid voor en dwong haar die te accepteren.

'Ja, de Orde heeft je vader misschien verder een toch al ongezonde obsessie ingejaagd, maar hij wist wat hij deed toen hij eraan begon, en dat had niks te maken met het belang van jouw familie of van de stad. Magie heeft hem niet tot waanzin gedreven. Het droeg er misschien wel aan bij, maar hij deed het zelf.'

Ze fronste onzeker en wenste dat ze zich voor zijn woorden kon afsluiten, maar diep vanbinnen – in haar hart, waar ze onuitgesproken dingen altijd had aangevoeld – had ze het al die tijd geweten. Ze was zo jong geweest toen haar vader zijn verstand verloor en een vriend probeerde aan te vallen vanwege een of ander zogenaamd magisch voorwerp. Hij had bijna iemand vermoord om een prúl, en het was zo veel makkelijker geweest voor haar en haar familie om de magie de schuld te geven, iets buiten hemzelf. Het had zo veel meer voldoening gegeven om magie te haten en ertegen te vechten dan te accepteren dat haar vader zelf zijn familie in het ongeluk had gestort.

Misschien had hij zich door de Orde wel ingelaten met alchemie en andere occulte wetenschappen, maar Ruby kende de waarheid. Haar vader was altijd al het type man geweest dat meer en belangrijker wilde zijn dan hij was. Daar hoorde zijn lidmaatschap van de Orde ook bij. Toen ze een klein meisje was hadden zijn grootspraak en ijdelheid het toonbeeld van een stoere man geleken... alsof hij onschendbaar was.

Maar ze was geen klein meisje meer.

'Ze zal het me nooit vergeven,' fluisterde Ruby ontdaan, denkend aan de nare dingen die ze tegen Viola had gezegd.

'Wil je dat dan?' vroeg Theo vriendelijk.

'Ik weet het niet,' antwoordde Ruby, maar ze wist dat het een leugen was. Ze was echter nog zo kwaad en voelde zich zo verraden, dat ze dit nooit zou toegeven.

VLAK ONDER DE OPPERVLAKTE

1904 – St. Louis

Voor Harte wist wat er gebeurde, raakte hij de grond en door de kracht van Esta's klap en zijn val werd de lucht uit zijn longen geslagen. Tegen de tijd dat hij zichzelf rechtop had gehesen en het vuil afklopte, rende Esta het brandende gebouw weer in. Hij zag haar donkere gestalte afsteken tegen het vuur, en toen was ze verdwenen.

Terwijl hij Esta zag weglopen, laaide de macht zo hevig in hem op dat het hem totaal overviel. Plotseling werd hij de duisternis in gezogen, waar pijn het enige was wat hij voelde, alsof hij uit elkaar werd gerukt – pijn van woede omdat hij was verraden en het ondraaglijke verlangen naar vrijheid dat zich door de eeuwen van gevangenschap heen had opgebouwd.

Hij realiseerde zich niet eens dat hij zelf ook naar het brandende gebouw probeerde terug te rennen, tot North en een van de andere arbeiders van de brouwerij hem vastgrepen en tegenhielden, waarop hij zich uit alle macht trachtte los te rukken. *Ik zal ze aan stukken rijten om haar te vinden.*

Maar toen hij met zijn ogen knipperde werd zijn blik scherp en zag hij Esta, ze kwam ongedeerd naar hen toe lopen. Toen ze fronsend naar hem keek wist hij dat ze de armband niet had gevonden.

Nu was hij dankbaar dat de twee jongens zijn armen stevig vasthielden. Sesjat lag zo vlak onder de oppervlakte op de loer dat hij zichzelf anders niet zou kunnen beheersen en naar Esta toe was gegaan. En dan had hij Sesjat niet kunnen weerhouden bezit te nemen van haar.

Esta was er niet op voorbereid. Ze zou het niet in de gaten hebben, tot het te laat was.

Zijn lichaam ontspande zich een beetje en North en de andere jongen lieten hem behoedzaam los. De bezorgdheid was van Esta's gezicht af te lezen. Maar de macht morrelde aan zijn grenzen en stelde hem op de proef.

Hij vertrouwde zichzelf niet zo dicht bij Esta, laat staan dat hij haar durfde aan te raken, dus schudde hij zijn hoofd om haar te waarschuwen bij hem uit de buurt te blijven.

In haar ogen zag hij zielenpijn maar hij wendde zich ervan af, omdat hij wist dat als hij nu bij haar was, de demonachtige macht zou winnen.

'We moeten gaan voordat de Garde ons nog iets flikt,' vertelde Ruth aan de groep.

Harte wilde niets liever dan Esta in zijn armen nemen en zich ervan verzekeren dat ze niets mankeerde, om haar te overtuigen dat ze deze groep Antistasi en al het gevaar dat ze met zich meebrachten moest verlaten, maar Esta's pijn had haar verhard. Ze liep al bij hem weg om Ruth, Maggie en de anderen te helpen in de andere wagen te klimmen. En Harte had geen andere keus dan haar achterna te gaan.

DREIGEMENTEN EN BELOFTEN

1904 – St. Louis

Het was bijna middernacht toen Julien Eltinge door de podiumdeur naar buiten liep en de kortste weg naar huis nam door het steegje achter het theater. De vochtige warmte van de avond voelde drukkend, zonder ook maar een zuchtje wind. Toch was het rustig, een broodnodige pauze van de uitputtende dag die hij had gehad.

Zijn dag was vanochtend begonnen met een afspraak met Corwin Spenser, die de veiligheidsmaatregelen van het Genootschap tijdens de parade had willen bespreken. Niet iedereen in de stad stelde de feestelijkheden rondom de Gesluierde Profeet Parade op prijs. Het Genootschap verwachtte altijd moeilijkheden, bendes die de gekste dingen uithaalden om deze avond van vermaak en ontspanning te verstoren, maar nu de president in de stad was, mocht er niets fout gaan – zeker niet met het collier. Julien had de oudere man nogmaals verzekerd dat hij heel goed in staat was om met iedereen af te rekenen die voor onregelmatigheden zorgde tijdens de parade. Na deze afspraak had hij het ene na het andere optreden gehad, de zaal had vol gezeten maar was niet erg enthousiast geweest. Iedereen was bevangen door de hitte.

Hij was net de hoek omgegaan naar zijn appartement toen hij zich realiseerde dat de koets die achter hem reed hem leek te volgen. Julien vertraagde zijn pas en bleef wachten tot de koets hem voorbijging, maar in plaats daarvan kwam die naast hem tot stilstand, en de deur ging open. Er zat een man in die hij al eens had gezien – bij een etentje eerder die week, waar de Gesluierde Profeet hem voor had uitgenodigd. Deze vent was geen lid van het Genootschap, maar een van de afgevaardigden van de andere Broederschappen. Welke was het ook alweer?

'Mr. Eltinge?' riep de man. 'Kan ik je een lift geven?'

New York, dacht hij plotseling, omdat hij het kort afgemeten accent van de man herkende. Dat betekende dat hij een lid was van de Orde.

'Nee, bedankt,' riep Julien terug, zich maar al te bewust van het zweet dat langs zijn rug liep. 'Ik loop liever. Het is een heerlijke avond voor een wandeling.' Hij zwaaide naar de man en liep door, in de hoop dat hij van hem af was.

Maar dat was natuurlijk niet zo. De koets reed met hem op en stopte weer.

'O, ik denk dat je best een ritje met mij wilt maken, Julien.' De man boog zich naar voren en de straatlantaarn verlichtte zijn gezicht. 'Tenzij je aan de Orde wilt uitleggen waar je dat collier écht hebt gevonden.'

De avond voelde broeierig warm op zijn huid, maar het bloed in Juliens aderen werd ineens ijskoud. 'Ik snap even niet wat je bedoelt.' Hij overwoog zijn opties, maar sneller rennen dan een paard was zeker niet de beste.

'Volgens mij weet je dat heel goed,' zei de man. 'Ik geef je de keus – je kunt nu in de koets stappen en me alles vertellen over de plannen die het Genootschap met het collier heeft op de avond van de parade. Als je dat doet kan ik je beschermen. Ik kan zorgen dat de Orde er nooit achter komt dat je Harte Darrigan kent of iets weet van de roof van hun waardevolste schatten. Óf je loopt door, maar dan kun je mij tot je vijanden rekenen.'

De man was niet zo oud, maar pafferig, opgeblazen door de drank en te weinig lichaamsbeweging. In de boksring zou Julien hem met gemak neerhalen, maar het leven was geen boksring. Het leven was meer een schaakspel en Julien was niet van plan zich schaakmat te laten zetten omwille van Darrigan. 'Weet je,' zei Julien, en hij deed zijn best om nonchalant te klinken. 'Een lift is toch wel handig.'

GEDESILLUSIONEERD

1902 – New York

Viola had geen idee waar ze liep. Ze was inmiddels een paar huizenblokken verder, bijna bij de rand van het eiland, toen ze haar pas vertraagde en het waas waarin ze blindelings was weggelopen langzaam optrok. Plotseling overvallen door vermoeidheid stapte ze een portiek in en zakte ze door haar benen op de grond. Toen ze zich realiseerde dat ze de kogel nog in haar hand hield gooide ze die vol afschuw weg.

Daarna haalde ze het pakketje dat Nibsy haar had gegeven uit de zak van haar rok en stond ze zichzelf even toe het geruststellende gewicht in haar handen te laten rusten voordat ze het papier eraf begon te wikkelen. Na een poosje voelde ze zich weer evenwichtig, zelfverzekerd, klaar voor wat er komen ging.

Naar de hel met al haar plannen! Waarom zou ze wachten met haar wraak? Waarom zou ze het aan de Orde overlaten met Nibsy Lorcan af te rekenen terwijl ze zelf die eer kon opstrijken? Eerst zou ze hem van de aardbodem wegvagen en daarna zou ze korte metten maken met haar broer. En als ze met die twee had afgerekend, was de Orde aan de beurt. Toen ze het papier wegtrok glinsterde het zilveren mes in haar hand en ze hield het omhoog om het goed te bekijken, genietend van zijn macht.

Ze hees zichzelf overeind, waarbij het papier op de grond viel, en toen zag ze dat er iets op was geschreven. Ze bukte zich om het op te rapen en bekeek het haar vertrouwde nette handschrift aandachtig. Ze herkende de naar rechts hellende letters en de krachtige, zelfverzekerde lijnen van de pen.

Dolph.

Bij de herinnering aan haar vriend en het verlies trok er een stekende pijn door haar borst, maar toen ze haar blik over de zinnen liet gaan maakte de pijn plaats voor ongeloof en ontkenning.

Het kan niet waar zijn! Dolph zou deze woorden nooit hebben opgeschreven. Hij zou Leena nooit op deze manier hebben gekwetst. Maar toch logen de letters op het papier niet: alles wat hij had ondernomen en elk plan dat hij had beraamd was bedoeld geweest om haar haar magie, haar macht af te nemen, om haar te gebruiken. De vrouw van wie hij had gehouden, zoals hij altijd had gezegd.

Het was vast een list, dacht ze. Een van Nibsy's smerige spelletjes, want als dat niet zo was, dan was alles wat ze over Dolph Saunders wist één grote leugen.

DEEL 6

DE RIVIER

1904 – St. Louis

Nu de brouwerij in de as lag verhuisde de Antistasi op de dag na de brand naar een klein kamp op de oever van de Mississippi, net ten zuiden van de stad. Zonder eerst met Harte te overleggen en samen iets te besluiten was Esta met hen mee gegaan. Hij was haar gevolgd maar nu keek hij haar niet meer aan. Hij hield haar op afstand en bedacht allerlei smoesjes om niet bij haar in de buurt te hoeven zijn. Niet dat ze het hem echt kwalijk kon nemen nadat ze hem was aangevlogen. Zelfs nu iedereen de mensen met pas opgewekte magie probeerde te helpen hun gave onder controle te houden zat Harte met zijn rug naar haar en de anderen toe op de waterkant.

Ook goed. Hij kon blijven mokken als hij dat wilde. Wanneer hij eroverheen was, zou hij zich misschien realiseren dat ze op z'n minst had moeten probéren haar armband te halen. Ze wilde er niet bij stilstaan wat het betekende dat het niet was gelukt.

Had ze hem over het hoofd gezien? Of had Ruth hem nog?

Maar het was niet echt veilig om hierover na te denken terwijl ze de nieuwe Mageus aan het helpen was, dus dwong ze zichzelf niet over Hartes afkeuring te piekeren en haar aandacht bij haar taak te houden. De meeste mensen uit het ziekenhuis moesten de werkelijkheid van hun nieuwe leven nog verwerken. Geboren Mageus leerden als kind al hoe ze hun band met de oude magie konden gebruiken, en tegen de tijd dat ze volwassen waren, was dit een tweede natuur geworden. Maar Ruths aanslag had volwassenen getroffen. Met hun magische gave leren omgaan – en ontdekken welke macht ze hadden – bleek veeleisend en frustrerend voor hen.

Voor Esta was het niet veel prettiger. Het deed haar aan haar jeugd denken – de lange dagen van trainen met professor Lachlan. Wat haatte ze hem! Ze móést hem wel haten, omdat hij haar op allerlei manieren had verraden. Maar nu ze de nieuwe Mageus hielp, vroeg ze zich af of ze ook toch niet het een en ander aan hem te danken had. Hij had haar geleerd hoe ze de leegte tussen de seconden kon vinden en haar net zo lang begeleid tot ze die moeiteloos kon vertragen. Hij had haar de Sleutel van Ishtar gegeven en haar de geheimen van het tijdreizen geleerd, maar dat wilde ze niet toegeven – zelfs niet aan zichzelf. Het klopte wat hij had gezegd: hij had haar gemaakt tot wat ze was.

Natuurlijk, bracht ze zichzelf in herinnering, de man die zij als de professor had gekend had dit allemaal niet hoeven te doen als de jongen die ze als Nibsy kende haar leven niet had gestolen. Wie zou ze zijn geweest als Nibsy Lorcan haar ouders niet had omgebracht?

Ze zette de vragen over het verleden van zich af en probeerde haar aandacht op de man voor haar te richten. Arnie was van middelbare leeftijd met aan weerskanten van zijn hoofd nog wat haar en een onverzorgde snor die aan de randen vergeeld was. Hij was snel afgeleid en als dat gebeurde laaiden de vlammen van zijn vingertoppen op, waar hij zo van schrok dat hij wild met zijn armen begon te zwaaien totdat hij een emmer water vond om de vlammen te doven. Als hij niet snel genoeg was – en dat was vaak zo – riep Esta een bottelaar van de brouwerij, die ook genezer was, om zijn brandwonden te verzorgen.

'Zie het als een verbinding,' probeerde Esta hem uit te leggen terwijl hij zijn handen voor de zoveelste keer in een emmer water stopte. 'Alles in de wereld is met elkaar verbonden. Magie vult de leegte tussen die verbindingen op. Als je magie gebruikt, druk je tegen de grenzen van die leegte die daardoor vervormt, en zo manipuleer je de wereld.'

Fronsend keek hij haar aan. 'Wat heb ik daaraan, met die vlammen de hele tijd? Die zijn alleen maar héét.'

Ze moest bekennen dat ze het niet wist. Wanneer ze haar eigen magie gebruikte, zelfs toen ze jonger was, ging dat haar als vanzelf af en was het nooit gevaarlijk of beangstigend.

'Ik hoef maar met mijn ogen te knipperen en de vlammen laaien op,' klaagde de man. 'Er is geen leegte. Het doet alleen píjn.'

'Misschien moet je niet aan de vlammen denken als iets buiten jezelf,' stelde ze voor. Vuur was een chemische reactie en verbonden met de vaste vormen, maar tijd was heel wat anders. Dat was ether en omvatte álles.

Ze was een belabberde leermeester.

'Ik ken jou,' klonk een zachte stem achter haar.

Toen Esta zich omdraaide zag ze dat het meisje uit het pakhuis haar aan stond te staren. Ze leek jonger nu ze geen gesteven grijze jurk met een hoog halsboord droeg. Ze had sproeten op haar neus en haar ogen keken Esta verwijtend aan. 'Nee hoor,' loog Esta, en ze wendde zich van haar af. 'Je vergist je.'

Maar ze gaf niet op. 'John. Je heet John,' hield ze vol. 'Je was er die avond ook.'

'Nee,' zei Esta, en toen ze zich weer omdraaide zag ze nog net dat het meisje haar op een leugen had betrapt.

'Je bent een van hen en je was er die avond,' zei ze weer, en haar ogen werden even wat groter. 'Ik heb je zelf gezien. Ik maakte een praatje met je.'

Het was een heldere zonnige dag, zomers warm, maar plotseling voelde de lucht ijskoud aan, alsof het opeens winter was. De takken van de boom waar ze onder stonden zwiepten in de wind en Esta keek omhoog, waar de groene bladeren met een dun laagje ijzel bedekt waren.

'Dit heb jij ons aangedaan,' snauwde het meisje terwijl ze op Esta af liep. 'Ik wíst dat jij het was. Ik wist het al die tijd.'

'Niet waar,' zei Esta, naar achteren stappend. Maar ze had het lef niet om nog langer tegen het meisje te liegen, dat er zo bang, ontgoocheld en boos uitzag. 'Ik was gewoon...' Hoe kon ze reageren op de haat in haar ogen? Het leek niet te volstaan om haar te vertellen dat zij alleen maar een pion was geweest en in opdracht had gehandeld zonder het zelf te willen, want dat was niet waar. Ze was die avond het pakhuis binnengegaan in het besef dat er mensen gewond zouden raken. Ze had Harte en hun missie om het collier te bemachtigen boven de levens van deze mensen verkozen, en als het moest zou ze dat weer doen.

Althans, dat dacht ze.

'Greta, zo is het wel genoeg.' Het was Ruth die achter het meisje verscheen.

'Maar dit is de jongen die...'

'Ik zei: genoeg. Je hoort nu bij ons,' berispte Ruth haar. 'Hou je een beetje gedeisd.'

De ijzige winterwind ging weer liggen en de warmte van de dag keerde terug. In de boom smolt het ijs en het water droop van de bladeren, maar het groen was door de vrieskou bruin verkleurd.

'Kom mee,' zei Ruth tegen Esta.

Blij dat ze bij Greta en haar verwijten weg kon komen, liep Esta achter Ruth aan. 'Ze haat ons.'

'Ze snapt nog niet dat we haar magie hebben gegeven,' legde Ruth uit. 'Dat komt nog wel.'

'En als dat niet zo is?' vroeg Esta zonder erbij na te denken.

Ruth stak haar kin wat omhoog en schonk haar het soort blik dat Esta alleen van een moeder zou verwachten. 'Zou jij je eigen magische gave opgeven?'

'Nee, maar ik ben ermee geboren,' zei Esta. 'Het is wie ik ben. Greta had geen keus,' verklaarde ze, denkend aan Hartes bezwaren.

'Die had jij ook niet. Jij hebt je magie door het lot gekregen, toch ben je het als iets wezenlijks van jezelf gaan zien. Na verloop van tijd zal Greta dat ook doen. Ze zullen er allemaal aan wennen,' zei Ruth.

Het was duidelijk dat ze daar heilig in geloofde, haar stem klonk zo zelfverzekerd, zo gedreven dat Esta het ook bijna voor waar aannam. Ze was dan wel hun pion geweest, maar niemand had haar gedwongen Lipscomb en het pakhuis vol mensen aan te vallen. Ze had een betere manier kunnen vinden, maar dat had ze niet gedaan. Ze had Lipscomb horen spreken en zijn leven minder waard gevonden dan dat van Harte.

Misschien was dat ook wel minder waard. Maar omdat ze de mensen met hun nieuwe magie zag worstelen en angst in hun ogen bespeurde elke keer dat hun magische gaven ongecontroleerd oplaaiden, wist ze niet zo zeker of ze het recht wel had om zo'n besluit te nemen.

Esta ademde diep in en zette de twijfels van zich af. 'Heb je iets nodig?'

'Je hebt vanavond goed werk verricht,' zei Ruth. 'Heel bewonderenswaardig wat je voor Maggie en de kinderen hebt gedaan tijdens de brand, en nu weer met de mensen met pas ontwaakte magie.'

'We hebben je toch al verteld dat wij niet je vijand zijn,' benadrukte Esta en ze probeerde niet al te hooghartig te klinken.

'Goed dan...' Ruth zweeg even en ze fronste alsof het haar moeite kostte dit toe te geven. 'Na alles wat er is gebeurd lijkt het erop dat ik je als bondgenoot moet beschouwen,' verklaarde ze, maar ze leek niet erg blij met de situatie. 'Met de schade aan de brouwerij en de verantwoordelijkheid voor de mensen met pas ontwaakte magie heb ik je hulp nodig.'

Deze woorden kalmeerden de onrust die ze al een tijdje voelde. *Eindelijk.* 'Wat is het plan?

'Het Genootschap,' antwoordde Ruth. 'Ik wil ze laten boeten voor wat ze ons hebben aangedaan. Ik wil ze op hun knieën dwingen.'

'Dat gevoel ken ik maar al te goed.' Wat haar twijfels ook waren, hier kon ze voor de volle honderd procent achter staan.

'Maar ze op hun knieën dwingen is niet genoeg. We moeten zeker weten dat ze nergens op terug kunnen vallen,' zei Ruth, vanuit haar ooghoek naar Esta kijkend. 'Het Genootschap mag het collier onder geen beding houden. Dus ik heb een dief nodig.'

'Dan heb je geluk, want ik ben een verduiveld goeie dief.' Ze maakte een kleine buiging. 'Maar op één voorwaarde. Ik help jou in ruil voor de armband die je van mij hebt gejat.'

Ruth bleef een tijdje stil. 'En als ik daar niet mee instem?'

'Dan jat ik hem toch terug,' zei ze stellig. 'En ik pik het collier ook, voordat jij het zelfs maar binnen handbereik hebt. Maar toch kunnen we beter samenwerken. Ik help je liever dan dat ik de strijd met je aanbind.'

'Oké,' zei Ruth met gespannen kaken. 'Als jij ons helpt het Genootschap te gronde te richten en het collier te stelen, is de armband van jou.'

En dan? Zou ze het collier ook stelen en Ruth en de Antistasi verlaten alsof ze hier part noch deel aan had gehad? Of was er een andere manier om verder te komen, een manier waarbij zij en Harte er niet alleen voorstonden in hun strijd? Hoe meer Ruth vertelde en uitlegde over het plan van de Antistasi, hoe meer Esta begon te twijfelen.

TOT HET BITTERE EIND

1904 – St. Louis

Harte zag Esta te laat op hem afkomen om haar te kunnen ontlopen. Het was al later op de dag en voor zover hij wist hield de macht in hem zich al een tijd rustig, niet meer dan een zacht gemor, toch vertrouwde hij het voor geen cent. Hij had afstand genomen van Esta maar haar wel steeds in de gaten gehouden, omdat hij de Antistasi ook niet vertrouwde.

Ruth was ongetwijfeld charismatisch. Ze geloofde in de rechtvaardigheid van wat ze deed. Maar Harte wist uit ervaring dat de scheidslijn tussen geloof en fanatisme flinterdun was en verdween als je goed keek. Haar idee om de Sundren magie te geven mocht dan misschien nobel bedoeld zijn, maar alleen als haar slachtoffers die keus zelf hadden kunnen maken. Ruth had ze ertoe gedwongen en ze besmet met een macht waar ze niet om hadden gevraagd, en die ze niet onder controle hadden.

Hij zag niet in dat dit zo veel anders was dan wat de Sundren de Mageus aandeden door ze te dwingen hun magische gave te verbergen. Beide partijen werden door wanhoop en angst gedreven en Harte zag ze als twee zijden van dezelfde medaille.

Toen Esta naast hem kwam zitten verzekerde hij zich ervan dat hij de macht in bedwang had en dat hij voorbereid was als die onverhoopt naar de oppervlakte zou oprukken. Nu leek ze zich koest te houden, maar dat kon ook een van haar misleidende trucjes zijn. Aanvankelijk zei Esta niets tegen Harte. In plaats daarvan raapte ze een kiezelsteentje op en gooide het in de donkere rivier. Het water weerkaatste het zonlicht en verlichtte de uitwaaierende rimpelingen. Heel even stelde hij zich voor dat ze ergens anders waren, in een andere situatie. Hij had zijn hele leven maar naar één ding verlangd: weg uit de stad, vrijheid.

Maar nu hij dat had, werd hij zo in beslag genomen door allerlei andere zaken dat hij amper tijd had om op adem te komen.

'Het is groter dan ik me had voorgesteld,' zei hij zacht.

Hij voelde haar ogen priemen. 'De rivier?'

'Alles.' Nu draaide hij zich naar haar om. 'Ik wist dat het groot zou zijn, maar ik realiseerde me niet hoe groot.'

Ze beet op haar onderlip en zuchtte vermoeid. 'Ik snap wat je bedoelt. Groter en... anders dan ik dacht.' Ze hield haar mond om hun beider bewondering voor deze plek op zich in te laten werken. 'Sorry nog dat ik je tegen de grond werkte,' voegde ze eraan toe. 'Ik moest en zou mijn armband...'

'Geeft niet,' zei hij, wat hij oprecht meende.

Esta knikte naar hem en draaide zich om om over de rivier uit te kijken.

'Ruth heeft ons om hulp gevraagd,' verbrak ze de gespannen stilte. 'Ze wil het Genootschap te gronde richten, en om dat te kunnen doen moet ze zorgen dat zij het collier niet hebben.' Haar stem klonk hoopvol en vastberaden, maar het zorgde ervoor dat de macht in hem weer ontwaakte.

'We zijn hier niet om het Genootschap te verwoesten, Esta,' zei hij kortaf, al was dat niet zijn bedoeling, maar hij had zijn aandacht bij Sesjat, voor het geval de demon besloot Esta weer te belagen. 'We zijn hier alleen voor het collier, we jatten het en we smeren 'm, weet je nog? De rest is niet aan ons.'

'Waarom niet?' drong ze aan. 'We kunnen de mensen hier hélpen.'

'Of we maken juist alles erger,' beweerde hij. De macht raakte kennelijk opgewonden van haar ergernis en zwol aan. 'Moet je kijken wat er is gebeurd na Ruths aanslag op die bijeenkomst en met de mensen die we uit het ziekenhuis hebben gered.'

'Ze gaf ze hun macht terug,' zei Esta, denkend aan wat Ruth haar had verteld. 'Ze heeft ze gehólpen.'

'Ze viel ze aan, en moet je ze nu zien.' Hij draaide haar om zodat ze de haveloze troep slachtoffers van de Antistasi kon zien. Ongeveer de helft had de kleren nog aan die ze in het ziekenhuis hadden gedragen. 'Kijk maar eens goed. Zien ze er nu zo gelukkig uit?'

Ze schudde zijn handen af. 'Uiteindelijk zullen ze gelukkig worden. Jij bent toch ook gelukkig?'

Hij schoot in de lach. 'Gelukkig?' Hoofdschuddend probeerde hij de woorden te vinden om het haar uit te leggen. Zijn magische gave had zijn vader weggejaagd en zijn moeder in het ongeluk gestort. Oké, het gaf hem macht over mensen, maar het had hem ook geïsoleerd. Hij was altijd op zijn hoede, altijd bang om mensen toe te laten of anderen te veel over zichzelf te vertellen. 'Mijn magische gave heeft me niet gelukkig gemaakt, Esta.'

Ze fronste naar hem. 'Dat geloof ik niet.'

'Laten we nou maar weggaan,' zei hij. 'Alsjeblíéft. We hebben Julien nog. Hij kan ons helpen uitzoeken waar het collier nu is, dan kunnen we het jatten en deze stad verlaten. Daar hebben we de Antistasi of hun grootste plannen echt niet voor nodig.'

Esta gebaarde naar haar arm. 'Ruth heeft de Sleutel van Ishtar, weet je nog? Zonder mijn armband komen we hier niet weg.'

Hij haalde een hand door zijn haar en probeerde zijn frustratie te beheersen zodat hij de demon in bedwang kon houden. 'Ze heeft hier niet echt een kluis bij de hand, of wel soms? We zitten hier op een of andere godvergeten plek. Hoe moeilijk kan het zijn om je armband terug te stelen en ervandoor te gaan? We kunnen deze ellende missen als kiespijn. En het is niet aan ons om het Genootschap te ondermijnen...'

'Zou je er zomaar vandoor gaan?' Haar gezicht stond onpeilbaar en toen ze weer begon te praten was haar stem nauwelijks een fluistering. 'Zelfs nu het Genootschap de brouwerij in de fik heeft gestoken?' Ze keek hem recht in zijn ogen. 'Er hadden kínderen bij om kunnen komen, Harte. De Garde wist dat er kinderen binnen waren en het kon ze geen moer schelen. Ze waren uit op hun dood, omdat ze Mageus zijn. Omdat het Genootschap en de Garde blij zijn met elke dode Mageus, ongeacht hoe jong of oud.'

Hij kon er niets tegen inbrengen. De brand was kwade opzet, het Genootschap was geen haar beter dan de Orde. Nu hij buiten de grenzen van de Barrière was, was het hem duidelijker dan ooit dat het zinloos was om te denken dat ze die machthebbers konden verslaan. Of ze nou één van die kakkerlakken vermorzelden of honderd, er bleven er nog altijd duizenden over die zich nooit lieten zien, klaar om in drommen tevoorschijn te komen zodra het donker werd.

Natuurlijk konden ze de Antistasi helpen, maar wat leverde dat op? De risico's waren te groot en hij wist niet zeker of het goede werk dat ze misschien konden doen opwoog tegen de schade die ze ermee zouden aanrichten. 'Het kan niet,' zei Harte ten slotte.

Er verscheen een onverbiddelijke uitdrukking op Esta's gezicht. 'We moeten wel.'

Hij keek haar aan. 'Hoezo?'

Ze ontmoette zijn blik en stak haar kin wat omhoog, koppig als altijd. 'Ik heb haar onze connectie met Julien aangedragen.'

Hartes maag keerde zich om. 'Dat meen je niet.' Ze hadden het zijn vriend al moeilijk genoeg gemaakt door hem bij deze ellende te betrekken.

'Jij hebt Ruth zelf verteld dat we een voet tussen de deur hebben bij het Genootschap,' bracht ze ertegen in.

'Ik heb haar Juliens naam niet gegeven.'

'Dat weet ik, maar...' Ze zuchtte diep en keek schuldbewust naar hem op, maar haar blik was ook hoopvol. 'Hij zou ons er binnen kunnen krijgen.'

'En dan?' Inmiddels ergerde hij zich behoorlijk, waardoor de macht in hem steeds sterker werd. 'Dan gaan wij ervandoor en weten ze Julien snel genoeg te vinden, dan is hij de pineut. Dat kan ik hem niet aandoen.'

'We doen hem helemaal niks aan. Zodra de Antistasi het serum vrijgeeft, zal alles veranderen. Stel je voor, Harte. Er zullen veel hoogwaardigheidsbekleders op het bal zijn – vertegenwoordigers van alle occulte Broederschappen. Alle machthebbers zullen er zijn,' legde Esta uit. 'Als de Antistasi het serum gebruikt zullen de politici die de wetten maken geen belang meer hebben bij de vervolging van mensen met magie, omdat ze het zelf ook hebben. En dit jaar is er een heel speciale gast aanwezig op het bal, iemand op wie Ruth het heeft gemunt.'

'Ze gaan magie bij de president laten ontwaken,' realiseerde hij zich, en zijn maag kromp ineen.

'Dat is inderdaad het plan.'

'Het is een verschrikkelijk slecht plan, Esta. Begrijp dat dan.'

Haar vastberadenheid was terug. 'Het kan goed uitpakken, Harte. Het volk adoreert Roosevelt. Er komt een dag dat ze zijn gezicht in een berg uithouwen.'

Een berg? Hij knipperde. 'Hoe is dat mogelijk?' Hij liet zich afleiden door dit zijspoor.

Esta ging onverstoorbaar verder: 'Niemand zal Roosevelt een haar krenken. En als zijn magie eenmaal is ontwaakt, is hij misschien de oplossing...'

Ze is echt gek geworden. Ze werd verblind door deze fantasie en vergat dat er waarschijnlijk een hoge prijs voor betaald moest worden. 'Nee Esta, dat kunnen we niet laten gebeuren.'

'Waarom niet?' vroeg ze. 'Dit had Dolph gewild. Hij wilde dat we bleven strijden en echt dingen zouden veranderen, of het op z'n minst zouden proberen.'

'Jij weet helemaal niet wat Dolph wilde!' riep hij. 'Ík ook niet. Niemand weet dat. Hij hield alles geheim. Moet je kijken wat hij Leena aandeed.'

Esta schudde haar hoofd. 'Oké, ik wist misschien niet van al zijn plannen, maar ik ben het hem verschuldigd om af te maken waar hij aan was begonnen.'

'Jij bent Dolph niet, Esta.'

'Dat weet ik ook wel,' snauwde ze. Ze trilde van emotie.

'En je bent hem niets verschuldigd,' verzekerde hij haar, nu iets vriendelijker. 'Je kunt je eigen pad uitstippelen, een andere weg inslaan.'

'Jij wilt alleen maar dat ik op de vlucht sla.'

'Ik wil dat we overléven,' verbeterde hij. 'Ik wil dat je jezelf in de spiegel kunt aankijken zonder de persoon die terugkijkt te verachten,' vertelde hij haar. 'Heb je er ooit bij stilgestaan dat je moeder een goede reden had om je voor Dolph te verbergen? Ik kende Leena. Ze was het niet eens met sommige dingen die Dolph deed. Daarom heeft ze jou bij hem weggehouden. Ze wilde een beter leven voor jou dan het eindeloze strijden, het geweld en de dood, het leven dat hij van jou zou hebben verlangd.

'Hij wilde dingen veranderen.'

'Dolph was ooit mijn vriend, maar hij was echt niet de heilige die jij van hem maakt. Hij kwetste Leena omdat hij dacht dat het voor haar eigen bestwil was en in het belang van magie. Voor iedereen. Dat hij haar haar macht ontnam, heeft ze hem nooit vergeven. Is wat de Antistasi doet zo veel anders?'

Ze keek hem aan met een uitdrukking op haar gezicht die hij nooit eerder had gezien, en het verontrustte hem, omdat hij niet wist wat het betekende.

'We hebben nog een lange weg te gaan,' zei hij, nu weer wat aardiger. 'Of ben je vergeten wat ons te doen staat? Nibsy wacht nog steeds ergens zijn moment af.'

'Dat wéét ik.' Ze stroopte de mouw van haar blouse op.

'Wat is dat?' Op haar arm zag hij een reeks littekens die op letters leken. Maar ze draaide zich bij hem weg voordat hij kon zien wat het was.

'Ik heb dit nooit eerder gehad. We veranderen dingen en ik realiseer me heel goed dat Nibsy hier nog is en zijn tijd afwacht. Maar hij wacht op míj, Harte.'

Hij verfoeide de pijn en bezorgdheid in haar stem, maar dat was voor hem niet voldoende reden om naar de pijpen van de Antistasi te gaan dansen. 'We moeten levend en wel uit deze stad wegkomen. Als we buiten zijn kunnen we in de tijd teruggaan en dingen herstellen. We kunnen het zo rechtzetten dat niets hiervan – de wet tegen magie, de Antistasi, níéts – heeft plaatsgevonden. Dat is ónze manier om mensen te kunnen redden.'

'En als dat niet lukt?' vroeg ze somber. 'Als ik ons niet kan terugbrengen naar 1902? En ik niets kan rechtzetten?'

'Het lukt je wel.'

'Dat weet je niet,' snauwde ze. 'En ik weet het zelf ook niet. Ik moet dit doen. Voor het geval dat we...' Maar ze maakte haar zin niet af.

Hij strekte zijn hand naar haar uit. 'Esta...'

'Nee, Harte,' beet ze hem toe terwijl ze opstond en bij hem vandaan stapte. 'Ik ga je niet dwingen om me te helpen, maar ik laat me ook niet tegenhouden door jou. Je werkt mee, of ik doe het alleen.'

Hij zuchtte vermoeid. 'Je weet dat ik bij je blijf.'

Zijn woorden leken haar gerust te stellen. Ze glimlachte vluchtig naar hem en knikte tevreden, waarna ze zich omdraaide om het Ruth te vertellen. Hij keek haar na toen ze met rechte rug en zwaaiende armen wegliep. Sterk. Zelfverzekerd. En helemaal zichzelf. 'Tot het bittere eind,' mompelde hij, maar hij wist niet tegen wie hij het eigenlijk zei, want zijn woorden verwaaiden in de wind.

TABLEAUX VIVANTS

1902 – New York

Terwijl de koets voortreed kauwde Jack nog twee morfinepillen tussen zijn kiezen fijn om de bonkende hoofdpijn te verzachten en zijn hoofd helder te maken. Met de drug in zijn lijf had hij het gevoel opgelucht adem te kunnen halen, en toen hij de wereld weer scherper zag haalde hij het Boek uit zijn jacquet. Hij besteedde de laatste minuten voordat hij bij het herenhuis van Morgan aankwam met het bestuderen van de notities in zijn eigen handschrift, hoewel hij zich niet kon herinneren dit te hebben geschreven. Maar hij was ermee opgehouden zich daar zorgen om te maken en had besloten dit als een teken te zien dat het Boek hem had uitverkoren om zich aan hem te openbaren. Een teken dat hij het niet alleen waard was, maar ook dat hij was voorbestemd.

Dit inzicht had zijn zelfvertrouwen gesterkt en hem er nog meer van overtuigd dat hij het goede pad bewandelde. Het lag niet in zijn aard om onderdanig en gehoorzaam te zijn. Met een beetje hulp van het Boek had hij het voor elkaar gekregen de teugels in eigen handen te nemen bij de planning van het miezerige gala van de Orde, zodat hij het drama van de avond zelf kon regisseren. Maar nu het gala over een paar dagen al zou plaatsvinden, had Jack één probleem dat hij nog niet helemaal had getackeld, en haar naam was Evelyn DeMure.

Hij wist dat de ring die de actrice droeg meer voorstelde dan op het eerste gezicht leek. Met de gepolijste perfectie van de steen en de zinderende macht die de lucht vervulde wanneer de steen dichtbij was – dat zwoer hij – zou hij dit zelfs zonder de details die het Boek erover had onthuld hebben geweten. De Kring van Vertrouwelingen had de inhoud van het Mysterium altijd goed bewaakt en geheimgehouden, alleen bekend bij de hooggeplaatste leden van de Orde, maar tijdens de avonden dat Jack het Boek bestudeerde, had het hem die geheimen laten zien. Dus wist hij dat de ring Delphi's Traan moest zijn, en hij wist dat die middels een offer door Newton zelf was gecreëerd. En hij wist wat Jack met de macht van de ring kon bereiken.

Die avond in het theater had hij ontdekt wat Evelyn was en waarom ze zichzelf en de ring had weten te beschermen tegen zijn geflirt. Maar nu had hij de oplossing voor het probleem dat zij vormde. De puzzelstukjes vielen allemaal op hun plaats en bij het gala zou alles duidelijk worden. Jack zou haar de ring afnemen en voor eens en voor altijd met Evelyn afrekenen.

Toen de koets eindelijk bij de voordeur van het herenhuis van zijn oom stilhield op Madison Avenue, stopte Jack het Boek terug in zijn jas. Daar, op zijn borst weggestopt, kon hij de macht ervan voelen als een tweede hartslag die in hetzelfde ritme klopte als zijn eigen hart. Hij stapte uit de koets en negeerde het vage gebonk in zijn hoofd. Daar hielp de morfine tegen. Wat ook hielp, was het vooruitzicht dat hij straks alles zou hebben wat hij nodig had – alles wat hij altijd had gewild. Hij gebood de koetsier het krat dat aan de achterkant van de koets was vastgebonden naar binnen te brengen; het was iets wat Jack zelf had voorbereid voor het spektakel tijdens het gala.

Hij keek een van de bedienden van zijn oom na die de koetsier hielp het krat het huis in te dragen, waarna hij achter hem aan liep, en met elke stap voelde hij zich zekerder over wat er stond te gebeuren. Bij de deur werd hij door een nieuw dienstmeisje opgewacht, een meisje met een donkere huid – absoluut niet Jacks smaak. Hij gaf haar zijn jas en hoed zonder haar een blik waardig te keuren en ging naar binnen om te checken hoe de voorbereidingen verliepen.

In de balzaal was alles goed opgeschoten vergeleken met twee dagen geleden. Roodfluwelen gordijnen hingen geplooid om de grote zuilen in de zaal, die de dansvloer in vier afzonderlijke podia verdeelden, waar de tableaux vivants opgesteld zouden worden.

Tableaux vivants waren een gigantische hype in de stad. De meest exclusieve evenementen vertoonden de vaak oogstrelende, tot leven gekomen schilderijen. Zelfs de meest bekrompen leden van de gegoede kringen leken weg te zijn van het voyeurisme, om zich te vergapen aan hun medemensen die allerlei poses aannamen en zo de taferelen van de klassieke kunst uitbeeldden. In de stad gingen al geruchten over de kunstwerken die tijdens het gala uitgebeeld zouden worden. Tot zijn tantes ongekende vreugde speculeerden de kranten over de debutantes die dit jaar meededen, en wat ze zouden dragen – of juist niet. Verslaggevers van elke krant stonden bijna kwijlend te popelen om een uitnodiging. Precies zoals de Orde had gehoopt.

De Orde had het evenement dan wel gepland om haar macht in de stad te versterken, maar Jack zou er zijn eigen voordeel mee doen. Hij zou voor eens en voor altijd laten zien hoe belangrijk hij was – niet alleen aan zijn familie maar ook aan de Orde. Aan de hele stad.

Evelyn was er al. Ze stond op een krukje, omgeven door naaisters die de doorschijnende jurk van fijne zijde pasklaar maakten voor het tableau waar hij haar bij had ingedeeld. Ze zwaaide naar hem en hij voelde de gebruikelijke lust diep vanbinnen oplaaien, die hij inmiddels herkende als het effect van haar ongetemde magie. Maar dankzij een talisman die hij die ochtend op zijn borst had getekend, een geheim uit het Boek, had haar magie geen vat meer op hem, zoals daarvoor. Althans, niet op een afstandje, maar hij vertrouwde haar nog steeds niet als hij dichterbij kwam. Hij zwaaide terug en deed alsof hij meer belangstelling voor haar had dan hij werkelijk voelde terwijl hij het kostuum controleerde. De jurk was bijna perfect – Evelyn zou de onschuldige schoonheid van Henry Fuseli's mysterieuze schilderij *De Nachtmerrie* verbeelden. Tegen het eind van het gala zou ze zich vereenzelvigd hebben met het beeld dat ze neerzette, vermoedde Jack.

Hij richtte zijn aandacht op de voorbereidingen bij een van de andere podia en besprak de beste positie voor het tableau van de Circe uit het schilderij van John William Waterhouse met een van de leden van de Orde, toen hij in het kantoor van zijn oom werd ontboden.

Jack was pas één keer in Morgans kantoor geweest, toen hij uit Griekenland was teruggekeerd – verzwakt en geknakt, zichzelf en zijn familie tot schande. Hij zat er niet op te wachten om daar weer heen te moeten, maar hij ging met opgeheven hoofd naar binnen, gesterkt door de gedachte dat hij het Boek bij zich had en de beschermende uitwerking van de talisman.

Morgans kantoor was protserig, met geboend hout en een hoog gewelfd plafond. Het was het soort kantoor dat bedoeld was voor een belangrijk zakenman met een groot imperium, maar met de warmte van het Boek op zijn borst viel de grootsheid hem amper op.

Toen Jack binnenkwam draaide Morgan zich om en het gezicht van de oude man was vol afschuw. 'Hoe staan de voorbereidingen?'

'Het is bijna zover,' antwoordde Jack, blakend van zelfvertrouwen.

'Het had al klaar moeten zijn,' foeterde Morgan. 'We hebben nog maar twee dagen.'

Hij liet Morgans sneer langs zich afglijden. Over een paar dagen zou zijn oom die woorden moeten terugnemen en Jack op zijn knieën smeken om de kennis en macht die hij over de Orde had verkregen met hem te delen. En dan zou Jack hem recht in zijn gezicht uitlachen.

Hij haalde zijn schouders op om zijn emoties te verbergen. 'Het is snel genoeg klaar.'

Morgans stompe neus trilde nerveus. 'Zorg ervoor dat alles in orde is,' eiste hij. 'Heb je dit gezien?' Hij schoof een krant naar Jack toe.

'Wat?' vroeg Jack, en hij deed zijn best om de oorzaak van Morgans ongerustheid in de krantenkoppen te vinden, die stuk voor stuk even schreeuwerig waren.

'Dat artikel over de brand,' antwoordde Morgan, zich over zijn bureau heen buigend om het met zijn mollige vinger aan te wijzen. 'Die verdomde ratten hebben een pand in de as gelegd in Great Jones Street. Dat is het district van Charlie Murphy – Tammany Hall's territorium.'

'Ik snap niet waarom je je daar druk om maakt, of wat het mij aangaat,' zei Jack. Tammany bestond uit omhooggevallen, onbetrouwbare Ierse politici die dachten meer te kunnen voorstellen dan waartoe ze verdoemd waren.

'Het doet ertoe omdat we een afspraak hebben met Tammany. Zij helpen ons het tuig downtown onder druk te zetten.'

'Het is gewoon een brand.'

'Nee, niet gewóón een brand,' beet Morgan hem dreigend toe. 'Het was opzettelijke brandstichting en de vlammen waren geen gewone vlammen. Het water uit de brandslangen kon ze niet doven, pas na ruim een uur. Het hele gebeuren riekt naar ongetemde magie.'

'En wat dan nog?' vroeg Jack niet-begrijpend. Wat betekende een of andere bouwvallige brandweerkazerne voor hem? Al brandde de hele Bowery af, het zou hem een rotzorg zijn.

'Heb je enig idee wat een slecht figuur we slaan?' vroeg Morgan terwijl hij met zijn vuist op zijn bureau dreunde. 'Hoe klungelig en incompetent?'

Jack vroeg zich af hoe hij ooit bang had kunnen zijn voor deze oude man. Ondanks al zijn poeha was het hem duidelijk hoe zwak hij was. Ware macht hoefde niet als een brand om zich heen te grijpen. Het kon rustig smeulen en een pand van binnenuit langzaam laten afbranden.

'De Orde wekt alleen een verzwakte indruk als jij en de rest van de Vertrouwelingen er niets aan doen,' verklaarde hij. Door de morfine in zijn aderen was hij ontspannen en tegelijk scherpzinnig en zelfverzekerd. 'Ik zeg je dat dit juist in ons voordeel is. Het geeft de Orde een wapen in handen dat ze nodig hebben om voor eens en voor altijd met het tuig af te rekenen.'

'Misschien, maar als Tammany moeilijk gaat doen, kan dat een probleem vormen voor de Conclave. Ze hebben de eerste stappen al gezet door te verkondigen hoe machtig ze in de stad zijn geworden,' klaagde Morgan. 'Laatst vertelde Barclay me dat hij een van die kerels had horen opscheppen – hij beweerde dat er aan het eind van het jaar niets meer over zou zijn van de Orde dan een onbeduidend clubje.'

'De woorden van één man doen er niet toe.'

'Voor míj wel!' bulderde Morgan. 'En voor de Kring van Vertrouwelingen ook. Er komen nog drie andere Broederschappen naar de stad voor de Conclave later in het jaar en ik zal niet toestaan dat de Orde als een onbelangrijk clubje wordt beschouwd. De Conclave is nog maar het begin. Daar zal worden bepaald wie de komende eeuw de machthebbers van de stad zijn en wie niet. Het is al erg genoeg dat die verdomde dieven de artefacten en de *Ars Arcana* hebben geroofd. En nóg erger: door jóú denken anderen dat wij verzwakt zijn. Als wij als de Orde onze plek nu niet opeisen als hoofd van de verenigde Broederschappen, zal New York zijn status en zijn macht verliezen. Momenteel hebben we de belangstelling van de president. Als wij bij de Conclave de scepter zwaaien, zal het hele land als was in onze handen zijn.'

'Dat begrijp ik,' zei Jack, omdat hij het ook echt begreep. Maar hij wilde absoluut niet dat een van die ouwe klootzakken die aan het hoofd stonden van de Kring van Vertrouwelingen die macht zou hebben.

'Dat betwijfel ik,' snauwde Morgan, 'maar als je dit verknalt, kom je er vanzelf achter. Sommige leden van Tammany gaan naar dit gala, dus het is belangrijk dat we ze laten zien hoe machtig we precies zijn.'

'We zullen ze wat laten zien,' beloofde Jack, en hij moest een binnenpretje onderdrukken. Tijdens het gala zou de hele stad erachter komen hoe machtig ze precies waren en Jack zou de nummer één zijn, boven aan de top.

NOG ÉÉN KEER

1902 – New York

Met een mes in haar hand kon Viola iemands hart op een afstand van veertig passen doorboren. En omdat Paul niet achterlijk was, stond hij haar niet vaak toe een mes mee te nemen. Maar toen ze haar broer aanhoorde terwijl hij over haar laatste blunders bleef doorzeuren, vroeg ze zich af hoeveel pijn ze hem met de houten pollepel in haar hand kon doen. Ze kon vast wel íéts doen om te zorgen dat hij zijn grote mond hield.

'Ik wéét het, Paolo,' zei ze met haar handen in haar zij. 'Maar ik zie het niet zitten om samen met John Torrio te gaan.'

'Waarom niet?' vroeg Paul met opgetrokken wenkbrauwen. 'Is hij soms te min voor je? Of is er een andere reden, iemand ánders misschien, van wie ik af had moeten weten?'

'Ik mag hem gewoon niet, dat is het.' Ze spuugde de woorden praktisch uit.

Hij tilde zijn hand op om haar een klap te geven, maar ze glimlachte alleen naar hem. 'Nee,' zei hij met op elkaar geklemde kaken terwijl hij zijn hand weer omlaagbracht. 'Je kunt beter niet met een bont en blauw gezicht op het gala verschijnen.'

'Ik snap nog steeds niet waarom ik me in een korset moet hijsen voor een feestjurk zodat dat zwijn zich kan verlekkeren. Ik vertrouw hem niet, Paolo, en dat zou jij ook niet moeten doen. Zodra hij de kans krijgt, geeft hij je een dolkstoot in de rug.'

'Denk je dat ik dat niet weet?' zei haar broer. 'Waarom stuur ik jou anders met hem mee?'

'Je vertrouwt míj nog steeds niet, daarom wil je dat ik met hem mee ga.'

'Ik vertrouw niemand, ook Torrio niet. Ik heb jou als mijn dodelijke wapen nodig op dat gala, opgepoetst en vlijmscherp. Je vergezelt de Fox en je doet wat ik van je verlang, dat ben je mij en de familie verplicht, anders kun je ophoepelen.' Hij trok een mondhoek op, waarbij zijn scheve tanden zichtbaar werden. 'Maar vergeet niet: het zijn niet alleen de patrouilles van Tammany of de knullen uit de buurt voor wie je op moet passen. Ik heb nu ook vrienden in de gegoede kringen. Ik weet zeker dat Mr. Grew het fijn vindt om te weten waar hij een van de dieven kan vinden die de schatten van de Orde hebben gejat. Sterker nog: hij zal me heel dankbaar zijn als ik haar persoonlijk aan hem uitlever.'

Ze spuugde op de grond bij zijn voeten. 'Waag het niet!' viel ze uit. 'Je bent dood voordat je die bek van je kunt opentrekken.'

'Zo veel dreigementen, zusje. En toch sta ik hier nog en ligt jouw leven in mijn handen.' Hij liep rustig naar haar toe. 'Ik nam je onder mijn hoede, terug in de familie, omdat mama me dit vroeg. Omdat zij niet ziet wat je bent. Dat heeft ze nooit geweten. Denk je dat ik ben vergeten hoe zij en papa jou verwenden terwijl ik de rotzooi achter jou moest opruimen? Omdat je een monster bent – een freak. Zo ben je geboren. Je dacht altijd dat je beter was dan de rest, alsof de regels van deze wereld niet voor jou golden. Maar kijk naar jezelf. Nu zijn de regels *míjn* regels en is de stad *míjn* stad.'

Ze schoot in de lach, een blaffend geluid. 'Die kerels *gebrúíken* je, Paolo. Tammany én de leden van de Orde. Ze respecteren je niet, en jouw geld ook niet. Je bent geen oude adel, je geld is te nieuw. En te smerig, naar hun zin.'

Zijn gezicht stond nu op onweer. 'Misschien denken ze dat ze me voor hun karretje kunnen spannen, maar met mijn geld is niks mis; alles in dit land verandert, zusje. Nog even en het doet er niet toe hoe oud hun geld is of hoeveel ze hebben, ik streef naar veel meer.'

'Paolo...'

'Jij gaat met Torrio mee of je gaat helemaal niet, capisce?'

Viola klemde haar kiezen op elkaar om te voorkomen dat ze al haar gevoelens eruit zou gooien. Als ze niet bij het gala binnen moest komen, had ze hem er allang met de pollepel van langs gegeven. 'Ik snap het,' antwoordde ze, en ze draaide zich naar de pan om waar ze in stond te roeren voordat hij haar lastig kwam vallen.

'Ik laat een jurk brengen. Zorg dat je om zes uur klaarstaat.'

Ze knikte maar zei niets, omdat ze zich in moest houden om niet tegen hem uit te vallen. Maar hij was de keuken nog niet uit of ze smeet de pollepel door de lucht, precies naar de plek waar zijn hoofd net nog was geweest. Ze zou hem nog één keer gehoorzamen en nog één keer met John Torrio's brutale blikken en handtastelijkheden dealen. Maar alleen omdat ze haar broer en zijn jongens nodig had om dichter bij de Orde te komen. Daarna liet ze zich nooit meer door hem koeioneren.

IN ZIJN UPPIE

1902 – New York

Logan Sullivan had het koud, hij had honger en moest nodig douchen, maar hij was tenminste een vrij man. In de dagen nadat hij in het appartement van die vrouw onverwacht werd overrompeld, was hij haar gevolgd. Of eigenlijk had hij de ring met de steen gevolgd en informatie erover ingewonnen.

Nu stond hij tegenover de Bella Strega en de feeks op het uithangbord staarde hem aan alsof ze hem uitdaagde ervandoor te gaan.

Misschien moest hij dat ook doen. De persoon die professor Lachlan in het verleden was, had niets weg van de oudere man die Logan had leren kennen en die hij als zijn leermeester had beschouwd – of zelfs als een soort vaderfiguur. De jongen, James Lorcan zoals hij zich nu noemde, was amper zestien, maar hij was net zo stiekem en gevaarlijk als een wilde kat. Nu op hem afstappen zou wel eens het slechtste idee kunnen zijn dat hij ooit had gehad.

Maar wat kon hij dan doen? Hij kende niemand anders in deze versie van de stad en hij wist tenminste wie de jongen in de toekomst zou worden. Als iemand Esta kon opsporen en haar kon dwingen om Logan terug te brengen naar zijn eigen tijd, zou hij zijn geld erop verwedden dat het deze jongen was, de baas van de Bella Strega.

Bovendien wist hij inmiddels meer over de steen – onder andere wanneer hij waar zou zijn – en dat gaf Logan iets om te onderhandelen. Logan had nooit echt goed opgelet toen professor Lachlan hem de verschillende elementen van magie uit probeerde te leggen, maar hij hoopte vurig dat, als ze deze steen in handen konden krijgen, dit misschien – heel misschien – genoeg was om hem door de tijd heen naar huis te brengen.

VOORBEREIDINGEN

1904 – St. Louis

Het penseeltje voelde koel aan toen Julien met de punt ervan langs Esta's oogleden streek voor de finishing touch van haar make-up voor vanavond.

'Nog iets meer,' zei hij met zijn naar tabak walmende adem in haar gezicht terwijl hij nog twee keer met het kwastje streek. 'Zo, klaar.'

Ze knipperde haar ogen open en zag dat hij tevreden naar haar keek. Maar Harte nam haar fronsend op. 'En?' vroeg ze.

'Perfect!' zei Julien, waarna hij zich naar de spiegel omdraaide om zichzelf op te maken.

Toen Esta naast hem kwam staan om een blik in de spiegel te werpen viel haar mond open van verbijstering. Haar huid was te bleek en haar toch al volle lippen zagen er met de oranjerode verf die Julien had gebruikt clownesk uit. Hij had haar ogen met dramatische zwarte kohl omlijnd en haar oogleden turkoois-met-goud gekleurd.

'Ik zie eruit als een clown,' zei ze ontdaan tegen Julien, de lange vlechten van haar zwarte pruik uit haar gezicht strijkend.

Eigenlijk zag ze eruit als iemand op een van de schilderijen in de Straten van Caïro, maar dat kwam ongeveer op hetzelfde neer. Die waren net zomin authentiek als haar huidige look.

Julien keek haar in de spiegel aan. 'Dat is ook precies de bedoeling.'

'Eruitzien als iemand uit een of andere freakshow?' Haar mond plakte van de verf toen ze praatte.

'Niet over je lippen wrijven tot ze droog zijn,' waarschuwde hij zonder zich iets van haar verontwaardiging aan te trekken, terwijl hij zijn eigen lippen een zachtere tint rood gaf.

'Waarom zie jij eruit als een vrouw en ik als een clown?' vroeg ze. Hij had haar gelaatstrekken op een bepaalde manier uitgesprokener en hoekiger gemaakt dan ze waren, terwijl zijn eigen make-up juist het tegenovergestelde effect had en de mannelijke trekken in zijn gezicht zachter en vrouwelijker had gemaakt.

Hij wierp haar een geërgerde blik toe in de spiegel. 'Omdat je een vróúw bent. Maar geloof me, dat zal niemand merken met zo'n gezicht. Je ziet eruit zoals het hoort: als elke andere vent die vanavond op een praalwagen meerijdt.'

Ze fronste naar zichzelf en ontmoette Hartes blik in de spiegel. Zijn gezichtsuitdrukking was een mengeling van afschuw en pijn, wat haar vertelde dat de make-up er inderdaad net zo rampzalig uitzag als ze dacht.

Sinds de dag na de brand, toen ze ruzie hadden, had hij niet meer tegen haar gepraat, maar hij was hier. Hij zou doorgaan met de plannen die er al waren, dus had zij haar zin gekregen en van hem gewonnen. Maar op de een of andere manier gaf de overwinning haar niet de voldoening die ze had verwacht. Ze zou de zenuwen de schuld kunnen geven, maar ze had lang getraind om stalen zenuwen te kweken – en zeker voor zo'n belangrijke en gevaarlijke klus als dit.

Met een gefrustreerde zucht pakte Esta een flinke dot watten en stopte die in het overdreven grote korset dat ze onder de wijde witte jurk aanhad. Het was ronduit belachelijk dat ze eerst haar borsten had moeten insnoeren, om daarna haar korset op te moeten vullen om in een van Juliens jurken te passen. Allemaal omdat het vrouwen niet was toegestaan mee te rijden op de praalwagens van de parade – het was ongepast of immoreel of zoiets. Ze begreep nog steeds niet dat een stel bezopen kerels verkleed als vrouwen dan wel door de beugel kon, maar deze hypocrisie zorgde er dan toch voor dat ze met de parade mee kon, en belangrijker: een mogelijkheid had om bij het collier te komen.

Er werd op de deur van de kleedkamer geklopt. 'Je koets staat klaar,' riep Sal.

'Zeg maar dat we zo komen, vijf minuutjes,' riep Julien terug. Daarna zette hij zijn pruik op – een zwart bobkapsel waardoor hij op Cleopatra leek – en richtte zich tot Esta en Harte. 'Nou, daar gaan we dan.' Hij zag er nerveus uit. Te nerveus.

'Rustig maar, Jules,' zei Harte, hem op de arm kloppend. 'Dit verschilt heus niet van je andere optredens. Het is allemaal pracht en praal, en voor je het weet is het voorbij.'

'Dat vrees ik ook,' mompelde Julien.

Hij was niet echt blij geweest ze weer te zien en zeker niet toen ze hem vertelden dat ze zijn hulp nodig hadden. Als ze niet in een druk restaurant waren geweest, dacht Esta, had Julien Harte waarschijnlijk neergeslagen en zich uit de voeten gemaakt. Maar ze hadden hun dilemma uiteindelijk zo goed mogelijk aan hem uitgelegd, zonder hem iets over de Antistasi te vertellen. Als alles volgens plan verliep, zou hij daar niets over te weten komen, en liep hij ook geen gevaar.

'Niemand zal jou ervan beschuldigen, Jules. Dat beloof ik,' verzekerde Harte hem, zijn stem net zo kalm als zijn gezicht. 'Klaar, Slimpie?'

'Hou eens op met die naam,' verzuchtte Esta, maar eigenlijk was het juist goed dat hij dat deed. Dat beetje ergernis dat het opriep gaf haar een zelfverzekerder gevoel en hield haar scherp. 'Tot zo bij de parade.' Ze probeerde een glimlach op haar gezicht te toveren. Hij zei niets maar knikte gespannen, met donkere ogen en zijn gezicht onpeilbaar.

Op ongeveer zo'n avond als deze, bedacht ze, en nog niet zo lang geleden waren ze in een ongemakkelijke stilte naar Khafre Hall gereden. Toen was ze van plan geweest iedereen aan wie ze verknocht was geraakt in New York te verraden. Ze had niet het minste vermoeden gehad dat Harte zijn eigen plan zou trekken. Die avond was hij ook zo afstandelijk geweest, maar op de een of andere manier leek de afstand tussen hen nu groter dan ooit – zelfs op die bewuste avond toen hij haar de ergste verrader had gevonden die hij kende.

Hij was al dagenlang teruggetrokken en in zichzelf gekeerd. Zelfs voor hun onenigheid had hij zich op de vlakte gehouden en elke keer dat hij haar aanraakte of als het leek alsof hij toenadering zocht wekte hij de indruk dat het een vergissing was – dat dit alles één grote vergissing was. Maar sinds hun woordenwisseling op de rivieroever was de spanning tussen hen om te snijden.

Esta wist wat Harte dacht – dat de Antistasi geen goed werk deed; dat dit niet haar strijd was en dat ze spijt zou krijgen van haar daden. Maar ze had geen tijd voor berouw of twijfels nu er zo veel van afhing. Wat was er allemaal niet gebeurd doordat ze Jack in leven hadden gelaten? Ze had toen naar Harte geluisterd en zich laten beïnvloeden, en dat had de toekomst in negatieve zin veranderd. De Mageus hadden eronder geleden. *Nee*. Ze zou sterk blijven. Zeker nu.

Verdorie! Ze zuchtte boos en wapende zich tegen wat haar te doen stond. Over ruim een uur hadden ze het collier en zou de wereld er heel anders uitzien. Ze zouden er zelf een betere wereld van maken, of ze zou het proberen, zelfs als dat haar dood zou worden.

Ze knikte kordaat naar Harte en liep achter Julien aan door het theater naar buiten, waar een huurkoets stond te wachten. Aan weerskanten van de deur stonden bewakers van de Garde op wacht, dus riep ze haar magie op en vertraagde ze de tijd zodat ze in de achterkant van de koets kon klimmen.

Maar die was niet leeg, zoals ze had verwacht. De Gesluierde Profeet wachtte hen op in de donkere, met fluweel gestoffeerde ruimte, en naast hem zat Jack.

DE DUIVEL IS BINNEN

1904 – St. Louis

Nadat Esta en Julien de kleedkamer hadden verlaten en de deur goed achter zich dicht hadden getrokken, moest Harte zich inhouden om haar niet achterna te gaan. Ze had net nog in de spiegel naar hem opgekeken, haar gezicht zo zwaar opgemaakt dat hij haar niet eens had herkend, en hij had nog iets anders dan Esta gezien: de vrouw uit zijn visioenen, met ogen zo zwart als de nacht, die maar bleef schreeuwen...

Het was vast toeval. Maar Harte geloofde niet in toeval.

Hij wreef met zijn hand over zijn gezicht en toen werd hij overvallen door een plotselinge woedeaanval. Hij schopte de stoel bij de make-uptafel omver en daarna maaide hij de rijen make-up en verf van de tafel. Porseleinen potjes vielen op de grond kapot en de verschillende gekleurde poeders lagen in een rommeltje door elkaar.

Hij had haar moeten tegenhouden. Hij had veel beter zijn best moeten doen om haar over te halen met dit absurde plan te kappen. Ze had zich in de maling laten nemen door Ruth en de Antistasi, verleid door hun ideaal de wereld te verbeteren, maar Harte deelde die hoop en dat optimisme niet. Hij kon zich geen nieuwe wereld voorstellen waarin iedereen vrij zou zijn, en zeker niet met de stem in hem die alleen maar vernietiging en dood verkondigde.

Magie was niets anders dan een valstrik. Bedrog.

Of misschien moest hij haar laten gaan, zoals hij nu deed. Misschien kon hij niet anders. Wie was hij om Ruth en de Antistasi te veroordelen? Zeker niet nu de macht Harte probeerde te ondermijnen en aan zichzelf deed twijfelen, tot hij zo bang en besluiteloos zou worden dat de macht door het laatste beetje zelfbescherming heen zou breken.

Buiten adem staarde hij naar zichzelf in de spiegel – de donkere kringen onder zijn ogen, het waas van een stoppelbaardje van twee dagen op zijn kaken. Als hij heel goed keek, dacht hij de demon te kunnen zien, vanuit de diepten in zijn eigen ogen naar hem terug turend.

Zelfs met zijn handen stevig om de rand van de make-uptafel geklemd had hij het gevoel dat hij zo weg zou kunnen vliegen als hij zich niet vasthield. Met elke dag die voorbijging werd Sesjat sterker. Elke dag kostte het hem meer moeite om de stem te onderdrukken die maar bleef rommelen en ratelen en alsmaar machtiger werd. Haar klank was nu helderder, haar lied was vervuld van woede en verdriet, verwoesting en chaos, en ze zong haar lied voor Esta.

Ze zou de wereld aan flarden rukken.

Nee. Dat zou hij niet laten gebeuren. Hij zou er alles aan doen om te voorkomen dat de macht van het Boek zich meester zou maken van Esta en haar zou gebruiken. Zijn visioenen, of wat het ook waren, mochten niet zijn toekomst worden.

Hij ademde diep in, liet de rand van de tafel los en deed een stap naar achteren. Toen deed hij zijn ogen dicht en ademde hij nog een keer diep in, om de macht in bedwang te houden met alles wat hij in zich had. Daarna schoof hij het paneel in de wand open, glipte de geheime vluchtweg in en ging via de achterkant van het gebouw naar buiten.

North stond aan het eind van het steegje op hem te wachten in een van de wagens van de brouwerij, die was overgeschilderd om de naam weg te werken. Sinds de brand verliep zijn contact met de cowboy soepeler, maar North begroette hem nu alleen met een tikje tegen zijn hoed toen Harte op de bok klom.

'Je kostuum ligt daar,' zei North, wijzend naar de jutezak op de vloer.

Toen ze eenmaal reden haalde Harte een cape en een bijpassend masker uit de zak. Het zag er belachelijk uit en was van papier-maché gemaakt, met een slangachtige kop en stro dat zijn haar moest bedekken.

Nadat Harte zich had omgekleed gaf North hem een klein katoenen zakje. Hij maakte het open en zag het collier. Als hij niet had geweten dat het een nepexemplaar was, zou hij het nooit hebben gemerkt. Ruths mensen waren heel bedreven – verdomd goed zelfs. Het metaal glansde als het platina waar de echte Ster van de Djinn van was gemaakt en de steen in het midden van het collier bezat bijna dezelfde bovennatuurlijke diepte als het origineel. 'Hij is ronduit perfect.'

'Natuurlijk is dat zo,' zei North. 'Onthoud goed dat als je dit exemplaar met het echte collier verwisselt en je de sluiting dichtmaakt, de ontsteking afgaat. Als ze het afdoen, wordt het mechanisme erin geactiveerd. Die knul, Julien, heeft dan ongeveer tien minuten voordat het zuur erdoorheen bijt en het serum zich verspreidt.'

'Dat moet lukken.' Zodra Harte de colliers had verwisseld en het nepexemplaar aan Julien op de praalwagen had gegeven, zou de volgende persoon die het in handen kreeg de Gesluierde Profeet zelf zijn, wanneer hij het collier aan het meisje overhandigde dat het bij het bal zou dragen. Volgens het plan zou dat gebeuren vlak voordat de Gesluierde Profeet de debutante die deze pech had zou vergezellen en presenteren aan de gasten van het gala. Julien was daar niet voor uitgenodigd, dus hij liep geen gevaar. 'Wanneer dat gebeurt moet iedereen onderweg zijn naar de ontmoetingsplek. Heb je de armband die Ruth had gestolen?' vroeg Harte.

'Die heeft Maggie,' antwoordde North. 'Ze geeft hem aan je terug bij de Watertoren, als alles achter de rug is.'

'En daarna zijn jullie voorgoed van ons verlost.'

North stopte de wagen langs de kant van de straat en sprong van de bok om de paarden aan een paal vast te binden en de achterdeuren open te doen. In de wagen zaten ruim tien Antistasi muisstil te wachten, allemaal in hetzelfde kostuum als Harte droeg.

Stilletjes kropen ze om beurten naar buiten tot ze met zijn allen om North heen stonden.

'Jullie moeten goed opletten dat je op de goede praalwagen stapt,' instrueerde North, die het plan nog een laatste keer doorsprak. Ze hadden een afleidingsmanoeuvre nodig, afleiding en verwarring, zodat Harte de praalwagen op kon glippen om de colliers te verwisselen.

'De profeet is bijna bij het einde van de parade,' vertelde Harte iedereen, dankzij Julien, die deze informatie had achterhaald. 'Daar moeten we voor de meeste opschudding zorgen.'

'Wij weten als geen ander hoe je opschudding veroorzaakt,' zei een van de mensen met een slangenmasker, waarop de anderen hem lachend bijvielen.

'Vergeet niet,' ging North verder, hun gelach onderbrekend, 'dat jullie je moeten opsplitsen als de lampen uitgaan. Dump je kostuum waar je kunt en ga dan rechtstreeks terug naar het kamp. Niet in groepjes. Blijf op jezelf. Als je wordt opgepakt, doe dan wat je moet doen, maar verraad de anderen niet. We zullen je zo snel mogelijk bevrijden.'

Er klonk een instemmend gemompel op uit de groep. Toen deed Harte zijn masker op, maar schoof het op zijn hoofd.

'Succes,' zei North terwijl hij zijn hand naar Harte uitstak.

Harte schudde de hand en even overwoog hij of hij zijn magie door Norths huid zou laten stromen, alleen om er zeker van te zijn dat Ruth niet haar eigen plan zou trekken. Maar hij kon zich niet veroorloven dat North nu al argwaan zou krijgen. Als ze het collier én Esta's armband van een groep Mageus wilden afnemen, hadden ze een verrassingseffect nodig.

Even namen ze elkaar op, alsof geen van beiden de eerste wilde zijn die zich gewonnen gaf, tot Harte besloot North te laten winnen.

Hij liet de hand van de cowboy los en groette hem in stilte voordat hij het masker voor zijn gezicht schoof. Daarna voegde hij zich bij het groepje slangenwezens en gingen ze op pad om de Gesluierde Profeet, het collier en het meisje dat hij niet verdiende te vinden.

HET GALA

1904 – New York

Jack Grew stond in een hoek van de balzaal van zijn oom en overzag alles wat hij had gecreëerd. Om hem heen flakkerde kaarslicht en fonkelde kristal. Het zachte, verwachtingsvolle gemompel omhulde hem als een beschermende mantel tegen wat er stond te gebeuren. Elke man of vrouw van aanzien in New York was er, inclusief alle leden van de Orde en een select groepje mensen van de pers, die bereid waren op de meest positieve manier verslag te doen van het evenement. In een andere hoek maakte Sam Watson een praatje met Vanderbilt jr., en aan de overkant stond zijn tante de versierde balzaal trots te bewonderen. Iedereen was in een goede bui, blij en tevreden. Dat gold ook voor Jack. Hij was er dichtbij. Zó dichtbij.

Watson had hem in het oog gekregen en liep nu vanaf de overkant van de zaal naar hem toe, maar Jack deed alsof hij hem niet zag. In plaats daarvan dook hij tussen het dichtstbijzijnde gordijn door dat de gasten van het gebied scheidde achter de tijdelijke podia die aan één kant van de balzaal stonden opgesteld. Daar was de stemming niet zo ontspannen en zorgeloos als bij de genodigden die al de nodige champagne ophadden. Backstage hing een nerveuze energie in de lucht die haast elektrisch geladen leek. De opwinding joeg door Jack heen en hij haalde het medicijnpotje uit zijn vest om nog twee morfinepillen te nemen. Daarna liet hij het potje weer in zijn vestzak glijden, vlak naast de warme gloed van het Boek, en zocht hij zich een weg tussen de geconcentreerde artiesten door, op zoek naar Evelyn.

Tegen de tijd dat hij bij haar kwam had ze de doorschijnende jurk al aan die speciaal voor het tableau vivant was gemaakt. Alle tableaux waren met een bepaalde reden uitgekozen, maar vooral om de macht uit te beelden van de wetenschap en de alchemie boven het gevaar van ongetemde magie, die de beschaving ooit bijna had verwoest. Het schilderij *De Nachtmerrie* was het laatste tableau, het slotstuk. Er was een blonde dame op te zien die onderuit op een sofa lag, met haar hoofd en hand naar de vloer hangend. Zoals Fuseli haar had afgebeeld kon de slapende vrouw net zo goed dood zijn, behalve dan de vaag roze kleur van haar lippen. Boven op haar ribbenkast zat een duivelachtig wezen, een boze geest die het idee van de nachtmerrie weergaf en met zijn hele gewicht zwaar op haar drukte, terwijl hij haar in een dodelijke slaap hield.

Voor het tableau had Evelyn zichzelf nog bleker gepoederd dan anders. Haar huid was zo wit dat ze bijna licht gaf en de kleur verschilde niet zo veel van de ivoorwitte jurk die ze aanhad. Nu ze bij een kleine spiegel stond en de lichtroze verf op haar lippen depte, bedekte de jurk maar bar weinig van haar lijf. Het gevalletje had net zo goed helemaal doorschijnend kunnen zijn als je zag hoe het om haar rondingen viel, en omdat de japon bijna net zo licht van kleur was als haar gepoederde huid leek het inderdaad of ze niets aanhad. Dat hoorde natuurlijk allemaal bij het vermaak van de avond. Tableaux vivants stonden erom bekend dat ze pikant en opwindend waren en de grenzen van het fatsoen oprekten.

Maar hoe provocerend de tableaux ook waren, ze kwamen ermee weg omdat wat ze uitbeeldden tot de klassieke kunst behoorde. De jurk van Evelyn had er waarschijnlijk op straat algauw voor gezorgd dat ze werd opgepakt en in de gevangenis werd gegooid, terwijl die voor het tableau heel geschikt was. Toen Evelyn zich op de sofa neervlijde, zag de japon er praktisch hetzelfde uit als op het schilderij en het kon zowel een avondjurk zijn als een lijkwade, om de gelijkenis tussen een diepe slaap en de dood uit te drukken.

Natuurlijk, als Jacks plannen vanavond werden gerealiseerd zouden de gelijkenissen samenvallen en was er geen verschil meer.

De ring om haar vinger glinsterde in het zwakke licht. *Nog éven en het is zover*, beloofde hij zichzelf toen ze haar blik in de spiegel op hem liet rusten en ze zich omdraaide om hem te begroeten. *Nog héél even...*

'Jack, lieverd,' zei Evelyn mierzoet. 'Hoe zie ik eruit?' Ze draaide in het rond zodat de rok van de jurk zwierend opbolde.

Inmiddels keek hij niet meer op van de verzengende lust die ze in hem opwekte en door het beschermende ritueel uit het Boek, dat hij eerder die dag had uitgevoerd, was het nu niet meer dan een klein ongemak. Maar Evelyn was niet de enige actrice die avond. Hij maakte er een hele show van om met een verleidelijke blik naar haar toe te lopen, alsof hij haar wilde kussen in plaats van haar de nek om te draaien.

'Betoverend als altijd.' Hij telde de seconden tot de voldoening op haar gezicht zou plaatsmaken voor angst. 'Heb je de pruik gekregen die ik je heb laten brengen?' De slapende vrouw in Fuseli's schilderij had hoogblond haar maar dat van Evelyn was knalrood, en dat zou de echtheid van het tableau niet ten goede komen.

'Ja, die heb ik,' liet ze hem weten. 'Ik wilde hem net op gaan zetten.' Ze schonk hem een steelse blik vanonder haar wimpers. 'Ik heb het nachtmerriewezen ook gezien. Je hebt jezelf overtroffen, Jack. Hij is geweldig!'

'Ja, hè?' Vlak bij het podium waar Evelyn straks op de sofa zou gaan liggen alsof ze dood was stond het misvormde wezen dat op haar borstkas zou worden gezet.

Evelyn liep erheen en haalde haar hand verleidelijk over de kop van het wezen. 'De uitdrukking op zijn gezicht is zo echt, alsof hij leeft. Je kunt je bijna voorstellen dat hij je dromen tot nachtmerries maakt, vind je niet?' vroeg ze hem, waarna ze hem een sluwe, ophitsende glimlach schonk, die hij inmiddels herkende als haar poging hem te manipuleren.

'Dat kan ik me heel goed voorstellen,' beaamde hij, het wezen dat hij eigenhandig had gemaakt van top tot teen bekijkend. Het was hem niet in één keer gelukt, maar na een paar fouten had hij het toch klaargespeeld om het licht genoeg te maken zodat het op Evelyns borst kon zitten en zwaar genoeg om te blijven zitten wanneer het moment aanbrak.

'Het publiek zal door het dolle heen zijn,' slijmde ze.

'Ja. Ja, zeker weten,' zei hij, zijn opwinding onderdrukkend. 'Nou, als je me nu wilt verontschuldigen. Ik moet nog een paar andere opstellingen controleren. Het is bijna tijd om te beginnen.'

VOOR DE STORM

1902 – New York

Cela trok aan het gesteven tenue dat ze droeg. Ze was niet in de wieg gelegd om mensen te bedienen die dachten dat de wereld aan hun voeten lag alleen omdat ze een rijke pa hadden, of achter ze op te ruimen en schoon te maken. Maar ze had Jianyu beloofd hem te helpen de ring terug te krijgen. Ze was een week op proef geweest als dienstmeisje in het herenhuis van Morgan. Maar elke dag dat ze de voorbereidingen voor het gala zag vorderen, raakte ze er meer en meer van overtuigd dat deze mensen niet meer macht verdienden dan ze al hadden. En ze hadden al helemaal geen magische ring nodig die ervoor kon zorgen dat het slecht zou aflopen, en niet alleen voor mensen met magie. Ze geloofde Jianyu op zijn woord toen hij had gezegd dat als de ring met de steen in verkeerde handen viel, dit de hele wereld op zijn knieën zou krijgen.

Cela liet zich niet op de knieën krijgen. Ze rechtte haar rug en zorgde dat ze er klaar voor was. Ze moesten nog even wachten. Het plan leek simpel zat – wachten tot het doek openging voor Evelyns tableau, dan zou Jianyu naar Evelyn toe sluipen en de ring van haar vinger wegnemen. Als ze haar hocus pocus uit de kast zou halen, moest ze die bij het hele publiek gebruiken of het risico lopen dat ze werd ontdekt in een zaal vol mannen die naast geld verdienen nog een ander doel in hun leven hadden: haar soort uitroeien.

Helaas geloofde Cela niet dat alles zó simpel was, wat Jianyu er ook van mocht denken.

Maar ze was niet alleen. Ook al was Abe het niet echt met haar eens geweest, hij had toch besloten om ze te helpen. Misschien deed hij dat alleen om haar voor nog meer ellende te behoeden dan ze aankon, maar hij zou haar er niet over horen klagen. Abe liep aan de andere kant van de zaal met een dienblad vol champagne toen hij haar blik ving en onopvallend met zijn hoofd schudde: nog geen teken van Evelyn.

Ze knikte om hem te laten weten dat het goed ging en vervolgens liep ze door om nog wat lege glazen op te halen. Het zou nu zo gaan beginnen.

EEN OUDE VIJAND

1904 – St. Louis

Toen Esta Jack in de donkere koets zag zitten die op hen stond te wachten, moest ze zichzelf dwingen erin te klimmen. Julien nam de zitplaats naast Jack, dus moest zij wel tegenover hem plaatsnemen. Ze verbeet haar spanning en volgde Juliens voorbeeld door achterover te leunen en ondanks haar rokken wijdbeens te gaan zitten om voor de man door te gaan die ze moest voorstellen. Met de make-up die Julien had aangebracht en de schaarse verlichting in de koets hoopte ze maar dat Jack haar niet zou herkennen.

'Ah, Mr. Eltinge, en...' Jack keek haar verwachtingsvol van opzij aan.

'Dit is Martin,' zei Julien, alsof dat alles verklaarde. 'Martin Mull.'

'We hadden niet nog iemand anders verwacht,' vertelde de man achter de ragfijne kanten sluier hem.

Esta merkte Jacks nieuwsgierigheid, maar ze bleef recht naar voren kijken en dwong zichzelf rustig door te ademen toen ze zijn blik ontmoette.

'Martin dient vaak als extra beveiliging voor mij,' legde Julien vlotjes uit. 'Ik ging ervan uit dat een bodyguard juist vanavond goed van pas zou komen. Zeker als je nagaat welke kleren ik van jou moet dragen door de straten van de stad.'

Er viel een lange, gespannen stilte, totdat de profeet zijn hoofd wat schuin hield en de sluier voor zijn gezicht even golfde door de beweging. Esta kon Jacks belangstelling voor haar voelen wegzakken toen de profeet haar links liet liggen. Achteloos haalde Jack het medicijnpotje uit zijn jas, schudde er een paar pillen uit en stopte ze in zijn mond. Daarna leek hij even in dubio te verkeren tot hij er nog een paar nam en het potje terugstopte.

Het was pas een paar weken geleden, maar voor Jack had het langer geduurd en de jaren lieten hun sporen na op zijn gezicht. Hij zag er ouder uit dan toen ze hem voor het laatst had gezien, zijn huid zag er ongezond opgeblazen uit.

Misschien kwam dat door de drank, maar op de een of andere manier had ze zo het vermoeden dat dit niet het geval was. Hij klopte met zijn vingertoppen op zijn bovenbeen en de spanning van het zachte ritme was haast tastbaar in de kleine ruimte.

Hij had het Boek. Misschien had hij het zelfs bij zich. Hij zat zo dichtbij en als ze het riskeerde haar magie te gebruiken zou ze het misschien kunnen jatten.

Maar als ze het probeerde – als ze het Boek te pakken kreeg – zou Jack weten dat het weg was. Zijn reactie op die ontdekking kon al hun zorgvuldig beraamde plannen in het honderd sturen – inclusief het plan om het collier te jatten. Haar gedachten raasden, maar Esta zag geen enkele manier waarop ze het Boek én het collier konden bemachtigen. Niet zonder alles en iedereen in gevaar te brengen. En niet voordat de koets tot stilstand kwam en de deur opengіng.

Buiten was de verzamelplaats provisorisch verlicht met aan snoeren hangende, elektrische gloeilampen en het wemelde er van de mensen in excentrieke kostuums. Bij een van de praalwagens stond een groepje beschilderde lui in kakelbonte kleuren, met veren getooid en met alleen een lendendoek om hun lijf. Ze stonden met mensen te praten die in het grijze federale uniform gekleed gingen. Weer een andere praalwagen was gereserveerd voor mannen die zich als sultan hadden verkleed, hun gezicht was een tint donkerder geschminkt en lange baarden waren op hun kin geplakt. Ze hadden de grootste lol en dronken allemaal uit één fles. Dan was er nog een miniatuurreplica van de stoomboten die over de rivier voeren. Er stonden mensen met zwart geschminkte gezichten en hoge hoeden op de boot te wachten tot de parade zou beginnen.

Esta verwachtte niet veel van de parade, maar nu ze alles met eigen ogen zag, keerde haar maag zich om. Het leek wel alsof de Ku Klux Klan een gekostumeerd bal had georganiseerd, dacht ze, en ze deed haar best om te doen alsof het haar niets kon schelen. Ze kon zich niet veroorloven dat iemand haar afschuw zou merken. 'Doen ze dit elk jaar?' vroeg ze aan Julien.

Hij knikte.

'Is het altijd zo...' Ze kon de goede woorden niet vinden.

'Dit is mijn eerste keer.' Hij fronste naar drie mannen die schunnige gebaren maakten naar een vierde vent die als vrouw was verkleed en die dubbel lag van het lachen. 'Maar ik denk het wel.'

Ze zochten zich een weg door de drukte naar de praalwagen waar ze op mee zouden rijden – die van de Gesluierde Profeet zelf. Hij was ontworpen naar het voorbeeld van de boten in de Straten van Caïro, maar dan groter. Het geheel was op een enorme platte kar gebouwd, waarvan de zijkanten in hetzelfde glanzende goud en fel indigoblauw waren geschilderd als de attractie bij de tentoonstelling. Aan weerszijden van de praalwagen zaten vijf mannen met een roeiriem in hun hand, wachtend op het moment dat de parade van start ging. Omdat ze de indruk wekten nog helemaal nuchter te zijn – in tegenstelling tot de meeste brallende kerels hier – vermoedde Esta dat ze van de Jefferson Garde waren, als extra beveiliging van de profeet en het collier. In het midden van de boot stond een klein podium met twee goudkleurige tronen, beide met een zijden baldakijn dat was versierd met juwelen.

Een tweetal bewakers in uniform liep op hen af en een van hen droeg een koffertje.

'Verloopt alles volgens planning, Hendricks?' vroeg de profeet.

De bewaker met het koffertje knikte. 'Dit is voor jou,' zei hij tegen de profeet terwijl hij het ter inspectie aan hem gaf.

De profeet viste de sleutel uit zijn gewaad en draaide het slot open, waarna een glimp van platina en turkoois zichtbaar werd. *De Ster van de Djinn.*

Ze balde haar handen tot vuisten, ze moest zich beheersen om het collier niet nu meteen weg te grissen. Het zou zo zijn gepiept. Zo simpel als wat. Ze zou het Boek en het collier allebei kunnen stelen. Het enige wat ze moest doen was de tijd vertragen, het collier wegnemen en ervandoor gaan...

Maar dan blijft Julien achter en krijgt hij de schuld. Hij had haar tenslotte meegenomen naar de parade. Ze zouden in zijn richting kijken en antwoorden van hem eisen wanneer ze verdween, en als hij die niet had betwijfelde Esta of dat wat zou uitmaken; het zou hem hoe dan ook ruïneren.

Sterker nog: hij had geluk als het daarbij zou blijven.

Om nog maar te zwijgen van het feit dat Ruth en haar mensen op het punt stonden hun leven op het spel te zetten voor de ogen van de hele stad, die was uitgelopen om naar de parade te kijken. Ruth had de Sleutel van Isthar nog steeds. Als Esta nu iets deed wat de Antistasi in gevaar zou brengen, was het veel moeilijker om haar armband terug te krijgen.

Geen enkele optie bood een goede oplossing. Ze moest zich aan het plan houden, ook al wilde ze nu niets liever dan het collier jatten.

Het was toch al te laat, want de profeet maakte het sieraad om Juliens nek vast.

'Nou, Mr. Eltinge, zoals we hebben besproken,' zei de profeet. 'Als er ook maar iets mee gebeurt tijdens de parade...'

'Niemand kan bij mij in de buurt komen, sir,' verzekerde Julien hem met op elkaar geklemde kaken. Hij wierp Esta een blik toe, die van hem wegkeek. Voor een acteur was hij een slechte bedrieger.

De profeet knikte en zijn sluier bewoog lichtjes heen en weer als de vitrage voor het raam van een oude dame. 'Dan is het nu tijd, denk ik,' zei de profeet, naar het kleine podium gebarend.

Julien klom er als eerste op en daarna volgde de profeet. Esta kwam na hen de wagen op en ging op haar plek staan, vlak bij Julien. In de drukte was ze Harte uit het oog verloren, maar de Ster van de Djinn was zó dichtbij. En toch totaal onbereikbaar.

De mannen die halfdronken hadden rondgehangen liepen naar hun wagen en het werd steeds rustiger op de verzamelplaats nu de praalwagens om beurten vertrokken. Esta hoorde het tromgeroffel van de fanfares die begonnen te marcheren en toen, na wat een eeuwigheid leek, kwam de wagen met een schok in beweging.

De route van de parade stond vol mensen en iedereen probeerde een glimp op te vangen van de felverlichte wagens die door de stad trokken. Elke praalwagen was verbonden met de elektrische bovenleiding van de trams, de energiebron voor de gloeilampen die de decoraties van papier-maché als kleine zonnetjes beschenen, heet en gevaarlijk.

Toen ze de hoek omgingen van de Linden Boulevard en aan hun langzame maar gestage tocht naar de tentoonstelling begonnen, voelde Esta iets scherps tegen haar wang slaan. Ze wreef over de pijnlijke plek toen ze opnieuw werd geraakt, dit keer tegen haar arm. 'Au...' verzuchtte ze, over de gevoelige plek wrijvend.

'Het is dezelfde rotzooi als altijd,' hoorde Esta de profeet zeggen. 'Negeer het.'

Maar het aantal voorwerpen waarmee ze werden bekogeld nam alleen maar toe.

Twee mannen, gekleed als Egyptische schildwachten, waren alert en gingen meteen naar de zijkant van de praalwagen, waar ze de menigte op de stoep beneden hen afspeurden. Kort daarop stonden ze naar iemand te wijzen en Esta zag de langs de route opgestelde politie de menigte in duiken om de boosdoeners in de kraag te vatten.

'Zie je,' stelde de profeet haar gerust. 'Niets anders dan een klein ongemak.'

De parade trok verder en in de verte zag ze de geboogde entree van de tentoonstelling. *Nog éven*, dacht ze, en ze hield haar ogen wijd open, op elk teken van dreigend gevaar bedacht. *Nog even en dan is Harte hier. Dan is het voorbij.*

Of misschien begint het dan juist?

Ze waren ongeveer een huizenblok van de tentoonstelling vandaan toen Esta tumult in de menigte hoorde. Een woeste schreeuw klonk door de lucht en plotseling doken er gemaskerde mannen op tussen de toeschouwers. Ze droegen zwarte mantels en slangenkopachtige maskers.

De Antistasi, dacht Esta, en haar hele lichaam werd warm toen ze hen zag. Ze was er klaar voor, precies zoals ze hadden afgesproken en precies op tijd. De mannen – en vrouwen, wist Esta – gebruikten de rookpoeder die Julien uit het theater had meegenomen om het politiekordon af te leiden en te zorgen dat de agenten niets meer konden zien, waarna ze de praalwagen van de Gesluierde Profeet bestormden. Esta gaf Julien rugdekking, aangezien ze zich voordeed als zijn bodyguard, en keek toe terwijl ruim tien mensen met een slangenkopmasker op de wagen klommen.

Toen de Antistasi aanviel en de roeiers van hun plek trok en van de wagen af duwde hing de onnatuurlijke magie overal in de lucht, zinderend heet en tegelijk ijskoud.

'Breng de koningin in veiligheid!' riep de profeet, en de overgebleven bewakers vormden een kordon om hen heen terwijl de gemaskerde Antistasi oprukte.

Esta bevond zich te midden van de chaos en deed alsof ze de slangenkoppen van zich af vocht. Ineens stond een van hen vlak achter haar en hij vloog Julien aan. *Harte.* Ze stortte zich in de strijd en voerde de gevechtstechnieken uit die ze van tevoren hadden geoefend, zodat hun schijngevecht de verwarring veroorzaakte die Harte nodig had om het collier van Juliens nek los te maken en het te vervangen door het nagemaakte exemplaar. Hij ontmoette haar ogen met een vastberaden blik, en nog iets wat ze niet echt kon thuisbrengen, om haar het afgesproken teken te geven. Daarna vocht ze Harte bij Julien vandaan, zoals ze hadden geoefend, en duwde ze hem van de wagen af, waar de agenten in zwarte uniformen stonden te wachten.

Ze had geen tijd om zich zorgen te maken over de vraag of Harte veilig was terechtgekomen, omdat ze plotseling naar achteren werd getrokken. Voor ze begreep wat er gebeurde zakte de bodem van het podium naar beneden en bleek ze met Julien in de val te zitten in een kleine cel. Boven hen schoof de opening dicht, en alles werd donker.

BIJKOMENDE SCHADE

1904 – St. Louis

Harte probeerde zich te ontworstelen aan de greep van de twee agenten die zijn armen stevig vasthielden, maar het duurde niet lang of hij werd hardhandig in het achterdeel van een lange zwarte wagen geduwd, samen met een aantal mensen van de Antistasi. De deur ging achter hen dicht en terwijl het rijtuig begon te rijden controleerde Harte of het collier nog in de geheime zak zat die in zijn overhemd was genaaid.

Tijdens het schijngevecht met Esta had het hem bijna al zijn kracht gekost om zich in te houden om niet van haar te winnen. De stem in hem had hem praktisch gedwongen haar neer te slaan en haar alles af te nemen wat ze was. Maar nu hield de stem zich weer rustig.

Toch vertrouwde hij die stilte niet helemaal. Misschien trok de macht zich terug vanwege de steen in zijn zak, net als bij het Boek was gebeurd. Maar het was net zo goed mogelijk dat ze het moment afwachtte om weer toe te slaan.

Iemand stak een lucifer aan en Harte deed zijn masker af terwijl de mensen in de laadruimte van de koets elkaar even aankeken, tot er iemand in de lach schoot. 'Jezus, dát was grappig!' zei een man die een hoektand miste, en hij wiste het zweet van zijn voorhoofd, waarna hij zijn handschoenen uittrok.

Harte was het er niet mee eens. Nog niet tenminste. Hij zou pas weer ontspannen zodra ze werden vrijgelaten.

Toen de koets stilhield voelde hij zijn huid prikken en hij was meteen alert, terwijl hij wachtte tot de deur openging. Buiten stond een politieagent die zijn mond vol afschuw vertrok. 'Het ziet ernaar uit dat we hier een zooitje Antistasi-slangen hebben,' zei de man, waarna zijn gezicht geamuseerd opklaarde en hij naar achteren stapte om ze uit de wagen te laten.

Harte liet de adem die hij had ingehouden ontsnappen en de macht in hem roerde zich. Die leek lang niet zo verzwakt als hijzelf was.

Hij liet de andere jongens voorgaan. Met de adrenaline en spanning van de aanval op de praalwagen nog in zijn lijf had hij geen haast om naar buiten te gaan, maar toen hij eenmaal uitstapte was het een hele opluchting om uit die benauwde, muffe wagen weg te zijn en de warme avondlucht te voelen. Ruth stond naast de plek waar de koets was gestopt met een paar anderen van de Antistasi te wachten.

'Heb je ze verwisseld?' vroeg ze toen ze Harte naar buiten zag komen.

Harte knikte. 'Het is gelukt.'

Maar hij vond het nog steeds helemaal niks. Als ze het niet voor elkaar kregen om naar 1902 terug te keren en een eind te maken aan dit alles – als ze hier gevangen zouden zitten en niet verder kwamen – wie weet wat de gevolgen van een aanslag op de president dan zouden zijn?

Hij haalde het collier uit zijn zak om het aan Ruth te laten zien. 'Nu ben jij aan zet: geef me Esta's armband.'

'Daar moet je nog even op wachten,' liet Ruth hem weten, haar hand naar het collier uitstekend.

Snel trok hij het sieraad weg. 'Verdomme...'

'Maggie is er nog niet,' zei Ruth vlug voordat hij echt over de rooie zou gaan. 'Ze kan elk moment komen.'

'Dan zeg ik je dat je het collier pas krijgt als zij hier is met de armband,' beet Harte haar toe, en hij stopte het collier weer in zijn jas terug. Zodra Esta eenmaal hier was, kon Ruth naar beide artefacten fluiten.

Ze stonden nog een tijdje te wachten terwijl de andere Antistasi terugkwamen, buiten adem maar absoluut enthousiast over wat ze voor elkaar hadden gekregen. Er gingen tien minuten voorbij, toen twintig, en met elke minuut die verstreek werd Harte ongeduldiger. *Ze hadden er al moeten zijn.*

Even later hoorde hij het geluid van wagenwielen en hoefgetrappel snel naderen. Daar zou je haar hebben.

Niet Maggie... *Esta.*

De macht in Harte ontwaakte bij het zien van de kleine koets die naast de wagen van de brouwerij halthield, en vlamde hunkerend op toen Esta, nog voor de wagen helemaal stilstond, uit het achterstel naar buiten klom.

Esta's gezicht blaakte echter niet van voldoening, wat hij eigenlijk had verwacht. 'Heb je het?' vroeg ze. En toen Harte knikte ontspande haar gezicht niet. 'Ze hebben Julien opgepakt,' zei ze grimmig.

'Hoe bedoel je?' vroeg Harte, naar haar toe lopend. Hij wilde haar het liefst in zijn armen sluiten om haar dicht tegen zich aan te drukken. Maar bij deze gedachte liet de stem meteen weer van zich horen en Harte bleef abrupt staan.

Het plan was heel duidelijk geweest. Gevaarlijk, maar nadat de colliers eenmaal waren verwisseld zou het een makkie zijn. De profeet zou het nepcollier van Julien krijgen en het om de hals van de debutante hangen die was uitverkoren als de *Queen of Love and Beauty* van het jaar. En daarna zouden ze er allebei – Esta én Julien – vandoor gaan.

'Ze hebben de praalwagen van de profeet meteen na de aanval een zijstraat in gereden. We zaten vast in een soort geheime ruimte onder de bodem van de wagen en toen we bij de Festivalhal kwamen lieten ze ons vrij. Maar ze pakten Julien meteen op, met collier en al. Jack was er ook, hij stond Julien op te wachten,' vertelde ze.

Harte verstarde totaal. 'Is Jack Grew hier?'

Esta knikte. 'Ik probeerde ze te volgen maar de bewakers van de Garde hielden me tegen, vanwege de beveiliging van de artefacten of zo.'

Dit stond Harte absoluut niet aan. Jack had geen enkele reden om achter Julien aan te gaan, tenzij hij iets wist. 'Is alles goed met Julien?'

'Ik denk niet dat de Garde iets vermoedde,' vertelde Esta hem. 'Ze leken zich meer zorgen te maken om het collier dan over het gevaar dat Julien eventueel vormde. Zolang hij zich rustig houdt en alles volgens plan verloopt, gaan we terug om hem te op te halen nadat ze de colliers hebben verwisseld.'

Hoewel het Harte een rotgevoel gaf besefte hij dat het veel erger had kunnen aflopen. Ze zouden Julien ophalen en ondertussen misschien zelfs het Boek te pakken krijgen.

Even later hoorden ze hoefgetrappel dichterbij komen.

'Maggie heeft de armband,' mompelde Harte tegen Esta toen ze Maggie zagen. Ze knikte naar hem om te laten weten dat ze het begreep.

'Zeg me dat je het niet hebt gedaan!' riep Maggie naar Ruth, nog voordat ze zich van het paard liet glijden. Ze holde naar haar zus en greep Ruths armen beet. 'Zeg me dat het niet is gebeurd. Dat het niet werkte, of...'

'Alles is volgens plan verlopen,' vertelde Ruth haar, fronsend.

Maar Maggie schudde haar hoofd, alsof ze het niet geloofde.

'Het is goed gegaan,' verzekerde Ruth haar, en haar stem klonk vriendelijk op een manier die Harte nooit eerder van haar had gehoord. 'Iedereen is veilig terug en het collier is verwisseld. Niks aan de hand.'

'Nee,' zei Maggie ongerust. 'Nee! We moeten ermee stoppen.'

'Er valt niets te stoppen,' vertelde Ruth haar.

'Maar het serum – het werkt niet!'

Ruth fronste. 'Natuurlijk wel. We hebben het met eigen ogen gezien.'

'Ze gaan dóód!' riep Maggie, nu bijna hysterisch. 'Ik dacht eerst dat Pauls brandwonden hem vanochtend hadden genekt, maar vanavond was het Greta. Ze is ook dood en de rest gaat haar achterna, ze gaan dood aan hun eigen magie. Ik kon niks meer voor ze doen. Zelfs Isobel kon ze niet genezen. Ze gaan eraan dóód!'

Ruths kaken spanden zich en er verscheen een harde blik in haar ogen. 'Dat is heel vervelend.'

'Het is niet vervelend, het is een regelrechte rámp! Ze vallen allemaal dood neer en het is onze schuld. Als dat collier ontploft hebben wij de dood van iedereen op het bal op ons geweten. Al die mensen...'

'Nou en? Dan gaan ze dood,' zei Ruth, en ze liep een paar stappen bij Maggie vandaan. 'Hoeveel mensen van onze soort hebben zij wel niet de dood ingejaagd met hun wetten, hun vervloekte Garde en hun haat?'

'We mogen dit niet – ík kan dit niet laten gebeuren,' siste Maggie verafschuwd. 'Dit is nooit mijn bedoeling geweest. Dit is niet...'

'We kunnen nu niets meer doen,' zei Ruth. 'Het is al gebeurd.'

'Jawel,' drong Maggie aan. 'Als we het bal verstoren, kunnen we ze uit het gebouw halen voordat het te laat is.'

'Ik ga mijn mensen niet in gevaar brengen voor het Genootschap.'

'Daarbinnen zijn niet alleen leden van het Genootschap, Ruth. Ook hun echtgenotes en dochters,' hield Maggie vol, zonder te merken dat Esta heel dicht bij haar was gaan staan.

'Die profiteren van het kwaad dat hun echtgenoten en vaders aanrichten.'

Maggie deed een grote stap bij Ruth vandaan en botste bijna tegen Esta op. Uit de afschuw op haar gezicht kon Harte opmaken dat ze deze kant van haar oudere zus nooit eerder had gezien. 'Alsjeblieft, Ruth,' smeekte ze.

Ze hadden het collier, en aan Esta's blik zag Harte dat ze haar armband net van Maggie had gejat, dus konden ze nu gaan voor ze betrokken raakten bij de ruzie die zo zou uitbreken.

Maar hij kon nog niet weg. 'We mogen Julien daar niet achterlaten,' zei hij tegen Esta, en haar van afschuw vertrokken gezicht vertelde hem dat ze het met hem eens was.

'We mogen niémand daar achterlaten,' benadrukte ze met bevende stem.

'Hoe denk je bij het bal binnen te komen?' vroeg Ruth. 'Elke ingang zal bewaakt worden door de Jefferson Garde. Zelfs als je langs de bewakers komt, zul je binnen met nog meer bewakers geconfronteerd worden, en daar komt de beveiliging van de president nog bij.'

'Daar vinden we wel wat op,' zei Harte. Maar Ruth had gelijk: de deuren bestormen en op het beste hopen zou een kamikazeactie zijn om de mensen op het bal te redden. Met alle hoogwaardigheidsbekleders die er waren zou het ze nooit lukken langs de beveiliging naar binnen te glippen, en als dat wel zo was, zouden ze niet meer naar buiten kunnen. Dat was nou juist de reden waarom ze het collier bij de parade hadden weggenomen.

'Daar kan ik wel bij helpen,' zei North zacht.

'Geen denken aan,' beet Ruth hem toe. 'Het is een hopeloze zaak. En jij gaat helemaal nergens heen tot ik dat collier van je krijg,' zei ze tegen Harte.

'Dan zul je het van me af moeten pakken,' zei Harte.

'North,' beval Ruth. 'Handel het af.'

North ging tussen hen in staan. 'Met alle respect, ma'am. Dat doe ik liever niet.'

'Waar wachten jullie op?' vroeg Ruth aan de anderen.

Maar de mannen en vrouwen in slangenkostuum die de parade hadden verstoord, maakten nu geen aanstalten om Harte af te voeren. De meesten tuurden naar hun voeten, met gespannen kaken en afhangende schouders door de zware last van wat ze net hadden gedaan.

'Zoek het dan zelf maar uit, jullie,' snauwde Ruth terwijl ze naar de hand van haar zus reikte. 'Kom, Maggie. We gaan, voordat de Garde ons ziet.'

'Ik ga met de anderen mee,' zei Maggie beslist. Ze negeerde de bezwaren van haar zus en liep naar North om zijn hand vast te pakken. De ogen van de cowboy glansden tevreden.

Ruths gezicht was vlekkerig rood geworden en er sprak een mengeling van boosheid en verbijstering uit. 'Maggie, je komt nu mee. Doe wat ik je zeg.' Zelfs Harte kon het ongeduld van de vrouw in de lucht voelen sidderen, zo tastbaar en echt als magie zelf.

Maar Maggie keek over haar schouder naar haar zus en schudde haar hoofd. 'Ik ben al heel lang geen klein kind meer, Ruth. Ik heb deze ellende veroorzaakt en ik zal er alles aan doen om het te beëindigen.'

NIETS TE VERGEVEN

1902 – New York

Ruby keek nog een keer in de lange paneelspiegel van de muur achter in de balzaal en fronste.

'Je hoeft dit niet te doen,' zei Theo met een kritische blik op de kleren die ze droeg – of misschien keek hij zo omdat ze amper iets aanhad.

Hij had een punt. Het flinterdunne perzikkleurige dingetje en de jurk die ze eroverheen droeg bedekten haar weliswaar van top tot teen, maar lieten niets aan de verbeelding over. Ze beeldde Circe uit – van het schilderij van John William Waterhouse – de heks die Odysseus de beker met de toverdrank aanbiedt. De doorschijnende jurk die ze over het onderjurkje droeg had de kleur van de zee op een bewolkte dag. Ze hing losjes over één schouder en liet meer bloot dan waar Ruby zelf ooit voor zou hebben gekozen.

Ze keek achterom. 'Natuurlijk wel,' zei ze tegen Theo, zich tegen zijn reactie wapenend. 'Nu ik hier ben biedt het me een ingang die ik anders niet had gehad.'

'Ik vind het maar niks,' grauwde Theo. 'Het is één ding om informatie door te spelen in de hoop dat het stof doet opwaaien, maar het is nog een heel ander verhaal om jezelf in het tumult te storten dat je hebt veroorzaakt.'

'Hoe kan ik achter de waarheid komen als ik me overal buiten hou?' vroeg ze terwijl ze de voorkant van de jurk optilde in een vergeefse poging haar benen te bedekken. Met een gefrustreerde zucht gaf ze het op, en ze liet de jurk los.

'De laatste keer dat je je er zo nodig mee moest bemoeien, kan ik me vaag herinneren dat ik werd beschoten,' bracht hij haar in herinnering, zijn toon eerder laconiek dan echt boos.

Toch werd Ruby overmand door schuldgevoel. 'Ik denk niet dat ik mezelf dat ooit kan vergeven,' liet ze hem weten, haar stem niet meer dan een fluistering.

Zijn gezicht werd wat milder. 'Er valt niets te vergeven. Ik leef nog. Ik wil alleen niet dat jou iets overkomt.'

Zeker niet nu Viola niet meer in ons leven is. Deze woorden bleven onuitgesproken in de lucht hangen.

Maar ze wilde niet aan Viola denken, vanavond niet. Ze had de afgelopen twee weken al te veel tijd verspild zonder dat ze een letter op papier had gekregen of een reportage had geschreven, en ze was wanhopiger dan ooit om met een goed artikel te komen, zodat haar redacteur haar zou opmerken.

Misschien had ze overhaast gehandeld door Jack de informatie door te spelen die Viola haar over Paul Kelly had toevertrouwd, ook al had ze dat in het geheim gedaan. Ze had gedacht het wespennest dat de Orde was op te stoken om te zien wat er zou gebeuren, maar in werkelijkheid had ze uit hartenpijn, boosheid en wrok gehandeld. En ze had niet kunnen wachten tot Theo Jack zou overhalen om haar mee te laten doen aan een tableau vivant. Maar toen had het gala van de Orde haar laatste redmiddel geleken, en was ze bij lange na niet de persoon die ze was voordat een paar purperen ogen haar hoofd op hol had gebracht. Nu leek het alsof alles waarvan ze dacht het onder controle te hebben als zand door haar vingers glipte.

Ze zette deze gedachte van zich af. Het waren de zenuwen, meer niet. Misschien had ze het van tevoren allemaal niet zo goed overdacht, maar ze was in ieder geval heel dicht bij het grootste evenement van de Orde sinds Khafre Hall was afgebrand. Vanavond zou zij, R.A. Reynolds, er een verhaal uit slepen waar niemand aan kon tippen.

Dat nam niet weg dat haar jurk belachelijk gewaagd was. Ze was nooit teruggeschrokken voor een beetje roddel en achterklap, maar nu maakte ze zich toch zorgen over wat deze jurk – en dat ze die droeg voor de ogen van iedereen die in aanzien stond in de kringen van haar moeder – zou betekenen voor Theo's reputatie.

'Als jij niet wilt dat ik –'

Voordat ze haar zin kon afmaken kwam Jack Grew om het gordijn heen naar binnen. Hij nam haar een moment op en zag er overdreven zelfgenoegzaam uit. Daarna richtte hij zich tot Theo. 'Je moet gaan, Barclay. We gaan zo beginnen.'

Theo keek haar een poosje met een onpeilbare blik aan en even dacht ze erover om de jurk uit te trekken, zich om te kleden en met hem mee te gaan. Maar voor ze de kans kreeg was hij verdwenen.

'Je ziet er fantastisch uit, Miss...' Jack fronste. 'Sorry. Ik weet dat Theo ons al eerder aan elkaar heeft voorgesteld, maar het lijkt erop dat je naam me is ontschoten.' Hij glimlachte naar haar, wat charmant zou zijn geweest als de blik in zijn ogen niet zo berekenend was. 'Een gevolg van het ongeluk, vermoed ik – hoofdletsel richt nou eenmaal schade aan, denk je ook niet?'

'Reynolds,' zei ze, en ze wilde niets liever dan de benen nemen, weg van Jack en zijn wellustige blik. 'Ruby Reynolds.'

'Reynolds?' vroeg hij terwijl zijn gezicht betrok.

Dit overkwam haar nou altijd. Als iemand nog niet wist wiens dochter ze was, vertrok hun gezicht op het moment dat ze daarachter kwamen. Maar dit was anders. Op Jacks gezicht was eerder woede te zien dan medelijden en Ruby realiseerde zich haar vergissing. Degene die opdracht had gegeven haar uit de weg te ruimen was een lid van de Orde. *Misschien was het Jack geweest.*

'Goed dan,' zei hij, met een zorgvuldig neutrale uitdrukking. 'Heb je alles wat je nodig hebt?'

Ze knikte, en probeerde haar angst te verdoezelen met een stralende lach, de gemaakte glimlach die ze als debutante had geoefend voor haar eerste openbare optreden. 'Ja, dank je.'

'Uitstekend. Je steelt vanavond vast de show.' Hij glimlachte wat ongemakkelijk naar haar en ging toen snel naar de volgende groep artiesten.

Ruby was er trots op dat ze een intelligente vrouw was met een goede intuïtie die haar door de jaren heen al heel vaak uit de problemen had gehaald, dus wist ze dat ze in de nesten zat. Ze moest Theo gaan zoeken en zo snel ze kon het herenhuis van Morgan verlaten voordat er echt iets fout ging. Ze zette de kelk neer, legde de toverstaf weg die ze had gemaakt en als Circe in haar hand moest houden, en pakte haar mantel om die over het flinterdunne jurkje aan te trekken.

'Wat ben je aan het doen, Miss?' De costumière stond met een blik vol afschuw naar haar te kijken. 'Daar heb je geen tijd voor.' De vrouw pakte de mantel af en hing hem over haar arm voordat Ruby kon tegensputteren. 'Vooruit, ga zitten,' gebood ze terwijl ze Ruby naar de troon leidde en de beker en de toverstaf die Ruby net had weggelegd in haar handen drukte.

'Ik moet gaan,' zei Ruby, maar de vrouw reageerde enkel met een ongeduldig 'kom-kom'.

'Iedereen heeft last van zenuwen. Het komt wel goed. Let maar op.'

Aan de andere kant van de gordijnen begon de muziek al, ze hoorde een vloeiende reeks akkoorden op een harp en het zachte geluid van een viool. De vrouw liep snel weg met haar mantel. Het was te laat voor Ruby om iets anders te doen dan ermee doorgaan en hopen dat ze verkeerd had ingeschat hoe slecht het er voor haar uitzag.

BASTA!

1902 – New York

Het gewicht van Libitina was het enige dat Viola een gevoel van zekerheid gaf toen ze eerst één stap deed en toen nog een, de balzaal in van J.P. Morgan. Ze werd omringd door mensen die haar haatten, mensen die haar het liefst zo snel mogelijk dood of gedeporteerd wilden hebben. Het vergde dan ook al haar vastberadenheid om te zorgen dat haar intense afkeer niet in haar ogen was te zien toen ze achter Paul aan liep door de drukke zaal en hij ondertussen naar de gasten knikte of zich voorstelde.

Ze hadden haar in een korset ingesnoerd en uitgedost in een zijden jurk met ruches. Het was een belachelijk geval dat niet veel aan de verbeelding overliet. Erger nog: het leek de Fox alleen maar aan te moedigen om onbeschaamde blikken op haar decolleté te werpen. Af en toe streek zijn arm langs de zijkant van haar borst en de wellustige blik in zijn ogen vertelde haar dat deze kleine handtastelijkheden beslist geen toeval waren. Als ze hem niet nog nodig had – en ze de aandacht bij zichzelf weg moest houden – zou ze hem met alle plezier kennis laten maken met het dodelijkste accessoire van haar outfit: het mes dat aan de zijkant van haar dij was vastgegespt.

Terwijl Paul en Torrio door de zaal flaneerden met Viola in hun kielzog, confronteerden de glinsterende juwelen en de perfect op maat gemaakte zijden jurken van de dames om haar heen haar met wie ze was – en vooral met wie ze niet was. Ze zou nooit een van deze debutantes met hun perfecte kapsels worden, zo preuts dat het leek alsof ze op bevel konden blozen. Dat wilde ze ook niet. Zelfs al had een van hen een scherpe tong en een neus die rimpelde wanneer ze lachte.

Basta! Ze probeerde diep in te ademen maar de baleinen van het korset hielpen haar eraan herinneren dat vrouwen in deze wereld zelfs niet verondersteld werden normaal adem te halen. *Concentreer je!* Ze moest erachter zien te komen wie van deze met hun veren pronkende duifjes de ring had.

Het kwartet van muzikanten in de hoek begon met inspelen terwijl de gasten zich naar hun zitplaatsen begaven, toen Viola ineens een bekend silhouet zag; ze schrok zo dat ze bijna struikelde. Een eindje verderop stond Theo met een oudere man te praten, wiens ogen precies op die van Theo zelf leken. Als Torrio zou merken dat Theo hier was...

Hij zou hem niets aandoen, hield ze zichzelf voor. Niet hier, te midden van al deze heren op wie hij indruk probeerde te maken.

Maar als Theo hier was, was Ruby er waarschijnlijk ook.

En wat dan nog? Ze had het helemaal gehad met die twee, ze was er klaar mee. Of niet soms?

Ze stond op het punt zich om te draaien en naar haar plaats tussen Paul en Torrio te gaan toen ze Theo naar de oudere man zag lachen; het was die berustende, scheve glimlach die ze kende van die keer in het park, toen hij op dezelfde manier naar haar haar gelachen. Hij had haar toen gewaarschuwd dat het niet goed zou aflopen, maar ze had het genegeerd.

Dit was niet zijn schuld. Ruby had hem in deze ellende meegesleept, wat nota bene bijna zijn dood was geworden. Viola had toen alles geriskeerd om hem te redden. Hem nu zomaar overdragen aan Paul en Torrio zou betekenen dat alle pijn en boosheid waar ze mee leefde sinds Ruby haar met haat in haar blauwe ogen had aangekeken voor niets waren geweest.

Bovendien hield Ruby van hem.

Alleen daarom al zou ze Theo sparen. Als het haar lot was om iemand te willen die ze nooit zou krijgen, dan was dat maar zo. Ze was sterk en slim genoeg om haar eigen weg te gaan. En er waren ergere dingen dan eenzaamheid. Zo waren er de lange uren diep in de nacht wanneer je geconfronteerd werd met de keuzes die je in je leven had gemaakt.

Ze verontschuldigde zich bij Paul om Theo achterna te gaan naar de achterkant van de balzaal. Paul keek haar nieuwsgierig aan, maar de muzikanten begonnen nu echt te spelen en hij kon haar niet tegenhouden zonder dat er een hoop heisa van zou komen.

Het was niet zo moeilijk om Theo in te halen voordat hij een zijgang in liep. Toen hij de hoek omging trok ze hem naar een alkoof waar niemand hen kon zien.

Hoewel hij opschrok leek hij niet verbaasd haar te zien. 'Viola?'

'Ssst...' Ze trok hem verder de alkoof in, weg van mogelijk nieuwsgierige blikken.

'Nooit gedacht dat ik jouw type was,' merkte hij op, en hij schonk haar weer die scheve glimlach.

Ze deed haar mond open om hem een weerwoord te geven, een gewoonte die voortkwam uit een leven lang verbergen wie je was, van ontkenning en afwijzing. Maar hij keek niet op dezelfde manier naar haar als Paul of haar moeder toen ze er jaren geleden achter waren gekomen dat ze gevoelens had voor haar lerares Engels. 'Dat ben je absolúút niet,' liet ze hem weten, een bekentenis die in de buurt kwam van wat ze alleen aan Esta had opgebiecht.

'Waar is Ruby?' vroeg ze om over iets anders te beginnen omdat het veel te gevaarlijk was om over dit onderwerp verder te praten. 'Zeg me alsjeblieft dat ze niet hier is.'

'Natuurlijk is ze hier,' antwoordde hij. 'Denk je echt dat ze zoiets als dit zou willen missen?'

Nee! 'Ze moet maken dat ze wegkomt. Nu!'

Plotseling zag hij er ongerust uit. 'Dat kan niet. Ze speelt vanavond Circe en de tableaux vivants gaan zo beginnen.'

Opeens hield de muziek op en een mannenstem schalde over het publiek om de gasten te verwelkomen.

Te laat.

EEN SOORT REÜNIE

1902 – New York

Vanaf zijn plek, verscholen in een hoek van de balzaal, zag Jianyu dat Viola de blonde jongeman achternaliep, een zijgang in. Het was bijna twee weken geleden dat hij haar die dag op de Brooklyn Bridge voor het laatst had gezien. Maar na alles wat er was gebeurd was ze spoorloos verdwenen en hij was niet in de gelegenheid geweest naar haar op zoek te gaan. Nu wist hij dan ook niet zo zeker wat hij ervan moest vinden dat ze hier samen met Paul Kelly verscheen.

In tweestrijd overwoog hij wat hij kon doen. Hij wist niet wanneer hij een volgende mogelijkheid zou krijgen om Viola te spreken – om haar alles te vertellen wat ze nog niet wist – maar hij zou maar één kans hebben om bij Evelyn te komen nu ze in het middelpunt van de belangstelling stond en daardoor minder makkelijk kon terugslaan. Aan de overkant van de zaal stonden Cela en haar broer vlak bij een uitgang op hun post naar de Hoge Princept van de Orde te kijken, die de eregast van de avond introduceerde.

Jack Grew.

Jack beklom het podium, schudde de Hoge Princept de hand en gedroeg zich vervolgens alsof het podium hem toebehoorde. Harte Darrigan had Jianyu alles over de arrogante neef van J.P. Morgan verteld. Hij was roekeloos en gevaarlijk, en hij mocht de steen absoluut niet in handen krijgen. Maar zelfs met wat Jianyu over Jack Grew wist, en met de missie die hij moest volbrengen, kon hij maar aan één ding denken: *Viola is hier.*

HET GOEDE MOMENT

1904 – St. Louis

Terwijl North hen naar de tentoonstelling reed had Esta de Egyptische jurk uitgetrokken en de herenpantalon en het overhemd dat ze onder het gewaad droeg aangehouden. Ze was blij dat ze Julien zijn zin niet had gegeven toen hij haar had gesmeekt de kleren onder haar kostuum uit te laten. Ze gebruikte de stroken die ze van de witte linnen jurk af had gescheurd om zo veel mogelijk make-up van haar gezicht te vegen terwijl de koets voortreed.

North parkeerde de wagen in een straat tegenover de toegangspoort van de wereldtentoonstelling en hij bond de paarden vast, waarna Esta en Harte uit de achterkant naar buiten klommen.

Maggie, die bij North op de bok had gezeten, fronste en haar ogen stonden bezorgd.

'Gaat het wel?' vroeg North. Hij leek te aarzelen om zijn hand naar haar uit te steken.

'Ik moet aan Ruth denken – hoe ze eruitzag toen ik bij haar wegliep.'

Norths gezicht werd wat milder. 'Je hebt er goed aan gedaan, Mags.'

'Ze is mijn zús, Jericho,' zei Maggie, haar toon mat en hol. 'Ze is mijn familie, mijn bloed, en ze heeft mij als haar eigen dochter opgevoed.'

'Ze heeft je voor haar karretje gespannen,' verklaarde North met zachte stem terwijl hij zijn hand nu teder om Maggies kin legde.

Harte keek ongeduldig naar Esta terwijl North en Maggie bleven praten, maar Esta haalde haar schouders op. Als Maggie nu geen besluit nam zou ze een sta-in-de-weg zijn.

'Dat weet ik,' zei Maggie tegen North. 'Ik weet het allemaal, maar we zijn en blijven familie.'

North nam haar even in zijn armen. 'Soms is de bloedband niet genoeg, Mags.'

Het meisje vertrok haar gezicht. 'Na wat er is gebeurd kan ik haar nooit meer vertrouwen.'

Toen Esta de emotie in Maggies stem hoorde begreep ze haar als geen ander – het was de pijn die door de stelligheid in de woorden heen klonk. Het verraad dat Maggies zus had gepleegd zou haar blijven achtervolgen, net zoals het verraad van professor Lachlan Esta overal achtervolgde, maar het had haar er ook toe aangezet om beter, slimmer en sterker te worden.

'Kom, we gaan,' zei Harte resoluut, het wachten beu. 'We moeten binnen zien te komen. We weten niet hoeveel tijd we nog hebben en ook niet wanneer de profeet de colliers verwisselt.'

Plotseling begon in de verte een sirene te loeien. Even later was de avond vervuld van geluiden: galmende bellen en gierende sirenes.

'We zijn te laat,' zei Esta toen ze met z'n vieren bleven staan om te luisteren.

'De Festivalhal is aan de andere kant van het terrein,' vertelde North de anderen. 'Zonder de drukte van de bezoekers is het ongeveer anderhalve kilometer. Maar als we snel zijn kunnen we misschien nog wat mensen naar buiten brengen.'

'Als het zuur in contact komt met het serum en de rookwolk ontstaat, is het onmogelijk om nog naar binnen te gaan,' zei Maggie, haar stem niets meer dan een verstikt gefluister.

Esta moest aan haar armband denken en hoe nutteloos die op dit moment was. Ze kon het risico niet nemen de steen te gebruiken, omdat terug in de tijd gaan om alles te voorkomen inhield dat de Sleutel van Ishtar als twee versies in dezelfde tijd zou bestaan, en dat kon niet. Als alleen haar leven nou op het spel stond, had ze de tijd wel kunnen vertragen om haar aandeel in deze ellende te herstellen, maar het ging nu niet alleen om haar leven. Ze was zo verblind geweest door haar eigen woede, zo vastbesloten om sterk te blijven dat ze zich niet had gerealiseerd hoe ver ze was afgedwaald van de eigenlijke klus die Harte en zij hadden te klaren.

Harte had het bij het rechte eind gehad als het om Ruth en de Antistasi ging. Ze hadden zich bij hun eigen plan moeten houden. Toen ze de gelegenheid had Ruth haar armband af te nemen had ze dat moeten doen, en het collier hadden ze zelf moeten opsporen in plaats van verwikkeld te raken in het wraakcomplot van de Antistasi. Misschien, als ze niet zo nodig sterk en meedogenloos had willen zijn, zou de Antistasi meer moeite hebben gehad met hun aanval. Misschien zouden de onschuldige mensen op het bal dan nu niets te lijden hebben. De schuld voor haar aandeel zou ze altijd met zich meedragen, maar ze zou haar armband niet op het spel zetten om dit te veranderen. Niet nu. Dat kon ze niet – Nibsy lag nog steeds op de loer en als zij de stenen niet zouden bemachtigen, deed hij het wel. Ze had de Sleutel van Isthar nodig, en niet alleen voor zichzelf maar ook om het Nibsy onmogelijk te maken over de macht van het Boek te beschikken.

Maar North haalde zijn zakhorloge al tevoorschijn. 'Het is nog niet te laat,' zei hij nadat hij het klepje open had gedaan en de wijzers had aangepast. 'Tijdens het bal zal het er wemelen van de bewakers, maar voordat het begint hebben we waarschijnlijk meer geluk. Zelf zie ik het meestal niet zitten om terug te gaan. Het levert vaak niet veel goeds op als je dingen die al zijn gebeurd probeert te veranderen. Maar ik denk dat het in deze situatie wel nodig is.'

'Teruggaan?' vroeg Harte.

'Terug in de tijd. Mijn moeder zei altijd dat ik het in me had om op het goede moment op de juiste plek te zijn,' vertelde North hem. 'Als ik met de andere kinderen op straat zwierf, wist ik op de een of andere manier altijd op tijd thuis te komen voor het eten. Ik zat op tijd aan tafel, nog voordat ze me had geroepen. En als er nare dingen gingen gebeuren, was ik al weg voordat er iets aan de hand was. Later begreep ik natuurlijk dat dit niet gewoon een handigheidje was, het was magie. Maar ik kon het nooit echt onder controle houden, totdat ik dit kreeg.' North liet zijn horloge zien.

Het zag eruit als elk ander zakhorloge: een koperen behuizing met een kristallen dekplaatje over de wijzerplaat. De wijzers voor de minuten en uren waren eens zwart geweest, maar de verf was verdwenen omdat North ze zo vaak had aangeraakt om de tijd te veranderen. De tweede wijzer stond stil en het horloge maakte nauwelijks hoorbaar een tikkend geluid, maar Esta kon de lokroep ervan voelen – de schok in de energie om haar heen was het bewijs dat het horloge een onzichtbare kracht bezat.

Harte fronste naar het uurwerk. 'Rituele magie?'

'Ik weet niets van een ritueel, maar dat het magie heeft, is zeker,' zei North. 'Ik draai de wijzer gewoon een beetje terug. Een uur of zo?'

'Tegen die tijd zijn de bewakers al overal op hun post,' zei Maggie, waarna ze op haar onderlip beet.

'Oké, dan doen we het iets verder terug. Als we eenmaal binnen zijn, kan ik ons de tijd geven die we nodig hebben,' legde hij uit. 'Als we het gebouw binnen kunnen komen terwijl het nog licht is, zet ik de tijd vooruit tot vlak voor de profeet arriveert. Dan zijn we voorbereid op zijn komst.'

Esta ving Hartes blik. 'Het komt goed,' zei ze omdat ze zijn bezwaar begreep.

Zijn kaken waren gespannen en zijn ogen stonden waakzaam. 'Wat doen we met de stenen die we bij ons hebben?' vroeg hij haar met zachte stem zodat de anderen hem niet konden horen.

'Zal ik ze hier achterlaten, in de wagen?' vroeg ze.

'Denk je dat dat verstandig is?'

Nee, natuurlijk niet. Het voelde alsof ze een deel van zichzelf achterliet als ze de stenen ergens zou verstoppen. Maar als North hen terug in de tijd kon brengen zonder haar armband te gebruiken... 'We hebben geen keus als we Julien willen redden. We moeten dit proberen te stoppen.'

'Wat denk je van de muur?' vroeg hij. 'Daar vinden ze de stenen niet zo snel als Ruth voor de wagen komt.'

Terwijl Maggie haar spullen in de wagen bij elkaar zocht, vonden Harte en Esta een plek vlak bij de buitenmuur om het terrein waar ze de stenen konden verstoppen. Ze begroeven ze vlug, en daarna gebruikte Harte een van Maggies rookbommen om een val te zetten. Iedereen die de verstopplek overhoop zou halen stond een onaangename verrassing te wachten.

'Kom hier.' North riep ze bij elkaar vlak om de hoek van de ingang. 'En hou me nu vast.' Maggie strekte haar arm als eerste uit, en daarna Esta. Harte aarzelde, hij verafschuwde het idee om weer door de tijd te moeten reizen.

'Als je bang bent...' plaagde North hem.

Maar Harte pakte de cowboy vast, die zelfvoldaan grijnsde terwijl hij zijn horloge dichtklapte.

DE ALCHEMIST

1902 – New York

Jack nam even de tijd om het applaus in ontvangst te nemen. Het overspoelde hem als genoegdoening voor de pijn die hij had geleden en al zijn plannen die hij zo ijverig had uitgewerkt. De lampen in de balzaal twinkelden en schenen fel, ze knipoogden naar hem terwijl de morfine die door zijn aderen joeg zijn hoofd helder maakte en hem openstelde voor de mogelijkheden van dit moment.

Hij hief zijn handen, blij om de menigte aan zijn kant te hebben, terwijl hij de zaal domineerde en de avondfestiviteiten begonnen.

'Dames en heren, ik kan u niet vertellen wat het voor mij betekent om hier vanavond aanwezig te zijn en mijn eer te betonen aan het belangrijke werk van de Orde, en om onze verbintenis met de stad, waarvan we zo veel houden, te bekrachtigen. Ik weet dat de afgelopen weken voor sommigen van ons een beproeving zijn geweest. Onze kranten hebben zich niet altijd even positief over onze organisatie uitgelaten of over alles wat we doen om onze stad veilig te houden. Maar vanavond bewijzen we de tegenpartij dat ze het verkeerd hebben. Vanavond laten we zien dat de kracht van de logica en de wetenschap, de verlichtende studie van de hermetische kunsten, altijd superieur zal zijn aan de barbaarsheid van de ongetemde oude magie, die eens de essentie van onze beschaving bedreigde.

Vanavond, uit naam van de Orde en hun Kring van Vertrouwelingen, voel ik me vereerd u de tableaux vivants aan te kondigen.'

Het kwartet zette de eerste reeks akkoorden in, een melodie in mineur die zo dreigend klonk als Jack zich voelde, en de aandacht van het publiek sterkte hem nog meer.

'Zonder verdere omhaal is hier ons eerste tableau, een schilderij van de zeer gewaardeerde Joseph Wright: *De alchemist ontdekt fosfor.*'

Met een zwierige beweging van zijn armen schoof hij de gordijnen van het eerste podium opzij en onthulde hij een schaars verlicht tafereel. In de achtergrond zaten twee jongens bij een tafel die een of andere proef deden. En op de voorgrond verbeeldde J.P. Morgan zelf Wright's alchemist. Zijn oom had een valse baard en trok een verrukt gezicht boven een grote glazen kolf in een ijzeren houder. Morgan zat voor het altaar van de wetenschap neergeknield, in een klassiek uitziend gewaad dat door een scepter werd dichtgehouden.

Het publiek applaudisseerde beleefd en mompelde geamuseerd toen ze zagen wie er aan het eerste tableau meedeed.

'Een betoverend tafereel, dat is zeker,' zei Jack, en de opwinding golfde door zijn lijf. 'Maar wij kunnen het beter, denkt u niet?'

Het publiek mompelde en schuifelde maar hij negeerde het toen hij naar het tableau liep. Zijn oom en de andere acteurs behielden hun pose, als levende standbeelden. Hij had ze niet gewaarschuwd en ze niet verteld wat hij van plan was, omdat hij wilde dat ze net zo verrast werden als de rest.

'Zij die in de schaduwen van onze stad leven en als ratten aan de basis knagen van de gemeenschap die wij hebben opgebouwd, zijn afhankelijk van ongetemde magie. Een zwakke, onhandelbare macht. Maar zie hier wat de studie van de occulte wetenschappen kan bereiken.' Hij bracht zijn handen omhoog en liet het ontspannende effect van de morfine op zich inwerken, terwijl de woorden die hij in de privacy van zijn eigen vertrekken had ingestudeerd van zijn lippen rolden, alsof hij ervoor was geboren.

Het kwartet stopte met spelen en het publiek giechelde nerveus, maar Jack hoorde het amper. Hij reikte naar iets groots, iets wezenlijks. Het Boek voelde aangenaam warm tegen zijn borst.

Plotseling flikkerden de kroonluchters en de lampen knipperden. Toen stroomde het licht als een soort feeërieke wezentjes naar de zwarte vloeistof in de glazen kolf waar zijn oom bij neergeknield zat, en de vloeistof begon een fel schijnsel te verspreiden.

Het publiek werd muisstil toen het donker werd in de zaal, op het gloeiende goedje in de kolf in het tableau na. Even later barstte iedereen los in een daverend applaus. Zijn bloed gonsde zinderend en zelfverzekerd. En dit was nog maar het begin.

EEN VLEUGJE MAGIE

1902 – New York

De lampen gingen knipperend weer aan en Viola voelde de kou van onnatuurlijke magie in de lucht. Ze rilde een beetje. 'We moeten haar halen, nu,' drong ze aan bij Theo.

Hij hoefde haar niet te vertellen dat het onmogelijk was. Ze kon zelf ook wel zien dat het nooit zou lukken om zich tussen het publiek door een weg te zoeken en achter het gordijn langs te glippen zonder dat iemand haar zou zien, inclusief Paul en Torrio. Wanneer het gordijn openging zou Ruby in haar tableau te zien zijn. Dan zou Torrio de waarheid weten over Viola's verraad, en ze zouden geen van beiden ooit nog veilig zijn.

Vaag voelde ze vlakbij de warme streling van een vleugje magie. In eerste instantie deed ze het af met de gedachte dat het vast een van Jacks listen was, maar toen de warmte niet meteen door de koude magie in de zaal werd verdreven dacht ze aan iets anders. In een reflex liet ze haar hand naar de split in haar rokken gaan om haar mes uit zijn schede te trekken, en met een vloeiende beweging stak ze het omhoog. 'Kom tevoorschijn.'

'Viola?' Theo klonk alsof hij dacht dat ze gek was geworden, maar ze negeerde hem en bewoog zich voetje voor voetje naar de warme energiebron toe, totdat die haast tastbaar was.

Ze hield haar mes voor zich uit en ineens kwam Jianyu uit het niets tevoorschijn.

'Viola,' zei hij, en zijn stem klonk net zo nerveus als hijzelf moest zijn geweest.

Maar ze bracht haar mes niet omlaag. Ze had van Nibsy gehoord dat Jianyu waarschijnlijk een van de verraders was geweest, en hoewel ze die achterbakse rat voor geen cent vertrouwde, gold dat ook voor de spion van Dolph, aangezien het nogal verdacht was dat hij zich de afgelopen weken niet had laten zien. 'Dus je bent er weer. Waar heb je uitgehangen?'

Jianyu keek naar het mes en op dat moment liep Theo naar Viola. Maar ze wierp hem een boze blik toe en richtte haar aandacht weer op Jianyu. 'Je was niet op de brug,' zei ze verwijtend.

'Ik was –'

'Je hebt ons toen helemaal niet geholpen.' Ze bewoog haar wapen naar hem toe.

'Ik was bij Darriga –'

Toen zette ze het mes op zijn keel. 'Die verrader?'

'Hij is niet de verrader die jij denkt,' zei Jianyu.

Ze snoof vol ongeloof. Ze was zelf met Darrigan in het Mysterium geweest. Sterker nog: zij was het slachtoffer van zijn verraad geworden. 'En dat moet ík geloven? Waar is hij nu? Dan help ik hem eigenhandig om zeep.'

Theo kuchte bezorgd, maar ze schonk er geen aandacht aan.

'Hij is bij Esta.'

'Esta?' Ze had het meisje helpen ontsnappen. Had ze zich in haar vergist? Was zij ook niet te vertrouwen?

'Het is een lang verhaal en ik heb er nu geen tijd voor,' zei Jianyu. 'Een van de artefacten is namelijk hier.'

'Dat weet ik – de ring. Nibsy vertelde me dat je ernaar op zoek zou gaan.'

Jianyu fronste. 'Klopt. We moeten voorkomen dat hij hem te pakken krijgt.'

'Wat mij betreft kunnen jullie er allebei naar fluiten.' Ze bracht Libitina's lemmet omhoog en zette het mes horizontaal onder Jianyu's kin aan. 'Vertel op, waar is die ring?'

'Ik weet wie hem heeft, ze is backstage. Ik was net naar haar onderweg om hem van haar te stelen toen ik jou zag en...'

'Backstage?' *Daar is Ruby.* 'Breng me erheen.' Dit was beslist geen verzoek.

'Als jij me belooft dat je naar me luistert als dit achter de rug is. Ik heb je veel te vertellen.'

'Breng me erheen,' herhaalde ze. Ze zou Jianyu geen beloften meer doen en ook geen gehoor geven aan zijn eisen. Maar ze zou de steen bemachtigen en zorgen dat Ruby veilig was – koste wat kost.

HET BAL VAN DE GESLUIERDE PROFEET

1904 – St. Louis

Esta zag alleen nog wit om zich heen, maar ze bleef Norths arm vasthouden tot ze weer wat kon zien. Ze stond wiebelig op haar benen en haar huid was klam door de magie van het zakhorloge.

Toen het heldere licht langzaamaan verdween was het geen avond meer maar klaarlichte dag. De sirenes in de verte hadden plaatsgemaakt voor de geluiden van de tentoonstelling: het geroezemoes van de vele bezoekers en de vage klanken van een brassband.

Harte liet North als eerste los en hij rilde terwijl hij wankelend overeind probeerde te blijven. 'Dit voelt echt niet goed.'

'Wat?' vroeg North, die het horloge weer in zijn zak stopte.

'Voel je dat niet?' Harte huiverde opnieuw. Toen North zijn hoofd schudde probeerde Harte het hem uit te leggen. 'Magie voelt meestal warm aan, als iets waarmee je jezelf wilt omhullen. Maar dit? Dit was alsof er een ijspegel dwars door me heen stak.'

'Ik heb nooit iets warms gevoeld,' zei North met een frons. 'En ik voel ook geen ijs. Jij wel, Maggie?'

Het meisje schudde haar hoofd.

Esta ontmoette Hartes blik. North was een Mageus – ze merkte dat de warmte van zijn magische gave en de prikkelende kou van de magie van zijn horloge zich vermengden – maar hij leek veel minder op zijn gave afgestemd te zijn dan zij en Harte. Misschien kwam dit doordat zijn gave zonder het horloge niet zo sterk was. Of misschien zat er toch een kern van waarheid in de verhalen over de Barrière – hoe die zichzelf in balans hield om magie intact te houden. Nu ze er goed over nadacht waren de krachten die ze buiten de Barrière had gevoeld niet oké en gingen ze gepaard met die vreemde koude waarschuwing die op rituele, verdorven magie duidde.

North knikte tot besluit van hun gesprek en ze begonnen te lopen. Het viertal kwam zonder problemen de tentoonstelling binnen en liep naar het meer. Het was rond het middaguur en het was druk met bezoekers die voor de attracties kwamen. Boten voeren traag over het gladde water en niemand kon bevroeden dat alles over een paar uur helemaal zou veranderen. De lichtjes zouden het water omtoveren in een glinsterende spiegel vol sterren, de witmarmeren gebouwen zouden stralen en als ze dit niet voor elkaar kregen – als ze niet konden voorkomen dat het collier zou ontploffen of als ze de mensen op het bal niet naar buiten konden brengen als het collier toch was ontploft – zouden er veel mensen omkomen, inclusief de president. Bij de gedachte aan hoe dit de toekomst compleet zou veranderen huiverde Esta.

Het bal werd in de Festivalhal gehouden, het witte gebouw met een koepeldak bij het grote meer. De kortste weg ernaartoe was met een boot, maar dat zou te veel tijd kosten. Ze moesten doorsteken langs de gebouwen met exposities over metaalkunde en de gebouwen van de geesteswetenschappen en de drukke paden volgen die naar de Festivalhal leidden.

Van de vergulde koepel tot de overvloedige decoraties van marmer en pleisterwerk was het bouwwerk een vertoon van overdaad en welvaart. In een stad waar veel straten niet eens werden geplaveid en arbeiders in pakhuizen samenkwamen om de handen ineen te slaan voor betere lonen was dit etaleren van zinloze schoonheid ronduit aanmatigend. Overal bloeiden weelderig bloemen in de tot in de puntjes verzorgde tuinen, fonteinen spoten water in sierlijke patronen die in bogen omlaag klaterden en elegante priëlen boden schaduw tegen de middagzon. Het was er prachtig en frivool met al het beeldhouwwerk en houtsnijwerk. Het had heel betoverend, indrukwekkend en vrouwelijk kunnen zijn als het niet ook intimiderend was geweest.

Het gebouw van twee verdiepingen hoog stond op een kunstmatig opgeworpen heuvel, als een citadel omringd door zuilen die deden denken aan de spijlen van een gevangenis. Voor de hoofdingang stond de grootste fontein. In het bassin was THE TRIUMPH OF LIBERTY gebeiteld, en aan drie kanten waren kleinere, maar niet minder sierlijke fonteinen: LIBERTY, JUSTICE en TRUTH, die alle drie naar het grote meer stroomden. En boven op de vergulde koepel stond de godin Victoria, maar dan als mannengedaante. *Natuurlijk.* Het verbaasde Esta niet. Het hele gebouw was een statement van macht, alsof St. Louis haar plaats op de landkaart met marmer en water kon opeisen. Het was ook een statement van de mannen die deze macht hadden – het Genootschap met zijn stadsbestuurders die de stad vanuit hun mahoniehouten bestuurskamers en marmeren zalen bestuurden.

Binnen was de zaal echter een grote kale ruimte. Hoewel de bewakers van de Garde overal op het terrein aanwezig waren, was het nog te vroeg om naar hun post voor de avonddienst te gaan, dus konden Esta en de anderen de rotunda makkelijk binnenglippen en zich onder de toeristen begeven. De meesten tuurden omhoog, waar het daglicht door vlekkeloos schone ramen naar binnen viel terwijl een reusachtig pijporgel een hymne speelde.

Ze bleven niet staan luisteren, zoals de andere bezoekers, want daar hadden ze geen tijd voor. In gedachten inventariseerde Esta het gebouw – plekken om zich schuil te houden en de zwakke punten. De bewakers zouden hetzelfde doen, net als de bodyguards van de president, maar het kon geen kwaad om te weten waar de uitgangen waren.

North leidde ze door de rotunda en daarna naar een smalle personeelsgang aan de overkant van het gebouw. De deur naar de personeelsgang viel amper op, omdat hij opging in de sierlijke details van het pleisterwerk dat overal was aangebracht. Zodra ze de veilige gang eenmaal bereikten konden ze ongezien door het gebouw sluipen.

'Het bal zal in de rotunda plaatsvinden,' zei North, die vooropliep. Kennelijk had hij plattegronden van het bouwwerk gezien, want hij wist precies waar hij was en waar hij heen ging.

'De parade gaat langs de boulevard naar de achterkant, langs het Paleis van de Schone Kunsten,' vertelde Esta hem, omdat ze had onthouden waar de praalwagen van de profeet net lang genoeg stil had gestaan zodat de Garde Julien uit de geheime ruimte onder de wagen kon halen om hem weg te voeren.

'Dat is aan de andere kant van deze muur hier,' zei North. 'Heb je gezien waar ze Julien heen brachten toen de wagen met de profeet was gestopt?'

Esta schudde haar hoofd. 'Ze namen hem mee en lieten mij zitten. Tegen de tijd dat ik eruit kwam was hij verdwenen. Ze lieten de rest van ons via de achteruitgang van het terrein naar buiten en toen ben ik rechtstreeks naar jullie toe gegaan. Ik heb geen idee waar ze Julien naartoe hebben gebracht.'

North dacht over deze vraag na en zijn ogen werden heel even wazig. 'De oostvleugel is vooral bestemd voor de mensen van het onderhoud en voor de arbeiders, maar aan de westkant zijn kantoorruimten en vergaderzalen. De profeet wil vast privacy, dus ik verwacht dat ze hem daar ergens onderbrengen.'

Met een knikje duwde North hen een schoonmaakkast in die amper groot genoeg was voor hen vieren. 'Het bal begint om tien uur, het moment dat de parade aankomt, dus we moeten er iets eerder zijn om onze positie in te nemen.'

Hij paste de wijzerplaat van zijn zakhorloge aan door de minutenwijzer naar voren te draaien zodat die de uren achter zich aan zou meetrekken. Daarna keek hij naar hen op en wisselden ze alle vier een blik. 'Klaar?'

De anderen pakten Norths arm vast en de wereld werd weer wit.

HONGERIG

1904 – St. Louis

Als Harte dacht dat hij het onbehaaglijke gevoel dat hem had bekropen toen North zijn magische horloge gebruikte nooit meer hoefde te ondergaan had hij te vroeg gejuicht. Hij had het al zo naar gevonden toen Esta hem door de tijd had meegetrokken, maar Norths magie was nog een graadje erger. Toen de wereld wit werd leek het of die totaal verdween, en het had gevoeld alsof hij met een ijspegel in zijn borst was gestoken. Zelfs toen hij weer wat kon zien was de stekend koude pijn niet verdwenen en was het of de ijspegel nog steeds in zijn hart stak en daar begon te smelten.

De stem in hem vond het net zo akelig. Hij hoorde hem in zijn hoofd schreeuwen, waardoor hij even niets anders meer kon horen, en hij moest aan het visioen van de vrouw denken – de demon – dat hem in de tempel had overvallen.

Maar hij drong de stem terug tot die alleen nog een constant zacht gemompel op de achtergrond was en schudde het rotgevoel van de ijzige kou in zijn borst af terwijl hij zich probeerde te concentreren.

'We hebben kleren nodig,' zei North tegen de anderen. 'Uniformen of zo. We moeten voorkomen dat iemand ons opmerkt.'

'Het enige wat we hier moeten doen is Julien zien te vinden en voor opschudding zorgen, zodat we de mensen naar buiten kunnen brengen,' bracht Harte ertegen in. Daar hadden ze geen uniformen of kostuums voor nodig. 'Hoe eerder, hoe beter.'

'Wij kunnen wel voor opschudding zorgen,' zei Maggie, waarna ze Norths handen vastpakte.

'Weet je het zeker?' vroeg Esta.

Maggie klopte op de zakken van haar jurk. 'Ik heb wat dingen bij me. Niets gevaarlijks, gewoon wat onschuldige rookbommetjes en vuursignalen voor wat spektakel, maar na de aanslag op de parade zal iedereen toch al gespannen en alert zijn. Dan zal het niet zo heel moeilijk zijn om de mensen uit de balzaal naar buiten te krijgen voordat de rook zich verspreidt. Jullie twee nemen je vriend mee.'

North deed de deur open en de geluiden van de avond kwamen door de kier naar binnen – het geroezemoes van stemmen, kletterende borden, het zilverwerk dat op de tafels werd neergelegd, en op de achtergrond klonk de muziek van een orkest. 'We ontmoeten elkaar weer bij de wagen,' zei North. 'Veel succes.'

Toen de anderen weg waren gegaan bleef Harte met Esta in de kleine kastruimte achter. Het was al eerder een beproeving geweest om de macht onder controle te houden, maar nu leek het een onmogelijke opgave. Boven de muffe, stoffige geur en de scherpe lucht van een of ander schoonmaakmiddel uit kon hij de milde geur van Esta's bezwete huid ruiken, schoon en puur, en de magie die ze had.

Hij schrok van die laatste gedachte. Hij kon haar magie niet ruiken. Die had geen geur... *of wel?*

In de donkere ruimte vonden haar ogen de zijne en de macht in hem laaide weer hevig op.

'We moeten gaan.' Hij klonk alsof hij behoorlijk in de war was.

Esta hoorde het ook en trok haar wenkbrauwen samen boven haar amberkleurige ogen. 'Gaat het wel, Harte?'

Hij wilde zijn hoofd schudden en zeggen dat ze snel bij hem weg moest gaan. Maar hij kon haar alleen verdwaasd aanstaren zonder iets uit te brengen, omdat zijn keel werd dichtgesnoerd door de inspanning die het hem kostte om de macht in bedwang te houden.

North had gelijk. 'We hebben kleren nodig,' zei hij uiteindelijk, en de woorden klonken verstikt, alsof hij verdronk en geen lucht kreeg. 'Iets onopvallends.'

Met een vragende blik in haar ogen nam ze hem nog iets langer op. Maar de vraag die ze hem wilde stellen hield ze voor zich. 'Laat dat maar aan mij over,' zei ze in plaats daarvan.

Bij hoge uitzondering ging hij nu niet tegen haar in. Ook al wilde hij niet dat ze er alleen op uit zou gaan, toch had hij het nodig om even uit haar buurt te zijn om de macht te kunnen beheersen. Hij kreeg er maar weinig tijd voor, want ze was de deur nog niet uit, of ze kwam alweer terug met twee zwarte pakken en twee schone witte overhemden in haar armen.

'Wil ik dit wel weten?' vroeg hij, in een poging luchtig te doen. Maar zijn stem was te gespannen en de woorden klonken als een berisping, wat hij niet zo had bedoeld.

Ze wierp hem een scherpe blik toe. 'Het is niet half zo spannend als je denkt. Er stond ergens een rek met tenues voor het bedienend personeel voor vanavond.' Toen haalde ze haar schouders op en begon ze het grove overhemd dat ze aanhad los te knopen. Daaronder waren haar borsten ingesnoerd met brede stroken linnen dat afstak tegen haar getinte huid, de kleur van woestijnzand in het schemerlicht.

Harte huiverde, hij wist maar al te goed waar dit beeld vandaan kwam. Sesjat was hongerig. Ze had genoeg van zijn aarzelende houding en dat hij bleef weigeren te nemen wat hij wilde, waar hij naar verlangde.

Wat Sesjat wilde.

Het was makkelijker om zich van Esta af te wenden en niet te zien hoe haar lange, lenige armen in haar nieuwe kleren verdwenen. Maar hij kon haar nog voelen. Elke vezel in zijn lijf was op haar afgestemd – op de warme magie die verweven was met haar diepste wezen.

Spoedig, gonsde de stem. *Heel spoedig*.

Toen ze zich hadden omgekleed en hij zich weer naar haar omdraaide zag ze er vastberaden uit, wat zo karakteristiek was voor Esta dat zijn adem stokte. Hij wilde haar teder aanraken en verlangde ernaar haar in zijn armen te nemen en zijn lippen op de hare te drukken. Maar hij wist dat het onophoudelijke geweld van de macht die in hem school hem te veel had verzwakt. Als hij haar nu zou strelen kon hij vast niet meer ophouden en dan was het gedaan met hem, en met Esta.

'Esta...' Haar naam kwam als een smeekbede van zijn lippen en hij wist niet of hij haar waarschuwde of haar riep, of dat hij zich wapende tegen de macht, met haar naam als een soort beschermende talisman.

'Niet nu,' zei ze met een begripvolle blik, omdat ze in de gaten had wat er met hem aan de hand was. 'Niet tot we eenmaal buiten zijn.'

Ze verlieten de veiligheid van de schoonmaakkast en liepen door de gang terug naar de rotunda, waar de gasten al binnendruppelden. Een orkest op het balkon, waar het gigantische orgel hoog opdoemde, speelde een zachte melodie. Aan de overkant van de zaal verdrong een groep mensen zich om een man met een snor en een knijpbrilletje op zijn neus. *Roosevelt*. De mannen in zwarte smoking naast hem waren waarschijnlijk zijn bodyguards.

Overal waar Harte keek zag hij mensen met een leven dat onbereikbaar was voor hem. De zijden jurken en de juwelen, het uitbundige gelach. De rijkelijk vloeiende champagne, de arrogante trek om hun mond en de vrijheid die deze mannen zich konden permitteren, alsof de wereld hun toebehoorde.

Hij kon ze er niet om haten, omdat hij wist dat hij zelf geen haar beter was als de rollen omgedraaid zouden zijn. Het leven had ze gemaakt tot wie ze waren, meer niet.

'Volgens mij is de parade nog niet gearriveerd,' zei hij tegen Esta.

'We moeten uitzoeken door welke ingang ze binnenkomen,' zei ze.

'In ieder geval niet de hoofdingang.' Hij knikte naar de deuren waar ze door naar binnen waren gegaan, en waar nu chic geklede mensen naar binnen stroomden.

'Misschien in die personeelsgang?' vroeg ze. 'Er moet toch een of andere ingang zijn voor de bezorging van goederen, waar ze alles wat hier staat door naar binnen hebben gebracht.'

'Daar komen we maar op één manier achter.'

Hij rechtte zijn schouders om de houding van de obers aan te nemen, waarna ze zich naar het midden van de rotunda begaven. Aan de rand van zijn blikveld ving hij een glimp op van een beweging, en toen hij opkeek zag hij Maggie op het podium boven hen. *Dat gaat tenminste goed.*

Ze kwamen er algauw achter dat hun vermoeden klopte. In de oostvleugel was een deur waar allerlei personeelsleden in en uit liepen. 'Waarschijnlijk brengen ze hem hier naar binnen,' verklaarde Harte. De profeet moest het collier dat Julien tijdens de parade had gedragen nog wel bij de echte debutante omdoen, die zich voordat het bal begon niet in het openbaar in de straten mocht vertonen, anders ging haar reputatie eraan. Deze ruil moest naadloos verlopen. Wanneer de koningin van de avond eenmaal bij het bal in de rotunda werd geïntroduceerd droeg ze het nepcollier.

Net tegenover de ingang zagen ze een kar vol champagneglazen staan en ze pakten allebei een theedoek om te doen alsof ze het kristal poleerden, terwijl ze op de aankomst van de profeet stonden te wachten. Niet lang daarna leek het bedienend personeel zich merkbaar anders te gedragen; ze versnelden hun pas en waren oplettender, attenter, en kort daarop maakte de Gesluierde Profeet zijn entree. Achter hem liep Julien, die door twee bewakers van de Jefferson Garde bij zijn armen werd vastgehouden.

Harte boog zijn hoofd en deed alsof hij de glazen aandachtig bekeek, maar hij gebruikte de beweging om stiekem naar de groep te gluren die de gang in kwam. Een stel bewakers ging aan weerskanten van de deur op hun post staan.

'Jij daar!' klonk een stem achter Harte. 'Wat doe jij daar? Die glazen zijn allang gepoleerd.'

Harte keek op en zag een van de hoofdobers met een nors gezicht naar hem staren, met een dienblad vol hapjes in zijn handen.

'Er zitten watervlekken op,' liet Esta de man weten, en ze hield een glas omhoog.

De ober keek nu nog bozer. 'Dat karwijtje hoeven jullie niet met z'n tweeën te doen,' grauwde hij. 'We hebben meer obers in de zaal nodig.' Hij liep naar ze toe en scheepte Esta met het dienblad op. 'Serveer dit uit. Roosevelt vroeg om de paté.'

Ze keek de man aan. Ze kon niet veel anders doen dan het dienblad aannemen en naar de rotunda gaan.

'Maak dit af en wegwezen daar,' snauwde de man tegen Harte, waarna hij er snel vandoor ging om weer een andere bediende op zijn vingers te tikken.

Harte boog zijn hoofd weer en ging verder met het oppoetsen van het schone glas in zijn hand, terwijl hij ondertussen de deur in de gaten hield waar de Gesluierde Profeet met Julien stond. Even later kwam een man binnen met een meisje aan zijn arm.

Nee! De debutante had zeker in de kamer gewacht. Ze had het nagemaakte collier al om en werd nu de rotunda binnengeleid.

Hij zou Julien eerst bevrijden en daarna zou hij achter hen aan gaan.

Vlug zette Harte het kristallen glas op de kar neer, en hij snelde naar de twee bewakers terwijl hij zijn magische gave opriep en een van de mannen vastpakte. De ander vloog hem aan maar hij was niet snel genoeg. Een tel later stonden beide bewakers verdwaasd voor zich uit te staren en liepen ze als een stel slaapwandelaars naar de uitgang.

Harte duwde de deur rustig en voorzichtig open en zag dat er nog één bewaker was achtergebleven die met een dreigende houding bij Julien stond.

'Ik zei het je toch, ik heb niks te maken met die bekogeling van de praalwagen.' Julien klonk eerder geïrriteerd dan bang, dat was tenminste positief. 'Die barbaren hadden het ook op míj voorzien. Zie je dit? Denk je dat ik dat mezelf heb aangedaan?'

Maar Harte sloop de kamer binnen en gebruikte het verrassingseffect in zijn voordeel. Hij wierp zich op de bewaker en werkte hem in een oogwenk tegen de grond. Vlug liet hij zijn magie door de dunne huid en de ziel van de man stromen om hem op die manier een bevel te geven. Daarna werd de man helemaal slap en zijn ogen staarden naar het plafond.

'We moeten hier weg,' zei Harte tegen Julien. 'Nu!'

Julien gaapte Harte aan en keek vervolgens naar de uitgeschakelde bewaker. 'Je bent... Verdomme, Darrigan! Je bent een van hen,' zei hij, terwijl hij zijn hoofd vol ongeloof schudde.

'Bewaar je haat maar voor later, als je het zo weerzinwekkend vindt,' beet Harte hem toe. 'Als je nu niet snel meegaat, blijf je maar hier en moet je in je eentje met de profeet afrekenen. Maar ik ga weg.'

Julien leek besluiteloos. Uiteindelijk zuchtte hij diep en stapte hij over de bewaker heen die languit op de vloer lag. 'Je had beter dood kunnen blijven, Darrigan,' mompelde hij, maar er klonk geen haat en woede door in zijn woorden.

'Er zijn dagen waarop ik hetzelfde denk, Jules.' En vandaag was absoluut zo'n dag, omdat Sesjat maar bleef tieren.

De gang was nu verlaten en ze konden ongestoord naar de deur lopen. Ze waren er bijna toen Harte iemand achter zich hoorde lachen. Hij draaide zich om en zag Jack Grew tegen de muur geleund staan, met een haatdragende glinstering in zijn ogen. 'Harte Darrigan,' zei hij, naar voren stappend. 'Alweer uit de dood herrezen.'

Vlug sprong Harte voor Julien om hem tegen Jack te beschermen. 'Wegwezen!' drong hij aan. 'Nú!'

'Maar...'

Harte draaide zich om en duwde Julien door de uitgang, eeuwig dankbaar omdat Julien een jurk met blote rug droeg zodat hij een bevel door zijn huid kon sturen. *Ga weg. Nu*, droeg hij hem op. *Kijk niet achterom*. Daarna wendde hij zich tot Jack.

'Ik wist dat je naar mij toe zou komen,' zei Jack met schorre stem.

Harte fronste. 'Ik ben hier niet voor jou.'

'O nee?' Jack liep langzaam naar hem toe.

'Nee, ik...' Maar hij kreeg de woorden niet uit zijn strot. Er veranderde iets in Jacks ogen. Iets kwaadaardigs dat in hem school en door zijn ogen naar buiten keek. Plotseling verkrampte Jacks gezicht alsof hij een klap had gekregen, en daarna bolde er iets onder zijn huid op, als een slang die onder de oppervlakte kronkelde.

Harte greep de kar met kristallen glazen, gaf die een harde duw, waardoor het glaswerk op de grond kapotviel terwijl hij zich omdraaide en wegrende.

De stem in hem schreeuwde het uit en het enige wat hij kon doen was zorgen dat hij bleef rennen, ook al gleden zijn schoenen uit over de glasscherven op de vloer. Hij was bijna bij de rotunda toen hij Jack weer hoorde praten.

'Dacht je dat je me voor altijd kon ontlopen, *Sesjat*?'

Bij het horen van haar naam brak de stem los en werd de macht in hem sterker en sterker tot Harte er niet langer tegen kon vechten. Tot er niets meer van hem over was dan een leeg omhulsel van huid en botten, in de ban van een onzichtbare macht die hij niet onder controle had.

HET GORDIJN GAAT OPEN

1902 – New York

Gehuld in warme deken van Jianyu's magie keek Viola toe terwijl een tweede gordijn openschoof en een tafereel onthulde van een vissersboot vol zeemannen. Hun gezicht toonde een en al verschrikking, omdat ze aan drie zeemeerminachtige wezens in golvende jurken probeerden te ontsnappen die van plan leken de boot te laten kapseizen.

'Schiet op,' gebood ze Jianyu, die haar op zijn rug langs de rand van het publiek droeg en goed oplette dat hij niemand aanraakte, anders zou hij hun aanwezigheid verraden.

Jack Grew dreunde zijn praatje op terwijl Jianyu en Viola doorliepen, en al had Viola het liefst Jacks mond dichtgeslagen, toch hoopte ze dat hij bleef praten. Er stonden vier tableaux vivants op het programma, wat betekende dat ze Ruby elk moment te zien zou krijgen.

'Kwaadaardige wezens, gemaakt om de mensheid te ruïneren. Hun ongetemde macht was ooit een onbeteugeld gevaar waar onschuldige mensen mee werden geconfronteerd. Maar in de loop van de tijd, toen geschoolde en gecultiveerde mensen een verlichte visie op magie ontwikkelden, kwam er een eind aan hun tijdperk.'

Ze waren bij de gordijnen van het tableau gekomen en terwijl het publiek in vervoering raakte door het tafereel voor hen, glipte Jianyu met Viola tussen de gordijnen door backstage. Hij liet zijn grip op het licht los en ze voelde de warmte van zijn magie langzaam verdwijnen toen ze zich van zijn rug liet glijden. 'Deze kant op, dat is makkelijker,' zei hij.

'Als je er met de ring vandoor gaat, weet ik je te vinden,' dreigde Viola. 'En als ik je vind, kom ik niet voor een gezellig praatje.'

Maar haar dreigement leek niet het gewenste effect te hebben, want er verscheen een lachje om Jianyu's mond. 'We gaan hier samen weg,' beloofde hij. 'Zoals Dolph zou hebben gewild.'

Even later had Viola Ruby gevonden, die voor de dichte fluwelen gordijnen op een spiegeltroon zat. Ze had een pruik op met lange zwarte haren en leek doodsbang voor wat er zo ging gebeuren. Ze droeg een onderjurkje dat niet veel om het lijf had in bijna dezelfde kleur als haar huid, en daarover een flinterdun gewaad in de diepblauwe kleur van haar ogen, dat om haar lichaam was gedrapeerd.

Even verstarde Viola. Ze bleef als aan de grond genageld staan en kon niets uitbrengen, omdat ze alleen maar naar Ruby kon staren, die er zo ongelukkig en verloren uitzag, en zo adembenemend mooi dat Viola's adem stokte. Maar deze korte aarzeling was een vergissing, want tegen de tijd dat ze zich had hersteld ging het gordijn open.

CIRCE

1902 – New York

Ruby hield de kelk en de toverstaf omhoog en stak haar kin wat naar voren toen het gordijn opengíng en haar – haar deels ontblote lijf – aan het publiek in Morgans balzaal onthulde.

Opeens werd het muisstil in de zaal en ze wilde de rekwisieten het liefst uit haar handen laten vallen en wegrennen, maar ze bleef stil als een standbeeld zitten, zoals de bedoeling was. Ze keek recht vooruit, speurend naar een teken van Theo, maar ze zag hem nergens.

'De Orde toont u met trots het meesterwerk van John William Waterhouse: *Circe biedt de beker aan Odysseus aan*. Hoed u voor de moeder aller heksen, die de mannen met haar kelk lokt om ze in varkens te veranderen.'

Ruby had het idee dat Jack kwaad was over het tafereel, alsof zíj de boosdoener was en niet een of ander mythisch schepsel zoals Circe. De toon die hij aansloeg bezorgde haar koude rillingen, maar ze bleef haar handen omhooghouden, precies zoals in het schilderij, en telde de seconden af tot het voorbij was.

Maar plotseling werd de kelk koud en hoewel die net nog leeg was begon hij te schuimen met een bloedrode vloeistof die over de rand liep en op haar jurk druppelde. Ze keek naar Jack voor een aanwijzing dat dit bij het tableau hoorde, maar het enige wat ze zag was de woede in zijn ogen.

Voordat Ruby echter kon uitzoeken wat er aan de hand was of hoe ze hier weg kon komen, ging het gordijn dicht en haalde ze opgelucht adem. Ze hoorde het applaus aan de andere kant van het fluweel, maar het boeide haar niet. Ze zette de bloedig uitziende kelk op de grond neer en keek naar haar besmeurde hand. Heel even was ze weer in de hal van dat smerige appartementencomplex, toen ze haar best deed om te voorkomen dat het leven Theo ontglipte. En ineens stond Viola bij haar.

'Kom mee,' zei ze zonder enige inleiding. 'We moeten hier weg. Jíj moet hier weg.'

Viola! Hier!

Dat was zo onverwacht en onvoorstelbaar dat Ruby haar ogen niet kon geloven en al helemaal niet in staat was tot wat Viola haar had opgedragen.

'Gaat het wel?' vroeg Viola toen ze zich realiseerde dat Ruby haar alleen maar aanstaarde.

Ruby schudde haar hoofd en voor ze het wist liep ze naar Viola toe. *Ze is híér*. Haar opluchting was zo groot dat het haar bijna te veel werd.

Haar hand was nog kleverig van het spul dat uit de kelk was gestroomd maar Ruby kon het niet helpen en reikte naar Viola's wang om die even aan te raken, om er zeker van te zijn dat zij het echt was. De vrouw die voor haar stond droeg een zijden jurk waarin ze zo naar de opera kon, maar ze had Viola's gebruikelijke norse blik.

Viola verstarde helemaal door de aanraking. 'Wat is er gebeurd? Hebben ze je pijn gedaan?'

Ruby schudde haar hoofd, boog zich naar voren en drukte haar lippen op Viola's mond.

Op het moment dat ze Viola's lippen voelde besefte ze wat ze had gedaan. Ze wilde naar achteren stappen, doodsbang dat ze te ver was gegaan, toen ze voelde dat Viola's mond zich ontspande. Ruby ging bijna van haar stokje door de combinatie van grote opluchting en blijdschap die in haar lijf opwelde; intens, warm en...

Maar toen trok Viola zich terug, met haar purperen ogen wijd open. 'Waarom deed je dat?' vroeg ze terwijl ze haar lippen met haar vingertoppen aanraakte. Op haar wang zaten vlekken van het rode goedje op Ruby's hand.

'Ik weet het niet,' antwoordde Ruby. 'Ik zag je en... ik deed het in een opwelling.'

Blijkbaar had ze iets stoms gezegd want Viola deed nog een stap naar achteren. 'Dit is allemaal een spelletje voor jou, of niet?'

Ruby's maag kromp ineen. Viola had het verkeerd opgevat. 'Nee...' Ze liep naar haar toe, maar de uitdrukking op haar gezicht deed haar aarzelen.

'Hoe zit het met Theo?' vroeg Viola somber.

Theo? 'Hij vindt het niet erg,' zei ze, omdat ze wist dat het waar was. De arme stakker zou waarschijnlijk zelfs opgelucht zijn.

Viola schudde haar hoofd. 'Je behandelt hem ook als een speelbal.' Haar stem was zacht en schor. 'De hele wereld is een spelletje voor jou, omdat je niets hebt te verliezen. Níéts.'

Maar Viola zat er helemaal naast. Ze wist niet, en kon ook niet weten, dat Ruby alles had verloren en had besloten dat het niet de moeite waard was als je als een muis moest leven, altijd op de vlucht. Altijd bang. 'Dat is niet waarom...'

Tranen van pure boosheid glansden in Viola's ogen. 'Je speelt met mensenlevens en daarna loop je weg, terug naar de weelde van je slaapvertrek – naar je dienstmeisjes en bedienden.'

'Nee, je begrijpt het niet,' zei Ruby wanhopig. Ze wilde haar excuses aanbieden en alles uitleggen, maar haar keel werd dichtgesnoerd en ze kon de juiste woorden niet vinden.

'Ik begrijp het héél goed,' zei Viola mat, en ze liep nog een stukje naar achteren. 'Ik ga al heel wat jaren mee, ik ken deze wereld goed genoeg om te weten hoe dit afloopt. Je moet echt gaan. Nu meteen.'

De pijn in Viola's stem brak Ruby's hart. 'We vinden er wel wat op, Viola. Het komt goed.'

'Het was niet Torrio die ze stuurden om je uit de weg te ruimen,' zei Viola, en haar stem klonk scherp als het mes dat ze bij hun eerste ontmoeting in haar hand had gehouden. 'Ze stuurden míj. Ik riskeerde toen te veel om jouw leven te redden, en nu zet ik álles ervoor op het spel. Dus wat het ook was en wat je ook mag denken over jou en mij en wat er tussen ons is, doe dit voor mij en ga snel weg, want mijn broer en Torrio zijn hier ook. Als ze erachter komen wie je bent – als ze Theo zien – zullen ze weten hoe het zit. En daar zullen wij allebei voor boeten.'

Voor Viola zou ze zijn gebleven, ze had alles voor haar over. Maar voor Theo? De evenwichtige, onschuldige, bewonderenswaardige Theo, die altijd haar rots in de branding was geweest? Die haar nooit iets weigerde? Ze kon hem niet opofferen.

'Het is niet voorbij tussen ons,' beloofde Ruby.

'Jawel,' verzuchtte Viola, maar de glinsterende tranen in haar ogen bewezen dat het een leugen was.

In de gespannen stilte die als een gapende kloof tussen hen bleef voortduren hoorde ze een vrouw schreeuwen en aan de andere kant van het gordijn brak chaos uit op het gala.

WAT VANBINNEN LEEFDE

1904 – St. Louis

De morfinepil die hij eerder had genomen gaf Jack het gevoel dat hij zo licht als een veertje was, alsof zijn voeten niet meer door de zwaartekracht op de grond werden gehouden. Alsof hij de god was geworden die hij altijd al had willen zijn.

'Ik wist dat je voor mij kwam,' verklaarde hij, en de stem die van binnenuit kwam was dezelfde die hij vaak in zijn hoofd hoorde. Het was de andere versie van hemzelf, die hij in Griekenland had ontdekt, toen hij had ervaren wat macht inhield en wat hij er misschien mee zou bereiken. Zijn andere zelf had hem als gids geleid, hem op het goede pad gehouden en de geheimen van het Boek geopenbaard. Het leek nu het juiste moment om beide kanten van zijn persoonlijkheid samen te voegen tot één, om te worden wie en wat hij altijd had nagestreefd.

De magiër interesseerde hem niet meer. Nee... hij had zijn zinnen gezet op wat ín de magiër huisde, de macht die hem jaren geleden als zand door de vingers was geglipt: de demonachtige heks die hem door de eeuwen heen al te vaak was ontsnapt. Hij zou haar nu eindelijk grijpen en haar macht voor zichzelf opeisen.

Darrigans ogen waren zwart geworden en Jack – samen met de stem die in hem school – wist dat dit kwam doordat de magiër niet meer dan een leeg omhulsel was. En Jack zou eindelijk wraaknemen. Hij zou voorgoed met Darrigan afrekenen en hem kapotmaken.

'Thoth...' De woorden kwamen uit Darrigans mond, maar het was niet zijn eigen stem.

'Sesjat,' zei Jack zacht, en hij liet de lettergrepen sissen als een slang. 'Dit keer kun je niet van mij winnen. Zonder de bescherming van het Boek zal jouw macht mij toebehoren.'

‘Bescherming?’ Darrigan grijnsde spottend. ‘Het Boek was mijn gevangenis, en nu ik ervan ben bevrijd zal ik jou verwoesten.’

‘Dat lukt je niet, Sesjat. Ik ben almachtig geworden. Ik ben nu een god.’

‘Zelfs goden hebben een huis nodig, Thoth. Ik zal álles ruïneren om te zorgen dat je nooit meer als vrij man zult rondlopen.’

DE TERUGKEER VAN SESJAT

1904 – St. Louis

Esta bood de hapjes op de schaal aan Teddy Roosevelt zelf aan toen Maggies eerste rookbommetje ontplofte, dat in de hele zaal een vonkenregen veroorzaakte, gevolgd door een dikke rookwolk die zich als een levende slang in de lucht verspreidde. Zijn bodyguards voerden Roosevelt meteen weg terwijl ze een ondoordringbaar kordon vormden tussen hem en de andere bezoekers. Ergens begon een vrouw te schreeuwen, er brak paniek uit in de menigte en de bezoekers begonnen allemaal tegelijk naar de uitgang te rennen.

Esta holde echter in de tegenovergestelde richting weg. In de gang verderop waar ze Harte had achtergelaten, had ze het kletteren van glazen gehoord, en ze had het sterke vermoeden dat er iets fout was gegaan. Maar toen ze de gang bereikte, was wat ze daar zag wel het laatste wat ze had verwacht: Jack Grew stond met Harte te praten en hun stemmen klonken vreemd, angstaanjagend en niet menselijk. En Hartes ogen waren inktzwart, zelfs zijn irissen waren niet zichtbaar.

'Jij had alles, Sesjat,' zei Jack met die gekke, bovennatuurlijke stem. 'Je had de sleutel tot alle macht binnen handbereik, je had de macht over de bron van magie. Jij was degene die haar moest bedwingen, en in plaats daarvan probeerde je haar uit te roeien.'

'Ik deed juist mijn best om magie te redden!' riep Harte met een van woede verwrongen gezicht. 'Ik heb de woorden en daarbij het schrift gecreëerd omdat ik dacht dat dit genoeg zou zijn om het uitsterven van magie te voorkomen. Maar dat zag ik verkeerd. Het Boek dat ik schreef was een grote vergissing.'

'Het was een godsgeschenk!' wierp Jack tegen terwijl hij een stap in Hartes richting deed.

'Je had er geen recht op, Thoth,' beet Harte hem toe. 'Je hebt het van me gestolen. Ik beschouwde je als een vriend, en je hebt me bedrogen. Ik heb je mijn fouten opgebiecht, en je maakte misbruik van mijn vertrouwen door mensen macht te geven, corrupt en vervalst, die het niet verdienden en niet waardeerden – alleen voor iets ordinairs als roem.'

'Waarom zouden jij en jouw soort het alleenrecht op die macht hebben?' vroeg Jack. 'Eens zal iedereen op de wereld over de macht beschikken die verweven is met de schepping. Wie was jij om het hun te onthouden?'

'Wie was jij om het alleen aan die hielenlikkers te geven, die naar jouw pijpen dansten?' kaatste Harte terug. 'Denk je soms dat ik niet weet wie ervoor zorgden dat jij steeds machtiger werd?' Harte lachte; het was de hoge, hysterische lach van een vrouw die haar zelfbeheersing kwijt was. 'Je denkt toch niet dat ik niet weet dat jij de geheimen hebt gejat die ik heb opgeschreven in het boek, en dat je ze aan mensen hebt verkócht die je er goed voor betaalden, mensen met macht, die jou in het zadel konden helpen?'

'Ik heb ze aan mensen geschonken die het waard waren,' beweerde Jack. 'En ik ben ervoor beloond. Jij... Jíj bestond niet meer voor de mensheid, iedereen was je vergeten.'

'Dat had jij op je geweten!' Harte spuugde de woorden uit. 'Omdat je mij en mijn macht probeerde te ondermijnen. Maar dat is je niet gelukt, of wel? Dat had je niet verwacht, hè? Als je je had gerealiseerd dat ik een gevangene van het Boek was geworden had je het vernietigd en had je mij gedood. Maar dat deed je niet en door jouw kortzichtigheid zat ik mijn tijd uit tot iemand me zou bevrijden. Ik wachtte op dít moment.'

Toen vloog Harte Jack aan en duwde hem hardhandig naar achteren de rotunda in. Daar was de lucht vervuld van de ogenschijnlijk levende zwarte rookpluimen die Maggies bommetjes hadden veroorzaakt – de afleidingsmanoeuvre en opschudding die ze had beloofd. In de donkere rook flikkerden lichtjes als bliksemschichten. Esta voelde de vlagen koude energie zich met de warmte van de oude magie vermengen; beide krachten streden in de hoogte tegen elkaar en het was alsof er een of andere alchemistische onweersbui op het punt stond los te barsten.

Daarbeneden worstelden Harte en Jack met elkaar. Ze klauwden en stompten elkaar terwijl ze over de grond rolden. De krachten die daarbij loskwamen waren overweldigend, heet als de vlammen die de brouwerij hadden verwoest en tegelijkertijd ijskoud als de Barrière. En terwijl deze krachten op elkaar botsten en elkaar bestreden, vochten de twee mannen woest. Esta was er aanvankelijk van overtuigd dat Harte zou winnen. Maar toen veranderde er iets in

Jack en hij vloog Harte schreeuwend aan, om hem vervolgens hard tegen de grond te smakken, waarop Harte roerloos bleef liggen, zo slap dat het leek alsof hij buiten westen was.

In een reflex riep Esta haar magie op en vertraagde ze de tijd terwijl ze naar de plek rende waar beide mannen elkaar in de haren waren gevlogen. Ze schoof Jack met de achterkant van haar schoen van Harte af, waarna ze haar handen om Hartes gezicht legde. 'Word wakker,' smeekte ze. 'Toe nou...' Ze gaf hem een paar zachte klappen tegen zijn wangen en smeekte hem nogmaals.

Ineens schoten zijn ogen open. Maar voordat ze opgelucht kon ademhalen besefte ze dat het niet Harte zelf was die haar aankeek. Het was iets duisters en leek oeroud, en het staarde haar vanuit de inktzwarte diepten in zijn ogen aan.

Plotseling schoot Hartes hand naar haar pols, die hij vastgreep voordat ze ook maar kon bedenken dat ze bij hem weg moest gaan, en de intense macht die ze tussen hen op voelde laaien maakte haar zo ontzettend bang dat ze de grip op de tijd verloor. De wereld kwam met een schok weer in beweging en Jack lag zachtjes te kreunen op de plek waar hij op de grond was gevallen.

Maar Esta merkte het niet, want op het moment dat Harte haar had aangeraakt en de macht in hem in contact was gekomen met haar magie, was ze totaal overdonderd. En toen viel de wereld om haar heen weg...

Ze zag een vertrek, gemaakt van steen, klei en woestijnzand. En er was een vrouw met amberkleurige ogen, net als Esta's eigen ogen, en deze vrouw had een grote inschattingsfout gemaakt. Ze stond voorovergebogen bij een altaar waar een opengeslagen boek op lag en haar pijn en frustratie hingen voelbaar in de lucht. Maar de vrouw keek plotseling van het boek op en haar ogen ontmoetten Esta's blik.

'Je bent gekomen.' De stem van de vrouw galmde door het vertrek in een taal die Esta niet kende, maar die ze toch begreep. En hoewel ze de vrouw hoorde praten, bewoog haar mond niet terwijl ze sprak. 'Jij kunt me bevrijden. Jij kunt mijn lotsbestemming volbrengen. Ik wist dat je zou komen. Ik wist dat je jezelf aan mij zou toewijden.'

Esta bleef als aan de grond genageld staan, gevangen in de tijd en de ether. Ze kon zich niet bewegen toen de vrouw recht in haar hart keek.

'Ik kan je goed lezen. Ik zie je verlangens en de hoop dat er snel een eind aan deze pijn en strijd komt.'

Esta wilde het ontkennen, maar ze kon haar hoofd niet eens schudden. *Nee*, dacht ze. *Ik wil dit niet.*

'Ik probeerde de magie te redden. Magie. Macht. De energie die tussen alles doorstroomt en alles bijeenhoudt. Die begon namelijk uit te sterven en ebde zelfs in mijn tijd al weg, omdat mensen de magie vergaten. Er ontstond onderlinge verdeeldheid en het verdwijnen van de eenheid van de wereld. Dus deed ik mijn best om te behouden wat er nog van over was door het schrift te creëren. Ik dacht dat ik de bron van magie kon vastleggen met de duurzaamheid van woorden.' De ogen van de vrouw schoten vuur. 'Maar ik had het mis: de creatie van rituele spreuken die werden vastgelegd met het schrift verzwakte de magie alleen nog maar meer. Magie laat zich niet ordenen, die kenmerkt zich door chaos en de mogelijkheden die de chaos ons brengt. De rituele teksten bepérkten de onbegrensde vrijheid juist die met magische krachten gepaard gaat, ze rukten magie als geheel aan flarden en hielden de afzonderlijke elementen al die tijd gescheiden van elkaar. Maar daardoor was magie wel beheersbaar, zelfs voor de mensen die geen magische gave hadden.

Ik deelde dit geheim met Thoth en vertelde hem wat ik had gedaan omdat ik dacht dat hij een vriend was. Maar dat bleek niet zo te zijn en was ook nooit zo geweest. Hij was zonder magische krachten geboren en had zijn zinnen op de macht gezet waarvoor ik was voorbestemd. Toen hij inzag wat ik had gedaan eigende hij zich mijn macht toe, in plaats van me te helpen mijn fouten te herstellen, wat hij me had beloofd. Hij verkocht zijn ziel aan het kwaad door alles op te geven wat we samen hadden kunnen bereiken, alleen omdat hij almachtig wilde zijn.

Toen ik me dat realiseerde heb ik de edelstenen met magie bezield. Ik deelde magie in stukjes op om elk beetje dat er nog van over was te beschermen, door een grens op te werpen voor iedereen die probeerde ook maar iets ervan te stelen.

Maar Thoth was nooit een ibis, geen nijlreiger. Hij was een slang die andermans eieren stiekem wegnam.'

Esta zag voor zich wat er was gebeurd: Thoth had Sesjat in de val laten lopen en opgesloten, waarna hij de stenen had vernietigd. Hij pikte het Boek in, maar hij was een arrogante vent die geen angst kende, dus bleef hij meer en meer macht vergaren, meer zieltjes winnen, meer geheimen verzamelen.

'Ik bezielde de bladzijden van het boek waar hij zo wanhopig naar hongerde met mijn macht, met alles wat ik in me had, maar ik was verdoemd en zat gevangen in het perkament en het manuscript dat ik had geschreven. Er was een moment dat ik bijna mijn vrijheid terugkreeg. Een man... een groot magiër probeerde me te bevrijden. Maar hij bleek een lafaard en niet in staat mijn macht over te nemen. Nu... Nu heb ik een nieuw lichaam gevonden voor mijn macht. Nu ben jij voor mij gekomen, en wij zullen samen voor eens en voor altijd met hem afrekenen.'

Hoe? wilde Esta vragen, maar haar lippen konden de woorden niet vormen.

'Met jouw hulp, m'n lieve kind. Met de macht die in jou schuilt zullen we overal een eind aan maken.'

Nee... Verstard als ze was bleef het woord in haar eigen geest echoën. Nee. Nee. Néé!

Maar Sesjat lachte alleen, haar hoge schaterlach galmde door het vertrek. 'Wat dacht je dan wat je was, meiske?

Ze jagen al een eeuwigheid op jouw soort – onze soort – over hele continenten, eeuw na eeuw. Ze probeerden ons van de aardbodem weg te vagen omdat ze doodsbang waren voor ons. En daar hadden ze alle reden toe. Voor jou zijn de webdraden van de tijd tastbaar, je kunt ze vasthouden – deze draden scheppen orde in de chaos. En ooit kon ik dit ook. Jij kunt die tijddraden uit elkaar rafelen, net als ik dat vroeger kon.

Kom...' De vrouw bij het altaar strekte haar hand uit. 'Help me. Verlos me.'

Esta keek de smekende vrouw recht in de ogen en besefte ineens dat Harte het al die tijd bij het verkeerde eind had. Sesjat was geen monster en ook geen demon. Ze was een heel gewone vrouw. Een vrouw met magische macht, net als Esta. Een vrouw die heilig in de mogelijkheden die de wereld bood had geloofd en was verraden. En nu wilde ze wraak nemen voor dat verraad. Esta begreep de gekwetstheid en de pijn ervan als geen ander, het was dezelfde vonk die deze pijn in haar had doen oplaaien. Het brandde diep vanbinnen, zo voelbaar was haar begrip.

Waarom zou je dan niet alles platbranden en opnieuw beginnen?

Omdat er onschuldige mensen bij om zouden komen. Dat snapte ze en ze realiseerde zich dat Sesjat ooit onschuldig was geweest. Ze wist het ook omdat ze zelf door de woede en wraakzucht van de Antistasi was gegrepen. Die fout zou ze niet nog een keer maken. Ze schrok terug voor het idee dit te accepteren, toch liep ze zonder nadenken naar de vrouw toe.

'Thoth mag niet langer zo doorgaan,' vervolgde de vrouw.

Ze zou zelfs de wereld vernietigen om Thoth te verwoesten. Ze zou iedereen opofferen – álles – om ervoor te zorgen dat Thoth, de échte Duivelsdief, het loodje zou leggen.

'Doe nou maar niet alsof je zo braaf bent,' tierde Sesjat. 'Je vergeet dat ik je ware ik al heb doorgrond. Ik heb je hunkering naar wraak allang bespeurd. Je verlangen naar vergelding. De haat die in jou smeult en oplaait kan de wereld herstellen, mijn kind.'

Ja, Esta had zeker wraak willen nemen. Ze had zo veel mensen willen laten boeten. Maar ze had het verkeerd gezien.

Nu was het te laat. Sesjat trok haar al met zich mee en haar magie werd naar de oeroude priesteres toe getrokken. Ze voelde Sesjats macht als ranken om zich heen sluiten, maar dit keer was die puurder dan toen op het station of in het hotel en nu vocht ze er niet tegen.

Plotseling leek de wereld uit elkaar te vallen. De zwarte duisternis, realiseerde Esta zich, was niet zomaar in de wereld verschenen. Die was de wereld zelf. De leegte tussen alles in, die zich opende en volstroomde. De vernietiging van de werkelijkheid.

En er was niets wat Esta kon doen om het tegen te houden.

DE NACHTMERRIE KOMT TOT LEVEN

1902 – New York

Het moment waarop Jack zich al weken had voorbereid was eindelijk aangebroken. Het publiek was betoverd door de eerste drie tableaux vivants, verrukt als de gasten waren over de demonstraties van zijn macht – en die van het Boek. Niet dat ze dat laatste wisten. Hij was zich ervan bewust dat ze waarschijnlijk dachten dat de verbeelding van de schilderijen die ze zagen niets meer was dan een zinsbegoocheling en dat was ook zo, vergeleken met wat er zou volgen.

Toen de gordijnen van het derde tableau dichtgingen, stopte Jack nog twee morfinepillen in zijn mond voordat hij bij de laatste gordijnen ging staan. Hij keek naar het publiek en wachtte op stilte. Hij zag de mannen van de Kring van Vertrouwelingen, de Hoge Princept en de rest van de high society. De mannen van Tammany waren er ook, en een ander gezicht, een vriend die hij persoonlijk had uitgenodigd – Paul Kelly, die uiteindelijk ook een teleurstelling was gebleken. Maar Kelly zou gauw genoeg zelf het nakijken hebben.

Hij wachtte totdat alle ogen op hem gericht waren en hem zagen zoals hij echt was. Daarna wachtte hij nog wat langer, alleen omdat hij die macht had.

'Dames en heren, we zijn bij ons laatste tableau aangekomen. Vanavond heeft de Orde een ware gift van wonderlijke schoonheid aan u gepresenteerd. U bent meegenomen naar het laboratorium van de alchemist en getuige geweest van het moment waarop de mensheid de gevaarlijke krachten die ons omringen kon bedwingen. U hebt kunstwerken tot leven zien komen die de lange en zwaarbeproefde geschiedenis van ongetemde magie onthulden van degenen die niet bereid waren die gevaarlijke macht in zichzelf in bedwang te houden, omwille van een rechtvaardige en verlichte samenleving. Maar onze avond loopt bijna ten einde.'

Hij hield zijn mond om de spanning in de zaal op te voeren totdat hij het hevige verlangen van het publiek bijna voelde naar het moment dat de gordijnen opengingen… tot hij iedereen op zijn hand had.

'Ik presenteer u Henry Fuseli's *De Nachtmerrie*.' Met een zwierend gebaar opende hij de gordijnen en onthulde zo het laatste tableau van de avond.

Gekleed in een wel heel doorschijnend jurkje en met een blonde pruik op lag Evelyn languit op een lage sofa, net als de vrouw in het beroemde schilderij. Haar armen hingen gracieus omlaag naar de vloer en haar ogen waren gesloten alsof ze sliep. Net als in het schilderij zat er een vreemd wezen op haar borst dat de belichaming van alle nachtmerries uitbeeldde. Jack had het zelf gemaakt, een duivelachtig beest dat als twee druppels water op het wezen van het schilderij leek.

Er klonk een verbaasd en angstig geroezemoes op uit het publiek. Hij kon voelen dat het angst was, omdat de lucht uit de zaal leek weg te trekken. Het was het bijzonderste tableau, weerzinwekkend en tegelijk wonderschoon, en het stond op het punt om een onuitwisbare indruk te maken.

'De mensen die zich vastklampen aan de oude magie, die zich in de schaduwen van onze straten ophouden, zijn een smet voor onze perfecte eenheid. Ze brengen gevaar met zich mee, zoals het duister dat onze dromen binnenkruipt. Ze wachten met hun ongetemde magie af tot wij het zwakst zijn, als nachtmerries die tot leven komen.'

Het wezen begon te bewegen, het draaide zijn hoofd en staarde naar de drukke balzaal, en Jack was meer dan tevreden toen hij het publiek naar lucht hoorde happen. Het nachtmerriewezen was natuurlijk niet op gewone wijze gecreëerd. Het was een soort golem, een indrukwekkend staaltje magie dat aan Jack was verschenen tijdens een van de lange avonden dat hij onder de morfine zat, toen hij wakker was geworden zonder herinnering aan zijn werk om de geheimen van het Boek te ontdekken. Dat hij dit specifieke geheim had achterhaald was een wonder en hij achtte het niet minder dan een goddelijk teken van wat hem te doen stond. Evelyns ongetemde magie mocht dan wel de lichamelijke lusten beïnvloeden, maar hij betwijfelde of het gedrochtelijke wezen dat hij van klei had gemaakt daar vatbaar voor was.

'Maar nachtmerries moeten bedwongen worden, net als de mensen die zich aan de oude magie vasthouden.'

Op de plek waar hij stond kon hij Evelyns angst zelfs voelen en dat in combinatie met de morfine in zijn bloed moedigde hem alleen nog meer aan.

'Vanavond hebt u de wonderen van de ontdekking van de alchemist gezien, sirenen, heksen, maar nu presenteer ik u een échte sirene. Een heks die de Orde wil verwoesten.'

Toen Evelyn dit hoorde leek het tot haar door te dringen dat ze in gevaar was. Ze probeerde rechtop te gaan zitten, maar op het moment dat ze in beweging wilde komen hield het nachtmerrieachtige monster haar met zijn armen gevangen en duwde hij haar weer op de sofa. Zelfs toen ze begon te schreeuwen voelde Jack de warmte van haar magie langs zijn lijf strijken om hem te verlokken en hem van zijn pad af te leiden, maar haar magie deed hem niets. *Zíj* deed hem niets. Hij had zijn lesje geleerd met die meid in Griekenland. En hij had ook al meer dan genoeg van het Boek geleerd.

'Evelyn DeMure doet zich voor als een heel gewone actrice. Misschien hebt u haar al eens in het Wallack's Theatre gezien?' Uit het geroezemoes van de mannen in het publiek maakte Jack op dat sommigen nog wel meer van haar hadden gezien dan dat. 'Maar zoals zo velen van haar soort is ze niet wat ze lijkt. Ze was van plan ons allemaal te ondermijnen. Ze was aanwezig op de avond dat Khafre Hall afbrandde. En ze dacht dat ze mij kon verleiden met haar kwaadaardige listen, maar zoals u ziet is haar macht nogal zwak vergeleken met de geheimen van de door rede verworven wijsheid.'

Het moment was *bíjna* daar, dacht hij terwijl hij zijn hand opstak en het monster van klei hem nadeed. Daarna balde hij zijn hand tot een vuist en het wezen deed hetzelfde, maar dan om de tere huid van Evelyns hals.

Hier en daar stonden mensen op. Sommige toeschouwers riepen hem toe dat hij ermee moest ophouden, maar Jack bleef kalm. En terwijl het wezen deed wat hij hem opdroeg, draaide Jack zich weer naar het publiek om. 'Maar Miss DeMure, hoe charmant ze zich ook voordoet, is vanavond niet de enige slang in ons midden. Er is nog iemand die zich uitgeeft voor een bondgenoot, maar in werkelijkheid handelde naar wat hem werd opgedragen door juist de mensen tegen wie wij ons proberen te beschermen.'

Jack zag Paul Kelly in het publiek zitten, dat miezerige stuk verdriet van het tuig uit de Bowery, die had gedaan alsof hij aan zijn kant stond. Kelly had niet alleen Jacks vijand in leven gelaten, maar zich ook bij een van de mensen gevoegd die verantwoordelijk waren voor Jacks grootste vernedering.

'U hebt vast al gemerkt dat Mr. Kelly vanavond onder ons is. Ik weet zeker dat u zich afvraagt waarom iemand van zijn soort is uitgenodigd en ons evenement te schande maakt,' zei Jack, en toen hij zag dat Kelly hem met half dichtgeknepen ogen aankeek, negeerde hij het dreigement.

Dit was *zíjn* zaal en *zíjn* moment.

'Agenten,' riep Jack. 'Als jullie zo goed willen zijn Mr. Kelly en consorten naar een geschiktere plek te begeleiden, waar men met deze heren kan afrekenen.'

Ineens klonk er een schreeuw op uit het publiek en Jack draaide zich om. Hij zag dat een paar obers hun dienblad hadden laten vallen en een pistool uit hun zwarte jas trokken om mensen te gijzelen. Kelly's mannen. *Néé, dit kon niet waar zijn.* Ze verpesten álles, dacht Jack woedend.

Het Boek voelde warm aan op zijn borst toen Jack toekeek hoe de overwinning als zand door zijn vingers glipte. Kelly grijnsde zelfgenoegzaam, waarna hij in de menigte verdween die in een heksenketel was veranderd.

DE FLIKKERING VAN EEN MES

1902 – New York

Om Jianyu heen brak chaos uit in de balzaal toen de gasten zagen dat zich Five Pointers in hun midden bevonden. Er was blijkbaar geen magie voor nodig om de leden van de Orde de stuipen op het lijf te jagen. Een paar pistolen met een korte loop werkten net zo goed. De vele gasten probeerden zich allemaal door één smalle uitgang naar buiten te dringen in een poging om te vluchten, maar Jianyu had maar oog voor één ding: de ring.

Die zat nog steeds om Evelyns vinger, maar Evelyn werd door een vreemd beest bewaakt. Vanaf zijn plek in de zaal vertelde de koude magie die het wezen uitstraalde hem genoeg. Het was onnatuurlijk, maar dat verbaasde hem niets, aangezien het hier om Jack Grew en de Orde ging.

Omhuld met licht negeerde Jianyu de herrie en commotie en schuifelde hij voetje voor voetje naar het wezen toe dat op Evelyn zat. Ze leek niet meer te ademen maar het beest hield zijn klauwen nog om haar keel en staarde niets ziend de zaal in.

Hij had het bijna bereikt toen hij Cela zag, die zich vastberaden en doelgericht door de menigte heen drong. Terwijl iedereen probeerde te vluchten leek zij op een koikarper die moeizaam tegen de stroming in zwom, zich een weg banend in de richting van het podium met Evelyn. Omdat Jianyu zijn magische gave had gebruikt zag ze niet dat hij er al was.

Voordat hij haar kon waarschuwen ving hij een glimp op van zwart haar en een paarse zijden jurk. Het was Viola die in dezelfde richting aan kwam lopen. Aan haar vuur schietende ogen te zien had zij Cela ook in de gaten gekregen.

Toen het kon had Jianyu niet de tijd genomen om het Viola uit te leggen, besefte hij nu met een misselijkmakende schok. Viola wist niet wie Cela was en in haar ogen was het meisje niets anders dan een onbekende die de schat te pakken wilde krijgen, waarvan Viola had gezegd dat hij hem niet moest weg-nemen.

Het leek of dit moment gestold was in barnsteen en hij alles van buitenaf bekeek. De flikkering van Viola's mes dat ze uit de plooien van haar rok trok, haar furieuze gezichtsuitdrukking toen ze tegen Cela schreeuwde dat ze bij Evelyn weg moest gaan en de ring met geen vinger mocht aanraken.

Cela wierp een blik over haar schouder maar sloeg de waarschuwing in de wind, omdat ze niet wist wie Viola was en omdat ze niet had kunnen weten wat er zou gebeuren.

Maar Jianyu wist dat wel – hij kon het zo voor zich zien, nog voordat het echt gebeurde. Viola zou haar mes door de lucht werpen, recht op Cela af, en ze zou niet missen.

Hij liet zijn grip op het licht los en deed het enige wat hij kon doen. Zonder stil te staan bij de gevolgen voor zichzelf sprong hij voor Cela, net toen Viola haar mes losliet.

Het vertrek leek een tunnel waarin alleen dit moment bestond, maar hoewel Jianyu wist dat hij was geraakt, voelde hij helemaal geen pijn toen het mes door zijn tuniek heen reet en door zijn huid en pezen stak, om ten slotte in zijn schouderbot vast te blijven zitten. Hij voelde enkel opluchting toen hij bij Cela's voeten op de grond viel.

Ze boog zich over hem heen met een uitdrukking op haar gezicht die hem vertelde dat het er beroerd uitzag. Ze legde haar handen om zijn gezicht en haar lippen bewogen, maar hij kon niet horen wat ze zei. Opkijkend naar Viola zag hij onvervalste afschuw in haar roodomrande ogen, alsof ze al om hem had gehuild.

Hij hees zichzelf rechtop, pakte het handvat van het mes en trok het uit zijn schouder.

Nu voelde hij de pijn pas, een scherpe steek toen hij het lemmet uit de plek trok waar het een nare wond achterliet. Maar zelfs nu Cela een deel van haar schort tegen zijn wond gedrukt hield om het bloeden te stelpen wist hij dat hij het Viola snel moest uitleggen.

'We moeten hier weg zien te komen,' vertelde Cela hem, en ze probeerde hem overeind te helpen. Maar hij moest eerst met Viola praten en haar één ding vertellen, iets heel belangrijks.

'Ga met ons mee,' zei hij tegen haar, en hij gaf haar het mes terug dat onder zijn bloed zat. Zijn stem klonk van ver weg, zelfs in zijn eigen oren. 'We hebben je nodig.'

Viola liep hoofdschuddend bij hem weg en ineens dook Abel op, die hem overeind hees om hem naar buiten te dragen.

Jianyu had geen idee waar de ring was of wie hem nu had, maar op dit moment was dat minder belangrijk dan Viola uitleggen hoe het zat. 'Ga met ons mee,' herhaalde hij, wetend dat wat hun te doen stond onmogelijk was als ze niet samen zouden werken.

EEN GIGANTISCHE CHAOS

1904 – St. Louis

Julien vluchtte uit de Festivalhal weg zonder achterom te kijken. Buiten had zich een menigte mensen verzameld die net nog in de rotunda waren geweest. De vrouwen hielden elkaar angstvallig vast en de mannen liepen te gillen als speenvarkens. Ook de profeet en anderen van het Genootschap waren buiten. Ze stonden te kijken hoe de lampen in de zaal flikkerden en de spookachtige rook onder de deuren door begon te kruipen.

Hij stond verderop, niet bij de rest, maar hij wist niet hoe hij daar was gekomen en wat hij moest doen. Nu hij niet op het podium stond voelde hij zich ongemakkelijk en misplaatst in de jurk die hij aanhad en met de zware pruik op. Aan de ene kant leek het hem beter om te blijven, om zich ervan te verzekeren dat alles goed was met Darrigan en Esta, maar aan de andere kant voelde hij meer de behoefte om stilletjes in de nacht weg te sluipen. Hij zette zich in beweging en liep naar het donkere terrein van de tentoonstelling, uit het zicht van iedereen die misschien op zoek was naar een zondebok die ze de schuld konden geven, toen een oorverdovende schreeuw uit het midden van de menigte opklonk.

Het was de debutante die hij net had ontmoet, het meisje dat verkozen was tot de koningin van het gala. Ze hadden het vervalste collier bij hem afgedaan en het bij haar omgedaan, en nu stroomde er een dikke zwarte rookpluim uit het collier om haar hals. In paniek probeerde ze het af te rukken, maar het zat duidelijk stevig vast.

Dit is mijn schuld, dacht Julien vol afschuw. Het enige wat hij had gewild was zijn naam zuiveren en Darrigan uit de stad weg krijgen voordat iemand het wist, maar in plaats daarvan had hij Darrigan en Esta geholpen met het veroorzaken van deze gigantische chaos.

De mensen liepen weg bij het arme meisje, doodsbang voor de donkere rook die uit het collier bleef komen, maar voor hij erover na kon denken liep hij naar haar toe, het gevaar tegemoet.

Hij was er al voordat hij de gevolgen had overdacht. Snel pakte hij het collier in beide handen en rukte er net zo hard aan tot het in tweeën brak. Het meisje rende meteen weg, waarschijnlijk regelrecht in de armen van haar moeder, en Julien gooide beide helften zo ver van de mensen vandaan als hij kon, waar de giftige rook niemand zou bereiken.

Maar zelf had hij wel wat van de zwarte rook ingeademd.

NOOIT GENOEG

1904 – St. Louis

Margaret Jane Feltz had heel wat dingen in haar leven gedaan waar ze niet echt trots op was. Maar het meeste had ze gedaan omdat ze op dat moment geloofde dat ze goed werk deed, omdat Ruth haar had verteld dat dit zo was, en omdat ze Ruths hartverwarmende goedkeuring liever had dan het nare gevoel wanneer ze zich tegen haar zus keerde.

Maggie mocht dan wel een bijzonder talent hebben voor het mengen van chemicaliën – de gave van keukenmagie die in de familie zat – maar ze haatte het evengoed. Toch was ze dankbaar voor die ene brandbom die ze voor de zekerheid had achtergehouden. Toen ze zag dat Ben Esta bij de keel greep, voelde ze de lucht in de rotunda ineens zinderen van elektrische energie, zo heet en helder als ze nooit eerder had meegemaakt in haar leven. Ze haalde het kleine busje uit haar tas en activeerde de ontsteking, waarna ze de brandbom in hun richting rolde, tot die precies tussen de blonde man in de smoking en de twee mensen die ze als haar vrienden was gaan beschouwen bleef liggen.

De bom ontplofte met een felle lichtflits waardoor Ben bij Esta weg werd geslingerd en bewusteloos op de grond viel.

Maggie rende naar Esta, die languit en roerloos op de marmeren vloer lag, en een tel later was North er ook. Ze legden de twee bij elkaar en met een klikje van Norths zakhorloge verdwenen ze in het niets.

Het nieuws van de aanslag op het bal verspreidde zich als een lopend vuurtje onder de bezoekers van de parade en er ontstond chaos in de straten. Allemaal door toedoen van de Antistasi, en met welk doel? De Mageus zouden er nu zelfs nog erger aan toe zijn dan daarvoor. Ruth had het allemaal verkeerd gezien. En Maggie had al die tijd al dat vermoeden gehad, maar nu wist ze het zeker.

Terwijl ze door de stad naar het station liepen probeerde Maggie niet aan haar zus en de Antistasi te denken, die als familie voor haar waren geweest en die ze nu achter zou laten. Maar ze wist dat ze hier alles had gedaan wat ze kon en nu was ze ergens anders nodig.

Ze had haar best gedaan om iets goeds te doen, hoe minimaal misschien ook. Maar het was niet genoeg geweest. Dit keer, beloofde ze plechtig, zou het haar wel lukken.

DE DOLK

1904 – St. Louis

Jack werd midden in de nacht wakker en had niets meer dan een mistige herinnering aan alles wat er op het bal was gebeurd. Het was Darrigan en Esta gelukt om te ontsnappen. Ze hadden het collier meegenomen, maar het Boek hadden ze niet te pakken gekregen. In plaats daarvan hadden ze hun aanwezigheid verraden en nu wist het hele land van hun kwade opzet af. Deze miskleun zou Jack in de toekomst goed van pas kunnen komen.

Nadat hij naar zijn kamer was teruggegaan had hij zich in het Boek verdiept, op zoek naar een antwoord, maar hij kon zich de woorden die hij had gelezen niet herinneren en ook niet dat de bladzijde met een gloed was opgelicht of dat hij door de pagina's heen had gereikt, omdat hij wist dat ze zich voor hem zouden openen en hij zijn vingers door het papier zelf heen kon drukken om het voorwerp dat hij er maanden geleden in had verborgen te vinden.

Toen hij naar het potje met morfinepillen keek zag hij nog iets anders. Op het nachtkastje lag het artefact uit de oudheid. Het was precies hetzelfde voorwerp dat hij maanden geleden in de bladzijden van het Boek had verstopt om het veilig te bewaren. Hij pakte het en draaide het om en om in het licht, aangenaam verrast omdat het ineens op het nachtkasje lag, en hij bewonderde de edelsteen, een teken van de macht die erin besloten lag.

Jack had het artefact zelf een hele tijd geleden bemachtigd – niet lang nadat hij Darrigan het Boek had afgenomen. Na de Conclave was hij zich zorgen gaan maken dat iemand het misschien zou vinden, daarom had hij het met een van de spreuken uit het Boek in de bladzijden verstopt, en zodoende was het Boek de houder van het artefact geworden zodat hij beide altijd bij zich kon dragen.

Maar toen het er eenmaal in verborgen was, had het Boek het niet zomaar terug willen geven. Ruim een jaar had hij zichzelf bijna tot waanzin gedreven met zijn eindeloze pogingen om het Boek te dwingen de inhoud ervan aan hem af te staan, maar het was vergeefse moeite geweest.

Nu leek het erop dat hij het geluk eindelijk aan zijn kant had. Het was alsof het Boek begreep dat hij op een kruispunt was beland en ook begreep dat hij alle macht die hij de komende dagen en weken kon verwerven nodig had, en het had hem de inhoud geschonken. Een zegening voor de reis die hij voor de boeg had en waarvan hij zich realiseerde dat die niet makkelijk zou zijn, maar waarmee hij zijn ultieme doel zou bereiken.

SLAAPWANDELEN

1904 – St. Louis

Esta wist niet meer precies hoe ze bij de tentoonstelling waren weggekomen. Wel herinnerde ze zich pijn en een angstaanjagende uitbarsting van macht, maar toen was de mist in haar hoofd over wat er was gebeurd langzaamaan opgetrokken. Sesjat. Thoth. En de gevaarlijke werkelijkheid van haar eigen magische gave. Tegen die tijd had North hen vooruit in de tijd gebracht, lang nadat de bezoekers de tentoonstelling hadden verlaten en veilig naar huis waren teruggekeerd.

Ze liep als een slaapwandelaar en zag en hoorde amper wat, terwijl Maggie en North hen over het terrein naar de klaarstaande wagen brachten. Ze was bijna vergeten haar stenen – de armband en het collier – mee te nemen, maar Maggie had het haar helpen herinneren. Daarna haastten ze zich naar het station, en voordat alles tot haar was doorgedrongen, zat ze naast Harte in een slaapcoupé, op het smalle onderste bed.

Ondanks alles wat er was gebeurd, en hoewel ze het gevoel had dat haar wereld was ingestort, kwam de volgende dag de zon gewoon weer op en verwarmde Esta's gezicht door het treinraampje. Even was er een moment, toen ze wakker werd, waarop ze vergat waar ze was – wát ze was. In die korte tijd tussen slapen en waken kon ze zich de avond ervoor nog niet voor de geest halen. Ze dacht niet aan de fouten die ze had gemaakt en de levens die dat had gekost. En ze herinnerde zich de afschuwelijke waarheid die haar in het visioen was onthuld ook nog niet, net zomin als de hartverscheurende werkelijkheid van wat ze nog voor de boeg had. In plaats daarvan meende ze een vrouwenstem te horen dic voor haar zong en ze dacht de woorden van het lied bijna weer te weten. Waarschijnlijk was het een herinnering aan iets wat ze lang geleden had gehoord, toen ze nog een klein onschuldig meisje was met de wereld die voor haar open lag; weids, onbegrensd en veelbelovend.

De zachte weldaad en de geborgenheid van het moment tussen slapen en waken duurde echter maar kort. De pijn in haar botten en schedel keerde algauw terug en deed haar denken aan wat ze allemaal had doorgemaakt. Ze had het gevoel dat ze geen vaste grond meer onder haar voeten had, ze voelde zich geradbraakt en slap als een vaatdoek. Zelfs haar botten voelden aan alsof ze bij de eerste de beste verkeerde beweging uit elkaar zouden vallen.

Op de achtergrond hoorde ze het zachte gesnurk van de mensen die met haar in de kleine slaapcoupé lagen: North, die heel ongemakkelijk in de stoel zat te slapen, en Maggie in het bed boven haar. Ze wist nog wel dat ze naast Harte was gaan liggen. De macht die in hem school had zich rustig gehouden toen ze zich naast hem in het bed nestelde en hem probeerde te verwarmen terwijl ze tegen haar eigen uitputting vocht, wachtend tot hij wakker zou worden.

Maar nu was het bed koud en leeg naast haar.

Ze hees zichzelf rechtop en keek de kleine coupé rond, maar ze zag hem nergens. Na wat er in de rotunda was gebeurd was North bang dat Harte iets ondoordachts zou doen. Daarom had hij hem vastgebonden aan een paal van het stapelbed, maar het touw dat North had gebruikt hing nu slap en Harte was ontsnapt.

Erger nog: haar armband met de Sleutel van Ishtar was ook verdwenen. En op de plek waar die om haar arm had gezeten zat nu een eenvoudig kralenarmbandje, dat Harte op de eerste dag bij de tentoonstelling had gekocht. Ze reikte ernaar en wilde het afdoen, maar toen ze het aanraakte verscheen er een warboel aan beelden in haar hoofd, en daarbij voelde ze zo'n zekere en duidelijke impuls dat ze wist dat het een boodschap van Harte was die hij diep in haar onderbewustzijn had achtergelaten. Dat had hij met zijn magische gave gedaan, realiseerde ze zich. In plaats van een briefje voor haar achter te laten dat wellicht door nieuwsgierige blikken werd gevonden en gelezen had hij haar hoop gegeven en een dringend verzoek gedaan dat alleen voor haar bestemd was.

Hij had haar gelukkig niet echt in de steek gelaten. Maar hij had zichzelf niet voldoende vertrouwd om haar mee te nemen.

Harte vervloekend om zijn tactloosheid en zichzelf omdat ze in slaap was gevallen, liep Esta het gangpad van de wagon in en vervolgens stapte ze uit de trein het perron op, waar het prairiegras zich zo ver het oog reikte uitstrekte.

Harte was vertrokken, maar ze was niet alleen. Er lag een lange, onbekende weg voor hen, die over een oceaan voerde, naar verre kusten. Ze zou doen wat

Harte haar gevraagd had en wanneer ze hem weer had gevonden, zou ze zorgen dat hij er spijt van had dat hij haar had achtergelaten.

Er was nog een hoop werk te doen. Ze moesten een halfgod ruïneren. Er waren nog stenen die ze moesten bemachtigen, en een nieuwe toekomst om aan te bouwen.

En aan de binnenkant van haar pols zat een litteken – één enkel woord in het Latijn, dat ze als kind had geleerd. Het was een bevel om terug te keren naar New York en naar het verleden.

Redi.

AFREIZEN

1904 – St. Louis

Terwijl de trein door het landschap reed dat hij alleen in zijn dromen ooit dacht te kunnen zien, keek Harte Darrigan naar de horizon, waar de ondoordringbaar donkere deken van de nacht langzaamaan plaatsmaakte voor een zachte lavendelgloed, waarbij de sterren een voor een verbleekten in het ochtendlicht. Hij had hier zijn hele leven over gefantaseerd, de eindeloze vlakten en de schaduwen van de bergen in de verte, en vooral over de vrijheid ervan. Maar nu hij die vrijheid had veroverd, zat hij nog net zo in de val als altijd, alleen was hij nu een gevangene van zichzelf.

Hij was midden in de nacht wakker geworden toen de andere trein schommelend tot stilstand kwam bij een of ander onbekend station. Esta had zich in het smalle bed tegen hem aan genesteld met haar arm over hem heen, en al sliep ze als een roos, toch stond haar gezicht nog gespannen. Hij kon de zachte, regelmatige ademhaling van de anderen horen en heel even wist hij niet waar hij was of wat er was gebeurd. De stem in hem hield zich stil, maar hij kon haar voelen, ze ademde rustig en likte haar wonden.

En ze wachtte af.

Het was misschien makkelijker geweest om zijn ogen weer dicht te doen en zich over te geven aan de slaap. Het zou ongetwijfeld veel fijner zijn geweest om daar te blijven, naast Esta's warme lichaam, om haar vertrouwde geur op te snuiven en dicht tegen haar aan te kruipen. Maar hij had dit nog niet gedacht of de macht in hem laaide op.

Hij stond zichzelf een moment toe om zijn neus in Esta's hals te stoppen en haar geur in te ademen. En hij vroeg zich af hoe het zou zijn geweest als ze op die manier samen waren gebleven, alsof ze twee heel gewone mensen waren, met nog een heel leven voor zich en een toekomst die alle mogelijkheden bood.

Maar hoewel Harte een leugenaar en een bedrieger was, kon hij zichzelf niet voor de gek houden.

Als hij bleef zou Sesjat er alles aan doen om zich meester te maken van Esta.

Als hij bleef zou Esta zichzelf opofferen om hem te redden.

Nee, hij kon niet blijven. Maar hij zou alles doen om haar te redden. Om hen allemaal te redden.

REDITE

1904 – New York

James Lorcan hield het telegram in zijn hand en las het nog een keer, om zeker te weten dat hij begreep wat er stond. De ether om hem heen balde zich samen en verschoof geleidelijk, waarmee de toekomst zich herschikte naar het patroon van zijn ontwerp.

Zijn handlanger in het Westen had twee artefacten weten te bemachtigen, en belangrijker: ze hadden het meisje. Nu was het alleen nog maar een kwestie van tijd totdat alles op zijn plaats viel.

Hij streek een lucifer aan en hield de vlam bij een hoek van het telegram, waarna hij toekeek terwijl het in de fik vloog en in een hoopje as veranderde. Daarna richtte hij zich op zijn werk – zijn taken als leider van de Antistasi.

OPMERKINGEN VAN DE AUTEUR

In dit boek heb ik geprobeerd een zo werkelijkheidsgetrouw mogelijk beeld te geven van de Louisiana Purchase Exposition, de wereldtentoonstelling in 1904. Met uitzondering van de fictieve boottocht over de Nijl is alles, van het standbeeld op de Festivalhal tot de attracties en de indeling van de Pike, gebaseerd op historisch materiaal zoals plattegronden, originele gidsen en afbeeldingen die ik tijdens mijn research vond. Hoewel de boottocht over de Nijl mijn eigen bedenksel is, is ook dit gebaseerd op research, in het bijzonder naar de bedenkelijke wijze waarop de tentoonstelling met rassen- en cultuurverschillen omging. Omdat de personages in het verhaal in 1904 die de tentoonstelling bezochten zich toen onmogelijk bewust konden zijn van de gevolgen van het evenement voor de toekomst, wilde ik de lezers inzicht geven in de complicaties en tegenstellingen van de tentoonstelling, en dat die nu nog net zo actueel zijn.

De tentoonstelling had niet alleen een enorme impact op St. Louis, maar ook op het Middenwesten en de rest van het land. Tussen 30 april en 1 december 1904 bezochten om en nabij twintig miljoen bezoekers het terrein van ongeveer vijf vierkante kilometer, waarvan honderdtwintig kilometer aangelegde wegen en voetpaden, vijftienhonderd gebouwen en exposities van meer dan vijftig landen en drieënveertig staten. Bezoekers konden onder andere kennismaken met draadloze telegrafie, de recente uitvinding van de couveuse, de eerste bestuurbare zeppelin en honderdveertig verschillende modellen van personenauto's. Theodore Roosevelt bracht een bezoek aan de tentoonstelling, Helen Keller gaf er een lezing, Scott Joplin schreef een lied en John Philip Sousa's brassband trad op.

Vanwege de enorme omvang zette de tentoonstelling zichzelf op de kaart als grootste en indrukwekkendste vertoning van de belangrijkste mijlpalen in die tijd. Maar zoals ik met het verhaal heb laten zien werden er naast de verbluffende wetenschappelijke doorbraken en technologische uitvindingen van dit tijdperk eveneens mensen vertoond. Hiermee plaatste de tentoonstelling zich in een bredere historische context van ras, cultuur en het sociale klimaat in Amerika. Dit was geen toeval. De organisatie koos ervoor antropologische thema's uit te beelden die vooral in dienst stonden van het imperialisme en het westers exceptionalisme.

Het is belangrijk op te merken dat de meeste Amerikanen in 1904 niet in de mogelijkheid verkeerden naar het buitenland te reizen. Hiervoor bood de tentoonstelling een oplossing – een gelegenheid om de wereld in miniatuurvorm te beleven. Maar deze versie was beperkt en nagebouwd met een westerse blik op de wereld. De organisatoren probeerden een scheidslijn aan te brengen in de meer realistische, educatieve exposities en het opzichtige, exotische entertainment van de attracties op de Pike, maar de gemiddelde bezoeker kon die twee niet uit elkaar houden. Het gevolg daarvan was dat in de wereld die gepresenteerd werd etniciteit en exotisme als amusement werden beschouwd. Mensen uit allerlei culturen werden objecten waar bezoekers zich aan vergaapten.

In het verhaal heb ik laten zien dat de weergave van verschillende nationaliteiten op de Pike zeer problematisch was, maar bij de rest van de tentoonstelling was het niet veel beter. De educatieve exposities waren door de organisatoren doelbewust geselecteerd als wetenschappelijk bewijs voor de ontwikkeling van de mensheid. De bezoekers konden hierdoor de superioriteit van hun eigen cultuur ervaren, afgezet tegen de zogenoemde 'primitieve' vreemde culturen. In 1904 stond antropologie als wetenschappelijke discipline nog in de kinderschoenen, maar de tentoonstelling in St. Louis en soortgelijke evenementen laten zien dat antropologie zich in die tijd liet gebruiken om de mens en diens cultuur te classificeren. De tentoonstelling droeg in dit opzicht bij aan de rechtvaardiging in wetenschappelijke bewoordingen van de westerse dominantie en het imperialisme.

Het grote nagebouwde dorp van de Igorot, de inheemse bevolking van de Filipijnen, was bijvoorbeeld het directe gevolg van de recente Amerikaanse overwinning – en het onteigenen van grondgebieden – in de Spaans-Amerikaanse Oorlog. De organisatoren haalden deze Filipijnen naar de tentoonstelling en 'exposeerden' hen alsof het een soort dierentuin was, maar dan met mensen. De opgedofte bezoekers in hun dure kleding zagen de dorpelingen, hun kledij en gewoonten, en beschouwden de Igorots als achtergebleven, niet ontwikkeld – en daarom inferieur.

Een ander voorbeeld van het gebruik van antropologie om het westers imperialisme te rechtvaardigen was de aanwezigheid van de inheemse Amerikanen en Canadezen als 'expositie' op de tentoonstelling. De tentoonstelling zelf was een ode aan de aankoop van Louisiana, de gebeurtenis die westelijke expansie toestond, de imperialistische idealen van de Manifest Destiny aanmoedigde en leidde tot het uitmoorden van de inheemse bevolking. Harte en Esta zien de attractie van de grotbewoners uit Noord-Amerika, maar dit waren niet de enige inheemse Amerikanen op de tentoonstelling. De Apache, Cocopah, Pueblo en Tlingit werden ook als attractie gepresenteerd. Bezoekers konden een gesigneerde foto van de indianenleider Geronimo zelf kopen, die toen nog een oorlogsgevangene van de Amerikaanse regering was. Of ze konden een nagebootste indiaanse school bezoeken, waar kinderen hun dagelijkse schoolroutine opvoerden om de toeristen te vermaken.

Hoewel de tentoonstelling sommigen de kans bood om geld te verdienen, zoals Geronimo, werden ze ook uitgebuit, leefden ze daar onder onhygiënische en ongezonde omstandigheden en werden ze slecht betaald. Bovendien speelde het inzetten van inheemse volkeren in op nostalgisch sentiment en bevestigde het een stereotype beeld van een eens heldhaftig volk dat nu verslagen was en uitstierf. Deze stereotypen zijn hardnekkig en bestaan nog steeds, waar de inheemse volkeren tot op de dag van vandaag onder lijden.

Tot slot is het ook belangrijk te vermelden dat de tentoonstelling hoofdzakelijk werd bezocht door blanke Amerikanen. Toen de geplande Negro Day ter ere van de emancipatie van de zwarte bevolking werd afgeblazen, trok de voorzitter van het plaatselijke comité de uitnodiging van Booker T. Washington in met de woorden dat 'de zwarte man niet welkom was op de wereldtentoonstelling.' W.E. B. DuBois, die een emancipatorisch belangrijk boek schreef, *The Souls of Black Folk*, dat het jaar ervoor werd uitgegeven en goede kritieken kreeg, werd niet uitgenodigd. The Eighth Illinois Regiment, een Afro-Amerikaans regiment, sloeg een kamp op op het terrein van de tentoonstelling, maar het werd hun verboden de kantine van de blanke soldaten te gebruiken, die weigerden het eetvertrek met hun gekleurde medemens te delen.

Misschien zou het niemand moeten verbazen dat de tentoonstelling in zo'n problematische en vaak discriminerende relatie stond tot ras en cultuur. Het was tenslotte het product van die tijd, maar eveneens van een sociaal klimaat op grotere schaal. Elf van de twaalf comitéleden die verantwoordelijk waren voor de organisatie en programmering waren tevens leden van de Veiled Prophet Society, in het boek het Genootschap van de Gesluierde Profeet, onder wie de president van het comité, David Francis. Zoals ik in het boek beschrijf, was de oprichting van de VP Society een reactie op de grote spoorwegstaking van 1877, een staking waar veel Afro-Amerikanen en immigranten aan meededen. De oprichting van deze organisatie en de daarbij behorende parade was een directe poging van de blanke stadsbestuurders om hun superioriteit in de stad op gebied van ras en sociale klasse te claimen, en veel van wat er op de tentoonstelling was te zien en te beleven – zowel historisch als in mijn boek – weerspiegelt dezelfde tendens.

Hoewel de tentoonstelling veel heeft betekend voor de technologische vooruitgang en ervaring met andere landen, stond hij niet op zichzelf maar hoorde hij binnen een groter systeem van de superioriteit van het blanke ras en het westers imperialisme, dat de tentoonstelling onderschreef en uitdroeg. Maar het was niet het enige project in zijn soort. De wereldtentoonstelling en soortgelijke evenementen waren vrij gangbaar rond de eeuwwisseling. De combinatie van exotisme als amusement en culturele exploitatie verschafte de blanke Amerikanen een wereldbeeld doordrenkt van westerse superioriteit. Dit had verstrekkende gevolgen voor de wijze waarop Amerkanen naar ras en cultuur kijken, en dit werkt tot op de dag van vandaag door.

DANKWOORD

Een boek als dit kan niet tot stand komen zonder de hulp van vele mensen.

Allereerst mijn geweldige redacteur van Simon Pulse, Sarah McCabe, die werd geconfronteerd met gemiste deadlines en meer onafgemaakte kladversies dan een mens zou hoeven lezen. Dankzij haar geduld en vertrouwen is dit boek mogelijk gemaakt en door haar scherpe inzicht werd het oneindig veel beter. Bedankt dat je me hebt gestimuleerd en altijd een antwoord op alles had. Ik ben zó blij dat jouw hersens beter werken dan die van mij.

Dan het hele team van Simon Pulse, dat fantastisch werk heeft verricht en deze serie (en mij) zo heeft gesteund: Mara Anastas, Chriscynethia Floyd, Liesa Abrams, Katherina Devendorf, Chelsea Morgan, Sara Berko, Julie Doebler en Bernadette Flinn. Veel dank aan Tricia Lin, die de eerdere versies heeft gelezen, en aan Penina Lopez, Valerie Shea, Elizabeth Mims en Kayley Hoffman, wier scherpzinnige redigeerwerk, het proeflezen en het kritisch lezen van de laatste versie ervoor zorgden dat de zinnen glans kregen. Mijn diepe dankbaarheid is voor Audrey Gibbons, Lauren Hoffman, Caitlin Sweeny, Alissa Nigro, Anna Jarzab, Christina Pecorale en de rest van S&S verkoop- en marketingteam, die zo veel inzet hebben getoond om de serie tot een succes te maken. Russell Gordon en Mike Rosamilia, bedankt voor jullie werk om het boek vanbinnen en vanbuiten zo mooi te maken. En speciale dank aan Craig Howell, die het klaarspeelde om een kunstwerk voor het omslag te maken dat zijn eerdere werk voor *De Laatste Magiër* overtrof.

Ik ben dankbaar dat ik op Kathleen Rushall kan bouwen als steun en toeverlaat. Ze is een kanjer van een agent en haar niet-aflatende toewijding maakte het schrijven van dit boek bijna draaglijk. Bedankt voor de belangstellende e-mails en de peptalk. Ik prijs mezelf gelukkig dat ik met haar en alle andere voortreffelijke medewerkers bij Andrea Brown kon werken.

Veel dank gaat uit naar alle lezers, reviewers, bloggers, boekverkopers en bibliothecarissen die ervoor zorgden dat *De Laatste Magiër* vorig jaar in de bestsellerslijst van *The New York Times* belandde en die me met hun enthousiasme en vragen over deze opvolger een goede reden gaven om door te gaan. In het bijzonder wil ik de Devil's Own bedanken, met name Joy Konarske, Cody Smith-Candelaria, Augustina Zanelli, Patrick Peek, Kim McCarty, Jennifer Donsky, Kim Mackay, Rachel Barckhaus, Ashley Martinez en Alyssa Caayo, die er alles aan deden om hun passie voor de serie te verspreiden. Dank jullie wel voor jullie inzet om *De Laatste Magiër* tot een succes te maken!

Collega-schrijvers zijn de beste vrienden die er zijn. Dank aan mijn favorieten, vooral de bewonderenswaardige vrouwen die me hebben aangehoord toen ik klaagde omdat ik níét schreef en vervolgens toen ik klaagde omdat ik wél aan het schrijven was., die verschillende versies lazen of met me brainstormden als ik even vastliep en we er altijd weer uit kwamen, en die de wereld beter maken met hun mooie teksten: Olivia Hinebaugh, Danielle Stinson, Kristen Lippert-Martin, Helene Dunbar, Flavia Brunetti, Christina June, Sarah Raasch, Jaye Dao, Angele McQuade, Risikat Okedeyi en Janet Taylor.

En tot slot, maar zeker niet minder belangrijk, mijn familie. Dit boek was een enorme klus om af te maken, en mijn zonen en echtgenoot moesten het drie maanden zonder mij stellen. Ik weet hoe zwaar mijn harde werken voor hen was, maar ze gaven me alle tijd, ruimte en steun die ik eigenlijk niet verdiende (maar met beide handen dankbaar heb aangenomen). Voor X en H, jullie zijn licht en vreugde, en voor J, je bent alles voor me. Dank jullie wel.

Vind de stenen.
Houd de dief.
Wreek het verleden

Esta's ouders werden vermoord. Haar leven werd gestolen. En alles wat ze over magie wist, bleek een grote leugen te zijn. Ze had steeds gedacht dat het Boek der Mysteriën de sleutel bevatte om de Mageus mee te bevrijden uit de machtige greep van de Orde, maar het gevaar dat de bladzijden behelsde was groter dan ze zich ooit had kunnen voorstellen.

De furieuze macht van het Boek heeft zich nu meester gemaakt van Harte en huist ín hem. Als hij die niet kan beteugelen, zal deze macht zich wreken en de wereld verscheuren, en Esta zal als werktuig dienen om dit te doen.

Om die macht in bedwang te houden moeten Esta en Harte vier elementaire edelstenen bemachtigen die over het hele continent verspreid zijn. Maar de wereld buiten New York lijkt in niets op wat ze hadden verwacht. Voorbij de Barrière blijken Mageus te wonen die weigeren hun leven in de schaduwen door te brengen, en de Orde staat niet alleen in haar missie hen uit te roeien.

In St. Louis verbergt de buitensporige, geldverslindende wereldtentoonstelling de eerste steen, maar een oude vijand duikt op om wraak te nemen en een nieuwe vijand dient zich aan. Ondertussen moeten Viola en Jianyu in New York een verrader uitschakelen, in een stad waar elk moment totale chaos kan uitbreken.

Terwijl het verleden en de toekomst samenkomen is er niet veel tijd meer om de geschiedenis te herschrijven, zelfs niet voor een door de tijd reizende dievegge.